작렬지

작렬지

옌롄커 장편소설

문현선 옮김

자음과모음

차례

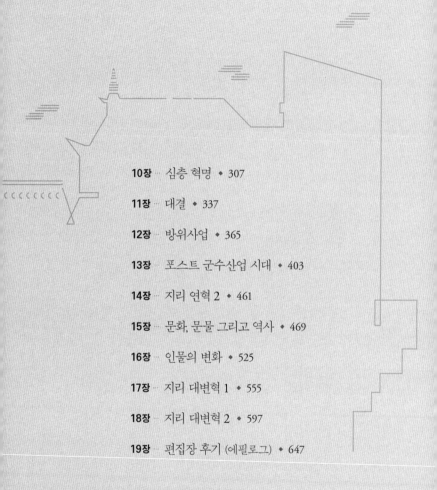

일러두기
모든 주는 옮긴이의 것이다.

1장

프롤로그

편집장 서문

　존경하는 독자 여러분, 이렇게 '편집자의 말' 형식으로 몇 가지 사실을 밝히게 된 점을 양해해주십시오. 그리고 혹시 이러한 언급이 여러분의 흥미를 떨어뜨리더라도, 부디 저를 원망하시고 '편찬위원회'의 다른 사람들은 탓하지 말아주십시오.

　1. 한창 쓰고 있던 장편소설을 중단하고 『작렬지(炸裂誌)』의 편집 및 집필을 맡기로 한 것은 제가 그곳의 아들이라는 이유도 있지만, 자례시가 자다가도 웃음이 날 만큼 엄청난 보수를 지불했다는 것 역시 직접적·간접적 동기였음을 인정합니다. 하지만 독자 여러분, 부디 저를 이해해주십시오. 저는 정말로 돈이 필요했습니다. 시장 비서가 베이징으로 찾아와 "옌 선생님, 시장님께서 원고료가 얼마든 말씀만 하라고 하

셨습니다. 은행을 통째로 달라는 게 아니라면 어떤 조건이든 수용하시겠다고요"라고 말했을 때 그대로 현혹되어 무너졌습니다. 금전의 포로가 된 것이지요. 대체 이 역사지리서로 얼마를 벌었느냐고는 묻지 마십시오. 그저 『작렬지』를 완성한 덕에 평생 돈 걱정이 사라졌다고만 밝히겠습니다. 집과 고급 승용차를 장만하고 명예와 지위까지 돈으로 산 것은 굳이 말할 필요도 없고요.

이렇게 해서 저는 『작렬지』의 새로운 편집장을 맡게 되었습니다. 이 사실을 솔직히 밝히는 것은 『작렬지』를 쓰는 동안 독자와 자례시 전체를 위해서뿐만이 아니라 계약서에 적힌 엄청난 금액을 위해서 최선을 다했음을 말하고 싶기 때문입니다.

2. 『작렬지』를 쓰기 전에 저는 세 가지 조건을 제시했고, 쿵밍량 시장과 편찬위원회의 모든 위원은 제 조건을 수용했습니다. 세 가지 조건이란 첫째, 내가 신뢰하는 자료와 사실만 참고하며 누가 제공하든 강제적인 사례나 사건 요구는 거절할 수 있다. 둘째, 나는 소설가이며 소설가의 가장 큰 의미는 동화(同化)하지 않음에 있다. 따라서 내 방식으로 역사지리서를 기술할 것이며, 중국 전통 지리서의 체계나 기술법을 기계적으로 따르지 않겠다. 셋째, 총명하고 기왕이면 문과대를 갓 졸업한 대학생 비서를 구해달라는 것이었습니다.

3.『작렬지』를 자례시에서 어떻게 인쇄하고 출판하든 저는 중요한 저자로서 자례시와 공동으로 판권을 소유합니다. 그러나 자례시에서 더 이상 인쇄하지 않을 경우 단독으로 출판권과 서명권을 갖습니다.

4. 이 역사지리서와 관련된 모든 권리, 즉 외국어 번역(홍콩과 대만의 번체자 출판 포함)과 영상 각색, 인터넷 전재나 연재, 기타 파생 상품에 대한 서명권과 수익권은 주요 필자인 옌렌커가 독점하며 자례시와 다른 편찬위원회 위원에게는 서명권과 수익권이 없습니다.

친애하는 독자 여러분, 응당 숨겨야 하는 것들을 이렇게 명시하는 까닭은 군자가 자신의 비열함을 햇살 아래 드러내는 것과 같습니다. 부디 읽어주십시오. 그리고 저를 욕하십시오. 여러분 가운데 누구라도, 어떤 사람이라도 정절문(貞節門) 단상에 올라 고결함과 떳떳함을 내세우며 저를 배알도 지조도 없는 소설가라고 욕하셔도 좋습니다. 제가 익사할 정도로 침을 뱉고 욕하셔도 됩니다. 하지만 저를 익사시키기 전에, 사형수에게 마지막으로 하고 싶은 말을 허락하는 것처럼 제 부탁을 들어주십시오.

부디 이 역사지리서를 읽어주십시오. 몇 쪽, 수십 쪽일지라도 제 무덤에 놓는 꽃이라 생각하고 읽어주십시오!

『작렬지』 편찬위원회 명단

명예 책임자 : 쿵밍량, 자례시 시장

발행 책임자 겸 편집장 : 옌롄커, 작가, 중국 런민대학 교수

부책임자 : 쿵밍광, 시 사범대학 교수, 기존『자례현지』의
편집위원회 책임자

편집위원회 위원(가나다순) :

리진진	시 문화국 간부, 민속학자
쑤뎬스	시 교육대학 강사
양시청	업무 직원
양펑	업무 직원
어우양즈	업무 직원

자오밍   시 문학예술계연합회 사진 예술가

천이   시 사범대학 교수

쿵밍야오   자례시 유명 기업가

허자오진   시 고등학교 특급 어문 교사

디자인 : 뤄자오린

교정 : 진징마오

재무 : 량궈둥, 당쉐핑

편찬 과정

1. 2007년 8월, 시 정부에서 자례시 시지(市誌)를 수정 및 편찬하기로 결정하고 기존의 『자례시 지방지』 명칭을 『작렬지』로 확정함.

2. 2007년 9월, 『작렬지』 편찬위원회를 발족하고 시 사범대학 교수인 쿵밍광을 편찬위원회 부책임자로 임명함.

3. 2007년 10월, 편찬위원회 첫 회의, 기존 현지(縣誌)를 바탕으로 편찬 업무를 정식으로 시작함.

4. 2008년 3월, 기본적인 자료 수집 완료.

5. 2009년 3월, 초고를 완성해 책으로 인쇄하고 의견 수렴을 위해 현의 각 부서로 발송함.

6. 2009년 12월, 『작렬지』 인쇄.

7. 2010년 2월, 정식으로 인쇄 완료.

8. 2010년 10월 건국기념일, 시 정부는『작렬지』를 널리 알리기 위해 베이징에 거주하는 현지 출신의 저명한 작가 옌롄커에게 고액의 원고료와 함께『작렬지』의 새 집필을 의뢰함.『작렬지』를 독보적인 기서(奇書)로 만듦과 동시에 자례가 촌(村)에서 진(鎭), 진에서 성(城), 성에서 시 및 초대형 도시로 발전하기까지의 변화를 기록하고 그곳의 영웅, 인재, 인민의 공덕을 찬양하기 위함임.

9. 2010년 10월 10일, 저명한 작가 옌롄커가 고향으로 돌아와 정식으로『작렬지』편찬 책임자를 맡아 업무를 시작함.

10. 2010년 11월 말, 옌롄커가 방대한 자료를 열독하고 조사 및 탐방한 뒤 새로운『작렬지』의 집필 방안을 내놓으며 완전히 개인적인 방식으로 작성하도록 해달라고 요구하고 시장의 승인을 얻음.

11. 2011년 2월, 옌롄커가 새로운『작렬지』의 기본 구조를 결정함.

12. 2011년 10월,『작렬지』를 본격적으로 집필하기 시작함.

13. 2012년 3월, 옌롄커가 홍콩 침례대 국제작가워크숍에서『작렬지』의 주요 내용을 완성함.

14. 2012년 8월,『작렬지』초고 완성.

15. 2012년 9월, 시 정부와 각계각층 인사들이『작렬지』를

심의하면서 한바탕 소동이 일고 성토와 욕설이 난무함. 이로써 자례시의 비공식 시지이자 기서가 됨.

16. 2013년, 『작렬지』가 마침내 중국어로 출판되었지만 지위 고하를 막론하고 자례시의 지도층부터 간부, 평민까지 지식인이든 일반인이든 거의 모두가 황당하고 기괴한 시지를 거부하면서 전대미문의 지방사 부정 기류가 형성됨. 또한 옌 롄커에게 그가 나고 자란 고향 땅 자례시로 다시는 돌아올 수 없도록 영구 퇴출을 명함.

2장

지리 연혁 1

자연촌

송

북송의 수도 변량(오늘날의 카이펑)에서 서쪽으로 350킬로미터를 가면 고도(古都) 낙양이고, 낙양의 서남쪽 70킬로미터되는 곳에 쑹이현(嵩伊縣)이 위치했다. 언제부터인가 쑹이현푸뉴산(伏牛山) 최고봉의 주변 지열이 상승하더니 결국 화산이 폭발해 수개월 동안 연기가 흩어지지 않았다. 당시 사람들은 지질이나 지각에 대해 무지했기 때문에 그것을 땅이 갈라진다거나 터진다고 표현했다. 어쨌든 땅이 갈라지는 것을 보고 화산 주변에 살던 사람들이 앞다투어 달아나기 시작했다. 그들 중 일부가 화산 입구에서 100여 리* 떨어진 바러우(耙耬)산맥으로 달아나 논밭을 일구며 정착했다. 이후 촌락

19

을 이루게 된 사람들은 땅이 갈라지고 터져 달아났다는 의미에서 마을 이름을 작렬하는 마을(炸裂村)이라고 지었다.

원

촌락이 처음 형성되었을 때 인구는 100여 명 정도에 불과했다. 자례촌은 이허(伊河)에 가깝고 바러우산을 등진 데다 앞으로 평지가 넓게 펼쳐져 있었다. 그래서 처음에는 농민이 모여들었지만 곧 물물교환과 물품 구매가 활발해지면서 소규모 장이 서게 되었다.

명

자례촌의 인구가 500명 남짓할 정도로 급증했다. 대부분 공씨와 주씨로, 흔히들 공자와 주희의 후손이라고 했지만 그 사실을 뒷받침해줄 족보는 없었다. 마을 장이 체계를 갖추면서 매월 1일과 11일, 21일 장이 열릴 때면 사람들이 구름처

---

* 길이의 단위로 1리는 약 500미터.

럼 몰려들어 거래가 활발하게 이루어졌다.

청

청대에 들어선 뒤 흥성하던 사회가 쇠락하고 중원 사방에
서 크고 작은 싸움이 일어났다. 이자성의 군대가 허난(河南)
에 들어와 소란을 일으키면서 자례촌은 청군과 교전을 벌였
고 그로 인해 자례촌 및 주변 마을 주민들이 고통을 겪었다.
비축해둔 곡식을 강탈당했을 뿐만 아니라 가뭄이 여러 해 지
속되는 바람에 이삭에 낟알이 맺히지 못하고 풀꽃이 자취를
감췄다. 결국 자례촌 사람들은 목숨을 부지할 수 없어 산시
(陝西)나 간쑤(甘肅), 신장(新疆) 등 서쪽으로 달아났다. 인적을
찾아보기 어려워진 마을은 죽은 듯 황폐해졌다.

중화민국

떠났던 사람들이 돌아오면서 자례촌에 다시 인가(人家)가
생기고 연기가 피어올랐다. 마을이 북적거리고 인구도 늘어
났다. 당시 쑹이현 기록에 따르면 자례촌은 인구가 수백 명

에 이르렀으며, 강이 가깝고 길이 편해 바러우산맥의 중심 시장으로 기능했다고 한다. 또한 부지런함과 검소함을 중시하는 풍조로 민생도 안정적이었다. 중화민국 시기 중반, 이웃 현에서 거대한 탄광이 발견되어 철도가 들어서고 20리 바깥에 기차역이 생겼다. 이로 인해 고요하던 마을이 떠들썩해지고 유통이 편리해졌으며 자연촌락으로서의 면모가 사라지고 집촌화 현상이 나타났다.

집촌 1

1949년 중화인민공화국이 수립된 뒤, 자례촌의 역사는 새로운 중국의 발전과 진통을 고스란히 반영한 축소판이 되었다. 토지개혁으로 토호(土豪) 척결과 토지 분배라는 경이롭고 환상적인 경험을 하고, 주씨 지주가 거느렸던 처첩 셋을 소작인 세 명에게 주는 일도 일어났다. 당시 소작인 중 하나였던 쿵씨는 쿵밍량 시장의 할아버지인데, 지주의 셋째 부인을 얻었다. 신혼 첫날밤, 그는 지주의 셋째 부인과 침대에 올랐지만 선녀처럼 아름다운 몸을 감히 건드릴 수가 없어 침대 밑에 꿇어앉은 채 동쪽에서 해가 밝아올 때까지 머리를 조아렸다. 셋째 부인은 그의 순박하고 진실한 모습에 감동해 결국 그를 침대로 끌어 올린 뒤 직접 옷을 벗고 자기 몸 위로 그를 이끌었다. 그날 밤 자례촌에 쿵밍량의 아버지 쿵둥더가 생기고, 그 대단한 쿵씨 가문과 『작렬지』의 파란만장한 이야기가 시작되었다. 해방 후 합작화가 시행되면서 농민에게 분배되었던 토지가 다시 집단에 귀속되자 쿵 시장의 할아버지는 밭머리에서 대성통곡했다. 사흘 밤낮 계속된 그의 울음소리는 거의 모든 땅 주인을 자극했고, 결국 마을 사람 전부 밭머리에 나와 땅을 잃었다며 통곡하기에 이르렀다. 하지만 시장의 할머니인 지주의 셋째 부인은 밭머리에서 머리를 매만지며 웃을 뿐이었다. 말 없는 긴 웃음이 무척 의미심장했다. 어쨌든 자례촌의 '곡하는 풍습'도 이때 처음 시작되었다(자세한 내용은 뒤편 참조). 그 후 '3반·5반 운동'* 시기에 자례촌 사람 하나가 산과 들의 나무를 베어 괭이자루와 걸상을 만들었다는 이유로 감옥에 갇히고 흠씬 두들겨 맞은 데다 노동 교육까지 받자 사람들은 화들짝 놀랐다. 그런데 하필이면 그런 시기에 쿵둥더 역시 합작사의 농기구를 망가뜨려 '사회주의 기물 파손'이라는 죄목으로 감옥에 갇혔다. 이 사건은 쿵씨 가족에게 깊은 상처가 되었을 뿐만 아니라 본 역사서의 첫 장을 여는 기반이 되었다.

---

* 1951~1952년까지 중국 고위층에서 일선까지, 도시에서 향촌까지 사회주의 건설을 위해 추진한 '반부패, 반낭비, 반관료주의'와 '반뇌물수수, 반세금포탈, 반국가자산편취, 반부실공사, 반국가경제정보절도' 혁명운동이다.

1958년 중국에서 인민공사(人民公社)화 운동이 전면적으로 전개되면서 자례촌은 인민공사 산하의 자례 대대 소재지가 되어 공화국과 훨씬 더 긴밀하게 명예와 상처를 공유하게 되었다.

　1966년 문화대혁명이 대대적으로 시작되자 쿵씨와 주씨는 자례촌에서 양대 파벌을 형성했다. 한편 세 번째로 많은 청씨 사람들은 그들의 싸움을 구경하며 평온한 나날을 보냈다. 자례촌에서 혁명은 가문 간의 충돌을 넘어 계급투쟁으로 발전했다. 10년의 혁명과 10년의 혼란 속에 어떤 사람은 죽고 어떤 사람은 감옥에 갇히고 어떤 사람은 농사를 지으며 생계를 유지했다. 그러던 어느 날, 쿵밍량의 아버지 쿵둥더가 몸을 수그린 채 김을 맬 때 새똥이 등에 떨어졌다. 하얀 옷에서 땀과 섞인 새똥은 중국 지도 모양으로 번졌고 쿵둥더는 보름 동안 옷을 빨지 않아 내내 새똥 지도를 등에 달고 다녔다. 누군가 그것을 발견하고 촌장(村長) 주칭팡에게 고발했다. 주칭팡은 사태의 심각성을 파악하고 공사에 알린 다음 현에도 보고했다. 결국 쿵둥더는 다시 감옥에 갇히고 중형을 선고받았다. 감옥에서 끊임없는 노동 교육에 시달리던 그가 마침내 출소해 조용히 마을로 돌아온 뒤, 자례촌은 비로소 새로운 시대로 들어섰다.

　이로써 『작렬지』에 새로운 끝과 시작이 생겨났다.

집촌 2

초겨울이었지만 날씨가 매서워 사람들이 집에서 나오지 않았다. 나무는 앙상했고 참새는 처마 밑에 다닥다닥 모여 있었다. 자례촌 전체가 정적에 싸여 고요와 안식에 빠져 있었다.

쿵둥더가 감옥에서 마을로 돌아왔다. 워낙 갑작스럽고 조용해 아무도 그의 귀환을 알지 못했다. 그는 한 달 내내 집에 틀어박힌 채 한 발짝도 나오지 않았다. 예순두 살의 그가 12년 감옥살이하는 동안 어떤 고통을 받았는지 어느 누구도 알지 못했다. 감옥에서 무슨 일을 했는지, 어떤 생활을 했으며 어떤 벌을 받았는지 아무도 알지 못했다.

한 달 전, 그는 한밤중에 문을 두드려 온 집안을 경악으로 몰아넣고 처자식의 얼굴을 눈물범벅으로 만드는 동시에 숨 막히는 답답함과 정적을 몰고 왔다. 무엇을 먹고 싶은지, 무엇을 마시고 싶은지 물을 때를 빼고는 가족 간에 한마디도 오가지 않았다.

그는 사형을 선고받았었다. 그래서 모두 그가 죽었다고 생각했는데 멀쩡히 살아 돌아왔다. 머리카락이 하얗게 세고 장작개비처럼 비쩍 마른 모습이었다. 잠깐이라도 눈동자를 움직이지 않으면 죽었나 하는 착각이 들 정도였다. 누워 있을 때는 더더욱 살아날 것 같지 않은 시체 같았다.

하지만 죽음 같은 침묵 속에서 보름을 보낸 뒤 그는 혈색을 되찾았다. 그러고는 아들들을 침대 앞으로 불러 놀라운 말을 꺼냈다.

"세상이 변했다. 앞으로 대대를 더 이상 대대라 하지 않고 촌이라고 할 거다."

"토지가 다시 농민에게 분배되고 장사가 활기를 띠게 될 게야."

"자례에서 주씨와 청씨의 시대는 끝났다. 이제 우리 쿵씨 세상이 되어야지."

네 아들이 그를 바라봤다. 어느새 다 자라 우리를 떠날 준비를 하는 성견 같았다. 첫째 쿵밍광, 둘째 쿵밍량, 셋째 쿵밍야오, 넷째 쿵밍후이가 침대 옆에 나란히 섰다. 침대 아래 화

로에서 타는 회화나무 장작의 향긋한 기름내가 방 안을 가득
메우고 모두의 얼굴에 노르스름한 빛을 칠했다. 벽에 붙어
있던 도마뱀붙이가 쿵둥더의 비밀스러운 말을 듣고 고개를
돌려 예순둘이지만 일흔 살처럼 늙은 그를 바라봤다. 새까맣
게 반짝거리는 도마뱀붙이의 동그스름한 두 눈에는 깨달음
이 담겨 있었다. 쿵둥더의 머리 위에서 그놈은 주인 만난 강
아지처럼 한 치 길이의 꼬리를 흔들었다. 동쪽 벽의 회색 거
미도 쿵둥더의 말을 듣고는 배가 다 드러날 정도로 머리를
높이 들고 그를 쳐다봤다.

쿵둥더가 손으로 문밖을 가리키며 말했다. 보름 동안 한
번도 보이지 않던 웃음이 금박처럼 얼굴에 붙어 있었다.

"모두 나가거라. 지금 당장 나가서 각기 동서남북으로 걸
어가. 돌아보지 말고 계속 가다가 무엇을 만나거든 허리를
굽혀 주워라. 그 물건이 평생 너희의 운명을 좌우할 게다."

아들들은 아버지가 미쳤다고 생각하며 아무 말도 하지 않
았다.

하지만 아버지가 세 번 연속으로, 심지어 마지막에는 애원
하듯 말하자 둘째 밍량이 첫째 밍광에게 눈짓을 했다. 그러
고는 동생 밍야오와 밍후이를 데리고 화로와 걸상, 아버지와
어머니, 도마뱀붙이, 거미를 떠나 탐색하듯 문밖으로 걸어 나
갔다.

그 행보로 수많은 것이 바뀌고 세상이 달라졌다. 자례의 역사가 새로운 기원을 맞이하게 되었다.

아들들이 떠난 뒤 줄곧 침대 옆에 앉아 있던 어머니가 남편을 보며 말했다.

"미쳤어요?"

"술 마시고 싶군."

"당신 변했어요."

"우리 집에서 황제가 나올 거야. 하지만 네 아이 가운데 누가 될지 모르겠어."

그녀가 온순하게 술을 가져다주고 안주를 만들었다. 그녀의 온순함 역시 그의 안주였다. 돌아온 지 보름이 지났지만 그는 그녀에게 손도 대지 않았다. 정사에 흥미를 잃은 듯했다. 하지만 그때, 이미 예순인 그녀가 문을 나서려 하자 그는 돌발적으로 쫓아가 그녀를 안고 침대로 갔다. 침대는 오래전에 잊힌 파열과 비명을 감내해야 했다.

한밤중인 마을에는 달빛이 물처럼 흐르고 있었다.

동네 처마 밑의 참새들이 둥지 속에서 이따금 짹짹 울 뿐이었다. 무덤 같은 정적이 마을에 깔렸다. 쿵가의 네 아들은 집을 나온 뒤 금세 마을 사거리에 도달했다. 둘째 밍량이 "여기서 헤어지자. 동서남북으로 가서 무엇이든 만나자마자주워서 돌아오자" 하고 말했다.

그리고 네 사람은 각각 다른 방향으로 걸어갔다.

첫째는 동쪽, 둘째는 서쪽, 셋째는 남쪽, 넷째는 북쪽으로 사방으로 흩어지는 새들처럼 걸었다. 마을이 산을 등지고 있어 동서로 뻗은 큰길은 길었지만 남북 방향으로는 짧았다. 또한 사거리가 마을 동쪽에 있어서 첫째와 셋째, 넷째는 금방 마을 외곽에 도달했지만 서쪽으로 향한 둘째 쿵밍량만은 곧고 긴 길을 걸어야 했다. 밤이 깊어질수록 달빛과 공기 그리고 개 짖는 소리만 들릴 뿐 아무것도 나타나지 않았다.

어떤 것과도 만나지 못하리란 생각이 들었을 때 어느 집 대문에서 소리가 났다.

마을에서 유일하게 기와 문루를 얹은, 얼마 전 붉게 칠한 커다란 두 쪽짜리 버드나무 문이었다. 끼익, 대나무가 갈라지는 듯한 문소리마저 붉은색을 띤 듯했고, 코를 찌를 듯 맹렬한 페인트 냄새가 풍겼다. 촌장 주청팡의 집이었다. 문이 열린 뒤 촌장의 딸 주잉이 걸어 나왔다. 입구까지 나왔을 때 그녀는 자신보다 몇 살 많은 쿵밍량이 맞은편에서 천천히 걸어오는 것을 발견했다.

두 사람은 화들짝 놀라며 그 자리에 멈춰 섰다. 그리고 잠시 뒤 이어진 대화가 그들 일생의 전기(傳記) 속에 기록되었다.

밍량이 말했다.

"젠장! 재수 덩어리를 만났군."

주잉이 생각도 못 했다는 듯 말했다.

"너를 제일 먼저 만나다니."

"한밤중에 어디 가?"

달빛 속에서 쿵밍량이 주잉에게 눈을 흘긴 뒤 싸늘하게 말했다.

"여기. 너희 집 담을 넘어가 네 아버지를 목 졸라 죽이려고 했어. 하지만 이제 그럴 마음이 사라졌지."

그렇게 말한 뒤 뒤돌아서 거리를 따라 동쪽으로 성큼성큼 걸음을 옮겼다. 동쪽으로 갔던 형과 남쪽으로 갔던 셋째, 북쪽으로 갔던 넷째를 사거리에서 만나기 위해 걸음을 재촉하며 실망감을 털어낼 때였다. 뭐라고 표현할 수는 없지만 폭발할 것 같은 무엇인가가 혈관 속에서 느껴졌다. 또한 알 수 없는 기쁨 한 가닥도 느껴졌다. 그는 목청껏 소리를 질러 깊이 잠든 자례를 깨우고 싶었다. 하지만 그 순간, 뒤를 쫓아온 주잉이 그에게 먼저 소리쳤다.

"쿵가 둘째야, 재수 옴 붙은 건 나거든. 집을 나오자마자 너 따위를 만나다니!"

"나는 이제 다른 길이 없어. 너를 만났으니 너한테 시집갈 밖에."

"너한테 시집간다고. 평생 너희 쿵가를 내 손안에서 갖고 놀 거야!"

주잉의 외침이 뒤에서 번개처럼 날아왔다. 쿵밍량이 뒤를 돌아보다가 청씨 집안의 여자아이 청징이 초롱을 들고 골목에서 나오는 것을 보았다. 양바오칭이 라이터를 켠 채 다른 골목에서 걸어왔고, 마을의 얼거우도 손전등으로 땅을 비춰 뭔가를 찾으며 걸어왔다.

갑자기 사방에서 불빛이 보이더니 세상이 환해지고, 성기던 발걸음 소리도 물이 얕은 곳에서 깊은 곳에 이른 듯 촘촘해졌다. 사람들이 불빛을 비추며 불빛 아래에서 무엇인가를 찾고 있었다. 어느새 사거리에 많은 사람이 모여 나라에 황제의 붕어(崩御)와 같은 큰일이 났다고 떠들었다. 그렇지 않으면 수십 년 동안 공사라고 부르던 걸 향으로 되돌리고 대대의 명칭을 촌, 생산대의 호칭을 촌민소조(村民小組)로 바꿀 리 없으며 국가에 귀속된 토지를 다시 농민의 손에 되돌려줄 리 없다고 말했다. 게다가 읍내 시장에서 장사를 하라고 부추기다니. 장사꾼은 잡아다 조리돌려야 한다고 할 때는 언제고 이제는 장사를 적극적으로 권장하는 게 웬 말이냐고 했다.

땅의 내력과 명칭이 바뀌었다. 장씨가 이씨가 되고 세상의 하늘과 땅이 뒤집히고 흑백이 전도된 것 같았다.

시대가 바뀌었기 때문에 세상도 변했다. 자례 사람들은 한밤중에 똑같은 꿈을 꾸었다. 수척하지만 원기 왕성한 예순 혹은 일흔 살의 노인이 감옥에서 도망쳐 나와 침대 곁으로 와서는 어깨를 흔들거나 손을 잡아당기면서 어서 빨리 거리로 나가 똑바로 걸어가라고 말했다. 뒤돌아보거나 곁눈질하지 말고 가다가 제일 먼저 마주치는 것이 그의 운명이나 징조라고 말했다. 어떤 사람들은 믿을 수 없어 정신이 들고 나서도 몸을 뒤척이다가 다시 눈을 감았다. 하지만 잠이 들기만 하면 꿈이 되풀이됐다. 감옥에서 나온 노인이 사람들을 흔들어 깨운 다음 거리로 나가 똑바로 걷도록 했으며, 동전이나 지폐를 주우면 평생 장사로 큰돈을 벌 것이라고 알려줬다. 여자 물건을 주우면 결혼을 잘하거나 여자 운이 많을 거라고도 했다. 그래서 사람들은 하나둘 억지로 일어나 신발을 꺾어 신고 등불을 챙겨 거리로 나와 서로 꿈에 대해 이야기하고, 방금 거리에서 마주친 물건과 괴이한 현상에 대해 말했다. 그들 중 누군가가 잔뜩 흥분해 1마오인지 1위안인지의 돈을 들어 보이며 집에서 나오자마자 길가에서 주웠다고 말했다. 붉은 머리끈이나 어느 집 아가씨가 잃어버린 플라스틱 머리핀을 들고 자기가 주운 게 어떤 징조인지 묻는 사람도 있었다.

청씨 집안의 청징이라는, 겨우 열몇 살에 불과한 여자아이도 똑같은 꿈을 꾸었다. 그리고 역시 꿈에서 하라는 대로 전등을 들고 나왔다가 길 한복판에서 투명한 씌우개 같은 것을 주웠다. 손가락 모양의 새하얀 물건이었다. 그녀는 씌우개처럼 생긴 물건이 무엇이고 무슨 징조인지 몰라서 사람들 속으로 비집고 들어가 어른들에게 물었다. 남자들은 하하하 웃으면서 그건 남녀가 침대에서 사용하는 피임 도구라고 말했다. 그러자 청징이 흥분하며 남녀가 침대에서 뭘 하는데 이걸 쓰느냐고 물었다. 그때 청징 어머니의 팔이 사람들 틈에서 빠져나오더니 아이의 따귀를 때리고는 끌어냈다.

사람들은 하하하 웃음을 터뜨렸다.

쿵밍량은 등불과 웃음소리로 가득한 인파에 끼지 않았다. 서쪽으로 곧장 걸어가다가 원수 집안의 주잉을 제일 먼저 만난 게 어떤 징조인지, 앞으로 어떤 일이 벌어질지 짐작되지 않았다. 그리고 그의 뒤를 쫓아와 외치던 주잉의 고함이 뼛속 깊이 스며든 것도 무슨 의미인지 이해되지 않았다. 열쇠 꾸러미를 들고 문 앞에 서 있는데 어떤 열쇠를 꽂아야 하는지 알 수 없는 듯한 기분이었다. 그렇게 사거리 서쪽 도로에서 머뭇머뭇 망설이고 있는데 발바닥에 딱딱한 무언가가 자꾸 배겼다. 아무 의미 없는 돌 조각일 것 같아 줍지 않으려고 했지만 그 물건이 송곳이나 칼로 쑤시듯 발바닥을 찔렀다. 결국 그는 허리를 굽혀 물건을 주웠다. 그러나 손아귀에 꽉 쥔 채 펴 보지 않고 사거리에 모인 사람들에게로 시선을 돌렸다.

온갖 불빛이 와글거리며 부딪치고, 그림자와 그림자가 부딪는 소리가 철판과 철판이 마주치는 소리처럼 울렸다. 그때 큰형이 셋째와 넷째 동생을 데리고 인파 속에서 이쪽으로 다가오는 게 보였다. 세 사람의 얼굴에는 그날 밤 문을 나서자마자 자신들이 가장 원하는 소망과 행운을 만난 듯 찬란한 웃음이 걸려 있었다.

바로 그때, 쿵밍량은 불빛을 비추며 꽉 쥐고 있던 오른손을 폈다. 손바닥에 땀이 흥건했다. 땀 때문에 쥐고 있던 물건이 축축했다. 네모반듯하고 길쭉한 인장석(印章石)이었다. 하얀 종이에 싸인, 아직 이름이 새겨지지 않은 주인 잃은 그것이 쿵밍량의 손에 들어와 그의 밝은 앞날을 암시했다.

3장

개혁 원년

만 위안 사건

꿈결에 닥친 홍수처럼 모든 일이 갑작스럽고 난데없었다. 사람들이 땅을 배분받아 일구기 시작했다. 밭에서 과일과 채소를 재배하고, 먹고 남은 것들을 장에 가져다 팔았다.

몇 년 동안 사라졌던 시장이 다시 활기를 되찾았다.

자례촌 앞의 강변이 넓다는 이유로 다시금 그곳에 장이 열렸다. 닭과 오리, 돼지고기, 목재, 토산품, 최신 옷과 신발, 양말이 매월 1일과 11일, 21일에 강변과 제방 위에 펼쳐졌다. 하지만 가장 중요한 것은 정부에서 내려온 '만위안호'*를 육성하라는 공문이었다. 일부 소수 사람부터 부유하게 만들겠

---

* 萬元戶: 1980년대 초 중국에서 연수입 1만 위안 이상인 부자나 부유한 가정을 지칭하던 말이다.

다는 의미였다.

사람들은 전부 이성을 잃었다. 돼지와 양을 키우고 소와 말을 먹이고 편물을 짜고 나무를 베고 가구를 팔고 집을 새로 지으면서 자신이 가장 먼저 부자가 되기를 바랐다. 정부로부터 무이자 자금을 얻어 희희낙락 풍족한 생활을 할 수 있기를 바랐고, 남들보다 잘나고 뛰어난 사람이 되어 간절히 원하던 좋은 세월을 보낼 수 있기를 바랐다.

셋째 쿵밍야오는 봄에 입대했다. 그날 밤, 마을 사람 모두 꿈을 찾아 앞으로 나아갈 때, 그도 남쪽 길을 따라 쭉 걸어갔다. 그리고 마을을 벗어나자마자 총과 대포를 싣고 지나가는 훈련 중인 군용차를 만났다. 그는 자신이 자례를 떠나 입대해야 한다는 것을 알았다. 정말로 겨울이 지나고 봄이 되자 입대 조건이 바뀌어 더 이상 집안 계급과 정치사를 따지지 않게 되었다. 집과 나라를 지키겠다는 의지가 있고 신체적 문제가 없다면 누구나 군인이 될 수 있었다.

그렇게 군인이 되었다.

큰형은 초등학교 교사가 되었다. 그는 중학교를 졸업했을 뿐만 아니라 글도 잘 쓰고, 무엇보다 그날 밤 사거리를 떠나자마자 달빛 아래서 분필을 주웠기 때문이다. 그는 분필이 자신의 운명이라고 생각하지 않고 동쪽 산마루까지 계속 걸어갔다. 그러나 달빛 아래 놓인 분필 조각만 주웠을 뿐, 아무

것도 만나거나 줍지 못했다. 그렇게 그의 운명은 분필을 얻었다. 역시 괜찮은 운명이었다. 이미 만 스물여덟 살이었지만 아버지가 감옥에 갔던 범죄자 가족이라서 그동안 결혼 상대를 찾을 수 없었다. 하지만 향촌의 지식인이 되자 금세 그를 좋아하는 아가씨가 생기고, 결혼해 안정적이고 평온한 생활을 누릴 수 있게 되었다.

이제 둘째인 쿵밍량이 결혼할 차례였다.

아버지가 말했다.

"너도 결혼해야지."

"결혼하면 은행에 만 위안을 저축할 수 있을까요?"

둘째가 누구를 비웃는지 모를 웃음을 지으며 아버지에게 묻고는 밖으로 나갔다. 경작도 하지 않고 장사도 하지 않고 편물도 짜지 않으면서 밖으로 나갔다가 식사 시간에 돌아왔다. 부모는 무슨 일이든 시키려 했지만 그는 비웃는 듯한 웃음을 짓고는 집에서, 마을에서 사라져버리곤 했다.

둘째는 야망이 있었다. 다른 사람들이 농사짓고 조그맣게 장사할 때 그는 매일 광주리와 마대 두 개를 가지고 마을 뒤편 계곡에서 몇 리 떨어진 산마루에 있는 철도로 갔다. 그러고는 산 서쪽에서 석탄과 코크스를 운반하는 기차를 기다렸다가 화물칸에서 슬쩍 석탄과 코크스를 끌어 내렸다. 가없는 하늘 아래 산과 들이 깨어난 듯 산맥을 따라 그림처럼 푸른 광경이 펼쳐졌다. 그는 혼자 산비탈에 숨어, 움직이는 거대한 부뚜막에 젖은 장작을 넣은 듯 짙은 연기를 내뿜으며 기차가 산 아래에서 씨근덕씨근덕 올라오는 것을 보았다. 산세가 험해질수록 속도가 줄어들어 마지막에는 사람이 걷는 속도와 비슷해졌다. 그러면 쿵밍량은 철도 옆 밭에서 나와 미리 준비해놓은 긴 대나무 갈퀴로 화물칸에서 코크스를 끌어 내렸다. 있는 힘을 다하면 각 화물칸에서 한 광주리와 반 마대쯤 되는 코크스를 내릴 수 있었다. 코크스와 석탄을 담은 광주리와 마대가 한 수레 모이면 두메산골의 풀숲에서 현성(縣城)* 으로 가져갔다. 그곳에서 200위안이나 300위안을 받고 팔았다. 여름이 되고 끌어 내린 코크스 때문에 철도변의 풀들이 새까매질 무렵 쿵밍량은 자례에서 가장 먼저 만 위안을 저축했다. 그렇게 나라와 정부에서 높은 가치를 부여한 모범 만 위안호가 되었다.

그는 현성으로 가서 사흘 일정의 성공사례회의에 참석했다.

현성에서 돌아올 때 향장(鄕長)과 함께 마을에 왔다. 향장 위안다쿤은 자례 사람들을 전부 마을 사거리 입구로 불러 모았다. 네 촌민소조의 남녀노소 600여 명이 종소리를 듣고 사거리 공터에 모였다. 공터가 사람들로 가득 차자 향장이 대접

* 현 정부 소재지, 현도(縣都).

만 한 붉은 꽃을 쿵밍량 가슴에 달아주고 문짝 반만 한 널판으로 만든 통장을 허공에 들어, 사람 머리통만 하게 적힌 '쿵밍량' 이름과 들보 같은 '1', 사발 같은 '0'의 10000이라는 숫자를 마을 사람들에게 보여줬다.

마을 사람들 모두 깜짝 놀랐다.

산처럼 아무 말도 하지 못했다.

열심히 일한 사람도 아직 천 위안을 저축하지 못했는데 쿵밍량은 만 위안이나 저축한 것이다. 황혼의 석양이 서산에 드리워질 때 사람들은 거액의 통장과 아침 태양 같은 쿵밍량의 얼굴을 쳐다보고, 그의 눈에 어린 흥분과 입가에 걸린 웃음을 보았다. 향장이 쿵밍량에게 단상에 올라 성공담을 이야기해달라고 청하자 그가 마을 사람들을 바라보며 겸손하게 말했다.

"알려드릴 만한 게 없습니다. 한마디로 '근면'했을 뿐입니다."

이어서 향장이 근면이라는 두 글자를 설명하고 강조했다. 근면이란 풍요의 영혼이자 자산의 보고라고 말하며, 근면한 손만 있으면 장님이든 절름발이든 성공 가도를 달릴 수 있다고 했다. 곧이어 참새가 둥지로 돌아갈 준비를 하고 마을 입구에 있던 닭과 돼지, 개와 고양이도 각자의 집으로 돌아갈 채비를 했다. 그때 향장이 사람들을 쭉 훑어보고 맨 뒤쪽에 움츠리고 있던 늙은 촌장을 찾아냈다.

"올해 안에 만 위안을 저축할 수 있겠나?"

촌장 주청팡이 머리를 떨궜다.

향장이 물었다.

"연말까지 마을에서 만위안호 열 명을 만들 수 있겠나?"

주청팡이 고개를 들어 향장의 얼굴을 힐끔거리다가 고개를 깊이 더 깊이, 두 다리 사이에 낄 만큼 바닥에 박힐 만큼 숙였다. 향장이 옆에 있던 쿵밍량에게 고개를 돌리더니, 연말까지 마을에서 만위안호 열 명을 배출할 수 있는지를 물었다. 쿵밍량이 앞으로 한 걸음 나아가 향장과 마을 사람들을 둘러본 다음, 주먹으로 자신의 가슴을 세 번 치고는 바위 위로 올라가 자신만만하게 말했다. 촌장이 되었음에도 올해 12월 말까지 마을 126호 가정 가운데 그 절반인 63호 가정을 만위안호로 만들지 못하면 물구나무서서 마을을 세 바퀴 돈 다음 저축한 것을 기꺼이 모두에게 나눠 주고 자례를 떠나 다시는 돌아오지 않겠다고 했다.

자례 사람들은 단박에 미친 듯이 반응했다. 흥분해서 펄쩍펄쩍 뛰고 우레 같은 박수로 호응했다. 마을 전체가 무시무시한 흥분에 휩싸여 들썩거렸다. 둥지로 돌아갔던 새가 마을에 무슨 일이 생겼나 싶어 다시 둥지를 나와서는 마당에 둥그렇게 모여 지저귀었다. 처마 밑의 참새와 비둘기가 담벼락과 비스듬한 지붕에 앉아 관중처럼 사거리에서 펼쳐지는 전례 없는 공연을 감상했다. 향장은 그 자리에서 주칭팡의 촌장 직위를 박탈하고 젊은 쿵밍량을 자례촌 개혁 원년의 새로운 촌장으로 임명한다고 선포했다. 사위가 어둑해지고 있었기 때문에 향장은 선포를 마친 뒤 몇 마디를 덧붙이고는 하늘색을 쫓아 20리 바깥의 향리(鄕里)로 총총히 떠났다.

향장이 떠난 뒤 신임 촌장은 세 가지 일을 했다. 우선 집정 원칙과 목표를 밝혔다. 마을 내 모든 가정을 부유하게 만들겠다며 연말까지는 가구 절반을, 내년에는 전체 가구를 만위안호로 만들고 후년에는 모두가 초가를 헐고 새 기와집에서 살 수 있게 하겠노라고 했다. 두 번째로 그는 마을 사람들에게 떠나지 말고 그의 아버지 쿵둥더가 원수 주칭팡 얼굴에 침 뱉는 것을 보라고 요구했다. 세 번째로는 그의 아버지가 주칭팡 얼굴에 침을 뱉은 다음 마을 사람 누구든 주칭팡의 얼굴이나 몸에 침을 한 번 뱉으면 10위안, 두 번 뱉으면 20위안, 열 번 뱉으면 100위안을 주겠다고 말했다.

석양 속에서 주칭팡은 마지막 줄에 뻣뻣이 앉아 있다가 하얗게 질린 얼굴로 주머니에서 촌위원회 인장을 꺼내 신임 촌장인 쿵밍량에게 건네주고는 앉아 있던 걸상을 딸 주잉에게 내주었다. 그는 바닥에 쪼그려 앉아 말없이 눈꺼풀을 내리깔고는 비처럼 쏟아질 침을 기다렸다.

딸 주잉이 옆에서 큰 소리로 외쳤다.

"아빠!"

주칭팡이 눈을 감은 채 소리쳤다.

"쿵가 놈한테 뱉으라고 해! 쿵가 놈한테 뱉으라고 해!"

사람들은 감옥에서 나온 뒤 거의 문밖으로 나오지 않던 쿵둥더가 주칭팡 앞으로 다가가 비웃음을 지으며 정말로 걸쭉한 침을 퉤, 하고 이마에 뱉는 것을 보았다.

이어서 쿵밍량이 10위안짜리 두툼한 인민폐 다발을 주머니에서 꺼내 들고 더 큰 바위로 뛰어 올라가 소리쳤다.

"누구든 침을 한 번 뱉으면 한 장을 주고 두 번 뱉으면 두 장을 주겠소!"

그러고는 지폐를 손바닥에 탁탁 치면서 누군가 주칭팡의 얼굴이나 몸에 침 뱉기를 기다렸다.

하지만 정적만 흐를 뿐 아무도 뱉지 않았다. 석양이 수면에 젖어 드는 비단 같았다.

"뱉을 거요, 말 거요? 한 번에 20위안을 주겠소!"

얼거우라는 청년이 웃으며 쿵밍량에게 물었다.

"정말 한 번에 20위안입니까?"

쿵밍량이 바위에서 뛰어 내려와 얼거우에게 20위안을 주었다. 돈을 받은 얼거우가 웃으면서 걸어가 주칭팡 얼굴에 침을 뱉었다. 또 20위안을 주었더니 한 번 더 뱉었다. 그가 연속해서 침을 뱉자 밍량도 연속해서 돈을 주었다. 사람들이 욕심과 희열에 빠져 주칭팡의 몸에 침을 뱉었다. 침을 모아 뱉는 소리가 황혼 속에서 뇌우처럼 울렸다. 순식간에 주칭팡의 머리와 얼굴, 몸이 하얗고 노르께한 타액으로 뒤덮였다. 어깨에 매달린 가래침이 폭포수처럼 늘어졌다. 마을 사람 전부 목이 말라 더는 침을 한 방울도 못 뱉을 때까지 주칭팡은 미동도 없이 앉아 있었다.

마치 침으로 만든 소조상 같았다.

혁명비

주칭팡은 가래침에 숨이 막혀 죽었다.

수의를 입힐 때 가래침을 씻어내는 데에만 물을 다섯 번 길어 와 뿌려야 했다. 그 일은 전부 그의 외동딸 주잉이 맡았다. 아버지의 몸과 얼굴을 닦아 수의로 갈아입히고 관을 사고 인부를 불러 묘를 파고 안장하는 모든 것을 주잉이 처리했다.

그날 저녁, 마을 사람들이 침을 뱉을 때 주잉은 아버지가 침 세례 속에서 "상관 마라, 뱉게 내버려둬!"라고 말하는 것을 들었다. 그래서 마을 사람들이 아버지의 머리와 얼굴에 침 뱉는 것을 미동도 없이 지켜봤다. 하지만 머릿속으로는 누가 아버지의 얼굴과 몸에 수십 번 침을 뱉는지 일일이 세고 외웠다. 또 누가 덜 뱉는지, 몇 번, 열몇 번에 그치는지 지켜봤다. 사람들이 흩어지고 그루터기처럼 꿇어앉은 아버지가 쓰러진 뒤에야 그녀는 침 더미에서 아버지를 끌어내 집으로 떠메고 갔다. 그리고 대문 앞에 이르러 문루와 문턱을 지나려는 순간에야 자신과 함께 아버지를 옮긴 사람이 쿵가의 막내아들 쿵밍후이라는 것을 알았다. 문루 아래의 전등 끈을 잡아당기자 빛이 쏟아져 내렸다. 그녀는 밍후이의 얼굴에서 물에 젖은 백지처럼 부드럽고 연약한 순수함과 스스로를 책망하는 선한 마음을 보았다. 하지만 "너였다니! 필요 없어!" 하며 차갑게 쏘아붙인 뒤 밍후이의 손을 밀쳐내고는 혼자 힘겹게 시체를 끌고 문턱을 넘어갔다. 문밖에 남겨진 쿵밍후이는 문루의 등불 밑에 서 있었다. 주씨 집 대문이 닫힌 뒤에도 그 자리에서 움직이지 않았다.

주잉은 아버지가 침을 맞아 죽은 자리, 마을 사거리 정중앙에 아버지를 묻었다. 공공장소이며 마을 사람들이 식사하는 장소였기 때문에 당연히 무덤이 솟아서는 안 되는 곳이었다. 사람들이 이러쿵저러쿵 떠들어대다가 신임 촌장인 쿵밍량에게 알렸다. 쿵밍량이 나와 막아서자 주잉이 말했다.

"쿵가야, 네가 꿈을 따라 서쪽으로 가던 그 밤에 처음 만난 사람이 나라는 걸 잊지 마!"

밍량은 그날 밤 만났을 때 주잉이 자신의 등 뒤에서 번개처럼 내질렀던 말을 떠올렸다. 그리고 주잉이 비웃음과 고통이 뒤섞인 어조로 "아버지를 묻으면 마을을 떠날 거야. 쿵밍량, 네가 내 앞에 무릎 꿇고 애원하도록 만들 수 없다면 다시는 이 바러우산맥의 자례로 돌아오지 않을 거야"라고 말하는 것을 들었다.

쿵밍량은 더 이상 주잉을 방해하지 않았다. 그러고는 사람들에게 마을의 옛 당원이었으니 마을 중앙에 묻도록 하는 게 좋겠다며 이유를 설명했다. 주청팡은 죽은 지 사흘이 지나 매장되었다. 그를 안장한 사람은 다름 아니라 침으로 그를 죽인 사람들이었다. 그에게 가장 많은 침을 뱉은 사람이 안장할 때 가장 많은 땀을 흘렸다. 총 106번 침을 뱉은 얼거우가 무덤을 파고 납관하고 관을 운반해서 내리고 흙을 뿌리는 모든 것에 사력을 다했다. 그리고 안장을 끝낸 뒤 무덤 앞에서 한마디 했다.

"빚진 것 전부 갚았어요."

너비 1미터, 높이 1미터, 두께 15센티미터의 청석 묘비도 얼거우가 수십 리 바깥에서 차로 옮겨 왔다. 주청팡을 입관하기 전에 주씨 집안은 집안의 사상과 신념에 따라 시체에 당기와 국기를 덮고 격정적이면서 사상에 충만한 추도사(나중에 사람들은 그 추도사가 쿵가의 첫째인 쿵밍광이 쓴 미문임을 알았다)를 읽었다. 안장을 끝내고 푸른 묘비를 덮었던 붉은 깃발이 젖혀졌을 때 사람들은 묘비에 적힌 글을 볼 수 있었다.

가장 충성스러운 공산당원 주칭팡의 묘.

이로써 당원이었던 연수가 나라의 연령과 같은 사람이 한 시대의 마지막을 장식하며 마을에서 사라졌다. 그의 딸은 훗날 촌과 진, 시의 국면을 좌우하게 되었지만 그것이 그에게 더 큰 슬픔이 되었는지, 아니면 영광이나 광명으로 작용했는지는 알 수 없었다. 주잉이 마을을 떠나기로 결정한 날은 아버지가 사망한 지 이레째 되는 날이었다. 그녀는 무덤과 비석 앞에서 절하고 지전을 태운 다음 의연하게 마을을 떠났다. 뒤도 돌아보지 않고 엄숙한 표정과 굳은 눈빛을 띤 채. 유일하게 한 일이라면 쿵가 대문 앞에서 잠시 걸음을 멈추고 똑같이 갚아주겠다는 듯 침을 뱉은 것뿐이었다. 그러고는 마을을 나가 산마루에 오른 다음 고갯길로 사라졌다. 그녀의 목덜미와 그림자가 얼마나 꼿꼿하던지 비석이 산 너머로 걸어가는 듯했다.

벅찬 슬픔

2년 만에 마을 사람 전부를 기와집에서 살 수 있도록 하겠다는 쿵밍량의 원대한 계획은 무척 보수적인 예측이었다. 실제로 그 과정은 1년 반밖에 걸리지 않았다. 쿵밍량이 마을 사람들을 데리고 뒷산 산마루로 가서 기차의 화물을 훔치자 돈이 빗물처럼 각 가정 마당에 떨어졌다. 여름부터 겨울까지, 비 오는 날부터 눈 오는 날까지 사람들은 어떠한 상황에도 개의치 않고 부지런히 움직였다. 낮이건 밤이건, 비가 오건 화창하건 뒷산 오르막에 있는 철길 옆을 지켰다. 그러다 보니 바러우산맥을 지날 때 철로에서 덜컹거리는 열차의 모든 규칙과 상황을 파악하게 되었다. 북쪽에서 남쪽 방향의 오르막길을 지나는 기차는 보통 광석이나 코크스, 목재를 신고 남쪽에서 북쪽으로 향하는 기차는 대부분 북방 사람이 필요로 하는 전선, 시멘트, 건축자재 등의 일용품과 귤, 바나나, 망고 같은 북방에서 보기 어려운 과일을 싣고 있었다. 여섯 달 동안 기차를 털면서 자례 사람들은 나름대로 소양을 갖추게 되었다. 산발적이고 무질서하던 시기에서 벗어나 대오를 갖추고 규칙을 정했다. 출퇴근 시간표를 만들고 재물 분배의 규칙과 수량을 결정했다.

촌장인 쿵밍량은 누구든 '훔치다'라는 말을 절대 입 밖에 내지 못하게 했다. 사람들은 모두 '훔치다'라는 말 대신 '내리다'라는 말을 사용했다. 산 저편에서 돌아온 사람에게는 "오늘은 물건을 얼마나 내렸나?" "무슨 물건을 내렸어?" 하고 묻고, 물건을 내리러 마을을 나서는 사람에게는 "출근하나?" "자네가 출근할 차례인가?" 하고 물었다. 모두 이렇게 눈 가리고 아웅 하는 게 우습다고 생각했지만, 월말에 쿵밍량이 돈을 나눠 줄 때 '훔치다'나 '도둑질' '털다' 같은 말을 한 사람의 월급에서 정말로 100위안, 200위안씩 공제하자 그런 어휘들은 자취를 감췄다. 매일 기차에 도둑질하러 간다고 믿는 사람도 더 이상 없었다. 철길에서 2리 떨어진 골짜기에 지은 창고에는 기차에서 내린 사과와 귤, 전선, 코크스, 치약, 담배, 비누, 남쪽 지방에서 가공한 최신식 옷과 신발을 비롯하여 온갖 다양하고 기이한 물건이 가득 쌓였다. 쿵밍량은 그런 물건을 성이나 도시에서 처분한 다음 기본급에 물건을 많이 내릴수록 높아지는 성과급을 더해 매달 마을 사람들에게 지급했다. 처음에는 한 가정의 한 달 수입이 수백 위안이었는데 나중에는 수천 위안, 심지어 만 위안 이상까지 늘어났다. 여덟 달이 지나고 봄이 되었을 때 사람들은 매년 3월 길가에 하얗게 피어나던 회화나무꽃이 전부 회갈색인 것을 발견했다. 눈처럼 하얗던 색이 북쪽 지역의 흙색으로 변한 것이다. 반면 오동나무의 나팔 모양의 분홍 꽃은 장례식을 상징하는 흰색으로 허공을 물들였다. 깜짝 놀란 사람들이 전부 길가에 멈춰 서서 색이 변한 꽃을 바라봤다. 그런데 그때 얼거우가 산 저편에서 달려오며 "큰일 났다, 큰일. 기차에서 사람이 떨어져 죽었다" 하고 소리쳤다. 마을 사람들이 그 소리를 듣고 산마루로 달려갔다. 회화나무꽃이 회갈색으로 변하고 오동나무꽃이 하얗게 변한 일에 신경 쓰는 사람은 더 이상 아무도 없었다.

쿵씨 가족은 식탁에 둘러앉아 식사하는 중이었다. 생활이 풍족하고 여유로워져, 흰머리가 생긴 어머니를 부엌이나 강가에서 동동거리게 하지 말자며 식사와 빨래 같은 집안일을 가정부에게 맡겨놓았다. 일곱 식구가 문을 닫은 채 마당 식탁에 둘러앉아 설처럼 열 가지가 넘는 요리를 한창 즐기고 있을 때, 얼거우가 헐레벌떡 뛰어 들어와 마당 한가운데 서더니 충격적인 말을 했다.

"촌장님, 또 한 사람이!"

황망해진 쿵밍량이 젓가락을 식탁에 내던졌다.

"누구인가?"

"마을 서쪽 주칭팡의 조카 주다민입니다. 주잉의 사촌오빠예요."

얼거우가 식탁으로 다가와 커다랗고 하얀 찐빵을 집어 몇 입 베어 물더니 다시 허둥지둥 촌장이 반쯤 남긴 탕을 들이켰다. 목에 걸린 찐빵을 넘긴 뒤에야 침착하게 말을 이을 수 있었다.

"그 멍청이가 기차에 올라 모직 양복과 유명 브랜드 옷을 발견하고 '횡재했다! 좋은 물건이야!' 하고 소리쳤습니다. 그러고는 한 상자씩 옷을 던지기 시작했고요. 하지만 아홉 번째 상자를 던질 때 기차는 이미 산 정상을 지나 내리막길에 들어서고 있었습니다. 저는 밑에서 기차를 쫓아가며 어서 뛰어내리라고 소리쳤죠. 그런데 그는 빨간 넥타이 상자를 발견했다면서 양복과 넥타이를 같이 팔아야 한다고 했습니다. 넥타이 상자를 던진 다음 객차 사다리에서 뛰어내리려 할 때 기차가 날듯이 내려가기 시작했어요. 마침내 그가 뛰어내렸지만 바닥에 패대기쳐졌고 피가 분수처럼 터져 나왔습니다."

얼거우가 마당의 오동나무 아래에서 말을 마쳤을 때 새하얀 오동나무꽃이 그가 들고 있던 국그릇 속으로 떨어졌다.

쿵씨 가족은 비보를 전하는 얼거우의 얼굴을 바라봤다. 아버지는 파문 같은 웃음을 살짝 짓더니 식탁에서 일어나 집 안으로 들어갔다. 큰형은 무심하고 평화로운 표정으로 아무것도 못 들은 것처럼 눈앞의 접시에서 담백한 돼지고기 한 점을 집어 아내 차이진팡 그릇에 놓아주었다. 얼거우로부터 가장 먼 곳에 앉은 막내 쿵밍후이만 놀라서 젓가락을 떨어뜨렸다. 얼굴이 핏기 없이 하얗게 질리고 이마에서 땀이 배어 나왔다.

얼거우가 물었다.

"어떻게 처리할까요?"

밍량이 잠시 생각한 뒤 얼거우에게 지시했다.

"제일 좋은 관과 가장 크고 두꺼운 기념비를 사게."

그렇게 말하고는 나무 가장귀에 걸려 있는 군용 외투를 어깨에 걸치고, 만터우 하나를 쪼개 살코기 몇 점을 그 사이에 끼워 넣고는 밖으로 나갔다. 마을 서쪽 사망자의 집에 도착했을 때 그의 부모는 대문 밖에서 격하게 울면서 산 저쪽에서 데려와, 기차에서 내린 최신식 옷과 포목에 덮인 시체를 향해 달려가려고 기를 쓰고 있었다. 세상을 떠난 아들을 현세로 불러오고 싶어 했다. 사람들이 노부부를 붙들며 이미 죽었다고, 열사(烈士)라고 말했지만 그들은 그 말을 듣지 않고 들것으로 뛰어가려 계속 몸부림치면서 세상이 떠나가라 울부짖었다.
그때 촌장 밍량이 왔다. 군용 외투를 두툼한 전포(戰袍)처럼
어깨에 걸치고 있었다.

사람들이 촌장에게 길을 터주었다.

주다민의 부모가 돌연 울음을 멈추고 촌장을 바라봤다. 당
장이라도 달려들어 촌장을 갈기갈기 찢어버리고 싶어 하는
적대적인 눈빛이었다.

촌장이 조용히 사람들 사이를 지나 시체의 얼굴을 덮어놓
았던 양복을 젖힌 다음 살펴봤다. 눈앞의 광경에 그는 얼굴
을 얻어맞은 듯, 뺨을 한 대 맞은 듯 얼굴빛이 하얘지고 입가
가 부들부들 떨렸지만 아주 빠르게 정상을 되찾았다. 그가
굵고 조용한 어투로 두 노인에게 말했다.

"다민은 열사입니다. 마을 사람들의 부를 위해 죽었으니까
요."

노인이 촌장의 입을 물끄러미 쳐다봤다.

"마을에서 성대하게 장사 지내겠습니다. 마을 사거리 정중
앙에, 그의 숙부이자 저의 숙부인 주칭팡과 함께 묻어 마을
사람 모두의 모범으로 삼겠습니다."

노부부는 쿵밍량의 말을 완전히 이해하지는 못한 것 같았
지만 그를 바라보던 얼굴에서 서슬 같던 원한이 옅어졌다.

노인의 얼굴에 남아 있는 의혹을 풀려는 듯 쿵밍량이 간단

하고 분명하게 상황을 설명했다.

"다음 달부터 마을의 모든 초가를 기와집으로 바꾸는 공사가 대대적으로 시작될 것입니다. 두 분의 며느리가 아이를 데리고 친정에서 돌아오면, 제가 마을에서 새집을 지을 때 두 분 집부터 짓기로 했다고 전하십시오. 한 푼도 낼 필요가 없습니다. 집 짓는 데 필요한 돈은 전부 마을에서 부담할 것이며 손주가 열여덟 살이 될 때까지 양육비를 지원하겠습니다. 그때까지 며느리의 재혼을 막으면 어떻습니까? 그래도 재혼하려고 하면 아이를 못 데려가게 하면 될까요?"

두 노인의 얼굴이 슬픔에서 기쁨으로 바뀌고, 떠오르는 태양처럼 얼굴에 웃음이 걸렸다. 쿵밍량이 시체 곁을 떠날 때 노인들이 갑자기 무릎을 꿇고 연신 머리를 조아리며 "밍량 조카는 정말 좋은 사람이군. 이렇게 훌륭한 촌장은 한 번도 본 적이 없네" 하고 말했다. 쿵밍량이 다시 고개를 돌려 "걱정 마십시오. 마을의 부를 위해 물건을 내리다가 죽은 사람은 전부 열사이므로 그 부모는 자식이 살아 있을 때보다 더 잘 지내야 합니다" 하고 위로의 말을 더했다. 그러고는 현장을 에워싼 사람들에게 식사할 사람은 가서 식사하고, 산 너머로 물건 내리러 갈 사람은 출근해 일하고, 장사 지낼 사람만 남으라고 했다. 아울러 시체 덮었던 옷을 가져가 핏자국을 깨끗이 지운 다음 시내에 팔 수 있게 창고로 넘기라고 지시했다.

그렇게 해서 주다민의 장례가 가장 성대하게 치러지게 되었다.

음력 3월 초아흐레, 마을 사람들이 일을 멈췄다. 산 저쪽에서 창고를 지키는 사람을 제외한 모든 사람이, 기차에 실린 외국 담배(한 상자에 수천 위안인데도)마저 내리기를 포기한 채 전부 죽은 자의 장례에 참석했다. 마을 사람 전체가 결혼식이나 경사에 참석하는 것처럼 모였다. 가장 두껍고 가장 크며 가장 비싼 관을 사용하고, 가장 투명하고 광택이 나는 대리석으로 기념비를 만든 다음 사발만큼 큰 글씨로 '성공의 표상 주다민 열사의 묘!'라고 새겼다. 그런 다음 폭죽을 터뜨리고 수르나이*를 불면서 열사보다 어린 손아래 사람은 상복 차림으로 곡하고, 나이가 많은 연장자는 상장(喪章)을 달고 작은 종이꽃을 들었다. 관에 국기가 덮이고 묘비 앞에 화환과 애도의 대련(對聯)이 줄줄이 놓였다. 촌장의 형인 쿵밍광이 추도사를 쓰고 촌장이 마을 사람들의 비통과 기쁨 속에서 추도사를 읽었다.

주다민 동지는 1956년에 출생해 대약진과 3년 자연재해의 대기근을 겪고 훗날 문화대혁명까지 겪느라 배불리 먹지 못

---

* 서아시아에서 발생하여 인도·동남아시아·중국 등지에 퍼져 있는 원뿔 모양의 목관 악기이다.

하고 제대로 입지 못했습니다. 그러다가 개혁개방정책의 호기를 맞아 고생도 마다하지 않은 채 열심히 일하여 자신의 두 손으로 부를 이뤘을 뿐만 아니라 마을 사람들의 부를 위해서도 노력했습니다. 공무 중에 순직한 나이가 만 스물여덟 살이니 그를 국가의 영웅이자 성공의 표상이라 하기에 손색이 없습니다……

쿵밍량은 장중하고 낭랑하게 추도사를 읽었다. 온통 바러우 방언, 그중에서도 바러우 산간 자례촌의 방언이었지만 자례 사람들을 흥분시키기에는 충분했다. 주다민의 관을 내릴 때 마을 사람 전부가 흐느껴 울었고 다른 한편으로 부러움의 미소도 지었다. 태양이 머리 꼭대기에 이르렀을 무렵, 무덤가의 늙은 느릅나무에서 대대로 피어나던 은청색 꽃 대신 흑옥 빛깔의 꽃이 피어났을 때, 사람들은 비로소 도구를 정리했다. 그러고는 하늘을 바라보며 오후 12시에 산 저편에서 북방 특산품인 표고버섯과 팽이버섯, 원숭이머리버섯을 남쪽으로 나르는 기차가 온다는 것을 떠올렸다. 원숭이머리버섯값이 수천 위안이며 운이 좋으면 어느 칸에서 천마와 산삼도 얻을 수 있다는 것이 생각나자, 사람들은 황망하게 손에 들고 있던 매장 도구를 내던지고 12시쯤 올 기차에서 물건을 내리기 위해 산 저쪽을 향해 걷거나 뛰었다.

마을이 다시 조용해지고 노인과 아이들만 남았다.

원래 침에 익사한 주칭팡의 묘만 있던 사거리에는 물건을 내리다 죽은 자와 재물을 똑같이 나누지 않는다며 싸우다 죽은 자의 묘가 생겨났다. 그 묘에서 들풀이 자랐다. 주칭팡의 묘에는 작고 하얀 꽃도 많이 피었다. 옛 무덤부터 새로운 무덤까지 사거리 중심에 총 열여섯 기(基)의 무덤이 들어섰다. 길 양쪽으로 조성된 무덤들이 그 사이를 지나는 자레 사람의 다급한 발걸음은 물론 오가는 사람을 맞이하거나 배웅했다.

달라진 마을

1년 뒤, 고작 700일 만에 자례는 더 이상 이전의 자례가 아니었다.

자례에서 초가가 눈 깜짝할 사이에 자취를 감추고 기와집이 그 자리를 대신했다. 옛날식의 파란 기와집도 있고 최신식의 붉은 기와집도 있었다. 마을이 새 벽돌과 기와의 유황 냄새로 가득 찼다. 동서로 뻗은 대로에도 시내처럼 시멘트가 깔리고 전신주가 세워졌다. 현 정부 조직과 촌 이상의 간부가 마을에 참관하러 왔을 때, 자례의 각 가정에서는 문 앞에 꽃을 놓고 집 뒤편에 돼지우리와 양우리, 마구간 등의 축사와 우리를 새로 지은 다음 이웃 마을에서 가축을 빌려 집어넣었다. 채소 재배의 달인 역할을 맡은 사람들은 여섯 달 전부터 산비탈 밭에 대형 비닐하우스를 짓고 일찌감치 땅을 일구어 풍성하고 싱싱한 시금치와 미나리, 서양호박을 비롯해 시내 사람들이 즐겨 먹는 여주*를 재배했다. 또한 신선한 채소를 트럭 한가득씩 시내에서 사가지고 와서 마을 입구와 문앞에 늘어놓고는 성으로 팔러 갈 준비를 하는 농민처럼 꾸몄다. 해가 높이 뜰 때, 현장이 100여 명에 이르는 향장과 촌장으로 구성된 참관단을 이끌고 호기롭게 자동차를 몰고 마을로 들어왔다.

참관단은 마을 입구에 자동차를 세운 다음, 제일 먼저 사거리로 가서 자례의 부를 위해 생명을 바친 열사들에게 헌화했다. 그다음에야 비로소 촌장 쿵밍량의 안내를 받으며 새기와집과 텔레비전, 세탁기, 냉장고와 반짝반짝한 자전거, 오토바이 그리고 수송업으로 부를 축적한 어느 집의 트랙터를 살펴봤다. 그때 쿵밍량은 현 전체에서 가장 젊은 촌장인동시에 성 전체에서 가장 성공한 인사였다. 그는 긍지와 호기로 충만하고 금빛 찬란하게 빛나는 9월의 들국화 같은 웃음을 짓고 있었다. 참관단을 이끌고 사거리 무덤에 세 번 절한 다음 그는 모두에게, 부를 쌓다 죽은 사람을 마을 사거리한가운데 묻은 것은 지금 사람들은 물론 자손들에게 이곳을

* 열대 아시아가 원산지인 박과의 한해살이풀. 어린 과일은 식용과 관상용으로 재배한다.

지날 때마다 선조들이 잘 먹고 잘 입고 잘 살기 위해 얼마나 노력하고 희생했는지 기억되도록 하기 위해서라고 말했다. "물을 마실 때 우물 판 사람을 기억하고, 물을 마실 때 그 근원을 잊지 않는다"며 그는 현장과 시 간부들에게 대구를 이루는 속담을 외워 보이기도 했다. 그런 다음, 준비를 마친 가정으로 참관단을 데려가 자신들이 부를 축적한 방법과 일화를 소개했다. 마을에서 제일 먼저 부유해진 집들을 두루 살핀 다음 마지막으로 촌장인 쿵밍량의 집에 도착한 순간에야 비로소 향장과 촌장들은 진짜 감동에 젖었다. 쿵밍량이 정말로 비범하고 대단하다는 것을 그제야 깨달았다.

마을 사람 전부 새 기와집에 사는데 쿵 촌장은 여전히 해방 전에 지은 초가에 살 거라고는 참관단 누구도 예상하지 못했다. 마당에 세 칸짜리 초가와 마주한 네 칸짜리 보릿짚 가옥이 예전 그대로 마을 동쪽에서 새 이엉의 보리싹 냄새를 풍기고 있었다.

참관하던 사람 전부 집 앞에서 놀라움을 금치 못했다.

현장이 그 앞에서 눈물을 흘렸다.

감동의 물결이 촌장의 집에서 호수처럼 넘실거렸다. 집 안에는 텔레비전이나 냉장고, 세탁기는커녕 마을 사람 사이에 유행하는 소파나 시내 사람이 즐기는 등나무 의자도 없었다. 오래된 책상에 조상의 위패, 마오쩌둥과 덩샤오핑의 초상화 그리고 초상화 사이에 금가루로 적힌 붉은 대련이 있을 뿐이었다.

세상의 근심은 내가 먼저 걱정하고
세상의 즐거움은 내가 나중에 누린다.

이토록 고풍스럽고 소박하면서 시적인 말이라니. 이토록 수수하고 청렴한 인물이자 간부라니. 현장은 아무 말도 하지 않은 채 촌장의 어머니가 내온 지단을 먹으면서 눈가에 맺힌 눈물을 닦은 뒤, 100여 명의 향과 촌 간부를 이끌고 마을 입구로 돌아갔다. 그리고 다른 마을의 향장과 촌장이 전부 대형 자동차에 올라 구불구불한 바러우 산길을 따라 마을을 떠나는 것을 지켜본 후에야 쿵밍량을 자신의 소형차 옆으로 불렀다. 그런 다음 쿵밍량의 얼굴을 쳐다보며 파격적인 승진을 제안했다.

"자네 올해 스물여섯 살이지?"

쿵밍량이 고개를 끄덕이며 대답했다.

"만으로 스물여섯입니다."

"주변 마을을 부유하게 만들 수 있겠나? 해낸다면 내가 자네를 곧장 향장으로 발탁하지."

4장

인물편

쿵밍량

쿵밍량은 이웃 마을 몇 곳을 어떻게든 부유하게 만들어야 했다. 자례에서 가장 가까운 두 곳에서 부를 창출해 1인당 평균 수입을 얼마까지 올리고 자례처럼 기와집이 늘어서게 만들면, 현장이 당장 그를 부향장으로 임명하고 나중에는 정식 향장에 앉히겠다고 약속했다. 그래서 자례 왼쪽의 류자거우와 오른쪽 몇 리 바깥의 장자링 마을이 자례의 행정 구역에 귀속되었다. 원래 인구 600여 명의 자연촌에 불과했던 자례가 세 개의 자연촌, 열네 개 촌민소조가 모여 인구 1956명의 마을이 되었다. 촌위원회는 마을 앞 강가 공터에 2층짜리 건물을 짓고 붉은 담장을 쌓은 다음, 커다란 철문에 '중공자례촌위원회'라고 수박만 하게 쓴 장중하고도 장중한 간판을 내

걸었다.

일단 두 마을의 각 가정에 천여 위안을 무상으로 나눠 주며 돼지 키울 사람은 돼지를 키우고, 채소 심을 사람은 채소를 심으라고 했다. 그러고는 두 마을의 젊은이들을 20리 바깥의 또 다른 산비탈 철길로 데려가 물건 내리는 법을 가르쳤다. 기차가 비탈을 올라올 때 쇠갈고리로 어떻게 코크스를 끌어 내리는지, 화물칸 위에 철 덮개가 없어 화물이 고스란히 드러난 경우 나무 위에 올라가 갈고리로 어떻게 상자나 바구니, 마대에 든 물건을 들어 올리는지 가르쳤다. 또한 자례의 젊은이들에게도 스승이 제자 키우듯 기차를 쫓아가 화물을 내린 다음 역풍 속에서 가볍게 뛰어내리는 방법을 가르치도록 했다.

무엇보다 중요한 것은 자례 사람들이 그랬던 것처럼, 두 마을의 모든 사람들이 기차에서 화물 내리는 일을 비밀로 하며 죽더라도 유족은 누구에게도 절대 책임을 묻지 않겠다는 계약에 서명하는 일이었다. 계약이 이뤄지자 찢어지게 가난했던 두 마을이 눈 깜짝할 사이에, 마대에 바람을 팽팽하게 넣는 것처럼 부풀어 올랐다. 아주 빠르게 만위안호가 나오고 새 기와집을 지을 준비를 마쳤다.

자례 사람들의 세월과 생활이 추운 겨울을 지나 봄이 온 것처럼, 하룻밤 만에 마을의 모든 집과 거리, 마을 밖 풀밭과 산속 이곳저곳 할 것 없이 만물에 꽃이 피고 사방팔방에서 싹이 나는 것처럼 봄기운으로 충만해졌다. 향장은 모범 마을인 자례 덕분에 현성으로 가 부현장이 될 것이라고 했다. 현장 역시 성 전체에서 지정한 개혁 원년에 만위안 마을을 일구고 2년 만에 마을의 모든 가정을 새 기와집에서 살게 한 것을 인정받았다고 했다. 가난했던 지역에 기와집이 즐비한 사진이 보고서와 함께 베이징의 관료들 손에 이리저리 돌아다녔다. 한 고위 관료는 저녁때 집으로 사진을 가져가 아내와 아이들에게 보여줘 감탄을 자아내기도 했다. 그리고 그날 밤, 현장이 진인만터우* 세 개와 흑미죽 반 그릇을 더 먹고 베이징으로 개혁·개방 상황을 보고하러 갔다는 말이 돌았다.

그러니까 한 사건이 일파만파로 연쇄적 파동을 일으킨 것이다. 비유하자면 밍량이라는 창문이 세상을 밝고 환하게 만들었다. 하지만 하필이면 그 시점에 문제가 발생했다. 그해 가을, 갑자기 기차가 빨라졌다. 자례 사람들은 상황이 왜 변했는지 알 수 없었다. 산등성이를 오르는 기차는 객차든 화물수송차든 오르막길에서 더 이상 헉헉대며 느릿느릿 가지 않았다. 별안간 힘이 생기고 속도가 붙었다. 마치 노인이 소년으로 회춘한 것처럼 돌연 걸음걸이가 힘차고 빨라졌다. 산

---

* 중국 빵인 만터우를 절반은 찌고 절반은 튀겨 여러 개를 함께 내놓은 것.

비탈을 오르는 게 평지를 지나는 것 같았다. 그 문제는 어느 날 자례 사람들이 기차에 뛰어올라 물건을 내리는 10분 동안 다섯 명이 떨어져 죽었을 때 발견되었다. 그제야 지나가는 기차가 전부 빨라져 더 이상 기차에 뛰어올라 화물을 내릴 수 없다는 것을 깨달았다.

더 심각한 문제는 추수 직전에 주청팡의 딸 주잉이 돌아왔다는 것이다. 2년 전 마을을 떠날 때만 해도 그녀는 바러우 사람들이 즐겨 입는 풍의 손수 만든 촌스러운 옷을 입고 있었다. 하지만 2년 뒤 돌아왔을 때는 하나하나가 천 위안을 훌쩍 넘는 서구식 옷을 입고 있었다. 셔츠와 바지, 스카프, 구두, 양말에 자례 사람은 읽을 수 없는 영어가 적혀 있고, 특히 그녀가 어디에 가든 단추를 여미지 않고 입는 회색 니트코트는 선홍색 외국 상표가 왼쪽 소맷부리 바깥에 꿰매져 있었다. 그녀는 마을 거리를 보란 듯이 다니면서 담배와 초콜릿을 어른이든 아이든 상관없이 누구를 만나든 봉지째, 상자째로 주었다.

그녀는 자례에 도전하고 증명하는 중이었다.

쿵밍량에게 도전하고 증명하는 중이었다.

쿵밍량이 이해할 수 없는 것은 그녀가 촌위원회 허가도 받지 않고 촌위원회 증서나 인장도 없이, 곧바로 현성에서 택지의 등기권리증을 취득한 것이다. 추수 기간 동안, 촌위원회

72

옆 부지에 촌위원회의 2층 건물보다 한 층 높은 3층짜리 건물이 세워졌다. 촌위원회 건물은 회색 벽돌이 전부 드러나 있지만 그녀는 자신의 건물 외벽에 백자 타일을 덧붙였다. 촌위원회 건물의 유리창이 투명한 유리인데 비해 그녀의 집은 갈색이 도는 붉은 유리창이었다. 그녀의 새집이 완공되던 날, 마을에서는 10분 동안 다섯 명이 기차에서 떨어져 죽었다. 다섯 열사를 매장한 뒤 쿵밍량이 혼자 촌위원회 사무실에 멍하니 앉아 있을 때, 주잉이 나타나 발그레한 웃음을 지으며 문틀에 기댔다. 회색 니트코트가 시내 백화점 매장 마네킹에 비스듬히 걸린 것처럼 그녀의 어깨에 한쪽은 높게, 다른 한쪽은 낮게 걸쳐 있었다. 바로 그 순간 석양이 서쪽으로 지며 마을이 고요해졌다. 회의실만큼 큰 쿵밍량의 사무실에서, 커다란 사무실 책상과 가죽으로 된 사무용 회전의자, 책상 위의 전화와 위엄 있어 보이려고 일부러 무엇인가를 꽂아둔 서류철, 책상 맞은편에 놓인 소파, 소파 옆에 늘어선 현성 꽃시장에서 산 소철과 고리버들, 바닥의 꽃무늬 타일과 밀대로 닦은 뒤 남은 물 자국 모두 주잉 앞에서 촌스럽고 초라해지고 위력과 설득력을 잃었다. 그녀는 그렇게 석양을 등진 채 문 앞에 서서, 코트 위로 긴 머리카락을 늘어뜨리고 아침 이슬 같은 피부와 석양처럼 빛나는 얼굴로, 그곳에 멍하니 있는 쿵밍량을 쳐다보며 웃음을 지었다.

"궁금한가요? 어떻게 부를 쌓았나 싶어서?"

그녀의 물음에 밍량이 고개를 들었다. 주잉이 마을로 돌아온 뒤 처음 그를 찾아온 순간이었다. 그렇게 가까이서 말하는 것도 처음이고, 말 속에서 그에 대한 배려가 드러난 것도 처음이었다. 그가 고개를 들어 그녀를 바라봤다. 주잉이 들어와 그의 책상 앞에 서더니 부드럽지만 날카롭게 말했다.

"기차가 빨라졌으니 계속 훔치다가는 얼마나 많은 사람이 죽을지 모르겠군요. 마을 사거리를 전부 묘지로 만들어도 다 못 묻을걸요."

"올해 안에 류자거우와 장자링 마을을 지금 자례처럼 잘살게 만들지 못하면 향장이 될 생각은 포기해야죠. 향장은 현장이 될 생각을 말아야 하고, 현장도 시장이 될 생각을 포기해야 하고."

"나한테 그들을 부유하게 할 방법이 있어요. 두 마을 사람들을 내년에 전부 기와집이나 다층집에서 살도록 할 방법이 있다고요."

석양이 창문으로 쏟아져 들어와 두 칸짜리 사무실에 붉은 기운을 떨어뜨리자 도시 말투가 섞인 그녀의 바러우 말이 불꽃처럼 그의 눈앞에서 팔딱거렸다. 불현듯 그녀가 마을을 떠날 때보다 예뻐졌다는 것을 깨달았다. 예전의 아름다움이 곡식의 꽃이었다면 지금의 아름다움은 도시의 베란다에서 가꾸는 분재의 꽃이었다. 어떻게 했는지 모르겠지만 가늘고 길어진 눈썹 사이로 매혹적이면서 요사스러운 기운도 느껴졌다.

그가 물었다.

"어떻게 부유하게 할 건데?"

그녀가 웃었다.

"나랑 결혼해야 해요. 내가 스물셋이고 당신은 스물일곱 살이니까 둘 다 결혼할 때가 되었죠. 외지에서 당신보다 나은 사람에게 얼마든지 시집갈 수 있지만 꿈을 따라 걸어갔던 그날 밤에 가장 먼저 만난 게 당신이었으니까 시집갈 수밖에 없잖아요."

밍량은 그녀의 얼굴을 한참 동안 노려보다가 갑자기 웃음을 터뜨렸다.

"네가 밖에서 무슨 장사를 하는지 내가 모를 것 같아? 창녀……. 네가 기녀, 매춘부인 것을 내가 모른다고 생각하는 거야?"

지진이라도 난 것처럼 주잉의 몸이 흔들렸다.

"이번에는 거절했지만 다음에는 무릎 꿇고 내게 애원해야 할 거야. 당신이 무릎 꿇고 애원해도 나 주잉이 거절할지도 모르지만."

그녀가 몸을 돌려 밖으로 나갔다. 올 때처럼 가벼운 걸음으로, 새빨간 하이힐이 바닥의 노란 꽃무늬 타일을 또각또각 두드렸다. 그 후 꼬박 1년 동안 그 또각또각 소리가 쿵밍량의 머릿속 깊은 곳에서, 혼자 멍하니 있거나 생각에 잠길 때마다 불현듯 울리곤 했다.

청징

어느새 열여섯 살이 된 청징은 촌위원회 비서가 되어 바닥과 책상 위를 청소하고 회의 시간을 통지하거나 촌장의 물시중을 들었다.

주잉이 촌위원회를 나갈 때 청징은 주잉의 빨간 구두를 뚫어지게 쳐다보면서 언젠가 자신도 빨간 구두를 사서 주잉처럼 또각또각 소리를 내며 걸어가리라 결심했다. 그런데 주잉이 나가는 순간, 창문에 박힌 듯한 촌장의 네모난 얼굴이 땀을 너무 많이 흘려 탈수된 것처럼 누렇게 뜬 게 보였다. 그녀는 촌장에게 물을 따라주려고 황급히 물병을 들고 들어갔다. 하지만 촌장의 안색은 국화처럼 노란 게 아니라 봄날 잎사귀처럼 회녹색인 데다 눈빛 속에 실망이 두꺼운 장막처럼 드리워 있었다. 게다가 촌장은 어느새 창문에서 얼굴을 돌려 눈앞의 청징을 처음 보는 것처럼 바라보기까지 했다.

청징이 촌장 앞에 놓인 컵에 물을 따랐다.

촌장이 갑자기 청징의 손을 꼭 잡으며 떨리는 목소리로 물었다.

"열일곱 살이 되었나?"

"아직 안 됐어요."

청징이 뒤로 한 걸음 물러나 촌장의 손에서 자신의 손을 빼내고는 도망치듯 사무실을 빠져나왔다. 마당까지 나왔을 때 촌장이 뒤에서 소리치는 게 들렸다.

"너는 네가 주잉만큼 능력 있는 것 같아? 가서 네 오빠 무덤을 봐라. 난 그 무덤에 풀 한 포기 살아남을 수 없게 할 수 있어!"

청징은 촌장의 말이 완전히 흩어질 때까지 마당에 우두커니 서 있다가 촌위원회를 나섰다. 촌위원회 남쪽에 있는 작은 숲에서 마을 쪽으로 난 오솔길을 걸어 집으로 향할 때 사당처럼 크고 예쁜 양씨의 새집이 보였다. 아들을 마을 전기공으로 만들려고 매일 촌장 집에 시금치나 미나리, 암탉, 달걀을 보내는 주씨도 보였다. 그녀는 쓸모가 있건 없건 집 안의 물건을 전부 촌장 집으로 보내지 못해 안달이었다. 청징이 그녀를 보았을 때 그녀도 청징을 발견하고는 아첨하는 듯

한 웃음을 지었다. 청징도 웃었다. 하지만 사거리 입구 무덤
에 도착했을 때 청징의 얼굴에서 웃음이 사라졌다. 조금 전에
촌장이 했던 말이 떠올랐다. 오빠는 사거리 서남쪽 모퉁이 가
장 끝에 묻혀 있었다. 기차에서 물건을 내리다가 죽은 두 번
째 무리 중 하나였다. 청징은 오빠가 죽었기 때문에 배려 차
원에서 촌위원회 비서 자리에 앉을 수 있었다. 열사의 동생인
그녀에 대한 배려를 마을 사람과 촌장 모두 당연하게 여겼다.
그녀는 매일 출근할 때마다 사거리를 지나갔다. 주잉의 아버
지인 옛 촌장의 무덤 하나만 있을 때부터 수십 기의 무덤이
생기는 것을 봐왔기에 그곳은 익숙할 대로 익숙했다. 무덤을
지나는 게 건물을 지나는 것 같아서 느긋하게 주위를 살펴보
곤 했다. 하지만 오늘은 두리번거리다 깜짝 놀라고 말았다.
화환이 놓이고 황토가 민둥민둥하게 드러난 새 무덤 몇 기를
제외하면 사거리 곳곳의 오래된 무덤들도 기껏해야 3년 남짓
밖에 되지 않았지만, 어쨌든 비를 맞고 계절과 해를 넘기면서
짙은 색을 칠해놓은 것처럼 풀이 무성했다. 하얀 꽃, 붉은 꽃,
짙디짙은 노란 들국화가 무덤에서 피어나 가을 꿀벌과 나비
마저 무덤에서 나풀거리며 기분 좋은 듯 춤추있다. 그런데 오
빠의 무덤은 황야에 버려진 흙과 돌처럼 쓸쓸했다. 그녀는 걸
음을 멈추고 잠시 멍하니 있다가 다른 무덤을 지나쳐 오빠의
무덤까지 걸어갔다. 가까이 다가가 오빠 무덤의 풀을 보았다.

다른 무덤은 들국화와 천문동, 마을 사람들이 특별히 심은 개나리까지, 온통 푸른 풀과 꽃으로 뒤덮여 있고 계화나무꽃 같은 짙은 향기가 진동했다. 봄이 지나 여름이 되어 개나리꽃은 계절에 수긍해 전부 졌지만 무덤의 개나리만큼은 여전히 찬란하게 노란빛을 띠며 피어 있었다.

모든 무덤에 푸른 풀이 무성한데 오빠의 무덤만큼은 푸른 풀과 꽃이 없었다. 죽음 같은 정적만 맴돌 뿐 꿀벌과 나비조차 다가가지 않는 것을 청징은 똑똑히 보았다.

잠시 후, 청징은 오빠의 무덤을 떠났다. 왔던 길을 따라 촌장 쿵밍량의 사무실로 빠르게 돌아갔다. 그리고 옷을 들고 떠나려는 촌장을 가로막으며 말했다.

"열일곱 살이 넘었어요. 성인이에요!"

촌장은 청징이 말할 때 이마에 땀이 물방울처럼 송골송골 맺히는 것을 보았다. 손으로 그녀 이마의 땀을 닦아주었다. 그녀의 떨림이 북을 두드리는 북채처럼 그의 손을 두드렸다. 그녀는 촌장이 무슨 말을 하기도 전에 몸을 돌려 문을 닫고는 옷의 단추를 풀기 시작했다. 허둥지둥 서두르다가 목에 달린 검은 단추가 바닥으로 떨어져 통통 탁구공처럼 튀어 소파 밑으로 들어갔다. 창문으로 한가롭게 들어오던 빛이 이때는 허둥지둥 이쪽이 환해졌다 저쪽이 어두워졌다 했다. 하지만 결국 빛은 청징의 얼굴과 가슴을 비추었다. 쿵밍량도 빛을 따라 청징의 부드럽고 하얀, 푸르스름한 가슴을 보았다. 아직 완전히 성숙하지 않은 그것은 발효시키지 않고 쪄낸 만터우 같았다. 그가 손을 뻗어 만터우 같은 젖가슴을 쓰다듬다가 그녀의 옷을 잡아당겨 그 부드러움을 덮었다.

"아직 열일곱 살이 안 되었잖아. 나중에. 향장이 얼른 향리로 오라고 했어."

밍량이 말을 마치고는 황급히 문으로 향했다. 문을 열자 빛이 그의 몸으로 쏟아져 내렸다. 그는 다시 고개를 돌려 청징을 바라보며 말했다.

"네 오빠 무덤에 가보렴. 꽃이 많이 피었을 거야."

청징은 촌장의 책상 앞에 멍하니 서 있다가 황혼이 깃든 후에야 옷을 챙겨 입고 다시 마을로, 집으로, 사거리 입구로 걸어가 오빠의 무덤을 보았다. 말라비틀어졌던 풀에서 정말로 꽃이 피고 수많은 꿀벌과 나비가 날아다니며 꾀꼬리가 꾀꼴꾀꼴 노래했다.

후다췬

1

향장 후다췬은 주잉이 몸을 팔아 번 돈으로 향리에 기부한 승용차를 타고 자례로 향했다.

겨울이었다. 노랗고 상쾌하게 빛나는 태양이 불붙은 금덩이처럼 산맥에서 타올랐다. 후 향장과 부향장 등 몇 명은 승용차를 타고 바러우산을 향해 달렸다. 차창 밖을 바라보는 사람들 얼굴도 전부 금빛을 머금은 찬란한 붉은색으로 빛나서 건드리기만 해도 금물이 뚝뚝 떨어질 것 같았다. 후 향장은 무척 만족스러운 듯 붉은빛이 번쩍이는 얼굴로 가는 내내 소리 없이 웃었다. 곧 시장이 될 옛 현장이 그를 현장으로 추천하겠노라고 약속했다. 현 최고의 부자 모범 마을, 자례촌을 만들었기 때문이다. 그리고 그 모범 마을 조성에는 주잉의 힘이 컸다. 후다쥔은 오늘 자례에서 다시 한번 성공현장회를 열고 주잉에게 표창기념비를 세워줄 참이었다.

2

1년 전 기차가 빨라지면서 자례 사람들은 더 이상 철길에서 물건을 내릴 수 없게 되었다. 부자가 되던 발걸음도 골절된 것처럼 멈췄다. 후 향장과 쿵밍량은 밥도 제대로 못 넘기고 잠도 제대로 못 잘 만큼 다급해졌다. 그러던 어느 날, 이를 악다물고 발을 동동거리던 향장이 커다란 트럭 몇 대를 몰고 자례촌으로 왔다. 바깥 길에 차를 세워놓고 쿵밍량과 동원회를 열었다. 시에서 향의 일꾼을 모집하기에 전부 자례촌에서 뽑아 가려 하니 18세 이상 40세 이하의 움직일 수 있는 남녀 주민 가운데 시내에서 돈을 벌고 싶은 사람은, 한 달에 3천에서 5천 위안을 벌고 싶은 사람은 이불과 짐을 챙겨 산 아래 있는 차에 타라고 말했다.

마을 젊은이들이 우르르 몰려갔다.

사람들이 떠나자 마을이 농번기가 끝난 탈곡장처럼 썰렁해졌다. 그런데 트럭 몇 대에 북적북적 끼어 탄 자례의 남녀

일꾼을 데려간 곳은 몇백 리 떨어진 도시의 기차역 부근이었다. 외지고 조용한 곳에 트럭을 세운 향장과 촌장은 모든 자례 사람들, 특히 류자거우와 장자링 사람들에게 향과 촌 관청의 관인이 찍힌 백지 소개장을 나눠 주며 이 도시에서 하고 싶은 일을 무엇이든 적으라고 말했다. 남자는 건축 현장에서 벽돌과 시멘트를 나르고 여자는 식당에서 서빙하거나 설거지를 하라고 했다. 주잉을 찾아가 창녀든 뭐든 되어도 상관없고, 혓바닥으로 남의 구두를 닦든 밑을 닦든 다 해도 되지만 마을로 돌아와서는 안 된다고 말했다. 또한 시내에서 여섯 달을 못 넘기고 마을로 돌아오면 향에서 그 집에 3천 위안의 벌금을 부과할 것이고, 세 달을 못 넘기면 4천 위안, 한 달을 못 넘기면 5천 위안을 부과할 거라고도 했다. 곧장 표를 사서 자례로 돌아오면 벌금뿐만이 아니라 산아제한 규정을 위반했을 때처럼 엄하게 대하겠노라고 말했다.

말을 마친 다음 향장과 촌장은 트럭을 타고 그곳을 떠났다. 그러자 자례 사람들은 물방울이 바다로 떨어지듯 사람들 속으로 녹아들었다. 이후 가끔씩 문제가 생기기도 했는데 시장에서 도둑질하다가 붙잡히는 경우가 대부분이었다. 붙잡힌 사람들은 수용소에 여유가 없어서 경찰차를 타고 고향으로 압송돼 왔다. 그러면 후 향장이 나서서 경찰에게 식사와 술을 대접하고, 돌아갈 때 토산품을 선물했다.

"젠장, 여기는 전문적으로 도둑을 배출하나 봅니다."

경찰의 말을 듣고 후 향장이 도둑들 얼굴에 따귀를 한 대씩 날렸다.

경찰이 다시 말했다.

"또 잡히면 그때는 실형을 받아야 합니다."

후 향장이 토산품을 철창문이 있는 경찰차에 넣어주었다.

경찰차가 떠난 뒤 후 향장과 10여 명의 도둑만 남았을 때 향장이 눈을 흘기며 물었다.

"뭘 훔쳤나?"

"길거리의 맨홀 뚜껑이랑 강철 파이프요."

"또?"

"시내 가정집 텔레비전이요."

향장이 제일 나이 많은 도둑의 배를 발로 차며 말했다.

"젠장, 자례 사람들을 좀 배워라, 쪼잔하게 굴지 말고. 맨홀 뚜껑이나 강철 파이프가 얼마나 하겠니? 텔레비전은 하루가 다르게 값이 떨어져서 무나 배추만큼 싼데 훔칠 가치가 있냐? 다들 꺼져. 시나 성도(省都), 광저우, 상하이, 베이징 같은 곳으로 가. 도둑질 정도는 처벌하지 않겠어. 하지만 2년 안에 마을에 작은 공장 몇 개는 세워야 해. 공장을 못 세우면 전부 잡아다가 가족까지 모조리 고깔모자 씌워서 조리돌릴 줄 알아."

도둑인 류자거우와 장자링의 젊은이들은 향장에게 욕을
먹은 뒤 다시 향과 촌의 백지 소개장을 받아, 집 근처인데도
부모와 만나지 못한 채 버스를 타고 시로 돌아갔다. 그리고
시에서 기차로 갈아탄 다음 성도나 다른 도시로 향했다.

　어떤 문제는 시내 경찰서에서 향이나 촌으로 압송하는 대
신 향장에게 전화를 걸어 데려가라고 통지했다. 직접 데려가
지 않으면 놓아주지 않을뿐더러 손님상에 식사 올리듯 보고
서를 올리고 텔레비전에 방송하겠다고 말했다. 그럴 경우 사
안이 심각해지기 때문에 향장은 직접 성도나 주두(九都)시의
공안국으로 갈 수밖에 없었다. 문을 열고 들어서자 류자거우
와 장자링의 아가씨 10여 명이 일렬로 쪼그려 앉은 것이 보
였다. 브래지어와 알록달록한 삼각팬티만 걸친 벌거벗은 몸
을 햇빛 아래 고스란히 드러내고 있었다.

　향장이 그녀들을 쓱 훑어볼 때 경찰 한 명이 다가와 향장
앞에서 거칠게 침을 뱉고는 물었다.

　"후 향장이십니까?"

　"죄송합니다. 폐를 끼쳤습니다."

　향장이 말하자 경찰이 욕했다.

　"젠장, 그 마을은 전문적으로 창녀를 배출합니까?"

　"돌아가면 저들 전부에게 헌신짝을 들려 조리돌리겠습니
다. 앞으로 무슨 낯짝으로 살아가는지, 나중에 시집이나 갈

수 있는지 지켜보겠습니다."

향장이 말한 다음 사람들을 이끌고 나왔다. 옷을 제대로 입고 따라오라고 말하며, 선생이 학생을 이끌고 학교를 나서는 것처럼 공안국을 나왔다. 거리를 지나고 또 하나를 지났다. 고개를 돌려 여자들이 아직도 전부 줄지어 뒤따라오는 것을 확인한 향장이 노려보며 말했다.

"왜 아직도 나를 따라와? 나를 따라오면 밥이 생겨, 돈이 생겨? 주잉을 좀 배워. 주잉은 지금 광저우에서 돌아와 성도에 가게를 냈어."

아가씨들이 멍하니 후 향장을 바라보고 또 서로를 바라보다가 다시 시내로 흩어졌다. 알록달록한 옷차림이 마치 거리에 꽃이 핀 것 같았다. 떠나는 그녀들을 향해 후 향장은 아버지처럼 몇 마디 꾸짖었다.

"능력이 되면 주잉처럼 사장이 돼서 다른 향이나 현의 아가씨들을 너희 같은 창녀로 만들어. 깜냥이 되면 내 앞에서 침 뱉은 경찰도 혼내주고. 집안을 풍비박산 낸 다음 그 경찰의 마누라가 돼. 평생 좋은 날을 못 보게 하라고."

후 향장이 다시 말했다.

"다들 가. 어서 가라고. 여섯 달 안에 너희 초가집을 커다란 기와집으로 만들 수 없으면, 흙기와집을 다층집으로 만들 수 없으면 그땐 진짜 창녀야. 진짜 기녀라고. 정말로 자례

촌과 바러우 어른들을 욕보이는 거고, 집으로 돌아와 부모와
조부모 볼 면목이 없는 거라고."

아가씨들은 멀리서 향장의 말을 듣고 흙처럼 소박한 그의
얼굴을 보고는 몸을 돌려 떠나갔다. 도시로 들어가는 길을
걸어 파랗고 야들야들한 꽃을 피우고, 풍성한 인생의 과실을
맺으러 갔다.

3

이제 류자거우와 장자링도 자례처럼 풍성한 부의 결실을
맺었다. 마을에 전기가 들어오고 도로가 놓이고 수돗물이 나
올 뿐만 아니라 제분소와 철사 공장, 쇠못 공장, 벽돌 공장,
한창 컨베이어 시스템을 만들고 있는 석회 공장이 들어섰다.
사람들의 생활이 번갯불처럼 순식간에 좋아졌다. 주두시에
서 닭장이나 부엌을 만들던 막노동꾼이 눈 깜짝할 사이에 도
급업자가 되었다. 이발소 보조로 일하면서 밤이면 남자 시중
을 들던 아가씨들은 주잉에게 기술을 배우러 갔다. 처음에
는 배우다가 나중에는 가르치고 마지막에는 주잉의 도움을
받아 다른 도시에서 가게를 열었다. 아무리 못해도 이발소의
요염한 사장은 되었다. 남자 시중드는 일은 다른 아가씨들에

게로 넘어갔다. 그렇게 자례 사람들이 도시로 일하러 간 지 1년 만에 마을은 도시처럼 변했다. 류자거우와 장자링 거리에 자례처럼 높은 문루와 돌사자가 있는 기와집과 돌계단이 있는 3층이나 5층짜리 다층집이 들어섰다.

그러니 어떻게 자례촌 입구에 주잉의 비석을 세우지 않겠는가? 그녀가 없었다면 촌구석 아가씨들이 마을을 부유하게 만들 수 있었겠는가? 더구나 주잉은 향에 새 승용차까지 기증했다.

그래서 후 향장은 각 마을 촌장에게 자례에서 열리는 현장 회의에 참석하라고 알렸다. 쿵밍량은 눈도장을 찍으러 현에 갔기 때문에 후 향장이 자례로 가서 직접 마을 사람들을 동원해 건물을 청소하고 마당을 쓸고 주요 도로와 골목을 정리한 뒤 다른 마을에서 온 100여 명을 맞이했다. 향장은 그들을 이끌고 류자거우의 공장과 가마를 참관한 뒤 장자링의 가축을 둘러봤다. 걸으면서 호기심과 흥미를 불러일으키기 위해, 보고 싶은 집이 있으면 어느 집이든 보고 물어보고 싶은 게 있으면 누구에게든 물어보라고 했다.

마지막으로 향장은 사람들을 이끌고 자례 촌위원회 옆에 있는 주잉의 집으로 갔다. 주잉의 최신식 집은 300무(畝)* 땅

---

* 중국식 토지 면적 단위로 약 666.7제곱미터.

에 동향으로 지어진 3층 건물이었다. 주잉은 그 집에서 여섯 달을 산 뒤 촌스럽다면서 다시 한번 개축했다. 푸른빛과 회색빛이 섞인 고풍스러운 벽돌로 바꾸고 목조처럼 보이는 강철 장식의 창문을 끼웠다. 강철 장식에는 적동이나 황동도 간혹 섞여 있었다. 또 시내 공원의 담벼락을 대신할 정도로 멋스러운 철 담장을 세우고 그 밑에 나무와 풀도 심었다. 겨울이었지만 나지막한 단천향나무와 삼나무, 사계절 푸른 붓순나무와 겨우살이풀 덕분에 희누르스레한 겨울이 푸른색으로 장식되었다. 주잉의 집을 보고 사람들이 전부 "와" "이야" "세상에" 하고 경탄했다. 그런 다음 해가 지기 전에 참관을 끝내기 위해, 아쉽지만 주잉의 집에서 발걸음을 돌려 주잉의 비석을 세울 마을 어귀로 갔다.

마을 어귀의 넓고 평평한 공터는 마을로 진입하는 도로와 연결되어 있었다. 바로 그 자리에 향장은 주잉의 비석을 세웠다. 대리석으로 만든 푸른 비석은 두께 1척, 너비 8척, 높이 1장 2척이나 되었고 글자는 대형 사발만큼 컸다.

비석 받침대는 구덩이에 묻혀 있었다.

구덩이 주변은 흙으로 메우고 시멘트까지 발라져 있었다. 공기 속에 깨끗한 석회 냄새가 떠다녔다. 태양이 머리 꼭대기에 걸려 있을 때, 향의 모든 마을 간부가 단정하게 햇빛 속에 서거나 자신의 솜신 위에 앉아서 열렸다 다물렸다 하는 향장의 입을 보며 연설을 들었다.

"말해보십시오. 여러분 마을에 주잉 같은 아가씨가 누가 있습니까? 혹시 알고 계십니까? 주잉이 광저우에 처음 도착했을 때 그녀는 이발소 종업원에 불과했습니다. 하지만 지금은 성도에서 유흥업소를 경영하죠. 남녀 900명이 한 번에 목욕할 수 있는 규모로 하루 수입이 승용차 몇 대 값이거나 작은 양옥 한 채 지을 수 있을 정도입니다! 그런데 어떻게 비석을 안 세우겠습니까?"

향장이 계속 말했다.

"100여 명의 아가씨가 기와집과 다층집을 짓도록 도와주었을 뿐만 아니라 류자거우와 장자링 마을에 전기와 수도, 도로가 들어오게 했습니다. 이 돈이 어디에서 났겠습니까? 모두 주잉이 기부한 것입니다. 모두 주잉이 아가씨 100여 명을 동원해 모은 것입니다."

그가 말을 잠시 멈추고 간부들을 힐끗 쳐다보며 목소리를 가다듬었다.

"또 한 가지, 주잉이 내년 봄에 향부터 촌까지 흙길을 아스팔트 길로 바꾸겠다고 약속했습니다. 흙길을 국가급 도로로 바꾸는 것인데 도로 정비에 얼마나 많은 돈이 필요한지 아십니까?"

향장이 다시 입을 열었다.

"저는 향장으로서 주잉에게 보답할 길이 달리 없습니다. 그녀에게 비석을 세워주는 것밖에는요."

벽처럼 거대한 석비가 세워지고 모든 참석자가 그 석비에 새겨진 바구니만큼 커다란 글자를 보았다.

자례에서 성공을 배우고
주잉을 본보기로 삼는다.

모두 그 거대한 석비 앞에서 박수를 쳤다. 손바닥에서 피가 날 정도로 갈채를 보냈다.

쿵둥더와 그의 아들들

1

봄이 오기를 간절히 바랄 때는 오동나무에서 분홍색 꽃이 피고 살구나무에서 백옥 빛깔의 꽃이 피어났다. 하지만 막상 봄이 되었을 때는 쿵둥더가 보니, 제일 먼저 연둣빛 물이 오르고 꽃망울을 터뜨려야 하는 마을 사거리 무덤의 개나리가 연둣빛을 띠지도 꽃망울을 터뜨리지도 않았다. 강가와 우물가의 버드나무도 싹을 틔우지 않았다. 꽃샘추위 없이 날씨가 하루하루 따뜻해져서 사람들 전부 솜옷을 벗었다. 예전이라면 청명을 지나 곡우가 가까우니 봄기운이 세상을 메워야 했다. 세상이 온통 푸르러지고 꽃이 피어나야 했지만 음력 3월이 되어도 초록의 봄날이 미적거리며 다가오지 않았다.

그 봄날의 아침, 쿵둥더는 봄날의 일을 생각하면서 구관조 한 쌍을 마을 사거리 주칭팡 무덤 앞 버드나무에 걸어놓고 도시 사람들이 아침마다 공원에서 무술을 연습하거나 춤추는 것처럼 무덤 앞에서 팔다리를 움직이기 시작했다. 운동으로 건강하게 장수하며 세상의 좋은 것들을 누리겠다는 것이 아니라, 최근 몇 년 동안 자신의 삶이 풍족하고 안락해졌음을 보여주려는 행동이었다. 젊을 때는 주칭팡 때문에 고생하며 감옥까지 갔지만 결국 최후에 웃는 것은 자신이라는 것을 보여주고, 진즉에 무덤에 들어간 주칭팡을 비웃기 위함이었다.

그래서 매일 아침 구관조 한 쌍을 주칭팡 무덤 앞에 걸어놓고 운동하면서 그곳을 지나가는 마을 사람들과 아침 인사와 덕담을 나눴다. 날이 따뜻해져서인지 몸을 조금 움직였을 뿐인데 땀이 났다. 그는 덧입은 옷을 하나 벗은 뒤 바로 옆에 있는 나무에 걸치지 않고 일부러 무덤 몇 개를 지나 구관조를 걸어둔 주칭팡 무덤 앞 나뭇가지에 걸쳤다. 그러고는 일부러 봉분으로 올라가 주칭팡의 무덤 꼭대기에서 발을 몇 번 구른 뒤에야 제자리로 돌아와 운동을 계속했다.

갑자기 축축하면서 서늘한 공기가 밀려왔다. 주칭팡의 무덤은 매일 아침 쿵둥더가 오르락내리락한 덕분에 앞쪽으로 작은 길이 하나 생기고 무덤 흙도 단단해졌다. 청명에 부풀어 올랐던 새 흙도 그의 발에 납작해져 대충 쌓아놓은 흙무더기처럼 낮아졌다. 어느 날 쿵둥더는 주칭팡의 비석에 적힌 '가장 충성스러운 공산당원'이라는 표현이 눈에 거슬려 진흙으로 글자를 메웠다. 또 어느 날은 비석이 똑바로 서 있는 게 거슬려 마을 사람에게 비석을 쓰러뜨리라고 했다. 비석이 반쯤 넘어갔을 때 그는 다시 마음이 바뀌었다.

"그냥 그렇게 두지. 좋든 나쁘든 어쨌든 그도 한세상 살았으니 내버려두자고."

그때부터 무덤 앞 비석은 넘어질 듯 말 듯 비스듬히 서 있게 되었다. 쿵둥더는 그 비석을 보면서 마음이 편안해졌다. 주칭팡이 자기 앞에서 영원히 고개 숙인 채 꿇어앉은 것 같았고, 그의 무덤이 쓸쓸하게 버려진 것 같았다. 쿵둥더는 매일 아침 사거리로 나가 그 일을 되풀이하면서 잘나가는 자신의 집안을 떠올렸다. 큰아들은 선생이 되어 초등학교 교감이 되었고, 둘째 아들은 촌장이자 마을의 황제 같은 존재가 되었다. 군에 입대한 셋째 아들은 아직 장교는 아니지만 연대장 경호원이라서 조만간 장교로 진급할 게 틀림없으며, 도시에서 고등학교를 다니는 막내아들은 성적이 좋아 내년에 무리 없이 대학에 들어갈 터였다.

시운(時運)이 트였으니 다 잘될 것이라는 생각이 들었다.

그에게는 아무 걱정거리가 없었다. 주칭팡의 딸 주잉이 도시에서 돈을 벌어 건물을 짓지 않았더라면, 또 향장이 산마루 마을 입구에 거대한 비석을 세우지 않았더라면 쿵둥더에게 근심이라고는 하나도 없었을 것이다.

그런데 향장 후다쿤이 몇 달 전 주잉을 위해 커다란 비석을 세웠다. 비록 비석의 첫 구절은 '자례에서 성공을 배우고'이고 둘째 구절에 이르러서야 '주잉을 본보기로 삼는다'라고 적혀 있었고, 주잉 역시 자례 사람이라 촌장인 자신의 아들 쿵밍량보다 지위가 낮았지만 어쨌든 쿵둥더는 목에 가시가 걸린 느낌이었다. 당연히 향장이 세운 비석을 넘어뜨릴 수는 없었다. 더군다나 향장은 현장이 될 가능성이 높았다. 그래서 주잉이라는 창녀 아버지 묘비의 글자를 메워버렸다. 또 향장이 세운 거대한 비석의 글자를 진흙으로 메울 수 없어서 그 창녀 아버지의 묘비를 무릎 꿇은 것처럼 비스듬하게 쓰러뜨려버렸다.

마침내 쿵둥더는 목구멍에 걸린 가시를 빼낸 것처럼 속이 시원해졌다.

그렇게 무덤 앞에서 운동을 시작했다. 그는 노래를 흥얼거리면서 춤추듯 팔다리를 흔들었다. 매일 아침마다 그곳으로 가서 무덤 주인에게 자신의 승리와 기쁨을 표현했다. 그리고 오늘 아침, 여느 때처럼 사거리 공터에서 운동하다가 갑자기 무덤 앞 개나리가 3월 말인데도 아직 연둣빛을 띠지도 노란 꽃을 피우지도 않았다는 것을 발견했다. 심지어 이미 푸른빛을 내며 백양나무와 버드나무에서 올라오던 작은 싹도 그 순간, 꽃샘추위도 없는 따스함 속에서 푸석푸석 시들고 푸른빛 또한 나뭇가지 속으로 다시 들어가버렸다.

쿵둥더는 조금 불안해졌다.

어제 향리에서 회의를 마치고 돌아온 밍량이 현과 향에서 제도를 개혁한다며, 시범 지역인 자례에서 민선 촌장을 뽑기로 했노라고 말한 게 떠올랐다. 민선 촌장을 뽑으면 주잉이 당선될 수도 있다는 말이 생각나 가슴이 철렁하면서 팔다리 흔드는 것을 멈췄다. 고개를 돌려 주청팡의 무덤을 바라보자 구관조가 "내가 너보다 잘났어! 내가 너보다 잘났어!" 하고 울었다. 그는 지나가는 마을 사람들과 안부 인사를 몇 마디 나눈 다음 운동을 멈추고 주청팡의 무덤으로 갔다.

아무도 없는 틈을 노려 무덤에 소변을 보았다. 주청팡의 무덤 앞, 얼굴이 있는 쪽에 오줌을 뿌린 뒤 구관조를 들고 집으로 돌아갔다.

2

정말로 주민투표를 실시하게 되었다.

정말로 향리에서 결정한 촌장 후보는 밍량과 창녀 주잉 두 사람이었다!

쿵밍량의 눈가에 거무스름한 음영이 자리를 잡았다. 그는 향과 현을 오가며 좋은 담배와 술을 잔뜩 선물했지만 끝내 상황을 바꾸지 못했다. 원수를 외나무다리에서 만난 셈이었다. 촌장이 되느냐 마느냐의 길에서 주잉과 부딪쳤으니 누가 센지 겨루는 수밖에 없었다. 어슴푸레 날이 밝아올 때부터 오시의 태양이 머리 꼭대기에 오를 때까지 쿵밍량은 세 마을 중 어느 집에서 자신을 뽑고 어느 집에서 주잉을 뽑을지 따지기 시작했다. 자례에서 한 가족이란 단단한 물통 속 물과 같아서 집안사람들이 한 출마자에게 몰표를 던질 것을 잘 알고 있었다. 그는 막냇동생의 공책에서 백지 두 장을 찢어 한 장에는 '촌장' 하고 자기 이름을 쓰고, 다른 한 장에는 '창녀' 하고 주잉의 이름을 썼다. 그런 다음 자례에서 류자거우, 또 류자거우에서 장자링 마을까지 따져보았다. 최종적으로 자례 사람들은 대부분 그에게 표를 주겠지만 류자거우와 장자링 사람들은 주잉에게 더 많이 투표할 것이라는 결론을 얻었다. 자례를 부유하게 만든 건 그였지만 다른 두 마을을 부유하게 만든 것은 주잉이었기 때문이다. 구체적으로 가구와 사람 수를 따져보니 105가구의 525명은 그에게, 165가구의 825명은 주잉에게 표를 던질 것으로 결론이 나왔다.

놀랍게도 그의 낙선이 분명했다.

쿵밍량은 종이를 내던지고 방에서 나와 마당에 섰다. 고개를 돌리자 백지 두 장이 죽은 사람의 무덤에 올리는 하얀 종이처럼 허공에서 나풀거리다가 비구름처럼 어디론가 사라지는 게 보였다. 그는 시선을 돌려 정남향의 햇살을 바라보면서 미간을 한데 모은 채 갈라진 입술을 혀로 핥았다. 생각에 빠져 있을 때 아버지가 안방에서 나와 문 앞의 새장을 바라본 뒤 아들에게 다가와 물었다.

"촌장에 뽑힐 수 없다는 거 알고 있지?"

쿵밍량은 아버지를 바라보며 아무 말도 하지 못했다.

쿵둥더는 글자가 빼곡히 적힌 종이 두 장을 아들에게 건넸다. 종이를 받은 밍량은 깜짝 놀랐다. 한 장에는 '촌장 쿵밍량'이라고 적혀 있고 다른 한 장에는 '창녀 주잉'이라고 적혀 있었다. 또한 '촌장 쿵밍량' 종이에는 마을 호주들의 이름이 잔뜩 적혀 있고 마지막에 붉은 글씨로 '총 105호, 525명'이라는 통계가 있었다. 그리고 '창녀 주잉' 종이에는 더 많은 호주의 이름과 끝에 붉은 글씨로 '총 165호, 825명'이라고 적혀 있었다.

가구와 사람 수 모두 쿵밍량의 계산과 똑같았다.

쿵밍량은 너무 놀라 종이에서 눈을 떼지 못하다가 아버지가 "어떻게 해야 촌장이 될 수 있는지 알겠니?"라고 묻자 비로소 정신을 차렸다. 그는 고개를 끄덕이다가 다시 절레절레 흔들었다. 어리둥절해하고 있을 때 "따라와라"라는 아버지의 말이 다시 들렸다. 안방으로 향하는 아버지의 낮고 둥근 어깨가 앞으로 데구루루 굴러가는 두 개의 공 같았다. 그는 아버지의 발자국을 밟으며 아버지 방으로 따라 들어갔다.

3

쿵둥더의 주도하에 쿵씨 집안의 대대적인 공세가 시작되었다. 현성에서 트랙터 한가득 맥아분유, 과자, 담배, 고급 술 등을 구입해 품목별로 자루에 담은 다음 세대주가 담배를 피우고 술을 마시면 담배와 술을 주고, 고령의 노인이 있으면 건강용품을 선물했다. 밍량이 직접 팔을 걷어붙이고 나섰고, 큰형 쿵밍광과 막내 쿵밍후이가 그 뒤를 따랐다. 세 형제는 철도에서 물건을 내리다 사망한 자례 사람의 집부터 찾아갔다. 선물을 탁자에 놓고 이런저런 대화를 주고받다가 마지막에 단도직입적으로 말했다.

"촌장 선거에 나가니 저를 좀 뽑아주십시오. 어쨌든 우리 모두 쿵씨니까요. 다른 성씨 사람보다 쿵씨가 촌장을 하는 게 아무래도 더 낫지 않겠습니까?"

"이 집 부지가 다른 집보다 좀 작네요. 제가 당선되면 제일 먼저 더 큰 부지를 배정해드리겠습니다."

다른 집에서도 그럴싸한 선물을 내려놓고 비슷한 말을 했지만, 그때그때 상황에 맞게 말을 조금씩 바꾸었다. "어르신이 아직도 편찮으세요? 왜 병원에 안 가시고요?" 하고 친근하게 말하며 열정적으로 병자를 일으키고는 병원으로 모시도록 사람을 부르고 병원비를 손에 쥐여주었다.

그렇게 자례의 모든 집을 방문한 뒤 이번에는 흩어져서 류자거우와 장자링 마을을 돌았다. 모든 주민이 쿵밍량을 뽑도록 만들기 위해 쿵둥더와 세 아들은 전력을 다했다. 선물을 한가득 실은 트랙터를 산마루에 세워놓은 뒤 큰아들은 학생네 집을 찾아가 선물을 안기며 표를 부탁하고, 밍량은 외지에서 주잉을 따라 화류계에 몸담은 딸이 있는 집을 찾아갔으며, 쿵둥더는 노약자가 있는 집을 방문했다. 넷째 아들은 가족이 선물을 들고 오가는 동안 산마루에서 물건을 지켰다.

쿵밍량은 주잉 때문에 도시에서 화류계에 입성한 딸이 있는 집으로 갔다. 대문을 들어서자마자 새로 지은 건물과 마당을 둘러보며 "집이 좋은데요. 아주 좋아요!" 하고 칭찬부터 했다. 그러고는 이곳저곳 둘러보며 여기에 수도꼭지를 달면 좋겠다느니 저기에 커다란 소파를 놓으면 좋겠다느니 말한 다음, 마지막으로 응접실에 앉아 주인이 내온 찻잔을 들었다. 얼굴 가득 미소를 띠고 소소한 생활사를 물어 주인을 감동시켰다 싶었을 때, 잔인할 만큼 직설적으로 물었다.

"따님이 성도에서 무슨 일을 하는지 아세요?"

화류계 딸을 둔 부모가 아무 말도 못 하자 쿵밍량이 얼굴을 찌푸리며 말했다.

"매춘을 해요! 매춘해서 번 돈은 우리가 뒷산 기찻길에서 물건 내리던 것에 비할 수 없죠. 촌장 선거 때 저를 뽑아주세요. 제가 촌장을 연임하게 되면 제일 먼저 어르신 딸을 불러와 좋은 일자리를 찾아주겠습니다. 편하고 낯도 서고 돈도 많이 버는 일을 구해준 다음 좋은 혼처를 구해 잘 살도록 해줄게요!"

부모는 당혹해하면서도 감동했다. 치부를 들켰을 때의 치욕과 거부감도 얼굴에서 조금씩 사라졌다. 꼭 쿵밍량을 뽑겠다고 약속하고는, 살림이 넉넉해지고 새집에 살게 되었지만 주씨 아가씨한테 쌓인 원한은 지울 수가 없노라고 말했다. 쿵밍량은 대문 앞에서 다시 한번 자신을 뽑아달라고 당부한 뒤 산마루로 가서 선물을 챙겨 다음 집으로 향했다. 다음 집은 체면을 중시하는 선비 집안이었다. 선혈이 낭자한 직설법을 되풀이할 수는 없었다. 그는 마찬가지로 정원과 집을 둘러보면서 잔뜩 칭찬한 다음 자리에 앉아 느긋하게 생활사를 물었다. 그런 다음 이 집 아가씨가 주잉을 따라 도시 화류계에 진출했다는 말은 믿지 말라고 했다. 얼마 전에 성도에서 만났는데 공장에서 뛰어난 솜씨를 인정받아 집을 짓게 된 것이라고 말했다. 그러자 집주인이 자랑스러운 얼굴로 우리도 딸이 외지에서 그런 일을 한다고 믿지 않는다, 누가 뭐래도 우리 딸은 교양을 갖췄다고 대꾸했다.

밍량이 말했다.

"하지만 주잉이 화류계에서 일하는 건 사실이죠. 확실한 건 주잉이 창녀라는 겁니다. 도대체 왜 그녀를 촌장 후보로 내세웠는지 모르겠어요."

집주인이 확신에 차서 말했다.

"아무도 뽑지 않을 겁니다. 어쨌든 우리는 밍량 당신을 지지하지, 때려 죽여도 그녀를 촌장으로 뽑는 일은 없을 겁니다."

그 집에서의 작전도 성공적으로 끝났다. 밍량을 촌장으로 뽑을 게 틀림없었다. 새로 단장한 집을 나와 대문 앞에서 부부의 손을 붙잡고 다시 한번 당부를 한 뒤 밍량은 산마루로 향했다. 차에는 가구당 하나씩 나눠 줄 선물이 아직 조금 남아 있었다. 며칠 후면 선거일이라, 날이 이두워지기 전에 전부 전달해야 했다. 집집마다 찾아가 주잉에게 쏠린 표를 찾아와야 쿵씨의 자례가 될 터였다. 그래야만 쿵밍량은 자신의 큰 꿈을 이룰 수 있을 터였다.

4

류자거우와 장자링 마을 중간의 산마루 길에서 넷째 쿵밍
후이는 아버지와 큰형, 둘째 형이 선거운동용 선물을 가지
러 차로 돌아오기를, 세월의 일출과 일몰을 기다리는 것처럼
기다렸다. 하나씩 자루에 담겨 화물칸에 쌓여 있는 알록달록
한 선물이 새장에 한꺼번에 갇힌 새 떼 같았다. '저 새들을 얼
른 각각의 집으로 날려 보내야 홀가분한 기분으로 집에 돌아
가 숙제할 수 있을 텐데' 하고 생각했다. 쿵밍후이는 꼭 대학
에 붙길 바라서가 아니라 숙제해 가면 선생님이 항상 교단
에서 입이 닳도록, 뇌물 주듯 칭찬해주기 때문에 최선을 다
했다. 조금 부끄러워서 늘 고개를 숙였지만 칭찬받을 때마다
친구들이 자신을 주목하는 게 느껴졌다. 그 부러움의 눈빛은
어쨌든 그를 위로하고 뿌듯하게 했다. 그는 남들이 결혼, 창
업 같은 것에 고군분투할 때 그런 생각은 해본 적도 없을 만
큼 어렸다. 심지어 입술 위에 수염 그림자도 나지 않았다. 수
염 난 친구들은 모두 그가 얼굴이 하얗고 순박한 소녀 같다
고 말했다.

그렇게 그는 아이 같은 고등학생이었다.

음식과 용돈을 챙기러 주말에 집으로 돌아왔더니 아버지
와 형들이 촌장 선거에 온 신경을 집중하고 있었다. 선생님

인 큰형은 열두 살이 더 많았지만 어쨌든 둘 다 학교에 있어서인지 늘 자신과 말이 잘 통한다고 생각했다. 그래서 큰형에게 "둘째 형은 꼭 촌장이 되어야겠대요?" 하고 물었다. 큰형은 깜짝 놀라며 "둘째가 촌장이 안 되면 앞으로 자례가 쿵씨 것이겠니?" 하고 반문했다.

둘째 형이 촌장이 되는 것이 자신의 공부와 무슨 상관인지, 큰형이 학생들을 가르치는 것과 어떤 관련이 있는지 그는 알수 없었다. 하지만 아버지가 가장 갈망하는 일이자 둘째 형이 가장 원하는 일이라는 것은 확실했기 때문에 아버지와 형들을 따라 선물을 잔뜩 끌고 류자거우와 장자링 마을 중간의 산마루 길까지 왔다. 산등성이를 사이에 두고 이웃한 두 마을을 바라보니 거의 모든 집이 복층으로 새로 지은 기와집이었다. 봄이 시작되었지만 초록이 아직 오지 않은 산속 마을과 집은 툭 불거져 나온 물감 뭉치 같았다. 마을이 별안간 어떻게 잘살게 되었는지, 어떻게 바람 넣은 것처럼 살림이 부풀었는지, 어떻게 돈이 생겨서 새 옷을 입고 걸음걸이마저 힘차고 빨라졌는지 그로서는 이해되지 않았다.

확실히, 자례의 모든 사람이 돈을 위해서라면 발걸음을 멈추거나 늦추는 일 없이 매일 앞서거니 뒤서거니 하며 뛰어다니는 것 같았다. 모든 것이 정신없이 움직였다. 오직 산과 하늘만 변함없이 고요했다. 쿵밍후이는 그렇게 산 사이에 조용히 앉아서 풀 끝으로 기어오르는 곤충과 날아가는 참새를 바라보다가 트랙터 운전석에 걸터앉아 계기판과 클러치, 핸드브레이크 등 복잡한 물건을 흔들어봤다. 아버지와 형들이 각각 류자거우와 장자링 마을에서 태양처럼 환하게 웃는 얼굴로 느릿느릿 걸어오는 것을 본 후에야 그는 화물칸의 선물이 어느새 하나도 남아 있지 않다는 것을 알았다. 밍후이가 트랙터 운전석에서 뛰어내렸다.

식구들 얼굴에 보랏빛 광채가 나는 것을 보고 밍후이도 기쁨에 젖어 "잘됐어요? 그럼 우리 저녁은 거하게 먹어요"라고 말했다. 가족 전체가 흡족한 기분이 드는 건 아주 드문 일이었다. 자례의 권력이 계속 쿵씨 손안에 있을 거란 확신이 들자, 풀과 바람의 움직임마저 밍량의 말을 따르는 것 같았다. 밍량이 말하지 않으면 바람도 불지 않고 풀도 움직이지 않았다. 그들은 촌위원회 앞에 있는 술집 '샹추이거'로 향했다. 술집에는 다른 마을 사람들과 혼자 느긋함을 즐기는 사람, 젊은이들이 있었고 술 냄새와 불그레하면서 야들야들한 고기 냄새가 가득했다. 그들은 촌장인 밍량을 보자마자 독기 어린 말투로 촌장 선거에서 누구든 주잉에게 표를 던지는 인간이 있으면 한밤중에 그 집에 불을 지르겠다고 말했다. 밍량이 그들을 노려보며 말했다.

"이런 정신 나간 사람들을 봤나. 민주선거도 몰라?"

사람들이 더 이상 아무 말도 하지 않고 촌장에게 굽실거리며 눈치를 살폈다. 그때 쿵둥더가 함께 먹자고 손짓하자 모두 감지덕지하며 자리에 앉았다. 그는 넷째 밍후이에게 주문하라고 시켰다. 학교에서 공부를 잘하니까 마음대로 주문하라고, 많이 주문해서 남으면 싸 가면 된다고 했다. 쿵밍량이 마지막으로 메뉴판을 훑어보더니 진열장에 놓인 술과 음료를 바라봤다. 철도에서 물건을 내리다 죽은 마을 사람의 가족이 운영하는 술집이었다. 열사의 가족을 보살핀다는 취지에서 촌위원회 앞쪽에 작은 술집을 내준 것이다. 매일 결혼 피로연이 열리는 것처럼 장사가 잘되어 돈이 굴러들어왔다. 여주인은 남편이 짐을 내리다 죽은 덕을 톡톡히 보았다. 술집을 열게 해준 촌장 덕이었다. 촌장 일가가 식사하러 오자 그녀는 황제가 들른 것처럼 흘러넘치는 기쁨을 주체하지 못했다. 촌장이 진열장 앞에서 술과 음료를 바라보자 그녀가 얼른 달려와 말했다.

"드시고 싶은 게 있으면 가져가세요. 여기 없으면 제가 나가서 사 올게요."

"술집을 좀 더 크게 열 생각은 안 해봤나?"

촌장이 묻자 여주인이 웃었다.

"이 정도만으로도 먹고사는 데 지장 없어요."

촌장의 얼굴이 금세 불쾌해졌다.

"욕심 없는 줄 몰랐네. 언젠가 이 작은 술집을 큰 요릿집으로 만들겠다고 생각해야지. 큰 요릿집을 도시의 호텔로 키우고. 숙소와 식당, 수영장, 엘리베이터, 경비, 상점은 물론이고 무대와 영화관까지 있는, 텔레비전에 나오는 호텔처럼 키워야지."

여주인은 멍하니 촌장의 얼굴을 바라보며 한참 동안 말을 하지 못했다.

촌장은 또 불쾌해졌다.

"뭘 봐요? 나 몰라요?"

여주인이 황망해하며 고개를 흔들었다.

"그럴 리가요. 어떻게 모르겠어요. 우리 집 아이들이 삼촌이라고 부르는걸요."

촌장이 또다시 물었다.

"방금 얘기한 것 머릿속에 잘 넣었어요?"

그녀가 얼른 대답했다.

"그럼요, 다 외웠어요. 언젠가 술집을 커다란 호텔로 만든다고요."

촌장이 만족스러운 듯 잠시 침묵하다가 직접 독주 열 병을 꺼내 들고 여자를 똑바로 쳐다보며 물었다.

"방금 막냇동생이 음식을 얼마나 시켰지?"

"열두 가지요. 냉채 네 종류와 따뜻한 음식 여덟 가지요."

촌장이 큰 소리로 말했다.

"스물네 가지를 올려요. 주방장한테 솜씨 발휘하라고 해."

놀란 여주인은 또 멍해졌지만 얼른 정신을 차리고 황급히 주방 쪽으로 달려갔다. 황혼이 가까워지면서 석양이 흐릿한 분홍색이 되었다. 촌장이 말을 마치고 몸을 돌리자 문에서 한 줄기 붉은 햇살이 비쳐 들어 촌장의 얼굴을 상서로운 빛으로 물들였다. 얼굴이 마치 금가루를 뿌려놓은 사당의 불상 같았다. 모두 촌장을 보고 깜짝 놀라 의자에서 일어났다. 도무지 쿵밍량이라고 믿기지가 않았다. 이 사람이 쿵밍량이라니. 그의 큰형 쿵밍광과 막냇동생 쿵밍후이도 낯선 사람을 보는 것 같아 한마디도 하지 못한 채 딱딱하게 굳었다.

아버지 쿵둥더만 전혀 흔들림 없이 자리에 앉아 아들을 바라봤다. 그의 얼굴에 크고 붉은 대련 같은 흐뭇함이 가득했다.

쿵밍량이 독주 열 병을 안고 제자리로 돌아와 탁자에 내려놓은 다음 낮고 굵은 목소리로 말했다.

"지금 자례는 촌일 뿐입니다. 마을에 상가 거리라고는 여기 하나뿐이죠. 하지만 내년, 후년 안에 저는 자례를 진으로 만들고 향위원회를 바이수향에서 없앤 뒤 그 바이수향을 우리 자례진 밑에 둘 겁니다. 진위원회는 지금 우리가 먹고 마시고 있는 이곳에 두고요. 그렇게 다시 사오 년이 흐르면 자례진은 더 이상 진이 아니라 자례성이 될 겁니다. 현성은 이곳 자례로 옮기고요. 그러면 자례는 도시처럼 번화해져서 신호등이 감당하기 힘들 정도로 버스와 자동차가 늘어날 겁니다. 큰 차, 작은 차가 빵빵거리며 뒤엉키고, 공안국은 매일 교통사고를 처리하느라 정신없을 겁니다."

사람들은 쿵밍량을 바라보며 그의 얼굴에서 빈틈을 찾고 있었다. 하지만 중간 체구에 다부지고 둥글둥글한 얼굴은 물 샐 틈 없을 만큼 장중하고 엄숙한 표정이었다. 지하수를 봉쇄한 산맥처럼 근엄했다. 사람들은 상상조차 할 수 없는 그의 마지막 말에, 꿈속에서 어떤 사람이 걸어 나와 나풀거리며 자신들 침대 맡에 서 있는 듯 그를 바라보기만 했다. 큰형 쿵밍광이 일을 정리하고 분명히 하려는 듯 다가가 둘째 쿵밍량의 손을 잡자 밍량이 의심과 조롱을 받기라도 한 것처럼 그대로 큰형의 손을 뿌리쳤다. 넷째 쿵밍후이는 둘째 형을 보고 놀라서 벌떡 일어났다. 그는 뒤로 반걸음 물러서며 혹시라도 자기가 둘째 형의 생각과 어긋나는 말이라도 내뱉을까 봐 손으로 입을 틀어막았다.

아버지 쿵둥더는 갑자기 울음을 터뜨렸다. 오열하며 밍량을 위해서라면 10년 더 옥살이하라고 해도 얼마든지 할 수 있다고 말했다. 아들의 말이 끝난 뒤 그는 식탁에 엎드려 사시나무 떨듯 어깨를 들썩였다. 상황이 갑작스럽고 엄청나게 바뀌었다. 큰아들 쿵밍광과 막내 쿵밍후이는 그 짧은 순간 세상에 무슨 일이 일어났는지 알지 못한 채, 창문 앞에 서서 멍하니 굳어버렸다. 끝없이 붉게 비쳐오는 석양 때문에 수줍은 듯 새빨갛게 변한 얼굴로, 한 귀퉁이의 빛 속에서 점토 인형처럼 서 있었다. 또한 마을의 한가한 청년들도 딱딱하게 굳은 상태였다. 벼락 맞은 점토 인형처럼 원래의 표정을 잃은 채 움직이지 않았다.

하지만 쿵밍량은 여전히 활력이 넘치고 상황을 분명히 이해하고 있었다. 형과 동생은 거들떠보지도 않고 비웃듯 마을 사람들을 둘러본 다음, 떨리는 아버지의 어깨를 부축하며 든든한 말을 전했다.

"아버지, 오래 사세요. 뭐든 다 보실 수 있을 거예요."

아버지가 오열을 멈추자 촌장 밍량은 다시 고개를 돌려 마을 젊은이들을 바라보며 앞으로 사회에서 일을 배우라고 당부했다. 마을이 진이 되고 현성이 되고 성도가 되면 모두 창업 원로가 될 텐데 처장, 국장, 원장을 맡았을 때 못 하는 일이 없도록 하라고 말했다. 말도 못 하고 일 처리도 못 하고 회의 조직마저 못 하면 안 된다고. 그때 가서 사정을 봐주지 않는다느니, 큰 사업이나 중요한 자리를 주지 않는다느니 원망하지 말라고 했다. 밍량이 당부와 기대, 불평을 토로할 때 여주인이 요리 몇 가지를 들고 왔다. 볶음요리에서 올라오는 뜨거운 김 때문에 그의 얼굴이 보이지 않았다. 밍량이 증기 사이로 소리쳤다.

"스물네 가지 요리로는 부족하니 최소한 서른여섯 가지, 아니 일흔두 가지를 준비하고 연회 자리도 최소 열 번은 준비하게. 자례의 호주를 전부 초대해서 모두에게 음식과 술을 대접해야겠어. 몇 년 안에 자례가 진이 되고 현성이 되고 도시처럼 번화하고 부유해질 거라고 알려야겠네!"

5

쿵씨 부자가 식사를 마치고 집으로 돌아올 때 하늘 중앙에 달이 높게 걸렸다. 마을의 가로등과 달이 밝기를 다투며 거리를 대낮처럼 밝혔다. 거리가 온통 새 벽돌과 기와집의 유황 냄새와 한밤중의 적막과 맑은 미풍으로 가득했다. 남은 음식을 싸 들고 집으로 돌아가는 도중에 밍량이 밍광에게 물었다.

"영수증 끊었어?"

만형 밍광이 대답했다.

"응. 몇천 위안 더 나왔어."

"아직은 여유가 좀 있어. 나중에는 사인 한 번이면 되고."

그렇게 말하면서 밍량은 아버지 뒤에서 걸었다. 하지만 집 대문 앞에 이르렀을 때 그는 물론 아버지와 형제 모두 생각지도 못했던 광경과 마주쳤다. 오후에 표를 부탁하며 전달했던 선물 중 절반이 한밤중 적막을 틈타 대문 앞으로 돌아와 달빛 속에 거대한 호박 넝쿨처럼 쌓여 있었다. 놀란 쿵둥더는 돌아온 선물 옆에서 움직이지 못했다. 밍량과 형제들도 그 옆에 가만있었다. 휘영청 밝은 달 아래에서 들리는 것은 빛이 문 앞을 지나는 소리뿐이었다. 식구들이 약속이라도 한 것처럼 일제히 "세상에……"하고 소리쳤다. 넷째가 허리를 굽혀 자루를 살펴본 다음 도로 내려놓고는 "돌아왔으니 우리가 먹어야겠네"라고 말했다. 밍량이 차갑게 넷째를 흘겨보며 선물 더미를 발로 차자 향긋한 과자와 케이크 냄새가 풍겼다. 그때 밍량의 머릿속에 처음 든 생각은 '죽고 싶어 환장했군, 감히 돌려보내다니!'였다. 그리고 군대에 있는 셋째 밍야오에게 진짜 총이 있으니 하루만 빌리면 좋겠다는 생각도 들었다. 시선을 아버지에게 돌렸을 때, 놀랍게도 아버지가 자신과 똑같은 말을 했다.

"셋째 밍야오에게 전보를 보내라. 반나절만 집에 다녀갈 수 있느냐고."

맏형 쿵밍광과 막내 쿵밍후이는 이해할 수 없다는 눈빛으로 아버지를 바라봤다. 반면 아버지를 향한 쿵밍량의 얼굴은 달빛이 가릴 수 없는 기이한 흥분으로 가득했다.

쿵밍야오

밍야오가 부대에서 돌아왔다.

키도 많이 크고 몸집도 탄탄해져 어디든 질주할 수 있는 말처럼 위풍당당해 보였다. 노란 여행 가방을 들고 마을로 들어온 그는 거리를 걸어가는 동안 붉게 상기된 얼굴로 누구를 만나든 인사를 하며 담배나 사탕을 건넸다. 남자에게는 담배를 주고 여자와 아이에게는 사탕을 주었다. 바러우 사람들이 외지에 나갔다가 돌아왔을 때 행하는 풍습이었다. 담배와 사탕의 품질은 외지에서 그가 성공했는지 실패했는지를 보여주는 일종의 증거품이었다. 밍야오가 마을 사람들에게 준 담배는 최고급이었다. 국가 지도자만 사서 피울 수 있는 담배였다. 여자와 아이에게 준 사탕은 조금 씁쓰레해서 최고

114

급이라는 인식을 주지 못했지만 동그라미, 네모, 세모 모양의 금색 포장지에 중국어가 아닌 외국어가 적혀 있었다. 사람들은 처음으로 초콜릿이 무엇인지 알게 되었다. 쿵밍야오의 귀향은 갈수록 전기적인 색채를 띠었다. 그가 마을 거리를 걷자 봄이 그를 위해 꽃을 피워 연두와 빨강의 향연이 펼쳐졌다. 거리의 북방 회화나무도 그를 위해 꽃을 활짝 피우고, 새빨간 장미와 하얀 작약도 피어나 진한 꽃향기를 날리며 그를 위해 보드라운 빛을 반짝였다.

몇 년 만의 귀향길이었다. 파란 제복을 입고 검은 가죽 구두를 신은 그는 탁탁 소리를 내며 마을 거리를 걸었다. 사방을 두루 살피면서 낯익은 모든 사람에게 "아주머니, 아저씨" 하고 친근하게 부르며 이런저런 이야기를 나눴다. 그가 지나간 뒤 사람들은 하나같이 자기 딸을 그에게 시집보내면 얼마나 좋을까, 정말 좋을 텐데, 하고 생각했다.

쿵밍야오가 마을 사거리 남쪽의 쿵씨 왕가로 돌아왔다.

그 후 거리에는 온갖 의견과 추측 그리고 쿵씨 집을 살피는 사람들의 발소리만이 남았다. 시간이 흘러 점심때가 지나자 사람들의 잡다한 궁금증이 모두 풀렸다. 쿵밍야오가 다시 집에서 나왔을 때, 그리고 남녀노소를 불문하고 그 뒤를 따르는 수많은 쿵씨의 얼굴에서 방금 보이던 반짝임이 사라졌다. 모두의 얼굴이 긴장으로 팽팽해지고 눈빛에 살기와 분노가 섞여 있었다. 쿵밍야오의 뒤를 남자들이 따르고, 그 뒤를 여자와 아이들이 따르는 형태로 무리를 지어 걸어갔다.

쿵밍야오는 더 이상 파란색 제복 차림이 아니었다. 부대에서 입던 새 군복에 고동색 가죽 무장 벨트를 매고, 손에는 수십 년 동안 마을 사람들이 한 번도 본 적 없는 반지르르한 까만 권총을 들었다. 마을 사람들은 그가 집에서 아버지와 형제들과 무슨 이야기를 했는지 알 수 없었지만 어쨌든 그의 출현으로 마을 공기가 딱딱하게 굳었다는 것은 확실히 알 수 있었다. 날씨도 그의 낯빛처럼 흐리터분했다. 그의 목깃에 피처럼 붉은 휘장 두 개가 달려 있어서 사람들은 목에서 머리가 떨어져 나가는 끔찍한 상상을 했다. 아버지와 형제들은 아무도 보이지 않았다. 막내 밍후이는 도시에서 공부하느라 그가 돌아온 것조차 알지 못했다. 쿵밍야오는 집에서 나와 곧장 사거리로 가서는 사람들을 향해 차갑게 웃으며 "마을에서 촌장을 뽑는다면서요? 민주선거 좋죠. 누구를 뽑든지 그건 여러분의 권리입니다. 누구도 빼앗을 수 없는 거죠" 하고 말했다. 그런 다음 권총을 꺼내 손수건으로 탁탁 털고는 허공을 조준하면서 다시 한번 웃었다.

"류자거우와 장자링 마을이 부유해져 집을 새로 지었다던데 거기나 좀 가볼까요?"

자례 사람들이 모두 환호하며 "류자거우부터 갑시다! 류자거우부터 갑시다!" 하고 소리쳤다. 어느새 새카매질 정도로 늘어난 사람들이 부대에서 휴가 나온 쿵밍야오를 둘러쌌다. 그러고는 그의 앞길을 트면서 마을을 나와 이삼십 리 떨어진 류자거우 마을로 요란스럽게 건너갔다.

태양이 정남쪽을 지나고 있어 산맥이 노곤하니 따스했다. 수십 명, 수백 명에 이르는 자례 사람들이 물밀듯이 우르르 류자거우 마을 어귀에 도착했을 때, 벌써 소식을 접한 마을 사람들은 혈투에 대비라도 하듯 문을 닫아걸고 있었다. 하지만 이내 그렇게 나쁜 상황은 아니라는 것을 깨달았다. 쿵밍야오가 부대에서 가족을 만나러 돌아왔으며 친척을 방문해 담배와 사탕을 나눠 줄 뿐이라는 말에 모두 문을 열고, 군복 차림에 권총을 든 쿵밍야오를 보았다. 친척집에서 나온 그는 더 많은 사람에게 둘러싸여 있었다. 그런데 갑자기 새로 지은 3층짜리 집 대문 앞에서 총을 허공에 겨누고 탕 소리와 함께 발사했다. 하늘과 나뭇가지에 있던 새들이 전부 사라졌다. 그는 총부리에서 나오는 연기를 입으로 불었다. 그리고 손수건으로 손잡이와 총신을 닦고 총을 허리에 꽂은 다음 큰 소리로 "민주선거 좋죠. 누구를 뽑든 마음대로 하세요!" 하고 외쳤다. 그러고는 장자링 마을로 요란스럽게 건너갔다.

그가 떠난 뒤 총소리의 여운 속에서 류자거우 마을의 모든 초록 잎이 시들었다. 막 피어난 봄꽃도 전부 져버렸다. 마을 사람들은 모두 벙어리가 되어 아무 말도 하지 못했다.

　바로 옆의 장자렁 마을은 류자거우와 흙길로 이어졌지만 또 한편 강물로 나뉘어 있기도 했다. 장자렁에는 쿵씨 친척이 없기 때문에 쿵밍야오는 친척 집을 찾아가 선물을 전한다는 핑계를 댈 수 없었다. 그래서 장자렁에 일이 좀 있다고, 장자렁의 변화와 버섯처럼 생긴 새 건물들을 보고 싶다고 말했다. 그는 100명에서 시작해 200명이 되고 200명에서 다시 300명으로 늘어난 무리를 이끌고 류자거우에서 장자렁 마을로 우르르 갔다. 마을 한가운데에 이르러 쿵밍야오는 서로 밀고 밀리는 무리 속에서, 마을에 아직 남아 있는 연자방아 받침돌 위에 올라섰다. 그는 기와집과 복층집을 둘러보며 누구네 집인지, 어떤 일을 해서 집을 지었는지 물었다. 또 뾰족하게 유리 기와를 얹은 집은 누구네 집이냐 묻고는 외지에서 본 빌라처럼 훌륭하다가 말했다. 그런 다음 밍야오는 권총을 꺼내 그 뾰족한 지붕 위 자기로 만들어진 회색 비둘기를 조준했다. 왼쪽 눈을 감고 검지를 방아쇠에 걸었다. 또 한 차례 "탕!" 하는 총소리가 울리자 자기로 만든 비둘기가 부서졌다. 나뭇잎도 떨어지고 꽃과 풀도 시들었다. 그 순간 사람들은 밍야오가 마을 거리에서 "민주선거 좋죠. 누구를 뽑든 마음대로 하세요!" 하고 외치는 것을 들었다. 갑자기 장자렁 하늘에서 진눈깨비가 흩날리더니 얼마 뒤에는 땅에 얼음이 얼

118

고 서리가 내렸다.

   그해 봄, 쿵밍야오가 다녀간 뒤 류자거우와 장자링 마을은
날이 추워져 나무가 시들고 싹이 돋지 않는 바람에 농작물을
거의 거두지 못했다. 반면 산등성이 하나 떨어져 있을 뿐인
자례에서는 바람과 비가 적당해 다 먹지 못할 정도로 곡식이
넘쳐났다.

5장

정권 1

선거

1

한바탕 민주의 비가 자례 곳곳을 적셨다.

주잉은 선거 바로 전날 성도에서 돌아왔다. 비가 그치고 날씨가 맑게 개어 공기가 깨끗했다. 자동차가 산등성에 있는 마을 어귀에 도달했을 때 주잉은 향장이 자신을 위해 세워준 거대한 비석을 보았다. 그리고 그곳부터 느긋하게 걸어서 마을로 들어갔다.

마을에 들어섰을 때는 오전 10시였다. 빗물에 씻겨 깨끗해진 시멘트 길 표면에 차가운 습기가 배어 있었다. 길가에 쌓인 돌과 벽돌은 회백색 얼음이 되었다. 선거 때문에 상인들은 진이나 현성으로 장사하러 가지 않았고 농부들도 김을 매거나 비료를 뿌리러 밭에 나가지 않았다. 마을 사람 전부 거리에 모여 햇볕을 쬐면서 사상 최초의 민주선거가 자례촌으로 요란하게 떨어져 내리기를 기다렸다. 바로 그때 젊고 참신한 후보자 주잉이 성도에서 아주 떠들썩하게 돌아왔다. 주잉의 이번 귀향은 지난번과 완전히 달랐다. 그때는 새로 지었음에도 구식처럼 느껴지는 집을 개축하기 위해 돌아왔다. 당시 주잉은 마을 사람들과 판이하게 다른 차림새를 하고 있었다. 립스틱을 바르고 아이라이너를 그리고 눈썹에 마스카라를 칠했고, 머리카락을 와인색으로 물들여 마을 사람은 물론 새까지 전부 눈이 동그래졌다. 모두 그녀를 자례 사람이아니라 도시의 요사스러운 여자라고 생각했다. 하지만 이번귀향의 목적은 촌장 선거였다. 그녀는 마을 사람들과 똑같은 차림으로 나타났다. 머리카락을 다시 검게 바꾸고 신발 굽도 절반으로 낮춰 땅과 가까워졌으며, 짧은 니트스커트와 붉은 스웨터를 입어 도시인 같으면서 성공한 마을 사람처럼 보였다. 그녀가 마을로 돌아와 제일 먼저 만난 사람은 사내아이였다. 그녀는 아이를 품에 안고 100위안짜리 지폐를 주면서 "아줌마가 바빠서 아무것도 사 오지 못했거든. 먹고 싶은 거사 먹으렴" 하고 말했다. 이어서 십대 젊은 아가씨를 만나 손을 잡고 100위안짜리 지폐 두 장을 찔러주며 "언니가 네 치마를 못 사 왔으니까 시내에 가서 원하는 거 직접 사" 하고 말했다. 그녀는 가는 내내 돈을 건넸다. 적게는 100위안, 많게는 300에서 500위안을 주었다. 행동은 쿵밍야오와 비슷했지만 밍야오의 총과는 완전히 달랐다. 그녀의 무기는 지폐였다. 100위안씩 마을 이쪽에서 저쪽까지 도대체 얼마인지 알수 없을 만큼 통 크게 돈을 뿌렸다. 그녀는 사거리에 있는 아버지의 무덤에 도착하여 절을 올린 다음 지전 대신 현금 한다발을 태우면서 무엇인가를 빌었다. 그러고는 또 돈을 뿌리며 어느 골목으로 사라졌다. 거리에 있던 사람들은 마을에서 무슨 일이 일어나고 있으며, 앞으로 무슨 일이 일어날지 전혀 알 수가 없었다.

그녀가 사라진 잠깐 동안의 침묵 속에서, 사거리에 있던 100여 명에 이르는 자례 사람 중 누군가가 "주잉이 돌아왔다, 주잉이 돌아와서 집집마다 돈을 준다!"라고 외쳤다. 마을 사람들은 전부 주잉의 새집으로 몰려갔다. 자례 사람들은 그날, 은행이 밤새 문을 열고 누구든 돈을 마음껏 집어 가게 하는 꿈같은 광경을 보았다. 그리고 주잉이 최신식 옷을 입고 마을에 들어오는 대신 집에 빨강, 노랑, 초록, 파랑의 화폐 문양 망토를 걸어놓았으며, 그것이 화폐 도안을 찍은 게 아니라 진짜 돈이라는 것을 발견했다. 솜씨가 얼마나 좋은지 돈을 그림처럼 옷에 붙여서 거실 옷걸이에 걸어둔 것이다. 또한 스웨터와 블라우스, 속옷, 스프링코트, 바지, 양말에도 전부 진짜 지폐로 도배해놓은 것을 알았다. 20여 년 후 자례가 현에서 시가 된 뒤 자례발전박물관이 지어질 때 주잉의 지폐로 만든 옷들은 가장 진귀한 소장품이 되었다.

그녀는 지폐 옷을 만드느라 성도에서 늦게 돌아온 것이다.

주잉의 3층 건물은 자례 사람들을 위한 전시관이 되었다. 남녀노소를 불문하고, 쿵씨 집안과 친하고 주씨 집안과 원수졌던 사람들까지 전부 핑계를 만들어 주잉의 집으로 갔다. 주잉이 가져온 100위안짜리 지폐로 만든 화초와 나무, 꿀벌과 거미, 옷걸이에 걸려 있던 다양한 옷과 장신구가 사람들 손에서 이리저리 돌아다녔다. 주잉은 쿵씨 일가처럼 표를 얻기 위해 트랙터 한가득 선물을 싣고 한집 한집 돌아다니지 않았다. 그녀는 누군가의 집을 방문하는 대신 사람들이 구경 오기를 기다렸다. 그날 주잉의 집 앞 도로와 마을 어귀에는 사람들이 끝도 없이 길게 늘어서서 주잉과 그녀의 지폐 옷에 대해 이야기했다. 그리고 모두 민선 촌장에 관한 일을 이야기했다.

사람들은 주씨 아가씨에게 은밀하게 말했다.

"역시 당신이 촌장을 하는 게 좋겠어요."

주잉이 손을 내저으며 대꾸했다.

"밍량을 뽑으세요. 저는 향장과 현장이 성도에서 하도 등 떠밀어서 온 것뿐이에요."

사람들이 원망조로 말했다.

"이렇게 부자가 되었는데 우리한테 콩고물이라도 좀 줘야지."

"그럼 제가 도시, 성도에서 하는 장사는 누가 관리해요?"

촌장 자리는 소탐대실에 불과해 오히려 번거롭다는 표정을 지으며 주잉이 반문했다.

사람들은 그 말에 실망하면서도 그녀를 더욱 뽑고 싶어 했다. 그녀는 그렇게 집 안의 위층과 아래층, 거실을 이리저리 바쁘게 다니며 마을 사람들에게 물을 따라주고 해명했다. 여전히 가난한 마을 사람에게는 사오백 위안씩 따로 챙겨주어 생활의 근심을 달랬다. 그녀와 함께 외지에서 화류 생활을 하는 류자거우, 장자링 및 바러우산맥의 다른 마을 아가씨들도 주잉의 집으로 와서 손님을 챙겼다. 그녀들은 "주잉 언니, 절대 촌장 되면 안 돼요. 언니가 돌아와서 촌장 따위를 하면 우리는 외지에서 어떡해요? 공장이랑 상점, 제일 크고 제일 화려한 업소도 문 닫게 되지 않겠어요?" 하고 말했다. 앞서 구경 온 사람들이 주잉의 집에서 나가자 후발 주자들이 와서 또 비슷한 희망과 걱정의 말을 늘어놓았다. 점심때가 되자 주잉은 음식을 잔뜩 차려 지폐 옷을 보러 온 사람들을 모두 대접했다. 오후가 지나고 어스름이 깔린 뒤 태양이 서쪽으로 넘어갈 때가 되어서야 집이 조용해졌다. 주잉은 지폐 옷들을 조심스럽게 개키다가 대문에서 냉소 짓고 있는 쿵밍량을 발견했다. 세상 전부를 비웃는 듯한 표정의 청석 조각상처럼 대문 옆에 서 있었다. 석양이 그의 얼굴에 어릿거려 커다란 청석 위에 불그레함이 드리우는 듯했다. 마당에 심은 석류나무에 온통 사과꽃이 피고 복숭아나무에 석류꽃과 해당화, 동백꽃이 피어났다. 꽃잎이 타일 바닥으로 떨어지는 광경은 자못 시적으로 느껴졌다. 그렇게 여기저기 훑어보며 냉소를 머금은 채 한참 동안 아무 말이 없던 쿵밍량이 마침내 입을 열었다.

"돌아왔어?"

주잉도 웃으며 대꾸했다.

"이 지폐 옷은 그쪽 보여줄 게 아닌데."

밍량이 웃음을 거두며 말했다.

"돈이 총보다 세더군."

"들어와서 앉을 거 아니면 가지."

두 사람은 대화하는 것 같기도 하고 싸우는 것 같기도 했다. 밍량이 마당에서 문밖으로 걸어갈 때는 주잉이 그를 배웅하는 것 같기도, 대문을 잠가 하루의 번잡함을 문밖에 버리려는 것 같기도 했다. 그런데 주잉이 문을 닫아걸려는 바로 그 순간, 쿵밍량이 갑자기 고개를 돌려 물었다.

"창녀 주제에 아직도 나와 결혼하고 싶어?"

주잉은 순간 머릿속이 멍해졌다. 하지만 잠시 숨을 고른 뒤 가벼운 목소리로 대꾸했다.

"그래, 난 창녀야. 하지만 내일 촌장이 될 거야. 당신은 내 앞에 꿇어앉아 애원하게 될 거고."

"마을 사람들이 너를 뽑을 것 같아?"

"나를 뽑는 게 아니라 돈을 뽑는 거지. 나는 돈이 아주 많거든."

쿵밍량은 더 이상 아무 말도 하지 않았다. 가슴이 철렁해 잠시 머리를 숙였다가 또다시 문 안으로 들어가려 했다. 주잉이 들어오지 못하게 막자 몸을 버둥거리며 안으로 파고들었다. 한참을 밀치락달치락한 끝에 밍량은 마침내 주잉을 제치고 마당 한가운데에 설 수 있었다. 황혼이 이미 맨발로 비틀비틀 다가온 후라 봄날처럼 향긋하고 여름처럼 따사로웠다. 새소리가 나더니 이내 참새 떼가 석류나무와 복숭아나무에 내려앉았다. 쿵밍량과 주잉은 눈을 부릅뜬 채 차갑게 서로를 한참 동안 노려봤다.

"나가. 더 있다가는 나한테 애원해야 할 거야."

"사퇴해. 촌장은 나한테 넘겨."

쿵밍량이 눈빛으로 압박하자 주잉이 웃었다.

"지금 부탁하는 거야?"

다시 침묵이 흐르고 밍량이 웃었다.

"사퇴하지 않으면 내가 당선된 후에 널 가만두지 않을 거야!"

주잉이 또 웃다가 뜬금없는 질문을 던졌다.

"그날 밤 꿈에서 깨어 밖으로 나왔을 때 나 말고 또 뭘 주웠어?"

밍량이 아무 말도 하지 않고 굳은 채로 잠시 서 있다가 결국 몸을 돌려 밖으로 나갔다. 이웃한 촌위원회 쪽으로 걸어 갔다. 그날 그는 온종일 촌위원회 건물에서 주잉의 대문을 노려보며 끊이지 않는 행렬을 보았었다. 그가 촌위원회 마당으로 들어서려 할 때 주잉이 뒤에서 큰 소리로 외쳤다.

"나 주잉에게 청혼할 기회를 또 놓쳤어. 이렇게 계속 놓치다가는 벽에 머리 박고 죽고 싶을 만큼 후회하게 될 거야!"

이어서 주잉이 대문을 닫는 소리가 육중하게 들렸다.

2

밤새 자례에서는 발걸음 소리가 우박처럼 살차게 울렸다. 어떤 사람은 쿵씨네로, 어떤 사람은 주씨네로, 또 어떤 사람은 쿵씨네 집에서 나와 주씨네 집으로 달려갔다. 마을이 생기고 처음 열리는 촌장 선거였다. 현장이 시장이 되기 전에 반드시 성에 보고해야 하는 중차대한 사건이었다. 자례 사람들은 이번 선거를 위해 늙은 현장이 위아래로 얼마나 많은 보고를 했는지 몰랐다. 그는 이번 선거를 시와 성에 헌납할 선물로 생각하고 있었다.

그렇게 선거가 임박했다.

다음 날 오전 10시, 자례 산하의 류자거우와 장자링 주민 전부 자례촌 앞 강가로 모였다. 강의 돌방죽을 따라 문짝으로 회의 단상을 세운 다음 탁자를 놓고 깨끗한 붉은 천으로 덮은 뒤 단상 앞쪽에 '자례촌 제1회 민주선거대회'라고 적힌 현수막을 걸자 그럴싸하게 형태가 갖춰졌다. 기자와 경찰차가 오고 현과 진에서 10여 명의 감독관이 왔다. 투표함을 단상 한가운데에 놓고는 18세 이상의 마을 주민에게 쿵밍량과 주잉의 이름이 인쇄된 투표용지를 나눠 주며, 원하는 사람 이름에 표시한 뒤 차례대로 투표함에 넣으라고, 그게 바로 민주이며 당신의 역할이라고 설명했다. 투표가 끝나면 개표해 집계하고 득표 결과를 발표하는 일만 남을 터였다.

많은 표를 얻은 사람이 당선이었다.

그런 일은 자례 사람들도 이미 직간접적으로 경험해보았다. 다른 점이라면 이전에는 대장을 선출했지만 이번에는 대대가 촌으로 바뀌어 촌장을 선출하는 것뿐이었다. 예전에는 동조하는 사람의 밥그릇에 콩을 놓았지만 이번에는 무기명으로 투표용지를 투표함에 넣고, 예전에는 알아서 선거를 치렀지만 이번에는 현장, 진장, 경찰이 와서 관리하고 감독할 뿐이었다.

현장과 진장은 아침이 어슴푸레 밝자마자 승용차를 타고 마을로 왔다. 후보자 집에서 식사하지 않았느냐는 의혹을 피하기 위해 직접 더우장*과 유탸오**를 준비해 차에서 먹었다. 마을 사람들은 아침을 먹은 뒤 회의장으로 향했다. 무리를 지어 밀고 밀리면서 공연 구경하러 갈 때처럼 손에 작은 걸상을 들고 갔다. 10시가 되자 여기저기에서 사람들이 구름처럼 몰려들어 강가에 천여 명 가까이 모였다. 곧이어 커다란 스피커에서 민주선거의 시작이 선포되었다. 늙은 현장이 선거 교육을 맡아 민주와 선거에 관해 주저리주저리 늘어놓았다. 진장은 선거 규칙을 언급하며 투표와 법률을 한데 엮어 이렇게 하면 위법이고, 저렇게 하면 범법이라고 설명했다.

이어서 촌장 후보의 연설이 시작되었다. 쿵밍량은 큰형 밍광이 보름 전에 써준 원고를 연단에서 큰 소리로 읽어 내려갔다. 연단 아래의 사람들은 열심히 듣는 것 같기도 하고 아예 듣지 않는 것 같기도 했다. 파리 수천수만 마리가 회의장 상공을 날아다니는 듯 웅성거려, 회의장이 여름날의 분뇨 통

* 豆漿 : 콩을 갈아 만든 음료.
** 油條 : 밀가루 반죽을 발효시킨 뒤 길쭉한 모양으로 늘려 기름에 튀긴 음식.

처럼 거대한 파리들의 무대가 되어버린 듯했다. 밍량은 연단 아래를 살피다가 한 여자가 아이를 안고 대변을 누이면서 빳빳한 연노란색 투표용지로 밑을 닦아주는 것을 보았다. 그 순간, 연단 아래로 내려가 그 여자의 뺨을 치고 싶은 마음이 굴뚝같았다. 분명 현장이 말할 때만 해도 연단 밑은 쥐 죽은 듯 고요했다. 진장이 말할 때는 조금 웅성거렸지만 무슨 말을 하는지 분명히 들렸다.

하지만 쿵밍량의 순서가 되자 소리가 파도처럼 일렁였다. 그는 원고를 든 채 고개를 돌려 현장과 진장을 바라봤다. 현장이 기자와 인터뷰 중이라 그는 진장의 귀에 대고 "경찰한테 질서 좀 잡으라고 해주세요!"라고 요청했다. 그런데 진장은 그의 귀에다 "어서 읽게. 어차피 형식적인 거니까"라고 속삭이는 게 아닌가. 밍량은 다시 소리 높여 원고를 읽는 수밖에 없었다. 그의 연설은 각 가정의 서랍 하나를 1년 내내 돈으로 가득 채울 것이며, 자례촌을 몇 년 안에 진으로 키우고 다시 몇 년 안에 도시로 만들겠다는 웅대한 포부로 가득했다. 하지만 그런 청사진과 거창한 소망은 떠들썩한 소리에 묻혀 구름처럼 날아갔다. 원고를 다 읽은 뒤 연단에서 진장 옆으로 돌아온 그가 불평하려는 순간, 진장이 오히려 불만스럽게 말했다.

"원고가 너무 길었네."

그는 경악했다. 진장의 눈동자가 옆에 앉은 주잉의 얼굴에서 한순간도 떠나지 않는 것을 발견했다. 속으로 '돼지, 오입쟁이'라고 욕하려는데 갑자기 지진이 난 것처럼 발밑이 휘청하는 느낌이 들었다. 불현듯 그는 사람을 홀리는 주잉의 매력이 그녀의 눈썹과 눈 사이에 응집되어 있다는 것을 발견했다. 붉은 스웨터와 통바지, 중간 굽의 가죽 구두와 살구색 양말 그리고 목을 휘감아 앞가슴과 어깨 뒤로 늘어뜨린 긴 스카프까지 무척 잘 어울리고 아름다웠다. 하지만 아무리 도시에서 유행하는 스타일로 꾸몄다고 해도 남자를 홀리는 듯한 미간과 남자를 무너뜨릴 수 있는 눈에서 발산되는 광채란 다른 사람은 물론 도시 여자도 가질 수 없는 것이었다. 진장은 그녀의 촉촉하고 뽀얗고 불그레한 미간을 세상에 드러난 여자의 은밀한 곳을 보는 것처럼 뚫어져라 쳐다봤다. 바로 그때, 밍량은 무너져 내리는 듯한 기분에 사로잡혔다. 제대로 서 있을 수 없을 만큼 무기력함이 발목을 휘감았다. 황망하게 자리에 앉자 누군가 주잉의 후보 연설을 소개하는 게 들렸다. 그녀가 바람처럼 진장 앞을 지나면서 진장을 보자 진장도 그녀를 바라봤다. 두 사람의 눈빛이 허공에서 만난 뒤 주잉은 사뿐히 연단으로 나아갔다.

그때 쿵밍량은 '다 끝났다. 저 창녀랑 진장의 추파로 선거에서 지는구나'라고 생각할 수밖에 없었다. 하지만 아직은 실패라고 단정할 수 없다는 생각에 마음을 가라앉혔다. 일단 주잉이 원고를 읽거나 연설할 때 연단 아래의 소란이 자기 때보다 커지는지 지켜봤다. 아직까지도 그 소란 때문에 밍량의 두 손에는 땀이 고여 있었다. 그는 눈을 부릅뜬 채 연단 앞에 선 주잉이 입을 열기를 소나기 기다리듯 했다. 하지만 주잉은 말없이 가만히 서서 공연히 시간만 끌고 또 끌었다. 그렇게 침묵으로 연단 아래의 소란을 가라앉힌 뒤 사람들의 눈길이 자신의 묵묵무언으로 집중되기를 기다렸다. 마침내 모두 그녀의 지루한 연설을 들을 준비가 되었을 때, 그녀는 돌연 주머니에서 수만 위안의 지폐를 한 움큼 꺼내 연단에서 던졌다. 지폐가 바람처럼 꽃처럼 눈처럼 달처럼 허공에서 추파가 오가듯 날아다녔다. 사람들이 아직 상황을 제대로 파악하지 못했을 때, 바로 그 순간에서야, 그녀는 매끄럽고 낭랑한 목소리로 연단 아래를 향해 장중하게 약속했다.

"제가 촌장이 되면 이렇게 뿌려댈 수 있을 만큼 각 가정에 돈이 넘쳐나도록 할 것입니다."

그게 다였다.

돈을 뿌리는 것으로 시작해 한마디로 끝이 난 그녀의 연설은 다 합쳐도 20초가 되지 않았다. 연단 아래 사람들이 돈을 차지하기 위해 미친 듯이 앞쪽으로 달려들 때, 그녀가 연단 앞에서 중앙으로 돌아왔다. 쿵밍량이 미처 정신 차리기도 전에 단상 위아래에서 박수 소리가 바람처럼 구름처럼 일어나 천둥 번개처럼 울렸다. 하루 밤낮 스물네 시간 동안 쉬지 않고 박수가 이어질 것만 같았다. 뒤이어 스피커에서 시의적절하게도, 투표를 시작하겠으니 마을 주민은 앞서 설명한 대로 공평하게 조장의 지시에 따라 순서대로 단상에 올라 투표하라는 방송이 나왔다.

마치 공연을 하는 것 같았다. 그 전까지 쿵밍량이 선거를 위해 했던 모든 게 현장과 진장, 경찰의 눈빛과 스피커의 외침 속에서 밥 짓는 연기처럼 사라졌다. 쿵밍량은 단상 중앙에서 구석으로 옮겨 앉아서는 주잉과 진장, 현장이 웃고 떠들면서 단상 뒤 탁자 쪽으로 걸어가는 것을 보았다. 주잉은 벌써 당선된 듯이, 꼭 단골손님을 안내하는 것처럼 그들을 이끌고 있었다.

밍량이 '창녀와 돼지!'라고 속으로 욕하는데 가슴 밑바닥에서 쓸쓸한 분노가 치솟았다. 단상으로 달려가 투표함과 탁자를 뒤집어버리고 싶은 마음이 굴뚝같았다. 하지만 아버지와 형, 현성 고등학교에서 투표하러 일부러 돌아온 막냇동생을 보자 아직 끝난 게 아니라는 생각이 또 들었다. 사람들이 정말로 주잉을 찍었으리라는 보장은 없었다.

그녀가 창녀라는 것은 분명했다.

그녀가 성도에서 화류계에 종사하는 걸 모르는 사람이 어디 있겠는가?

사람들이 투표한 후 개표하는 동안 지도층 인사와 후보자는 투표함에서 떨어져 있어야 해서 뒤쪽 테이블에서 기다려야 했지만 쿵밍량은 전혀 가고 싶지 않았다. 그들과 함께 있고 싶지 않았다. 주잉은 거대한 끝검은왕나비처럼 남자들을 불러 모았다. 그는 파리 떼가 분뇨 주변을 날 때 파리보다 분뇨에 치를 떨어야 하는 것처럼 주잉을 증오해야 한다고 생각했다. 그런데 왜인지 욕할 때마다 창녀라는 말을 입에 달고 있었음에도, 증오해야 마땅한 순간에도 주잉이 밉지 않았다. 그는 주잉의 미간, 그 넋을 잃게 만드는 교태를 머릿속에서 지울 수가 없었다. 담배를 한 개비 뽑았다. 선거를 준비하면서 그는 담배를 피우기 시작했다. 담배를 피우면서 단상에 차례차례 올라 투표하는 마을 주민을 멀찍이 바라봤다. 문득 까치 한 마리가 자기 옆 나무에 앉으려고 내려오다가 다시 날아가는 게 보였다. 그러더니 주잉 머리 위 나무에 앉아 아주 오랫동안 지저귀다 날아가는 게 아닌가. 현장과 진장도 까치를 가리키며 주잉에게 한참 이야기했다. 웃음소리가 요동치듯 다가와 바늘처럼 쿵밍량의 머리를 찔러댔다.

'저들이 잤을까? 분명 주잉의 유흥업소에 가봤겠지? 거기 아가씨가 저들의 목욕 시중을 들면서 등을 밀어주고 발마사지 해줬을 거야. 마지막엔 아가씨를 안고 침대에 누웠을 테고.'

쿵밍량은 그렇게 단정했다. 그래서 현장과 진장이 그녀에게 열정적이고 자신에게는 차가운 것이라 생각했다. 그렇지 않고서야 어떻게 저들이 주잉과 웃고 떠들면서도 다른 후보자인 자신을 부르지 않을 수 있겠는가? 투표를 마친 사람들이 우르르 마을로 걸어가기 시작했다. 태양이 남쪽으로 옮겨가 점심때가 되자 마을 사람들도 점심을 먹으러 집으로 돌아갔다. 그 모습을 바라보면서 밍량은 나무 그늘에 멍하니 있었다. 얼굴과 몸으로 아롱아롱 동글동글한 빛이 떨어져 그는 몸이 뜨거워졌다 차가워졌다 하는 기분이었다. '주잉은 대체 진장, 현장과 잔 걸까 안 잔 걸까' 하는 생각이 바늘처럼 머리를 찔러 피가 흐르는 기분이었다. 생각이 떨쳐지지 않아 괜스레 조바심이 났다. 사실 그가 상관할 일도 아니고, 또 주잉은 그의 아내도 결혼 상대도 아니었다. 하지만 그 순간, 만일 그들이 잤다면 오늘 촌장 선거에서 틀림없이 질 것임을 분명히 깨달았다. 선거에서 지면 매일 밤낮 열망 속에서 점점 높아지던 건물도 와르르 무너질 터였다. 강가에서 포말이 툭툭 터지듯 그의 인생도 끝날 것이다. 살아도 아무 의미가 없고 세월도 무미건조해질 게 뻔했다. 그러고 나면 하루하루를 어떻게 보내야 할지 그로서는 알 수가 없었다. 그는 촌을 진으로, 진을 도시로 바꾸기 위해 자례에 왔다. 기차에서 도둑질하다가 몇 번이나 떨어져 죽을 뻔한 적도 있다. 자례는 그 때문에 비로소 부유해졌다. 이제 마을 사람들은 전부 기와집, 복층집에서 살고 쿵밍량 일가만 오래된 초가에 살고 있었다. 비록 극적 효과를 위해서지만 어쨌든 모두 촌장과 자례를 위한 노력이 아니던가. 그런데 지금 저 창녀는 예쁘고 풍류에 능한 탓에, 기차의 속도가 빨라져 그가 마을 사람들과 물건을 내려 돈을 벌 수 없게 되었기 때문에, 지폐 옷을 가지고 마을로 돌아와 촌장 자리를 놓고 그와 경쟁하게 되었다.

'젠장!' 쿵밍량은 나무 밑동을 발로 찼다. 마지막으로 투표한 사람들이 강변에서 마을로 걸어갈 때 주잉이 현장과 진장을 이끌고 마을로 향하는 게 보였다.

점심시간이었다.

쿵밍량도 마을로 혼자 터덜터덜 걸어갔다.

3

집으로 돌아가는 대신 쿵밍량은 촌위원회로 갔다.

텅 빈 촌위원회에는 그와 비서인 청징 그리고 4월에서야 나온 햇살과 봄을 따라온 참새의 지저귐만이 가득했다. 그는 휑뎅그렁한 사무실에 앉아 있었다. 지나칠 만큼 높은 천장 때문에 사무실 안에 놓인 소파와 화초가 괜스레 작고 왜소하게 느껴졌다. 청징도 빨간 스웨터에 통바지를 입고 중간 굽의 까만 구두를 신고 있었다. 무척이나 청순하고 수려했다. 하지만 쿵밍량은 주잉처럼 혼을 쏙 빼놓는 느낌을 청징의 얼굴에서는 찾을 수가 없었다. 식사하러 집에 가지 않자 청징이 어디선가 국수 한 그릇을 가져왔다. 그는 사무실 탁자 앞에 앉았다. 하지만 국수에 막 입을 대려다가 다시 청징을 바라보며 뜬금없이 물었다.

"나와 결혼하자고 하면 넌 좋겠니?"

"현장님과 진장님은 따로따로 마을에 식사하러 가셨어요. 주민들을 이해할 수 있는 좋은 기회라고 하시면서요."

밍량이 다시 물었다.

"솔직히 말해봐. 현장과 진장이 주잉이랑 잤을 것 같아?"

"강가 회의 단상에서 개표 중이에요. 식사가 끝나면 개표도 끝날 테니까, 마을 사람들이 회의장에 다시 모이면 촌장님과 주잉 가운데 누구 표가 더 많은지 발표하겠죠."

쿵밍량이 국수 그릇을 든 채 휑뎅그렁한 사무실의 고요와 적막을 말없이 노려봤다. 그 앞에 선 청징은 밍량이 낙선할지도 모른다는 걱정과 두려움에 떨면서 뭔가 잘못한 일이라도 있는 것처럼 그를 힐끔힐끔 훔쳐봤다.

"강가에 뛰어가서 상황이 어떤지 살펴보고 전해주렴."

밍량이 그릇을 탁자에 내려놓은 뒤 청징에게 말하자 그녀

140

는 고개를 끄덕이고는 다급하게 달려 나갔다.

청징이 처음 가져온 소식은 "촌장님, 촌장님과 주잉의 득표수가 비슷해요. 촌장님이 몇 표 더 많아요"였다.

두 번째는 "주잉의 표가 계속 늘어나고 있어요. 촌장님보다 쉰 표 더 많아요"였다.

세 번째는 "지금 절반 개표했는데 촌장님은 201표이고 주잉은 409표예요"였다.

네 번째로 청징이 땀을 뻘뻘 흘리며 바람처럼 들어왔다. 노르스레한 낯빛에 머리카락이 이마에 붙은 채 쿵밍량 앞에서 말을 꺼내려는데, 밍량이 손을 내저으며 됐다고 했다. 그렇게 잠시 침묵이 흐르는 동안 밍량은 거의 피가 날 정도로 아랫입술을 꽉 깨물었다. 그런 뒤에야 다시 청징에게 옆 건물로 가서 주잉을 불러오라고 했다. 대단히 엄청난 결심을 한 듯 말했다. 그는 힘이 완전히 빠져서 넘어지듯 의자에 기댔다. 온몸이 노곤해서 의자에서 미끄러져 내릴 것만 같았다. 청징이 금방 되돌아와서 "주잉이 촌장님더러 오시래요. 부탁할 사람이 와야 하는 거라고요"라고 전했다. 쿵밍량은 공허함과 허망함에 가득 찬 눈빛으로 의자에 멍하니 앉아 있었다. 영원과도 같은 시간이 흐른 뒤 그는 길게 한숨을 내쉬고 탁자 쪽에서 천천히 걸어 나와 청징의 머리를 쓰다듬었다. 매혹적인 샴푸 향이 나는 머리카락을 쓰다듬고 그녀의 이마에 입을 한 번 맞춘 다음 무력하게 문밖으로 향했다. 그러다가 다시 고개를 돌려 촌위원회의 세 칸짜리 커다란 사무실을 폐위된 황제가 하릴없이 자신의 거대한 궁전을 떠나는 것처럼 애틋하게 바라봤다. 짙은 상실감이 그의 얼굴과 건물 내부에 드리웠다.

한 걸음 한 걸음 그렇게 촌위원회를 떠났다.

청징이 촌위원회 바깥까지 따라 나와 촌장에게 물었다.

"저는 어쩌죠? 주잉이 촌장이 되면 저를 비서로 계속 둘까요?"

천천히 걸으며 잠시 생각에 잠겼던 쿵밍량이 몸을 돌려 웃으며 말했다.

"내가 어떻게 촌장이 안 되겠니? 재수 없는 소리 하기는. 내가 어떻게 촌장으로 선출되지 않겠어?"

밍량은 다시 몸을 돌려 주잉의 집으로 향했다. 수십 걸음이면 닿을 거리를 느릿느릿 천천히 걸었다. 돌아가고 싶어서 몇 번이나 걸음을 멈췄다. 하지만 그는 끝내 돌아서지 않고 자례의 역사를 앞으로 나아가도록 했다. 머리 꼭대기의 햇살이 마치 흘러내리는 뜨거운 물 같았다. 땀이 머리에서 목으로 흘러내렸다. 청징은 뒤에서 계속 그를 바라보고 있었다. 문득, 촌위원회에 아무도 없을 때 그가 몇 번인가 몸을 요구했지만 끝내 도리질하고 피하면서 자신을 주지 않았던 것이

후회스러웠다. 한편 촌장이 되지 못할지도 모를 그가 칠팔십 대 노인처럼 비틀비틀 걸어가는 것을 보자, 몸을 주지 않은 게 다행스럽기도 했다. 하지만 금세 '역시 줄 걸 그랬어. 뭐 그리 대단하다고. 그래 봐야 몸뚱어리 아닌가' 하는 생각이 들었다. 이제는 촌장에서 물러날 테니 몸을 준다고 해도 촌장에게 주는 게 아니었다. 청징은 밍량이 주잉의 집 마당으로 들어설 때까지 물끄러미 바라보며 생각에 잠겼다. 몸을 줘야 하는지 말아야 하는지 도무지 갈피를 잡을 수가 없었다.

주잉 집 마당의 햇살이 환한 데다 델 듯이 뜨거워 온몸이 끈적끈적한 땀으로 뒤덮였다. 쿵밍량은 찬물로 세수를 해서 땀을 좀 식힌 다음 그녀에게 가고 싶었다. 그는 마당을 두리번거리다 나무에 물을 주려고 담벼락 아래 만든 간이수도에서 설거지하는 주잉을 발견하고는 멈춰 섰다. "왜 부엌에서 설거지 안 해?" 하고 물었지만 그녀는 고개조차 돌리지 않았다. 생각만 하고 묻지는 않았나 싶어서 밍량은 다시 한번 힘을 실어 큰 소리로 물었다.

"왜 부엌에서 설거지 안 해?"

주잉은 여전히 고개를 돌리지 않았다. 아예 못 들은 것처럼 굴었다.

사실 그녀는 밍량이 뒤에 있는 것을 알고 있었다. 문이 삐걱거렸을 때 이미 그가 찾아온 것을 알았지만 모르는 척, 누가 마당에 들어온 걸 전혀 눈치채지 못한 척했다. 밍량이 같은 말을 세 번 반복하고 나서야 설거지를 마치고 돌아서서, 죽어가는 노새 보듯 그의 누렇게 뜬 얼굴과 이마에 맺힌 땀방울이 구슬처럼 데구루루 굴러떨어지는 것을 보았다. 강변의 스피커에서 "자례 주민 여러분, 식사 다 하셨으면 얼른 회의장으로 오십시오. 곧 개표가 끝나고 제1회 민선 촌장을 발표하겠습니다" 하는 방송이 나왔다. 스피커 소리가 거칠고 고르지 못한 데다 말투도 어설퍼 단어 하나하나가 제대로 연결되지 못해 바깥으로 삐져나온 거친 돌 조각 같았다. 방송이 끝나자 밍량과 주잉은 소리에서 몸을 빼낸 다음 마당에서 서로를 한참 동안 바라봤다. 결국 주잉이 자신의 승리감과 비웃음을 참지 못해 입을 삐죽거리며 잇새와 입술 사이로 옅은 웃음을 흘렸다.

"사퇴하라고 애원하러 왔어?"

그녀가 물으며 집 안으로 향하자 밍량이 뒤에서 말했다.

"왜 진장, 현장이랑 먹지 않았지?"

"늦었어. 촌장이 되기로 결정했거든."

"솔직히 말해봐, 주잉. 진장, 현장이랑 잤어?"

그녀가 다 씻은 전기밥솥과 그릇을 부엌에 가져다 놓았다.

"부엌의 수도꼭지가 망가졌어. 당신은 이미 기회를 놓쳤다고."

쿵밍량이 그녀를 쫓아갔다.

"당신이 나보다 득표수가 많은 거 알아. 그냥 진장, 현장이랑 당신이 그런 관계를 가졌는지 알고 싶은 거라고."

"스피커에서 어서 회의에 참석하라고 재촉하잖아. 우리도 얼른 가야지."

그가 그녀 앞을 가로막으며 말했다.

"촌장 자리 양보하면 뭐든 할게."

그녀가 그 자리에 멈춰 서서 밍량을 흘겨보며 물었다.

"뭘 해줄 수 있는데?"

다급한 나머지 밍량의 입술이 살짝 떨렸다.

"한마디만 해줘. 그러니까 진장, 현장하고 잤어, 안 잤어?"

그녀가 따지듯 물었다.

"나한테 뭘 해줄 수 있느냐고?"

"결혼할게."

"무릎 꿇고 맹세할 수 있어?"

그가 그녀를 바라봤다.

"무릎 꿇고 맹세하라고!"

그가 결국 무릎을 꿇었다.

"촌장이 되게 해주면 당장 결혼하겠어. 결혼한 다음에 내가 바깥을, 당신이 안을 맡으면 자례촌은 우리의 자례촌이 될 거야. 마을 안에서는 뭐든 당신이 하고 싶은 대로 해."

그런 다음 밍량이 고개를 들어 그녀를 보았다. 마당의 강철처럼 단단한 타일에 무릎이 배겨 칼날 위에 꿇어앉은 기분이었다. 스피커에서 또 그와 주잉의 이름을 부르며 어서 회의장으로 오라고, 곧 득표수와 당선자를 발표하겠다는 말이 나왔다. 밍량은 스피커에서 뭐라 하든 상관하지 않고 꿇어앉아 애원하는 눈빛으로 주잉의 얼굴을, 매혹적인 미간의 농염한 자태를 바라봤다. 반면 주잉은 스피커 소리를 꼼꼼히 다 들은 뒤 황급히 그를 끌어당겼다.

"이런 날이 올 줄 진즉에 알았지. 얼른 가. 발표하면 다 끝이라고."

6장

전통 풍습

무덤 앞의 통곡

1

춘장으로 확정된 후 쿵밍량은 문득 지난 1년 동안 마을 사람들이 산속 무덤에 통곡하러 가지 않았다는 게 떠올랐다. 슬픔과 아픔이 있을 때면 조상 무덤을 찾아가 대성통곡하던 풍습을 잊고 살았다. 사실 그건 정말로 운다기보다 조상 앞에 무릎을 꿇고 속내를 털어놓는 행위에 가까웠다. 쿵밍량은 갑자기 울고 싶어졌다. 무덤 앞에서 한바탕 후련하게 울고 싶었다. 주잉은 820표를 얻고 그는 410표를 얻었다. 공교롭게 정확히 그녀의 절반이었다. 그녀에게 표를 던진 건 모두 젊은이로, 아무리 많아도 마흔을 넘지 않았다. 반면 그에게 투표한 사람은 오륙십대 이상의, 기녀라면 침부터 내뱉는 노인들이었다. 마을 젊은이 가운데 그녀의 유수 같은 돈을 싫어하는 사람은 아무도 없었다. 딸 가진 집에서는 모두 자신의 딸이 외지에서 일한다고 말했지만, 사실은 주잉의 업소에서 돈을 번다는 것을 알고 있었다. 입 밖에 내지 않았을 뿐이다. 어쨌든 좋은 집을 짓고 살림살이가 넉넉해졌다. 입으로는 주잉이 좋다고 말하지 않아도 속으로는 주잉 덕분이라고 생각했다. 그래서 모두 그녀에게 표를 던져 촌장으로 뽑았다. 표는 밍량의 두 배였다.

집계 결과 쿵밍량이 촌장에 당선되었다. 그가 820표, 주잉이 410표였다. 연단 아래에서 처음에는 아연한 반응이 나왔지만 이내 박수가 이어졌다. 남을 따라서 쳤다. 박수 소리 속에서 현장과 진장이 쿵밍량에게 다가와 자례촌의 민선 촌장으로 연임에 성공한 것을 축하했다. 스피커에서 음악이 흘러나왔고 회의장 바깥에서는 폭죽이 터졌다. 그는 연단 앞으로 나가 공손히 허리를 숙이고 자신을 뽑아준 모든 사람에게 감사 인사를 하고 자례를 이삼 년 안에 도시처럼 번화한 고장으로 만들겠노라고 약속했다. 주잉이 다가와 새로운 촌장에 선출된 것을 축하했다. 도시인처럼 연단에서 악수를 건네는 한편, 작은 소리로 단호하게 "며칠 후에 결혼해요!"라고 말했다. 그는 축하받는 것처럼 그녀의 손을 잡았다. 보들보들하고 야들야들한 손은 굳은살이라고는 전혀 없어 하얀 솜뭉

치를 잡는 것 같았다. 그 따뜻하고 보드라운 손 때문에 그는 더 생각하지 않고 고개를 끄덕였다.

바로 그 순간, 그는 갑자기 최근 몇 년 동안 마을에서 통곡하는 풍습이 사라진 것이 떠올랐다. 무덤으로 가서 한바탕 크게 울어야 할 것 같았다. 회의가 끝난 뒤 쿵밍량은 진장, 현장과 저녁을 먹고 기자들의 사진 요청에 응했다. 진장과 현장이 급히 가야 할 곳이 있다며 진과 현으로 돌아가겠다고 해서 차까지 배웅했다. 그는 작은 차, 큰 차가 바러우산을 떠나는 것과 회의장의 마을 사람들이 각자 집으로 돌아가는 것을 바라봤다. 석양이 서쪽으로 느릿하게 움직이고 떠들썩하던 세상이 순식간에 적막해졌다. 정적이 내려앉아 멀리 퍼져 나갔다. 회의 단상을 철거하는 사람들을 제외하면 강변에는 아무도 없었다. 누군가 망가진 걸상을 강변에 내버리고 갔다. 잃어버린 신발짝, 아이들의 새총과 나무 장난감, 종이학, 왜 찢겨 버려졌는지 모를 투표용지가 엉망으로 널려 있었다. 쿵밍량은 주잉과 길목에 서서 진장과 현장의 차를 바라봤다. 차가 점점 멀어져 석양을 달리는 말처럼 흐려졌을 때 비로소 주잉이 몸을 돌리더니 아주 진지하고 진지하게 다시 한번 말했다.

"당장 결혼하고 싶어요."

밍량이 처량한 웃음을 지으며 대꾸했다.

"정말로 진장, 현장과 그런 관계가 아니었어?"

"결혼하기 싫어? 결혼하면 여러 가지로 좋을걸."

"난 빨리 무덤으로 가서 한바탕 울고 싶어. 오랫동안 울지를 못했네. 조상님께 마을 일을 말해야겠어."

회의 단상에 있던 누군가가 그들을 부르며 무슨 일이냐고 물었다. 두 사람이 철거하려는 단상 쪽으로 걸어갔다. 밍량이 앞서고 주잉이 뒤따랐다. 그러다 갑자기 주잉이 발걸음을 빨리하더니 밍량을 따라잡고 도시 아가씨처럼 팔짱을 꼈다. 밍량은 순간 쓰러질 듯 머리가 핑 돌았지만 끈처럼 감겨오는 팔 때문에 쓰러지고 싶어도 쓰러질 수 없었다.

무덤으로 가서 한바탕 통곡하고 싶은 마음이 더욱 간절해졌다.

2

쿵씨 집안의 무덤은 마을 뒤쪽으로 몇 리 떨어진 산자락에 있었다. 북쪽을 등진 남향이라 온종일 햇살이 무덤을 비췄다. 10여 대 조상의 100여 기에 이르는 둥근 무덤가에는 버드나무와 측백나무가 산비탈에 불쑥 솟은 수풀처럼 심겨 있었다. 석양이 아주 미세한 발걸음 소리를 내며 서쪽으로 옮겨 갔다. 4월 산비탈의 밀밭 또한 농후한 초록빛을 뿜어냈다. 너무도 조용해서 텅 빈 적막 속에 허무함마저 느껴졌다. 왜 인지 모르겠지만 쿵밍량은 촌장을 연임하자 울고 싶어졌다. 그래서 혼자 조용히 석양을 밟으며 무덤까지 갔다. 멀리 무 덤 숲이 보이자 미처 그곳에 닿기도 전에 눈물이 얼굴을 적 셨다. 무덤가에서 불어오는 시원한 바람이 그의 얼굴을 부드 럽게 쓰다듬는 순간, 그는 결국 참지 못하고 오열을 토했다. 어린아이처럼 조상 무덤 앞에 쓰러져 엄청나게 억울한 일을 당한 것처럼 울었다. 무덤 앞쪽 밭에서 겨우내 엎어져 있던 밀들이 봄을 맞아 허리와 목을 꼿꼿이 세우고 밍량의 울음을 보았다. 그가 왜 그렇게 울려고 하는지, 왜 울고 싶은지 아무 도 알지 못했다. 밍량 스스로도 모른 채 그렇게 울었다. 봄날 깨어난 토끼가 옆에 서서 쳐다봤다. 까마귀도 나무로 내려 와 그의 울음을 듣고 보았다. 그의 갈라지고 거친 통곡 소리 가 흙탕물로 요동치는 강물처럼 산과 밭 전체를 혼탁하게 삼 키는 것을 보았다. 어깨를 떨며 얼굴을 가린 손 틈으로 눈물 을 흘리며 목 놓아 슬픔을 토로했다. 하지만 또 갑자기, 어른 앞에서 응석 부리던 아이처럼 돌연 울고 싶은 마음이 사라졌 다. 석양이 서쪽으로 넘어가기 직전에 마음에서 어떤 목소리 가 "울지 마" 하는 것을 듣고 울음을 뚝 멈췄다. 눈물과 콧물 을 닦으면서 한바탕 울었더니 가슴이 시원해졌다는 생각과 함께 아주 강한 빛이 마음을 비추는 듯한 느낌을 받았다. 그 빛에 의지해 뭔가를 결정짓고 싶어져 몸을 일으켰을 때, 형 밍광과 넷째 밍후이가 자기 뒤에 반쯤 꿇어앉아 있는 것을 알아챘다. 밍광의 눈에도 눈물이 그렁그렁했지만 흘러내리지는 않았다. 밍후이는 눈물도 슬픔도 없이 한없이 고요하기만 했다. 태양이 마침내 떨어졌다. 마지막 빛이 밍후이의 얼굴에서 매끈한 붉은 옥돌처럼 빛났다. 얼마나 깨끗하고 고풍스러운지 사람이 아니라 움직이는 옥 조각상 같았다. 네모난 얼굴과 넓은 어깨를 가졌고 키도 제법 컸다. 하지만 부드럽고 도톰하며 촉촉한 붉은색 입술 때문에 짧은 머리와 옷차림이 아니면 전반적으로 아가씨 같다는 느낌을 주었다.

쿵밍량이 밍후이를 쳐다보며 아무 말도 하지 않았다.

큰형이 눈물을 쓱 닦고는 웃으며 다가왔다.

"오늘 득표수가 주잉의 두 배더라."

넷째의 얼굴에서 큰형의 얼굴로 시선을 돌린 밍량은 아무렇지 않게 말했다.

"주잉과 결혼할 거야."

깜짝 놀란 쿵밍광이 쿵밍량을 뚫어져라, 잘 모르는 사람처럼 쳐다봤다.

"아버지가 허락하실까?"

"내가 승낙했어."

또다시 침묵이 흘렀다. 넷째가 적막을 깨기 위해 신이 난 듯 말했다.

"오늘 셋째 형 편지를 받았는데 표창받았대요. 표창받는다는 건 진급한다는 뜻이잖아요."

밍량 역시 기뻐하며 잠시 밍후이를 바라봤다. 그러고는 미소 지으며 무릎과 엉덩이에 묻은 흙을 털고 무덤 바깥을 향해 걸어가기 시작했다. 큰형과 막냇동생이 그 뒤를 따랐다. 긴 침묵이 장막처럼 형제의 머리와 머리 사이를 덮었다. 태양빛이 순식간에 사라지자 물 한 방울이 떨어지는 짧은 순간에 산길이 잿빛 어둠과 적막으로 뒤덮였다. 그리고 역시 눈 깜짝할 사이에 구름 뒤에서 달이 떠올랐다. 그러자 자례의 수많은 사람이 자기 집안의 묘지로 통곡하러 가려고 마을을 나오는 게 보였다. 정말 우는 것이 아니라 전통의 길을 가는 것이었다. 해마다 청명이 있는 달이면 조상에게 제사드린 뒤 집집마다 하루를 정해 무덤에서 통곡하며 조상에게 침묵으로 속내를 털어놓곤 했다. 그러면 1년 동안 가슴이 시원하고 일도 순조로웠다. 오늘 촌장이 무덤에서 묵상하고 통곡했다고 하니, 다른 사람들도 줄줄이 무덤 앞 통곡의 풍습을 이으러 오는 것이었다. 여기저기서 발걸음 소리가 울렸다. 고요한 밤을 뚫고 수많은 등불이 보이고 말소리가 들리더니 곧이어 길옆 무덤에서 누군가 흑흑 우는 소리와 소곤소곤 하소연하는 소리가 들려왔다. 얼마 지나지 않아 앞뒤와 양옆에서, 가까이와 멀리서, 산비탈과 계곡 사이에서 무덤이 있는 곳마다 등불이 켜졌다. 어디서나 울음소리가 들렸다. 온 천지가 슬픔에 잠기고 처량하게 엉엉, 흑흑 하는 울음으로 가득 찼다. 집집마다 억울한 누명을 쓴 것 같았다.

세 형제는 울음소리를 들으며 마을로 향했다.

마을 중앙의 사거리에 다다를 때까지 사람들이 전부 조상의 무덤으로 울러 갔으니 마을이 죽은 듯 고요할 것이라고 예상했다. 하지만 이내 산속 무덤에 가지 않고 새 무덤이 있는 사거리에서 통곡하며 지전을 태우고 향을 피우는 사람도 있다는 것을 발견했다. 향 타는 냄새가 마을에서 혼혼하게 흘렀다. 가까이 다가가자 주잉이 통곡의 풍습을 행하는 게 보였다. 그녀는 아버지 무덤 앞에 꿇어앉아 향을 세 개 피우고 제사 음식 세 가지를 올려놓은 뒤 아버지에게 맑고 큰 소리로 말했다.

"저 곧 결혼해요. 앞으로 자례는 우리 주씨의 자례가 될 거예요!"

쿵씨 형제는 걸음을 멈추고, 다채로운 공연을 감상하듯 주잉이 통곡하는 모습을 보고 그녀가 아버지에게 하는 말을 들었다. 그리고 이어서 청징이 나왔다. 그녀와 그녀의 어머니는 지전과 제사 음식이 든 대나무 바구니와 손전등을 들고 있었다. 크고 둥근 노란색 비단이 길 위를 미끄러지듯 손전등 불빛이 달빛 사이를 이리저리 떠다녔다. 쿵씨 형제 앞을 지나던 청징의 어머니가 걸음을 멈추고 밍광과 밍량에게 친근하게 말을 건넸다. 또 밍후이의 얼굴을 쓰다듬으면서 "언제 이렇게 컸지?" 하고 말했다. 하지만 정작 촌위원회의 비서인 청징은 신임 촌장인 쿵밍량을 보고도 고개만 살짝 끄덕였다. 밍량의 당선 발표가 난 이후 그녀는 밍량 앞에 나타나지 않았다. 그리고 마을 풍습대로 "밍량 오빠" 하고 부르거나 공적인 자리에서처럼 "쿵 촌장님" 하고 부르지도 않았다. 밍량의 시선을 피한 채 자기 집안 무덤에서 울기 위해 그들을 지나쳐 가려고 했다.

밍량은 약간 의외라고 느끼며 눈으로 그녀를 좇았다. 몇 걸음 걸어가던 청징이 고개를 돌려 두 사람의 시선이 달빛 아래 엉키자 그녀가 생뚱맞게 물었다.

"계속 제가 촌위원회 비서인가요?"

밍량이 그녀에게 다가갔다.

"물론이지. 왜?"

"주잉 언니랑 꼭 결혼해야 해요?"

청징이 말하면서 주잉을 쳐다봤다. 주잉도 이쪽을 보고 있었다.

"곧 결혼할 거야. 싫어?"

157

"잘됐네요. 전 무덤에 가서 한바탕 울고 싶어요."

그렇게 말하는 동안 눈물이 고인 청징은 어머니에게 얼른 가자며 재촉했다. 모녀가 가을 속으로 떨어지는 노란 나뭇잎처럼 달빛 속으로 녹아들어갔다. 그때 주잉이 아버지 무덤에서 이쪽으로 다가왔다. 그녀는 밍후이의 손을 잡고 쿵밍광에게 "아주버님, 아주버님" 하고 친근하게 불렀다. 벌써 밍량과 결혼해 쿵씨 집안 사람이 된 것 같았다.

혼서

아버지 쿵둥더는 주잉과 결혼하겠다는 밍량의 말을 들었을 때 손에 든 새장을 대문 앞에 내던졌다. 새장이 일그러지고 안에 있던 모이통이 바닥에 떨어져 박살 났다. 평생 사랑받던 구관조 한 쌍이 갑작스러운 충격에 날카롭게 울며 날아갔다. 그리고 다시는 돌아오지 않았다.

쿵둥더가 처마 밑에서 대나무로 새장 속 새똥을 치울 때 밍량이 뒤에서 엄청난 사실을 아버지에게 알렸다.

"주잉과 결혼하기로 했어요."

아버지는 그대로 가만있다가 한참 뒤에야 천천히 몸을 돌렸다.

"청징이 너한테 아주 잘하지 않았니?"

"주잉한테 당장 결혼하겠다고 약속했어요."

그 순간 쿵둥더가 새장을 바닥으로 내던졌다.

봄에 돌아온 제비가 처마 밑에서 분주하게 둥지를 만들면서 지지배배 우는 소리가 부자 사이에 흐르는 정적의 틈새를 메웠다. 마당의 늙은 느릅나무에 배꽃이 가득 피었지만 강렬한 동백나무 향이 풍겼다. 날아가는 구관조 한 쌍을 바라보면서 쿵둥더는 그들이 다른 곳으로 멀리 날아가 다시는 돌아오지 않을 것을 알았다. 가슴이 싸해지고 조금 전의 난폭함이 후회되었다. 민선 촌장이 된 후 희색이 사라진 아들의 얼굴에 시선을 맞추며 쿵둥더가 물었다.

"촌장 자리를 주잉이 양보한 거냐?"

"결혼증명서를 받으러 갈 거예요."

"나는 그 애 손에 죽을 거다. 죽은 제 아비 때문에 쿵씨 집에 시집오려는 게야."

"혼서를 써주세요. 촌장 표 수백 장을 혼서 한 장과 안 바꿀 수 있겠어요?"

결혼에서 혼서는 절대 빠질 수 없는 부분이었다. '백년해로'나 '축 결혼' 같은 축복과 축하의 글을 적은 빨간 종이로 몇백에서 몇천 위안에 달하는 현금 예물을 포장해, 술과 음식을 한 상 가득 장만한 연회에서 남자 쪽 아버지나 어머니가 여자 쪽에 건네는 것이 바로 혼서였다. 그건 남자 집안에서 혼인을 인정한다는 증표이고, 정식으로 정혼했으므로 결혼 날짜를 잡을 수 있다는 의미였다.

주잉이 쿵씨 집안에서 혼서를 받은 것은 4월 말 어느 오전이었다. 날이 맑았다. 마을 앞 강변에 장이 서는 날이라 마을 사람 전부 장으로 나가 물건을 사고팔며 각자의 생업에 분주했다. 그녀도 어서 성도로 돌아가 장사를 하고 싶었지만 시부모를 만나 결혼 날짜를 정하기로 해서 시내에서 '환락 세계'를 좀 살펴본 뒤 다시 돌아왔다. 결혼을 마무리하고 밍량과 자례의 대업을 논의하며 시간을 보내기 위해서였다. 그리고 바로 그날, 주잉은 외지에서 가져온 지폐 옷과 화려한 스프링코트를 입고 선물을 잔뜩 챙겨 쿵씨 집으로 갔다.

밍량이 물었다.

"아버지가 우리 결혼에 찬성하지 않으면 어쩌지?"

주잉이 확신에 가득 찬 어조로 대답했다.

"날 보면 바로 동의하실걸. 이 세상에서 내가 못 하는 일은 없으니까."

그러고는 다시 고개를 돌려 밍량에게 물었다.

"하고 싶은데 못 한 일 있어요?"

밍량이 자신 있게 대답했다.

"나도 없어."

그들은 기세등등하게 혼서를 받으러 집으로 향했다. 어깨

161

를 나란히 하고 마을을 걷다가 노점에서 팔 채소를 선별하는 사람을 만났다. 그들은 걸음을 멈추고 그 중년 남자에게 이 런저런 말을 했다. 주잉이 "따님 나이가 몇이죠? 저한테 보 내세요. 하루 수입이 1년 동안 채소 판 돈과 맞먹을 거예요" 하고 말했다. 중년 남자가 밍량의 얼굴을 힐끔거렸다. 밍량 은 길옆에 새로 지은 그의 커다란 기와집을 보면서 "가는 게 좋겠죠. 돈이 좀 있으면 나중에 마을이 진이 되었을 때 이곳 에 채소가게를 낼 수도 있고, 자례가 현성이 될 때는 따님도 세상 물정을 잘 알 테니 돌아와 백화점 관리자가 될 수도 있 겠죠. 따님이 사장이 되면 이 댁에서는 옷을 입을 때 직접 단 추를 잠글 필요도 없을 겁니다. 다른 사람이 단추도 채워주 고 신발도 신겨줄 테니" 하고 말했다. 그러고는 다시 앞으로 걸어가다 책가방을 메고 학교에 가는 아이를 만났다. 주잉이 아이의 머리를 쓰다듬자 밍량이 주잉에게 말했다.

"우리도 내년에 아이 낳을까?"

"좋아요. 내년에 마을이 진이 되면 부귀영화 누리면서 낳아 야겠네."

밍량이 웃으면서 아이의 뒤통수를 톡톡 쳤다.

"열심히 공부해라. 대학을 졸업하면 자례시의 도시계획건 설국 기사가 될 수 있을 거야."

그들은 다시 앞으로 걸어갔다. 조금 전 주잉의 집에서 한

바탕 벌인 남녀 간의 친밀함, 피가 머리 꼭대기로 솟구치는 애정이 아직 두 사람의 몸속에 남아 있었다. 사랑이 불처럼 두 사람을 화끈 달궈 세상 어디에서나 미래에 대한 행복과 포부를 느낄 수 있었다. 길모퉁이에 다다랐을 때 쿵밍량이 나중에 이 모퉁이에 괜찮은 호텔을 세워 자례로 출장 오는 사람들에게 숙박과 음식을 제공하고 싶다고 말했다. 그러자 주잉이 밍량을 놀리듯 웃으며 "눈도 낮고 식견도 좁네. 열려면 5성급은 돼야지. 처음부터 최고급이어야 싸구려라든가 구식이라든가 하는 생각이 안 들어요" 하고 말했다.

밍량이 주잉에게 입을 맞춘 다음 대꾸했다.

"10성급. 젠장, 세상 사람 누구든 놀라서 입을 뗄 수 없게 만들겠어."

주잉이 걸음을 멈추고 또 비웃었다.

"세계에서 제일 높은 등급이 별 다섯 개라고."

밍량이 진지하게 물었다.

"설마 내가 벽이 전부 옥석인 10성급짜리 호텔을 지을 수 없다고 생각하는 거야? 이 세상에 내가 못 하는 일이 있을 것 같아? 나를 못 믿으면서 왜 나한테 시집오는데?"

그 질문에 주잉은 입을 다물었다. 순식간에 냉정한 주잉으로 돌아왔다. 그와 결혼한 뒤 곧장 처리해야 할 문제로 되돌아왔다. 그녀는 믿느니 안 믿느니 하는 말 대신, 촌을 진으로 승격시킬 보고서를 최대한 빨리 작성해 향 정부를 건너뛰어 한 부는 현에 직접 제출하고 한 부는 지인을 통해 시장의 사무실 책상에 올려놓아야 한다고 말했다. 그렇게 그녀는 현실 속으로 돌아왔다. 급히 처리해야 할 일로 돌아왔다. 그렇게 말하면서 쿵씨 집 대문 앞에 도착했다. 마을이 전부 기와집과 복층집으로 바뀌었지만 쿵씨 집만은 여전히 초가와 낡은 기와집이었다. 길에 맞닿은 낡은 문루는 흙벽돌과 자잘한 푸른색 기와 조각으로 만들어져 비바람이 불면 쓰러질 듯 흔들렸다. 짙은 먼지 향이 문루를 에워싸고 있었다. 주잉은 그 앞에 서서 문루와 쿵씨의 낡은 집을 바라봤다.

"새집을 지어야겠어요."

"진장이 되면."

그녀가 조금 냉랭한 어조로 말했다.

"기자나 신문, 텔레비전 모두 이제는 당신의 이런 상황을 신선하게 여기지 않아. 나도 결혼한 후에 이런 옛날 집에서 살고 싶지 않고."

그때 밍량의 어머니가 밖으로 나오다가 스프링코트를 입은 주잉을 발견하고 잠시 어리둥절해했다. 하지만 곧 웃는 얼굴로 주잉이 들고 있는 옷과 선물을 받아 들고는 아들과 주잉을 안으로 안내했다.

봄날의 초록 기운과 마을 밖 밀밭의 푸른 기운이 가득했다. 어머니는 밍광의 아내와 함께 부엌에서 음식을 만들고 큰형과 아버지는 안채에 불만스럽게 앉아 있었다. 집 한가운데 놓인 식탁에 이미 대여섯 개의 요리가 올라와 있었다. 돼지고기, 소고기, 생선, 오리고기의 향긋한 냄새가 뚜껑을 덮어놓은 접시 틈새로 비어져 나와 실내를 금실처럼 칭칭 휘감았다. 마을의 고양이 몇 마리가 냄새를 맡고 와서는 식탁 다리와 주잉의 바지통 주위를 빙빙 돌면서 야옹야옹 노래하듯 울었다. 까치와 꾀꼬리도 날아와 마당을 한 바퀴 돌더니 주잉의 머리 위를 날다가 피곤해졌는지 마당 나무에 내려앉았다. 향수 때문에 그녀의 몸에서 만개한 계수나무꽃 같은 향기가 났다. 카나리아 두 마리가 계속 그 향기를 따라다니다 그녀 어깨에 내려앉았다. 이어서 참새 떼까지 날아와 그녀의 향기를 쫓는 바람에 집 안이 온통 새 울음소리와 날갯짓에 풀썩대는 먼지 냄새로 가득해졌다. 쿵둥더가 버럭 소리 지른 뒤에야 새들이 놀라 조용해졌다.

주잉이 어디에 가든 카나리아가 계속 어깨 위에 앉아 옷에 박힌 지폐를 쪼았기 때문에 그녀는 수시로 팔을 흔들어 새를 쫓아야만 했다. 카나리아는 새파란 여주 요리가 나오자 조용해졌고, 그제야 쿵둥더에 의해 바깥으로 내쫓겼다. 집안 식구가 전부 식탁에 둘러앉았다. 10여 가지 음식이 색과 향을 뿜내듯 식탁에 놓였다. 아버지가 상석에 앉고 큰며느리 차이

친팡이 주잉과 나란히 앉았다. 그녀는 주잉 옷에서 풍기는 냄새를 맡은 뒤 어쩐지 새와 곤충이 사방을 날아다니더라고 말했다. 그러고는 밍량에게 안목이 아주 높다며 주잉을 찾았으니 평생 꿀통에 빠져 살겠다고 덧붙였다.

밍량이 웃다가 상석에 앉은 아버지를 보고는 다시 웃음을 거두었다.

큰형 밍광은 말없이 주잉을 보고 또 아내인 차이친팡을 보았다. 실망감이 아주 선명하게 그의 얼굴에 드리웠다.

분위기가 어색했다가 친숙했다가, 뜨거웠다가 차가웠다가 수시로 변했다. 주잉은 온갖 경험을 다 해봤고 부자와 거지, 관리와 시정아치 등 천상천하 세상의 온갖 손님을 접대해봤다. 그녀는 오늘 쿵씨 집에 온 이유가 쿵둥더와 혼서와 예물을 주고받기 위함이며 어떻게 이 홍문연*을 넘겨야 하는지 잘 알고 있었다. 급한 마음이 들지도 않았고 화가 나지도 않았다. 자리에 앉기 전에 그녀는 가져온 선물을 한 사람씩 나눠 줬다. 미래의 시어머니에게는 도시 사람이 즐겨 신는 벨벳 신발을 선물하고 큰형에게는 학교 수업 때 입을 양복을 선물했다. 동서에게는 모직 스커트와 외국어가 잔뜩 적힌 향수와 영양크림을 선물하면서, 자신이 쓰는 것보다 좋으며 며

---

* 鴻門宴: 기원전 206년 항우가 유방을 죽이기 위해 마련했던 술자리를 일컫는 말로 매우 위험하거나 힘든 상황을 비유한다.

칠만 발라도 젊어질 거라고 했다. 동서는 손을 바르르 떨 정
도로 좋아하며 선물을 받았다. 그런 다음 막냇동생 몫이라며
도시 사람이 즐겨 입는 청바지를 한편에 꺼내놓고는 도시에
서 돌아오면 줄 거라고 말했다. 마지막으로 미래의 시아버지
쿵둥더에게 선물할 차례가 되었다. 쿵둥더가 선물을 받으면
그는 준비했던 혼서를 꺼내 앞으로 들어올 새 며느리에게 줘
야 했다. 그렇게 '예물 교환'이 끝난 뒤에는 주잉이 혼서를 펼
쳐 거기에 적혀 있는 축복의 말을 읽고(어떤 사람은 그 자리에서
혼서 안에 든 현금이 얼마인지 공개적으로 세어보기도 한다) 서로 축
하하면 끝이었다. 한집안 식구처럼 연회를 즐기면 되었다.

사람들의 기대에 찬 눈빛 속에 주잉은 선물 보따리 밑바닥
에서 봉투 하나를 꺼내 모두가 미소 짓는 가운데 그것을 열
었다. 화려한 건축설계도 두 장이었다. 한 장은 중국 전통식
사합원(四合院)이고 한 장은 도시의 고급 빌라였다. 그녀는
미래의 시아버지에게 마음대로 고르라면서 원하는 어떤 것
이든 다음 달에 착공해 선사하겠다고 말했다. 그러면서 평생
억울한 일을 많이 당해 더 이상 이런 낡은 기와집에 살면 안
된다고 했다. 마땅히 큰 서양식 건물에 살아야 하며 그런 건
물에는 난방시설과 에어컨이 있어서 겨울에는 따뜻하고 여
름에는 시원하다고, 지난 세월 잃어버린 모든 것을 보상받아
야 한다고 말했다.

"아버님, 하나 고르세요. 올해 안에 지어드릴게요."

주잉이 큰 소리로 말하며 설계도를 쿵둥더 앞에 내밀었다.

모두의 시선이 육십대의 왜소하고 백발이 성성하지만 피부는 갈수록 해와 달처럼 빛나는 쿵둥더의 얼굴로 쏠렸다. 주잉을 힐끗거리며 설계도를 살피는 그의 눈빛에서 인생의 암연과 경계심이 수문에 막힌 호숫물처럼 넘실거렸다. 두 장의 설계도를 보았지만 받지는 않았다. 그는 다시 식탁 앞의 두 아들과 아내에게로 시선을 돌렸다가 모두의 눈빛이 기대로 가득한 것을 보고, 둘째 밍량이 자신을 볼 때 슬쩍 눈을 크게 뜨는 것을 보았다. 이렇게 해야지 저렇게 하면 안 된다는 게 분명했다. 그는 시선을 식탁에서 거둔 다음 주잉의 손에서 설계도를 받고는 웃으면서 생각 좀 해보자고 말했다. 그런 다음 설계도 두 장을 꼼꼼히 살피기 시작했다. 사합원의 안방과 거실에 일직선으로 그려진 가구들을 보다가 그는 문득 벽 한쪽에서 찬장임이 분명한, 직사각형의 관 같은 모형을 발견했다. 관 같기도 하고 커다란 식품 보관함 같기도 했다. 쿵둥더의 얼굴에서 화색이 사라졌다. 그는 황망하게 빌라 설계도로 시선을 옮겼다. 역시 거실에 배치된 가구 일부가 옷장이나 찬장이 아니었다. 가구 더미에 관을 그려 넣은 것이 분명했다. 의아함에 고개를 들어 주잉을 보았지만 이쪽을 외면한 채 큰며느리와 뭔가 열심히 이야기하고 있었다. 그는 정신이 맑아지면서 모든 게 이해되었다. 설계도 속에 자신의 관이 숨어 있음을 알았다. 천천히 설계도를 접은 쿵둥더는 잠깐 굳은 얼굴로 있다가 헛기침으로 모두의 시선을 모은 뒤 주머니에서 빨간 봉투를 꺼냈다. 그 위에 적힌 '백년대길' 네 글자를 잠시 바라보다가 소리 내어 읽고 주잉에게 건네주었다.

모두 웃으면서 박수를 치자 검은 글자 네 개를 또 한 번 소리 내어 읽었다. 주잉의 얼굴에 어른거리던 걱정이 사라지고 차분함과 광택이 자리 잡았다. 이어서 주잉이 혼서의 빨간 봉투를 공개하려 하자 쿵둥더가 젓가락을 들며 "일단 먹자. 얼마 넣지 않았으니 돌아가서 열어봐라" 하고 말해 또 한바탕 웃음이 일었다. 주잉도 웃으며 혼서를 바지 주머니에 넣었다.

청혼 연회답게 신나게 먹고 마셨다. 반찬을 집어주네, 밥을 더 푸네, 하면서 한 가족의 기쁨이 화려하게 식탁을 뒤덮고 집 안에 쌓였다. 맏이 쿵밍광은 계속 제수 주잉의 얼굴과 아내의 얼굴을 번갈아 봤고, 또 그런 행동을 숨기기 위해 바보 같은 말을 해댔다. 주잉은 그런 상황을 알아채고도 모르는 척하면서 쉬지 않고 옆에 있는 밍량의 얼굴을 보고 시아버지 쿵둥더의 얼굴을 살폈다. 두 얼굴에서 뭔가 짚이는 게 있었다. 쿵둥더는 눈빛이 차가웠고 얼굴에 걸린 웃음조차 딱딱했다. 쿵밍광은 밥을 먹고 반찬을 집으면서도 그녀가 혼서를 넣어둔 주머니에서 시선을 거두지 못했다. 그래서 그녀는 연회 중간에 부엌에 국을 뜨러 가겠다며 안채를 나왔다.

주잉은 부엌에서 쿵둥더가 준 빨간 봉투의 혼서를 열었다. 봉투 안에는 돈이 아니라 '창녀야, 쿵씨 집안을 어쩔 셈이냐?'라고 적힌 하얀 종이가 들어 있었다.

글자를 노려보면서 그녀는 얼굴에 떠오른 파란 기운을 가라앉히고 평정심을 되찾았다. 그 검은 글자가 적힌 종이를 원래대로 잘 접어 빨간 봉투에 넣은 뒤 달걀탕을 담아 부엌을 나오다가 마침 그녀를 찾아 부엌에 들어오려던 쿵밍량과 부딪쳤다. 밍량은 그녀가 부엌에서 혼서를 볼 게 틀림없다고 생각했다. 대대로 자례에 시집오려는 아가씨들은 하나같이 혼서를 받으면 얼마가 들어 있는지 못 견디게 궁금해했다. 한참이 지나도록 주잉이 부엌에서 나오지 않아서 밍량이 그녀를 찾으려고 안채에서 나온 것이다.

마당에서 밍량이 물었다.

"얼마야? 내가 있으면 당신한테는 뭐든지 다 있는 셈이니까 아버지가 얼마를 주셨든 신경 쓰지 마."

주잉이 웃으며 대꾸했다.

"통장이에요. 평생 쓸 수 없을 만큼의 돈이 들어 있는."

안채로 돌아온 그녀는 쿵둥더와 눈이 마주치자 얼른 한쪽으로 시선을 돌렸다. 그런 다음 쿵씨 집안의 며느리처럼 국을 한 그릇씩 떠서 사람들 앞에 놓아주었다. 마지막으로 쿵등더 앞에 국그릇을 놓을 때 그녀는 주머니에서 빨간 봉투를 꺼내 허공에 흔들면서 호탕하게 웃었다.

"방금 몰래 봤는데 정기예금 통장이었어요. 평생 써도 다 못 쓰겠어요."

쿵밍광 아내의 얼굴이 제일 먼저 노래졌다. 그녀가 쿵씨 집 안에 시집올 때 받은 혼서에는 통장이 아니라 200위안이 들어 있었다. 그녀는 혼서를 빼앗아 확인하려고 허공으로 손을 뻗다가 식탁 모서리에 있던 국그릇을 치고 말았다. 바닥에 떨어진 국그릇이 세 조각 나고 달걀탕이 바닥으로 쏟아졌다. 연회에서 그릇이 깨지는 것은 매우 불길한 징조였다. 그 사람 때문에 가정이 사분오열(四分五裂)된다는 미신이 있었다.

그래서 모두 깜짝 놀라 누렇게 얼굴이 떴다. 오직 주잉만 깨진 그릇을 보고도 반짝반짝 빛나는 무대의 붉은 장막처럼 웃을 뿐이었다.

신방 엿보기

쿵씨 가족은 마당의 초가를 순식간에 커다란 기와집으로
개축했다.

결혼식이 열린 날 자례는 광란의 도가니였다.

촌장과 자례 최고 부자인 주잉이 결혼하다니. 분명 촌장
선거 때만 해도 원수지간이었는데 얼마 되지도 않아 한식구
가 되었다. 어떤 사람은 현장이 중매를 섰다 하고 어떤 사람
은 진장이 중매를 섰다고 했다. 어쨌든 자례에서 그 혼사는
반고(盤古)*가 천지를 창조한 것만큼 대단한 사건이었다. 현
장과 진장 모두 결혼식에 참석해 깜짝 놀랄 만큼 거한 선물

* 중국 신화에서 천지를 창조했다고 여기는 거인신.

을 건넸고, 류자거우와 장자렁 마을을 포함해 자례의 모든 사람도 후하게 성의를 표시했다. 마을 어귀, 그러니까 주잉의 거대한 비석 아래에 접수대 두 개를 펼치고 하객의 이름과 선물 품목, 축의금 액수를 기록하던 회계 두 사람은 손목이 퉁퉁 부어올랐다. 선물로 들어온 이불과 모포가 쿵씨 집의 창고 두 개를 채우고도 남았으며, 주잉의 유흥업소에서 함께 일하는 아가씨들이 선물한 반지와 목걸이는 대바구니와 버드나무 광주리로 쓸어 담아야 할 정도였다. 하루 종일 아름답게 치장한 아가씨들이 거리와 골목을 이리저리 오가며 향기를 풍기는 바람에 자례의 남자들은 전부 혼미해졌고, 세상의 새와 고양이, 개들까지 그녀들 주위를 맴돌았다. 결혼식에 참석한 하객과 그 가족을 위해 쿵씨 집안은 불을 지필 수 있는 공터마다 화덕을 쌓아 음식을 만들고, 탁자를 놓을 수 있는 곳마다 바러우의 사각형 탁자는 물론 몇십 리 바깥에 있는 진의 식당에서 빌려 온 원형 탁자를 배치했다. 초엿새 아침 해가 뜨면서 시작된 피로연은 사흘 연속 이어졌다. 요리를 볶는 데 사용한 조미료만 커다란 통으로 두 통이고, 술과 담배는 현성에서 트럭으로 날라 와야 했다. 술과 담배가 동나자 상점 주인은 발을 동동 구르며 '좀 더 준비해놓을걸' 하고 후회했다. 사흘이 지난 뒤 땅거미가 내릴 때서야 사람들이 술에 취해 돌아가기 시작했다. 자례의 거리는 그때서야 차츰 안정을 되찾고 예전의 평온을 회복할 수 있었다.

사흘 내내 계속된 소란에 놀라 마을 밖으로 나갔던 소와 말이 천천히 마을로 돌아왔다.

겁먹었던 닭과 오리, 거위가 어디선가 나와서 집으로 돌아가는 길에 닭은 거위 알을 낳고 거위는 오리 알을 낳았다.

땅거미가 조심스럽게 마을로 다가와 예전의 평온함을 마을에 돌려주었다. 신방을 엿보려는 사내아이들은 일찌감치 쿵씨 집 마당에 숨거나 담 넘을 사다리를 뒷벽에 기대놓았다. 바러우에서 결혼식을 치른 집에 신방을 훔쳐보는 사람이 없다는 것은 고립된 집이 아니면 상상할 수 없는 무척이나 썰렁한 일이었다. 황혼부터 날이 밝을 때까지 신방을 엿보느라 떠들썩해야 경사스럽고 흥겹다고 생각했다. 염탐꾼들은 일찌감치 만반의 준비를 마치고 누구는 쿵씨 집 부엌의 도마 밑에, 누구는 벽 모퉁이에, 또 누구는 아예 나무에 기어올라 나뭇잎 사이에 숨었다. 그렇게 숨어서 예전에 촌장과 기차에서 화물을 내리던 청년들과 남방 및 성도의 업소에서 주잉과 일하는 여자들이 신방을 드나들며 웃고 떠들다가 틈이 날 때마다 촌장을 주잉한테 밀치고 주잉을 촌장 가슴에 미는 것을, 그때마다 터져 나온 웃음이 폭우처럼 투두둑 떨어져 커다란 마당을 뒤덮는 것을 보았다.

쿵둥더는 밍량과 주잉이 천지신명에게 절하고 부모에게

절할 때까지만 자리를 지키고는 어디론가 모습을 감췄다.

큰형과 형수는 둘째의 결혼식 때문에 종일 분주하다가 밤이 되어서야 방으로 돌아갔다. 신방 염탐꾼들은 얼결에 두 사람의 말다툼 소리와 누가 누구에게인지는 모르지만 따귀 때리는 소리를 들었다. 그러고 나서 그 방은 죽은 듯, 무덤처럼 고요해졌다.

넷째 밍후이는 학교에 양해를 구하고 마을로 돌아왔다. 신부를 맞이하는 소년 역할을 맡아 주잉을 주씨 집에서 쿵씨 집으로 데려오기 위해서였다. 같은 마을이라 기껏해야 반 리도 안 되는 거리였지만 웅장한 차량 행렬이 주씨 집을 출발해 풍악을 울리고 축포를 쏘면서 마을 바깥과 진을 돌았다. 아침 9시에 떠난 차는 11시가 돼서야 마을 밖에서 천천히 돌아왔다. 호화로운 자동차 속 주잉의 왼쪽에는 소년 쿵밍후이가, 오른쪽에는 열두 살밖에 되지 않은 소녀가 앉았다. 서양 인형처럼 꾸민 소녀는 미소를 띤 채 사탕을 빨면서 내내 주잉의 어깨에 머리를 기대고 있었다. 소녀는 주잉에게 커서 언니처럼 바깥세상에 나갈 것이며 촌장과 진장에게 시집갈 거라고만 말했다. 반면 밍후이와 주잉은 이런저런 이야기를 많이 나눴다. 주잉은 밍후이에게 학업과 시내 생활에 대해 묻고 어느 대학에 시험 볼 생각인지 묻고 또 물었다.

"대학 졸업하면 자례로 돌아올 거예요?"

"어떤 일을 하고 어떤 여자랑 결혼하고 싶어요?"

마지막으로 주잉은 정색을 하고 막내 시동생에게 말했다.

"형수로서 하는 말인데, 대학을 졸업하면 자례로 돌아오지 마요. 나랑 둘째 형이랑 결혼한 이상 자례는 조만간 형과 내 손에 망할 거야."

밍후이는 형수의 말이 무슨 뜻인지 몰라 고개를 들었다가 손가락에 낀 다이아몬드 반지 같은 눈물이 그녀의 눈가에 맺힌 것을 발견했다. 하지만 입가에 걸린 꽈배기처럼 비틀린 웃음 때문에 가슴이 오싹해졌다. 밍후이는 혼례 차에서 형수가 눈물을 훔치고 누나처럼 그의 얼굴을 쓰다듬을 때까지 이해할 수 없다는 듯한 눈길로 바라봤다.

그날이 그렇게 또 지나갔다.

땅거미가 진 뒤, 정작 신방을 염탐해야 할 사람은 밍후이였지만 누구도 그를 보지 못했다. 밍량과 주잉은 큰형 밍광의 거처와 마주한 곁채를 완전히 뜯어고쳐 신방을 꾸몄다. 온 집 안과 마당을 메운 빨간 '희(囍)' 자와 온 마당과 거리를 메운 빨간 대련, 온 거리와 마을을 메운 빨간 폭죽 용지 그리고 온 마을과 세상을 메운 폭죽 종이의 질산칼륨 냄새가 달빛과 밤기운 속에서 축축하게 조용해졌다. 신방에서는 아무 소리도 들리지 않았다. 어떤 사람은 신방 뒷벽에 귀를 대고, 어떤 사람은 대담하게 나무에서 내려와 살금살금 신방으로 가서 창틀에 귀를 댔다. 그래도 소리가 들리지 않자 그들은 무척 놀랍다는 듯 불 꺼진 창을 쳐다봤다. 그리고는 손가락에 침을 묻혀 창호지에 구멍을 냈다. 누군가 몸을 웅크리자 다른 누군가가 어깨를 밟고 올라서서 왼쪽 눈을 감은 채 오른쪽 눈을 그 작은 구멍에 갖다 댔다. 하지만 빨간 가구, 탁자 모서리에 놓인 꺼지기 직전의 양초, 침대에서 이불을 덮고 잠이 든 불룩한 형태 그리고 정적만 보일 뿐이었다.

한 사람이 어깨에서 내려오자 다른 사람이 다시 어깨에 올라갔다. 하지만 여전히 새빨갛고 불룩한 이불과 방을 가득 메운 정적 외에는 아무것도 들리지도 보이지도 않았다. 바로 그 순간 신혼 침대 아래가 들썩거렸다. 침대 밑에서 엿보려다가 깜빡 잠이 들었던 사람이 천천히 기어 나와 널찍한 신혼 침대를 실망스럽게 바라봤다. 그곳에는 곤히 잠든 신랑과 신부를 제외하고 고요함만 있었다. 숨죽이고 신방에서 나온 그는 마당의 염탐꾼들에게 빙 둘러싸였다. 사람들이 "어땠어? 신랑이랑 신부가 뭐라고 소곤대던가?" 하고 물었다. 침대 밑에서 나온 사람은 말없이 사람들을 헤치고 쿵씨 집 대문을 열더니 밖으로 나갔다. 그런 다음에야 뒤따라온 사람들에게 말했다.

"하루 종일 피곤했는지 신랑이랑 신부랑 침대에 쓰러져서는 옷도 안 벗고 그대로 잠들더라고요."

둘째 날 밤도 똑같았다.

셋째 날 밤이 되자 신방을 엿보던 아이와 젊은이 모두 절망스러운 심정이 되었다. 신방을 훔쳐보고 싶다는 갈망도 피로와 무료함에 사라져버렸다. 그래서 그들은 어떻게 신방에서 서방을 놀라게 할 만큼 후끈거리는 일이 벌어지게 되었는지 알 수 없었다.

하늘이 무너지고 땅이 갈라지듯 사랑이 폭발적으로 시작되었다.

집이 내려앉듯 혼곤한 잠에 빠졌다가 깨어난 쿵밍량이 일을 치른 뒤 아내 주잉을 끌어안으며 말했다.

"세상에, 세상에. 내가 요물을 만났군!"

주잉이 웃으며 대꾸했다.

"앞으로는 이 요물의 말을 잘 들어야 해요."

그런 다음 두 사람은 다시 한 차례 파열의 흔들림을 마쳤다. 밍량이 게슴츠레한 눈을 비비며 침대에서 내려오다 다리 힘을 송두리째 빼앗겨 벽을 짚지 않으면 걷는 것조차 힘겹다는 것을 깨달았다. 날이 흐릿하고 햇빛이 운무 속에서 뿌옜다. 쿵밍량은 신방 문을 열면서 하늘을 힐끗 쳐다봤다. 그러고는 자신과 철길에서 짐을 내리던 젊은이들이 마당에 가득 서 있는 것을 발견했다. 하나같이 놀라고 부러워하는 기색이었지만 또한 눈빛에는 의문과 곤혹스러움도 가득했다. 그중

열대여섯 살 사내 녀석 둘은 밍량이 나올 때까지도 신방의 창문 밑 담벼락에 귀를 붙이고 있었다.

쿵밍량이 두 아이의 엉덩이를 한 대씩 발로 찼다.

아이들이 용수철처럼 벌떡 일어나며 무척 억울하다는 듯 말했다.

"촌장님, 어젯밤에 형수님과 신방에 들었을 때 저희 집 침대까지 흔들렸다고요."

사람들이 촌장을 둘러싸고는 "주잉과 결혼하니 대체 뭐가 좋은가요? 뭐가 다른가요?" 하고 물었다. 촌장이 제자리를 빙빙 돌며 눈부시게 빛나는 얼굴로 "끝내줘! 끝내줘! 끝내줘!" 하고 연달아 세 번 말했다.

그러자 사람들이 그를 따라 제자리를 빙빙 돌면서 궁금해 죽겠다는 듯 계속 물었다.

"뭐가 그렇게 끝내줘요?"

"화산이 폭발하는 것 같아."

"타 죽을 정도인가요?"

"체력이 약하면 산 채로 타 죽을 거야."

그래서 자례 사람들은 자신도 촌장처럼 외지 화류계에서 일한 아가씨와 약혼하고 결혼하리라 결심했다. 구세대처럼 과거를 따지지 않으리라, 외지에서 돈만 벌어오면, 그녀 마음에 돈과 가정이 있다면 지난 일은 일어나지 않은 것처럼 받아들이리라 결심했다. 그런 다음 쿵밍량을 둘러싼 채 "앞으로는 어쩌죠? 매일, 매년 벌어다 준 돈만 쓸 수는 없잖아요" 하고 말했다. 쿵밍량이 자신의 동료와 형제에게 큰 소리로 자례촌이 정말로 잘살게 되려면, 진이 되고 도시가 되려면 여자들이 외지로 나가 화류계에서 힘들게 버는 돈에만 의지할 수는 없다, 개개인이 공장을 열고 집집마다 공장을 열어 공장과 회사를 아가씨들이 신방에서 열정적인 것처럼 키워야 한다고 말했다.

밍량이 소리쳤다.

"고난 속에서 똑똑히 배운 게 있어. 젠장, 지금 같은 시절에는 무슨 짓을 해서든 돈을 벌어야 한다고. 돈이 있으면 어르신, 사모님이 되지만 돈이 없으면 어린놈, 쥐새끼밖에 되지 않아. 돈이 있으면 진장이나 현장도 말을 듣지만 돈이 없으면 진장과 현장은 우리를 하바리, 어린놈으로 여길 뿐이야."

밍량은 마을 사람이 점점 늘어나 마당에 꽉 차는 것을 보고 의자 위로 올라가 목소리를 한층 더 높였다.

"여러분이 저를 촌장으로 뽑았습니다. 제게는 820표를 주고 주잉에게는 410표만 주었죠. 제 득표수는 주잉의 딱 두 배입니다. 바로 그 표 차이 때문에 촌장이 되고 싶다는 그녀의 꿈은 거품처럼 사라졌습니다. 그녀는 진심으로 승복했어요. 제게 시집오고 싶다며 촌위원회로 찾아와 무릎을 꿇고 아이처럼 울었습니다. 그렇게 눈물 범벅이 되도록 울어서 저는 그녀와 결혼하겠다고 답했죠. 그녀는 결혼하면 외지의 사업을 전부 접겠다고 약속했습니다. 그 사업을 우리 자례 거리로 옮겨와 뿌리내리겠다고 했습니다. 안마시술소와 이발소, 유흥업소 등 바러우에 유흥가를 조성하겠다고요. 돈 있는 사람 전부 자례로 찾아와서 쓰게 하는 것이지요. 주머니에 돈을 바리바리 싸 와서 텅 비운 채 바람만 담아 가도록 하는 것입니다. 우리 자례는 지금 바러우산맥의 한 마을에 불과하지만 이삼 년이 지나면 진이 되고, 또 몇 년이 지나면 도시가 될 것입니다. 여자들도 전부 자례를 좋아하게 되어 자례의 부귀영화를 위해서라면 몸과 명예는 물론 목숨까지 아끼지 않게 될 것입니다. 그렇다면 우리 남자는 어떻게 해야 할까요?"

밍량은 이렇게 외치면서 마당에 움직이기 힘들 만큼 사람들이 빼곡하게 모인 것을 보았다. 젊고 건장한 젊은이는 물론 노인, 아이, 아줌마, 아가씨 할 것 없이 회의에 참석하는 것처럼 전부 그의 집으로 몰려들어 현관문 앞, 대문 입구가 자례 사람으로 북적북적해졌다. 쿵밍량은 마을 거리에서 대회를 여는 것처럼 아예 집 안에 있는 탁자를 대문 밖으로 옮기라고 시켰다. 그러고는 빨간 탁자에 올라서서 새까맣게 몰려든 사람들을 바라봤다. 아무도 나오지 않은 집에는 사람을 보내 불러내기까지 했다. 태양이 구름을 뚫고 나와 거리를 밝고 따뜻하게 비춰 앉거나 서 있는 마을 사람들은 온몸에서 땀을 흘렸다. 그들은 빛나는 젊은 신상(神像)이 허공에서 춤추는 모습을 바라보듯 빨간 탁자 위의 새신랑을 보고 그의 격앙된 외침을 들으면서 천둥이나 북이 그들 혈관 속에서 울리는 것 같은 감동을 받았다.

"아가씨, 여자들이 모두 그러한데 자례의 남자들이 누가 벌어다 준 돈으로 지은 집에서 살고, 벌어다 준 돈으로 산 달걀이나 고기를 먹기만 할 수 있습니까? 우리는 공장을 세우고 회사를 열어야 합니다. 돈을 벌 수만 있다면 무릎 꿇고 머리를 조아린들 어떻고, 남의 구두에 묻은 먼지를 혀로 핥은들 어떻습니까? 살인과 방화만 아니면 못 할 일은 아무것도 없습니다. 뭐 대단할 것도 없어요. 자례가 진이 되면 여러분 중 열에 여덟아홉은 공장장이나 사장이 될 것입니다. 진 정부의 간부, 위원과 부진장이 되고 누구는 서기, 누구는 주임이 될 것입니다. 집집마다 커다란 트럭이 있고 외출할 때 타는 작은 자동차와 시장에 찬거리를 사러 갈 때 타는 자전거가 있을 것입니다. 아침에는 우유를 마시고 저녁에는 닭국을 끓이고 아이들이 유치원에 갈 때는 보모가 데려다주고 데려올 것입니다. 이것이 바로 저 쿵밍량이 촌장으로서 밝히는 소망이자 약속이며 앞으로 몇 년 동안 여러분을 이끌고 나갈 방향입니다! 제가 여러분에게 그런 좋은 날을 가져다주지 못하거나 자례를 몇 년 안에 현성처럼 떠들썩하고 번화한 진으로 만들지 못하다면, 몇 년 뒤 다시 촌장 선거를 할 때 저를 뽑지 마십시오! 저를 촌장 자리에서 끌어내리고 침과 가래를 뱉으십시오. 제 아내의 아버지 주칭팡이 침과 가래에 죽은 것처럼 끈적끈적한 가래로 저도 죽이십시오!"

그때, 목이 쉰 채 열변을 토한 까닭에 마른풀이 기도에 낀 것처럼 밍량의 목이 완전히 잠겨버렸다. 그가 고개를 숙여 기침하자 사람들이 박수를 치기 시작해 날이 어두워질 때까지 멈추지 않았다. 박수가 장장 여덟 시간 반이나 계속돼 수많은 사람의 손바닥에서 피가 터지고 마을 보건소에 있는 지혈약과 반창고, 거즈가 동났다.

7장

정권 2

촌이 진으로

촌을 진으로 승격시킨다는 공문은 내려오지 않았다.

현으로 보낸 보고서는 친척에게 선물하는 달걀이나 케이크 같았다. 그 연회와 하객을 위해 얼마나 많은 돈을 썼는지…… 주잉 역시 마을에서 제일 예쁜 아가씨를 이미 일고여덟 명이나 현의 각 고위층 집에 가정부로 보냈다. 하지만 진으로 승격시켜야 한다는 보고서는 마지막에 항상 막다른 골목에 부딪히고, 들판에 놓인 소똥 취급을 받았다.

밍량은 조금 절망스러웠다.

마을 이쪽에서 저쪽으로 가는 것처럼 실망이 절망으로 바뀌었다. 주잉의 한결같은 의지와 지지가 없었다면 현장인 후다췐에게 달려가 발길질하며, 너는 진장에서 현장이 되었으

187

면서 자례를 촌에서 진으로 만들자는 것뿐인데, 현 고위층을 모아 회의하고 사인해 공문을 보내기만 하면 끝나는 일인데 왜 하지를 않는 거냐고 따지고 싶었다.

속에서 짜증이 끓어올랐다. 쿵밍량은 촌의 승격에 더 이상 큰 희망을 걸지 않게 되었다. 그런데 기대를 접었을 때 공문이 곧 내려올 것이라는 소리가 들렸다. 산에서 몰리브덴 광산이 발견되었기 때문이다. 전 세계에서 사용되는 전구의 필라멘트가 몰리브덴으로 제조된다고 했다. 몰리브덴이 없으면 세계가 암흑으로 바뀐다는 말이었다. 그리고 매일 객차 두 대만 2분간 정차하던 산 저편의 기차역도 중형 화물역으로 키워 산에서 캐낸 광석을 운반할 예정이라고 했다. 자례가 화르륵 순식간에 번화해질 게 확실했다. 그런데도 진으로의 승격을 알리는 빗줄기가 내리지 않아 사람들은 바싹 타들어가고 초조해하며 극도의 심적 피로를 느꼈다.

겨울날 마을과 산에 눈이 뽀얗게 쌓였다. 하얗고 차가운 날씨 속에 밍량은 촌위원회로 나갔다. 잠시 앉아 있는 동안 졸음이 그의 눈꺼풀에 가득 내려앉았다. 지난밤 주잉과 잠자리에 들었을 때 화산 분출구에서 뿜어져 나온 뜨거운 용암에 불타 죽는 줄 알았다. 일을 마치고 그가 요정이 탄생했다고 말하자 그녀는 시아버지에게 시중들 가정부를 구해야겠다고 했다. 그는 기술자를 초빙해 자례 거리를 제대로 정비해

야겠다고 말했고, 그녀는 눈이 오면 자례에 놀러 오는 사람
이 줄어서 장사도 날씨처럼 냉랭해진다고 말했다. 그런 다음
두 사람은 졸음이 쏟아져 서로를 부둥켜안았다. 자리에서 일
어나 촌위원회에 도착할 때까지 침대에서의 일이 좀처럼 그
의 눈꺼풀에서 떨어지지 않았다.

늘 그렇듯 그는 사무실 책상에서 졸다가 깜빡 잠이 들었다.
그런데 이번에 눈 떴을 때는 책상 한편에 공문서 두 부가 놓
여 있었다. 하나는 '자례촌의 진 승격 동의에 관한 답신'이고
다른 하나는 '자례촌의 진 승격 이후 쿵밍량 동지의 초대 진
장 임명통지서'였다. 공문 내용은 길지 않았다. 하지만 그 짧
은 10여 줄은 맞은편에서 달려오는 10여 칸의 기차처럼 그
의 이마로 돌진해왔다.

그는 조금 황망해졌다. 주잉과 침대에서 일을 마쳤을 때처
럼 눈이 흐릿해지고 현기증이 났다. 당황스럽고 기쁜 나머지
이마에 땀방울이 송골송골 맺혔다.

최대한 빨리 우리 현 북부 바러우산 지역이 국가적 번영 발
전이라는 거대한 흐름 속에서 고유한 여건에 따라 발전 수요
에 적응하도록 하기 위하여, 자례를 중심으로 한 민영기업과
민영산업, 관광업 및 새로 발견한 몰리브덴 광업의 경영 질
서 확립과 번영, 더 나아가 우리 현 서남부 발전의 핵심 지역

으로서의 자리매김을 위해 현위원회와 현 정부에서는 논의 끝에 시위원회와 시 정부의 비준을 얻어 자례진을 신설하기로 동의했다. 진 정부는 현재의 자례촌에 설립한다. 또한 바이수향 서쪽의 열두 개 자연촌과 자례 주변의 아홉 개 자연촌을 통합 조정한 뒤 새로운 자례진에 관리 및 건설을 위임한다. 진에 부속된 토지 면적은 46000제곱킬로미터이며 인구는 112000명이다. 신설 자례진의 행정 구역도는 현에서 일괄 수정해 인쇄한 뒤 하달한다.

그렇게 10여 줄이었다. 또 '현위원회와 현 정부의 논의를 거쳐 쿵밍량 동지를 자례진 제1대 진장에 임명함'이라는 서른 자 정도의 임명장이었다. 상단에 붉은 글씨가 적힌 공문서 두 부와 눈처럼 하얀 두 장의 종이 모두 현위원회와 현 정부 명의였다. 전부 현위원회와 현 정부의 빨갛고 커다란 인장과 현위원회 서기와 현장 개인의 서명 및 인장이 있었다. 그 종이 두 장과 종이에 적힌 글자가 쿵밍량을 퍽퍽 때렸다. 몸에 전기가 오른 것처럼 한바탕 부르르 떨고 한 번 더 읽고, 다시 부르르 떨고 또 한 번 읽었다. 그렇게 아홉 번을 읽었을 때 그는 책상 위에서 말라버린 아스파라거스가 기적처럼 다시 살아난 것을 발견했다. 그 아스파라거스는 날이 춥고 물이 부족해, 물을 주면 화분 속에서 물이 얼음 조각으로 변해

하릴없이 말라 죽어가고 있었다. 그런데 그때, 밍량은 가늘고 자잘한 잎이 순식간에 다시 황록색을 띠는 것을 보았다. 아스파라거스에 대체 무슨 일이 생겼는지 알 수가 없었다. 그래서 시험 삼아 공문 두 부를 아스파라거스 위에서 흔들어보았다. 그랬더니 말라버린 아스파라거스 잎이 후드득 떨어지고 가느다란 싹이 쑥쑥 올라왔다. 좀 더 확실히 하기 위해서 이번에는 아스파라거스에게 공문을 읽어줬다. 그러자 아스파라거스가 그의 눈앞에서 뭉텅뭉텅 파래지더니 옅은 비취색을 뿜어냈다.

사무실 책상 끝에 놓인 활처럼 구부러진 감탕나무 분재로 다가가 공문서 두 부를 가지 위에서 펄럭거리자 감탕나무 가지에서 천천히 조금씩, 작고 하얀 콩알 같은 꽃이 피어나 촌위원회의 세 칸짜리 촌장 사무실을 화원처럼 바꿔놓았다. 좀 더 확인해보려고 밍량은 분재 곁을 떠나 소파 옆의 소철에 공문서를 놓았다. 3년 동안 죽은 듯 산 듯 했던 거칠고 큰 소철이었다. 그때 소철의 줄기 사이에서 천천히 조금씩 여름밤 옥수수가 자라나듯, 잠결에 이를 가는 것처럼 바드득하는 소리가 새어 나왔다. 진으로 승격되었다는 공문을 치우고 그를 진장으로 임명한다는 문서를 소철의 마른 줄기에 걸자 초봄에 버드나무가 하룻밤 만에 연두색으로 뒤덮이듯 서서히 푸르러졌다.

191

공문서를 화분 밖 나무뿌리에 올려놓았더니 소철에서 꽃이 피었다.

소파를 기어가는 바퀴벌레 쪽으로 공문서를 내밀자 바퀴벌레가 약을 먹은 것처럼 소파에서 떨어져 푸르스름한 배를 내보이며 뒤집혔다. 죽은 뒤에도 그놈은 밍량 손에 있는 공문서를 노려봤다.

쿵밍량 얼굴에 주체할 수 없는 웃음이 걸렸다. 놀라움과 신기함이 가슴속에서 맞부딪쳤다. 그때 비서 청징이 잘 우려낸 녹차를 가지고 들어와 찻상에 올려놓았다. 그녀가 나가려 할 때 밍량이 아무렇지도 않게 차분한 척 말했다.

"자례촌이 자례진이 되었어."

청징이 걸음을 멈췄다.

"내가 진장이 되었고."

청징이 잠시 멍하게 서 있다가 얼굴에 홍조를 띠었다.

밍량이 웃으며 말했다.

"좋아? 난 속이 타들어가는데."

청징이 웃으며 물었다.

"진장이 됐어요? 정말 진장이 된 거예요?"

그녀는 진장의 젊고 열정적인 얼굴에 시선을 고정한 채 어떻게 축하해야 할지 몰라 웃는 봉제 인형처럼 주춤거렸다. 밍량이 시험 삼아 진장 임명장을 그녀의 눈앞에서 흔들어보았다. 그러자 그녀가 정신을 조금 차린 듯 웃으면서 몸에 걸치고 있던 오리털 코트를 벗고 스웨터 단추를 풀었다. 그런데 옷을 거의 다 벗었을 때 그녀가 손을 멈추고 밍량의 얼굴을 살피면서 또다시 웃는 봉제 인형처럼 굳는 것이었다. 밍량이 그녀의 눈앞에서 공문서를 다시 몇 차례 흔들자 그녀가 또 정신을 차린 것처럼 웃으면서 옷을 훌훌 완전히 벗어버렸다. 실오라기 하나 걸치지 않고 물주머니처럼 야들야들한 몸을 소파에 뉘였다. 몸에서 나는 하얀 광채 때문에 방 전체가 투명한 햇살 아래에 놓인 것 같았다.

그 모습에 새 진장 밍량은 얼이 빠지고 말았다.

그동안 한사코 거부하던 청징이 이번에는 말없이 전부 옷을 벗어버리고 그의 눈앞에 누워 있었다. 수면에 가득한 순백의 꽃을 보듯 그녀를 바라봤다. 밍량은 그녀가 자기 때문에 그러는 건지, 아니면 공문 때문에 그러는 건지 알 수가 없었다. 그래서 또 공문서로 그녀의 몸을 쓰다듬으면 어떤 변화와 경이가 생기는지 보고 싶었다. 하지만 그렇게 하지 못했다. 스스로를 통제할 수 없었다. 그녀의 나체 앞에서 느닷없이 온몸이 떨려 공문이 그의 손에서 바닥으로 미끄러졌다. 게다가 그녀가 이글거리는 눈으로 그를 바라보는 한편 소파에서 온몸을 덜덜 떨고 있어 주홍색 소파가 미세하게 흔들렸다. 한겨울이었지만 무척 더웠다. 땀이 날 지경이었다.

그녀가 떨면서 속삭였다.

"이리 오세요! 촌이 진이 되었네요. 촌장님은 진장님이 되셨고요. 저는 저를 드려야겠어요."

그가 가만가만히 그녀에게 다가갔다. 벗어버린 코트와 윗옷이 마른풀, 면화(綿花)처럼 뒤쪽에 아무렇게나 던져졌다. 그녀 곁에 다다랐을 때, 그녀를 건드리는 그 순간, 그녀의 몸에서 정전기가 일어난 것처럼 그의 손가락을 튕겨냈다. 하지만 정전기는 한순간이었다. 어쨌든 그는 결혼한 사람이라 자신이 어떻게 해야 하는지 아주 빠르게 파악했다.

그리고 생각한 대로 행동했다.

벗은 몸으로 누워 있는 그녀의 미숙함과 물을 담은 듯 야들야들한 몸이 주잉과 완전히 다르다는 것을 알았다. 하지만 안타깝게도 그의 몸은 변변치 않았다. 그 순간은 막이 오르자마자 곧장 끝나버린 단막극처럼 짧았다. 어떻게 된 건지 알아채기도 전에 끝난 것 같았다. 그는 조금 무안하고 겸연쩍었다. 자신이 이제 촌장이 아니라 진장이라는 것을 떠올리자 그렇게 짧았다는 걸 받아들이기 힘들었다. 그래서 일어나 옷을 입으면서 한의사에게 자기 물건에 병이 있는지 물어봐야겠다고 생각했다. 그러다가 청징이 주홍색 가죽 소파에서 늦가을 서리가 내린 뒤 움츠러든 낙엽 더미처럼 누렇게 뜬 얼굴로 잔뜩 웅크리고 있는 것을 보았다. 이마에는 서리와 이슬 같은 땀이 맺히고 머리카락이 가닥가닥 이마에 달라붙어 있었다. 소파 등받이에 쌓아놓았던 그녀의 바지와 양말이 초록을 잃은 풀 더미처럼 힘없이 떨어져 내렸다.

그가 물었다.

"왜 그래?"

청징이 다리를 오므리며 웃는 얼굴로 뜻밖의 말을 시처럼 내뱉었다.

"너무 아파요. 진장님, 제 꽃이 졌어요."

바지를 입던 쿵밍량의 시선이 청징의 다리 사이로 향했을 때 그의 두 손이 굳어졌다. 다리 사이의 빨간 꽃 자국에서 비릿한 향기가 느껴졌다. 그 순간 쿵밍량은 아무 말도 할 수 없었다. 불현듯 온몸이 다시 뜨거워지고 그의 물건도 까닭 없이 튼실해졌다. 그가 다시 한번 그녀의 몸으로 달려들어 소파에서 두 번째 일을 치렀다. 첫 번째는 문틈으로 도망가는 사람처럼 허둥댔지만 이번에는 전혀 허둥대지 않고 주잉이 가르쳐준 기량을 전부 발휘했다. 자기 집 문을 열고 들어가 자기 집 물건을 가져오는 것처럼, 원하는 무엇이든 전부 취할 수 있는 것처럼 거침없었다. 마지막에 힘이 다 빠진 채 그녀의 몸에서 흐물거리며 내려올 때에야 그는 자신이 진장이 된 것을 확신할 수 있었다. 진장과 촌장은 확실히 달랐다. 물건 역시 달랐다. 그녀의 환해진 얼굴을 만족스럽게 바라보면서 그가 물었다.

"어때?"

"꽃이 다시 피었어요."

웃으며 그렇게 대답하고 나자 청징의 얼굴이 노랗게 만개한 해바라기처럼 되었다.

"이 진장이 너한테 무엇을 해줄까?"

"사거리에 있는 건물을 임대해주세요. 가게를 하나 내고 싶어요."

밍량은 그녀가 부진장 내지는 진의 어느 기업 공장장이나 사장처럼 큰 자리를 요구하리라 예상하고 있었다. 하지만 그녀는 사거리의 건물을 임대해달라고만 했다. 실망스러운 한편 안심이 되었다. 그래서 그 건물을 월세 없이 영구 임대해줄 테니 원하는 것은 무엇이든 하라고, 진장이 주는 선물로 받아달라고 말했다.

"정말이에요?"

그녀가 믿을 수 없다는 듯 눈을 크게 떴다.

"나 진장이야. 내 말 한마디가 천금처럼 무거워."

성교를 마친 그는 다시 손에 공문서를 들고 그녀에게 읽어주었다. 두 사람이 함께 웃기 시작했다. 웃으면서 사무실 밖으로 나가 하늘에서 눈송이가 날리는 것을 바라봤다. 펑펑 쏟아지는 함박눈 속에서 앙상한 가지만 남았던 촌위원회 마당의 오동나무 두 그루가 그 순간 선명한 분홍색의 오동나무 꽃을 활짝 피워냈다. 눈송이가 나팔처럼 하늘을 향해 피어난 꽃 가장자리에 떨어졌다. 눈 내리는 광경과 오동나무에 가득 핀 꽃을 보면서 청징이 황홀한 듯 소리쳤다.

"세상에! 한겨울에 오동나무꽃이 피었어요. 조금 전까지도 앙상한 가지뿐이었는데."

밍량이 말했다.

"촌이 진이 되었어. 촌위원회 마당도 진위원회 마당으로 바뀌어야지."

가정(家政)

정오에 밍량이 집으로 돌아갔을 때 집안 식구들의 기쁨이
얼굴과 집 안, 마당에서 폭발하듯 터졌다. 발자국조차 찍히
지 않은 눈이 두툼하게 쌓여 걸음을 옮길 때마다 기름에 튀
긴 향긋한 과일 조각 위를 걷는 듯한 소리가 났다. 도처에서
튀김 냄새가 진동했다. 주잉이 데려온 중년의 가정부는 음식
을 무척 잘했다. 빨래와 요리 솜씨는 바닥이 보이지 않는 깊
은 연못 같았다. 원래 쿵둥더는 주잉과 말을 섞지 않았다. 그
녀를 며느리로 인정하지 않았다. 그러던 어느 날, 집에 아무
도 없을 때 주잉이 갑자기 쿵둥더에게 허리 굽혀 절하고는
"아버님" 하고 불렀다. 쿵둥더는 너무 놀라 뒷걸음질 쳤다.
벽에 부딪혀 더 이상 물러날 수 없을 때 그녀가 또 쫓아와 허

198

리를 굽히며 "저를 며느리로 인정하지 않으시니 아버님 앞에서 무릎 꿇고 죽을 때까지 일어나지 않겠습니다!" 하고 말했다.

그래서 인정하지 않을 수 없었다.

쿵둥더를 봉양하기 위해 주잉은 가정부를 불렀다. 깔끔하고 민첩한 가정부는 사십대였지만 젊었을 때의 싱그러움을 여전히 갖고 있었다. 머리카락이 새까맣고 얼굴에 주름도 별로 없었다. 다만 몸이 조금 통통하고 둥글둥글해 젊은 처자처럼 날듯이 가볍게 걷지 못할 뿐이었다. 가정부가 마당 한쪽 방에 기거하면서 매일 소리 없이 밥하고 빨래하고 청소한 덕분에 쿵둥더는 옛날 지주처럼 지낼 수 있었다. 가정부는 그렇게 아무런 기색도 없이 쿵씨 집에서 일했다. 그러다 밍량이 진장이 된 바로 그날 점심때, 쿵씨 일가가 진장이 된 아들을 축하하도록 그녀가 음식을 한 상 차렸을 때 변화가 생겼다.

음식이 상에 올라오고 가족 전부 식탁에 둘러앉아 있었다. 밍량이 성큼성큼 들어오자 아버지와 어머니, 주잉, 큰형 그리고 대입에 실패하고 돌아와 집에서 쉬고 있는 막냇동생이 문밖으로 고개를 돌렸다. 밍량은 몸에 붙은 눈을 털고는 웃으며 큰 소리로 "자례진은 앞으로 우리 집안 거예요. 모두 하고 싶은 걸 알려주세요" 하고 말했다. 그는 빈자리에 앉은 다음 진지하게 아버지를 바라보며 물었다.

"진에 새로 세워질 양로원의 원장은 어떠세요?"

아버지가 웃으며 바라보기만 하자 밍량은 어머니에게 고개를 돌렸다.

"앞으로는 치통 때문에 바이수향 병원까지 가실 필요 없어요. 진에 병원이 생기면 이가 아플 때 의사가 금방 우리 집으로 올 거예요."

밍량이 또 시선을 큰형에게 옮긴 뒤 진지하게 물었다.

"간부 하고 싶어? 진위원회 부진장으로 발령할 테니 교육을 전담하는 게 어때?"

처음에는 조금 놀란 듯했지만 곧 정신을 차린 큰형이 매우 진지하게 대답했다.

"나는 그냥 초등학교에서 중등학교로 옮겨 아이들을 가르치고 싶어. 다른 교사들이 내 수준이 높을 뿐만 아니라 수업 내용도 최고라고 평한다면 그걸로 만족해."

밍량은 큰형의 소박함을 얕보는 듯한 표정을 지었다. 그러고는 넷째에게 시선을 돌린 다음, 진에서 무슨 일을 하고 싶은지 마음껏 골라보라고 말했다. 그러다 넷째 얼굴에 낙방의 그림자가 전혀 없다는 것을 발견했다. 아침 해가 뜬 뒤의 해바라기처럼 웃음이 걸린 것을 보자 문득 오전에 촌위원회에서 청징과 벌였던 정사가 떠올랐다. 일을 치른 뒤 해바라기 같던 청징의 얼굴이 떠오르면서 넷째와 잘 어울린다는 생각이 들었다. 그런데 청징이 넷째와 마땅한 조합이라는 생각이 들자 얼굴이 화끈 달아올랐다. 끓는 물을 가슴에 들이부은 것처럼 보이지 않는 뜨거운 떨림이 생겨 그는 얼른 시선을 옆에 있는 아내 주잉의 얼굴로 돌렸다.

"당신은 무엇을 하고 싶어? 진의 여성연합회 주임으로 진 전체 여성 업무를 관장하는 건 어때?"

"난 아무것도 필요 없어요. 쿵씨 집안 며느리로 부모님을 잘 봉양할 수만 있다면 그걸로 충분해요."

농담처럼 말했지만 너무 뜬금없어서 그녀가 말을 마쳤을 때 쿵씨 집안의 모든 사람이 놀란 눈으로 쳐다봤다. 단숨에 꿰뚫어 보듯, 옷을 하나도 입지 않은 사람 보듯 그녀를 바라봤다. 그리고 그 순간의 정적은 문밖에서 눈송이가 날리는 소리까지 전부 들릴 정도였다. 그렇게 식탁이 난감함으로 물들고 시선을 주는 사람과 받는 사람 모두 어쩔 줄 몰라 할 때, 가정부가 닭찜을 들고 와 식탁에 놓았다. 그녀는 반짝이는 얼굴로 밍량을 잠시 쳐다본 뒤 펄펄 끓는 듯한 목소리로 말했다.

"촌장님. 아니 이제 진장님이 되셨으니 쿵 진장님, 부탁드립니다. 저를 진의 여성 간부로 발령 내주세요. 사모님은 진 간부를 원치 않는다지만 저는 좋거든요. 그러니 제가 진 전체 여성을 관장하도록 해주세요."

"이 집에서 반년 넘게 일하면서 한 푼도 받지 않았으니까 그 정도 보수를 받을 만해요."

"진장님, 가족은 아니지만 이 집 어르신을 모시고 있으니 절반은 가족이라 할 수 있잖아요. 그러니 저를 간부로 만들어주세요."

그날 저녁, 주잉은 가정부의 짐을 챙겨 쿵씨 집에서 내쫓으며 얼굴에 침을 뱉고 따귀를 때렸다. 그렇게 가정부는 집을 나갔고 누구도 그녀의 행방을 알지 못했다.

진의 면모

촌에서 진으로 승격한 것은 역사적 의미가 매우 큰 사건이었다. 정식으로 승격을 알리는 대회가 열리기 전까지 준비해야 할 일이 셀 수 없이 많았다. 일단 대로 양쪽으로 늘어선 점포와 상가 모두 기존의 간판을 떼고 새로운 간판을 달아야 했다. 예를 들어 원래 '장가네 자물쇠 수리'였다면 '자례진 자물쇠 제작소'로 고치고, '왕가네 재봉'은 '자례진 패션월드'로 바꿔야 했다. 간이매점과 식당도 마찬가지였다. 길거리에서 통닭을 파는 자전거에도 원래는 유리판에 '통닭' 두 글자만 새기면 됐지만 이제는 상공 및 세무 관리소의 요구에 따라 '자례진 통닭구이 식당'이라고 표기해야 했다. 사오빙*을 파는 곳은 '자례진 사오빙 대왕'이라고 해야 했으며, 분식점은

'자례 전통 식당'이나 '자례진 미식 대도시'라는 간판을 걸어야 했다. 요컨대 한마디로, 거창하고 위풍당당하며 기세등등한 상호를 지어 진으로 승격한 호기로움과 웅장함을 반영해야 했다.

그러다 보니 도장집과 간판 전문점이 제일 바빠졌다. 재빨리 현성에서 자례로 옮겨 온 그들은 몇 곳에 가게를 열고 정신없이, 밤낮없이 온갖 간판을 제작했다. 한 달 내내 모든 직원이 밤을 꼬박 새우고도 다음 날 아침부터 또 일해야 했다.

눈이 그쳤다.

눈이 아릴 정도로 햇빛이 찬란했다. 자례의 강줄기를 따라 거리가 번화해지자 거리의 나무란 나무는 모두 무성한 잎과 꽃을 파랗고 빨갛게 피워냈다. 겨울이었지만 촌이 진이 되자 추위가 물러가고 열기가 퍼졌다. 만물이 소생하고 세상이 포근해졌으며, 봄날의 맑은 공기와 향기가 사방팔방 구석구석으로 퍼졌다. 승격의 흥분 속에 눈이 빠르게 녹았고, 처마에서 길가 수로로 물이 떨어지면 시멘트 수로에서 거문고나 북을 연주하는 것처럼 통통 소리가 울렸다. 2년 전 닦은 시멘트 길이 눈 녹은 물에 깨끗이 씻겨 청회색을 띠고 가슴까지 후련하게 촉촉한 기운을 내뿜었다. 그래서 사람들은 숨을 들이

* 밀가루 반죽을 둥글게 빚어 구운 빵.

쉴 때마다 세상이 달라졌다고, 겨울이 죽고 봄이 살아났다고 생각했다. 며칠 뒤면 현장이 각 부서 사람들을 이끌고 차례로 와서 정식으로 자례진의 탄생을 선포하고 거리와 공장, 자례 주변에 산재한 소기업들을 참관할 예정이었다. 그래서 진장은 후다퀸 현장 맞이에 며칠째 부산을 떨고 있었다. 대충 일이 마무리됐을 무렵, 쿵밍량은 현지에서 선발한 사람과 현에서 선별해준 진의 간부들을 이끌고 진의 북단에서 남단까지 거리 조경과 각 가정의 환영 준비를 점검하러 나갔다. 새로 지은 상가건물 벽을 온통 빨간색으로 칠해 거리 전체가 불붙은 것처럼 보였다. 페인트 냄새가 설경과 찬란한 햇빛 속에서 비단실처럼 이어졌다. 각 상점에서 새로 내건 가로와 세로 간판들은 하얀 바탕에 붉은 글씨거나 초록 바탕에 노란 글씨라 시선을 잡아끄는 동시에 화려한 빛깔을 내뿜었다. 집집마다 대문에 붉은 대련을 붙였으며 대문 앞에 화분을 최소 네 개씩 놓았다. 생화가 없는 집은 시내에서 조화를 사 와 거리를 꽃길로 만들었다.

밍량이 수하들을 이끌고 거리로 나섰다. 위풍당당하게 지나가는 그를 둘러싸며 사람들이 "진장님, 진장님" 하고 불렀다. 그가 웃으며 "아직 공식화되지 않았습니다"라고 대답하자 사람들이 "이제 금방이죠, 금방인걸요" 하고 말했다. 그는 가뭄에 단비를 만난 것처럼 얼른 그 상황에 적응했다. 그러다 어느 집 대문 앞에서 한 할머니가 생화나 조화 대신 빨간 종이로 광주리보다 큰 꽃 여덟 송이를 만들어놓은 것을 보고 수하에게 일렀다.

"이 집은 마을에서 유명한 열사의 집이네. 자녀가 없으니 다음 달부터 매달 500위안씩 진에서 더 보조하게. 돈을 넘치도록 드려야 하네."

돼지 창자를 전문으로 파는 허씨네 가게에서 '자례 고깃집'으로 쓸지 '자례 허씨네 고깃집'으로 쓸지 고민하는 것을 보고, 밍량은 전혀 망설임 없이 주인에게 "'백년 전통'이라는 네 글자를 쓰면 되겠군요" 하고 제안했다. 그러자 주인이 '백년 전통의 맛집'이라고 썼다.

거리 남쪽, 그러니까 주잉이 성도에서 분리해 온 이발소와 안마시술소 그리고 먹고 자고 씻는 데 최적화된 '건강위락성'과 '환희대세계'가 있는 곳으로 가자 '위락성'과 '대세계' 간판이 전부 색색의 아름답고 예술적인 글자체로 바뀌어 있었다. 입구에 서 있는 아가씨도 하나같이 단정하고 소박하게 옷을 차려입었지만 어색하지 않았다. 그래서 마음을 놓고 길 건너에 있는 작은 회사로 갔다. 각종 증명서를 제작하고 인쇄하는 회사였다. 대학교 졸업증, 국가기관 증명서, 군 간부의 장교증, 도시 경찰의 경관증, 쇠도장, 나무도장, 각종 경비 청구용 영수증 및 온갖 신분증과 증서를 취급했다. 그런 증명서는 제작, 인쇄된 뒤 시내나 도시에서 팔렸으며 워낙 판로가 넓어 주문서가 뭉텅이로 쌓이곤 했다. 하지만 이제 회사 대문에는 '홍싱인쇄소'라는 커다란 간판이 걸리고 공장 안에는 외국에서 들여온 인쇄기가 놓였다. 또 인쇄기 옆에는 인쇄 중인 서적과 학생 노트가 잔뜩 쌓였다. 모든 것이 규범적이었다. 작업장에서 강하게 풍기는 잉크 냄새가 6월의 산과 들을 메우는 밀 향 같았다. 밍량이 수하를 이끌고 작업장을 한 바퀴 둘러본 뒤 만족스러운 표정으로 밖으로 나갔다. 하지만 막 떠나려 할 때, 풀 더미 속에서 직인 몇 개가 발에 걸렸다. 현 정부와 시 정부의 커다랗고 둥근 인장이었다.

밍량이 인쇄소 공장장을 불렀다.

공장장은 예전에 밍량과 철길에서 함께 화물을 내리던 사람이었다. 그가 다가와 "밍량 형" 하고 부르자 밍량이 그 인장을 내보이고는 그것으로 공장장의 머리를 내리찍고 냅다 몸을 걷어찬 뒤 새파랗게 굳은 얼굴로 떠났다.

공장장은 창자가 끊어질 듯 아파서 땅바닥에 쪼그리고 앉았다. 그리고 입을 벌린 채 밍량과 그의 수하들이 다른 회사를 시찰하러 거리로 사라지는 것을 바라봤다.

8장

종합 경제

공업 노동자

　자례진에서도 공업이 시작돼 철사 공장, 전선 공장, 시멘트 공장, 인쇄소가 생겼다. 가내공장으로는 회수해 온 폐타이어로 신발 밑창을 만드는 제화 공장, 폐고무로 물통, 화분, 플라스틱 그릇을 만드는 플라스틱 제품 공장, 플라스틱 장난감 공장, 방직공장, 농산품 가공공장 등이 있었다. 강 맞은편 기슭에 세워진 농산품 가공공장은 목이버섯, 호두, 표고버섯 같은 산지 산물을 화려한 노루궁뎅이버섯과 제비집으로 내놓았다. 고무 공장은 도시에서 회수해 온 고무 신발 밑창이나 헌 가죽 신발을 재활용해 도시와 농촌에서 사용할 물통, 세숫대야, 양치 컵으로 내놓았다. 그러니까 누군가 물을 마실 때 사용하는 빨강, 초록의 플라스틱 컵이 원래는 자기가

211

신던 고무장화나 슬리퍼일 수 있고 칫솔은 막힌 변소를 뚫던 에보나이트 막대일 수 있었다.

그 밖에 뉴스 가공공장도 생겼다. 공장주는 예전에 꿈을 따라 밖으로 나왔을 때 부서진 스피커 조각을 주웠던 양바오칭이었다. 그는 글을 알고 견문도 있는 데다 책과 신문을 즐겨 보았다. 그래서 자신의 재능을 십분 활용해 전국의 신문과 잡지가 봄날에 꽃이 피듯 고목에서 잎이 나듯 활성화될 때 수많은 신문과 잡지를 구독한 뒤 자식들과 가위, 풀, 색연필로 매일 남쪽에서 발생한 사건을 시간과 장소를 바꾼 다음 자르고 붙이고 빨간 펜으로 정리했다. 그러고는 자기 학생에게 다시 베끼라고 하여 북방 신문사로 보냈다. 또 북방 신문에 난 사건이나 기사의 요점을 추리거나 형식을 바꿔서 남방 신문 칼럼에 보냈다. 혹은 특정 월간지의 내용을 베껴 전혀 상관없는 계간지 편집부에 자신의 이름으로 보내기도 했다. 그러면 원고는 금방 신문이나 잡지에 게재돼 우체국에서 원고료 송금서가 매일 한 자루씩 날아왔다. 그의 논리와 법칙이라면 남쪽 사건은 북쪽으로, 북쪽 소식은 남쪽으로 전하고 연해 지역 이야기는 중원 이야기로 바꿔 서북으로, 서북 사건은 남방 사건으로 바꿔 연해 지역으로 보내는 것이었다. 그의 공장은 신문 등재율이 98퍼센트에 달하는 자례진의 유명 뉴스 공장이었고 매일 원고료 송금서가 다발로 우체국에서 그의 집까지 배달되었다.

한마디로, 자례진에는 노는 사람이 없었다. 농사짓는 사람
도 없었다. 각각의 회사와 개개의 공장 덕분에 새로운 자례
는 끓는 물처럼 부글부글 들썩거렸다. 매일 굴뚝에서 뿜어져
나오는 검은 연기와 빨간 불꽃이 공기를 태우고 밤낮 할 것
없이 고무 냄새가 코를 찔렀으며 하수구에서는 악취가 올라
왔다. 하지만 모두 냄새에 익숙해졌다. 한바탕 비가 쏟아져
냄새를 씻어내면 산뜻함 때문에 사람들은 감기에 걸리고 불
쾌해졌다. 그래서 병원이 또 바빠졌다. 환자가 학교 학생처
럼 많았다. 환자가 늘자 제약 공장과 약병 및 포장 가공공장
이 필요해졌다. 가공공장이 많아지자 세금과 위생 부문이 바
빠졌다. 세수가 늘어 가뜩이나 바쁜 쿵밍량 진장은 더 바빠
졌다. 매일 정신없이 새로 지어진 회사 제막식에 참석해 테
이프를 끊고 밥을 먹고 악수를 했다. 훗날 자례에서 공업이
발전하고 자본이 축적되던 초창기를 회상하면서 쿵밍량은
내게 이런 황당한 말을 했었다.

"좋은 시절이었죠, 가위와 풀로 뉴스 공장을 만들 수 있었
으니. 앞으로 그런 시절은 다시 오지 않을 겁니다."

농업 농민

한번은 산마루에서 통곡 소리가 띄엄띄엄 사흘이나 계속
되었다. 그래서 결국 누군가가 진 정부로 달려갔다. 그때 진
정부에서는 터를 새로 다지고 건물 몇 동을 한창 쌓아 올리
는 중이었다. 어수선하고 천지를 뒤흔드는 듯한 콘크리트 믹
서기와 땅다짐기 소리 때문에 목청을 높이지 않으면 상대에
게 말소리가 전혀 전달되지 않았다. 누군가가 공사를 지휘하
는 진장 앞에서 여러 차례 소리 지른 뒤에야 진장의 주의를
끌 수 있었다. 진장이 눈을 동그랗게 뜨고 물었다.

"뭐라고?"

그가 진장의 귀에 대고 외쳤다.

"농민들이 미쳤습니다. 농민들이 산등성이에서 미친 것처

럼 울고 있습니다!"

"왜?"

"땅 때문에요!"

진장은 잠시 생각하고 나서 찾아온 사람과 함께 산등성이
로 올라가기 시작했다. 길을 돌아 산비탈을 절반쯤 올랐을
때 진장은 고개를 돌려 마을을 내려다보고 깜짝 놀랐다. 짧
은 기간 동안 강줄기를 따라 건설된 자례진의 모습을 그제야
보았기 때문이다. 이곳저곳에 건물이 즐비하고 도로가 넓어
서 옛날 산골 마을의 촌스러움이 사라졌다. 가로등 전신주가
젓가락처럼 나란히 길가에 서 있고, 크고 작은 공장의 굴뚝
들이 허공에 우뚝 서서 비 올 때 정수리를 뒤덮는 구름처럼
짙은 연기를 토해냈다. 여기저기 흙을 파낸 공사장이 외과의
사가 제멋대로 배를 갈라 내장을 꺼내놓은 것처럼 곳곳에 펼
쳐져 있었다. 땅에 구멍을 낸 다음 다시 덮었다. 파헤친 다음
새 흙이든 옛 흙이든 다시 대충 메워놓았다. 곳곳이 상처투
성이었고 흉터로 얼룩져 있었다.

진장이 감탄했다.

"자례가 아주 빠르게 발전하는군!"

옆에 있는 사람이 말했다.

"농사지을 땅이 없어져서 울고 있습니다."

"진 전체에서 빌라에 사는 사람이 얼마나 되나?"

"꼬박 사흘 밤낮을 울었습니다."

다시 산등성이로 걸음을 재촉했다. 그 길은 예전에 진장이 기차에서 물건을 내릴 때 매일 걸어가던 곳이었다. 다시 그 길을 걷자 친밀감이 밀려와 길 양쪽을 살피지 않을 수가 없었다. 경치가 물처럼 그의 앞을 흘러갔다. 산비탈의 전선 공장 노동자들이 공장 입구와 길가에 나와 맥주를 마시고 종이에 싼 땅콩과 돼지머리 고기를 바닥에 펼쳐놓은 게 보였다. 왜 근무 시간에 맥주를 마시냐고 묻자 공장에서 주문을 잔뜩 받았는데 모 시에서 재주문한 것이라며 그 시의 주민용, 공장용 전선과 케이블은 전부 자례의 전선 공장에서 만든다는 대답이 돌아왔다. 벽에 묻은 자례의 전선과 지하에 묻은 케이블이 사오 년 만에 수명이 다해 기능을 잃었다는 말과 함께, 그 전선과 케이블의 피복이 노화로 벗겨져 누전되는 바람에 툭하면 합선과 화재가 일어나 그로 인한 사망도 자주 발생한다고 했다. 그래서 다들 자례의 전선과 케이블을 사용하다가 화재가 난 뒤에는 다른 곳의 전선과 케이블을 구입하는데 이 도시는 대형 화재로 100여 명이 사망했음에도 또 자례의 전선 공장에 구매 의사를 밝혀와 공장에서 맥주와 돼지고기를 내어 직원들과 축하하는 것이라고 했다.

진장이 그 자리에 서서 물었다.

"왜 그런 거지?"

수행원이 웃으며 대답했다.

"수수료가 아주 많거든요."

진장이 수행원에게 당장 전선 공장으로 가서 화재가 난 뒤에도 또 사러 오는 고객에게는 수수료를 10퍼센트 더 주도록 통지하라고 시켰다. 100만 위안어치를 주문하면 그 사람에게 수수료로 10만 위안을 더 주고 천만 위안어치를 주문하면 100만 위안을 더 주라고 했다. "병신 같은 놈들이 우리 전선과 케이블을 안 산다고 누가 겁낼까 봐!" 하고 진장이 욕하면서 수행원에게 당장 통지하라고 한 뒤 혼자 산등성이로 향했다. 길 양쪽에 자리 잡은 각종 공장과 작업장이 마을의 주택처럼 그의 눈앞을 스쳐 지나갔다. 가로수의 나뭇잎이 먼지로 뽀얗고 나뭇가지에 걸린 온갖 비닐봉지가 바람이 불 때마다 부풀어 올라 파닥파닥 소리를 냈다. 진장이 고개를 들어 허공에 잔뜩 걸린 비닐봉지를 보면서 '자례가 언제쯤이면 진에서 현으로 승격될 수 있을까? 언제쯤이면 자례의 번화함을 인정받아 현성이 40킬로미터 밖에서 옮겨져 올까?' 하고 생각했다.

공장 직원 한 명이 멀리서 진장을 향해 손을 흔들었다.

"이쪽으로 오셔서 맥주 좀 드세요!"

진장이 원래는 자례의 농민이었던 그들에게 소리쳤다.

"자례진이 현성이 되면 마십시다!"

산마루에 다다른 건 태양이 정남쪽을 지난 뒤였다. 꿩과 토끼가 산마루에서 두리번거리다 진장을 보고 달아났다. 진이 번창하면서 외부에서 들어오는 주요 도로 역시 강가로 옮겨졌기 때문에 후다쥔이 주잉에게 세워준 벽 같은 기념비는 옛 자리에 쓸쓸하고 적막하게 서 있었다. 심지어 주잉 본인도 자신의 삶에 그런 일이 아예 없었던 것처럼 아주 가끔씩만 들러볼 뿐이었다. 기념비에 새겨진 글자가 세월과 먼지에 뒤덮여 거의 보이지 않았다. 자례의 노인들이, 예순 이상의 농민들이 바로 그 기념비 옆에서 울고 있었다. 그들은 울면서 "땅이 없어졌어. 우리에겐 더 이상 농사지을 땅이 없어"라고 말했다. 모두 이제 막 예순을 넘겨 정오의 태양처럼 젊고 힘이 넘쳤지만 부유함과 번화함이 그들을 양로원으로 보내 더 이상 호미와 삽을 들고 땅과 교류할 수가 없었다. 그들은 더 이상 농사짓지 못하는 매일의 시간을 견딜 수 없어서 원래 밭이었지만 이제는 황폐해진 벌판에서 울고 있었다.

주잉의 기념비가 비바람에 흔들리는 벽 같았다. 예전에는 비석 아래와 주변에서 겨울이면 밀이, 가을이면 옥수수가 자랐다. 해마다 봄이 되면 밀 싹이 반질반질 새까맣게 자라고 여름에 밀이 익을 때면 노란 향기가 마을로 번져 집집의 식탁을 덮었다. 하지만 이제는 왠지 아무도 파종하지 않았다. 잡초가 사람 키만큼 자라고 꿩과 토끼가 자신들의 천국인 것처럼 그곳을 들락날락거렸다. 노인들은 그 황폐한 벌판에 모여 울고 소리치면서 법석을 피웠다. 또 커다란 백지에 비뚤비뚤하게 '내 땅을 돌려줘!' '우리는 곡식과 생사를 같이 한다!' 등의 구호와 표어를 적어 비석에 붙이거나 팻말로 만들어 벌판에 세워두었다. 그렇게 그곳에서 소리쳤다. 그렇게 그곳에서 울었다. 통곡하고 고함치다 지치면 불을 피워 가져온 음식을 먹은 다음 다시 울고 소리쳤다.

시위는 마치 농민 봉기 같았다. 그들은 사흘 밤낮을 흩어지지 않고 모여 있었다. 처음에는 몇 명뿐이었지만 얼마 후 수십 명이 되고 사흘째에는 100명을 훌쩍 넘었다. 류자거우와 장자링 마을은 물론 탄광 개발과 도로 정비로 토지를 잃은 다른 마을 사람들까지 소동에 합류했다. 그들은 자신들의 행위가 발전과 포스트산업에 저항하는 혁명이라는 것을 알지 못했다. 그들의 소박함이 저항성을 띤 농민 대운동으로 번졌음에도 그 소박함 때문에 위대한 정신을 훼손시켰다. 사흘째 날 200여 명이 새까맣게 모였을 때 '죽어도 땅과 함께'라는 피켓들이 하얀 비둘기 떼처럼 비탈밭에서 요동쳤다. 쿵밍량 진장이 찾아와서 이제 막 예순을 넘긴 장년들의 뜨거운 눈빛 속에서 격정적으로 소리쳤다.

"모두 돌아가십시오. 그렇게 울다가 몸이라도 상하면 어떡합니까?"

사람들이 말없이 조용히 그를 바라봤다.

"돌아가서 아들과 손자에게 물어보십시오. 젊은이들에게 농사를 짓고 싶은지, 아니면 자례를 도시로 바꾸고 싶은지."

사람들이 말없이 조용히 그를 바라봤다.

"그래도 해산하지 않으면 어르신들 자녀들을 불러 모셔가라고 하겠습니다!"

사람들이 말없이 조용히 그를 바라봤다.

침묵이 검은 잉크처럼 연로한 노인이자 농민인 그들의 얼굴 위에 드리웠다. 움푹 파인 얼굴 주름은 침착하고 힘 있어 보였고, 사람들 머리에 난 흰머리가 벌판의 잡초처럼 허공에 떠 있었다. 아무도 진장의 말에 대꾸하지 않았고 누구도 그 벌판을 떠나 집으로, 새로 지은 복층집과 양로원으로 돌아가려 하지 않았다. 그들은 진장이 자신들을 끌어내지 못할 것이며 진 파출소의 경찰들에게 쫓아내라고 하지 못할 것임을 잘 알았다. 그들은 쿵밍량이 자라는 모습을 봐왔다. 진장이 된 지금도 자신들과 개인적으로 만날 때면 여전히 숙부, 백부, 어르신이라고 불렀다. 그래서 그렇게 대치한 채 어디선가 노란 나뭇잎 한 장이 머릿속에 번뜩이는 소식을 전해주듯 진장 앞으로 날아올 때까지 꼼짝도 하지 않았다. 진장은 아내 주잉의 비석 받침대에 올라가 땅을 돌려달라고 요구하는 노인들을 굽어보며 아주 감동적인 목소리로 소리쳤다.

"숙부님, 백부님, 어르신들, 제 말을 듣고 돌아가세요. 지금 저는 여러분에게 한 가지 약속하려고 합니다."

그에게로 향하는 혼탁한 눈빛과 갈망의 얼굴을 보면서 진장은 오랜 가뭄에 쩍쩍 갈라진 땅을 보는 느낌이 들었다.

"몇 년 지나지 않아 땅이 부족해 나라에서 화장제를 실시할 것입니다. 죽으면 불가마에서 시체를 태워 하얀 재로 만드는 것이죠. 그때가 되면 어르신들 가운데 누구도 결코 땅에 묻힐 수 없습니다. 분명 아들과 딸이 울면서 불가마에 넣어 뼈와 살을 전부 재로 불사를 테니까요."

여기까지 말한 다음 진장은 잠시 말을 끊고 눈앞에 있는 푸석푸석하고 고집스러운 얼굴들을 바라봤다. 놀란 낯빛이 화장 가마에서 꺼내 늘어놓은 유골처럼 회백색이었다. 모두의 시선이 당혹스러움과 두려움으로 변했고, 뭔가를 찾는 것처럼 서로에게로 향했다.

"이렇게 하세요."

진장이 어깨를 더 높이 세우고 목소리도 더 높였다.

"모두 집으로 돌아가세요. 이삼 년 뒤에 화장제가 시작되더라도, 여러분이 오늘 제 말대로 해산하신다면 화장하지 않고 토장하도록 보장하겠습니다. 예전처럼 수의와 관을 갖추고 풍습대로 장례를 치르겠다는 겁니다. 돌아가신 뒤에도 땅에서 분리되지 않고 영원히 땅과 함께 있을 수 있는 거예요.

하지만 끝까지 제 말을 무시해 해산하지 않고 땅을 돌려달라거나 농사짓도록 해달라고 요구한다면 여러분은 돌아가신 뒤 화장돼 몇 치짜리 유골함에 들어가는 수밖에 없습니다. 그러면 허공에 있는 높은 시멘트 단에 놓여 죽어도 땅과 함께할 수 없을 겁니다. 생전과 사후, 이승과 저승, 어떤 것을 버리고 어떤 것을 따를 것인지 잘 생각하고 결정하십시오."

진장이 말을 마치고 비석 받침대에서 내려왔다.

서로 어쩔 줄 모른 채 바라보고만 있을 때, 한 노인이 '내 땅을 돌려줘!'라고 적힌 팻말을 들쳐 메고는 집으로 향했다. 그러자 너도나도 황무지를 떠나 뿔뿔이 흩어졌다. 새로운 농민 혁명의 큰 의미는 그렇게 시체처럼 불살라졌다.

특수 업종

1

자례의 번화함은 공업 발달과 토지의 소실에만 의존한 게 아니었다. 특수 업종의 발달이야말로 종합 경제라는 빌딩의 비계(飛階)였다.

중심가의 북쪽은 낮에는 썰렁하고 조용했다. 개만 돌아다닐 뿐, 사람 발자국 소리는 거의 들리지 않았다. 하지만 땅거미가 내릴 때면 거리에 불이 휘황찬란하게 들어와 사람들의 눈을 현혹시키고 정신을 쏙 빼놓았다. 이발소, 발마사지점, 안마시술소, 유흥업소 등 없는 게 없었고 '미니* 이발소' '취

* 迷你: 작다는 뜻과 함께 유혹한다는 뜻을 동시에 갖고 있다.

223

기에 누운 꽃밭 '또 와 좋아' '끝없는 미련' 등 은근하고 모호한 상호는 말로 표현할 수 없는 운치와 맵시가 넘쳤다. 그런 상호는 전부 주잉이 남방과 성도에서 베껴 온 것이었다. 그런 이름이 생기고 그런 건물이 생기고, 그 건물에 장작 목욕탕과 전기 한증탕이 들어섰다. 불 위에 물을 뿌려 증기로 목욕하는 말로만 듣던 일이 눈앞에 펼쳐졌다. 그래서 모두들 구경 가서 증기를 쐬었다. 자례의 남자와 노인들이 옷을 벗고 줄지어 한증탕으로 들어갔다. 불에 물을 들이부어 증기가 피어오르게 한 다음 희뿌옇고 짙은 고온의 증기 속에서 몇 분 내지 10여 분간 숨을 몰아쉬면, 사람들은 땀범벅이 되고 벽에서 꺼풀이 벗겨지듯 몸에서 때가 떨어졌다. 하루의 노고와 피로 역시 연기처럼 사라지고 녹작지근해져 문을 나설 때면 표표히 신선이 될 것만 같았다. 자례에서 제일 먼저 한증탕을 만든 곳은 주잉의 '천외천 위락성'이고, 처음 한증탕에 들어가본 사람은 당시 촌장이었던 쿵밍량이었다. 그는 한증탕에서 나와 벌거벗은 채 바깥에서 기다리는 남자들에게 말했다.

"여자 그곳에 들어가 있는 것 같아."

사람들이 차례차례 한증탕으로 들어갔다. 한 번에 서너 명씩, 대략 10분 정도 걸렸다. 바깥에서 한증을 기다리는 사람들이 거리 이쪽 끝에서 저쪽 끝까지 늘어서고 심지어 산등성이 중턱까지 휘감았다. 어떤 사람은 한증 한번 하겠다고 산을 내려왔지만 아침부터 밤까지 줄 서서 기다려야 했고, 또 어떤 사람은 목욕 한번 하겠다고 멀리에서 음식을 싸 들고 걸어오기도 했다. 그는 사흘을 걸어서야 자례에 도착해 한증 탕에서 한 차례 목욕할 수 있었다. 나중에 두 번째 전기 한증 탕과 장작 한증탕이 생기고 세 번째 전기 한증탕과 장작 한 증탕이 들어서자 여자들도 돌아가며 한증탕에 갈 수 있게 되었다. 한증이 끝나면 안마, 발마사지, 성접대 같은 특별 서비스가 제공되었다. 쾌락에 노곤해진 뒤에는 술과 차, 마작 같은 여흥을 원하기 때문에 세상의 번화함 역시 한달음에 자례로 달려왔다.

자례에 그런 업종이 생기고 나서 산으로 광부가 온 것인지, 아니면 광산이 생기고 외지의 광부가 오면서 그런 업종이 생긴 것인지는 알 수 없었다. 어쨌든 모두 하룻밤 사이의 일이었다. 하룻밤 사이에 그런 광산이 생기고 그런 업종이 생겼다. 눈 큰 코쟁이 외국인도 찾아왔다. 그는 승용차로 광산에서 자례까지 와서는 거리 입구에 차를 세운 뒤 휘적휘적 거리를 걷다가 중간에 만두 한 접시를 사 먹었다. 돈이 아주 많아서인지 5위안짜리 만두 한 접시를 먹고 100위안을 냈다. 95위안을 거슬러주자 그는 그 돈을 만둣가게 주인에게 팁으로 주었다. 주인은 서양인의 그런 습관을 믿을 수 없어서 멍

225

하니 있었다. 물건을 살 때 웃어주기만 하면 그 웃음 때문에 더 많은 돈을 지불한다니. 모두 '서양인은 집집에 은행을 갖고 있나' 하고 생각했다.

계속 눈을 떼지 못한 채 지켜보다가 그가 한증탕으로 들어가자 밖으로 나가 서양인이 자례에 왔다는 소식을 퍼뜨렸다. 서양인이 은행을 가진 것처럼 돈을 쓴다는 이야기도 전했다. 그래서 수많은 사람이 모였다. 자례 마을 사람 거의 대부분이 '천외천'의 입구를 에워쌌다. 웃으며 이러쿵저러쿵 떠들면서 서양인이 가게에서 나오기를 기다렸다. 그의 파란 눈과 높은 코, 노란 머리카락, 팔뚝을 덮은 덥수룩한 털을 보려고 했다. 하지만 기다리고 또 기다리는 사이 사람들은 더 이상 웃지 않게 되었고 이러쿵저러쿵 떠들지도 않게 되었다. 대신 위압감이 자례 거리에 자욱하게 스며들기 시작했다. 자례 사람들은 미국인인지 유럽인인지 알 수 없는 사람이 저 가게에서 무엇을 하는지 상상하게 되었다. 한증탕에서 목욕하고 옷을 벗고 입기까지, 장작 한증탕에서 끽해야 30분이면 될 텐데 그 서양인은 가게에 들어간 지 한 시간이 지나도 나오지 않았다. 두 시간이 지나도 나오지 않았다. 세 시간이 되었지만 역시 나오지 않았다. 그는 태양이 하늘에 있어 가을의 따사로움이 막 한증탕을 나설 때처럼 거리를 나른하고 뜨뜻하게 데우고 있을 때 왔지만, 태양이 서쪽으로 넘어갈 때까지 사람들이 입구에서 기다려도 문에서 나오지 않았다.

나무틀에 유리를 박아 넣은 두 짝짜리 문이었다. 유리에는 '어서 오세요, 환영합니다'라고 적혀 있었다. 하지만 유리 뒤로 휘장이 묵직하게 드리워져 안에서 무슨 일이 일어나는지 밖에서는 볼 수 없었다. 마을 사람들은 그곳에서 일어나는 일을 추측할 수밖에 없었다. 서양인이 들어가고 세 시간이 훨씬 지난 뒤, 광산 투자를 위해 역사상 처음 자례에 온 서양인 때문에 차마 눈 뜨고 보기 어려운 일이 그곳에서 벌어졌다. 그가 자례 사람들이 있는 쪽으로 문을 열었다. 사람들은 숨을 참으며 그가 문에서 나오기를 기다렸다. 하지만 왜 그가 나오기를 기다리는지 아무도 몰랐다. 그가 나왔을 때 그에게 무슨 말을 하고 무슨 행동을 해야 하는지도 알지 못했다.

가로막혀 흐를 수 없는 물처럼 시간이 사람들의 목구멍과 새로 조성된 강변 거리에 차올랐다. 상큼하고 노란 햇빛이 서쪽에서 암홍으로 변할 때 유리문이 끼익 소리를 냈다. 사람들의 목이 움츠러들고 가슴이 두근거렸다. 서양인이 상쾌하게 걸어 나오는 게 보였다. 스트라이프 무늬의 회색 양복을 입고 빨간 넥타이를 맨 그의 얼굴이 돼지 간처럼 붉게 빛났다. 머리를 감은 뒤라 머리카락이 왼쪽에서 오른쪽으로 가지런하게 넘겨져 있었다. 그런데 그의 왼팔에, 가을임에도 짧은 치마 아래로 매끈한 다리를 드러내고 가슴이 산처럼 봉긋한 아가씨가 팔짱을 끼고 있었다. 그들이 나왔을 때 사람들은 순간 정적에 빠졌다. 그리고 이내 그 아가씨가 자례 사람이 아닌 것을 확인하고 준비해둔 흙덩이와 달걀, 사과, 잘 익은 황금색 고구마를 서양인과 아가씨한테 던지며 "창녀!" "오입쟁이!" "짐승!" "파렴치한!" 같은 말을 폭풍처럼 내뱉었다.

아가씨가 곧장 안으로 다시 들어갔다.

서양인은 뜻밖에도 멍하니 서 있다가 쏼라쏼라 하며 자례 사람들이 전혀 알아들을 수 없는 말로 따지고 들었다. 먼지 투성이 신발 한 짝이 얼굴에 날아든 뒤에야 그는 어쩔 수 없이 한발 뒤로 물러났다. 그때 주잉이 문을 박차고 뛰어나와 서양인 앞에 서더니 날아오는 욕설과 물건을 막고 모두 찍소리도 못 할 말을 했다.

"개혁 개방 아시죠? 부자 되기 싫어요? 여러분 댁의 아가씨, 자매들이 여러분에게 부쳐준 돈으로 기와집을 지었다는 사실 잊지 마세요!"

침묵이 흘렀다.

주잉은 그 침묵 속에서 서양인을 거리 이쪽 끝에서 저쪽 끝까지, 서양인이 마을 바깥에 세워둔 승용차에 오를 때까지 직접 배웅했다.

물질적 홍성에는 시간의 응원이 필요한 법, 사람들은 차츰 거리의 일을 묵인하고 대수롭지 않게 여겼다. 쿵밍량은 진장이 되자 제일 먼저 유흥업 보호법부터 반포해 그곳에 가는 것을 합법화했을 뿐만 아니라 경제 발전을 촉진하는 일이라고 치켜세우기까지 했다. 그렇게 기세등등하게 공개 석상에 나섰다. 장사가 번창하기 시작했다. 명절에 사람들이 사방팔방에서 시장으로 몰려들듯 거리 이름을 아예 '천외천'이라고 부르게 된 홍등가로 북적북적 사람들이 몰렸다. 뭐 대단할 것도 없었다. 더구나 그 거리에서 일하는 아가씨들은 자례 사람도 아니고 같은 현, 같은 도시 사람도 아니었다. 대부분 다른 성에서 왔고 그중에는 키가 늘씬하게 크고 성격이 시원시원한 북방 사람도 있었다. 자례 아가씨들은 체면과 훗날 시집갈 일을 고려해 남방 화류계에서 돈을 벌거나, 아니면 마을로 돌아와 주잉을 도우며 가게를 경영하고 관리하는 천외천 대로의 팀장이나 지배인이 되었다.

독자적으로 유흥업소를 내는 사람도 있었다. 하지만 결국에는 시설과 서비스, 임금 면에서 주잉의 업소를 따라잡을 수 없어 문을 닫거나 저가 시장을 겨냥했다. 그러다 이듬해 천외천 북단의 사거리에 청징이 '세외도원'이라는 유흥업소를 냈다. 식당을 개조해 안팎을 새로 꾸민 뒤 간판을 바꾸고 사우나와 목욕, 안마 등의 서비스를 제공했다. 그런데 그곳은 장사가 무척 잘됐다. 낮이건 밤이건 주변 공장과 산속 은광, 몰리브덴광 사람들이 무리무리 몰려들었다.

'세외도원'에 경계심을 느낀 주잉이 일부러 시간을 내 청징을 찾아갔다. 청징은 그날 사무실에서 한 외국 상인과 이야기 중이었다. 주잉은 들어서자마자 그가 개점한 뒤 처음 가게에 왔다가 사람들에게 맞았던 서양인임을 알아보고 나긋나긋 웃으며 "여기로 오셨어요? 다음부터는 저쪽으로 오세요. 언제 오시든 반값만 받고 만족하지 못하면 아예 받지 않을게요" 하고 말했다. 서양인이 놀라서 눈을 동그랗게 뜨고 살짝 못 미덥다는 듯 쳐다보자 주잉이 다시 진지하게 말했다. "지금 당장 가서 아가씨를 마음대로 고르세요. 한 번에 둘을 데려가든, 넷을 데려가든, 여덟을 데려가든 한 사람 값만 받을게요." 그러자 서양인이 부자연스럽게 하하 웃고는 감사의 말을 한 뒤 청징의 사무실을 나갔다. 그때서야 주잉은 청징의 사무실을 살펴봤다. 1층 계산대와 마주하고 있어 유리문 너머로 손님이 들어오는 것은 물론 자기 집 아가씨까지 전부 볼 수 있었다. 때마침 아가씨 몇 명이 들어와 문 앞으로 지나갔다. 주잉은 아가씨들 얼굴이 동그랗고 몸이 토실토실하며 가슴이 풍만한 데다 열여덟 살도 되지 않은 듯 금방

줄기에서 떼어낸 수박이나 나무에서 딴 과일처럼 소박하다
는 것을 발견했다.

"와, 전부 신선한 촌년들이네. 어째 장사가 잘되더라니."

그렇게 비웃으면서 사무실 장식과 가구를 훑어봤다. 역시
이렇다 할 만한 게 없었다. 손뜨개 소파 커버와 조금 어수선
한 사무실, 탁자 앞의 단단하고 노란 의자, 탁자 옆의 커다란
옷장 모두 새로 만들거나 산 것이었다. 옷장 문의 하얀 크랙
무늬가 고스란히 보였다. 주잉은 청징의 사업을 조금 얕잡아
보다가 장사가 잘되는 이유를 불현듯 깨달았다. "모두 처녀
였지?" 하고 물을 때 창턱에 놓인 화분 두 개가 주잉의 눈에
들어왔다. 그 꽃 때문에 살짝 놀랐다. 자신이 그녀보다 조금
못하고 머리 하나만큼 작다는 느낌이 들었다. 제철인 9월의
가을 들국화였지만 들국화 줄기에 만개한 것은 4월에 피는
붉은 모란꽃이었다. 모란꽃은 태양처럼 붉고 사람 얼굴만큼
컸다. 모란의 농염한 아름다움과 국화 줄기의 산뜻한 벌판 냄
새가 창턱에서 사무실 안쪽으로 날아들었다. 그 꽃 바로 옆
에 앉은 청징의 얼굴에는 맹렬한 젊은 힘과 아름다움이 응축
되어 있었다. 주잉이 탁자를 사이에 두고 청징 앞에 섰다. 그
녀가 들어왔을 때 청징은 일어나 맞이하지도 않았고 자리를
권하거나 물을 따라주지도 않았다. 심지어 서양인 손님을 빼
냈을 때조차 그녀에게 한마디도 하지 않았다.

청징의 자신감은 뼈처럼 단단하고 얼굴의 차분함은 바람에도 흔들리지 않는 호숫물 같았다.

주잉이 말했다.

"내 장사를 가로챘어. 사실 넌 진에서 월급 받으면 됐잖아. 이 '세외도원'을 열어서는 안 된다고."

청징이 웃었다.

"진장님이 열라고 하셨어요."

"다시 진으로 불러들이라고 해야겠구나. 내 말 한마디면 부를 거야."

청징이 또 웃으며 말했다.

"아닐걸요? 저하고 잤거든요. 그쪽 말을 들을 리 없어요."

주잉은 갑자기 다리가 휘청하며 넘어질 뻔했다. 하지만 심장이 쿵쿵 요동치는 소리를 청징이 듣지 못하도록 힘주어 버텼다. 자신이 하마터면 그녀의 말에 무너질 뻔한 것을 알아차리지 못하도록 했다. 힘껏 버티고 서서 그녀처럼 비웃는 표정을 지으려고 노력했다.

주잉이 말했다.

"잤다고? 그럼 내가 더 유리하네."

"여러 번 잤어요. 내가 그쪽보다 낫다고 하더군요. 그리고 그쪽과 이혼한 뒤 나와 결혼하면 좋겠다고 말했고요."

주잉은 더 이상 아무 말도 하지 않고 청징의 얼굴에서 꽃으로 시선을 옮겼다. 검푸른 국화잎이 커다랗고 빨간 모란을 떠받치고 있는 것을 보았다. 모란꽃 몇 송이는 연노랑빛이었는데 보들보들한 꽃술이 한가운데 이르러서는 연분홍과 하양으로 투명해졌다. 국화 줄기의 모란꽃을 보다가 주잉은 모란 옆 화분에서 금방 마늘이 올라오더니 구기자처럼 작고 빨간 열매가 열리는 것을 보았다. 창밖의 계절을 훌쩍 넘긴 작은 앵두나무 화분에는 빨갛고 작은 고추가 주렁주렁 열렸다. 이윽고 그녀는 눈을 들어 그곳에서 꼼짝도 않는 청징의 얼굴을 뚫어져라 쳐다봤다. 청징의 얼굴에 걸린 득의양양한 웃음이 마치 꽃 같았다.

"마음에 들면 가져가세요."

주잉이 시선을 거두며 말했다.

"필요 없어."

"'천외천' 쪽은 전부 이래. 제일 신기한 건 우리 마당 담장에 핀 강아지풀이지. 사방에 작은 국화가 피었거든. 쑥 냄새까지도 계화꽃처럼 향기롭다니까. 시간 나면 구경하러 와."

"정말이에요?"

"지금 가서 볼래? 내가 데려가줄게."

"진장님이 금방 오실지도 몰라서요. 시도 때도 없이 여기 오시거든요."

그렇게 끝이 났다. '세외도원' 건물을 나와 손님들 자동차

233

와 트랙터, 자전거가 주차된 마당을 지날 때, 주잉은 햇빛이 검은색 같고 건물과 담장이 물 위에 떠 있는 것처럼 흔들린다고 느꼈다. 대로의 인파와 호객하는 고함 소리가 베어져 쓰러진 나무처럼 그녀를 내리눌렀다. 머리가 어질어질하고 방금 들은 청징의 말이 마취제처럼 그녀의 머릿속으로 쏟아져 들어왔다.

3

쿵밍량은 세상에서 제일 좋은 건 역시 권력과 여자, 침대와 베개라고 생각했다. 청징에게서 피곤해진 몸으로 돌아와 베개를 끌어안은 채 잠에 빠질 때면 베개를 아버지나 현장님이라고 부르고 싶었다. 밤이 따뜻한 물처럼 그를 적셔와 춥지도 덥지도 않은 가을밤으로 고꾸라졌다. 거대한 자궁 속으로 돌아간 듯 피곤했던 온몸의 근육과 뼈가 편안하게 펴지는 기분이었다. 회의, 준공 테이프 커팅, 식사, 공문서 검토는 물론 진위원회 신축 건설 현장에도 갔다. 하루라도 현장에 가지 않으면 인부와 작업반장이 공사장의 시멘트와 철근을 훔쳐 갔다. 운전사는 트럭에 가득 실린 흙벽돌을 중간에 팔아먹고, 쇠못 관리자는 공사장으로 가져온 못보다 자기 집 침

234

대 밑에 쑤셔 넣은 못이 더 많았다. 쿵밍량은 진의 경찰을 이끌고 공사장 창고관리를 맡고 있는 얼거우의 집으로 갔다. 얼거우 집에는 공사장 창고처럼 줄, 포대, 목재, 철관, 심지어 공사용 해머와 정까지 한가득 쌓여 있었다. 쿵밍량이 얼거우를 자기 앞으로 불러내 따귀를 한 대 쳤다.

얼거우가 얼굴을 감싸며 억울하다는 듯 소리쳤다.

"밍량, 내가 형이거든!"

쿵밍량이 또 한 대 따귀를 올려붙이자 얼거우가 울며 소리쳤다.

"네가 진장이라고 해도 내가 형이라고! 너를 위해 주청팡 얼굴에 제일 먼저 침을 뱉었던 게 나라는 걸 잊지 마!"

이번에는 얼거우의 허리를 걷어차자 더 이상 형이니 연장자니 하는 소리가 나오지 않았다. 얼거우는 놀라고 겁먹은 눈으로 앞에 있는 사람을 자세히 살펴봤다. 자신이 표를 던져 촌장으로 선출한 쿵밍량이었지만 성격과 표정을 보면 꼭 다른 사람인 것 같았다. 어디가 변했는지는 모르겠지만 더 이상 그 밍량이 아니었다. 쿵밍량이 진에서 데려온 경찰에게 눈짓하자 경찰 둘이 얼거우 손목에 철커덕 수갑을 채웠다. 얼거우는 그때서야 그가 촌장이 아니라 진장이라는 것을 확실히 깨달았다.

얼거우가 후다닥 밍량에게 무릎을 꿇고 울면서 머리를 조아렸다.

"진장님, 제발 봐주십시오. 다시는 훔치지 않겠습니다!"

"진장님, 제발 좀 봐주십시오. 다시는 훔치지 않겠습니다!"

경찰에게 또 눈짓하자 경찰이 창고관리자인 얼거우를 풀어주었다.

하루 종일 진장은 그렇게 자례의 수십 가구를 돌았다. 공사 시공대 대장 집부터 시공대의 벽돌과 석회 운반책 집까지 두루 훑었다. 모두 자례 사람으로 공사장의 벽돌과 기와, 시멘트, 철근, 목재를 훔치지 않은 집이 없었다. 대문을 들어섰을 때 밍량을 보고 냉큼 "진장님" 하고 부르면 너그럽게 처리했다. 훔친 물건을 몰수하고 도둑의 따귀를 몇 차례 때리는 것으로 마무리 지었다. 그에게 "또 훔칠 텐가?" 하고 물으면 "아닙니다"라는 대답이 돌아왔다. "왜지?" 하고 또 물으면 "이미 부자가 되었으니까 법을 지켜야죠. 진장님과 자례 얼굴에 먹칠할 수는 없으니까요"라고 대답했다. 원래 눈치가 빠르고 말솜씨가 좋은 도둑들은 그랬다. 그런 경우 쿵밍량은 만족스러워하며 다른 집으로 향했다. 그러나 어떤 집은 눈치가 없어서 밍량을 보고 진장님이 아니라 형제나 조카라고 불렀다. 진장이 답답해하며 말없이 눈짓했다. 그러면 경찰이 도둑에게 다가가 수갑을 철컥 채운 뒤 발길질로 꿇어앉혔다. 도둑은 어쩔 줄 몰라 하며 "밍량, 우리는 전부 자례 사람이지 않은가. 자네가 나를 백부라고 불러야 하는 걸 잊지 말게!"
하고 진장에게 애원했다. 경찰이 소나기처럼 따귀를 때리는
소리가 짝짝 퍽퍽 쉴 없이 울렸다. 그렇게 때리고는 "또 훔칠
건가? 진장님은 정정당당하신 분이라 도둑질을 제일 증오하
시는 거 모르나?" 하고 물었다. 그는 그때서야 상황을 파악
하고 더 이상 밍량이나 조카라고 부르지 않았다. 대신 "진장
님" "진장님" 하고 연신 부르며 다시는 훔치지 않을 것이며,
다시는 자례와 진장을 욕보이지 않겠다고 약속했다.

어떤 사람은 그래도 사태를 파악하지 못하고 따귀를 맞은
뒤 눈을 부라리며 소리치기도 했다.

"감히 나를 때려? 내가 진장의 숙부라고."

경찰이 또 한 대 쳤다.

"밍량, 내가 맞는 걸 가만히 보기만 할 거야? 네가 촌장 됐
을 때 우리 집 식구 전부 널 뽑았다는 거 잊으면 안 돼."

진장은 아무 말 없이 그 집 식구들이 진에서 훔쳐다 쟁여
놓은 물건과 그 집의 남녀노소를 경멸에 찬 잿빛 얼굴로 쳐
다보기만 했다. 곧이어 경찰이 진장의 얼굴에서 의중을 파악
하고 그 집의 늙은이와 젊은이들에게 "당신들도 함께 훔쳤
지? 전부 꿇어. 흥, 꿇지 않으면 감옥에서 6개월이나 1년을 살
게 될 거야" 하고 윽박질렀다. 가족이 전부 황급히 마당에서
무릎을 꿇었다. 더 이상 진장의 이름을 부르지도 않고 자신이

진장의 숙부니, 백부니, 숙모니 말하지도 않았으며 촌장 선거 때 투표했던 일도 거론하지 않았다. 그저 "진장님, 진장님. 너 그렇게 용서해주세요. 다시는 훔치지 않겠습니다. 다시는 진장님과 자례 얼굴에 먹칠하지 않겠습니다" 하고 외쳤다. 진장이 최종적으로 훑어보고 눈을 깜박이자 경찰이 그들을 풀어준 다음 훔친 물건을 트럭과 수레로 몰수했다.

진장은 온갖 눈짓을 해대느라 눈에 딱지가 앉을 지경이었다. 어찌나 피곤한지 식사를 할 때조차 자고 싶었다. 거리를 걸을 때도 졸음이 몰려와 길가의 전신주에 부딪칠 뻔했다. 자산이 그렇게 모이기 시작했다. 몰수한 물건이 산처럼 쌓였다. 진의 강가 벌판에 엄청난 규모의 창고를 지었지만 다 넣을 수 없어 길가에 쌓고 산비탈 아래에 쌓았다. 진의 발전 역시 그렇게 이뤄졌다. 어제만 해도 엉망진창인 가설물이었지만, 오늘은 건물이 올라가고 인부들이 금세 건물 앞의 쓰레기를 치워 말끔히 정리를 끝냈다. 분명 아침에 공사를 시작했는데 저녁이 되면 길에 아스팔트가 깔리고 다음 날에는 기름 냄새가 풍기는 새 도로 위를 자동차가 달렸다.

진이 우뚝우뚝 일어나기 시작했다. 500무 규모의 진위원회와 진 외부로 통하는 두 도로를 중심으로 모든 것이 건설되었다. 차가 다니게 된 뒤 자례의 경제는 풍선이 하늘로 올라가듯 번화하고 현대화되었다. 피곤에 지친 진장은 한바탕 푹 자야겠다고 생각했다. 거의 보름, 아니 한 달 동안 집에서 자지 못했다. 그는 집으로 돌아와 눕자마자 단숨에 잠들어 사흘 밤낮, 일흔두 시간을 잤다. 밤중에 실눈을 뜨고 두 차례 물을 마신 것과 세 차례 화장실에 다녀온 것을 빼면 일흔여 시간을 내리 잠에 빠져 있었다. 깨어났을 때는 자정을 훌쩍 넘긴 한밤중이었다. 창문에서 달빛이 우윳빛으로 뽀얗게 들어오고 싸늘한 가을 기운이 방 안에서 넘실넘실 흐르고 있었다. 결혼할 때 침대에 붙인 빨간 '희(囍)' 자는 이미 불그데데하게 바래고 침대머리 벽에는 거미줄도 생겼다. 거미줄에서 콩알만 한 거미가 왔다 갔다 했다. 그는 끈적끈적 느릿하지만 가볍게 줄을 오가는 거미의 발소리를 듣다가 몸을 뒤척이고 눈을 비볐다. 아내 주잉이 침대 끝에 앉아 낯선 사람을 보듯 모호하고 이상한 눈빛으로 쳐다보고 있었다.

"안 잤어?"

"깼어요?"

"얼마나 오랫동안 그렇게 앉아서 보고 있었어? 나를 죽이고 싶어 하는 눈빛인데."

"세상에 나보다 더 당신을 사랑하는 여자는 없어."

그가 웃으며 말했다.

"자례 사람들이 훔친 물건을 전부 몰수했어. 이제는 나를 볼 때마다 전부 진장님, 진장님, 하고 불러. 누구도 감히 형제니, 조카니, 이웃이니 하지 못하지."

주잉이 그를 따라서 웃고는 물을 한잔 따라주었다. 그러고
는 "나는 현장이 될 거야. 시장이 될 거야. 현장이 되고 말 테
야. 시장이 되고 말 테야!"라고 끊임없이 잠꼬대를 했다고 말
했다. 그 말에 그가 잠시 멍하니 있다가 한바탕 웃었다. 그러
고는 벽에 걸린 시계를 보고 창문의 달빛과 어둠을 훑어보고
는 옷을 벗으며 이불 속으로 기어들었다. 그녀는 그가 물을
다 마셨을 때 마지막 옷까지 전부 벗었다. 또 그의 옷을 다 벗
기고는 뱀처럼 그의 몸을 휘감으며 침대 머리맡의 불을 껐
다. 하지만 그의 몸을 부드럽게 애무했음에도 더 이상 흥분
을 불러낼 수 없자 다시 불을 켜고 앉았다. 그러고는 그를 바
라보며 정색하고 물었다.

"내가 싫어?"

"피곤해서 그래."

"내가 싫으면 다른 사람을 찾아도 돼요. 청징이나 '세외도
원' 같은 곳을 찾아도 좋아요. 진장이라는 건 아주 피곤한 일
이니까."

그가 그녀를 물끄러미 쳐다봤다.

그녀가 웃으며 다시 말했다.

"당신도 다른 사람을 좀 겪어봐야지. 그냥 진장만 할 수는
없잖아요. 당신 말은 법과 같은데 진장만 할 수 있나. 황제처

럼 처첩에 궁녀를 넘치도록 둘 수 있는데 그냥 진장만 할 수는 없지. 어느 황제에게 삼궁육원(三宮六院)이 없고 수천수만의 궁녀가 없었어? 누구든 죽으라고 하면 죽지 않을 사람이 있었나?"

밍량이 책을 읽듯 말하는 그녀를 바라봤다.

"진에 유흥가를 더 많이 만들어야 해요. '천외천'이나 '세외도원' 같은 곳이 한두 곳이면 안 되죠. 대여섯 곳, 일고여덟 곳을 만들고 진 전체를 유흥가로 만들어야지. 세상 아가씨를 전부 자례로 데려오고. 아가씨가 오면 돈 있는 상인들도 따라올 테고, 그들은 편의를 위해 자례에 투자하겠죠. 외국인들, 외국인이 그곳을 제일 좋아해. 그들은 그것 때문에 자례에 와서 공장과 회사를 열 거야. 자례 거리 곳곳에 커피숍과 음악당, 무도장과 술집이 들어설 때, 외국인과 부자들이 아가씨를 끼고 온 거리를 오갈 때, 자례는 유명한 진, 도시가 될 거예요. 그러면 당신은 현장, 시장이 되고 바러우산맥의 황제가 되는 거지."

남편인 진장을 위해 계획을 늘어놓는 동안 주잉의 혀는 그림을 그리는 것 같았다. 얼굴로 내려온 머리카락을 한쪽으로 쓸어낼 때는 봄날 곳곳에 피어나는 붉고 아름다운 꽃처럼 옅은 홍조가 얼굴에 어렸다. 또 말하는 내내 침대에서 몸을 비틀며 손짓을 해서 벌판을 뛰어다니는 두 마리 토끼처럼 가슴이 허공에서 흔들렸다. 쿵밍량이 그 토끼를 보며 눈을 반짝이다가 갑자기 눈빛을 거두고는 벌거벗은 채 그녀 앞에 무릎을 꿇었다.

"당신한테 잘못했는데도 나를 도와줄 거야?"

"당신은 내 남자야. 당신이 아니면 내가 누굴 돕겠어?"

그렇게 말한 뒤 두 사람은 침대에서 웃기 시작했다. 벗은 몸을 부둥켜안은 채 울고 웃고 떠들었다. 두 사람의 눈물이 상대의 어깨 위로 떨어지고 몸과 이불, 침대를 전부 적셨다. 방금 물에서 건져 올린 것처럼 적셨다.

9장

자연 생태

 새

1

맏이 쿵밍광은 아내와 이혼하기로 결심했다. 다른 이유가
아니라 새로 온 가정부 때문이었다. 샤오추이라는 이십대 가
정부는 물처럼 청순하고 하루 종일 입에 꿀을 발라놓은 것처
럼 달콤하게 말했다. 그녀는 주잉이 시내에서 자례의 '천외
천'으로 데려온 사람이었지만 아무도 그녀가 '천외천' 사람이
라는 것을 몰랐다. 집이 어디냐고 물으면 그녀는 산속이라고
만 대답했고, 몇 살이냐고 물으면 "맞혀보실래요?" 하고 반문
했다. 부모님은 안녕하시냐고 묻자 울면서 벌써 돌아가셨다
며 부모님이 안 계셔서 이렇게 가정부 일을 하는 거라고 말
했다. 그래서 모두 그녀를 동정하고 잘 대해줬다. 점차 그녀

의 얼굴에는 환대받는 고아의 웃음이 피어났다.

항상 꽃구름이 일렁이는 듯한 웃음을 짓고 나긋나긋한 목소리로 조용히 말하고 소리 없이 일해서 존재감이 별로 느껴지지 않았다. 이를테면 아무도 없을 때 '목이 좀 마르네' 하고 생각하면 곧장 물을 대령하고, 땀이 좀 났다 싶으면 어느새 갈아입을 옷을 대령하는 식이었다.

그녀는 선녀였다.

밍량이 진장이 되던 날 중년의 가정부가 떠나자, 며칠 지나지 않아 샤오추이가 주잉의 소개로 쿵씨 집에 들어왔다. 주잉의 생각대로 쿵씨 집안 사람 중 어느 누구도 중년 가정부가 쿵둥더와 말을 많이 하거나, 쿵둥더에게 도리에 어긋나는 행동을 하는 것을 보지 못했다. 그녀는 쿵씨 집에서 빨래와 요리, 차 준비 등을 도맡아 여섯 달 넘게 시중들었다. 차가 필요할 때는 차를, 술이 필요할 때는 술을 내왔다. 그런데 그녀가 떠나고 며칠 되지 않아 주잉은 식사 때 시아버지가 까닭 없이 밥그릇을 한쪽으로 밀어내며 시어머니한테 음식이 짜다고 타박하는 것을 보았다. 또 며느리 친정에게는 옷을 깨끗이 빨지 않았다고 나무랐다. 잠자리에 들 때는 이가 아프고 열이 난다며 의사에게 약을 지어 오게 하고는 정말로 진찰받거나 약을 먹으라고 하면 엎치락뒤치락하며 짜증을 냈다.

어느 날 주잉과 단둘이 집에 있을 때 시아버지가 애원했다.

"가정부를 다시 데려와다오."

주잉은 때가 무르익었음을 알았다. 계획한 대로 추진할 수 있다는 뜻이다. 그래서 샤오추이를 '천외천'에서 집으로 데려왔다. 산골 사람처럼 무명옷과 바지를 입히고 얼굴을 깨끗하게 씻겨 경박한 화장기를 지웠다. 샤오추이는 쿵둥더를 할아버지, 어르신이라고 부르고 시어머니를 할머니, 어르신이라고 불렀다. 그러고는 얼른 소매를 걷어 올리고는 바닥을 쓸고 탁자를 닦고 바닥에 무릎을 꿇은 채 쿵둥더가 떨어뜨려 어디론가 굴러간 둥근 물건을 찾기 시작했다. 모든 것이 원래 살던 집인 것처럼 자연스러웠다. 모든 행동이 자기 할아버지와 할머니를 모시는 것처럼 자유롭고 거리낌이 없었다. 쿵둥더가 주잉에게 중년 가정부를 찾아오라고 또 요구했지만 주잉은 데려오지 않았다. 중년 가정부가 자기 집으로 간 뒤 아무리 돈을 많이 준다고 해도 거절해 어쩔 수 없이 젊은이를 구해 왔다고 말했다. 그러면서 샤오추이가 지난번 가정부보다 음식을 못할 수도 있고 빨래를 깔끔하게 못할 수도 있지만 아주 근면하고 민첩하며 말도 사근사근하게 잘한다고 했다.

그렇게 샤오추이는 쿵씨 집에 살게 되었다.

세 달 후 맏이 쿵밍광은 아내와 이혼하고 샤오추이와 결혼해야겠다고 결심했다. 그 말을 내뱉은 것은 점심을 먹은 뒤 게으른 햇살이 쿵씨 집 마당을 노랗게 물들일 때였다. 참새가 나무에서 비둘기처럼 구구 울고 문밖을 지나는 발걸음 소리가 나뭇잎이 팔랑팔랑 떨어지듯 느릿하고 가벼웠다. 자례가 바람에 차오르듯 번창하고 떠들썩해지면서 강가의 큰길 쪽에 집을 짓는 사람들이 생겨났다. 건물을 다 지으면 장사를 하거나 점포로 세놓았다. 산비탈에 들어섰던 새 건물과 기와집들은 얼마 지나지 않아 휑하니 썰렁해졌으며 사람들 발걸음 소리도 뜸해졌다. 밍량은 너무 바빠 진 정부에서 돌아오지 않는 일이 종종 있었다. 그곳에서 먹고 자는 걸 보면 죽더라도 진 정부에서 죽으려는 것 같았다.

대학입시에 실패한 밍후이는 진에서 일자리를 찾았다. 자례진의 신규 호적과 출생을 관리하는 일로, 매일 증가하는 인구의 통계를 내고 서명하느라 손목이 시큰거렸다. 그는 전력을 다해 일한 뒤 식사하러 갔고 식사를 마치면 곧장 다시 일을 하러 갔다. 반면 큰아들 밍광은 오늘은 학교에 수업이 없다느니, 내일은 며칠 휴가를 냈다느니 하면서 자주 집에 있었다. 그런 식이었다. 진흙처럼 노란 햇살 속에 쿵둥더가 의자에 앉고 샤오추이가 한가롭게 그의 등을 안마하고 있을 때 쿵밍광이 손에 교과서를 들고 겨드랑이에 분필통을 낀 채 방에서 나왔다. 수업하러 학교에 가다 말고 그가 마당에서 샤오추이 쪽을 바라봤다. 샤오추이가 "선생님, 수업하러 가세요?" 하고 묻자 그가 샤오추이에게 고개를 끄덕이고 아버

248

지에게도 인사하고는 평소와 똑같이 문을 나섰다. 그가 나간 뒤 참새도 평소처럼 날아오르고 까치도 늘 그렇듯 쿵씨 집 용마루에 앉아 울었다. 모든 게 평소와 다름없었다. 특별한 게 없었다. 하지만 그가 나간 지 몇 분 되지 않아 돌아왔다. 무쇠 빛을 띤 얼굴로 들어와서는 대문을 걸고 마당 한가운데에 말뚝처럼 똑바로 서서 아버지와 샤오추이의 빨갛고 하얀 놀라움과 의아함을 바라봤다.

"아버지, 드릴 말씀이 있어요."

쿵밍광이 힘겹게 말을 꺼내자 쿵둥더가 큰아들에게 시선을 고정했다.

그가 단호하게 아버지에게 말했다.

"이혼하겠어요. 이혼한 뒤에 샤오추이와 결혼하겠어요. 내일 당장 샤오추이와 결혼하지 못하는 게 한스러워요!"

쿵둥더의 얼굴이 창백해졌다. 의자에 뻣뻣하게 앉아 있다가 고개를 돌려 굳어진 듯 안마를 멈춘 샤오추이의 얼굴을 바라봤다. 샤오추이의 얼굴이 갑작스러운 냉기에 갇혀버린 하얀 구름 같았다. 마치 아무것도 모르는 듯, 눈앞에서 일이 갑작스럽게 터져 어쩔 줄 모르는 듯 입을 반쯤 벌리고 눈을 동그랗게 떴다. 그때 쿵둥더는 담장의 참새가 비둘기처럼 구구 우는 것과 머리 위의 나무와 지붕 위의 까치가 까마귀처럼 깍깍 기괴하게 우는 것을 들었다. 그는 큰아들과 샤오추이 사이에 무슨 일이 있는지 몰랐다. 자신의 큰며느리가 며칠 친정에 다녀오겠다고 간 뒤 왜 보름이 넘도록 돌아오지 않는지 몰랐다. 그가 큰아들에게 물었다.

"친팡은 언제 친정에서 돌아오니?"

밍광이 대답했다.

"돌아오면 제가 죽여버릴 거예요!"

쿵둥더의 창백한 얼굴이 땀으로 뒤덮였다. 그는 큰아들의 뒤틀리고 일그러진 얼굴을 보면서 떨리는 목소리로 소리쳤다.

"그게 얼마나 몹쓸 짓인지 몰라?"

"저와 샤오추이의 결혼을 막는 사람은 누구든 죽여버릴 거예요!"

그가 이를 악물고 말했다. 쿵밍광은 정말로 누구든 죽일 수 있다는 듯 눈에 핏발을 잔뜩 세우고 아버지의 얼굴을 매섭게 노려보며 덧붙였다.

"샤오추이와 결혼한 뒤 이 집을 나가겠어요. 따로 살겠다고요. 분가하면 재산 한 푼 주지 않는다 해도 저는 샤오추이와 살 거예요. 죽든 살든 샤오추이와 평생을 함께하겠다고요."

그렇게 말하고 나갔다.

쿵쿵, 발소리가 문밖으로 향하고 대문이 쾅 닫혔다. 담장의 참새와 나무에 앉은 까마귀가 그 소리에 놀라 날아올랐다. 참새가 비둘기 소리를 내고 까치가 까마귀 소리로 우짖었다. 그가 떠난 것을 확인하자마자 쿵둥더가 획 돌아서 샤오추이의 팔을 잡고 물었다.

"정말이야? 정말? 그게 정말이냐고?"

2

며칠 지나지 않아 밍광의 아내인 차이친팡이 친정에서 돌아왔다.

그리고 집에 들어서자마자 쿵밍광과 싸움을 벌였다. 우당탕, 쨍그랑 물건 깨지는 소리가 뇌우처럼 울렸다. 안개가 자욱한 날이었다. 어둑한 오전 하늘에서 먹구름이 천상의 거마(車馬)처럼 덜커덩덜커덩 피어올랐다. 쿵밍광의 아내는 세숫대야를 마당으로 내던지고 물병을 발밑에서 산산조각 냈으며 남편 얼굴을 피가 나도록 꼬집었다. 쿵밍광의 분필로 벽에 거북과 자라*를 잔뜩 그린 다음 성냥을 꺼내 남편이 학교에서 쓰는 교과서와 학생들 숙제에 불을 붙였다. 그 불빛 속에서 차이친팡이 남편을 노려보며 물었다.

"당신 거북이야?"

* 중국에서 거북과 자라는 성적인 모욕감을 불러일으키는 매우 심한 욕이다.

"말 좀 가려서 하지."

"당신 자라냐고?"

"말 좀 가려서 하라고!"

차이친팡이 물이 끓고 있는 전기주전자를 쿵밍광의 머리에 던지려 하자 쿵밍광이 머리를 감싸고 마당으로 뛰어갔다. 그러다가 마당에서 고개를 길게 내밀고 자신의 방을 살피는 아버지를 발견했다. 그는 아버지를 흘겨보며 그의 얼굴에 매몰차게 침을 뱉고는 "친팡을 친정에서 불러들인 게 아버지라는 거 알아요. 저 가만있지 않을 거예요!"라고 외쳤다. 그렇게 모질게 내뱉고는 대문 밖으로 뛰어나가 양쪽 문을 잡고 친팡이 대문 밖까지 쫓아오지 못하도록 바깥에서 빗장을 걸었다. 머리를 풀어 헤친 채 대문 앞까지 쫓아간 그녀는 몇 차례 대문을 흔들다가 미친 듯이 마당을 돌았다. 그녀가 그곳에 계속 서 있는 시아버지를 노려보며 소리쳤다.

"아버님 아들은 돼지나 개, 자라예요!"

"이혼은 절대 안 된다!"

그녀가 또 욕했다.

"개, 돼지, 자라만도 못한 놈, 그것보다 못해."

"그놈을 손에 쥐고 있어. 이혼만 하지 않으면 네가 원하는 걸 전부 해주마."

그녀도 쿵밍광처럼 그의 면전에 침을 뱉고 안으로 들어갔다. 그러고는 자기 옷과 물건을 챙겨 친정으로 돌아갈 준비를 했다. 영원히 쿵씨 집을 떠날 준비를 했다. 잔뜩 어질러진 방으로 들어갈 때, 물건을 이리저리 발로 차고 찻잔을 집어 맞은편 벽에 던지기도 했다. 그런 다음 바깥방에서 안방으로 들어가 궤짝에서 가방을 꺼내고 옷을 넣기 시작했다. 절반쯤 쌌을 때 문득 사람 그림자가 어른거려 몸을 돌렸다. 시아버지가 들어오는 게 보였다. 그 자리에 선 시아버지 얼굴에 중재와 만류의 기색이 역력했다.

"네가 가면 그 자식이 원하는 대로 되는 거다."

그녀는 듣기만 했다.

"절대 가지 마라. 절대 이혼하지 마."

그녀는 듣고만 있었다.

"자례가 조만간 현성이 되고 도시가 될 것을 너도 알지? 네 시동생인 밍량이 조만간 현장, 시장이 될 것을 알고 있지? 쿵씨 집에 있으면 너는 조만간 현장, 시장의 형수가 될 게다. 하지만 이혼하면, 자례진을 떠나 네 친정으로 돌아가면 너는 진 사람도 아니고 앞으로 도시 사람도 될 수 없어. 평생 농민, 산골 사람이란 말이다."

짐을 꾸리던 그녀의 두 손이 천천히 멈췄다. 난장판이 된 침대가 엉망으로 꺾인 꽃 무더기 같았다. 안개가 자욱한 날이었다. 비가 오기 전의 축축한 기운이 방 안에 깔리고 허공을 맴돌았다. 밝게 켜둔 등불 밑에서 공기가 실처럼 빛났다. 그녀는 그렇게 침대 앞에서 잠시 꼼짝 않고 있다가 몸을 돌려 연로하지만 홍조가 가득한 시아버지의 얼굴을 보았다. 희끗하지만 가닥가닥 힘 있는 머리카락을 보고, 손에 생긴 푸르죽죽한 검버섯과 불뚝불뚝 손등에 튀어나온 힘줄이며 혈관을 보다가 결국에는 뭔가 하고 싶은 말이 있는 두 입술을 다물고 시아버지의 다음 말을 기다렸다.

"네가 한사코 이 집을 나가지 않겠다고 하면 큰놈인들 널 어쩌겠냐?"

"네가 꾹 참고 잘해주면, 쿵씨 집안 자식을 하나 낳으면 그놈도 마음을 다잡을 거다. 그러면 너는 이 집에 엄청난 공적을 쌓는 게지."

"나중에 네가 현장, 시장의 형수가 되면 황제의 형수나 마찬가지니, 그때 네가 얼마나 좋은 시절을 보낼지 나는 상상조차 안 되는구나."

시어머니가 문밖에서 들어왔다. 며느리와 아들이 말다툼으로 시작해서 몸싸움할 때까지 시어머니는 줄곧 본채 지붕 밑에 서 있었다. 얼마나 놀랐는지 움직이지 못하는 병자처럼 문 앞에 서 있기만 했다. 그러다 그제야 조용히 들어와 말없이 허리를 굽히고는 방 안 가득 어질러진 파편과 물건들을 치우기 시작했다. 사방에 널린 유리와 도자기 파편을 쓰레받기에 담아 마당의 담 모퉁이에 쏟아 버린 다음 돌아와서 어지러운 잡동사니를 정리했다. 차이친광도 침대 옆에서 나와 "아버님 말씀대로 할게요" 하며 시아버지를 지나쳐서는 시어머니와 함께 쪼그리고 앉아 물건을 치웠다.

3

집에서 나간 밍광과 샤오추이는 마을 뒤편의 얼거우 집을 빌려 보란 듯이 부부처럼 지냈다. 쿵둥더가 쿵밍량을 찾아가 "너는 네 진장 자리만 중요하고 집에는 관심이 없냐? 네 머저리 형 때문에 얼굴을 바짓가랑이에 박고 다닐 지경이야" 하고 말했다. 그래서 쿵밍량이 큰형 쿵밍광을 만나러 중등학교로—그때 이미 초등학교에서 옮겼기 때문에—찾아갔다. 두 형제는 교문 앞길에 서서 접점을 찾을 수 없는 말을 한바탕 늘어놓고는 각자 볼일을 보러 헤어졌다.

학교는 산비탈 완만한 곳에 있었다. 천천히 걸어 올라가자 봄 햇살을 쬐는 건물과 담장, 증축하느라 세워놓은 가설물, 바람처럼 생기 있고 영원히 뛰어다니는 학생들, 바로 자례중등학교 학생들이 보였다. 형제가 학교 담 모퉁이에 섰을 때 햇살이 비스듬히 비쳐 얼굴과 몸을 샛노랗고 거무스름하게

255

물들였다.

밍량이 형을 힐끗 쳐다보고 비웃음 가득한 말투로 조용히 말했다.

"형이 이렇게 야망이 없는 줄 몰랐어. 천외천 거리의 그 많은 여자를 놔두고 왜 하필 가정부냐고."

밍광이 얼굴을 붉히면서 역시 조용히 말했다.

"샤오추이와 있으면서 사랑이 뭔지 알게 됐어."

밍량이 형에게 입을 삐죽거렸다.

"샤오추이와 헤어져. 내일 당장 교장을 전근 보내고 형을 교장으로 발표할게."

밍광이 웃으며 말했다.

"난 교장 되기 싫어. 사랑이 뭔지 이제 알았다니까."

"사랑은 무슨. 사랑은 그냥 똥이야. 형수랑 잘 지내면서 교장 하고 있으면 나중에 부진장, 부현장이 될 거야."

"사랑은 모란 줄기에 국화가 피는 것과 같아. 모란과 국화만 왜 그런지 알지, 다른 사람은 알 수 없다고."

"중등학교가 나중에 대학이 될 수도 있어. 명예를 소홀히 하면 어떻게 대학 총장이 될 수 있겠어?"

밍광이 애원했다.

"나는 중등학교니 대학이니 관심 없어. 이제 사랑이 뭔지 알았다니까. 너는 내 동생이잖아. 이혼증서 한 장만 만들어

주라. 형수는 우리 사랑의 걸림돌이야."

둘은 그렇게 헤어졌다. 진 전용차가 현에서 열리는 회의로 진장을 태워 갔다. 차에 오를 때 밍량이 밍광에게 "형, 잘 생각해봐!" 하고 소리쳤다.

"난 사랑을 찾았어. 지금까지는 헛산 거나 마찬가지야!"

그 후 밍광은 샤오추이를 데리고 집을 나가서 꽃 피는 봄날 같은 사랑의 시간을 보냈다. 살림집은 얼거우 소유의 집으로 가구와 침대, 그릇 일체가 이미 다 준비되어 있었다. 얼거우는 진의 관리자를 그만둔 뒤 도둑질을 계속했다. 기차는 물론 주변 마을의 공장을 털고 나무를 훔쳐 다른 사람들처럼 재산을 늘린 다음, 진 대로변에 살림집과 세놓을 집을 짓는 한편 옛집도 그대로 소유했다. 옛집은 밍광과 샤오추이가 들어가 살게 되면서 활력이 생겼다. 얼거우는 밍광에게 딱 세 가지만 말했다.

"첫째, 진장의 형이니 살아도 됩니다."

"둘째, 언젠가 당신도 관리가 되겠죠? 그러면 이 집을 선물하겠습니다."

"셋째, 한 가지 약속해줄 게 있습니다. 진장이 나를 예전처럼 형이라고 부르게 해주십시오."

그렇게 해서 그 집에 살게 되었다. 두 사람은 바닥을 쓸고 물을 뿌리고 걸레질한 다음 신혼부부처럼 방 벽에 빨간 '희

(囍)' 자를 붙였다. 커다란 마당에는 갈수록 무성해지는 사과
나무와 배나무가 몇 그루 있었다. 그런데 사과나무에는 배꽃
이 피고 배나무에는 7월임에도 빨간 사과가 주렁주렁 열려
있었다. 대문을 닫자 과수원에 있는 것 같았다. 사과꽃이 분
홍과 하양으로 허공을 수놓고 나무 한가득 호두만 한 파란
배가 가지와 잎 사이에서 흔들렸다. 밍량이 음식을 잘 차려서
는 샤오추이 코앞에 대령했다. 나무 밑에 식탁을 놓아 향긋
한 꽃과 달콤한 과일 냄새가 식탁에 넘실거렸다. 예전에는 샤
오추이가 쿵씨 가족을 위해 요리하고 식탁을 차렸지만 이제
는 사랑 때문에 세상이 뒤바뀌어 밍광이 샤오추이를 위해 요
리하고 식탁을 차렸다. 샤오추이는 공주처럼 누리기만 했다.
학교에 갈 때도 쿵밍광은 미적미적 억지로 나갔다가 학교가
끝나기도 전에 돌아왔다. 돌아올 때마다 채소나 국수, 쌀 같
은 것을 손에 들고 왔다. 샤오추이는 웬만해서는 밖으로 나가
지 않았다. 끽해야 밍광이 나간 뒤 잰걸음으로 '천외천'의 자
매들을 찾아가는 정도였다. 가서도 주잉과 몇 마디 이야기하
고는 곧장 돌아왔다. 그녀 역시 쿵밍광이 나갈 때마다 고기나
생선을 사 오는 것처럼 손에 고기나 생선을 들고 돌아왔다.

한번은 밍광이 채소 한 봉지를 사 들고 학교에서 돌아오다
가 마침 소고기 두 근을 사 들고 거리에서 돌아오던 샤오추
이와 예전 자례촌 사거리에서 마주쳤다. 그들은 사거리의 무

258

덤을 바라보며 함께 웃음을 지었다.

"날씨 정말 좋네. 진에 아주 큰 동광이 또 발견됐다던데."

밍광의 말에 샤오추이가 대꾸했다.

"아닐걸요? 산 저쪽에서 금광이 또 나와서 앞으로는 자례에서 생선이나 고기를 살 때 금을 쓰게 될 거라고 하던데요."

그런 다음 두 사람은 웃으며 서로를 잠시 바라보다가 길에서 입을 맞췄다. 거리는 텅 비어 조용하고 하늘에는 구름 한 점 없었다. 사람들이 진과 공장, 광산에서 바쁘게 일하느라 마을의 거리가 밤처럼 조용했다. 바람 소리와 햇빛, 새와 가금을 빼면 다른 어떤 것의 움직임이나 소리도 없었다. 두 사람은 그 사거리에서 무덤 아래쪽에 머리를 놓고 채소와 고기를 비석 위에 놓은 뒤 들썩들썩 한바탕 남녀 간의 일을 벌였다. 일을 끝낸 다음 옷을 입고 먼지를 털던 둘은 신기하다는 듯 자신들을 바라보는 개 한 마리를 발견했다. 그들은 개한테 돌을 몇 개 집어 던지고 마을 뒤편의 집으로 손잡고 걸어갔다. 집을 찾지 못해 길을 왔다 갔다 뛰어다니는 개처럼 사랑이 둘의 손가락 사이를 오가며 손가락에서 찌릿찌릿한 전율과 두근거림이 일었다. 얼거우의 집으로 돌아가 문을 닫자 나무 위를 날아다니는 꿀벌과 나비가 또 보였다.

샤오추이가 말했다.

"제가 요리할게요. 저는 가정부고 당신은 지식인이니까."

"책은 개똥이야. 당신은 세상 모든 지식인의 여왕이고 사전이지."

　그런 다음 밍광이 그녀의 손에서 채소와 고기, 그릇을 빼앗고는 채소를 씻으면서 그녀가 웃옷 벗는 것을 보았다. 그가 고기 핏물을 뺄 때 그녀가 옷을 또 하나 벗었다. 그가 재료를 다 씻고 부엌으로 들어갈 때 그녀의 옷은 전부 나무에 걸려 있었다. 빨간 치마와 보라색 작은 내의는 휘날리는 두 개의 깃발 같았고, 노란색 스웨터는 활짝 핀 들국화 같았다. 그가 일을 하나씩 할 때마다 그녀가 그의 앞에서 옷을 하나씩 벗어 나무에 걸거나 걸상에 대충 올려놓았던 것이다. 그녀가 옷을 전부 벗었을 때 그도 고기와 채소 준비를 전부 마쳤다. 한 사람은 부엌 안에, 다른 한 사람은 부엌 바깥에 섰다. 초여름의 습한 따사로움이 끓는 물처럼 마당을 적셨다. 빨간 벽돌을 쌓은 담장이 시뻘건 불처럼 그녀를 에워쌌다. 멀리 공장에서 기계 소리가 쿵쿵 찧듯이 들려오고, 산기슭 강변 거리의 번화함과 떠들썩함이 낮은 현 소리처럼 웅웅 울렸다. 그들은 그렇게 그 시절의 음악 속에서, 정신 나간 귀신이 몸에 들러붙은 것처럼 거침없었다. 세상과 그들에게는 성애만이 있을 뿐 다른 것은 없었다. 밍광은 그녀의 몸에서 짙은 분 냄새를 맡고 벌거벗은 몸이 햇빛 아래서 보드랍고 강렬하게 빛나는 것을 보았다. 몸의 윤기는 햇빛이 투과된 구름 같고 얼굴의 복숭아꽃 같은 웃음은 물속에서 비춰오는 등불 같았다.

그녀가 물었다.

"예뻐요?"

"이혼할게."

그가 곧장 대답하자 그녀가 웃었다.

"당신과 결혼하고 싶어요. 아무리 가난하고 추해진대도 상관없어요."

"난 돈을 아주 많이 벌 수 있어. 학교의 모든 학생에게 매 학기마다 학비를 더 많이 내라고 하면 돼. 그 학비는 전부 우리 돈이지. 당신이 다 쓰지 못할 만큼이야. 어디에 다 담을 수 없을 만큼 많다고."

그녀가 정색하며 웃음을 거뒀다.

"얼른 이혼해요. 못 기다리겠어."

"올해 안에 이혼할게."

"못 기다려요."

"이달 안에 이혼할게."

"못 기다려요."

"오늘 이혼할게."

"못 기다려요."

"밥 먹고 나서 이혼하러 갈게."

그녀가 잠시 생각에 잠겼다가 고개를 끄덕이고는 틀어 올린 머리를 풀어 새까만 머리카락을 어깨 위로 내려뜨렸다. 그런 다음 그를 스치며 마당에서 부엌으로 들어가 음식을 만들기 시작했다. 벌거벗은 채 그를 위해 요리하면서 반짝이는 빛줄기처럼 부엌을 왔다 갔다 했다. 둘이 부딪칠 때마다 그의 손가락이 그녀의 젖무덤에 닿았다. 그녀가 그의 손을 치우면서 "얼른 헤어져요. 못 기다리겠어요" 하고 또 말했다. 그러고는 그를 한 차례 흘겨본 뒤 벌거벗은 채 계속 음식을 만들었다. 여덟 가지 요리를 만들고 탕을 두 종류나 끓였다. 그녀는 마당에 새로 삿자리를 깔고 음식을 내왔다. 따뜻하고 환한 햇살이 삿자리에 빛을 뿌렸다. 그녀가 완전히 벌거벗은 몸으로 삿자리에 눕자 보드라운 피부가 햇살 속에서 옥처럼 하얗게 빛났다. 마치 마노로 만든 조각상 같았다. 이어서 그녀가 옆에 놓아두었던 요리 접시를 하나씩 조심스럽게 자신의 가슴 위 젖무덤 사이와 아랫배, 허벅지 위에 올려놓은 다음 그를 위해 차린 나체 연회를 즐기라고 했다. 또 준비해둔 독한 백주(白酒)와 젓가락을 그의 손에 쥐여주고는 다시 한번 말했다.

"얼른 헤어져요. 못 기다리겠다고요!"

젓가락을 든 그의 오른손이 살짝 떨렸다. 왼손으로 하얗고 파란 접시에 덮인 그녀의 옥 같은 몸을 더듬으려다가 왼팔 전체가 덜덜 떨리는 것을 발견했다. 그녀의 사과처럼 빨간 얼굴과 눈처럼 하얀 삿자리 위로 떨어진 새까만 머리카락과 나무 그늘 밑에서 더 까맣게 빛나는 동글동글한 눈을 보았다. 접시 사이로 봉긋하게 솟은 젖꼭지와 도자기 그릇보다 더 곱고 윤기 나는 피부, 자신을 바라보는 눈 같은 배꼽을 보면서 마른 입술을 핥고 목구멍에 고인 침을 삼킨 뒤 시선을 들어 마당의 햇살을 보았다. 그러고는 불처럼 강마른 목소리로 "당장 가서 이혼하면 되겠어?" 하고 물었다.

"매일 한 번씩 나체 연회를 열어줄게요."

그는 아무 말 없이 손에 든 젓가락을 그녀 복부 한가운데 있는 생선조림 위에 놓고 이혼하러 가기 위해 자리에서 일어났다. 민첩하고 결연한 걸음으로 대문까지 갔을 때 그가 다시 고개를 돌려 그녀에게 말했다.

"움직이지 마. 이혼증서 못 가져오면 당신 몸에 있는 접시랑 국그릇을 전부 내 머리에 엎어!"

그녀가 온몸을 덮은 접시와 국그릇 밑에서 그에게 시선을 맞추며 알겠다는 듯 고개를 끄덕였다.

4

쿵밍량은 진의 공회당에서 조속한 현 승격을 위한 궐기대회를 주최하고 있었다. 워낙 중대한 사안이라 온종일 회의가 계속되고 있을 때 비서가 의장석에 앉아 있던 그를 연단 뒤로 불러냈다. 연단 뒤에는 휘장과 탁자, 조명, 의자, 전선, 자주 사용하는 징과 북 그리고 몰래 정사를 벌이며 사용한 휴지와 여자들이 내던진 다 쓴 생리대가 널려 있었다.

휘장 뒤로 가자 형 쿵밍광이 누리끼리한 얼굴로 비 오듯 땀을 흘리며 서 있었다. 형은 그가 갈 때까지 기다리지 못하고 다급하게 다가와 절박한 듯 말했다.

"밍량, 내가 무릎을 꿇어야겠니?"

쿵밍광이 정말로 동생 앞에 무릎을 꿇었다.

"네가 촌장이 될 때 이 형이 연설문 써준 걸 기억해다오. 마을을 진으로 바꾸려고 할 때도 모든 자료의 초안을 형이 대신 써주었잖니. 형이 작성한 게 수백수천 장은 될 거야. 하지만 형은 네가 딱 한 장만 갚아주었으면 한다."

밍광이 무릎을 꿇은 채 걸어오고 꿇은 채 말하는 바람에 밍량은 놀라서 몇 걸음 뒤로 물러났다. 탁자 모서리에 허리가 찔렸을 때에야 당혹스러움에서 벗어날 수 있었다. 그는 자신을 연단에서 불러낸 비서에게 한쪽으로 물러나라고 하고는 앞으로 걸어가 형을 일으켜 세웠다.

"일어나서 말해!"

밍광이 몸을 아래로 늘어뜨리며 말했다.

"종이 한 장만 갚아달라는 거야."

"무슨 종이?"

"이혼증서."

"형, 정말 미쳤어?"

밍광의 목소리가 격해졌다.

"난 사랑에 빠졌다고. 사랑에 빠져서 너한테 종이 한 장만 갚아달라는 거야. 네가 지금 그 종이를 줄 수 없다면 우리 쿵 씨 집안에 진장과 진이 있는 게 무슨 소용이야. 내가 진장의 형이라는 것도 아무 소용 없지. 네가 내일 현장이 된다고 해도 나한테 너라는 동생이 있는 게 무슨 소용이냐고."

쿵밍량은 그 자리에서 형을 보기만 했다. 밍광이 물었다.

"너는 왜 진장이 됐어? 쿵씨 집안을 위해서 아니야?"

쿵밍량은 그 자리에서 형을 쳐다보기만 했다.

"그 종이 한 장도 못 해주는데 진을 현으로 만들고 네가 현 장이 된들 무슨 의미가 있어?"

밍량이 형을 쳐다보기만 했다.

"그 종이 한 장도 못 해주는데 우리 쿵씨 집안에서 현장, 시 장, 황제가 나온들 무슨 의미야?"

쿵밍량의 얼굴에 푸른 기운이 한층 더 어렸다. 그는 형 얼 굴에 침을 뱉었다. 그리고 손으로 입을 닦은 뒤 그곳에 꿇어 앉아 고개를 치켜들고 이야기하는 형을 바라보다가 뒤쪽 멀리에 있는 비서를 불러 몇 마디 지시한 다음 형을 이끌고 공회당 바깥으로 향했다. 연단의 강연 소리가 확성기를 통해 웅웅거리며 공회당 구석과 벽까지 퍼졌다. 벽에 부딪힌 소리가 기슭에 부딪혔다가 되돌아가는 물 같았다. 형제는 그 소리 속에서 물러났다. 밍량이 앞에 서고 형이 뒤따랐다. 빠른 걸음으로 대로를 통과하고 작은 골목 두 개를 지났다. 땀을 뻘뻘 흘리며 걷는 내내 누군가를 죽이러 가는 것처럼 서로 한마디도 하지 않았다. 집에 도착해서 형수 차이친팡이 장 보러 간 것을 알았다. 가정부인 샤오추이와 밍광이 나간 뒤 그녀는 시아버지에게 의지하면서 집안일을 도맡았다. 할 수 없이 밍량은 먼저 시장에 사람을 보내 형수를 찾아보게 하고는 형을 이끌고 시장으로 향했다. 그리고 다리 길목에서 소식을 듣고 돌아오는 형수 친팡을 만났다.

진은 이미 구석진 다릿목까지 노점상으로 넘쳐날 만큼 번화하고 떠들썩하게 바뀌었다. 전자시계와 갈색 선글라스 장수가 한 집 건너 들어서고, 희곡을 즐기는 사람들이 다릿목의 물소리와 바람 속에서 현을 켜며 한 대목을 불렀다. 그럴 때면 노래하는 사람이건 듣는 사람이건 전부 목과 현, 귀로 일상의 풍족함이 드러났다. 진장이 형을 이끌고 다릿목에서 형수를 만났을 때 형수의 바구니에는 아직도 물기가 촉촉한 채소가 담겨 있었다. 채소 장수들이 뒤따라오며 싱싱한 채소를 그녀 바구니에 담아주고 "저희 채소도 가져가세요. 진장님에 대한 저희 성의라고 생각하고 제발 저희 채소도 좀 드세요!" 하고 말했다. 진장과 형이 다릿목에 도착했다. 사람들이 몰려들어 주위를 빙 에워싸고는 조용히 진장이 하는 말을 들었다.

"형수, 이혼하세요. 형수가 떠나는 게 쿵씨 집안을 돕는 거예요."

"이혼이 뭐 별건가요. 장사하는 셈치고 이혼을 4만 위안에 팔면 어때요?"

"8만 위안은요?"

"10만 위안에도 안 팔 거예요?"

형수는 말없이 멍하니 진장의 얼굴을 바라봤다. 그녀의 이마에 새빨간 홍조와 땀이 맺혔다. 이미 점심때를 지나 약간 서쪽으로 옮아간 햇빛이 불타는 홍시처럼 앞쪽에 걸려 따갑고 뜨겁게 그녀의 눈을 자극했다. 구경하던 사람들, 방금까지 바구니에 채소와 생선, 고기를 넣어주던 사람들이 진장의 말뜻을 알아듣고 놀라서 크고 작은 소리로 "10만! 10만! 정말 10만이라고!" 하며 외쳤다. 놀라움이 가신 뒤에는 진장 대신 "괜찮은 장사예요. '천외천' 아가씨들이 평생 몸을 팔아도 이 이혼만 못해" 하며 차이친팡을 설득했다. 모두 놀라고 부러워하며 이혼을 권했다. 차츰 평정을 찾은 차이친팡이 말없이 진지하게 진장을 바라봤다. 결국 진장이 조급해졌다. 그

는 주머니에서 백지 열 장을 꺼내 쪼그린 채 무릎에 펼치고
는 하나하나 서명했다. 오른쪽 아래쪽에 서명한 백지를 전부
형수에게 건네며 "이렇게 해요. 나중에 형수와 형수 집에 큰
일이 생길 때 이 종이를 써요. 내 서명이 있으니까 전부 해결
될 거예요"라고 말했다.

차이친팡이 서명된 백지를 살핀 다음 조심스럽게 접어 손
에 쥐고 마침내 입을 열었다.

"한 가지 더 있어요."

"말씀하세요."

"이혼한 뒤에도 나를 형수라고 불러줘요. 현장, 시장이 된
뒤에도 형수라고 불러요. 남들에게 우리 시동생 밍량이 진
장, 현장 혹은 시장이라고 말할 수 있게 해줘요."

진장이 승낙했다.

그때 형 쿵밍광은 다릿목에 몰려든 인파를 피해 어느 담
모퉁이에 서 있었다. 그는 사람들이 흩어지고 아내가 발걸음
을 옮길 때에야 그곳에서 나와 아내와 마지막으로 눈을 맞
췄다. 아내가 그의 얼굴에 침을 뱉었다. 그때 동생 쿵밍량이
"가서 이혼해. 진장의 형이니까 진에서 합법적으로 처리해
야지. 민정 부서에 가면 바로 이혼증서를 받을 수 있을 거야"
하고 형에게 말했다. 그는 종이를 또 한 장 꺼내 쪼그린 채 무
릎에 대고 몇 줄 적은 다음 '진장 쿵밍량'이라고 사인해 형에

게 건넸다. 그러고는 조속한 현 승격을 위한 궐기대회를 주재하러 서둘러 공회당으로 돌아갔다.

쿵밍광이 이혼증서를 손에 넣었을 때 태양은 이미 서쪽으로 기울고 있었다. 손바닥만 한 빳빳하고 빨간 종이에 찍힌 진 민정 부서의 인장으로 그와 아내를 묶어두었던 한 가닥 끈이 드디어 풀렸다. 당연하게도 그는 가정부 샤오추이와 결혼할 작정이었다. 진 정부에 갔더니 사람들로 북적이고 부서마다 회의하고 전화받느라 무척 바빴다. 진 대로에도 사람들이 북적였다. 물건을 사는 사람, 파는 사람, 가는 사람, 오는 사람, 낯선 사람, 익숙한 사람들이 서리 내린 가을날의 노랗고 빨간 나뭇잎 같았다. 많은 사람이 그에게 고개를 끄덕이거나 말을 붙였지만 그는 못 들었거나 못 본 척하며 마을 뒤편의 집을 향해 잰걸음을 놀렸다. 샤오추이가 벌거벗은 채아직도 나무 밑에 있을까 봐, 그래서 나무 그늘이 사라지고햇빛이 곧장 그녀 몸을 비출까 봐 걱정이 됐다. 어쩌면 기다리다 지쳐서 몸에 올려놓았던 그릇들을 치우고 옷을 입은 다음 마당에서 기다릴 수도 있었다. 하지만 어쩌면 그렇게 하지 않고 줄곧 나무 밑에 벌거벗은 채 누워 있을지도 몰랐다. 그가 이혼증서를 가지고 돌아오면 온몸에 차린 나체 연회를이어서 즐기려고. 식사를 마치면 두 사람은 마당에서 천지가뒤흔들리고 귀신마저 놀랄 사랑을 벌일 것이다. 그런 다음

아무 때나 그녀와 민정 부서로 가서 혼인신고를 하고 사랑에
미친 나날을 영원히 함께 보낼 생각이었다.

진은 평소와 똑같았다. 쿵밍광을 빼고는 어느 누구도 저쪽
마당에 백옥 같은 아가씨가 삿자리 위에 실오라기 하나 걸치
지 않은 맨몸으로 누워 있는 것을, 가슴 사이와 유방 옆, 배와
허벅지 위에 여덟 가지 요리와 두 종류의 탕을 올려놓은 채
누워 있는 것을 몰랐다. 그 요리와 탕은 그녀가 전라의 몸으
로 정성껏 볶고 준비한 것이다. 증기와 향기가 그녀의 달콤한
피부 냄새와 뒤섞여 정원의 나무 밑에서 흩날리며 휘발되었
다. 세상은 바보처럼 아무것도 알지 못했다. 오직 그와 그녀
만이 남자와 여자의 수많은 비밀과 쾌락을 알았다.

오직 그만이 샤오추이가 주는 쾌락이 세상 다른 남자들은
평생 경험할 수 없으며 들어본 적도 없는 것임을 알았다.

진 뒤쪽 마을에 도착했을 때 거리에는 인적이 거의 없었
다. 쿵밍광은 뛰다시피 집으로 들어갔다. 문을 열고 이혼증
서를 보이며 "우리 결혼할 수 있어!" 하고 외쳤다. 하지만 이
내 문 앞에서 굳어져 한참을 움직이지 못했다.

그녀는 나무 밑에 벌거벗은 채 누워 있지도 않았고 옷을
입고 마당에서 그를 기다리고 있지도 않았다.

삿자리를 펼쳐놓은 나무 밑에서 그늘이 옆으로 옮아가 햇
살이 온통 삿자리를 적시고 있었다. 그녀 몸에 있던 여덟 개

의 요리와 두 종류의 탕이 삿자리 위에 흩어져 있고 까마귀와 참새, 비둘기, 방울새가 정신없이 쪼아 먹고 있었다. 검정, 회색, 노랑, 빨강 10여 종의 새가 종별로 10여 마리씩 날아와 서로 뒤질세라 요리와 탕을 다급하게 쪼아 먹었다. 몇 년 동안 눈에 띄지 않았던 꿩과 야생 공작 두 마리도 그 속에서 먹을 것을 놓고 다투었다. 마당은 새들의 대회장 같았다. 배불리 먹은 새는 옆쪽에서 구구 울면서 뛰어다니거나 나뭇가지와 담장으로 올라갔고 덜 먹은 새는 기를 쓰며 쪼아댔다. 문소리가 나자 어떤 새는 놀라서 몸을 돌려 그를 바라봤고 어떤 새는 보기는커녕 아랑곳하지 않고 다 먹은 접시에서 다른 접시로 폴짝 뛰어갔다.

순간 가슴이 싸해졌다. 그가 큰 소리로 "샤오추이! 샤오추이!" 하고 부르며 새 떼를 지나갔다. 방 안에 들어섰을 때 이미 샤오추이가 사라진 걸 알 수 있었다. 그녀의 옷과 가방도 함께 사라졌다.

그 후 쿵밍광은 마치 세상에 샤오추이가 없었던 것처럼, 그와 그녀의 이야기가 없었던 것처럼 다시는 샤오추이를 보지 못했다.

나무

쿵둥더는 샤오추이와 밍광이 집을 나간 뒤 말수가 확 줄었다. 몸에서 뼈대와 근육을 빼내기라도 한 듯 힘없이 늘어지고 식사 때 생선과 고기가 나와도 맛을 느끼지 못했다. 화를 낼 때만 힘이 돌아오는 것 같았다. 아내가 식사 때마다 코앞에 음식을 가져와 "한 입만 드세요" 하고 애원해도 그는 획 돌아서서 부엌으로 가 큰며느리에게 "그놈은 죽느니만 못하다. 죽어야 세상이 평화로워질 게야" 하고 속삭이곤 했다.

샤오추이는 그 집에 있는 동안 노인의 말을 제일 잘 들었다. 쿵둥더가 만두를 먹고 싶다고 하면 원보* 모양으로 빚어

---

* 元寶: 말발굽 모양의 옛날 화폐.

오고 어묵완자를 먹고 싶다고 하면 옥돌과 마노 모양으로 만들어 내왔다. 가끔씩은 밀반죽에 고기소를 넣어 관인(官印) 모양으로 정성껏 빚어 끓이거나 얇게 편 반죽을 100위안짜리 화폐만 하게 썬 뒤 그 위에 흐릿한 화폐 도안을 새기기도 했다. 한번은 부엌에서 바쁘게 일하던 그녀가 밀반죽을 관인 모양으로 만들려다가 반죽이 너무 질어 끓이고 나니 유방 모양으로 변한 적도 있었다.

관인 같으면서 유방 같은 음식을 건네받은 뒤 그는 먹는 내내 고개를 들어 샤오추이의 가슴을 바라봤다. 샤오추이는 그의 시선을 받으며 가만히 서 있다가 그가 음식을 다 먹은 뒤에야 빈 그릇을 들고 나갔다.

나중에 샤오추이는 큰아들 밍광과 좋아졌다.

그 후에는 함께 집에서 나갔다. 더 이상 샤오추이를 볼 수 없게 된 그는 식욕을 잃고 화내는 것으로 시간을 보냈다. 그날 그는 갑자기 며느리 친팡에게 밀가루를 관인처럼 반죽하라고 이르면서 조금 질게 반죽하고, 신선하고 야들야들한 채소도 한 접시 볶아달라고 했다. 그래서 며느리 친팡은 부엌에서 밀가루를 반죽한 뒤 신선하고 부드러운 채소를 사러 거리로 나갔다. 친팡이 집을 막 나갔을 때 마을에서 한 사내아이가 뛰어 들어와 쿵둥더 손에 뭔가를 쥐여주고는 다시 뛰어나갔다. 그때 마당에 앉아 햇볕을 쬐며 까물까물 졸던 쿵둥더는 물건을 보자마자 잠기운에서 완전히 벗어났다. 뭐라 말할 수 없이 정신이 또렷해지고 피가 다리에서 머리로 아주 강력하게 솟구쳐 올랐다. 그는 나무 밑에서 벌떡 일어나 잠시 멍하니 있다가 집 안으로 들어갔다. 낡은 옷을 전부 벗고 잘 다림질된 새 옷을 입은 뒤 쿵쿵거리며 바깥으로 향했다.

마당에서 밀을 빻던 아내가 고개를 돌려 물었다.

"어디 가요?"

그가 퉁명스럽게 대답했다.

"죽으러 가!"

아내가 황당해하며 되물었다.

"어디로 죽으러 가요?"

그가 고개도 돌리지 않은 채 말했다.

"병 다 나았으니까 모두 나한테 신경 끊어."

그는 사내아이가 전해준 물건을 손에 쥐고 문밖으로 향했다. 젊었을 때처럼 다리에 단단하고 알찬 힘이 들어가 문틀을 잡지 않고도 어린아이처럼 훌쩍 문턱을 넘었다. 아내가 깜짝 놀라 그가 눈앞에서 사라질 때까지 쳐다보다가 고개를 돌려 "죽으면 좋지!"라고 말한 다음 다시 밀을 빻기 시작했다.

쿵둥더는 마을 동쪽의 황량한 숲에 도착했다. 진과 마을에서 반 리 정도 떨어진 산비탈에 비스듬히 자리 잡은 숲이었다. 멀지 않은 숲가에 현장 후다쥔이 진장일 때 주잉을 위해 세운 거대한 석비가 살짝 기울어진 채 있었다. 샤오추이는 바로 그곳에서 그를 기다렸다. 초가을의 나무가 여전히 푸르고 무성했지만 검푸른 나뭇잎마다 흙이 한 층씩 덮여 있었다. 나뭇가지에 걸린 비닐봉지가 바람이 불 때마다 펄럭거려 나무와 하늘이 청명절 묘지에 놓는 하얀 종이꽃으로 뒤덮인 것 같았다. 북방의 새들이 숲 여기저기를 날다가 피곤해지면 주잉의 비석에 내려앉아 쉬었다. 샤오추이는 바러우 사람들과 달리 옷을 세련되게 차려입고 있었다. 통바지에 허리가 잘록하고 몸에 꼭 끼면서 깃이 달린 작은 윗옷을 받쳐 입고 목 아래로 드러난 백옥 같은 목에는 가짜 금과 옥, 큐빅으로 장식된 목걸이를 걸었다. 그녀는 그곳에서 쿵둥더가 오기를 기다렸다. 커다랗고 빵빵한 여행 가방은 거대한 비석 받침대에 놓았다. 손녀뻘 여자아이가 할아버지뻘 노인을 기다리는 것 같기도 하고, 오랫동안 만나지 못한 연인과의 재회를 기다리는 것 같기도 했다. 그녀는 쿵둥더가 오는 것을 보고 길 중간까지 몇 걸음 나왔다. 그러고는 지상에 그려놓은 조감도를 보듯 산 아래 발전된 진의 모습을 앞뒤 좌우로 살펴봤다. 산 저쪽의 류자거우와 장자링 마을도 진과 한데 연결돼 우뚝한 건물이 즐비했다. 흙길에서 시멘트 길로 바뀐 산마루 길에 광석을 가득 실은 트럭이 우당탕 소리를 내며 지나갔다. 트럭이 지나간 뒤 쿵둥더가 그녀 앞에 번쩍 나타났다. 누르스름한 얼굴이지만 언뜻언뜻 결렬하게 흐르는 피가 비치고, 흐릿하고 탁한 눈빛이지만 간절한 뭔가가 팔딱이고 있었다.

샤오추이가 쿵둥더를 보며 웃었다.

"오셨어요?"

그가 저만치 놓인 그녀의 여행 가방을 보며 물었다.

"어디 가?"

"이리 오세요."

사방을 신중하게 둘러본 뒤 쿵둥더가 그녀를 따라 숲으로 향했다. 그곳은 원래 농경지였다. 마을이 화려한 진으로 변모한 뒤 사람들은 돈을 버느라 더 이상 곡식을 심지 않았다. 몇 년 만에 땅은 황폐해져서 잡초와 잡목만 남았다. 사람이 심은 회화나무, 오동나무, 느릅나무, 멀구슬나무와 바람과 새가 이곳저곳에 씨를 뿌린 살구나무, 감나무까지 어느새 손목만큼 팔뚝만큼 굵어졌다. 한 감나무에는 가을날의 감처럼 타는 듯한 붉은 귤과 오렌지가 열려 있었다. 원래는 주렁주렁했지만 바람과 벌레, 진의 아이들 때문에 다 떨어지고 이제는 높은 가지에 몇 개만 둥글둥글하게 남았다. 꼭 감나무가 귤과 오렌지 모양의 홍등을 들고 있는 것처럼 보였다. 발밑에서 휘감아 오르는 들풀은 영원히 지면을 기는 천문동이었지만 쑥 같은 줄기를 뻗고 허공에서 색색의 작은 꽃을 피워냈다. 그들은 그렇게 늙은이와 젊은이로 앞서고 뒤따르며

276

잡목이 우거진 숲으로 들어갔다. 그들 뒤로 비석과 도로가 수백 년 전 물건처럼 산과 길가에 남겨졌다. 지나가는 자동차의 경적 소리가 자극적이면서 또랑또랑했지만 딴 세상 소리처럼 아득하고 모호하게 들렸다. 숲 가운데 있는 귤과 오렌지가 열린 감나무 밑에 도착했을 때 그녀가 가방을 풀덤불 위에 내려놓고 웃으면서 돌아섰다. 얼굴은 온통 젊음의 유혹으로 가득했다.

"큰아드님한테 완전히 속았어요. 저는 어려서 아버지와 어머니를 잃고 할아버지와 할머니도 안 계셔서 어르신을 뵙자마자 제 아버지와 할아버지처럼 생각했어요."

"제가 마음에 품었던 건 어르신인데 큰아드님이 제가 어르신께 잘해드리는 걸 막았어요."

"저는 그 사람한테 이미 몸을 빼앗겨 어르신께 제 몸을 드릴 수가 없어요. 제 몸을 아드님께 주고 나서 어르신께 드린다면 세상 사람들이 결코 용서하지 않을 거예요."

그렇게 말하고는 울기 시작했다. 들꽃 한 포기가 그녀의 울음소리로 인해 순식간에 선홍빛에서 슬픈 검은빛으로 바뀌었다. 눈물이 얼굴에서 바닥으로 굴러떨어지고 나뭇잎 위에서 부서졌다. 나뭇잎도 울었다. 나뭇가지와 줄기도 모두 울었다. 아랫입술을 깨물어 최대한 울음소리를 삼켰다. 더이상 어깨가 떨리지 않게 되자 그녀는 슬픔 속에서 비틀비틀 빠져나와 손으로 눈물을 훔쳐낸 뒤 혀로 윗입술과 아랫입술을 핥았다. 그러고는 멍하니 서 있는 쿵둥더를 바라보며 하늘을 뒤흔들 말을 조용히 했다.

"제 몸을 드릴 수는 없지만 보여드릴게요."

바람이 숲 바깥에서 불어와 서쪽으로 향하다가 다시 북쪽으로 굽이돌아 갔다. 말을 마친 그녀가 단추를 풀기 시작했다. 팔을 들어 윗옷을 벗고 다시 팔을 치켜올려 몸에 꼭 맞는 내의를 벗자 새빨갛고 현란한 브래지어가 드러났다. 바람을 제외하면 숲에 아무런 기척이 없었지만, 샤오추이의 몸에서 천둥 번개가 쉬지 않고 치면서 그의 몸으로 부딪쳐왔다.

풀밭에 던지고 나뭇가지에 건 옷들이 색색의 깃발처럼 숲에서 흔들렸다. 밍광에게 벗은 몸을 보여준 것처럼 그녀는 그곳에서도 순식간에 몸을 드러냈다. 브래지어를 벗는 순간 산에 지진이 났다. 흔들리던 숲이 겨우 평온해졌을 때 그녀가 다시 마지막 남은 망사 팬티를 벗었다. 그러자 숲과 산이 또 쉬지 않고 흔들흔들 요동쳤다. 그녀는 눈물을 흘리며 그를 향해 웃음 지었다. 그 때문에 시들었던 모든 나무에서 다시 빨갛고 노란 꽃이 활짝 피어났다. 잡목 사이에서 말라 죽은 풀도 전부 되살아나 봄날처럼 짙은 풀 냄새가 폭우처럼 숲을 엄습해왔다. 온갖 새가 수풀 나뭇가지 위에서 날며 우짖었다. 가을이 여름으로 되돌아가고 여름이 봄으로 되돌아갔다. 그 뒤 시간은 봄날에 멈췄다. 그녀가 다시 입을 열자 비로소 계절이 제자리로 돌아왔다.

"이제 고향으로 돌아가요. 저는 쿵씨 집안에 떳떳해요."

그에게 벗은 몸을 30초쯤 보여준 뒤 그녀가 망사 팬티를 제일 먼저 입었다.

"자례를 떠나면 틀림없이 어르신 생각을 할 거예요. 제 아버지나 할아버지를 그리워하는 것처럼요. 하지만 계속 여기에 있으면 큰아드님이 저에게 죽도록 치근덕댈 거예요."

이번에는 나뭇가지에 걸어두었던 빨간 브래지어를 찼다.

"큰아드님이 며느님과 사이가 좋아져서 더 이상 저를 괴롭히지 않는다면 다시 자례로 돌아올 수 있을지도 모르겠어요. 그러면 다시 어르신 댁 가정부가 되어 예전처럼 어르신을…… 아니 예전보다 더 잘 모실 거예요!"

그녀는 옷을 다 입은 뒤 가방을 들고 떠나려다가 마지막으로 쿵둥더에게 말했다.

"정말 평생 어르신 곁에서 매일 요리와 빨래를 해드리고 싶었어요. 어르신이 돌아가실 때까지요. 마지막에 어르신이 가시면 저도 이 세상에서 사라져버리려고 했어요."

그런 다음 그녀는 가방을 들고 천천히 숲 바깥으로 향했다. 몇 걸음 가다가 다시 고개를 돌려 바라볼 때 그녀는 미소를 지었지만 그보다는 눈물을 훨씬 더 많이 흘렸다. 그렇게 그녀는 그의 곁을 떠나 주잉의 거대한 비석을 바라보며 숲을 나갔다. 비석 아래에서 대로로, 자례 바깥 세계로 걸어갔다.

광석을 가득 실은 트럭이 그녀 곁을 지나간 뒤 그녀도 함께 사라졌다.

강

'천외천' 본점의 백열등이 검은빛을 내뿜었다. 파란 전구
에서는 자홍빛이 났다. 담 모퉁이 처마 옆 전선에 줄줄이 매
달린 꼬마전구는 각기 제멋대로 회색 등은 하얀빛을, 빨간
등은 파란빛을 냈다. 복도와 응접실, 객실에서는 검은빛, 노
란빛, 초록빛이 한데 섞여 벽과 바닥, 허공을 화려하게 비췄
다. 아가씨들은 밤에 손님을 받아 늦게까지 자다가 점심때가
돼서야 눈을 비비며 침대에서 일어났다. 그런 다음 가슴을 드
러낸 채 3층에서 2층으로, 또 2층에서 3층으로 한들한들 오
갔다. 세면실의 물소리가 폭포처럼 울렸다. 얼굴과 몸의 더
러운 것들을 씻어내고 문 앞과 침대 옆에 서거나 앉아서 담
배를 피우거나, 이런저런 모양의 손거울을 보며 립스틱을 바

르고 눈썹을 그리고 겨드랑이 아래와 몸에 진한 향수를 뿌리고 분을 발랐다. 또 누가 군살이 늘었는지, 누가 허리는 말랐는데 가슴은 더 봉긋하고 풍만한지 서로 비교했다.

그날 점심때가 가까울 무렵, 말끔히 정리하고 낮 손님 맞을 준비를 시작할 때 주잉이 그들을 찾아왔다. 모두 황급히 일어나 아이펜슬과 립스틱, 네모나거나 둥근 화장함을 치우고 한목소리로 "이모" 혹은 "언니" 하고 불렀다. 더 이상 생기가 넘친다고 할 수 없는 주잉의 얼굴에 기쁨과 걱정, 불안이 드리운 것을 보았다.

"칠십대 손님 받아본 사람 있어?"

그녀가 스무 살 안팎의 아가씨들을 둘러보자 아가씨들은 이해할 수 없다는 듯 망연하게 쳐다봤다.

"내 시아버지야. 올해 일흔에 얼굴은 갸름하고 머리는 하얗게 셌어. 언젠가 시아버지를 대접하려고 이 '천외천'을 열었지."

그 말에 한 아가씨가 키득거리자 그녀가 웃는 사람을 찾아 눈을 흘겼다. 웃음소리가 그친 뒤 아가씨들은 언니이자 사장인 주잉의 얼굴로 시선을 다시 돌려 그녀의 안색이 빨강, 노랑, 검정, 하양 색색으로 끊임없이 변하는 것을 보았다. 반면 그녀의 목소리는 아주 분명한 데다 적당히 차갑고 따뜻하며 생생했다.

"며칠 안으로 분명히 우리 '천외천'을 찾아올 거야. 보름 안에 너희 가운데 한 사람을 찾을 거야."

주잉은 피부가 매끈매끈하게 빛나는 아가씨들을 또 훑어본 다음 잠시 쉬었다가 목소리를 높였다.

"다들 내 말 잘 기억해둬. 시아버지가 와서 누구를 마음에 들어 하든 최대한 솜씨를 부려 접대하도록 해. 내게 친아버지 같은 분이니까. 원하는 대로 전부 즐기도록 해줘. 돈은 한 푼도 받지 말고. 충분히 즐겼는데 한 푼도 들지 않은 걸 생각하면서 또 오게 만들어. 우리 가게 단골손님으로 만들란 말이지. 다음에 또 너희 중 누구를 호명해 방을 잡으면 손님 다섯 명, 열 명 받는 돈이 아니라 그게 얼마든 너희가 원하는 액수대로 줄게. 미련 못 버리고 또 오게 하면 원하는 대로 다 준다고!"

아가씨들은 중대한 일이라고 느끼면서도 왜 언니가 친아버지 같은 시아버지를 '천외천'으로 이끌고, 또 이곳에서 헤어나지 못하는 단골손님으로 만들려는지 잘 이해되지 않았다. 그래서 다들 숨을 참으며 언니를 바라봤다. 등불이 더 이상 변화 없이 빨간 등은 빨간빛을, 하얀 등은 하얀빛을 발산했다. 주잉의 얼굴도 일상의 모습을 회복했다. 평소의 불그레함 속에 창백한 기운이 깃들고 이마와 눈가에 짙고 옅은 주름이 보이며 눈 밑 지방도 선명하게 튀어나왔다.

눈썹을 그리지도 분을 바르지도 않은 민낯 때문에 그녀는
화장한 아가씨들 속에서 훨씬 늙고 초췌해 보였다. 그녀가
가슴속에 얼마나 많은 것을 품고 있는지, 마음의 비밀이 얼
마나 무거워 목소리마저 쉬어버렸는지 아는 사람은 아무도
없었다. 응접실에 분 냄새가 자욱하고, 커튼 틈새를 들어온
빛이 아가씨들 등과 주잉의 어깨에 떨어졌다. 전부 조용히
주잉의 말을 듣고 있을 때 한 아가씨가 정색을 하며 물었다.

"칠십대라면서 행여 우리 몸 위에서 죽으면 어떡해요?"

아가씨들이 키득키득 웃었다.

주잉이 방금 말을 한 아가씨의 얼굴을 찾아낸 다음 말했다.

"너 이름이 아샤지? 아샤 네 몸 위에서 죽게 하면 결혼하고
싶은 남자를 이 언니가 찾아줄게. 은행에 얼마를 저축하고 싶
든 내가 다 넣어주고. '천외천' 장사를 하고 싶다면 전부 양도
해줄게. 네가 사장을 맡아, 나는 집에서 빨래하고 밥하면서
착실하게 진장의 아내로 살 테니까."

아샤가 아주 진지하게 또 물었다.

"이 '천외천'을 원하는 게 아니라 진장님께 시집가고 싶다
면요?"

가슴이 쿵 내려앉은 주잉의 다리가 이전처럼 또 후들거렸
다. 아샤가 진장과 일을 벌였다는 것을 알아챘지만 증오를
드러내는 대신 아샤의 생김새를 훑어보기만 했다. 그녀는 몸

284

을 곧추세우고 옅은 웃음을 지으며 "좋아"라고 대답했다. 그런 다음 웃음을 거두고 "네 몸 위에서 쿵둥더가 죽고 진장도 너와 결혼하고 싶다면 내가 이혼하고 물러날게"라고 말을 이었다. 그렇게 회의가 끝났다. 그녀는 아가씨들을 전부 숙소로 돌려보내며 화장할 사람은 화장하고 식사할 사람은 식사하면서 손님 맞을 준비를 하라고 했다. 점심때가 되면 여자를 사러 오는 손님이 있을 터였다.

이후 응접실에는 주잉과 아샤만 남았다. 주잉은 아샤의 호리호리한 몸매와 풍만한 가슴을 보았고 얼굴이 청순하고 살결이 물처럼 보들보들한 것을 보았다. 아샤가 진장과 관계 맺었다는 것뿐만 아니라 그들이 침대에서 어떤 광경과 자세를 연출했을지도 대충 짐작할 수 있었다. 또한 진장이 그녀에게 어떤 약속을 했는지도 분명히 알 수 있었다. 그녀는 아샤 앞으로 한 걸음 다가가 붓대처럼 오뚝한 콧날을 바라보며 잠시 침묵했다가 아주 작은 소리로 말했다.

"너만 믿을게."

"노인만 여기 온다면요."

그 두 마디를 끝으로 헤어졌다. 주잉이 다른 분점에서 똑같은 회의를 열기 위해 문을 나서려 할 때 다시 빨간 등은 검은빛을, 노란 등은 초록빛을, 보라색 등은 백열빛을 내기 시작했다. 벽과 바닥, 응접실과 계산대 등 등불이 비치는 격자

창과 벽면, 벽돌 틈새와 마른나무에서 진짜 모란과 국화, 작약, 양귀비가 빨강, 하양, 노랑, 보랏빛으로 만개해 짙은 향기가 응접실과 복도, 방에 넘쳐흘렀다.

동물

쿵둥더가 과일과 채소, 쌀가루를 들고 큰아들 쿵밍광을 만나러 갔다. 샤오추이가 떠난 뒤 쿵밍광은 보름이 되도록 얼거우 집에서 나오지 않았다. 조미료나 밑반찬 사러 나오는 것을 본 사람도 없었다. 낮에는 문을 닫고 밤에는 불을 켜지 않아 그가 얼거우 집에서 어떻게 지내는지 아무도 알지 못했다. 마을의 누구도 쿵씨 집에 무슨 일이 벌어졌는지 알지 못했다. 샤오추이는 짐을 들고 사라졌다. 차이친꽝 친정에서는 사람을 보내 그녀의 옷과 물건을 전부 차에 실어 가져갔다. 쿵둥더의 아내는 매일 쿵둥더에게 아들한테 가보라고, 아들한테 좀 가보라고 들들 볶았다. 그녀가 100번쯤 이야기했을 때 쿵둥더가 물건을 들고 거리를 가로질렀다.

대문을 열고 마당으로 들어가자 나무 그늘 밑 삿자리에 앉아 있는 아들 밍광과 그 옆을 뒹구는, 가장자리에 채소가 말라붙은 접시와 국그릇이 눈에 들어왔다. 참새가 접시 가장자리에 말라붙은 채소와 기름 찌꺼기를 쪼아 먹고 있었다. 그곳에 죽은 듯 앉아 있는 아들 밍광은 봉두난발에 수염이 텁수룩하고 두 눈은 움푹 꺼져서 눈구멍 두 개만 남고 정기가 다 빠져나간 것 같았다.

"아직 살아 있냐?"

쿵둥더가 문가에서 걸음을 멈췄다.

아들이 힘겹게 고개를 돌려 둔하고 멀건 눈빛으로 아버지를 보았다.

쿵둥더는 들고 온 물건을 삿자리 빈 곳에 놓고 부엌을 둘러보았다. 나무 도마에 싹이 올라온 게 보였다. 냄비를 들여다보니 반쯤 남은 탕 속에 작은 물고기 몇 마리가 헤엄치고 있었다. 나와서 본채로 들어가 아들과 샤오추이가 자던 방을 살펴봤다. 벽에 붙은 커다랗고 빨간 '희(囍)' 자가 보름 만에 몇 년, 수십 년 동안 벽에 붙어 있었던 것처럼 하얗게 바랬다. 창문과 문으로 들어오는 바람 때문에 '희' 자에서 찌르륵하며 비통에 잠긴 소리가 울렸다. 그들이 썼던 탁자에는 아들이 학교에서 수업 시간에 사용하는 교과서와 분필통이 놓여 있었다. 교과서에서 풀이 삐죽이 자라고 분필함에는 작은 새가 둥지를 틀었으며 분필 몇 조각에서는 각양각색의 작은 꽃이 피어 있었다. 방 한가운데에 서서 바라보고 있으니 천장과 벽에서 샤오추이의 눈물 어린 웃음이 보였다. 방에서 막 나올 때 쿵둥더의 발에 샤오추이가 떨어뜨린 머리핀이 채였다. 주워 들자 손안의 머리핀이 천천히 꽃을 피워냈다. 쿵둥더는 머리핀을 조심스럽게 주머니에 넣은 뒤 밖으로 나와 대문 옆에 서서 아들에게 말했다.

"가서 친팡을 데려와. 너는 학교에 나가 수업이나 잘하고."

밍광은 전혀 듣는 것 같지 않았다.

쿵둥더가 두어 걸음 가까이 다가가 말했다.

"진이 곧 현성이 될 게다. 우리 집안에서 일으킨 현이니 어떤 일을 하고 싶은지 말하면 내가 밍량에게 전해주마. 네가 친팡과 잘 지내기만 하면 말이야."

밍광은 전혀 듣는 것 같지 않았다.

"나무에 목매달고 죽을 수는 없잖니."

쿵둥더가 걸상을 가져와 아들 맞은편에 앉은 뒤 수많은 삶을 거론하며 타이르기 시작했다. 며느리 친팡의 장점을 늘어놓고, 동생 밍량이 진의 번성을 위해 정신없이 바쁘게 일하며 자례를 독립된 현으로 승격시키고 진을 현성으로 만들기 위해 이리저리 뛰며 고생하고 있다고 말한 뒤 마지막으로 덧붙였다.

"우리 가족 모두 네 동생 밍량을 염두에 둬야 한다. 우리까지 심란하게 하면 안 되지."

"여기서 네가 직접 밥해 먹거나 다시 집으로 들어와라."

"좋은지 싫은지 말을 해. 죽은 것처럼 입 다물고 있지 말고."

"말을 안 하는 게 대체 죽어서냐, 아니면 살아서냐?"

"살아 있으면 살아야지, 정말 죽었으면 내가 사람을 불러다 관도 짜고 무덤도 파마."

쿵밍광은 여전히 그곳에 오그라든 채 아무런 말도 하지 않았다.

땅거미가 드리웠다. 서쪽으로 향하는 석양 소리가 주변 공장과 광산 소리 틈새로 비집고 들어와 줄줄 피 흐르는 소리를 냈다. 하지만 그 소리는 이내 우르르, 윙윙 하는 소리에 파묻혔다. 진 앞쪽 마을에서 뒤쪽 마을로 돌아오는 발걸음과 이야기 소리에 한쪽으로 밀려났다. 마당으로 돌아온 새가 지붕, 담장, 나무에서 두 부자를 바라보다 떨어뜨린 깃털이 바닥 시멘트를 부수며 수많은 균열을 내고 담장 아래의 돌을 박살 냈다. 초가을 바람이 조금 썰렁했다. 밍광은 줄곧 말이 없었다. 기껏해야 차갑고 멀건 눈빛으로 아버지를 보거나 닫힌 대문을 본 뒤 다시 죽은 듯 삿자리에서 오그라들 뿐이었다.

아비 된 사람이 또 다급해져 걸상에서 벌떡 일어났다. 그는 걸상을 걷어차고 바닥에 침을 뱉으며 "이렇게 하자. 죽을 생각이면 당장 죽고, 살 생각이면 나랑 집으로 돌아가. 내일 친광을 친정에서 데려오고"라고 결연하게 말했다. 그런 다음 다시 아들을 노려보며 한마디 던지려 했다. 하지만 아들 쿵밍광은 그렇게 삿자리에서 멍하니, 나뒹구는 사발과 접시를 샤오추이가 아직도 벌거벗은 채 삿자리에 누워 있기라도 한 것처럼 바라볼 뿐이었다. 차갑고 멀건 눈동자는 텅 비고 아득해 아버지가 전혀 보이지도, 자신에게 하는 말이 아예 들리지도 않는 것 같았다.

아버지는 더 다급해졌다.

"죽고 싶냐? 그럼 내가 이뤄주지."

쿵둥더는 다시 안으로 들어가 한 바퀴 둘러보다가 가늘고 질긴 회색 삼끈을 찾아냈다. 그는 방금 앉았던 걸상을 사발만큼 굵은 배나무 밑으로 옮긴 뒤 그 위에 올라서서 가장 높고 굵은 나뭇가지에 삼끈을 묶고 머리를 맞춤하게 넣을 수 있는 매듭을 지었다. 그러고는 자기 머리를 공중에 매달린 매듭 안으로 집어넣고 맞은편 하늘을 바라봤다. 구름이 전부 정사각형, 직사각형, 원형으로 완벽하게 금괴, 금덩이, 은화 모양이었고 젊은 여자의 얼굴처럼 뽀얀 구름도 있었다. 그는 어리둥절해하며 머리를 빼내고는 다시 햇살 아래 구름을 보았다. 모든 것이 원래 모습 그대로였다. 다시 한번 고개를 매듭으로 통과시켜 바라보자 역시 금괴와 금덩이 구름, 나무 같은 구

291

름송이에 걸린 원보, 여인, 여자아이의 얼굴이 보였다. 그가 머리를 빼낸 뒤 아주 진지하게 아들 밍광에게 말했다.

"죽는 게 좋겠다. 죽으면 넌 뭐든 다 가지게 될 거야."

걸상에서 내려와 그렇게 중얼거리다 또 밍광에게 다가가 말했다.

"아버지가 줄까지 매놓았고 걸상도 나무 밑에 옮겨놓았다. 배나무 향기가 샤오추이가 끓여주던 생선탕 속 향채처럼 짙고 신선해. 걸상에 올라가서 머리를 저 올가미에 집어넣고 발밑 걸상을 한쪽으로 차기만 하면 너는 부귀영화를 누리고 매일 샤오추이 같은 아가씨들과 지낼 수 있어."

쿵둥더가 말을 마친 뒤 할 말 다 하고 할 일 다 끝낸 것처럼 대문으로 향했다. 그리고 대문에 이르렀을 때 다시 고개를 돌려 허공에 매달린 올가미를 보고 동태눈의 아들을 바라본 뒤 마지막으로 나직이 엄청난 말을 했다.

"알겠지? 샤오추이는 너를 싫어해. 그 애가 좋아하는 사람은 나라고. 어려서부터 아버지, 어머니, 할아버지, 할머니가 없어서 나를 자기 부모, 조부모라고 생각했던 거 알아?"

밍광이 다시 한번 목에서 맷돌 돌아가는 소리를 내며 천천히 고개를 돌려 멀어지는 아버지의 그림자를 바라봤다. 멀건 눈에서 알 수 없는 빛이 생겼다.

아버지가 계속 말했다.

"그 애가 떠나기 전에 만났다. 네가 멀쩡한 사람 못살게 괴롭혀서 떠나는 거라더라. 네가 친팡이랑 잘 지내면 다시 자례에 올 거라고 했어."

말을 마친 뒤 쿵둥더가 한숨을 내쉬었다. 몸이 갑자기 가벼워지고 다리에 힘이 솟아 대문을 풀쩍 지나쳤다. 그렇게 큰아들과 작별했다. 하지만 뒤에서 밍팡이 엉엉 우는 소리가 들려 몸을 돌렸다. 아들이 죽기 직전의 동물처럼 울면서 몸을 덜덜 떠는 게 보였다.

곤충

다음 날, 쿵둥더는 집에서 식사하던 도중 밥그릇을 집어 던지고 밥솥을 깨뜨리고 벽에 걸린 괘종시계도 힘껏 내동댕 이쳤다. 아내의 말 때문이었다. 큰아들이 하룻밤 자고 나더 니 세상사를 이해했다며 샤오추이를 찾지도 친팡을 데려오 지도 않겠다고 말하고 얼거우 집에서 돌아와 지낼 것이며, 밥도 먹고 수업에도 나가며 좋은 선생님이 되겠노라고 말했 다는 것이다. 쿵둥더가 한참 동안 아내를 노려보다가 뜬금없 이 물었다.

"목매달고 죽지 않았어?"

아내가 웃으며 말했다.

"오늘 아들 좀 잘 챙겨 먹여야겠어요."

그 말을 듣더니 쿵둥더가 잡히는 대로 물건을 집어 던지기 시작했다. 주먹으로 방이며 벽을 내리치기 시작했다. 치고 욕하고 차고 던지다가 맞은편 벽에 걸린 미녀 달력을 떼어내 발로 힘껏, 열두 장의 여자 형상이 전부 너덜너덜해지고 먼지가 날릴 때까지 매몰차게 밟았다. 그는 제풀에 지쳐 방바닥에 주저앉은 뒤에야 입을 열었다.

"알겠지? 내가 죽게 생겼어."

"의사 불러올게요."

"주잉을 불러와."

아내는 며느리 주잉을 불러오기 위해 자례 거리로 나갔다. 주잉이 잘 가는 곳은 '천외천'에서 약간 떨어진 마트였다. 그녀가 시내 마트를 본떠서 차린 그곳에서는 일상용품과 옷, 조미료, 곡식 등을 팔았다. 창구에서 물건을 내주는 방식이 아니라 필요한 물건을 손님이 직접 진열대에서 고르는 방식이었다. 모래와 모래가 밀치락달치락하듯, 나뭇잎과 나뭇잎이 들러붙은 것처럼 사람이 많았다. 그 인파를 밀치고 들어가 시어머니가 마트에서 주잉을 찾았을 때, 며느리는 안에서 선풍기를 쐬며 회계가 보내온 매출 장부를 보고 있었다. 주잉은 시어머니가 땀을 닦으며 자기 앞에 서 있는 것을 보자마자 일이, 상황이 다 무르익었음을 알았다.

그날이 마침내 유유히 도래했다.

시어머니가 말했다.

"얼른 집에 좀 가봐라. 네 시아버지가 돌아가시게 생겼어."

주잉이 시어머니를 선풍기 앞으로 이끌면서 물을 한잔 따라주었다. 시어머니가 물을 마시면서 천천히 솔직한 심정을 털어놓았다.

"정말 죽는다면 그것도 괜찮아. 그 사람이 죽으면 내가 사람처럼 살 수 있을 거야."

주잉은 서두르거나 당황하는 기색 없이 대야에 물을 반쯤 담아 와 시어머니에게 세수 좀 하면서 땀을 식히라고 했다. 그러고는 곧장 시어머니와 집으로 돌아갔다. 자례 대로를 지날 때 그녀는 서쪽으로 흘러가는 구름이 장례 대열 형상으로 변하는 것을 보았다. 성대하고 위풍당당한 데다 수많은 구경꾼이 그 대열을 둘러싸기까지 했다. 장사하는 사람들의 호객 소리와 말소리가 연극처럼 길거리에 흐르고 요동치는 것도 보았다. 또 누군가 싸우고 구경하느라 온 거리가 "때려! 치라고! 아직 피 한 방울도 나지 않았어!"라는 고함으로 가득한 것도 보았다. 그런 다음 그녀는 시어머니와 시끌벅적함에서 정적으로 들어갔다. 진 대로에서 자례 옛 거리로 들어가 잰 걸음으로 집까지 갔다. 과연 시부모가 지내는 본채에는 깨진 자기 그릇과 접시 파편, 먼지가 되도록 짓이겨진 종이, 발에 차여 으깨진 과일과 밑반찬이 나뒹굴었다.

주잉이 문 앞에 서서 청석 조각처럼 방 안에 앉아 있는 시아버지를 보았다. 그는 그녀를 힐끗 쳐다본 뒤 시선을 다시 맞은편 벽에 고집스럽게 고정했다. 문밖에서 날아온 동전만 한 끝검은왕나비가 그 벽에 앉아 잠시 날개를 쉬고 있었다. 문으로 들어온 햇살이 나비 몸을 비추자 온몸이 부드러운 금색으로 빛났다.

"얼마나 대단한 일이기에 아버님이 이렇게 화를 내시는 거예요?"

주잉이 보통 때처럼 웃으면서 바닥에 널린 자기 조각을 줍고 잡동사니를 담 모퉁이로 치웠다. 담장 밑까지 굴러간 괘종시계도 주워서 전지를 이리저리 움직여 다시 똑딱똑딱 가게 했다.

"시계는 사람 목숨이에요. 괘종시계가 가지 않으면 사람 목숨도 끝나요."

주잉은 괘종시계를 원래 있던 벽면에 걸고 몸을 돌렸다. 끝검은왕나비가 맞은편 벽에서 시아버지 얼굴로 날아와 앉아서는 꼼짝도 않고 있었다.

"아버님, 아버님 얼굴 좀 보세요."

쿵둥더가 나비를 얼굴에서 떼어냈다. 주잉이 다시 말했다.

"누가 시내에서 샤오추이를 만났다고 하던데요."

쿵둥더가 손으로 나비를 눌러 죽였다.

"저는 샤오추이 어디가 좋은지 모르겠어요. 만두도 제대로 못 빚잖아요."

주잉의 말에 쿵둥더의 얼굴에서, 메마른 벌판에 가느다란 물줄기가 천천히 스며들었다가 구불구불 흘러나오는 것처럼 눈물이 흘러나왔다. 그때 주잉이 문 옆에 계속 나무처럼 서 있는 시어머니에게 말했다.

"걱정 마세요. 아버님이 괜찮아지셨네요. 어머님은 시장이나 한 바퀴 둘러보고 오세요. 밍량이 곧 현장이 될 테니까 시장 사람들이 너나할 것 없이 제일 좋고 신선한 생선이며 고기, 새우, 게 같은 것을 줄 거예요. 어머님은 그중 좋은 것으로 받아오셔서 아버님께 한 상 차려드리세요."

시어머니가 장바구니를 들고 나가자 집에는 주잉과 시아버지 쿵둥더, 시든 느릅나무 껍질에서 피어난 꽃, 마당 시멘트 바닥에서 자라난 풀, 대문에 내려앉아 상황을 구경하는 참새와 까마귀 그리고 방금 짓눌려 죽은 나비가 바닥에서 가늘게 흑흑거리며 우는 소리만 남았다. 정적이 밤바람처럼 불어와 방 안 곳곳에서 끼익, 삐걱 소리를 냈다. 그때 쿵둥더 얼굴의 눈물이 마침내 계곡을 넘어 사방으로 넘쳐흐르고 입술과 팔다리가 그의 몸에서 떨어져 나올 것처럼 덜덜 떨렸다. 그가 문 앞에 서 있는 며느리 주잉을 보며 말했다.

"애야, 내가 너희 주씨 가문에 잘못했다!"

주잉은 말없이 서 있기만 했다.

그가 후다닥 걸상에서 내려와 그녀 앞에 무릎을 꿇었다.

"샤오추이를 찾아 이 집으로 좀 데려다다오."

주잉은 말없이 서 있기만 했다.

"나는 사람이 아니다, 짐승이야!"

그가 꿇어앉은 채 무릎으로 그녀 앞까지 걸어가 두 손으로 그녀의 몸을 붙들며 말했다.

"내가 늙는다, 늙어. 매일 밤낮으로 샤오추이를 생각하느라 잠을 이룰 수가 없어. 침대 가장자리와 벽을 뜯고, 멍들고 피 맺힐 정도로 내 몸을 움켜쥐거나 꼬집어. 한밤중에 머리를 부딪거나 목매달아 죽고 싶다고."

그가 소매로 눈물을 훔치고, 소매를 걷어 밤에 애가 타 잠들지 못할 때마다 꼬집어 시퍼렇게 멍든 몸과 팔을 보여줬다. 그런 다음 옷을 내리고 다시 며느리에게 일고여덟 번 연달아 머리를 조아리고는 마른 장작처럼 쉰 목소리로 "샤오추이를 다시 내게 데려다다오! 샤오추이를 찾아서 다시 내 옆으로 데려다다오!" 하고 외쳤다.

그때, 그곳에 서서 꼼짝도 않는 주잉의 얼굴에 어스레한 웃음이 걸렸다. 웃고 있었지만 눈물이 흘렀다. 그녀는 경멸이 가득한 눈으로 쿵둥더를 바라보며 효성스럽고 부드러운 목소리로 말했다.

"아버님, 걱정 마세요. 제가 샤오추이를 도로 데려올게요. 그리고 제가 샤오추이보다 더 좋은 아가씨도 보내드릴게요."

정오가 가까워져 어느 집 부엌에서 밥하는 연기가 올라올 때 주잉은 시아버지를 안방으로 모시고 들어가 침대에 뉘었다. 그런 다음 부엌에서 시아버지를 위해 직접 민물생선찜을 만들고 거북대보탕을 끓였다. 또 나귀고기와 개고기, 사슴고기를 삶고 녹용 우린 술을 몇 잔 곁들여 시아버지가 마음껏 먹고 마시게 했다. 식사를 마치고 마을과 진 거리에 인적이 드물어지자 까치 떼가 마당의 나무와 지붕 경사에 내려앉아 깍깍 공작처럼 울었다. 주잉이 시아버지 침대로 가서 사발과 접시를 정리하고는 아주 나직한 목소리로 말했다.

"가세요. 샤오추이를 찾으러 가요."

쿵둥더는 감격에 겨운 눈으로 며느리를 힐끔거리며 침대에서 내려왔다. 그는 새 옷으로 갈아입고 거울 앞에서 이리저리 비춰 보고는 주잉을 따라 안방을 나섰다.

바깥에 있던 시어머니는 자신과 평생을 살고 아들 넷을 낳은 남편을 바라봤다. 그가 정말 자기 남편인지 믿을 수 없었다. 그의 얼굴이 갑자기 열 살, 스무 살 젊어지고 기색도 한창의 중년 같은 데다 젊은이처럼 얼굴이 발그레하고 뺨이 반들반들했다. 또 초롱초롱하게 사방을 둘러보는 그의 눈빛에는 호의와 선량함이 가득하고 얼굴 어디에도 고집이나 아둔함이 보이지 않았다. 시든 잡꽃 같던 머리카락도 새까맣고 순수한 빛으로 반짝거렸다. 방에서 나온 쿵둥더가 문 앞에 멍하니 서 있는 아내를 잠시 바라보다가 그즈음 계속 주머니에 넣고 다니던 통장을 아내 손에 쥐여주었다. 그 통장에는 천문학적인 숫자가 적혀 있었지만 액수는 말하지 않고 이렇게만 조용히 말했다.

"주잉과 진찰받으러 다녀올게."

그런 다음 그들은 마당으로 나갔다. 마당의 까치가 날카롭게 내던 공작의 울음소리를 갑자기 멈췄고 참새도 더 이상 마당을 뛰어다니며 쩍쩍거리지 않았다. 시든 느릅나무 껍질에서 피어났던 꽃도 어디론가 사라졌다. 모든 것이 숙연한 일상으로 되돌아왔다. 심지어 공기조차 뒤엉켜 흐르지 않고 늦여름 정오의 땀 냄새와 황토 냄새도 사라졌다. 그들은 그렇게 앞서거니 뒤서거니 하며 문밖으로 향했다. 대문 입구에서 주잉은 딸이 아버지에게 하듯 시아버지의 왼팔에 팔짱까지 끼고 마을 거리의 적막을 밟으며 진의 떠들썩함으로 나아갔다. 시어머니가 따라 나와 남편과 며느리가 장엄하게 멀어지는 모습을 바라보다가 그림자에 대고 소리쳤다.

"죽어버려! 죽어버려! 정말 죽으려고 그래?"

마을 옛 거리에 사는 이웃들이 그제야 다가와 조심스럽게 물었다.

301

"무슨 일이에요?"

시어머니가 대답했다.

"하늘이 무너지려나 봐."

"어르신이 못 알아볼 정도로 젊어지셨어요."

시어머니가 또 말했다.

"하늘이 곧 무너질 거야. 자네들 두고 보게나, 하늘이 곧 무너질 게야."

그런 다음 시어머니는 그들이 거리 입구를 지나 모퉁이로 사라지는 것을 바라봤다.

쿵둥더는 주잉의 뒤에서 걸었다. 긴 거리를 지나는 내내 그의 얼굴은 매끄럽고 새빨갰다. 그는 왼쪽이든 오른쪽이든 최대한 고개를 돌리지 않았고 누가 말을 걸어도 못 들은 척했다. '천외천' 입구에 다다랐을 때 그의 이마에는 영문을 알 수 없는 진땀이 가득했다. 거리 사람이나 경치, 시선, 질문, 귓속말은 어느 것도 그의 머리나 마음에 들어오지 않았다.

'천외천' 입구는 전에 보았던 호텔 입구와 비슷해 딱히 특별하거나 대단할 게 없었다. 안쪽 응접실도 호텔 로비처럼 반달형으로 빨간색 긴 접수대가 있고 젊은 남녀가 업무를 보며 손님을 맞이했다. 그들은 주잉을 보자마자 전부 일어나 허리 숙여 인사하고는 웃으며 사장님, 하고 불렀다. 주잉이 모두 출근했느냐고 묻자 그중 한 담당자가 고개를 끄덕였다. 주잉은 시아버지를 안으로 안내했다. 길고 긴 복도와 조명 밑을 지날 때 축축하고 달짝지근한 지분 냄새가 풍겨왔다. 계단 앞에 이르자 한창 익어가는 밀 향처럼 냄새가 짙어졌다. 시아버지를 부축해 계단을 오를 때 주잉은 그의 온몸이 당장 주저앉을 듯 덜덜 떨리고 이마와 뺨, 턱에 땅콩보다 큰 땀방울이 맺혀 한 방울씩 계단에 떨어질 때마다 북 위로 돌이 떨어지듯 쿵 울리는 것을 보았다. 그녀가 말했다.

"곧 샤오추이를 만나실 거예요. 아버님, 저기서 샤오추이를 만나면 무엇이든 아버님 하고 싶은 대로 하세요. 샤오추이도 친딸처럼 잘 모실 거예요."

그런 다음 2층에 도착했다. 건물 절반 정도 크기에 네모난 빈 공간이었다. 바닥에는 붉은 카펫이 깔렸고 벽 한쪽에는 천 소파가 일렬로 놓여 있었다. 소파 맞은편으로 연극무대처럼 약 30센티미터 높이의 나무무대가 있고 그 위에는 커다란 휘장이 늘어져 있었다. 조명은 흐릿하면서 신비스러운 빨강이었다. 주잉이 시아버지를 소파 가운데 자리로 안내한 뒤 자신은 그 옆에 앉았다. 젊은 아가씨가 그에게 인삼물을 한 잔 따라주었다. 주잉이 "시작하지" 하고 말하자 무대 휘장이 열렸다. 음악이 마치 절벽에서 떨어지는 물 같았다. 아침에 눈떴을 때 태양이 침대머리를 감아들듯 갑자기 허공에서 서치라이트가 비춰왔다. 사방에서 천둥 번개가 쳤다. 어떤 기계가 그가 앉은 의자를 흔드는 것처럼 소파와 벽, 건물이 흔들렸다. 창문의 유리란 유리는 전부 삐걱삐걱 비명을 질렀다. 먼저 아가씨 여섯 명이 실오라기 하나 걸치지 않은 채 휘장 양쪽에서 걸어 나왔다. 몸을 드러내고 가슴을 흔들면서 쿵둥더가 잘 볼 수 있도록 무대 앞쪽에 섰다. 주잉이 고개를 돌려 "아버님, 누가 좋으세요? 모두 샤오추이보다 나아요" 하면서 그의 얼굴을 살폈다. 시아버지가 창백한 얼굴로 넋을 잃고 식은땀만 흘릴 뿐 아무 말도 못 하는 것을 보고는 여섯 명을 무대 옆으로 물렸다. 그러자 휘장 뒤에서 다시 열 명의 벌거벗은 아가씨가 나왔다. 그녀들 역시 천천히 몸을 흔들며 무대를 한 바퀴 돌아 자신의 얼굴과 몸매, 피부를 선보였다. 주잉이 또 쿵둥더 얼굴에 바싹 다가가며 "이번에는요? 누가 마음에 드세요?" 하고 물은 뒤 또 물리고는 열여덟 명을 다시 불러냈다. 무대가 실오라기 하나 걸치지 않은 아가씨들로 가득해졌다. 번갯불처럼 환한 몸과 홍수처럼 밀려드는 살냄새, 간드러지는 웃음소리 때문에 그는 온몸이 하박하박 녹작지근해지고 쓰러질 것처럼 어지러웠다.

그때 음악이 멈췄다. 이어서 더 크고 밝은 조명이 머리 위에서 억수같이 퍼붓는 비처럼 쏟아져 내렸다. 멀리에서도 아가씨들의 발그레하고 뽀얗고 보들보들 윤기 나는 피부와 모공이 전부 보일 정도였다. 무대와 간택실이 깊은 침묵에 빠졌다. 무대 위 아가씨들의 시선이 전부 쿵둥더에게 향했다. 하지만 쿵둥더는 얼굴이 새빨개져 황망하게 시선을 돌릴 뿐이었다.

"아버님, 누가 마음에 드세요? 누구든 샤오추이보다 나을 거예요."

그녀가 또 웃으면서 "한 명이든 두 명이든, 세 명이든 다섯 명이든 마음대로 고르고 마음대로 부르세요. 모두 아버님 소유고 모두 우리 쿵씨 집안 거예요"라고 말했다. 주잉이 쿵둥더를 바라보자 그가 천천히 시선을 돌려 다음 무대의 옥 같은 나체를 반짝이는 눈길로 번개처럼 훑는 게 보였다. 어린아이가 어느 날 장난감 더미에서 마음껏 원하는 것을 고를 수 있게 된 것처럼, 기쁨이 삶은 달걀에 칠한 빨간색처럼 얼굴에 걸려 있었다. 주잉은 대성공이라는 것을 알았다. 연극이 최고조에 달하고 끝이 가까워졌다는 것을 느낄 수 있었다.

10장

심층 혁명

난항

1

자례를 독립된 현으로 승격시킬 것인가에 대해 시에서 논의하고 있을 때, 밍량은 아버지 쿵둥더가 심장병으로 '천외천'의 어느 아가씨 몸 위에서 돌아가셨다는 부음을 들었다. 한여름이었고, 그때 진장과 현장은 시내의 한 호텔에 있었다. 호텔은 놀라울 뿐만 아니라 상상을 초월할 정도로 화려했다. 은 상감을 한 찻상과 도금한 의자, 열여섯 살 이하 소녀의 머리카락으로 직조한 카펫. 카펫 중간에는 금발과 흑발 남녀의 나체 그림이 새겨져 있었다. 카펫 위를 걸어가자 소녀의 머리카락 냄새와 피부의 매끄러움이 발밑에서 느껴졌다.

매우 큰 호텔이었지만 그 카펫이 깔린 곳은 딱 한 군데뿐이었다. 상부의 허가 공문이나 쪽지 없이는 하룻밤 빌리려면 3년 전에 예약해야 했다. 하룻밤 가격도 황금 다섯 냥에 맞먹었다. 원래 후다쥔 현장은 가장 부유한 자례가 현에서 떨어져 나가 독립하는 것에 결사반대했다. 그럴 경우 자신이 관리하는 현이 줄어들고 본인 역시 위축될 게 뻔했기 때문이다. 하지만 밍량이 일요일에 스위트룸을 잡아 현장을 이틀 밤 묵게 하자 현장의 태도가 누그러들었다. 다시 이틀 밤을 묵고 나서는 긍정적으로 생각하게 되었다. 며칠을 더 묵은 후에는 자례에 공장이 늘고 인구가 증가하고 이윤과 세수가 더 확보된다면, 일정한 시기까지 늘어난다면, 자례진의 현 승격에 관한 보고와 자료를 시에 보내겠다고 확답하기에 이르렀다. 그리고 이제 그 일정한 시기가 되어 현장과 밍량은 열세 상자 분량의 자료와 영상, 도표, 통계수치를 전용차에 실어 정식으로 시 정부에 보냈다. 그들은 시 지도층이 자료와 도표, 영상을 회람하는 동안 호텔에서 시의 소식과 입장을 기다렸다. 조바심이 최고조에 달한 밍량은 방에서 물을 마시며 계속 텔레비전을 껐다가 켜고 껐다가 켰다. 그렇게 마음이 심란하고 머리카락이 다 빠질 지경일 때, 갑자기 벽에 걸린 둥근 시계가 침대 베개 위로 떨어졌다. 가슴이 철렁해져 황급히 시계를 집어 든 순간 밍량은 땀을 비 오듯 흘리기 시작했다. 그는 침대 앞에 잠시 그렇게 서 있다가 맞은편 현장의 방으로 달려가 다급히 말했다.

"큰일입니다. 아버지가 돌아가셨어요!"

카펫 위에서 양반다리로 앉아 신문을 보던 현장이 잠시 어리둥절해하다가 물었다.

"자네가 어떻게 알아?"

"괘종시계가 벽에서 떨어졌습니다. 망가진 것도 아닌데 시침과 분침이 전부 가지 않습니다."

신문을 내려놓고 옆에 있던 찻잔을 탁자에 올려놓은 현장은 밍량이 여전히 그곳에 멍하니 서 있는 것을 발견하고 어서 집에 전화해 물어보지 않고 뭐 하느냐고 말했다. 밍량은 그제야 정신을 차리고 전화기를 들었다. 번호를 누르고 몇 마디 묻더니 전화기 옆에서 꼿꼿하게 굳어버렸다. 처음에는 무척 놀란 듯 얼굴에 창백한 기운이 깔렸다가 조금 뒤 창백한 얼굴색이 검붉게 바뀌었다. 그 검붉음이 검푸름으로 변한 뒤에야 그는 전화기를 내려놓고 창문 앞에 서서 호텔 아래의 공원에서 날아다니는 새들을 바라봤다. 공원에서는 청소부가 낙엽과 종잇조각을 치우고 있었다. 하지만 그의 시선은 어떻게 해도 바깥 경치에 집중되지 않았다.

현장이 물었다.

"어떻게 됐어?"

밍량이 잠시 생각한 뒤 어두운 얼굴로 웃음을 지으며 말했다.

"아무리 큰일이라도 현 승격보다 중요할 수는 없습니다."

"정말 돌아가셨나?"

"진을 현으로 승격시키는 일인데 어떻게 사망자가 없을 수 있겠습니까?"

"무슨 병이신데?"

밍량이 현장의 얼굴을 보며 조용하고 친근하게 부른 뒤 잠시 뜸을 들였다가 머뭇머뭇 말했다.

"후 현장님. 자례의 현 승격이 성공하면 자례현 전체 재정 수입의 10퍼센트를 현장님께 드리겠습니다."

현장이 잠시 생각한 뒤 물었다.

"장례 치르러 집에 안 가나?"

밍량이 돌아서서 창밖을 보며 말했다.

"사적인 일은 아무리 큰일이라도 최소한의 공적인 일보다 중요하지 않습니다. 아버지, 어머니의 죽음도 예외가 아닙니다. 저도 돌아가고 싶지만 오늘 시에서 그 자료들을 전부 훑어볼 텐데, 행여 시장님이 저를 찾으시면 어떡합니까?"

현장이 찻잔 두 개에 물을 반쯤 따라 하나는 쿵밍량에게 주고 다른 하나는 자기가 들었다. 그는 밍량과 찻잔을 부딪쳐 건배한 다음 감격한 어조로 "현의 향장과 진장들이 전부 자네 같으면 현이 잘 돌아갈 텐데"라고 말하고는 또 웃으면서 "아버지가 돌아가셨는데도 일 때문에 가지 못하니, 자례진이 현이 된 뒤에 자네가 현장을 맡지 않으면 하늘도 용납하지 않을 걸세"라고 했다.

다시 건배한 다음 물을 마시고 서로를 바라볼 때 밍량이 웃으며 현장에게 말했다.

"제가 현장님 운세를 봤는데 곧 시장님이 되실 거랍니다."

현장이 또 웃었다.

"아버님 장례를 거하게 치를 생각이면 내가 추도사를 맡지."

현장의 방에서 자신의 방으로 돌아온 밍량은 아버지가 아주 마침맞게 돌아가셔서 감사하다는 생각이 들었다. 그는 가만히 서서 멈춰버린 둥근 괘종시계를 바라보다가 두들기고 흔들어보았다. 시곗바늘이 죽은 것을 확인한 뒤 다시 벽에 걸었다. 딱히 할 일이 없어 응접실을 몇 바퀴 거닐었다. 응접실의 커다란 창문을 열자 수십 층 되는 시 정부 건물이 젓가락처럼 눈앞에 우뚝 서 있었다. 꼼꼼하게 건물 층수를 세어보았다. 68층이라는 것을 확인했을 때, 그는 자례진이 현으로 승격되면 현성 중앙에 86층짜리 건물을 세우리라 결심했다. 그러면 나중에 현이 시가 되어도 구식이거나 낮다는 생각이 들지 않을 테니까. 창문 앞에서 86층 건물을 상상하며 빌딩 숲과 나무숲 너머를 바라보던 그의 눈에 몇 리 바깥의 그 건물 66층 창문이 열리는 게 보였다. 열린 창문에서 시장이 웃으며 그에게 현장과 함께 오라고 손짓하는 게 보였다. 시장의 얼굴이 사과만 했다. 밍량은 시장에게 손을 흔들고는 창문을 닫고 현장에게 어서 시장 집무실로 가자고 소리쳤다.

호텔에서 나와 택시를 타고 여러 차례 방향을 바꾸며 세 구역을 지나서야 시 정부에 도착했다. 밍량과 현장은 몇 차례 등록 절차를 거친 뒤에야 시장 집무실에 들어갈 수 있었다. 과연 시장은 자례에서 보내온 수많은 통계와 도표를 살펴보고 있었다. 시장은 후 현장이 진장이고 밍량이 촌장일 때 현장이었기 때문에 두 사람이 전혀 낯설지 않았다. 기억이 아침 해처럼 새록새록 아름답게 떠올라 세 사람은 옛일을 이야기하며 물을 마셨다. 시장은 밍량의 젊고 열정적인 얼굴을 보며 "업무 때문에 아버님이 돌아가셨는데도 장례를 치르러 돌아가지 않았다지. 자네의 그 점 때문에라도 나는 자례진의 현 승격을 지지한다네" 하고 말했다.

밍량은 눈물이 나올 것만 같았다. 시장이 후 현장을 보며 물었다.

"자례 현장에 누구를 앉힐지 결정했나?"

순간 밍량의 가슴이 다시 오그라들었다. 그는 고개를 돌려 산 위에 깔린 아침 안개 같은 갈구의 눈빛으로 현장을 바라봤다.

하지만 후 현장이 입을 열려고 할 때 시장이 웃으며 "내가 보기에는 누구도 필요 없어. 밍량 동지를 진장에서 현장으로 곧바로 승진시키자고"라고 말한 다음, 후 현장이 웃으며 고개를 끄덕이는 것을 느긋하게 바라봤다. 밍량은 시장의 손에서 잔을 건네받아 물을 더 따르려다가 시장 뒷벽에 걸린 네모난 괘종시계의 빨간 초침이 힘없이 멈추려는 것을 발견했다. 물을 따르려던 손이 허공에서 굳어졌다. 그는 현장에게 벽의 시계를 좀 보라고 눈짓했다. 하지만 현장은 고개를 들어 쳐다본 뒤에도, 분명히 초침 걸음이 계단을 오르듯 힘겹고 때로는 올라갔다가 다시 내려오는 것을 보았음에도 못 본 척했다. 심지어 어렴풋이 기쁜 기색까지 띠며 계속 시장과 이야기했다.

"최근 몇 년 동안 심층적인 개혁으로 현의 상황이 아주 좋아졌습니다."

시장이 후 현장의 생각에 동의하듯 말했다.

"기회를 꽉 잡고 시대 흐름에 부응해야 하네."

"어떤 변화든 시장님을 따르겠습니다. 무엇이든 지시하시면 목숨을 걸고서라도 개혁하겠습니다."

두 사람이 동시에 웃었다. 시장 뒤의 괘종시계 초침이 그 순간 기력이 완전히 떨어져 죽어버렸다. 밍량은 '7'에서 '8'로 올라가다 멈춘 빨간 초침을 바라보며 얼굴이 하얗게 질려서는 땀을 삘삘 흘렸다. 그리고 마침내 참지 못하고 한 걸음 나아가 시장과 현장의 대화를 끊었다. 그가 조심스럽고 나직하게 시장에게 말했다.

"시장님, 벽에 걸린 괘종시계의 전지를 갈아야겠습니다."

시장이 고개를 돌려 괘종시계를 바라보고는 대수롭지 않다는 듯 다시 현장에게 물었다.

"오늘 어떤 술을 마시고 싶나?"

"제일 좋은 거죠."

그때 '7'에 멈춰 있던 시계 초침이 나무에 올라가던 사람이 중간에 미끄러진 것처럼 느닷없이 도로 '6'으로 내려왔다. 밍량은 초침이 미끄러질 때 운석이 떨어지는 듯한 소리를 들었다. 눈앞이 아찔해지면서 머리가 울려 그는 결국 시장의 집무실에서 뛰어나가 큰 소리로 외쳤다.

"시장님 시계가 죽었으니 빨리 전지를 바꿔드려!"

"시장님 시계가 죽었으니 어서 빨리 전지를 바꿔드려!"

시 정부 건물 66층 복도에서 울리는 그의 외침은 자례 산비탈에서 굴러떨어진 돌덩이에 행인이 맞아 죽기라도 한 것처럼 급박하고 요란했다. 그의 고함에 부시장과 비서 팀장, 그 층에 있던 모든 간부와 직원이 사무실에서 달려 나와 복도에서 멍하니 그를 바라봤다. 나중에 시장은 밍량이 왜 그렇게 미친 듯 소리쳤는지 이유를 듣고 나서 무척 감격했다.

"내 평생 이처럼 충성스러운 부하를 어디서 찾겠어!"

2

시장 집무실을 나와 건물 아래까지 내려왔을 때 현장이 다가와 진장 귀에 대고 나직하게 "쿵밍량, 이 미친놈!" 하고 욕했다.

시 정부 마당을 지나 정문 앞 대로로 나왔을 때는 높지도 낮지도 않은 목소리로 "쿵밍량, 아버지가 죽었는데 어머니는 왜 따라서 안 죽냐?"라고 말했다.

호텔에 도착해 각자 자기 방으로 향할 때 현장은 복도에서 큰 소리로 외쳤다.

"쿵밍량, 네놈이랑 네놈 가족 모두 죽어버려. 시장이 자례의 현 승격에 동의했다고 자례가 독립 현이 될 거라고 착각하지 마. 시장이 네놈을 현장에 앉힌다고 했다고 현장이 될 거라고 생각하지 말고. 큰일이든 작은 일이든 나, 이 현장을 피해 갈 수는 없으니까. 너 쿵밍량은 아직 내 손아귀에 있기든."

자례로 돌아오기까지 이틀 동안 밍량은 현장이 왜 그렇게 격분해 부모마저 욕하는지 도무지 이해되지 않았다. 무슨 일인지 알아보려고 현장에게 물을 따라주고 옷을 빨아주고 치약을 짜주고 신발을 닦아주고, 심지어 현장이 입 닦은 휴지까지 직접 받아 휴지통에 버렸지만 현장은 계속 노발대발하며 왜 부모까지 저주하는지 알려주지 않았다. 시에서 현성으로 돌아와 그들을 태운 전용차가 현성 개발구와 상가, 광장, 운동장, 새로 지은 화장터와 병원, 호텔과 놀이동산을 지난 뒤 밍량이 현장의 집까지 짐을 들어다줬을 때에야 현장이 의미심장하게 말했다.

"돌아가 아버지 묻으면서 잘 생각해봐."

현장은 도시 중심에 있는 빌라 단지에 살았다. 그는 밍량이 집 안까지 들어오지 못하게 단지 입구에서 밍량을 막으며 "아버지가 사흘째 집에 누워 자네가 어딘가에 묻어주기를 기다리고 있을 테니 어서 돌아가 후사를 처리하게"라고 말했다. 하지만 밍량은 한사코 안까지 배웅하겠다며 현장에게 짐을 내주지 않고 "왜 화가 났는지 말씀해주시지 않으면 절대 가지 않겠습니다. 죽어도 가지 않을 겁니다!"라고 버텼다. 밍량은 고집스럽게 현장의 빌라까지 따라갔다. 그러고는 또 조용하면서 단호하게 "현장님, 왜 화가 났는지 말씀해주시지 않으면 죽어도 가지 않을 겁니다!" 하고 말했다. 안에 들어가서도 목소리를 낮추며 "저를 부하이자 형제, 현장님의 사람으로 여기신다면 왜 그렇게 화가 나신 건지 알려주십시오" 하고 애원했다. 강당보다 약간 작은 거실에 들어가자 사람들이 짐을 받은 뒤 슬리퍼를 내오고 차를 우리고 에어컨을 켜고 세숫물을 가져오는 등 현장이 편히 쉴 수 있도록 온갖 시중을 들었다. 밍량이 한층 소리를 낮추며 애원했다.

"말씀해주지 않으면 무릎을 꿇겠습니다."

"현장님, 제가 무릎을 꿇지 못할 거라고 생각하십니까?"

"무릎뿐만 아니라 죽을 때까지 현장님 앞에 꿇어앉아 있을 수 있습니다."

쿵밍량이 정말 무릎 꿇으려 할 때 응접실 벽에 걸린 시계의 시침과 분침이 모두 12시를 가리켰다. 그리고 타원형의 마호가니 시계에서 사원이나 오래된 사찰의 종소리와 목탁 소리처럼 맑고 우렁찬 소리가 땡땡 연이어 열두 번 울렸다. 뭔가 번뜩 떠오른 쿵밍량이 구름 사이로 한 줄기 서광이 비치는 듯한 표정으로 시계를 바라봤다. 후 현장이 신발을 슬리퍼로 갈아 신은 뒤 밍량 쪽으로 다가와 차갑게 노려보며 "걱정 말게. 우리 집 시계는 100년이 더 지나도 멈추지 않을 테니까"라고 말했다. 밍량은 현장을 보고 다시 고개를 돌려 시계를 바라봤다. 차갑게 굳었던 표정이 풀어지기 시작했다. 대신 후회가 그의 얼굴에 자리 잡았다. 그는 시계 밑 소파에 앉아 후 현장을 보면서 자기 뺨을 가볍게 때렸다.

또다시 힘껏 자기 뺨따귀를 올려붙인 쿵밍량이 현장에게 말했다.

"이제 알겠습니다. 시장님 시계에 약이 없을 때 얼른 전지를 갈아 시계를 살리라고 알려드리지 말았어야 했습니다."

그가 현장 맞은편 의자에 자신을 내던지듯 앉았다.

"시계가 죽으면 시장님은 병으로 입원하셨겠죠. 시장님이 입원하시면 치유가 어려웠을 거고, 그렇게 불치병에 걸리면 시장 자리는 현장님에게 넘어왔을 텐데요."

그리고 현장을 힐끔거리며 엄청난 후회와 자책을 드러냈다.

"제가 머저리입니다!"

가볍게 바닥을 발로 구른 다음 또 말했다.

"시장님이 병사하면 현장님이 시장님이 되는 건데 말입니다. 시장님이 되시면 자례진을 현으로 승격시키는 일은 전적으로 현장님 소관이고요!"

그러고는 더 이상 아무 말도 하지 않고, 적군의 죽은 말을 살려냈더니 그 말이 자신에게 발길질하고 자기 영토를 점령하려 달려오는 상황에 처한 듯 탄식하는 현장을 보기만 했다. 그렇게 현장과 몇 미터 떨어져 마주 앉은 채 현장이 용서의 말을 꺼내기를 기다렸다.

하지만 현장은 아무 말도 하지 않았다. 영화 속 인물처럼 막 우려낸 차를 마실 뿐이었다. 그는 뚜껑으로 떠다니는 찻잎을 한쪽에 밀어낸 뒤 뜨거운 차를 후후 불어 마시려다가 도로 찻잔을 내려놓고는 아주 조용하게 말했다.

"자네는 원래 시장 사람이니까 시장에 대한 충심도 당연한 거겠지."

밍량은 정말로 현장 앞에 무릎을 꿇었다.

"현장님, 때려 죽이신다고 해도 저는 현장님 사람입니다."

"그걸 어떻게 증명하나?"

현장의 물음에 밍량이 생각에 잠겼다. 아주 오랫동안 생각에 잠겼다.

"이러면 어떨까요? 현장님, 지금 사람이 죽으면 화장해 유골함에 담도록 장례 개혁을 추진한다고 들었습니다. 그리고 현장님이 현에 화장터를 조성했고 현장님 집안에서 화장 가마와 화장터를 운영한다고 알고 있습니다. 하지만 자발적으로 화장한 사람은 단 한 명도 없지요. 저부터 시작하겠습니다. 저희 쿵씨 집안에서 시작하겠습니다. 제가 현장님 사람이고 현장님 밑에서 현장님과 생사를 함께한다는 것을 증명하기 위해 제 아버지부터 화장하겠습니다. 제 아버지를 우리현 최초 자원자로 만들겠습니다."

현장이 쿵밍량의 얼굴을 바라보자 그가 말했다.

"진장이 자기 아버지를 화장했다고 하면 화장터 장사도 차츰 좋아질 겁니다."

현장이 쿵밍량의 얼굴을 바라봤다. 벽에 걸린 시계에서 또 사원이나 오래된 사찰의 종소리와 목탁 소리처럼 느릿하고 아득하게, 대천세계의 삼라만상을 꿰뚫고 단숨에 이해할 수 있다는 듯이 종이 울렸다.

진통

1

셋째 쿵밍야오는 성도 군영에서 아버지가 돌아가셨다는 소식을 듣자마자 차를 타고 다급하게 돌아와 고갯마루에서 내렸다. 고갯길에 선 그는 자례의 변화에 깜짝 놀랐다. 잘못 내린 줄 알고 떠나가는 차를 향해 "멈춰요, 멈춰!" 하고 소리쳤지만 차는 이미 먼지를 풀풀 날리며 멀어지고 있었다. 그는 그 자리에 서서 이리저리 훑어보다가 아래쪽 길머리에서 예전에 형수를 위해 세웠던 커다란 비석을 발견했다. 그제야 눈앞의 변화한 진이 자례라는 것을 알 수 있었다. 온 신경을 부대에만 집중하다 보니 고향에 몇 년 만에 왔는지 기억조차 나지 않았다.

지난번에는 둘째 형의 촌장 선거 때문에 돌아왔는데 이제 형은 진장이 돼 있었고 곧 현장이 된다고 했다. 고갯마루의 탁 트인 곳에서 진의 건물과 다리, 거리, 강 양쪽의 공장과 사람들을 바라보며 어쩔 줄 몰라 하고 있을 때 형수 주잉이 옛 거리에서 마중 나왔다. 슬퍼 보였지만 기쁨도 살짝 어린 얼굴이었다. 땅거미가 내리고 서쪽으로 지는 해 속에서 구름이 금덩이, 금괴, 반짝이는 은원보 모양을 이뤘다. 한편 길가의 회화나무와 느릅나무는 아버지의 죽음 때문에 검고 커다란 꽃을 피워냈다. 검은 꽃들이 석양 속에서 구슬프고 환하게 빛났다. 주잉이 밍야오에게 다가와 애통한 목소리로 말했다.

"도련님, 돌아왔어요?"

밍야오가 산 아래의 자례진을 한참 동안 놀란 눈으로 바라보다가 물었다.

"형수님, 이게 자례예요?"

"아버님은 심장병으로 돌아가셨어요. 어떤 아가씨 몸 위에서 돌아가셨지요."

밍야오가 다시 고개를 들어 길가의 느릅나무와 회화나무에 가득 핀 검은 꽃을 보고 형수와 눈을 맞추며 물었다.

"작은형은요?"

"네 형제가 아버님 조의금을 나누면 한 사람당 최소 수십만 위안은 될 거예요. 형하고 의논했는데 아버님을 화장터로 모시는 것에 도련님이 반대하지 않으면 저희 몫의 수십만 위안을 도련님께 드릴게요."

밍야오는 점점 더 놀라웠다. 형수가 수십만 위안을 종이 몇 장처럼 이야기할 거라고는 생각지도 못했다. 수십만 위안을 자신에게 주겠다고 할 줄도 몰랐다. 그래서 형수 뒤를 따라 마을로 돌아가면서 어리벙벙하게 "넷이서 각각 수십만 위안이라고요?" 하고 묻자 형수가 대답했다.

"형이 곧 현장이 되잖아요. 아버님이 돌아가시자 현 사람들이 전부 이걸 기회로 쿵씨 집에 예를 표하는 것이죠."

그 때문에 밍야오는 장례를 기대하며 조금 즐기게 되었다.

쿵둥더의 장례는 칠일장으로 온 세상이 들썩거릴 만큼 성대하게 치러졌다. 시체를 보존하는 데 사용된 얼음만 12톤에 달할 정도였다. 자례 사거리에 대형 분향소와 조의금 접수처가 세워졌다. 사람들은 진장의 아버지가 자례에서 일하는 어느 여자아이를 구하려다 죽었다고 알고 있었다. 광석을 실은 트럭이 언덕에서 내려올 때 일을 마치고 집으로 돌아가던 여자아이가 트럭에 치일 뻔한 것을 노인이 구해냈지만, 노인은 너무 놀란 나머지 심장이 멈췄다고 했다. 또 노인이 죽기 전에 자신을 새로 지은 화장터로 보내달라며 낡은 풍속 대신 화장을 선택하겠다는 마지막 말을 남겼다고도 했다. 그뿐만 아니라 노인이 죽은 뒤에도 아들인 진장은 자례의 발전을 위해 날이 밝는지 지는지도 모를 만큼 시에서 바쁘게 일했다고 했다. 이 이야기는 뉴스 가공공장을 하다가 이제는 진의 홍보 담당 간부가 된 양바오칭의 손에서 작성되어 신문에 정식으로 게재되었고 텔레비전에도 방송되었다. 그러자 세상 모든 사람이 진한 감동에 휩싸였다. 여름날 물가의 나비와 잠자리처럼 많은 사람이 화환을 보내왔다. 자례의 상점과 음식점, 백화점을 비롯한 온갖 점포가 사흘 동안 모두 문을 닫았으며 문 앞과 길가에 커다란 화환을 놓았다. 화환을 따라 떼를 지어 몰려든 나비가 이레 동안 날아가지 않아 자례의 크고 작은 거리가 나비로 뒤덮였다. 조문객은 주변 100리에 이를 정도였다. 부조도 많게는 광산과 공장 운영자를 비롯해 자례에서 이런저런 사업을 하는 사람들이 낸 수만에서 10여만 위안부터 적게는 먼 마을의 주민들이 보내온 달걀과 수건, 이불 홑청, 담요까지 얼마나 많은지 회계들은 장부에 기록하느라 밤낮으로 눈을 붙일 수가 없었다. 사흘 연속, 진장 아버지를 애도하는 조문 행렬이 자례 대로에서 자례 산등성이까지 늘어섰다. 심지어 자례에서 광산과 공장을 운영하는 일본인, 한국인, 미국인, 유럽인까지 모두 자례의 풍습에 따라 호상에 빨간 봉투를 보내왔다.

시대의 변화에 따라 노인을 현성으로 운구해 가마에서 화장한 뒤 유골을 함에 넣어 선산에 매장하자 자례가 원래의 번화함과 질서를 회복했다. 쿵씨 집안도 몇 년 만에 평온을 되찾았다. 관례대로라면 장례를 끝낸 뒤 가족회의를 열어야 했지만, 밍량은 공무 때문에 바쁘다며 발인하던 날 추도회에만 잠깐 얼굴을 내밀고는 이후로 현장을 만나러 현을 들락거리느라 나타나지 않았다. 주잉도 발인이 끝나고 사라져 수십만 위안에 이르는 조의금을 어떻게 나눌지 논의하기로 한 가족회의 때까지도 돌아오지 않았다.

집안이 그렇게 장렬하게 무너지고 갈라졌다.

사람들이 떠나 휑해진 쿵씨 집 본채에 맏아들 쿵밍광과 셋째 쿵밍야오, 넷째 쿵밍후이만 남았다. 밍야오는 얼굴에 난 10여 개의 여드름과 군복 차림을 빼면 무척 피곤하고 궁핍해 보였다. 부대에서 그는 무척 바빴지만 바러우산에서 빈 맷돌을 돌리는 나귀처럼 실속이 없었다. 한 바퀴 한 바퀴 쉼없이 걸어도 끝내 쌀가루는 나오지 않는 식이었다. 장교가 될 만한 공을 세우지도 못하고 영웅이 될 만한 업적을 쌓지도 못했다. 그는 텅 빈 손으로, 수많은 백성 중 한 사람처럼 가족회의에 앉아 있었다. 어머니가 세 아들 옆에서 물을 끓이고 탁자에 땅콩과 호두를 놓아주었다. 땅콩 껍데기를 벗겨 알맹이만 빈 그릇에 넣고 호두 껍데기를 깨 호두알만 또 다른 빈 그릇에 모아 어느 정도 차면 아들들 앞에 놓아주었다. 탁자에는 부조금 내역을 적은 장부와 명세서도 있었다. 장부에 기록된 돈이 딱 200만 위안이라 네 아들이 각각 50만 위안씩 가지면 됐다. 창고에 쌓인 선물도 각자 창고 하나씩 나눠 가지면 됐다. 탁자 정중앙에 놓인 영정사진 속 쿵둥더가 온화하고 친근한 표정으로 미소 지으며 모두를 지켜봤다. 방 안도 쿵둥더의 영정사진처럼 조용하고 따뜻했다. 파리 한 마리가 영정사진에 내려앉아 똥을 누더니 다시 세 형제가 둘러앉은 탁자 위로 날아와 앉았다. 그때 셋째 밍야오가 두 형제를 바라보며 말했다.

"나누자."

맏이와 넷째가 셋째를 보며 아무 말도 하지 않았다.

"작은형과 형수가 자신들 몫을 내게 준다고 했어."

밍야오가 쪽지 한 장을 꺼내며 아버지를 화장터로 옮기지 못하게 막을까 봐 그들 몫을 자신에게 주기로 둘째 형수가 써준 증서라고 했다. 물을 몇 모금 마신 뒤 그가 또 말했다.

"작은형이 촌장 되려고 할 때 내가 와서 기 세워줬잖아. 그때 촌장 안 됐으면 어떻게 진장이 됐겠어? 진장이 되지 않았다면 어떻게 현장이 되고?"

그러고는 둘째 형의 오늘은 자신이 그때 기세를 올려준 덕분이므로 형 부부가 주는 것은 일종의 보답일 거라고 추론했다. 그가 마지막으로 큰형 밍광의 얼굴로 시선을 돌린 뒤 웃으며 물었다.

"큰형, 형 몫이 필요해?"

밍광이 말했다.

"이렇게 흩어지는 건가?"

다시 시선을 넷째 밍후이에게 돌린 뒤 물었다.

"막내야, 네 몫이 필요하니?"

"작은형수는 어디 갔어요?"

밍후이가 작은 소리로 물으면서 셋째 형 쿵밍야오를 보다가 시선을 다시 옆에 있는 어머니 쪽으로 돌렸다. 그리고 어머니가 땅콩과 호두 까던 손을 놓은 채 이쪽을 멍하니, 마치 아들들을 모르는 사람처럼 바라보고 있는 것을 발견했다. 어머니는 망연함에 얼굴빛이 창백하고 입술은 푸석푸석 갈라져 거무스름한 빛을 띠고 있었다. "분가하겠다는 거니?" 하고 어머니가 묻자 세 아들이 잠시 멍해졌다. 하지만 밍야오의 얼굴에 불현듯 뭔가를 깨달은 듯한 웃음이 걸렸다. 그는 어머니에게서 시선을 돌려 큰형과 동생 얼굴을 번갈아 보면서 큰 소리로 말했다.

"그렇지, 우리 분가하자. 세상에 분가 안 하는 집이 어디 있어?"

그런 다음 다시 어머니 얼굴로 시선을 돌렸다. 그는 울고 있는 어머니와 사진 속 아버지를 보았다. 죽은 듯한 정적 속에서 사진 속 아버지가 큰 소리로 고함치는 게 들렸다.

"분가하지 마라. 내가 무릎 꿇고 빌 테니!"
"제발 분가하지 마라. 내가 무릎 꿇고 빌 테니!"

2

아버지가 돌아가신 뒤 '삼칠일'에 자녀가 무덤에서 지전과 향을 태우는 것은 당연한 도리였다. 그날, 태양이 서쪽을 향할 때 밍후이는 진 정부를 나섰다. 그는 사람들과 별로 말을 섞고 싶지 않아서 진 거리와 마을, 수로, 언덕 양쪽에 세워진 공장에서 퇴근하는 인파를 피해 뒤쪽 산마루의 외딴 곳으로 갔다. 멀리 광산의 폭발음이 황혼 속에서 우렁차게 울린 뒤 죽은 듯한 적막이 흘렀다. 석양이 그 폭발 속에서 뚝뚝 떨어지는 핏물로 변했다. 거대하고 둥글며 끈적끈적한 붉음이 파열하더니 하늘 밖으로 흘렀다. 나무가 붉게 변해 피꽃이 나무 한가득 핀 것 같았다. 새소리도 빨개지고 둥지로 돌아가는 길마저 그들의 붉은 깃털로 뒤덮였다. 토끼 한 마리가 먼지 이는 곳을 바라보다가 "세상에!" 하며 외마디 비명을 지르고는 농작물 쪽으로 허둥지둥 뛰어갔다. 폭발에 놀란 풀씨가 허기진 새의 배 속으로 들어갔다. 폭발로 떨어진 화초와 어린잎은 소와 양의 입 속으로 숨었다. 밍후이는 허둥거림과

330

정적 속에서 무덤 쪽으로 걸어갔다. 붉은 공기와 더러운 샘물, 갈팡대는 나방과 하얀 거품을 문 병든 개미를 보았다. 그리고 입과 혀가 바싹 말라 죽어가는 떠돌이 개도 만났다. 개가 쫓아오기에 밍후이는 물과 먹을 것을 좀 챙겨준 뒤 무덤으로 나아갔다. 개는 산마루에 남아 그를 기다렸다.

계절이 완연한 가을로 접어들어 무수한 풀과 꽃이 시들거나 푸르누레졌고, 100여 기에 이르는 쿵가 무덤은 회백색 띠와 쑥으로 뒤덮여 있었다. 밍후이는 새 흙과 종이 화환으로 뒤덮인 아버지의 무덤을 멀리서 바라봤다. 화환 가운데 앉아 그를 기다리는 아버지가 보였다. 얼굴이 불에 그슬려 누렇고 시들시들 병색이 완연했다.

"아프다, 아프구나!"

밍후이는 아버지 무덤에서 어릿어릿 들려오는 비명을 듣고 걸음을 멈췄다. 그는 끝내 아버지 무덤과 다른 무덤들 속으로 걸어갈 수 없었다. 갑자기 알 수 없는 두려움과 걱정이 밀려왔다. 이치대로라면 삼칠일이니 형과 형수가 제사용품과 폭죽을 가져와 무덤에 음식을 차리고 향을 피우며 절해야 했다. 큰 소리로 울면서 죽은 자가 산 자에게 남긴 적막과 그리움, 괴로움을 노래하듯 토로해야 했다. 울지 않으면 무릎 꿇어 절하고 새 무덤의 누런 흙 앞에서 묵념해야 했다. 그러고 나서 형제자매가 서럽게 우는 사람을, 죽은 사람은 이미 죽었으니 산 사람끼리 지키고 돌보면서 끝까지 잘 살아야 한다고 위로해야 했다. 그러면 울던 사람은 울음을 멈추거나, 아니면 누군가의 위로 때문에 더 서럽고 더 가슴 찢어지게 울 것이었다. 밍후이는 아버지 무덤에서 한바탕 울 생각이었다. 아버지에게 하고 싶은 말이 무척 많았다. 형제 넷이 가산을 나눴노라고, 큰형은 자기 몫으로 진 개발 구역에 새집을 샀고, 셋째 형은 자기 몫과 둘째 형 몫의 거금으로 둘째 형처럼 위대한 인물이 되겠다며 사업을 크게 벌였노라고 말할 작정이었다. 또 둘째 형과 형수가 자신들 몫을 셋째 형에게 준 이유를 모르겠다고도 말할 생각이었다.

둘째 형은 얼마나 바쁜지 아버지 매장에도 참석하지 못했다. 형수는 안장이 끝나기도 전에 둘째 형처럼 사라졌다. 큰형과 큰형수는 이혼했다. 둘째 형과 형수 사이에 엄청난 사건으로 간극이 생긴 것 같았지만 밍후이는 무슨 일인지 알수 없었다. 밍후이는 삼칠일에 아버지 무덤 앞에 꿇어앉아 아버지와 이런 이야기들을 하고 싶었다. 하지만 큰형과 둘째 형 모두 아버지의 삼칠일 제사에 오지 않았다. 셋째 형은 거금을 들고 부대로 돌아갔다. 그래도 삼칠일이니 큰형과 둘째 형, 둘째 형수를 무덤에서 만날 수 있으리라 생각했지만 어느 누구도 오지 않았다. 밍후이는 쿵씨 집안의 가세가 아버지의 죽음과 함께 건물이 내려앉듯, 나무가 넘어지듯 무너졌다는 것을 알았다. 몇 년 전 음식에 쓸 소금조차 없을 정도로 가난했을 때 오히려 집안은 완벽했다. 지금 둘째 형은 현장이 되기 직전이고 큰형도 교장 승진을 앞두고 있었다. 큰형이 모범 교사가 되고 싶어 하자 둘째 형이 어딘가로 전화를 한 통 걸었다. 그랬더니 큰형은 모범 교사로 선정되었을 뿐 아니라 교장으로 추대되었다. 셋째 형 역시 돈이 생기자 이상할 만큼 기운이 넘쳤다.

반면 집안은 우르르 무너져 내렸다. 아버지의 삼칠일 제사에 아무도 향을 피우러 오지 않았다. 밍후이는 아버지 무덤에서 수십 미터 떨어진 공터에 앉았다. 문득 고요한 황혼 속에서 요란스럽게 천 찢는 소리가 울렸다. 여름날의 후텁지근함과 열기가 밍후이를 에둘러 층층이 쌓였다. 바로 앞에 있는 풀을 오르락내리락 기어다니는 몇 마리 칠성무당벌레 몸에서 검은 반점이 사라지고 빨간색만 남아, 꼭 풀에 핏방울이 굴러다니는 것 같았다. 밍후이가 그 핏방울 같은 몸에서 시선을 떼고 산마루 허공을 향해 "다들 안 온 거야? 다 안 왔어?" 하고 소리쳤다. 밍후이의 고함을 들은 개가 좌우를 살피더니 풀 속으로 천천히 걸어왔다.

더 이상은 형과 형수가 무덤에 올 거라고 기대할 수 없었다. 아버지가 돌아가신 뒤 둘째 형과 큰형이 했던 말들이 떠올라 가슴이 저릿저릿 아파왔다.

"여자 몸에 올라타 죽다니 아버지는 돼지야."

큰형이 말하자 둘째 형이 관에 누운 아버지를 보고 관을 발로 툭툭 차며 말했다.

"화장하자고. 화장하면 현장의 화장 정책을 지지한다는 뜻이지."

큰형이 동조하며 말했다.

"화장 좋지. 태워버리면 내 속이 다 시원해질 거야."

그래서 자례에서 현성의 새 화장터로 아버지를 옮겼다. 최초로 화장에 자원한 것을 축하하기 위해 곳곳에 꽃이 놓이고 표어가 적힌 대형 현수막이 걸렸을 뿐만 아니라 축제 때처럼 징과 북이 울렸다. 이어서 아버지 시체를 가마에서 화장하고 유골을 함에 넣은 다음 마지막으로 유골함을 관에 넣어 매장했다. 바러우산의 진장이 앞장서서 아버지를 화장한 일은 언론에서 대서특필되었다. 라디오와 텔레비전도 솥에 콩을 볶듯 연일 뉴스를 팡팡 터뜨려 세상이 들썩거렸다. 신문에 아버지 사진까지 실리며 일생이 재조명되었다. 평생 평범하지만 위대한 삶을 살았으며 죽기 전에는 자동차 바퀴에서 자례의 노동자를 구하고, 죽은 뒤에도 현지 장례 사업의 선구자가 되었다고 보도되었다.

신문 기사와 사진을 본 둘째 형이 웃으며 신문을 내던졌다. 큰형은 읽고 나서 신문에 가래침을 뱉었다. 내던져진 신문에서, 침 뱉은 곳에서 침이 씨앗이 되어 빨간 살구나무가 피어나고 망고와 석류가 가득 열렸다.

어디선가 스산한 바람이 불어오자 밍후이 앞에 있던 무당벌레가 잠자리로 변해 날아갔다. 비가 내릴 것 같았다. 밍후이는 구름에 덮인 황혼을 보고 종이 화환에 앉아 있는 아버지 얼굴을 떠돌이 개가 할짝할짝 핥는 것을 보았다. 그러자 불에 그슬린 아버지의 얼굴이 촉촉해졌다. 얼굴과 몸에 입은 화상의 고통이 누그러지는 것 같았다. 마침내 밍후이는 아버지 무덤으로 걸어갔다. 무덤 앞에서 세 번 절했을 때 아버지의 음성이 들렸다.

"집으로 돌아가렴. 곧 비가 올 게야."

그는 떨어지는 빗줄기 속에서 조용히 무덤을 떠났다.

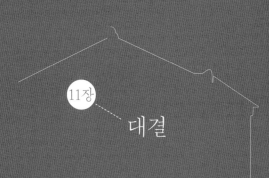

11장

대결

대결

1

주잉의 집에서 주잉을 찾았을 때, 밍량은 세상 곳곳을 돌아다니던 아내가 동네를 벗어난 적 없는 농가 아낙처럼 변한 것을 발견했다. 그리고 집 안 마당이며 마루, 탁자 등 곳곳에 주청팡의 사진과 제사용품들이 놓인 것을 보았다. 각각의 사진 앞에는 팔뚝만 한 향이 세 묶음씩 타고 있었다. 또 사진 양쪽에는 누군가에게 부탁해 '복수하지 않는 게 아니라 시기가 무르익지 않았네, 시기가 무르익으면 자연스럽게 복수하리'라고 적은 빨간 대련이 붙어 있었다. 연기로 자욱한 실내에 기쁨이 충만하고 신나는 음악이 흘러, 집 안 곳곳에 여름날 시냇물이 흐르고 황혼의 바람이 부는 것 같았다. 시아버지 쿵둥더가 죽은 그날부터 주잉은 대문을 닫아걸고 그렇게 지냈다. 이쪽 술상에서 아버지 사진 앞에 새 향초를 켜고 술 석 잔을 따른 뒤 몸을 숙여 술을 사진 앞에 뿌리면서 "해야 할 일을 이 딸이 전부 했으니 아버지는 그곳에서 편히 지내세요" 하고 말했다. 그런 다음 저쪽 술상으로 가서 사진 앞에 새 향을 꽂고 술을 따라 뿌리고는 "아버지, 쿵둥더 잡놈이 죽었어요. 마을과 진 사람들이 전부 그놈이 여자들 사이에서 죽었다는 것을, 어느 아가씨 몸 위에서 죽었다는 것을 알아요. 모두 뒤에서 침과 가래를 뱉고 있어요. 그놈 몸이며 머리에 뱉은 침과 가래가 호수 같아요" 하고 말했다.

이레 동안 주잉은 거의 눈을 붙이지 못했다. 대문을 닫아걸어 마을과 진의 누구도 그녀가 어디에 있는지 몰랐다. 그녀가 집에 있는 줄 아무도 몰랐다. 쿵둥더를 화장해 묻은 뒤 일곱째 날의 황혼이 주잉의 마당에 내려앉았을 때 주잉은 마당 의자에서 졸고 있었다. 눈을 떴을 때 그녀는 쿵밍량이 눈앞에서 경멸하듯 비웃는 표정으로, 장난치는 어린아이 보듯 자신을 바라보는 것을 발견했다.

그녀는 여전히 닫혀 있는 대문을 보며 물었다.

"어떻게 들어왔어?"

쿵밍량은 차갑게 웃었다.

"이제 만족해야지."

"진이 현으로 승격됐어?"

"내가 하고 싶은 말은 조만간 이혼하자는 거야."

밍량은 그녀 앞에 앉아 마당과 집 안 가득한 사진과 제사용품을 둘러봤다. 그리고 얼굴 앞으로 날아오는 향 연기를 손을 저어 쫓으면서 쓴웃음을 지었다.

"당신 아버지는 쿵씨 때문에 가래침에 숨이 막혀 돌아가셨지. 우리 아버지는 당신 주씨 때문에 돌아가신 뒤에 8대가 흘러도 씻지 못할 가래침에 뒤덮였고. 그러니 우리의 은원 관계는 끝났어. 더 이상 할 얘기가 없다는 뜻이야."

밍량이 말을 마치자 땅거미가 내렸다. 마당과 집 안 모두 황혼의 비탄과 슬픔에 잠겼다. 모기가 마당을 날아다녔다. 짙은 연기 때문에 마당에 내려앉지 못한 모기의 날개 소리가 허공과 마당 밖 거리에 윙윙 울렸다. 서로 이웃했던 자례 촌 위원회는 땅과 건물 모두 어느 회사에 팔렸다. 땅콩과 참깨로 기름을 만들어 파는 업체였다. 신선한 기름에 아교와 물을 섞고 돼지껍질과 소가죽, 허리띠와 장화 등을 섞어 참깨 한 근을 기름 세 근으로, 땅콩 한 근을 기름 세 근 반으로 만들었다. 장사가 잘되어 2층이던 건물이 20층으로 높아졌다. 건물 사방에 갈색이 도는 붉은 유리를 끼워 석양이 비칠 때면 건물이 꼭 횃불 같았다. 그 횃불 아래에 있는 주잉의 집은 불을 켜지 않아도 환하고 밝았다. 그 빛 덕분에 그녀는 밍량

의 손에 자례 현성의 개발계획도가 들린 것을 보았다. 그녀
가 밍량에게 몸을 기울이며 따뜻한 음성으로 말했다.

"내가 해야 할 일은 다 했어요. 이제 남은 것은 고분고분하
게 당신 여자로 사는 거예요. 당신이 순탄하게 현장이 될 수
있도록."

"생각해봤어요? 나랑 이혼하면 당신이 현장이 될 수 있을
까?"

주잉이 웃으며 또 말했다.

"세상 남자들은 전부 '천외천'을 못 떠나. 내 '천외천'이 없
으면 자례의 현 승격은 꿈도 꾸지 말아야지. 당신도 조만간
현장이 될 거라는 기대를 버려야 하고."

곧이어 어둠이 내려앉았다. 세상이 완전히 사라진 것처럼
캄캄해졌다. 남편 쿵밍량도 그림자처럼 사라졌다.

2

쿵둥더의 삼칠일 날, 주잉이 해 질 무렵 집을 나섰다. 초췌
하고 마른 데다 갑자기 흰머리까지 몇 가닥 생겨 삼십대가
아니라 사십대처럼 보였다. 촉촉하고 아리땁던 얼굴도 순식
간에 시들어버렸다. 진 거리로 나가자 그녀를 알던 사람들이

놀라서 뒷걸음질 쳤다. 그러고는 차마 말이 나오지 않아 입을 벌린 채 길가에 서서 그녀를 보았다. 주잉이 그들에게 웃음을 지은 뒤에야 고개를 끄덕여 인사했다. 그녀가 "식사하셨어요?" "가게 문 열었어요?" 하고 묻자 사람들이 "아, 네"라고 응대하며 황급히 다른 일을 봤다.

그녀가 놀라서 큰 소리로 물었다.

"나 몰라요?"

앞에 있던 사람이 딱딱한 웃음을 지으며 말했다.

"낯이 익은데. 낯은 익지만 생각이 안 나네요."

그녀가 소리쳤다.

"진장의 아내라고요. '천외천'의 주인인데 몰라요?"

대답한 사람은 황망하게 웃음을 거두고는 그녀를 피해 재빨리 달아났다. 주잉은 사태가 심각하다는 것을 알아차렸다. 자례 사람이 더 이상 그녀를 모른다니. 처음에는 당혹스러웠다가 나중에는 질겁해 번잡한 거리를 걷다가 뛰다가, 뛰다가 걸으며 바람처럼 지나갔다. 멀리 '천외천 위락성'이 보였다. 휑하고 조용했으며, 입구 위쪽에 걸렸던 네온사인도 사라지고 없었다. 문에는 넓고 긴 백지가 '×' 모양으로 붙어 있고 바닥 곳곳에는 유리 조각, 녹슨 철사, 문을 봉쇄할 때 사용한 접착제병이 나뒹굴었다. 그녀가 봉쇄된 문 앞으로 달려가 못 박힌 듯 섰을 때 얼굴에서 땀방울이 일순간에 터져 나왔다.

자동차가 그녀 뒤로 지나갔다. 장사하는 사람들이 그녀의 눈앞에서 흔들흔들 오갔다. 식당에서 채소와 쌀 씻은 물이 평소처럼 '천외천' 맞은편 하수도로 흘러갔다. 태양은 서쪽으로 넘어가기 직전이었다. 진으로 장 보러 나온 사람들이 짐을 들고 메고 집으로 돌아가기 시작했다. 석양의 문 앞에서 못 박힌 듯 잠시 서 있다가 건물을 돌아 '천외천' 뒷문으로 갔을 때, 주잉은 문지기이자 청소부였던 노인이 책걸상을 후원의 담 모퉁이로 옮기는 것을 발견했다.

"무슨 일이에요? '천외천'에 무슨 일이 생겼군요!"

그녀가 목청을 돋우며 물었다. 그 소리에 몸을 돌린 문지기 노인이 들고 있던 나무 의자 두 개를 바닥에 떨어뜨렸다.

"주잉 사장님이세요? 돌아오셨군요!"

노인이 힘겹게 두어 걸음 다가와 그녀 앞에 섰다. 그러고는 나무껍질처럼 거친 목소리로 사흘 전에 진장이 직접 사람들을 이끌고 와서 '천외천' 업소를 박살 냈다고 말했다. 아가씨를 전부 내쫓았을 뿐 아니라 뺨까지 때렸다고 했다. 업소를 부수고 아가씨를 내쫓은 뒤 진장은 아버지 쿵둥더가 죽은 2층에서 "아버지, '천외천'을 박살 냈어요. 이제 주잉은 진장, 현장의 아내가 아니에요. 저 쿵밍량도 아버지께 효도를 다한 셈이라고요" 하고 외쳤다고 했다. 노인은 진장이 말을 마친 다음 나체 선발쇼를 벌이던 무대에 가래침을 몇 차례 뱉고 일렬로 늘어선 소파를 하나씩 전부 걷어차며 무수한 고객이 앉았던 소파를 전부 들어내 부수거나 태우라고 시키고는 잔뜩 화가 난 모습으로 떠났다고 했다. 노인은 주잉의 뒤를 따르며 계속 말했다. 그들은 그렇게 앞서고 뒤따르면서 뒷문에서 '천외천'의 객실과 욕실, 계산대, 나체 선발쇼 무대로 갔다. 주잉이 앞서고 노인이 뒤따랐다. 말을 마친 노인은 주잉을 쫓아가 물었다.

"진장님이 정말 사장님과 이혼했나요? 이혼 얘기가 나와서 이렇게 못 알아볼 정도로 마른 거겠지요. 예전의 그 주잉 사장님이 맞아요?"

노인이 마지막으로 당부했다.

"아직 이혼한 게 아니라면 절대로 헤어지지 마세요. 진장님은 조만간 현장이 될 텐데 이혼만 하지 않으면 사장님은 정정당당한 아내, 부인이니 현에서 최고 권력자가 될 겁니다."

1층에서 2층으로 올라가자 커튼이 뜯겨진 창문으로 돌진해온 햇살이 복도와 계단, 열리거나 닫힌 방문에서 쉬고 있었다. 며칠 만에 여자들로 떠들썩하던 건물 바닥에서 무수한 풀이 왕성하게 자라났다. 벽 모서리에 돗자리 절반만 한 거미줄이 제 세상인 양 쳐져 있고, 손님과 아가씨들이 일을 치르기 전후에 씻던 하얀 자기 세면대에는 물이 고인 곳마다 작은 물고기와 새우가 생겼다. 물이 없는 곳도 워낙 습기가 많아 황폐한 정원처럼 잡초가 무성했다. 변기에서는 나무가 분재처럼 자라기도 했다.

창가의 햇볕 잘 드는 곳에서는 나뭇가지와 잎이 창문을 다 덮어버릴 듯 자라났다. 주잉은 여기를 잠시 둘러보고 저기에 잠시 서 있었다. 귀뚜라미 한 마리가 귀뚤귀뚤 울면서 다리를 타고 바짓가랑이까지 올라갔다가 힘껏 다른 곳으로 뛰었다. 화려한 객실의 커다랗고 둥근 물침대는 전기가 연결돼 겨울에는 따뜻하고 여름에는 시원하게 유지되어 돈 많은 고객과 아가씨들이 말랑말랑한 구름 위에 누운 듯 즐거워했다. 하지만 이제 물침대는 코드를 꼽지 않아 통째로 얼어 있었다. 거대한 검은 얼음 덩어리처럼 방 안에 놓여 냉기를 내뿜었다. 냉기 때문에 수도꼭지에도 얼음이 맺히고 세면대에 놓인 비누와 샴푸도 얼어붙었다. 주잉은 문 앞에 서 있다가 몸을 오들오들 떨면서 뒤로 물러났다. 노인이 들어가 벽돌 절반만 한 얼음덩이 같은 비누로 물침대를 두드리자 돌 두드리는 듯한 소리가 났다.

2층 홀 무대도 엉망으로 망가져 있었다. 휘장은 뜯겨 무대 위에 뭉뚱그려졌고 커튼은 떨어진 것도 있고 매달린 것도 있었다. 무대 뒤에서 아가씨들이 옷과 물건을 놓아두던 옷걸이는 베인 나무처럼 쓰러져 바닥과 걸상에 아무렇게나 쌓이고 걸려 있었다. 벽에 붙은 목욕탕 옷장 같은 개인 사물함은 전부 열린 채였고 수많은 아가씨의 옷과 색색의 팬티, 브래지어가 쌓여 있거나 바닥에 널려 있었다. 아가씨들이 무대에서 나체 쇼를 선보이려 할 때, 조만간 현장이 될 진장이 경찰들과 갑자기 들이닥쳤을 것이 분명했다. 그때 그녀들의 비명과 고객들의 아연실색이란 분명 늑대 무리를 만난 양 떼 같았을 터, 처음에는 어리둥절해하다가 나중에는 정신없이 도망쳤을 것이다. 급히 도망가느라 미처 챙기지 못한 아가씨들의 개인용 파우치가 호박이 주렁주렁 열린 것처럼 사방에 굴러다녔다. 파우치에서 굴러 나온 화장품 케이스가 여기 하나, 저기 하나 놓여 장미꽃을 피워냈다. 하지만 아쉽게도 며칠 동안 빛과 물을 접하지 못해 꽃잎이 떨어지고 검게 썩어 있었다. 주잉은 풀과 꽃잎 썩는 냄새를 맡을 수 있었다. 무대 중앙의 어수선함 속에서 그녀는 어느 파우치에선가 떨어진 콘돔 하나와 그 속에 생겨난 작은 올챙이 몇 마리를 발견했다. 물이 부족해 죽어버렸는지 작은 사체들이 콩알처럼 입구에 말라붙어 있었다. 죽어버린 작은 생명을 보자 주잉은 눈물이 나왔다. 하지만 눈물이 떨어지기 전에 얼른 손으로 얼굴을 훔치고 난장판이 된 무대를 향해 느닷없이 소리쳤다.

"나는 아직도 진장의 아내이고 '천외천'의 주 사장이야!"

"내가 아직 진장의 아내이고 '천외천'의 주 사장이라는 것을 알게 해주겠어!"

그렇게 목청을 돋워 소리친 뒤 몸을 돌려 남자들이 나체 쇼를 구경하던 자리를 향해 크고 날카롭게 외쳤다.

"자례가 현이 되고 쿵밍량이 현장이 돼도 나를 버릴 생각은 접어야 할 거야. 시장, 황제가 돼도 그는 나 주잉의 남자일 테니, 누구든 내 손에서 그를 빼앗을 생각은 말라고."

미친 것처럼 무대에서 고래고래 고함친 뒤 주잉은 또 몸을 돌려 자례진 거리를 향해 소리쳤다. 자례 남쪽의 진 정부 방향으로도 소리치고 자례진 바깥의 공장과 광산을 향해서도 소리쳤다. 날카롭던 그녀의 고함이 탁해지고 높은 강렬함에서 낮은 암울함으로 변했을 때 목과 입술이 갈라지고 입에서 피가 흘러나왔다.

마지막 남은 한 줄기 석양이 사라지기 직전, 주잉은 진 정부 회의실로 뛰어들었다. 회의실은 18층 건물 동쪽 끝에 위치해 창문을 열면 대도시들이 보이고 현장과 시장, 성장의 책상과 사무용 의자도 보였다. 진장이 회의실에서 현 승격 이후 현성 개발에 관한 설계도를 심의하고 있을 때 주잉이 문을 쾅 박차고 들어갔다. 건물이 완공되었을 때 진장의 집무실에는 여러 차례 들어가봤고 진장의 책상과 소파에서 사랑을 나누기도 했지만 18층 회의실에 들어간 것은 그때가 처음이었다. 회의실 안으로 들어간 그녀는 차가운 얼굴로 마당만큼 큰 회의실을 훑어보고 한가운데 놓인 방 세 칸 정도 되는 길고 넓은 회의 탁자와 그 위에 펼쳐진 고층 건물과 도로, 공원, 광장이 그려진 탁자만큼 큰 도시건설도를 봤다. 그리고 시선을 그녀의 남자이자 진장인 밍량의 얼굴로 돌렸다. 키가 조금 커지고 살집이 붙은 듯한 그는 현장이나 시장처럼 와이셔츠와 양복바지를 차려입고 있었다. 그의 얼굴에 예의 팽팽한 긴장과 입가의 사마귀가 없었다면 주잉은 그 순간 그를 못 알아볼 뻔했다. 창문 앞에 있던 그가 돌아섰을 때 입가의 검은 사마귀가 움직인 덕분에 그녀는 그가 바로 자신의 남자 쿵밍량이라는 것을 알아차릴 수 있었다. 그가 아직 현장이 되지 못한 진장이라는 것을 인식할 수 있었다. 그녀는 그를 잠시 노려보다가 돌연 회의실 탁자 한쪽에서 의자를 잡아채 창문 밑으로 옮긴 뒤 한쪽이 열려 천 리 바깥의 성장과 시장의 책상까지 보이는 창문으로 뛰어 올라갔다. 두 손으로 알루미늄 창틀을 붙잡고 바깥을 흘겨보고는 또 재빨리 머리를 안쪽으로 돌려 당황해 어쩔 줄 모르는 쿵밍량을 보았다.

"쿵밍량, 아직도 현장이 되고 싶어? 내가 여기서 뛰어내리면 자례가 현이 된다고 해도 너는 평생 현장이 못 돼!"

주잉이 자신 쪽으로 황망하게 다가오는 밍량에게 시선을 고정한 채 소리쳤다.

"거기 서. 한 걸음만 더 오면 뛰어내릴 거야. 당신 아직도 나랑 이혼할 생각이야? 이혼의 '이' 자만 꺼내도 뛰어내릴 거야. 내가 뛰어내리면 당신은 그 순간 살인범이 돼. 그럼 현장은 말할 것도 없고 진장조차 할 수 없을걸!"

주잉이 마지막으로 목청을 돋워 소리쳤다.

"누구든 다가오지 마! 한 발짝만 더 오면 18층에서 뛰어내리겠어. 전부 서! 그 자리에서 움직이지 마. 쿵밍량, 한마디만 묻자. 아직도 나와 이혼할 거야?"

"지금 이혼하지 않으면 현장이 될 텐데 이혼할 거야?"

"현장이 된 뒤에도 이혼하지 않으면 시장이 될 텐데 이혼할 거야?"

"시장이 된 뒤에도 이혼하지 않으면 성장이 될 텐데 이혼할 거야?"

창틀을 붙든 채 한참을 소리치느라 손과 발에서 힘이 빠진 그녀는 몸을 조금 움직여 지친 손발을 바꿨다. 그런 다음 사람으로 가득 찬 진 정부 회의실을 힐끗 쳐다봤다.

"모두 잘 들어요. 진 정부의 모든 간부들, 진장이 뭐라고 하는지 잘 들어둬요. 지금 내게는 한 가지 요구밖에 없어. 당신 왜 '천외천'을 부수고 봉쇄하면서 나랑 똑같은 장사를 하는 '세외도원'은 내버려뒀어? '세외도원' 사장인 청징은 당신한테 뭐야? 정부, 첩 아니면 창녀, 닳아빠진 애인? 이 자리에서 그 여자가 당신한테 뭔지 분명히 말해. 제대로 말하지 않으면 18층에서 뛰어내릴 거야. 여기 서니까 청징네 매춘집이 잘 보이네. 저 집 하나만 장사가 잘돼. 해가 떨어지면 공무원이랑 돈 있는 사람, 자지가 몽둥이만 한 서양인이 자동차를 몰고 '세외도원'에서 아가씨를 사지. 지금도 '세외도원' 마당은 차 댈 데가 없을 만큼 붐벼. 마당 바깥 대로도 매춘하러 온 손님들 자동차랑 자전거로 꽉 찼어. 도깨비불이라도 붙은 것처럼 장사가 잘돼서 우리 집 아가씨까지 '세외도원'으로 갔다니까! 쿵밍량, 당신은 내 남자야. 나는 당신이 촌장이 되도록 돕고 진장이 되도록 도왔어. 하지만 당신은 나를 돕기는커녕 내 가게를 망가뜨리고 부수고 봉쇄했어. 저 창녀네 색싯집은 저렇게 장사가 잘되게 하고. 쿵밍량, 똑똑히 들어. 당신은 내 남자야. 당장 '세외도원'도 봉쇄하고 부수라고 해. '천외천' 문에 붙인 것과 똑같이 하얀 종이로 막으라고. 청징 눈물을 쏙 빼놓고 장사 못 하게 하라고!"

"저 집 장사를 막을 거야, 말 거야?"

"마지막으로 물을게. 저 창녀 가게를 박살 낼 거야, 말 거야?"

그녀는 당황한 사람들의 모습과 진땀 흘리는 얼굴을 보았고, 회의실 바깥에서 웅성대는 진 정부 간부들과 그녀를 따라 구경 온 사람들을 보았다. 복도가 북적북적 인산인해를 이뤘다. 사람들이 목을 길게 빼고 입을 크게 벌린 채 까치발로 구경하느라, 하나같이 목이 길어지고 바지가 짧아지면서 바짓단이 올라가 검붉은 발목이 드러났다. 주잉은 위에서 내려다봤기 때문에 한눈에 모두의 모습을 볼 수 있었다. 마지막으로 그녀는 제일 앞줄에 있는 밍량에게 시선을 돌렸다. 진장의 위풍이 사라진 얼굴은 황망함으로 식은땀이 차올랐고, 창문으로 들어오는 빛처럼 난처함이 반짝반짝 달라붙은 그의 손은 갈 곳을 잃은 듯했다. 그는 창문으로 손을 뻗으려다가 행여 그녀가 창문에서 뛰어내릴까 봐 엉거주춤하게 손을 들고 있었다. 그녀는 아내라는 명분으로 그를 붙잡는 데 이미 성공했음을 알고 마지막으로 그와 그곳에 가득한 사람들에게 외쳤다.

"당장 청징의 '세외도원'을 박살 내라고 시켜!"

"현장은 말할 것도 없고 성장이 된 뒤에도 내 말을 들어야 해!"

"내 말을 듣기만 하면 내일부터 당신을 위해 빨래와 요리를 하고 아이도 낳아 잘 기를게!"

세상이 캄캄해졌다.

갑자기 칠흑같이 어두워졌다.

최후의 황혼이 커튼처럼 드리워지면서 세상을 모호함 속으로 용해시켰다. 곧이어 진과 공장, 멀리 광산의 불이 전부 들어왔다. 강변의 자갈, 대로의 전봇대, 진 바깥 들판의 잡초와 농토 모두 백금처럼 반짝였다. 검은 밤이 낮보다 환했다.

사람들의 부축을 받으며 창문에서 내려온 주잉이 그녀의 남자와 함께 진 정부에서 집으로 걸어갈 때, 대로에는 그녀를 몰라보는 사람이 없었다. 만나는 사람마다 다가와 그녀에게 고개를 끄덕여 인사를 하고 말을 건넸다. 예전보다 젊어지고 피부도 좋아졌다고, 삼십대가 아니라 이십대 같다고 했다.

승리

1

일부러 맞추기라도 한 것처럼 주잉의 분만일에 자례진이 현으로 승격되고 남편 쿵밍량이 진장에서 현장으로 승진했다. 이듬해 봄 3월 19일, 온 세상이 겨울잠에서 깨어났을 때였다. 현 승격 축하대회가 현위원회가 들어설 빌딩 부지에서 열렸는데 얼마나 많은 사람이 몰렸는지 운동장에 떨어진 신발만 꼬박 다섯 트럭 분량이었다. 그날 밤 운동장에서 신발을 수거해 간 자례현의 한 신발 공장은 분류해 짝을 맞추고 재가공한 뒤 다시 시내 신발 가게로 팔아 두 자릿수의 매출 증가를 기록했다. 그날 사람들이 마신 사이다와 광천수 때문에 음료 공장 몇 군데는 수도꼭지가 고장 났으며, 버려진 사이다병과 광천수병은 100여 명에 이르는 청소부가 꼬박 사흘 밤낮을 수거한 뒤에야 전부 음료 공장으로 돌려보낼 수 있었다. 그날 사용된 폭죽 때문에 도산 위기에 놓였던 폭약 가공공장이 살아났으며, 표어를 붙이느라 제지 공장 몇 곳의 종이가 바닥났다. 이후에도 자례현에서는 사나흘씩 대규모 축전이 벌어져 현의 경제와 문화, 정치가 호황을 누렸다.

주잉은 방금 진 병원에서 현 병원으로 격상된 곳에서 출산했다. 그날 현 병원은 환자를 전부 내보낸 뒤 병원 전체를 깨끗이 정리하고 현장 부인의 분만에만 집중했다. 병원 입구에 대형 꽃차가 여섯 대 정차하고 복도마다 꽃과 대형 화병이 놓였으며, 산부인과 문 뒤와 화장실에 프랑스 향수와 향료가 뿌려졌다. 주잉의 배 속에 태아가 제대로 자리 잡았는지 검사하기 위해 일전에 고가의 검사기기를 들여온 병원은 또 거금을 들여 일본산 복부 엑스레이기를 샀다. 병원장이 직접 분만을 주도했으며, 산부인과의 오십대 여주임이 분만 때 발생할수 있는 각종 사태에 대비하고자 미리 여덟 가지 대책을 준비하고 혈액 보관소에 혈장까지 확보해놓았다. 하지만 주잉이 분만 침대로 부축되었을 때, 소독된 출산용 이불을 덮고 원장과 몇 마디 막 나눴을 때, 아이가 세상 밖으로 나왔다.

"몸은 좀 어때요?"

원장이 묻자 주잉이 대답했다.

"병원 냄새가 코를 찌르네요."

"심장을 찌르는 듯한 통증이 올 테니 준비하고 계십시오."

원장의 말에 주잉의 얼굴이 두려움과 불안으로 뒤덮였다. 그녀가 큰 소리로 외치며 물었다.

"내 배가 왜 이러지? 내 배가 왜 이래? 왜 산처럼 무너져 내리죠? 왜 산처럼 무너져 내리는 거죠?"

원장과 산부인과 주임이 황망하게 침대로 다가가 이불과 주잉의 커다란 치마를 들추자 그녀의 자궁문이 성문처럼 활짝 열리고 아이가 그곳에서 걸어 나와 아무 소리 없이 몸을 웅크린 채 양수로 떨어지는 것이 보였다.

순산 소식은 진 정부의 간판을 막 떼어내고 현 정부 간판을 건 현장 사무실로 득달같이 전해졌다. 현 승격 축하 때문에 온종일 바빴던 밍량이 겨우 회전의자에 앉아 직원이 가져온 찻잔을 들었을 때 병원 원장이 신이 나서 달려왔다. 그가 현장에게 "사모님 자궁문이 넓어서 분만이 순조로웠습니다. 사내아이이며 여덟 근 여덟 냥*입니다"라고 하자 현장이 원장의 얼굴을 똑바로 쳐다보며 "정말 아들인가?" 하고 물었다. 원장이 진지하게 "정말 아들입니다. 여덟 근 여덟 냥, 얼마나 상서로운 숫자입니까"라고 대답하자 현장의 책상에 놓

* 4.4킬로그램. 중국에서 숫자 8은 부자나 복을 뜻하는 글자와 발음이 비슷해 행운으로 여겨진다.

인 만년필 펜촉에서 꽃 한 송이가 피어났다. 눈앞의 공문서에서도 봄날의 각종 수목과 화초가 나고, 맞은편 노란 배나무 소파의 손잡이와 등받이에서도 봄날의 파란 싹과 잎이 자라났다. 숲을 가득 메우는 식물의 맑은 향기와 신선함이 탁트인 사무실 곳곳에서 흩날렸다. 그 꽃과 향기를 접한 쿵밍량의 얼굴에 편안한 미소가 넘실거렸다. 그가 기쁨으로 가득한 원장의 얼굴을 보며 나직한 목소리로 물었다.

"방금 아내의 자궁문이 활짝 열렸다고 했나?"

원장이 고개를 끄덕이고는 역시 웃으며 조용히 대답했다.

"아이 낳기에 아주 좋습니다. 현장님이 둘째를 원하시면 사모님이 둘째를 낳을 수 있도록 필요한 의료증명서를 발급해드리겠습니다."

현장이 의자에서 일어나 원장과 악수했다.

"돌아가서 아내에게 아이 이름을 승리, 즉 성리라고 한다고 전해주십시오. 진의 현 승격이 마침내 성공하고 승리했으니 아이를 쿵성리라고 하겠다고. 일을 마친 다음에 모자를 보러 가겠다고 전하세요."

그 말을 듣고 원장이 나갔다.

원장이 나가자 현장은 집무실 주임을 불러 당장 공문 초안을 작성하라면서 "젠장, 일개 원장 따위가 내 마누라를 본 데다 감히 자궁문이 널찍하다고 해? 해직시킨다는 공문을 내려보내!" 하고 말했다. 집무실 주임이 재빨리 초안을 작성해 출력한 뒤 현 정부의 인장과 현장의 개인 인장을 찍어 병원장을 해임시켰다. 산부인과 주임은 병원 환경위생과로 보내 병원의 각종 쓰레기 처리와 위생을 담당하도록 했다. 또한 그 공문에 현 전체 인민을 대상으로 현장 집에 득남의 경사가 났으며 아들 이름이 쿵성리라고 공지했다.

2

산후조리는 여자에게 주어지는 장기 휴가여서, 주잉은 그 기간 동안 손에 물 한 방울 묻히지 않고 사람들이 오가는 현성 거리의 아무도 없는 벤치에 앉은 듯 한가롭게 지냈다. 남편 밍량이 현장이 되었다. 분만실에서 집으로 돌아온 그녀가 잠든 아이를 막 침대에 내려놓았을 때 대여섯 명의 보모가 찾아왔다. 중년과 젊은 여자들로 모두 아이를 낳고 기른 경험이 있었다. 그중 한 명은 스무 살도 채 되지 않았다. 지난달에 낳은 자신의 아이를 내버려둔 채 주잉의 집에서 보모를 하겠다며 기를 쓰고 온 것이었다.

주잉이 아들 성리를 침대에 뉘여 토닥토닥 재울 때 대문 두드리는 소리가 들렸다. 위층에서 마당으로 내려왔더니 나무와 담장에 까치가 새까맣게 모여 있었다. 아래층이 폭포가 요동치듯 새소리로 빽빽했다. 그녀가 옹기종기 모인 까치를 노려보며 말했다.

"내 아들이 시끄러워서 깨면 어떡할 거야?"

나무와 지붕, 담장에 있던 까치가 울음을 멈춰 조용해졌다.

그녀가 또 허공에 손을 흔들며 "저리 가" 하고 말했다.

까치가 전부 날아갔다. 방에서 잠든 아이를 깨우지 않으려고 날개 소리마저 흙으로 떨어지는 빈약한 나뭇잎처럼 침울하고 나른했다. 마당이 조용해지고 새들은 종적을 감췄다. 주잉이 상쾌해진 마음으로 대문을 열자 대여섯 명의 보모가 짐과 소개장을 들고 기다리고 있었다. 현 조직부 소개로 온 사람도 있고 공상국 소개로 온 사람, 농업축산국 소개로 온 사람도 있었다. 나이가 가장 어린, 방금 아이를 낳은 사람은 홍보부장 양바오칭이 특별히 파견한 사람이었다.

주잉이 그들을 보며 말했다.

"보모는 한 사람이면 충분한데."

그러자 모두 대답했다.

"그럼 저를 남겨주세요."

그들 사이에 말다툼이 벌어져 대문 밖이 한바탕 시끄러워졌다. 모두 각 조직에서 파견되었기 때문에 주잉 곁에 남아 보모로서 현장의 아들을 돌볼 수 없을 경우 돌아가서 윗사람들, 국장이나 부장에게 된통 욕먹을 거라고 하소연했다. 자신의 능력과 장점을 늘어놓으며 보모로 더할 나위 없이 적합하다고, 주잉을 시중들고 현장의 아들을 돌보는 데 자신이 최적이라고 말했다. 한바탕 소동이 지나간 뒤 주잉이 그녀들의 소개장과 추천서를 일일이 받아 대강 훑어보고 "아들에게 소젖이나 양젖이 아니라 사람 젖을 먹여야 하지만 내 젖이 부족하니 누가 젖이 나오나?" 하고 물었다.

결국 방금 아이를 낳은 스무 살 여자와 요리 잘하는 가장 나이 많은 여자가 남았다. 한 사람은 아들 성리를 돌보고 한 사람은 주잉의 음식과 빨래를 담당해 주잉은 한가해졌다. 한가하게 보낸 지 사흘째 되던 날, 문득 쿵밍량이 아직 아들을 보러 오지 않았다는 게 떠올랐다. 닷새째 되었을 때 그녀는 하루 종일 '현장이 아무리 바빠도 자기 아들은 보러 와야지!'라는 생각에서 벗어날 수가 없었다. 그래서 쿵밍량에게 전화를 걸었더니 청징이 받았다. 청징은 주잉의 목소리를 듣자마자 전화를 끊어버렸다. 주잉이 다시 걸자 처음에는 아무도 받지 않다가 결국 누군가 받았는데 아니나 다를까, 첫조각처럼 차가운 청징의 목소리가 들려왔다.

"보모가 부족한가요?"

"쿵 현장님은 현 전체 인민의 사람이지, 당신 개인의 남자가 아닙니다."

"앞으로 일이 있으면 제게 말씀하세요. 저는 집무실 청 주임입니다. 쿵 현장님의 일은 전부 제가 관리합니다!"

수화기를 내려놓고 주잉은 다시 한번 현 정부 빌딩으로 바람처럼 달려갔다. 그녀를 막는 경비에게 예전처럼 "나는 현장 부인인 주잉이야, 몰라?" 하고 소리치고 엘리베이터 도우미에게도 "나 주잉이야, 몰라?" 하고 고함쳤다. 현장 집무실에 도착하자 예전에 그녀를 봤던 직원들이 전부 문 앞으로 나와 공손히 인사했다. 오직 청징만 나뭇잎이 무성한 나무처럼 복도에 버티고 서서 그녀를 막을 뿐이었다. 원래 청징은 주잉보다 작았지만 상아색 하이힐을 신고 여 간부들처럼 깃 있는 양복에 새하얀 블라우스를 입어 위엄 있어 보였다. 더이상 자례진 천외천 거리의 '세외도원' 사장 같지 않았다. 그녀는 간부처럼 주잉 맞은편에 서서 웃으며 나직하게 말했다.

"사모님, 안녕하세요?"

주잉이 그녀의 뺨따귀를 올려붙였다.

청징이 웃음을 거두고 여전히 나직한 목소리로 말했다.

"감히 내 뺨을 때려?"

주잉이 흥 하더니 다시 한번 따귀를 날렸다.

청징이 비틀거리는 몸을 넘어지지 않게 다잡으며 덜덜 떨리는 목소리로 "네 아들의 아비가 현장님이라고 보증할 수 있어? 아들이 자라면서 현장님을 닮지 않고 다른 사람을 닮을까 걱정되지 않아?" 하고 물었다. 그렇게 묻는 동안 한 송이 꽃이 벌판에 피어나듯 미소가 다시 그녀의 얼굴로 돌아왔다. 그녀가 주잉에게 한 걸음 다가가 손으로 빨갛게 부어오른 자기 왼뺨을, 피가 얼굴로 흘러나오지 않게 누르는 것처럼 문지르고는 더 나직한 목소리로 말했다.

"주가야, 가라. 나한테 잘하면 현장님께 아무 말도 하지 않을게."

"주가야, 앞으로 다시는 여기 오지 마. 여기는 내 거고 너희 집은 네 거야. 나한테 잘하면 현장 마누라 자리는 너한테 남겨줄게."

"주가야, 돌아가서 방법을 좀 찾아봐. 아들이 자라면서 쿵 현장님을 닮도록 말이지. 절대 다른 사람 닮게 두지 말고."

청징 앞에 멍하니 서 있는 동안 주잉의 이마에 땀이 송골송골 맺혔다. 창문으로 들어온 햇살이 허공에서 전부 구부러지고 꺾였다. 꾀꼬리 한 마리가 화려한 몸을 드러내며 높은 창턱에 내려앉아 창문 너머로 복도에 선 주잉을 바라봤다. 그런데 다시 날아가려 하자 노랗고 빨간 깃털이 전부 빠지더니 창턱과 허공에서 빙글거리며 사라졌다. 그렇게 털이 다 빠진 꾀꼬리는 돌연 벌거숭이 참새가 되어 쨱쨱 몇 번 울고는 다른 참새 무리에게 날아갔다. 현기증이 나면서 창문과 복도, 사람들의 얼굴이 주잉 앞에서 빙글빙글 돌았다. 주

362

잉은 그대로 쓰러질까 봐 걱정하면서 정신을 잃기 전에 다시 청징에게 시선을 맞췄다. 주름 하나 없이 매끈하고 환한 청징의 눈가를 보았을 때, 주잉은 가슴이 덜컹 내려앉아 급히 벽을 짚었다. 그렇게 벽을 따라 쓰러지려 할 때 그녀는 태어난 지 보름 된 아들이 집에서 발을 구르고 눈을 부릅뜨며 소리치는 것을 들었다.

"엄마……."

"엄마……."

길고 다부진 그 외침이 주잉을 넘어지지 않게 지탱해주었다. 청징과 헤어질 때 그녀는 복도에서 원래처럼 목청을 돋우며 "쿵밍량은 평생 내 남자야! 자례는 평생 우리 쿵씨 가문 거야!" 하고 소리쳤다. 그런 다음 청징과 모두의 시선 속에서 몸을 돌려 왔던 길을 되돌아갔다.

그녀가 집에 돌아오자 두 보모는 인사도 없이 사라지고 없었다. 그때부터 주잉의 집에는 그녀와 아들 그리고 번영이 끝난 뒤의 처연함만이 남았다.

12장

방위사업

영웅의 행적

1

자례에서 군영으로 돌아간 쿵밍야오가 중대장을 찾아가 말했다.

"무공(武功)도 파십니까? 제가 하나 살 수 있습니까?"

"중대장님, 가격을 알려주십시오. 정말 3등 무공을 하나 사고 싶습니다."

"이렇게 오래 군 생활을 하면서 노력했지만 무공을 하나도 세우지 못했습니다. 이제 가격이 얼마든, 중대장님이 파실 수만 있다면 3등 무공 하나 사겠습니다. 혹은 2등 무공을 사서 고향에 선물로 가져가겠습니다."

저녁을 먹은 뒤 군영이 노을 속에 완전히 잠겨, 연병장에 있는 각 중대 대열이 좌우로 움직이는 성벽처럼 보였다. 연병장 옆의 나무가 바람 속에서 하나, 둘, 셋, 넷 구령에 맞춰 노래했다. 매일, 매년 훈련 중에만 손에 들 수 있는 장총과 권총이 약혼했지만 결혼은 하지 않은 젊은이처럼 특유의 절실함으로 온몸에서 맨질맨질 기름을 흘렸다. 바로 그때, 쿵밍야오가 행장을 들고 군영으로 돌아왔다. 심장이 터질 듯 부풀고 가슴속에서 흘러나오는 강물 같은 기쁨이 배를 띄울 수 있을 정도로 도도하게 굽이쳤다. 그는 자신에게 이렇게 많은 돈이 생길 줄 상상조차 하지 못했다. 자례를 떠나 군영으로 돌아갈 채비를 하던 날, 집 앞에 무심히 서 있을 때 늘씬한 아가씨가 그 앞을 지나면서 웃음을 지은 것도, 그러자 발밑에서 파란 덩굴이 뻗어 나온 것도 전혀 생각하지 못한 일이었다.

그가 덩굴을 멍하니 바라볼 때 늘씬한 아가씨가 돌아오더니 차분한 얼굴로 "우리 오빠랑 닮았네요. 우리 오빠가 당신처럼 생겼는데" 하고 속삭였다. 그가 당황해 어쩔 줄 몰라 하며 아가씨를 물끄러미 바라봤다. 손마디만 한 눈썹이 가닥가닥 까맣게 빛나면서 달처럼 둥그스름한 모양으로 아가씨의 아름답고 매혹적인 눈에 매달린 것과 새벽 태양의 한 줄기 빛 같은 입가의 웃음을 보았다. 그는 그렇게 가까이서 아가씨와 있어본 적이 한 번도 없었다. 아가씨 몸에서 풍기는 향기, 말하자면 살냄새와 향수 냄새를 군영에서는 한 번도 맡아본 적이 없었다. 웃으며 말을 걸 때의 얼굴은 한여름의 작렬하는 꽃 무더기 같았다.

"저랑 자례 거리를 좀 거니실래요?"

"정말 군인이면 저 밥 좀 사주세요."

"괜찮으시면 저 호텔에 방을 하나 잡아 둘이서만 이야기해요."

군영에 돌아와서도 밍야오는 그날 노을이 지기 전에 일어났던 일들이 도무지 믿기지 않았다. 그가 실제로 했던 일들이 하나같이 믿기지 않았다. 물통을 뒤집어쓴 것처럼 얼굴과 머리가 온통 땀으로 뒤덮였다. 바로 그 순간, 발밑의 덩굴이 가지와 잎마다 빨강, 노랑, 보라 꽃을 피웠다. 코를 찌르는 꽃향기에 취해 온몸이 녹지근해지고 다리에 힘이 풀려 하마터면 꽃 무더기로 쓰러질 뻔했다. 그가 아가씨를 따라 걸어가자 꽃 덩굴이 뒤에 남았다. 하지만 길모퉁이까지 따라갔을 때, 그가 입대하기 전 길모퉁이에 버려졌던 연자방아에서 또 동백꽃이 피어났다. 호텔 입구에 이르렀을 때는 문 앞의 돌사자 한 쌍이 갑자기 입구에 놓이는 손님맞이용 꽃바구니로 변했다. 바구니에 장미, 국화, 부용, 새빨간 봉황꽃이 가득 꽂혀 호텔 양쪽에 활활 타오르는 불덩이 두 개가 놓인 것 같았다. 마지막으로 그다지 화려하지 않은 호텔로 들어가 열쇠를 문에 가져갔을 때, 분명 노란 페인트가 칠해져 있던 문이 아래쪽 페인트가 갈라지고 오래된 칠이 뭉텅뭉텅 일어나더니 열쇠를 구멍에 넣는 순간 불그레하게 새로 칠해진 문으로 바뀌었다. 페인트 냄새가 그녀의 향기와 뒤섞여 호수처럼 덮쳐오는 바람에 그는 그대로 호수에 빠져 죽는 줄 알았다. 이미 호텔에서 몇 호에 묵었는지, 방 안 배치와 인테리어가 어땠는지 전혀 기억나지 않았다. 그저 문을 열었을 때 눈처럼 하얗고 커다란 침대에 놓였던 비단꽃들이 불물을 얼굴에 끼얹듯 그의 눈으로 날아들었던 것만 기억날 뿐이었다. 비단꽃이 7센티미터 두께로 두툼하게 깔려, 몸이 푹신한 침대에 묻히지 않았다면 분명 비단꽃 위로 미끄러져 내렸을 것이다.

그 비단꽃 침대에서 그는 그녀와 그 일을 했다.

그녀가 그를 이끌어 그 일을 치렀다.

일을 끝내고 나자 침대의 비단꽃 꽃잎이 온통 땀범벅이 된 그의 몸에 달라붙었다. 그가 침대보로 몸을 가린 채 꽃잎을 떼어내는 동안 그녀는 어느새 침대에서 내려가 옷과 치마를 입었다. 그가 한 번 더 했으면 할 때 그녀가 7센티미터 정도 되는 작은 사진을 손에 쥐여주며 말했다.

"당신은 우리 오빠랑 닮았어요. 난 어릴 때부터 내 몸을 오빠에게 주고 싶었지만 줄 수 없었죠. 이제 당신에게 주었으니 우리 오빠에게 준 거랑 똑같아요."

그런 다음 또 말했다.

"나랑 결혼하고 싶어요? 나를 원하면 군대에서 퇴역해요. 내 이름은 거편상이에요. 분홍 향기가 하늘에 흩날린다는 뜻이지요. 솔직히 자례의 어떤 아가씨도, 세상의 어떤 여자도, 당신이 평생 보고 들어온 여자 중 그 누구도 나보다 피부가 좋지는 않을 거예요. 누구도 이 편상의 몸매를 따를 수 없고 이 편상보다 예쁘지 않다고요. 나를 얻고 싶으면 제대해요. 3년이든, 5년이든, 평생이든 자례에서 당신을 기다리고 있을게요. 이 세상에서 당신을 기다릴게요. 당신은 우리 오빠랑 닮았고 나는 어려서부터 우리 오빠에게 시집가고 싶었거든요."

그런 다음 그녀는 비단꽃이 만개한 방에서 사라졌다. 급한 일이 있어서 꼭 가봐야 한다며, 함께 있을 수 없다며 떠났다. 자신이 보고 싶으면 사진을 보고, 그래도 그리우면 당장 부대를 나오라고 말했다. 그가 옷을 입고 단추를 꿰기도 전에 그녀는 호텔방에서 무지개처럼, 바람에 흩어지는 구름처럼 순식간에 사라져 그 순간에 도대체 무슨 일이 일어났는지 알수가 없었다. 하늘에서 뚝 떨어진 사랑은 손안의 물거품처럼 손바닥에 물방울 얼룩만 남긴 채 눈 깜짝할 사이에 터져버렸다. 그녀가 나간 뒤 문이 닫히는 것을 보며 손안의 사진을 들어 올린 밍야오는 불에 덴 것처럼 깜짝 놀라 사진을 침대에 떨어뜨렸다. 그제야 그것이 그녀의 전라 사진이라는 것을 알았다. 그녀가 분홍색 매끈한 고기처럼 침대에 앉아 있고 두

다리 사이의 은밀한 곳에 기이할 정도로 커다란 장미꽃이 활짝 피어 있었다.

다음 날 그는 부대로 향했다.

그다음 날 노을이 지기 직전 군영에 도착했을 때 그는 흥분에 휩싸여 있었다. 귀신에 씐 것처럼, 그녀에게서 받았던 느닷없고 자극적인 달콤함만 떠올리면 어떤 욕망 같은 것이 몸에서 빠져나오려 했다. 또 수중에 생긴 100만 위안을 떠올리면 누군가의 얼굴에 오줌을 갈긴 뒤 그 돈으로 얼굴을 닦아주고 싶었다.

군영으로 들어가기 직전, 그는 입구에서 앞뒤 좌우를 살피다가 자기도 모르게 피식 웃었다. 지난 며칠간 자신에게 일어난 일이 정말인가 싶어서 주머니에 손을 넣어 하얀 종이로 싼 작은 사진을 만져보았다. 그런 뒤에야 가슴을 내밀며 초병 둘이 있는 군영 대문으로 걸어갔다. 문을 지날 때 초병이 경례했다. 그는 답례한 다음 사탕을 한 움큼 집어 초병의 주머니에 넣어주면서 사탕 속에 100위안짜리 지폐 한 장을 끼워 넣었다. 주머니에서 사탕을 꺼내던 초병이 100위안짜리 지폐를 보고 깜짝 놀라 쳐다보았다.

"내가 백만장자라는 걸 믿겠나? 철수하면 그 돈으로 밖에서 밥이나 사 먹게."

그렇게 말하고는 행여 초병이 돈을 돌려주러 쫓아올까 봐 얼른 자리를 떴다. 도중에 같은 중대 소속의 병사 둘을 만났을 때도 똑같이 사탕을 한 움큼 집어 주었다. 역시 사탕 모양으로 구긴 50위안이나 100위안짜리 지폐가 들어 있었다. 그는 중대로 가는 내내 돈이 섞인 사탕을 한 움큼씩 나눠 주었다. 그리고 전우에게 사탕과 돈을 찔러준 뒤에는 혹시 그 사람이 돈을 발견하고 돌려줄까 봐 얼른 자리를 떠났다. 나중에 정말로 한 사병이 돈을 가지고 찾아왔다.

"분대장님, 사탕 속에 돈이 있습니다."

밍야오는 정중하게 손을 밀치며 말했다.

"나를 무시하는 건가? 내가 백만장자라면 믿겠나?"

사병이 잠시 어리둥절해하다가 웃으며 돈을 가지고 나갔다. 그렇게 모든 일이 기분 좋게 마무리되었다. 만일 그 사병이 돈을 돌려주겠다고 고집 피웠다면 그는 돈을 갈기갈기 찢은 뒤 눈을 부라리면서 "내가 환심 사려고 뇌물이나 주는 사람으로 보이나? 자네가 그럴 만큼 대단한 것 같아? 자네 입대한 지 몇 년 됐어? 나는 몇 년 된 것 같아? 내가 분대장이라고 불릴 때 자네는 길 가다 군인을 보면 아저씨라고 불렀어!"라고 호통칠 생각이었다.

쉴 새 없이 떠들고 훈련시키는 동안에도 그의 한 손은 어떻게든 계속 주머니로 들어가 7센티미터의 그 작은 사진을 만지작거렸다. 사진이 있어야 말할 수 있지, 없다면 말할 배

짱조차 없는 사람 같았다. 노을의 어스름이 덮쳐올 때 저녁 훈련에 참가하지 않은 취사병, 위생병, 가축 사육병, 보초를 끝낸 사병 등이 전부 밍야오의 숙소로 모여들었다. 그들은 경례하고 분대장님, 쿵 소대장님 하고 불렀다. 그러고는 밍야오의 침대 옆에 둘러앉아서는 "집안은 편안하십니까?" "아버님 장례는 순조롭게 잘 치르셨습니까?" "아버님은 무슨 병으로 돌아가셨습니까?" "일흔이면 호상이긴 하지만 요즘은 여든, 아흔까지 사시는 경우도 적지 않은데" 하고 말했다. 곧이어 태양이 떨어지고 저녁 훈련을 마친 병사들이 연병장에서 중대로 돌아왔다. 나팔 소리와 내무반 회의를 알리는 호각 소리가 빗발치는 탄환 속에서 음악처럼 울렸다. 모두 밍야오의 곁을 떠나 자리로 돌아갔다. 소대장 대리를 맡고 있는 분대장이 집에 다녀오더니 돈이 군영 내 백양나무 잎사귀만큼 많아졌다는 것을 모든 중대원이 알고 있었다. 그래서 모두 놀라고 어안이 벙벙해졌다. 사실이라고 받아들인 사람은 "와!" 하고 외마디 소리를 지르고 믿지 못하는 사람은 한참을 생각하다 "어떻게? 어떻게 그래?" 하며 연신 고개를 흔들었다.

중대의 불이 꺼진 뒤 중대장이 사람을 보내왔다. 예전에는 큰일이든 작은 일이든 쿵밍야오가 먼저 중대장 처소로 가서 보고했지만 이번에는 중대장이 연락병을 세 번째 보내왔을 때에야 건들거리며 중대부로 들어갔다. 중대장 숙소는 중대부 막사의 동쪽에 위치했다. 안에 있는 물건이라야 침대와 탁자, 의자, 세숫대야, 세면대, 플라스틱 물통, 침대 벽에 걸린 총, 맞은편 벽에 붙은 세계 지도가 전부였다. 쿵밍야오가 문 앞에서 "보고합니다!" 하고 외친 뒤 절도 있게 경례를 했다.

중대장이 말했다.

"휴가에서 돌아오면 나한테 복귀 보고를 해야 하지 않나?"

밍야오가 웃었다.

"설마 자네 진급하고 싶지 않은 건가? 기율을 어기겠다는 거야?"

밍야오가 웃었다.

"잘 들어. 자네 진급 보고서가 아직 내 손에 있네. 아직 올려 보내지 않았다고."

쿵밍야오는 여전히 웃는 얼굴로 중대장의 의자에 앉았다. 중대장은 자기 침대에 앉았다. 그런 다음 쿵밍야오가 중대장에게 그 말을 했다.

"무공도 파십니까? 제가 하나 살 수 있습니까?"

"중대장님, 가격을 알려주십시오. 정말 3등 무공을 하나 사고 싶습니다."

"이렇게 오래 군 생활을 하면서 노력했지만 무공을 하나도 세우지 못했습니다. 이제 가격이 얼마든, 2등이나 3등 무공을 사서 고향에 선물로 가져가고 싶습니다."

그렇게 말하는 동안에도 쿵밍야오는 7센티미터의 그 작은 사진을 손에서 주물럭거렸다. 펄펄 끓는 불덩이를 만지는 것처럼 손바닥에서 땀이 배어 나왔다. 사진이 땀에 젖을까 봐 그는 중대장이 보지 않을 때 얼른 사진을 주머니에 넣은 뒤 단호하고 결연한 걸음으로 중대장 숙소를 나왔다. 걸을 때마다 쇠망치로 다듬잇돌을 두드리는 듯한 소리가 났다. 한편 중대장은 문밖으로 배웅하러 나오다가 문이 반쯤 열렸을 때 걸음을 멈추고 문 앞에 멍하니 섰다. '저 고참병을 진찰해보라고 군의관을 중대로 불러야 하나? 집에 다녀오더니 정신이 나갔나?' 하는 생각이 들었다.

쿵밍야오는 갑작스럽게 퇴역을 결정했다.

더 이상 군대에서 진급하지 않으리라 결정한 건 아주 평범한 어느 밤이었다. 그날 밤, 컴컴한 침대에서 그는 잠을 이룰 수가 없었다. 계속 발기가 되었기 때문이다. 그는 편샹의 사진을 꺼내 보다가 벌떡 일어나 앉은 뒤 일말의 주저함도 없이 퇴역을 결정했다.

그렇게 퇴역하기로 결정했다.

2

밍야오가 연말에 군대를 떠나겠다고 결정한 이후 중대에서는 이상한 일이 끊이지 않았다. 매주 모범 병사를 선출할때마다 쿵밍야오가 만장일치로 당선되고, 매달 선정하는 이달의 병사도 거의 몰표로 쿵밍야오가 뽑혔다. 사격대회 때는원래 한 사람당 열 발씩 쏘기 때문에 100점이 최고 점수였지만 쿵밍야오의 과녁에는 구멍 스물다섯 개가 뚫리고 240점이 나왔다. 또 지역 우체국에서 쿵밍야오를 칭송하는 편지가매일 날아들었다. 길에서 물건 사는 것을 도와주었다거나 병원에서 입원비가 부족하거나 가져오지 않은 환자의 비용을대신 내주었다거나 하는 내용이었다. 또 가난한 산골 출신의병사 집에서 아들 명의로 돈을 받았다는 연락이 오기도 했다. 그런데 정작 그 병사는 집에 돈을 부친 적이 없었다. 그들은 나중에서야 분대장인 쿵밍야오가 보냈다는 것을 알고 감사를 표하기 위해 돼지머리 고기와 땅콩, 맥주, 백주를 사 왔다. 그러고는 주말에 밍야오와 10여 명의 동향 사람들을 병영 수풀로 초대해 바닥에 신문지를 깔고 술판을 벌였다. 술이 한껏 올랐을 때 병사들이 반쯤 채운 술잔을 쿵밍야오 앞으로 내밀며 말했다.

"분대장님, 아무 말도 하지 않겠습니다. 드시죠!"

술병 몇 개가 허공에서 몇 차례 흔들리더니 이내 밑바닥이 드러났다.

흥이 한창 오르고 수많은 술병이 또다시 허공에서 쨍쨍 부딪칠 때 병사들이 수류탄 들듯 술병을 높이 들고 맹세하는 것처럼 "말씀하십시오, 분대장님. 저희가 필요한 일이 있으십니까?" 하고 물었다. 그러자 쿵밍야오가 "특별한 건 없고 돌아가서 각자 받은 훈장과 표창장을 가져오게. 그 증서와 훈장을 달고 사진 몇 장 찍으면 좋겠어" 하고 말했다. 그래서 모두 가져왔다. 얼마 뒤 쿵밍야오는 3등 도금훈장 열 개와 4등 도금훈장 네 개를 가슴에 꽂고 손부터 턱 밑까지 책더미 같은 빨간 표창장을 들고는 수풀 옆 열병대에서 사진을 찍었다. 전우들이 또 무엇을 하고 싶은지 묻자 "자네들을 청군과 홍군으로 나눈 다음 청홍 대항전을 지휘해보고 싶네" 하고 말했다.

그래서 모두 술을 들이켜고 한 무더기의 맥주와 백주 술병을 숲에 모은 다음 둘로 갈라져 열병대 아래에 양쪽으로 섰다. 쿵밍야오는 색색의 작은 깃발을 들고 단상 중앙에 섰다. 그가 홍기를 들자 단상 아래의 홍군이 앞으로 달려가고 청기를 들자 청군이 뒤로 철수했다. 황기를 들자 양측 군대가 엎드리거나 누워 덤불과 숲속에 숨었으며 청기와 홍기를 가슴 앞에서 교차시키자 양군이 대치해 격투를 벌였다. 서로 주먹을 날리고 다리를 걸어 넘어뜨렸다. 넘어진 사람은 이를 악문 채 다시 일어나고 피가 나는 사람은 흙으로 얼굴과 손, 팔의 상처를 막은 뒤 다시 죽자사자 하며 치고받았다. 밍야오가 열병대 앞쪽으로 나와 황기를 높이 들어 올렸을 때에야 양쪽 진영이 격투를 멈추고 뒤로 물러나 쉬었다.

모두 다시 숲속의 술병 더미로 돌아가 얼굴의 피를 닦고 몸의 흙을 털었다. 누군가 "쿵 분대장님, 전술 지휘가 중대장님보다 훨씬 전문적이십니다" 하자 다른 사람이 "분대장님, 그동안 영웅 대접을 받지도 못하시고 장교나 장군도 되지 못하셨다니. 젠장, 너무합니다. 재능을 너무 썩히셨습니다"라고 말했다. 그렇게 칭찬하고 치켜세우면서 남은 술을 마시고 있을 때 중대의 집합 소리가 들렸다. 황급히 일어나 중대로 달려갈 준비를 하는데 쿵밍야오는 집합 신호를 못 들은 것처럼 계속 나무 그늘에 앉아 있었다. 모두 자리에 서서 그를 보았다.

"분대장님, 저희는 분대장님을 따르겠습니다. 돌아가라고 하시면 돌아가고 가지 말라고 하시면 가지 않겠습니다."

밍야오가 물었다.

"돌아가지 않으면 질책받을 텐데?"

모두가 대답했다.

"얼마든지 하라고 하십시오."

"처분받으면 어쩌려고?"

모두가 말했다.

"얼마든지 하라고 하십시오."

쿵밍야오가 자리에서 일어나 산처럼 쌓인 빈 병을 나뭇가지로 덮었다. 그는 10여 명의 병사에게 최대한 빨리 키순으로 정렬하라고 외치고는 "차렷! 열중쉬어! 좌향좌! 뛰어갓!" 하고 구령을 외쳤다. 그런 다음 대오를 이끌고 중대 반대 방향으로 뛰어갔다.

시내 해자(垓字)에서 가장 외진 곳이라 강으로 투신자살하는 사람이 많은 다릿목 방향이었다.

3

그날 밍야오와 그의 대원들은 땀을 뻘뻘 흘리며 군영에서 시의 해자 북쪽에 있는 다리로 갔다. 도시 건설과 별 상관 없는 곳이라 다리난간은 오래전에 아득한 과거의 시간 속으로 사라지고 없었다. 낡은 성벽은 멀쩡한 곳도 있었지만 무너진 부분도 많아 반쯤 이가 빠진 잇몸 같았으며, 며칠 비가 내리면 벽돌 틈새에서 성벽을 뒤덮을 만큼 풀이 자랐다. 성벽 아래의 강물은 오랜 세월 속에 수심이 몇 미터에 이를 정도로 깊어졌고, 시내 굴뚝에서 나오는 연기처럼 무성한 수초로 뒤덮였다. 워낙 오래되고 외져 시내에서 일부러 찾아오는 사람이 거의 없었기 때문에 성도 자살자들에게 최적의 장소로 꼽혔다. 또 바로 그런 이유로 그곳에 빌딩이나 주택을 짓는 사람이 없어 점점 죽으려는 자와 구조하려는 자가 선호하는 장소로 변해갔다.

오후 2시 남짓해 그곳까지 뛰어간 밍야오와 대원들은 미처 발을 멈추고 땀을 닦기도 전에 한 소녀가 다릿목에서 머리를 풀어 헤치고 슬픈 얼굴로 서 있는 것을 발견했다. 삶과 죽음을 놓고 망설이는 듯했다. 그 순간, 밍야오 일행이 도착했다. 소녀가 풍덩 물로 뛰어들자 전사들이 "분대장님, 빨리! 분대장님, 어서요!" 하고 외쳤다. 밍야오가 단추를 풀고 신발을 벗기 시작했을 때 또 한 전우가 "늦겠습니다. 벗다가 늦겠습니다!"라고 소리쳤다. 그래서 쿵밍야오는 뛰다시피 허공으로 신발을 벗어 던지고 소녀가 뛰어내린 방향으로 몸을 날렸다. 햇살 속에서 아름다운 곡선을 그리며 물고기처럼 강물로 뛰어들었다.

곧이어 전우 몇 사람도 물고기가 팔딱거리듯 강물로 뛰어들었다.

얼마 뒤 소녀가 구조되었다.

소녀는 실연을 견딜 수 없어 자살을 택했다고 했다. 구경꾼이 점점 많아지고 소녀의 부모와 남자친구가 달려와 쿵밍야오와 그의 전우들에게 고마움을 전했다. 하지만 쿵밍야오 일행은 상투적인 말로 응대한 뒤 자리를 떠났다. 자살하려던 소녀와 가족에게 이름조차 남기지 않았다.

날이 쌀쌀해지면서 고참병의 퇴역 작업이 준비 단계에 들어갔을 때, 수백수천에 이르는 사람들이 성도에서 군영으로 징과 북을 치고 깃발을 흔들면서 몰려왔다. 그들은 하나같이 감사와 칭송의 글을 적은 빨간 종이를 들고 있었다. 군영 입구에서 "쿵밍야오 동지를 배우자!" "쿵밍야오 동지에게 경의를!" 하고 구호를 외칠 때마다 주먹을 한 차례씩 허공으로 쳐들고 흔들었다. 알고 보니 지난 몇 달 동안 쿵밍야오가 무명의 영웅으로 열일곱 명의 생명을 구했다는 것이다. 매달 평균 네 명씩, 매주 한 명씩, 많을 때는 한 달 동안 그 강가 돌다리에서 물에 빠진 사람 일곱을 구하기도 했다. 실연당해 자살하려던 사람도 있고 장사가 부진해 죽음으로 빚을 갚으려던 사람도 있었다. 또 아들을 데리고 강가로 놀러 나온 엄마가 손에 힘을 준 채 아이를 건드렸다가 아이가 물에 빠진 경우도 있었다. 아이 엄마가 다급하게 "사람 살려!" 하고 소리치자 쿵밍야오가 하늘에서 떨어지듯 물로 뛰어들어 아이를 구해냈다. 또 철길에 누워 자살하려던 사람 셋도 구했다. 기차가 달려올 때 철길에 엎드려 있던 그들을, 기차가 덜컹거리며 가까워질 때 쿵밍야오가 마침 그곳을 지나다가 생명의 위험을 무릅쓰고 구해냈다. 그렇게 해서 청년들은 새로운 삶을 얻고, 번영과 발전을 위해 달리던 수송 열차는 제시간에 목적지에 도착할 수 있었다.

목숨을 구해준 뒤 이름을 남기지 않았지만 사람들은 결국 그의 이름을 가슴속에 새기게 되었다. 몇 번이나 사람을 살리고도 이름을 남기지 않은 영웅을 도시 전체가 애타게 찾고 있었고, 끝내 학비가 없어 강으로 뛰어든 여대생을 구하려고 몸을 날릴 때 그의 군인 신분증이 주머니에서 빠져나와 풀밭에 떨어졌기 때문이다. 결국 사람들은 그의 이름이 쿵밍야오라는 것과 군 생활을 자기 인생만큼 오래했다는 것 그리고 성도 교외에서 근무하는 지원병이라는 것을 알았다. 그렇게 해서 어느 주말, 자발적으로 모인 천여 명의 사람과 두 번째 삶을 얻은 사람들이 군영으로 몰려와 그의 공로를 알렸다.

소식이 눈 깜짝할 사이에 군영 전체로 퍼졌다. 중대장, 대대장, 연대장이 군영 바깥으로 나가 칭송의 편지 수백 통과 커다란 종이 상자 두 개에 담긴 선물을 중대로 가져왔다. 그날 밤 무명 영웅 쿵밍야오의 공로를 알리는 시민들의 목소리가 조금 수그러졌을 때, 성장이 부대로 전화했다. 한 달 동안 물에 빠진 사람 일곱 명을 구해낸 그 다릿목에 쿵밍야오의 동상을 강물로 뛰어드는 형태로 세워, 모두에게 영웅의 행동을 기리는 동시에 투신자살하지 말라고 호소할 것이라고 말했다. 물로 뛰어들었을 때 강가에 영웅이 있었으니 망정이지, 만약 없었으면 어쩔 뻔했느냐는 의미라고 했다. 성장이 전화를 채 끊기도 전에, 이번에는 장군이 자신의 작전실 실전지형도 앞에서 쿵밍야오가 속한 사단의 사단장 사무실로 전화했다. 장군이 수화기 저편에서 감탄했다.

"영웅이네! 전쟁 때였다면 쿵밍야오는 틀림없이 나보다 더 젊은 나이에 장군이 되었을 거야."

이어서 사단장이 연대장 사무실로 전화했다.

"연대 전체에 쿵밍야오 동지에게 배우라고 독려하게. 1등 공훈 수여에 관한 결재를 어서 신청하고!"

연대장은 차를 타고 득달같이 쿵밍야오의 부대로 갔다. 그런 다음 대대장과 중대장을 한꺼번에 불러놓고 벽돌 바닥에 찻잔을 집어 던졌다.

"이렇게 대단한 인재를 눈앞에 두고도 몰라보다니, 이래서야 부대에 침투한 적군인들 알아보겠어?"

바로 그날 밤 중대장이 쿵밍야오를 자기 숙소로 또 불렀다. 소등 후 온종일 흥분에 휩싸였던 전사들이 침대에 누워 막 곯아떨어지고 온갖 인사에 응대하느라 쿵밍야오의 입술이 마비되었을 때, 중대장이 4소대로 와서 그를 불렀다.

중대장 뒤를 따라 그의 처소에 들어가니 방이 몇 달 전과 달라 보였다. 벽에 걸렸던 지도가 그가 들어오는 것을 보자마자 전지(剪紙)*처럼 바스락바스락 소리를 내면서 종잇조각을 우수수 떨어뜨려 눈 깜짝할 사이에 자례와 바러우 사람들이 복을 비느라 붙이는 전지 공예품 같아졌다. 중대의 각종 훈련 통계를 기록한 도표 책은 언젠가 연대와 사단 본부에서 보았던 하달하기 위해 묶어놓은 표창장 다발 같았다. 또 침대에 개켜놓은 이불은 포를 쏘기 위한 네모난 포루나 성벽의 벽돌 모양이 아니라 온갖 화초와 작은 나무가 자라는 자그마한 꽃밭 같았다. 전라의 아름다운 아가씨가 그 꽃들 사이에서 밍야오에게 손을 흔들며 뭔가 속삭이는 듯했다.

밍야오가 방 한가운데에 서 있는데 중대장이 옆에 와서 말했다.

"일이 커졌네. 아마 특등 공훈을 수여하고 자네를 지원병에서 장교로 곧장 승진시킬 걸세."

밍야오의 얼굴에 웃음이 떠올랐다. 그리고 중대장이 조금 겸연쩍어하며 말했다.

"내 예상이 맞는다면, 그러니까 자네가 원하기만 하면 자네 계급이 며칠 뒤에 나 중대장보다 높아질 거야."

밍야오가 의자를 덥석 당겨 앉은 뒤 중대장에게 차를 한잔

---

* 종이를 오려 형상을 만드는 중국의 공예.

끓여달라고 했다. 차를 마시면서 계속 그렇게 서 있지 말라고 밍야오가 말했을 때에야 중대장은 적당한 곳을 찾아 앉았다. 그날 밤 쿵밍야오는 중대장에게 많은 말을 했고 한마디 할 때마다 중대장은 고개를 끄덕였다. 저녁 10시에 시작한 대화는 새벽 4시가 넘도록 이어졌다. 마침내 자리에서 일어난 쿵밍야오가 손에 쥐고 있던 7센티미터짜리 작은 사진을 중대장에게 보여줬다. 사진을 보는 순간 중대장 숙소의 책상다리와 의자다리, 세숫대야 받침대, 권총 케이스에서 덩굴이 자라나더니 꽃이 피어났다. 정돈되지 않은 꽃집처럼 방 안에 향기가 뭉텅뭉텅 쌓여 중대장은 한동안 숨을 쉴 수 없었다.

영웅의 귀환

밍야오는 특등 공훈장을 받은 뒤 퇴역해 집으로 돌아왔다.

한겨울 섣달 새하얀 눈이 군영을 뒤덮었지만 그날은 군영의 모든 나무와 담장, 연병장 병기에서 빨강, 노랑, 자갈색의 온갖 꽃이 피어났다. 길 양쪽에 꽂힌 깃발은 얼어붙은 날씨에도 따뜻하고 부드러운 빛을 뿜어내 사병들은 그곳을 지날 때마다 봄길을 거니는 듯했다. 장군이 직접 군영을 찾아와 밍야오에게 반짝이는 훈장을 수여했고 특별 열병식을 거행하며 쿵밍야오에게 배우자고 호소하는 공문까지 낭독했다. 그래서 한겨울의 군영이 불붙은 것처럼 후끈 달아올랐다. 열병식 때 쿵밍야오는 장군과 나란히 열병대에 서서 사각형의 대열이 차례차례, 화염 덩어리가 한 번 또 한 번 자기 앞을 불사르듯 지나가는 것을 바라봤다. 사각형 대열의 천둥소리처럼 쩌렁쩌렁한 구호 때문에 군영 안에 있는 모든 나뭇가지와 지붕에 쌓였던 눈이 떨어지고 새들도 놀라 깃털을 후드득 떨궜다. 열병식 뒤 장군과 단독으로 이야기할 때 밍야오는 장군을 실망시켰다.

"자네는 우리 군의 영예를 드높였네. 이제 어떻게 할 생각인가?"

장군의 질문에 밍야오가 잠시 생각한 뒤 답했다.

"퇴역해서 고향으로 돌아갈 생각입니다."

장군이 깜짝 놀라 그를 쳐다봤다.

"이게 무슨 말인가. 위에서 이미 자네의 진급을 결정했네."

그 말의 진위를 파악이라도 하려는 것처럼 밍야오가 장군의 얼굴을 뚫어져라 바라봤다. 하지만 장군의 말이 농담이 아니라는 것을 확신하고도 그는 웃음 지으며 "저는 정말로 돌아가고 싶습니다. 고향으로 돌아가 돈을 벌고 싶습니다. 세상 무슨 일이든 돈으로 다 해결할 수 있다는 것을 알았기 때문입니다" 하고 말했다. 장군이 조금 의외라는 듯, 유감스럽다는 듯 명성은 대단할지 몰라도 그다지 총명한 것 같지 않은 부하를 바라보면서 몇 걸음 왔다 갔다 하다가 그의 앞에서 발걸음을 멈췄다.

"내가 자네를 고작 소대장으로 진급시킬 거라고 생각하나?"

장군이 그를 바라보다가 "부중대장은 어때?" 하고 물었다.

조금 뒤 장군이 또 느닷없이 말했다.

"됐네. 곧장 중대장에 진급시키지."

마지막의 마지막에 장군이 단도직입적으로 물었다.

"설마 곧장 대대장이 되고 싶은 건가?"

하지만 쿵밍야오는 그 순간까지도 "퇴역해서 돌아가고 싶습니다. 세상 무슨 일이든 돈으로 해결할 수 있다는 것을 알았습니다"라고 되풀이할 뿐이었다.

수백수천 번에 이르는 만류와 체념 속에서 밍야오는 결연하게 퇴역했다. 군영을 떠나던 날 모든 장교와 사병은 물론 시민들까지 나와서 그를 배웅했다. 도로 양쪽에 이어진 인파가 10여 리에 이르렀다. 사람들은 플라스틱 꽃과 위에서 내려왔거나 자발적으로 구매한 색색의 깃발을 들고 외국 대통령이 방문한 것처럼 환호하며 박수쳤다. 그가 사람들에 둘러싸여 기차에 오를 때까지, 또 창문으로 머리를 내밀어 자신을 환송하는 사람들과 꽃구름이 일렁이는 듯한 꽃물결을 바라보는 내내 환호성은 그치지 않았다. 정시에 기차가 기적을 울리며 사람들의 환호성에서 매몰차게 벗어났을 때에야 쿵밍야오는 조용히 자리에 앉아 생각에 잠길 수 있었다.

'돈을 이렇게 조금 쓰고도 큰일을 처리하다니. 그렇다면 100만, 천만 위안이면 어떤 일을 할 수 있다는 거지?'

영웅의 눈물

자례로 돌아온 바로 그날, 환영 열기가 가신 뒤 의외의 사건 때문에 밍야오는 군대를 떠난 게 큰 잘못이라는 것을 깨달았다. 젊은 도시 자례와 젊은 현장 쿵밍량은 눈코 뜰 새 없는 변화함 속에서 밍야오에게 군영의 환송보다 훨씬 성대하고 특별한 환영식을 열어주었다. 자례의 환영은 군대의 환송처럼 영예와 꽃, 박수와 깃발로 가득한 게 아니었다. 대신 현의 신문과 텔레비전, 라디오에서 전부 그의 전역 소식을 헤드라인으로 다루었다. 텔레비전 방송국에서는 그가 기차에서 내리는 순간부터 사람들에 둘러싸여 집으로 들어가 어머니와 포옹하기까지 모든 과정을 생중계했다. 그래서 현장의 수하들 모두 현장의 동생이 군대에서 돌아왔음을 알고 식사 초대를 하고 자신들의 부서나 위원회로 영입할 계획을 세우기 시작했다. 국장과 부장들이 하나같이 "마음대로 고르세요. 부국장 자리는 말할 것도 없고 국장을 원해도 제 자리를 내드리겠습니다" 하고 말했다. 현장 비서가 현장 대신 준비한 각 회사의 초청장만 열다섯 쪽에 달해 밍야오가 하루 세 끼를 각각 다른 회사 초대에 응한다고 해도 여섯 달 하고도 닷새가 필요할 정도였다.

밍야오는 어스름이 내릴 무렵 집으로 돌아왔다. 집에 들어서자 현장인 둘째 형이 전화로 "돌아온 걸 환영한다. 하지만 현의 공무가 바빠서 저녁때나 형제간의 회포를 풀 수 있겠구나" 하고 말했다. 둘째 형수도 전화로 산후조리 중이라 집 밖에 나갈 수 없으니 시간 내서 꼭 좀 들러달라고 말했다. 밍야오는 둘째 형수 집에 다녀오겠다는 핑계를 대고 자례 중심가로 나갔다. 선물로 줄 훈장을 주머니에 넣고 펀샹이 일러주었던 그녀의 직장으로 찾아갔다. 하지만 도착해보니 그곳은 펀샹이 말한 무슨 문화유한공사 지사가 아니라 한창 빌딩을 건축 중인 건설 현장이었다. 허공에 철제 비계가 숲처럼 빽빽이 서 있었다. 그가 여기 있던 문화공사는 어디로 옮겼느냐고 묻자 공사 현장의 인부가 원래부터 무슨 문화공사나 유한공사 지사는 없었으며, 발마사지 가게와 이발소가 몇 개 있었고 밤일하는 아가씨가 100여 명 정도 있었노라고 말

했다. 그는 항상 손에 쥐고 있어 땀에 전 펀샹의 사진을 보여
주고 싶었지만 전라 사진이라 꺼내지도 못하고 손을 펼치면
흘러가버릴 물방울을 잡듯 손에 쥐고만 있었다. 이어서 그
는 길가의 한 상점으로 가서 펀샹이라는 사람을 아느냐며 생
김새가 어떻고 옷차림이 어떻고 하며 설명했다. 그러자 펀샹
이라는 사람을 본 적도 들어본 적도 없다면서 전에 업소에서
일하던 아가씨가 아니겠느냐며 그곳의 아가씨들은 이름을
펀샹이나 샤오훙, 톈톈으로 짓곤 했다는 대답이 돌아왔다.

사람들이 밍야오를 매춘 현행범으로 잡혀갔던 사람인 양
이상한 눈빛으로 바라봤다.

실망에 휩싸여 자례 중심가에서 옛 거리로 돌아온 그는 펀
샹이라는 아가씨를 찾을 수 없다는 사실이 믿기지 않았다.
한편 사람들이 말하던 '밤일' '아가씨'라는 단어가 귓가에서
쿵쿵 울리고 목구멍에 박힌 가시처럼 계속 걸렸다. 펀샹과
만나고 덩굴과 야생화가 자라났던 곳으로 가서 왼손을 눈앞
까지 올렸을 때, 그는 비로소 펀샹의 7센티미터 전라 사진이
그의 손에서 한데 뭉쳐졌다가 땀에 의해 진짜 진흙물이 되어
버린 것을 발견했다. 그가 손을 펼치자 진흙물이 손가락 틈
새로 흘러가버려 손바닥에 살짝 물든 흔적만 남았다.

바로 그 순간 그는 일을 크게 그르쳤음을, 한바탕 꿈을 현
실이라고 착각했음을 어렴풋이 깨달았다. 펀샹이라는 아가

씨가 심어준 환상을 철석같이 사실이라고 믿었던 것이다. 저녁때 그는 입술을 깨물며 집으로 돌아왔다. 어머니가 직접 그를 위해 외지에서는 먹기 어려운 돼지고기갓볶음과 닭고기버섯조림, 겨울에 꽃을 피운 비닐하우스 부추와 달걀볶음, 겨울오이생채 같은 고향 음식을 만들어줬다. 온 가족이 식탁에 둘러앉아 음식을 먹으면서 텔레비전을 볼 때, 전혀 생각지도 못한 일이 또다시 인정사정없이 그에게로 떨어졌다. 독극물이 어디선가 날아와 그의 얼굴을 강타해 맹독성 악취가 순식간에 그의 입과 위, 심장과 폐로 들어가는 듯했다. 텔레비전에서 춤추고 노래하는 화면이 갑작스레 끊기더니 가슴에 하얀 꽃을 단 검은 옷차림의 아나운서가 애통한 목소리로, 새벽에 유고슬라비아 주재 중국대사관이 미군 B-2 폭격기 공격을 받았으며 매브릭 공대지 미사일 네 발이 대사관 7층 옥상을 뚫고 들어와 한 발은 불발하고 세 발이 터져 중국 외교관 세 명이 그 자리에서 사망하고 스무 명 남짓 부상했다고 말했다. 아나운서는 미국이 이렇게 무례한 것은 발칸 지역에 대한 미국 및 나토의 침략과 해체에 대항하는 유고슬라비아의 기조를 중국이 도의적으로 지지하기 때문이라고 했다. 그녀의 목소리는 격분과 슬픔에 휩싸여 낮게 잠겨 있었다. 처음 대사관이 폭발했다는 말을 들었을 때 쿵밍야오는 젓가락을 그릇 위에 내려놓았다. 이어서 대사관 직원 세 명이 사망하고 부상자가 스무 명 남짓이라는 말을 들었을 때는 입에서 씹고 있던 닭고기를 식탁으로 뱉었다. 마지막으로 아나운서가 "이것을 참을 수 있다면 대체 무엇을 참을 수 없단 말입니까?" 하며 규탄하자 쿵밍야오는 식탁에서 벌떡 일어나 어머니와 형제들에게 말했다.

"전쟁이 터졌으니 부대로 돌아가야겠습니다!"

큰형 밍광이 그를 보다가 텔레비전으로 눈길을 돌렸다. 그러고는 텔레비전 화면을 가리키며 "빨리 좀 봐, 빨리. 저기 춤추는 게 우리 학교 학생들이야" 하고 말했다.

넷째 밍후이가 화면을 보자 황소 두 마리가 산에서 밭을 갈고 있었다. 이글거리는 태양 때문에 지쳤는지 소가 혀를 내밀고 침을 줄줄 흘렸다. 또 백발의 농부는 쟁기 자루를 붙든 채 땀을 닦는데 햇볕에 그슬려 얇게 일어난 피부가 매미 날개처럼 나풀대며 어깨에 매달려 있었다. "소를 멈추고 물 좀 먹이지." 밍후이가 툴툴거리면서 시선을 거두고는 "저 농부한테 트랙터를 한 대 보내주라고 둘째 형한테 말해야겠어" 하고 중얼거렸다. 그런 다음 셋째 형 밍야오가 황망하게 짐을 챙기고 평상복을 벗은 뒤 전역하면서 가져온 군복으로 갈아입는 것을 큰형과 함께 지켜봤다. 밍야오의 동작은 무척 빨랐다. 순식간에 군복을 입고 군화를 가져다 신고 허리를 굽혀 신발 끈을 묶더니 군모를 썼다. 어머니가 음식을 가지고 들어오다 물었다.

"밍야오야, 밥 먹다 말고 어디 가니?"

밍야오가 어머니와 형제들에게 아주 진지하게 말했다.

"전쟁이 크게 터지겠어요. 내가 그동안 군 생활을 한 건 바로 오늘 같은 날 때문이거든."

가족들이 전부 그를 쳐다봤다. 옷을 다 입고 군용 허리띠까지 맨 그는 조금 전에 벗어놓은 회색 평상복과 까맣게 윤이 흐르고 뾰족한 가죽 구두를 발로 찼다. 하지만 짐을 들고 문을 나서려 할 때 소파 끝에 놓인 전화기에서 느닷없이 총소리처럼 벨이 울렸다. 그는 짐을 내던지고 달려가 수화기를 집었지만 몇 마디 듣지도 않고 전화기에 대고 소리쳤다.

"젠장, 이 좆같은 국장. 지금 국가에 위기가 닥쳤다고. 전쟁이 일어날 판에 내일 뭘 먹고 뭔 술을 마실까 떠들다니!"

그가 소리치다가 무슨 말인가를 듣고는 목소리를 낮췄다. 하지만 훨씬 살벌한 어조로 소리쳤다.

"나 쿵밍야오는 지금 네놈 변명 따위에 관심 없어. 전쟁이 끝난 뒤에 내가 죽지 않았는데도 후방에서 먹고 마시며 놀던 네놈을 끌어내리지 않는다면, 더 이상 쿵씨도 아니고 현성 광장에서 권총으로 자살하겠어!"

그가 전화를 끊고 다시 짐을 챙겨서 식탁에서 마당으로 뛰다시피 내려갔다. 그러자 어머니가 그의 뒤를 쫓으며 소리쳤다.

"밍야오, 방금 돌아와놓고 어디 가니?"

큰형이 쫓아가 밍야오의 팔을 잡고는 짐을 빼앗았다. 그리고 앞을 가로막으며 소리쳤다.

"넌 이미 전역했다고, 몰라?"

이어서 또 상기시켰다.

"네 군복에는 휘장도 없고 모표도 없어. 그게 안 보여?"

큰형의 말에 밍야오는 한 손을 텅 빈 옷깃에 올려놓았다. 옷깃에 손을 올린 채 멍하니 마당에서 굳어버렸다. 마침내 그는 자신이 무엇인가 완전히 잘못했음을 깨달았고 펀샹이라는 여자의 손가락을 깨물듯 자기 입술을 거세게 깨물었다. 서쪽에서 날아온 일말의 석양 속에 붉게 물든 머리카락이 빨간 면사포처럼 눈앞에서 흔들렸다. 그때 암탉이 우리로 돌아가려고 문밖에서 새끼들을 이끌고 꼬꼬댁 노래하며 춤추듯 종종걸음으로 들어왔다. 닭 무리가 쿵밍야오 앞을 지날 때, 그가 갑자기 몸을 숙이더니 한 마리를 잡아 바닥에 내던졌다. 병아리가 눈앞에서 몸을 부르르 떨고는 제대로 한번 울어보지도 못하고 죽었다. 하지만 앞에서 새끼들을 이끌고 가는 암탉은 당황하지 않고 계속 닭장으로 향했다. 암탉이 흥얼거리며 우리로 들어갔을 때 그가 바닥에 주저앉아 엉엉 울기 시작했다.

"나라가 이렇게 위태로운데……. 나는 왜 이런 시기에 퇴역한 거지?"

"왜 나는 나라가 위급할 때 군대를 떠난 걸까?"

얼굴을 가린 손가락 사이로 절벽 틈새를 비집고 나오는 샘물처럼 눈물이 흘러내렸다. 얼마 뒤 땅바닥이 돗자리 절반만큼 젖고 소가죽으로 두껍게 밑창을 댄 그의 군화가 눈물에 푹 잠겼다. 그날 밤 식구들은 함께 텔레비전을 보았지만 각자 자기 프로그램만 보았다. 밍야오는 더 이상 꿈에서 만났던 펀샹이라는 아가씨를 떠올리지 않았다. 그는 잠자리에 누웠다가 도로 일어났다. 옷을 입고 신발 끈을 묶은 다음 자례의 옛 거리에서 현성에 새로 조성된 광장으로 나가 새로 만들어진 북방 도시를 보았다. 고요한 밤인데도 불빛으로 환하고 중심가에는 총총히 걸어가는 행인과 바러우산맥의 농민들이 있었다. 그들은 밤의 고요를 틈타 도시 건설에 사용될 붉은 벽돌과 돌 등 각종 자재를 운반하느라 우마차나 짐수레를 끌고 광장을 가로질러 사방팔방 건설 현장으로 향했다. 그러다 소나 말이 광장이나 거리에 배설물을 떨어뜨리면 수레를 멈추고 발로 미리 준비해놓은 봉투에 분뇨를 밀어 넣었다. 그렇게 광장의 청결과 신성함을 유지했다.

밍야오는 광장 모퉁이에 서서 우마차와 트랙터를 모는 농민들을 바라봤다. 그렇게 잠시 바라보다가 땅바닥에 떨어진 말똥을 손으로 줍고 있는 한 농민에게 다가가 그 앞에 섰다. 그는 벽돌을 마차로 나르는 사람이 자기 또래의 젊은이이며 더럽고 낡은 검정 저고리를 입고 솜이 터져 나온 털모자를 쓰고 있는 것을 발견했다. 밍야오가 물었다.

"이 벽돌을 어디로 나르는 겁니까?"

그 사람이 고개를 들어 밍야오의 얼굴을 바라보며 당당한 웃음을 지었다.

"이 현성이 대도시가 될지도 모르잖아요. 그러면 산맥의 모든 점토를 다 써도 필요한 만큼 벽돌을 구워낼 수 없을 거예요."

"전쟁이 나면 입대할 겁니까?"

"옛날보다 살기 좋아졌어요. 우리 집도 기와집을 지었지요."

불빛 아래에서 수레 가득 산처럼 쌓은 벽돌과 뜨거운 콧김을 뿜어내는 말을 쳐다보다가 마지막으로 밍야오는 조금 우쭐해하는 그의 이상한 얼굴로 시선을 돌렸다.

"유고슬라비아 주재 중국대사관이 미국에 폭격당한 것을 압니까?"

그 사람이 웃으며 말했다.

"벽돌 한 수레를 운반하면 한 달 동안 농사지은 것과 맞먹어요. 나라가 부유해졌어요. 정말로 예전의 그 나라가 아니에요."

"입대하라면 할 겁니까?"

"저는 초등학교도 나오지 못했기 때문에 이런 고된 일밖에 할 수 없어요."

밍야오는 초등학교도 못 나온 사람이 마차를 끌고 가도록 내버려두었다. 마차가 멀어진 뒤 그는 도로 한가운데에서 목재를 잔뜩 실은 트랙터를 가로막았다. 트랙터 배기통에서 연기가 아니라 기운찬 불덩이가 밤하늘로 내뿜어졌다. 그가 길 한복판에 서서 두 팔을 옆으로 활짝 벌렸다가 곧장 경례 자세를 취하자 트랙터가 그의 눈앞에서 급브레이크를 밟았다. 운전석에서 기사가 고개를 내밀고 소똥, 말똥을 내뱉듯 욕설을 퍼부었다.

"젠장, 죽고 싶냐!"

밍야오가 트랙터 앞에서 운전석 쪽으로 고개를 돌리며 물었다.

"유고슬라비아 주재 중국대사관이 미국에 폭격당한 것을 압니까?"

기사가 운전석 문을 살짝 열며 말했다.

"정신병원은 시내 저쪽에 있어. 가겠다면 내가 태워주지."

이번에는 소달구지를 끌고 가는 중년 남자를 붙잡았다. 달구지꾼이 군용 솜 모자 쓴 것을 보고 멈춰 세운 뒤 친근하게 물었다.

"저는 쿵밍야오라고 합니다. 부대에서 특등 공훈을 세우고 오늘 막 퇴역했습니다. 저처럼 퇴역 군인 아니십니까? 오늘 텔레비전 보셨습니까? 곧 중국과 미국의 전쟁이 일어날 것을 아십니까?"

"제가 돈을 낸다면 저를 따라 군인이 되겠습니까? 국가의 흥망성쇠는 백성에게도 책임이 있습니다. 이 말을 군대에서 들어본 적 없습니까?"

하지만 달구지꾼은 달구지 앞으로 걸어와 두 황소의 코뚜레를 끌며 이상한 눈으로 그를 훑어보고는 한창 건축 중인 근처의 비즈니스센터로 향했다.

하늘이 밝아오면서 별이 듬성듬성해지고, 검은 얼음처럼 짙푸른 하늘 아래의 거대한 시멘트 광장에 서리가 내리기 시작했다. 손을 뻗자 실낱같은 서리가 손가락 끝과 손바닥에 가닥가닥 감겨왔다. 얼마 뒤에는 서리 녹은 물이 한 움큼 쥐어졌다. 쿵밍야오는 길가에서 광장 중앙으로 나아갔다. 그곳에는 보통 광장에 있는 영웅 기념비도 없고 위인이나 성인의 기념 동상도 없었다. 대신 새로 지은 15미터 높이의 쿵밍량 동상이 8층 계단으로 된 좌대 위에 놓여 있었다. 그런데 동상의 화강암 좌대에는 '쿵밍량'이라는 이름이 아니라 '개척자'라는 세 글자가 기운찬 필치로 한가운데 새겨져 있었다. 그 동상과 글자 아래에서 밍야오는 고개를 들어 환한 조명과 서리를 맞고 있는 둘째 형의 얼굴을 바라보며 걱정스러운 표정을 지었다.

"작은형, 곧 전쟁이 일어날 텐데 여기 사람들은 아무도 몰라!"

그러고는 동상 밑에 앉았다. 밍야오는 광장과 한창 건축 중인 광장 주변의 비즈니스센터, 국제컨벤션센터, 세계무역센터를 바라보다가 결국 밀려오는 후회에 엉엉 울기 시작했다. 거센 물살의 황허 후커우(壺口)폭포처럼 울음소리가 크게 울렸다.

13장

포스트
군수산업
시대

군인과 여인

　다음 날 새벽, 달이 아직도 하늘 꼭대기에 있을 때 태양이 동쪽에서 밝아왔다. 그렇게 해와 달이 동시에 빛나는 순간, 자례 시내가 달빛과 햇빛에 뒤덮여 환해진 순간, 밍야오는 자리에서 일어나 드넓은 광장과 하늘을 바라봤다. 눈에는 핏발이 가득하고 후회가 단호하고 고집스러운 얼굴에 자리 잡고 있었다. 그날 밤 광장에서의 회한으로 무엇인가를 분명하게 깨달은 듯했다. 그가 막 떠나려 할 때, 아침에 일어난 사람들이 광장에서 뛰거나 침을 뱉고 있을 때, 그는 형수 주잉이 자기 쪽으로 걸어오는 것을 발견했다. 문을 열다가 잃어버렸던 열쇠를 찾은 것처럼 형수의 얼굴이 홍조와 흥분으로 가득했다.

주잉을 보자 펀샹의 야리야리하면서 풍만한 몸이 떠오르더니 알 수 없는 분노가 끓어올랐다. 광장에 선 채 형수가 다가오기를 기다리면서 그는 형수를 살펴봤다. 아침부터 세수하고 곱게 화장했지만 아무리 꾸며도 역시 좀 늙어 보였다. 눈가에 겨울날의 마른 나뭇가지 같은 주름이 자리 잡고 윤기가 불그레하게 흘렀던 이마도 예전의 빛을 잃었다. 하지만 자세히 살펴보니 눈과 눈 속 깊은 곳에 당시의 펄펄 끓던 열망과 열정이, 영원히 타오르고 싶어 하던 불꽃과 화염이 여전히 남아 있었다. 두 사람은 광장 동쪽의 화단 옆에서 말없이 서로를 바라봤다. 잠시 뒤 그가 "형수님, 어디 가세요?" 하고 묻자 그녀가 "도련님 찾느라 발이 퉁퉁 부었어요" 하고 대답했다. 주잉은 고개를 숙여 발을 보다가 앞뒤 좌우에 아무도 없는 것을 확인한 뒤 밍야오의 얼굴로 시선을 돌렸다. 그러고는 잠시 물끄러미 바라보다가 갑자기 말을 쏟아내기 시작했다.

"이 형수가 틀리지 않았다면 펀샹이라는 아가씨 때문에 제대한 거죠?"

"펀샹은 이미 자례진에 없어요. 나 말고는 펀샹이 지금 어디 있는지 아무도 모르고요. 펀샹을 만나고 싶다면, 정말 펀샹을 원한다면 앞으로 이 형수 말을 잘 들어요."

주잉이 자못 의기양양하게 웃으며 고개를 들고 머리 위를 바라봤다. 방금까지 붉은빛을 떨어뜨리던 햇빛이 광장에서 어딘가로 물러나고 초승달이 머리 꼭대기에서 환하게 빛나며 광장을 희푸르게 물들이고 있었다. 시간이 밤으로 되돌아간 듯하고 어디선가 닭 울음소리도 어렴풋하게 들려왔다.

"도련님이 저와 함께하겠다면 이 형수가 도련님한테 돈도 많이 주고 편상이 매일 시중들도록 해줄 수 있어요."

"지금 도련님에게 한 가지 부탁이 있어요. 둘째 형한테 붙어 있는 청징을 좀 떼줄래요? 그 창녀를 쫓아내 형을 내게 돌려주면 도련님한테 편상을 돌려줄 뿐 아니라 50만, 80만 위안을 드릴게요."

"100만 위안은 어때요? 도련님은 군대에서 오래 복역하고 큰 공을 세워 훈장도 받았죠. 거기에 이 형수가 100만 위안을 줄게요. 사람을 사서 청징 팔다리를 망가뜨리든가 얼굴에 황산을 부어 못 쓰게 만들어줘요."

"그게 좀 불안하면 좋은 방법이 또 하나 있어요. 도련님이 직접 하거나 다른 사람을 시켜서 청징을 호텔로 데려가 강간하는 거예요. 도련님이든 누구든 한 번 강간할 때마다 10만 위안을 줄게요. 열 번 강간하면 100만 위안이죠."

여기까지 말하고 나서 주잉은 잠시 말을 멈추고 다시 한번 앞뒤 좌우를 살펴봤다. 대낮인데도 달빛이 비춰 광장 도로를 오가는 자동차가 전부 상향 전조등을 켜고 아침 운동을 나온 사람들이 고개를 들어 이미 져야 했지만 지지 않은 달을 보며 뭔가를 이야기하고 있었다. 시선을 다시 셋째 밍야오에게 돌린 주잉은 그가 여전히 상하의 모두 밤기운이 감도는 진녹색 군복을 입고 있음을 발견했다. 그리고 밍야오가 다른 사람들처럼 고개를 젖혀 이상한 하늘을 쳐다볼 때, 턱까지 파랗게 질릴 정도로 윗니로 아랫입술을 꽉 깨물어 새하얗게 잇자국이 난 것을 보았다. 그가 형수를 뚫어져라 쳐다보며 물었다.

"자례에 정말 펀샹이라는 아가씨가 있다고요? 형수님이 어떻게 펀샹을 알아요?"

"솔직히 얘기해보세요. 펀샹은 그런 아가씨 맞죠?"

"펀샹은 자기 오빠와 닮았다며 저를 꾀었지만 저는 넘어가지 않았어요. 그 계집이 저를 원했지만 거들떠보지 않았다고요. 세상 어떤 여자도 이 쿵밍야오를 유혹할 수는 없어요. 누구도 이 광장의 불을 갑자기 꺼지게 만들 수 없는 것처럼요. 펀샹이 호텔로 유인한 다음 옷을 벗으려 할 때 제가 따귀를 한 대 때렸더니 울면서 떠나더군요."

밍야오가 광장을 둘러보고 사방을 둘러본 뒤 다시 하늘을 바라봤다. 그리고 분명하지만 작고 낮은 목소리로 말했다.

"하늘이 이상해요. 자례에 큰일이 생기겠어요. 나라에 큰일이 터지겠어요. 무슨 일이든 펀샹과 청정의 일보다 중대하죠.

바다와 작은 개울, 산과 깨진 기왓장 같은 관계라고요."

시선을 다시 둘째 형수의 얼굴로 돌렸을 때 밍야오의 어조는 더욱 딱딱하고 확신에 차 있었다.

"저는 펀샹이라는 아가씨 때문에 돌아온 게 아니에요. 자례를 위해 퇴역한 거예요. 자례의 미래 때문에 퇴역한 거라고요."

"대사관이 미국에 폭격당했어요. 이럴 때 형수와 펀샹, 청징의 애정 행각에 신경 쓴다면 저는 오랫동안 군복무를 잘못한 거죠."

밍야오가 말하면서 다시 하늘의 달빛을 쳐다봤다. 달빛이 그의 시선과 말 속에서, 물에 젖은 비단이 조금씩 줄어드는 것처럼 물러나기 시작했다. 달빛이 줄어든 곳으로 햇빛이 뚫고 나와 붉은 천이 청백색 천을 덮듯 금홍빛으로 달빛을 밀어냈다. 그 붉은 천은 두껍고 밝기까지 하여, 눈부신 빛이 달빛의 푸르스름함 위에 떨어지자 희푸른 달빛이 불을 쪼이자마자 타버리는 백지처럼 드문드문 어두워지며 힘을 잃었다.

밍야오가 확고한 어조로 말했다.

"좋습니다! 형수님 말대로 할게요. 청징의 얼굴이든 팔다리든 망가뜨리죠. 그렇지만 형수님, 돈은 한 푼도 필요 없습니다. 대신 어디서 총 한 자루만 구해주세요."

"총 한 자루를 주면 청징의 팔다리 중 하나를 잘라드릴게

요. 두 자루를 주면 두 개를 자르고요. 세 자루를 주면 작은형
에게서 떼어낼 뿐만 아니라 형이 전혀 모르게 처리해드리겠
습니다. 형을 순순히 형수님 곁으로 돌려보내 형수님 남자이
자 남편으로 살게 해드릴게요. 그러면 자례 전체, 현 전체가
형수님과 작은형 것입니다."

"진짜 총을 구해줄 수 있으세요?"

"대사관이 폭격당해 우리 외교관 세 명이 죽고 스무 명 넘
게 다쳤습니다. 미국이 잘못을 인정하도록 만들 수 있어요?"

"자례에 제 군대를 만들어줄 수 있습니까?"

형수 주잉에게 연이어 질문하는 동안 밍야오의 시선은 펄
펄 끓는 화염 두 덩이가 그녀의 얼굴과 몸을 태우는 것처럼
주잉을 압박했다. 그때 달빛이 완전히 사라지고 달도 하늘에
서 자취를 감췄다. 멀리 출근하는 인파와 차량이 겨울 햇살
을 받으며 여기저기에서 자례 시내 쪽으로 움직였다. 와자지
껄한 소음이 물처럼 광장에 넘실거렸다. 다른 사람과 착각했
다는 듯 형수가 말없이 자신을 쳐다보는 것을 보고 밍야오는
햇빛을 맞받으며 광장 바깥으로 걸음을 옮겼다. 한참을 걸어
갔을 때 형수가 뒤에서 소리 높여, 그가 대수롭지 않게 생각
해 평생 후회하게 되는 말을 외쳤다.

"밍야오 도련님과 나, 둘째 형, 이렇게 셋이 뭉치면 엄청난
일을 할 수 있어요. 자례현을 자례시로 승격시키고 소도시를

대도시로 만들 수 있다고요. 그때가 되어서야 쿵씨 집안은 비로소 성공을 거두는 거예요. 그래야만 모든 게 끝나고 역사에 이름을 남기게 되는 거라고요. 알아요?"

그렇게 외친 뒤 주잉은 멀어지는 밍야오를 뚫어져라 보았다. 하지만 밍야오는 햇빛 속에서 몸을 돌려 광장에 있는 형수를 어느 아녀자 보듯 잠시 바라보고는 돌아서 가버렸다.

포스트 군수산업 시대 1

밍량과 밍야오가 만난 것은 광장에서 밍야오와 주잉이 만난 다음다음 날이었다. 집에 갈 시간도 없을 만큼 바쁘다며 밍량이 동생을 집무실로 불렀다. 집무실은 조금 크다는 것만 빼면 여느 지도층 집무실과 다름없었다. 100제곱미터에 이르는 몇 칸짜리 방이었고 벽 쪽으로 소파와 말끔하게 가지치기한 분재, 부용화, 흔히 돈나무라 부르는 고무나무가 놓여 있었다. 또 벽에는 지도가 한가득, 책상에는 문서가 한가득 있고 천장까지 닿는 커다란 책장이 한쪽 벽을 차지했다. 책장 속 책은 전부 학자들의 도서 목록에 따라 구입한 것들이었다. 중국 책으로는 『이십사사(二十四史)』『자치통감(資治通鑑)』을 비롯해 제자백가의 문어와 구어가 동시에 수록된 해석본이 책장 두 개 가득 천여 권 넘게 있고,『홍루몽(紅樓夢)』
『삼국연의(三國演義)』등 사대 명작의 양장본과 선장 고본도
있었다. 외국 책으로는『종의 기원』『기독교의 본질』『서양
의 몰락』『신과학』『유토피아』『국가론』『태양의 나라』등 세
계 걸작들이 있었다. 밍야오가 집무실에 도착했을 때 형 밍
량은 회의실에서 자례현의 자례시 승격을 위한 준비 회의를
주최하고 있었다. 혼자 집무실을 둘러보던 밍야오는 책장 앞
에서 갑자기, 오랫동안 부대에서 정신없이 지내느라 고향에
돌아오지 않았더니 형의 생김새와 이름이 가물가물 잘 생각
나지 않는다는 것을 깨달았다. 형이 어떻게 생겼는지 모르겠
다는 사실에 조금 놀라서 그는 줄줄이 늘어선 책들 앞에서
멍하니 한참을 서 있었다. 그러다 문득 새 책들 사이에 손때
가 묻은『육포단(肉蒲團)』이 눈에 들어와 꺼내 들고 카드 넘
기듯 죽 훑어봤다. 그러자 또 편샹의 야리야리하면서 풍만한
몸이 떠오르고 동시에 둘째 형의 이름과 생김새도 어렴풋하
게 떠올랐다.

그렇게『육포단』을 훑어보자 둘째 형이 중간중간에 빨간
펜으로 표시해놓은 단락과 문장이 눈에 들어왔다. 붉게 표시
된 것은 전부 성애 장면과 방법에 관한 것이었다. 조금 놀랍
고 당혹스러워 책을 던지거나 찢어버리고 싶기도 했지만 빨
간 부분을 전부 읽고 싶은 마음이 들어 결국에는 다급하게

책장에 다시 꽂아놓았다. 가슴이 진정되자 둘째 형이 살짝 우습게 여겨지면서 자기 미래에 대해 조금 자신이 생겼다.

다행히 그 순간의 당황과 평정 속에서 그는 형의 생김새를 완벽하게 기억해냈다. 문소리에 몸을 돌려 둘째 형이 들어오는 것을 보았을 때 정말로 둘째 형은 자신이 떠올린 그 모습 그대로였다. 옷차림만 달랐다. 예전에는 농촌의 무명옷을 입었지만 촌장이 된 뒤에는 제복을 입고 촌장에서 진장, 진장에서 현장이 되어서는, 그러니까 자례가 촌에서 진이 되고 진에서 현이 되고 바러우산맥의 자연촌락이 번화한 현성이 된 후에는 넥타이 없이 고급 정장을 입게 되었다. 그사이 밍야오는 이등병에서 상등병이 되고 자식 같은 중대 표창장과 연대 표창장을 받았으며 급기야 엄청난 명예의 특등 공훈까지 인정받았다. 그러니까 둘째 형은 형 나름대로 대단하고 밍야오 자신 또한 나름대로 뛰어나다는 뜻이었다. 그래서 문을 열고 들어온 둘째 형이 뒤에서 "밍야오" 하고 부르자마자 형의 생김새를 확신하게 되었다. 형의 생김새를 맞혔다는 것에 웃음이 났지만 그는 곧 웃음을 거두고 증오와 비밀이 가득한 표정을 지었다.

"작은형, 그저께 미국 놈들이 우리 대사관을 폭격한 거 알아?"

밍량이 밍야오를 바라보며 물었다.

"무슨 차 마실래?"

밍야오가 계속 말했다.

"지방에 공문 내려왔어, 안 왔어? 그놈들이 사과는커녕 전쟁 중 오폭은 정상적인 일이라는 거야."

밍량이 말했다.

"아주 좋은 용정차가 있어. 한 근에 30만 위안짜리야."

밍야오가 의자를 끌어다 앉은 뒤 실망을 넘어 절망스럽다는 듯 말했다.

"곧 전쟁이 일어날 거야. 하필 이럴 때 돌아오다니."

밍량이 문 쪽으로 손을 흔들었다. 그러자 입구에 아무도 없었는데도 이슬처럼 상큼한 아가씨가 잘 우려낸 차 두 잔을 들고 들어왔다. 유리잔 속 찻잎이 하나하나 똑바로 서서 물을 연초록의 봄빛으로 물들이고 있었다. 밍야오가 조금 놀란 눈으로 갑자기 나타났다가 사라지는 아가씨와 그 뾰족한 잎사귀가 담긴 차를 바라봤다. 그리고 둘째 형의 얼굴로 시선을 돌렸을 때 형 머리의 희끗희끗한 새치와 이마의 선명한 주름을 보았다. 밍야오가 동정 어린 눈으로 형의 흰머리를 바라보며 "나이보다 늙어 보여" 하고는 잠시 쳐다보다가 "형이 너무 바빠서 1년 동안 집에도 못 왔다고 어머니가 말씀하시더라. 형이 생각나면 집무실로 보러 온다고"라고 말했다.

쿵밍량이 서글픈 웃음을 지었다.

"말해봐, 밍야오. 자례로 돌아와 뭘 하고 싶어?"

"자례현은 우리 쿵씨 집안 거야. 정치할래 아니면 사업할래?"

"군대에서는 승진을 못 했더라도 정치에서는 형 한마디로 한 시간 안에 간부가 될 수 있지."

"큰형은 헛똑똑이고 막내는 총명하지만 참새 깃털 떨어진 것만 봐도 제가 더 아파하지. 우리 쿵씨 가문은 너와 내가 살려야 해."

"이러면 어떨까. 형은 정치를 맡고 너는 사업을 하는 거지. 그러면 삼사 년 뒤 자례현이 시가 되고 형이 시장이 되었을 때 너도 50억, 80억 혹은 100억, 천억 자산가가 되어 있을 거야."

"산에 금광, 탄광, 동광이 있어. 석탄이 큰 건이니까 형이 현의 최대 탄광을 네 명의로 만들어주면 어떨까?"

"최근 상황을 생각해봐. 돈으로 못 할 일이 어디 있어? 돈이 있으면 무엇이든 다 할 수 있다고."

둘째 형의 집무실을 나올 때 밍야오의 얼굴이 태양으로 변해 빛이 사방으로 퍼졌다. 그 덕분에 모서리 틈새의 침침한 곳에서도 먼지 알갱이의 크기와 모양까지 선명하게 보였다. 마지막으로 둘째 형 밍량을 지나친 뒤 고개를 돌렸을 때 밍야오는 방충망 너머에서 들어오는 부드럽고 밝은 빛 덕분에 둘째 형이 자신에게 느끼는, 동토(凍土)가 하늘의 천둥 번개를 마주한 듯한 아연실색함을 볼 수 있었다. 그는 한 근에 30만 위안짜리 차를 마시면서도 그윽하고 맑은 향과 퇴색한 식물 맛을 빼면 특별한 것을 느끼지 못했다. 그런데 둘째 형 밍량은 매일 한 사람당 2800위안어치 녹차를 마신다며 2800위안이면 바러우에서 소 두 마리 혹은 경운기 한 대를 살 수 있다고 했다. 그들이 마시는 찻잎 하나가 소 다리 하나, 양 다리 두 개, 돼지 다리 네 개인 셈이라고 했을 때 밍야오는 잠깐 놀랐지만 마지막에는 살짝 만족스러운 웃음을 지었다.

"작은형, 우리 부패했네."

밍량도 따라서 웃었지만 아무 말도 하지 않았다.

그런 다음 두 형제는 집무실을 나왔다. 밖으로 나온 뒤에야 밍야오는 바깥 복도에 비서 여섯 명과 접대원 네 명이 있다는 것을 알았다. 어떤 사람은 잘 우려낸 차를 들고 어떤 사람은 서류와 신문을 든 채 언제든 현장의 부름에 응할 수 있도록 대기하고 있었다. 문 앞에 나란히 선 그들이 밍야오에게 웃으며 고개를 끄덕여 인사를 건넸다. 그러다 현장을 보자 상체가 지면과 평행이 되도록 90도로 허리를 굽혔다. 그러면서도 얼굴만큼은 현장이 그들의 환한 웃음을 볼 수 있도록 위로 쳐들고 있었다. 그들 앞을 지날 때 밍야오는 줄줄이 늘어선 대열 앞을 지나던 사단장과 연대장을 떠올렸다. 공을 세운 뒤 장군 옆에서 웅장하고 위풍당당한 열병식을 함께 감상했던 일도 떠올랐다. 그러자 사라졌던 야심이 되살아나 그의 가슴속에서 다시 한번 꿈틀대고 온몸의 피가 부글거리며 머리 꼭대기로 솟구쳤다. 나란히 늘어선 비서와 접대원을 지나 중앙 엘리베이터로 갔을 때 둘째 형이 조용히 말했다.

"네 요구가 너무 거침없어서 형이 놀랐다."

"이 형이 성장이라고 해도 네가 말한 것은 들어줄 수가 없어."

엘리베이터 도우미가 내려가는 버튼을 대신 눌러주었다. 엘리베이터 문이 열렸을 때 밍야오는 배웅하는 둘째 형의 늙어 보이지만 생기 넘치는 얼굴을 보며 "작은형, 조금만 지나면 내가 왜 그랬는지 알게 될 거야. 내가 하는 일이 얼마나 중요한지 알 거야" 하고 말했다. 곧이어 형제가 손을 흔들며 서로를 바라볼 때 엘리베이터 문이 닫혔다.

현 정부 청사를 나온 밍야오는 건물 아래의 화단 옆, 길 한복판에서 몸을 돌려 거대한 네모기둥처럼 높이 서 있는 86층의 새 정부 청사를 바라봤다. 청사로 향하는 사람들이 하나같이 서둘러 그의 앞을 지나갔다. 밍야오는 인파 한가운데서 길가 한적한 곳으로 걸음을 옮겼다. 그리고 부대에서 배운 폭파 상식에 의거해 저런 빌딩 하나를 폭파하려면 최소 3.5톤의 강력한 폭약과 1620개의 구리 뇌관이 필요하다는 것을 계산해냈다. 1층 바닥에 발파구를 1미터마다 하나씩 뚫으려면 대략 60센티미터 깊이로 8천 개가 필요했다. 계산을 끝낸 그는 양손에 땀이 가득 고인 채 청사 정문으로 향했다. 정문 검문소 단상에 있던 무장경찰 둘이 그에게 경례하지 않자 그가 "왜 내게 경례하지 않나?" 하고 물었다. 무장경찰이 어리둥절해하며 그를 바라보다가 무슨 말을 하려고 할 때 밍야오가 또 "얼마 지나지 않아 날 보면 경례하게 될 걸세!"라고 한 뒤 총총히 거리의 인파 속으로 들어갔다.

포스트 군수산업 시대 2

1

마침내 밍야오는 편상과 여자들의 그림자를 머리에서 완전히 몰아내고 모든 정력을 남김없이 돈벌이에 쏟게 되었다. 자례광업총공사 빌딩이 자례 현성의 동쪽 개발구에 들어서고 순금으로 글자를 새긴 간판이 16층 빌딩 입구에 걸렸다. 밍야오는 간판에서 금을 파내거나 긁어내지 못하도록 거금을 들여 우수한 퇴역 군인을 보초로 고용한 뒤 교대로 입구에 세웠다. 양쪽에 세 명씩 총 여섯 명이 외국의 수도 광장이나 대통령 관저 앞에 있는 병사처럼 꼿꼿하게 서 있었다. 밍야오가 문을 들어가고 나올 때마다 여섯 명의 보초는 동시에 차렷 자세로 경례했고, 그때마다 발 부딪는 소리가 나무 방망이로 나무 방망이를 치듯 가지런하게 울렸다. 보초는 두시간마다 교대했으며 첫날부터 현성 주민들의 시선과 관심을 한 몸에 받았다. 사람들이 몰려와 박수치며 구경하는 통에 아침 8시부터 저녁노을이 질 때까지 거리가 인산인해를 이뤘다. 그 후 세상 사람 전부 자례광업총공사의 설립 사실을 알게 되었고 총공사 정문 보초의 깃발 게양식과 교대식을 자례 현성의 볼거리로 손꼽게 되었다. 또한 총공사 사장이 현장의 동생 쿵밍야오라는 것과 부대에서 특등 공훈을 세운 영웅이었던 그가 이제는 자례 최고의 부자라는 것을 알았다.

대체 돈이 얼마나 많을까? 현성을 흘러가는 강물이 얼마가 되든 쿵밍야오는 그만큼 돈이 있었다. 바러우산맥에 금, 은, 구리, 철, 주석, 백금 그리고 석탄이 얼마나 매장되었든 밍야오는 그만큼 돈이 있었다. 하지만 돈이 아무리 많아도 그는 매일 아침 6시 10분, 태양이 동쪽에서 밝아올 때면 군복을 입고 깃발을 든 채 빌딩 동쪽에서 절도 있게 걸어 나왔다. 그러고는 보초병을 이끌고 직접 빌딩 앞 광장으로 나가 천천히 4층 높이까지 깃발을 올렸다. 그런 다음 보초 근무를 맡은 사병들이 회사 정문 앞까지 똑바로 걸어가 차렷하고 경례한 뒤 교대하는 것을 보고 나서 근무가 끝난 열두 명을 이끌고 빌딩 동쪽으로 갔다.

보초병들이 숙소로 들어가면 그는 엘리베이터를 타고 사

무실에 갔다. 그러면 채굴, 발굴, 판매, 계약, 출납 기록 등과 관련해 온종일 처리해야 하는 각종 업무가 시작되었다.

그런데 8월 어느 날, 아침 8시에 현성 사람들이 여느 때처럼 출근을 준비할 때 갑자기 광업공사 빌딩의 창문이란 창문에서 커다란 스피커와 트럼펫, 나팔이 나오더니 맑은 군악이 울리기 시작했다. 곧이어 밍야오가 맨 앞에서 군복을 입고 절도 있는 걸음으로 회사 정문을 나왔다. 1미터 뒤에는 깃발을 든 세 명의 젊은이가 따르고 그들 뒤에는 가로세로 열여덟 명으로 조직된 사각 대열이 이어졌다. 사각 대열은 트럼펫으로 일사불란하게 군악을 연주했다. 3미터 뒤에도 같은 형태의 사각 대열이 이어졌는데 이번에는 모두 깃발과 도금한 2미터짜리 깃대를 들고 있었다. 3미터 뒤에 다시 트럼펫 대열과 도금 깃대에 빨간 깃발을 든 대열이 나왔다. 그런 사각 대열이 하나씩 광업총공사 정문에서 나와 발맞춰 서쪽으로, 무슨 이유에선지 몇 년째 공사가 멈춘 건물까지 가서 연주를 시작했다. 그들은 또 무너진 비계와 콘크리트가 도처에 널린 건물 정면을 향해서도 일제히 군악을 연주했다. 이어서 그가 열두 개의 사각 대열을 이끌고 폐허를 한 바퀴 돌자 비계가 사라지고 허공에 드러난 채 부식된 철근도 사라졌다. 몇 년이나 공사가 멈춰 황폐해진 건물이 30분도 되지 않아 완공됐을 뿐 아니라 시내에서 가장 유행하는 이탈리아 타일로 마감되었다.

　행진 대열이 준공된 건물을 떠나 서쪽으로 계속 나아갔다. 떠오르는 태양이 그들 등 위에 있어 사각 대열마다 거대한 집열 유리판을 이고 있는 듯했다. 밍야오의 옷은 전부 땀에 젖었다. 땀방울이 소낙비처럼 대로로 떨어졌다. 걷거나 자전거, 자가용 혹은 버스로 출근하던 사람들은 대열이 자신들에게 길을 내주는 것을 보았다. 하지만 곧이어 그들 역시 대열을 따라 걸으며 구경하다가 더 나중에는 비슷한 사각 대열을 만들어 행진하기 시작했다. 도도한 강물처럼 흐르는 군악 소리에 자례의 현성 거의 대부분이 파묻혔다. 행진 대열이 공사를 시작한 지 얼마 되지 않은 고가도로 공사장에 도착했다. 땅을 20여 미터 판 뒤 배수 공사 하려고 인부들이 쉼 없이 양수기를 장착하고 있었다. 하지만 행진 대열이 고가도로 구덩이 앞에서 한바탕 연주하고 공사장에 단체로 경례하자 길 한복판에 고가도로 기둥이 세워졌다. 또 기둥을 에워싸며 한 바퀴 돌자 고가도로가 허공에 가로질러 놓였다.

　오후 12시, 마침내 광장에 도착했을 때 대열은 정확한 사람 수와 대형을 파악하기 어려울 정도로 변했다. 밍아오의 사각 대열만 가지런할 뿐, 뒤쪽 대열은 거대하고 산발적인 집회 행렬 같았다. 오는 동안 철거돼야 하는 낡은 건물들이 대열의 일사불란한 고함 소리에 무너졌다. 착공을 앞둔 건물은 대열의 음악 소리와 구호 소리, 환호 소리가 공사장에 한 바탕 울리자마자 우뚝 완공되었다. 한창 건설 중인 도로도 깨진 벽돌과 기와 사이로 대열이 지나가자 널찍한 아스팔트 길로 변했다.

광장의 건설은 자례 건설 전체의 표지이자 중심이었다. 300무 규모의 시멘트 광장은 진즉부터 세상에 존재했지만 주변의 대회당과 세계무역센터, 국제컨벤션센터는 지지부진 세상에 서지 못하고 있었다. 마지막으로 광장에 도착한 밍야오는 '개척자' 기념비 앞에 대열을 멈추게 하고 잠시 쉬면서 땀을 닦고 물을 마시고 간식과 우유를 섭취하도록 했다. 그런 다음 다시 대열을 정비한 뒤 미리 준비해 온 특등 공훈장을 왼쪽 가슴 윗부분에 달고 그 밑으로 순서대로 2등, 3등 훈장을 더 이상 달 수 없을 때까지 줄줄이 꽂았다. 그러고는 고개를 돌려 사각 대열의 사람들이 가슴에 달고 있는 온갖 무공훈장과 명예훈장을 바라봤다. 대열 속 명예훈장들이 금광 창고에 있던 황금을 햇살 아래 펼쳐놓은 듯 반짝거려 쿵밍야오는 눈을 제대로 뜰 수가 없었다. 한참 동안 눈을 비벼 마침내 눈이 황금 훈장에 적응했을 때 그가 주먹을 높이 들고 대열을 향해 큰 소리로 외쳤다.

"자례에 우리가 있는 이상 못 할 일이 있습니까?"

사람들이 전부 주먹을 흔들며 우렁찬 구호로 그에게 회답했다.

"천지가 아무리 커도 자례인의 결의보다 클 수는 없습니다!"

밍야오가 주먹을 흔들며 외쳤다.

"자례를 어떤 도시로 만들어야 합니까?"

사람들이 주먹으로 가슴을 치며 대답했다.

"베이징, 상하이, 도쿄, 뉴욕 같은 대도시로 만듭시다!"

밍야오가 '개척자' 기념비 받침대의 제일 높은 곳으로 훌쩍 뛰어올라 성문처럼 넓게 성대를 벌렸다.

"동지여, 형제여, 자례를 위해, 인민을 위해, 현대화 건설을 위해, 진정한 강대국 건설을 위해 모든 사심을 버리고 나와 함께 전진! 전진! 전진!"

전진을 세 번 외치는 동안 밍야오는 주먹을 더 높이 들고 목청을 더 크게 돋워 외쳤다. 세 번째로 주먹을 치켜든 순간 그는 주먹이 태양과 너무 가까워졌다는 느낌을 받았다. 태양이 주먹 위에서 이글거려 손등이 화상 입은 듯 아렸다. 큰 소리로 외치느라 성대 근육이 찢겨 피가 흐르는지 피 맛도 살짝 느껴졌다. 다른 사람들 역시 그를 따라서 소리칠 때 꽉 움켜쥔 주먹에서 실핏줄이 터지고 우렁차게 구호를 외치느라 목이 새빨개지고 목소리가 쉬었다. 그는 기념비에서 내려와 마지막으로 "동지여, 나를 따르라. 앞으로가!" 하고 외쳤다.

그는 군대에서 수없이 훈련한 행군을 시작했다. 주먹은 가슴까지, 발은 무릎 높이까지 올리면서 발바닥을 지면과 평행으로 유지하고 걸음걸음에 시차를 두며 정면으로 나아갔다. 가슴 앞의 훈장이 걸음을 뗄 때마다 리듬감 있게 찰랑찰랑 금속 소리를 냈다. 한창 공사 중인 자례 인민대회당에 도착해 비계 주위를 세 바퀴 행군하자 5만 명을 수용할 수 있는 대회당이 뚝딱뚝딱 세워졌다. 이어서 절반쯤 지어진 세계무역센터 빌딩 주변을 세 바퀴 돌고 대열과 함께 묵묵히 뚫어져라 쳐다봤더니 자례 현성의 최고층 쌍둥이 빌딩이 바로 솟아올랐다. 마지막으로 그는 대열과 그 뒤를 따르는 현성 주민을 이끌고 광장의 또 다른 쪽에 있는 국제컨벤션센터로 갔다. 그런 다음 사람들에게 공사장을 겹겹이 에워싸라고 한 뒤 자신은 공사 중인 국제컨벤션센터의 기중기 지브에 올라서 두 주먹을 쥐고 피 끓는 목소리로 메가폰에 대고 외쳤다.

"위대한 자례! 위대한 건축!"

그가 또 외쳤다.

"베이징과 상하이를 향해 정렬! 도쿄와 뉴욕을 향해 정렬!"

모두 따라서 소리쳤다.

"위대한 자례! 위대한 건축!"

"베이징과 상하이를 향해 정렬! 도쿄와 뉴욕을 향해 정렬!"

그러자 랜드마크가 될 타원형 건물이 고함 속에 솟아오르기 시작했다.

은회색 강철과 투명한 갈색 유리가 석양 속에서 끼익끼익
소리를 냈다. 태양이 사람들의 놀라움과 기쁨의 시선 속에서
서쪽으로 이동했다. 태양은 북방 산맥에 솟아오른 도시를 아
름다운 빨강으로 물들인 다음 진이 빠진 듯 천천히 가라앉았
다. 그렇게 도시가 위풍당당한 현대적 규모를 갖추자 현장도
바러우의 모든 지하자원 채굴권을 동생 밍야오와 그의 회사
에 주는 데 동의했다.

2

베트남전쟁에 6년 동안 참전했던 미국 기업의 총수가 결
국 자신의 세계 최대 자동차 기지를 자례 현성에서 60킬로미
터 떨어진 바러우 관내에 조성하기로 했다. 쿵밍량의 향응뿐
아니라 밍야오의 도시 건설 방식과 속도 그리고 현장이 뇌물
로 준 자례 사람들의 존엄이 결정적인 역할을 했다. 쿵 현장
이 최상의 정책적 혜택과 최고의 미녀를 내주고 수도에서 주
방장을 초빙한 데다 음식 조미료까지 특정 업소에서 공수해
왔지만 수십 명의 외국인은 미식과 아가씨들만 즐긴 뒤 정작
자동차 기지는 연해 지역에 조성하겠다고 결정했다.

담판은 현 정부 회의실의 고동색 타원형 탁자에서 이뤄졌다. 미국 총수의 벌거벗은 커다란 배가 연상되는 탁자였다. 탁자 가운데 움푹한 곳에서 자라난 화초는 육십대 노병인 총수의 털 같았다. 쿵밍량이 부현장, 산업국장, 고액을 들여 초빙해 온 아리따운 전문 통역사 등 10여 명을 이끌고 한쪽에 앉고 미국 기업가 일행 수십 명이 반대편에 앉았다. 전날 밤 외국인과 밤을 보낸 아가씨 둘이 치파오 차림으로 옆에서 커피를 따르고 중국차를 우렸다. 두 아가씨가 총수에게 물을 더 부을 때 의미심장한 웃음을 지었다. 밤새 잠을 이루지 못해 빨갛고 파랗게 물든 눈은 화장으로 잘 가리고 있었다. 반면 미국인은 아가씨들 몸 위에서 쌓인 한밤의 피로를 커피로 씻어내지 못했다. 그들은 하품하면서 아가씨에게 웃음을 지었다. 총수는 거침없이 "동양 여자들은 꽃처럼 아름답고 서양 여자들은 풀처럼 투박하다니까" 하고 소리쳤다. 하지만 곧이어 현장이 그들 앞에 무릎 꿇고 싶을 만큼 실망스러운 말을 내뱉었다. "아무리 좋아도 예전에 베트남에서 만난 아가씨만은 못하더군요. 평생 잊히지를 않습니다. 그때 베트남에서 잤던 느낌을 다시는 찾을 수가 없어요." 미국인이 모두를 바라보며 안타깝다는 듯 "정말 유감스럽지만 우리 자동차 기지는 자례에 세울 수 없습니다" 하고 말했다.

밍량은 총수와 2미터 떨어진 맞은편 탁자에서 미국인의

검붉은 얼굴에 열대지방의 붉은 개미와 무당벌레, 말똥을 굴리는 베트남 말똥구리가 잔뜩 기어다니는 것을 보았다. 하지만 그의 불뚝 나온 배 같은 창고에는 전 세계가 좋아하는 달러와 금괴가 가득했다.

밍량이 물었다.

"그럼 오늘 밤 둘이 아니라 베트남 아가씨 넷에게 모시라고 하면 어떻겠습니까? 동양의 천국을 경험할 수 있도록 여러분만을 위한 카지노를 만들면 어떻겠습니까?"

"엔지니어 이상의 기술자에게 카지노에서 아가씨를 무료로 호출하도록 지원하고 도박으로 얼마를 잃든 자레 정부가 지급하겠습니다."

"여러분을 만나면 무조건 공손하게 인사하라고 공문을 내리죠. 어떻습니까?"

밍량이 마지막으로 말했다.

"가시죠! 여러분을 40년 전으로 보내드리겠습니다."

밍량은 쪽지를 하나 적어 수하에게 들려 보냈다. 잠시 후 그는 대부분 베트남전에 참전했던 미국 기업의 노병들을 이끌고 현 정부 밖으로 나갔다. 도로 몇 개를 지나 새 도로에 도착하자 현성의 모든 벽이 현장의 쪽지에 따라 남쪽 지역 숲처럼 파랗게 칠해지고 베트남의 강물과 종려나무 그림으로 가득했다. 거리를 오가는 바러우 남자들은 하나같이 40년 전 베트남 사람들이 입었던 하얀 광목으로 만든 저고리와 품이 넉넉한 바지를 입고 있었다. 여자들도 전부 옛날식 치마와 적삼을 입었을 뿐만 아니라 끝이 뾰족한 대나무 차양 모자를 쓰고 대바구니를 짊어진 채 걸어갔다. 길에서 채소나 고기, 프랑스빵을 파는 점포도 베트남이나 윈난(雲南) 거리에서 볼 수 있는 천막 가게였다. 커다란 거리 하나가 40년 전 베트남의 거리 풍경과 똑같았다. 삼륜차나 일륜차를 타는 사람들조차도 베트남식 삼륜차나 나무로 만든 일륜차를 탔다. 미국인들이 경탄하고 있을 때 베트남 옷을 입은 바러우 아가씨 10여 명이 맞은편에서 웃고 떠들면서 걸어왔다. 그녀들은 베트남에 있는 미국인들을 아무렇지 않게 바라봤다. 미국 노병들이 어리둥절해했다. 하지만 그녀들은 아랑곳하지 않고 이웃을 만난 것처럼 그들을 바라보며 지나갔다. 밍량이 총수 노병에게 물었다.

"저들 속에 그때 베트남에서 만났던 아가씨가 있습니까?"

다시 10여 명의 베트남 아가씨가 지나가자 미국인들이 또 그녀들 중 누군가를 찾듯이 훑어봤다.

일곱 번째 베트남 아가씨 무리가 지나가고 첫 번째로 지나갔던 베트남 아가씨들이 다시 걸어올 때 그들은 교외의 어느 촌락에 도착했다. 그 마을은 전쟁이 막 끝난 비극의 풍경을 고스란히 담고 있었다. 미군 비행기의 폭격으로 무너진 집과 불타는 외양간, 논두렁에서 아직 숨이 붙어 있지만 죽어가는 사체, 무너진 집 마당에 앉아 있는 노부인. 남루한 옷차림의 노부인은 미국인들을 발견하고는 두려움과 불안이 가득한 눈빛으로 덜덜 소리가 울릴 정도로 이를 떨었다. 미국인들은 마을 입구에서 걸음을 멈췄다. 제일 앞에 있던 배불뚝이가 망설이는 표정으로 회상에 잠겼다. 허공에서 미군 헬리콥터가 이착륙하는 프로펠러 굉음이 들려와 그는 마당에서 동쪽으로 시선을 돌렸다. 그곳에는 조약돌로 가득한 베트남강과 인공으로 만든 열대우림이 있고, 전쟁에서 살아남은 뱀이 캔버스의 야자나무를 기어오르고 있었다. 강물 소리가 적막 때문에 아득한 곳에서 쉬지 않고 울리는 총소리 같았다.

미국인들이 강가에 섰다.

고독한 매 한 마리가 불타는 듯한 하늘을 미끄러지듯 날아갔다.

작열하는 태양 아래 모두 입이 바싹 말라 하얀 강가에서 물을 마시려 했다. 그때 호기심 넘치는 베트남 사내아이가 연기가 피어오르는 집에서 뛰어나왔다. 이어서 쾅 하고 커다란 소리가 울렸다. 그 어리고 천진한 아이가 지뢰를 밟았다. 아이의 고무 팔이 정확히, 마침 허리를 굽힌 채 양손으로 물을 뜨던 미국인 눈앞에 떨어졌다.

강물이 빠르게 핏빛으로 물들었다. 강가에서 물을 마시던

431

미국인이 깜짝 놀라 땀이 송골송골 맺힌 얼굴로 황망하게 무리로 돌아갔다.

　이어서 그들은 강을 거슬러 올라갔다. 현장 쿵밍량이 베트남전쟁 때 미군에게 길을 안내하던 베트남 농민처럼 강 동쪽에서 서쪽으로 데려갔다. 플라스틱으로 만든 가짜 포말과 철사에 물감을 칠해 만든 파란 수풀을 가로지르기도 하며, 나무판자 없이 줄만 있는 물 위의 흔들다리를 건너기도 했다. 그러다가 마지막에 다릿목에 이르러 걸음을 멈췄다. 눈앞에 작은 베트남 마을이 나타났다. 마을에는 미군 군영도 있고 베트남 식당과 카페, 전장에서 온 미군 병사만을 위한 노래방과 색싯집도 있었다. 색싯집 옆은 호프집과 당시 미군이 가장 좋아하던 러시안룰렛 도박장이었다. 미군 군복을 입은 수많은 자레 남자가 베트남 거리를 오가며 갈망하는 눈빛으로 무언가를 찾는 듯 여기저기를 살폈다. 외부에서 찾아온, 베트남 아가씨를 닮은 여자가 몇 명 보였다. 피부가 누르스름하고 콧대가 꺼졌지만 높은 이마와 움푹한 눈에서 매력적인 눈웃음과 요염한 눈빛을 뿜어내고 있었다. 얇게 비치는 옷을 입은 채 사창가 입구에 앉아 웃고 떠들던 그녀들은 진짜 미국인이 거리에 나타나자 웃으며 손을 흔들었다. 그때 열예닐곱 살 정도 되는 베트남 소녀가 아가씨들 사이를 비집고 나와 미국인 중 배불뚝이를 물끄러미 쳐다봤다. 쭈뼛쭈뼛 그 앞에 서서 희롱하듯, 수줍듯 그를 바라봤다. 그때 나이 많은 아가씨 둘이 소녀 뒤를 따라와 말했다.

"장군님, 싸우느라 힘드셨죠. 저희랑 좀 놀다 가세요."

그러고는 그 깜찍하고 어린 여자아이의 머리와 어깨를 쓰다듬으며 말했다.

"이 애는 아직 열일곱 살도 안 되었답니다. 여러분은 미국에서 동양으로 오셨고, 저희 동양 사람들은 처음을 무척 중요하게 여기죠. 처녀의 첫날 밤을 제일로 칩니다."

그녀들이 열일곱 살도 되지 않은 소녀를 우람한 미국인의 뱃가죽 아래로 밀었다.

"참혹한 전쟁이라 생사를 기약할 수 없어요. 오늘 이 아가씨를 취하면 내일 전장에 나가 죽더라도 조금은 덜 억울할 겁니다."

미국인들이 그렇게 아가씨들을 따라 제각각 '이홍원(怡紅院)'이라고 적힌 정원으로 들어갔다. 수줍어하던 어린 소녀는 배불뚝이를 이끌고 사창가의 가장 안쪽 방으로 들어갔다. 방으로 들어가 문을 닫은 그들은 베트남식 작은 창문을 열고 벽에 걸린 베트남식 회전 선풍기를 켰다. 그렇게 30분쯤 흘렀을 때 베트남 작은 마을이 총소리에 뒤덮였다. 미국 노병들이 각 방에서 뛰어나오자마자 베트남 유격대와 미 군영의 군인들이 마을 거리에서 총을 쏘며 교전을 벌이기 시작했다.

사격이 이어지고 미 사병의 시체 몇 구가 베트남 유격대에 의해 버드나무에 걸렸다. 이어서 유격대가 마을 중심에서 철수하자 미국 군대가 군영에서 뛰어나와 마을을 샅샅이 뒤졌다. 그 결과 황혼이 내릴 무렵 모든 거리가 베트남인의 시체와 잘린 사지로 가득해졌다. 피가 미국 노병의 발길을 따라 강물처럼 흘렀다. 사창가 입구에서 호프집으로 물러나도 사창가 앞을 흐르던 피가 그들을 따라 호프집 처마 아래로 왔다. 호프집 안에서도 미국인에게 머리와 사지가 잘려 부글거리는 베트남인의 붉은 혈장이 그들 발뒤꿈치를 따라왔다. 이번에는 호프집에서 프랑스빵집으로 피했지만 호프집과 색싯집, 빵집에서 흘러나온 피가 또 그들을 따라 마을 거리의 광장까지 흘렀다. 광장에는 앞뒤 좌우 할 것 없이 곳곳에 마을 수색 때 미군에게 목숨을 잃은 베트남인의 시체가 남녀노소를 불문하고 즐비하게 놓이고, 철모를 쓴 미군 병사 하나가 베트남 남자에게 각양각색의 시체를 광장에 늘어놓고 쌓으라고 윽박지르며 매장하거나 불사를 준비를 하고 있었다. 바닥에 떨어진 짓무른 살점과 핏자국이 비가 내린 뒤의 빗물과 진흙 같았다. 그런 시체와 혈흔을 피하기 위해 미국인들은 마을 뒤쪽으로 빠져나가 대나무가 길게 자란 산비탈로 갔다. 그러고는 주저앉아 숨을 몰아쉬었다. 방금 도대체 무슨 일이 일어난 것인지 떠올릴 때 수백 명의 베트남 사람들이 대숲에서 뛰어나왔다. 베트남 사람들은 그들 앞에 무릎을 꿇더니 약속이나 한 듯 외쳤다.

"여러분은 우리에게 피를 빚졌습니다. 핏값을 치르기 위해서라도 우리에게 투자해주십시오! 여기에 투자하십시오!"

"40년 전의 은원은 흘려보내고 자동차와 전자 기지를 이곳에 조성해주십시오. 여기에 투자해야만 저희가 여러분의 방화와 살육, 침략을 증오하지 않게 될 것입니다."

그들이 또 소리쳤다.

"여러분의 양심껏 돈을 이곳에 넣어주십시오."

그들이 약속했다.

"여러분이 이곳에 공장을 짓고 회사를 세우면 가장 좋은 프랑스빵을 구워드리고 가장 향기로운 베트남 커피를 끓여드리겠습니다."

그들이 머리를 조아렸다.

"여기에 투자하라는 것은 저희를 위해서기도 하지만 미국을 위해서기도 합니다. 여러분이 이곳에 투자해 저희가 부유해지도록 도와주면 하느님 앞에서 지난 죄업을 청산할 수 있습니다. 만일 다른 곳에 투자한다면 여러분의 양심은 평생 가책을 받을 것이며 죽어서도 천국에 오르지 못할 것입니다."

마지막으로 석양빛 속에서, 구름처럼 몰려든 수백 명의 자례 사람이 미국 기업가들에게 큰 소리로 권고하고 애원했다.

"여러분의 양심을 위해 이곳에 투자해주십시오!"

"여러분의 도의와 하느님을 위해 이곳에 투자해주십시오!"

하늘이 어두워졌다.

그날 밤 미국 기업의 노병들은 100억 달러 규모의 투자 계약을 자례와 체결했다. 그들의 양심을 위해 미국 자동차 제조와 전자제품 및 별의별 제조업 기지를 전부 자례 시내와 주변에 조성하기로 결정했다.

3

밍야오의 사무실 배치는 장군 작전실을 능가했다. 우선 중간 출입문 하나만을 남긴 채 한 층의 절반 이상을 터서 널찍하게 사무실을 만들었다. 그리고 그 넓은 사무실 안쪽에 2미터 직경의 청동 지구본을 놓고 그 옆에는 10제곱미터쯤 되는 세계 축소 모형판 두 개를 놓았다. 오른쪽 모형판은 동반구, 왼쪽 모형판은 서반구였다. 동반구 모형판에서 중국은 태양의 빨간색으로 돌출되고 일본은 죽은 까만색으로 솟았으며 한국, 북한, 베트남, 태국, 캄보디아 등은 각 나라의 특성과 군사력, 경제력, 중요도에 따라 각각 다른 색과 기조로 표현되었다. 모든 사회주의국가는 아침 해의 빨강을 기본색으로 했으며 자본주의국가는 장례를 나타내는 검정을 기본으로 했다. 하지만 사회주의국가 가운데 북한은 누르스름한 빨강으로 천박하고 유치해 보였고, 베트남은 담홍색에 잿빛이 섞여 가난하고 밍밍해 보였다. 한편 서반구 유럽의 러시아는 빨강과 검정이 뒤섞인 혼합색이고 프랑스와 영국, 독일은 죽은 까만색이었다. 다만 프랑스와 중국의 관계가 부드러운 것을 감안해 밍야오는 모형판 속 까만 프랑스에 광명과 법력을 지닌 것처럼 광택을 주었다. 동독과 서독이 합쳐진 새로운 독일은 자본주의 몸에 사회주의의 피가 유입됐다고 여겨 칠흑 같던 색조를 러시아와 또 다른 검붉은색으로 바꿨다. 또 홍콩을 반환한 뒤 영국인이 신문과 텔레비전에서 줄기차게 비아냥거리는 걸 들었기 때문에 밍야오는 영국의 검정에 상례(喪禮)의 하양을 더해 영국의 모형 전체를 흑백이 분명한 장례 대열처럼 만들었다.

중남미에서는 쿠바와 베네수엘라만 빨강이고 나머지는 전부 겨울 회색이나 가을 노랑이었다. 중동과 아프리카의 반미 국가는 천홍이나 담홍, 분홍색이었으며 친미 국가는 검정, 회색, 흑백, 회백색이었다. 세계가 모형판에서 빨강과 검정의 두 가지 색조로 구분되었다. 밍야오는 매일 세계 각국의 변화를 살펴 모형판 속 각 나라의 색깔과 기조를 수정했다. 그의 사무실에는, 정기적으로 닭털 총채로 모형판 먼지를 털어

내는 청소부를 빼면 어느 누구도 들어갈 수 없었다. 사무실에
텔레비전을 설치하고 군사, 국가, 정치와 관련된 각종 신문과
잡지를 구독했다. 매일 그 안에서 신문과 잡지를 챙겨 보고
뉴스를 들으며 국제관계의 온갖 정보와 흐름을 파악했다. 그
리고 그에 따라 모형판의 각 나라 색깔과 분계선을 수정하고
각국 영토에 끊임없이 빨강, 검정, 하양 깃발을 꽂았다.

그해 봄날 4월 초하루부터 그는 스스로를 군사 모형실에
가둬버렸다. 식사 때 누군가 문을 두드리며 음식을 내려놓을
때와 둘째 형수가 이틀 연속으로 찾아와 문을 두드렸지만 열
어주지 않자 편지 두 통을 안으로 밀어 넣었던 때를 제외하
면 누구도 모형실에 다가오지 않았고, 다가올 수도 없었다.
4월 1일은 대사관이 폭격당했던 날처럼, 일식이 일어나는 동
시에 먹구름까지 잔뜩 긴 듯 하늘이 어두컴컴했다. 그날 미
국 EP-3 정찰기와 중국 J-8II 전투기가 상공에서 부딪쳤다.
중국 전투기는 동강 나 바다에 추락하고 조종사 왕웨이는 낙
하산을 펴고도 실종됐지만, 미군기는 조금 긁혔을 뿐인데 동
의를 구하지도 않고 하이난 군용 비행장에 착륙했다. 그 소
식을 들었을 때 밍야오는 모형판 서반구에서 이탈리아 모형
에 백기를 더 꽂을까 말까 고민하던 중이었다. 이탈리아 총
리가 선거운동 중 중국을 들먹이며 지난 세기 사회주의 건설
이 한창 진행될 때 중국에서 굶어 죽은 시체를 풀과 흙에 섞

어 묻은 다음 증산을 위해 농가 비료로 썼다고 말했기 때문이다. 밍야오는 썩어 문드러진 책처럼 역사가 그런 일을 매장했다고는 절대 믿을 수 없었다. 이탈리아가 궁금하면서도 생소해 백기를 두 개 꽂을지 아니면 징계와 처벌의 의미로 세 개 꽂을지 고민할 때 뒤쪽 벽에 걸린 아시아 지역 지도에서 펄럭펄럭 바람 부는 듯한 소리가 났다. 하지만 베트남, 일본, 북한, 한국, 인도 지도는 전혀 흔들림이 없었다.

그는 뭔가 일이 터졌다는 것을 알았다.

텔레비전을 켜자 놀랍게도 중국과 미국 비행기가 남해 상공에서 충돌했다는 뉴스가 나왔다. 밍야오는 소파에서 벌떡 일어나 잠시 멍하니 있다가 모형 작전실 문을 닫아걸었다. 식사 배달이 아니면 누구도 문을 두드리지 말라고 했다. 모형실에서 그가 무엇을 하는지 아무도 몰랐고 무슨 생각을 하는지는 더더욱 알 수 없었다. 그가 하루도 빠짐없이 읽는 군사 신문도 문틈으로 집어넣을 수밖에 없었다. 이레째와 여드레째, 둘째 형수가 이틀 동안 세 번이나 찾아와 문을 두드렸지만 끝내 열리지 않자 문틈으로 똑같은 편지 두 통을 밀어넣었다. 간절한 어조의 짤막한 편지였다.

밍야오 도련님.

도련님이 자례로 돌아온 뒤 매일 밤낮으로 생각했어요. 도런님과 저, 둘째 형 이렇게 세 사람이 뭉쳐야만 큰일을 할 수 있어요. 하늘보다 땅보다 더 큰 일을 할 수 있다고요. 그리고 우리 세 사람을 한데 묶을 수 있는 건 오직 밍야오 도련님뿐이에요. 도련님만이 둘째 형을 설득할 수 있고 형 옆에 있는 그 요사스러운 것들을 쫓아낼 수 있어요.

밍야오가 편지를 읽었는지, 읽었다면 어떤 태도와 변화를 보였는지, 혹은 두 통 모두 아예 보지 않았는지 아무도 알 수 없었다. 두 번째 편지를 밀어 넣은 뒤 형수는 모형실 문에 대고 큰 소리로 외쳤다.

"도련님, 편지를 읽었다면 문 좀 열어줘요. 이 형수가 할 말이 있어요!"

"몇 마디만 하면 되니까 문 좀 열어요!"

"도련님, 열기 싫으면 편지라도 봐줘요, 네?"

그때 안에서 밍야오가 대꾸했다. 바깥에 있던 사람들을 전부 몸서리치게 하며 침묵하게 만드는 대답이었다.

"젠장, 꺼져버려. 국난이 발생했는데 나라에서는 제대로 대응도 못 하고 있다고. 이럴 때 누구든 날 건드리면 어떻게 할지 나도 책임 못 져! 젠장 다 꺼져!"

그러자 바깥 복도에서 발자국 소리 하나, 말소리 하나 나지 않았다. 하지만 둘째 형수가 두려움의 적막 속에서 눈을 동그랗게 뜨며 "이제 내 인내심이 바닥났어. 너희 쿵씨 집안에 대한 내 인내심이 바닥났다고"라고 말했다. 그러고는 잠시 멍하니 있다가 조용히 돌아서 나갔다. 걸어갈 때 그녀의 눈에 수정 같은 눈물 두 방울이 맺혀 있었다.

그 뒤 며칠 동안 복도와 층 전체가 무덤처럼 고요했다. 열흘째 되던 날, 현에서 내려온 공문을 조용히 문틈으로 넣었을 때 무덤 같던 방에서 기척이 들리고 변화가 생겼다. 공문은 미국 자동차 업계에서 자례에 기지를 조성하기로 최종 결정한 뒤, 첫 번째 미국 기업의 고위층이 미국에서 거액의 투자금을 들고 자례에 들어온 다음 날 현장이 내려보낸 것이었다. 모든 자례 사람은 투자나 관광 목적으로 자례를 찾은 외국인을 만나면 동방예의지국의 교양을 보여주는 차원에서 "안녕하세요!" 하고 인사부터 한 뒤 그들이 길 중앙으로 걸어갈 수 있도록 허리를 숙인 채 옆으로 비키라는 내용이었다. 공문이 문틈으로 들어간 지 3분도 지나지 않았을 때 밍야오가 꽉 잠겨 있던 문을 벌컥 열어젖혔다. 문밖에 있던 사람들이 전부 모형실 안에 스스로를 열흘이나 가뒀던 사장 쿵밍야오를 바라봤다. 두 눈이 메마른 우물처럼 푹 꺼져 있었다. 한편 형수가 넣었던 편지 두 통은 다 피우고 난 담뱃갑처럼 창턱에 던져져 있고, 방금 밀어 넣었던 공문은 갈기갈기 찢겨 눈송이처럼 서반구 모형판 옆에서 나뒹굴었다. 태평양과 미국 영토까지 공문 조각과 그가 욕하면서 튀어나온 침이 흩날렸다.

그는 옷을 들고 성큼성큼 모형실에서 나왔다. 그가 떠난 뒤 조심스럽게 들어가 바닥에 나뒹구는 그릇과 수저, 찻잔을 정리하던 사람이 서반구의 미국 축소 모형이 칠흑에서 눈처럼 하얀 장례의 색으로 바뀐 것을 발견했다. 거대한 미국의 산맥과 사막, 평원은 물론 뉴욕과 워싱턴, 샌프란시스코, 시애틀 같은 도시 그리고 오하이오와 마이애미까지 전부 장례의 하양이었다. 뿐만 아니라 장례의 하양 위로 미국의 모든 도시와 땅, 숲에는 관에 쓰는 '제(祭)'와 '전(奠)' 자가 적혀 있었다.

사방팔방에서 모여든 군인 출신의 회사 사람들이, 한때 소장의 공무원이었거나 중장, 상장의 수행원이었던 퇴역 군인들이 직책에 맞춰 모형실의 접시와 수저, 상한 음식, 종잇조각을 치운 뒤 곧 큰일이 터질 것임을 직감했다. 그들은 숙소로 돌아가 상자에 보관하던 군복과 군모, 군화, 군용 허리띠를 전부 탁자와 침대 밑에 꺼내놓고 준비를 시작했다.

현 정부 청사로 달려갔을 때 엘리베이터 문이 늦게 열리자 밍야오는 거칠게 세 번 엘리베이터를 걷어찼다. 복도를 지나다 안쪽으로 열린 창문에 부딪혔을 때는 창문 유리를 박살 내버렸다. 그는 곧장 현장의 집무실로 뛰어들었다. 형 쿵밍량은 앞으로 어떻게 미국 투자자들이 자례에서 즐기고 돈을 벌도록 해줄지, 어떻게 그들을 미끼로 유럽과 아시아 부국 거상들의 투자를 유치할 수 있을지 논의하는 중이었다. 밍야오는 들어가자마자 회의 탁자를 번쩍 들어 탁자 위에 있던 찻잔을 전부 바닥으로 떨어뜨렸다. 찻잔의 물과 잘 우러난 찻잎이 바닥으로 쏟아졌다. 여기저기 물속에 떨어진 사기 파편이 바다의 고립된 섬 같았다. 밍야오가 소리쳤다.

"어떻게 이런 때 외국인한테 굽실거리면서 길을 내주고 허리 숙이라고 할 수가 있어? 형은 역적, 매국노, 노예야. 알아?"

밍야오가 깨지지 않은 찻잔 뚜껑 하나를 맞은편 벽으로 던져 산산조각 냈다.

"중국 비행기가 침입해 온 미국 비행기에 두 동강이 났어. 조종사는 바다에 빠져 죽었고. 그런데 형네는 여기서 미국 노병들이 자례에서 즐기고 돈 벌게 해줄 방법이나 궁리하다니. 쿵밍량, 내 친형만 아니면 여기에서 저 아래로 떨어뜨려 묵사발을 만들어버렸을 거야!"

밍야오가 책상 앞으로 다가가 형의 가슴팍 옷깃을 잡아 일으켜 세웠다.

"당장 공문 회수하라고 해. 회수하지 않으면 내가 사람들을 불러다 현 정부를 박살 낼 거야. 형 집무실을 박살 내겠어!"

밍량이 동생 밍야오를 밀치면서 뺨을 한 대 날린 뒤 소리쳤다.

"경제가 제일인 거 몰라? 내 말 잘 들어. 내 공문 한 장이면 네 광업총공사 따윈 당장 무너져. 네 재산을 몽땅 몰수하고 전부 폐쇄할 수 있다고!"

밍량이 화를 내며 자기 의자에 앉았다.

"지금 나랑 해보겠다는 거야? 형이 너를 무너뜨리는지, 아니면 네가 형을 현장 자리에서 끌어내리는지 보자고?"

밍량이 탁자를 치며 다시 소리쳤다.

"똑똑히 기억해둬! 오늘의 형이 없었다면 너 쿵밍야오는 자례에서 아무것도 아니야!"

현장과 동생의 싸움에 사람들이 눈치껏 빠져나가 집무실에는 두 형제의 분노와 대립만 남았다.

현장이 냉소하며 말했다.

"돈 버는 일에나 신경 써. 지금 네가 가진 돈으로 무슨 일을 할 수 있는데? 항공모함을 살 수 있니? 원자탄을 자례로 사와서 미국에 발사하고 싶을 때 할 수 있어? 형이 현장 신분으로 말하는데, 자례는 엄청 가난해. 자례가 정말로 부유해지면 형은 성장 자리에 앉을 수 있어. 중국도 가난해. 중국이 정말 부유해지면 중국은 미국 대통령 자리도 살 수 있다고!"

밍량이 몸에서 물방울과 찻잎을 털어냈다.

"돌아가. 결혼할 상대나 물색해봐. 여자한테도 흥미가 없어서야 평생 무슨 사랑을 하고 무슨 큰일을 할 수 있겠어?"

집무실을 나가기 직전 밍야오가 콧방귀를 뀌며 물었다.

"자례 사람들더러 미국인과 다른 외국인들에게 허리 굽혀 인사하라는 공문을 회수하지 않겠다는 거지?"

그는 단호하게 "그럼 내가 대신 회수하지. 나는 자례에 온 미국 투자자와 한마디도 하지 않을 거고 전부 자기 나라로 쫓아낼 거야!"라고 선언한 뒤 현 정부 청사를 나갔다. 복도를 지날 때 한낮의 햇빛이 금빛처럼 쏟아져 들어와 성큼성큼 돌아가는 밍야오를 급발사된 포탄처럼 비췄다. 그의 얼굴은 황동색이었다. 황동색이라 햇살 속에서 더욱 포탄색으로 빛났다. 원래는 침략해 온 비행기에 어떻게 대응해야 할지 몰라 무작정 현 정부로 달려와 울분을 터뜨린 것이다. 하지만 형과 한바탕 욕하며 싸우고 나자 불현듯 미국의 이번 항공 침략에 어떻게 대응하면 좋을지 가닥이 잡혔다. 그는 현 정부의 넓은 마당을 지나 거리로 뛰다시피 나갔다. 아무 생각 없이 인도를 따라 회사까지 뛰어가느라 현 정부까지 타고 온 자가용과 기사가 주차장에서 자신을 기다린다는 사실을 까맣게 잊어버렸다.

40분을 뛰어 밍야오는 광업총공사 뒤쪽 공터에 도착했다. 그곳에는 농구장 세 개가 나란히 있었다. 그의 요원, 대열, 민

445

병 그러니까 높은 월급을 주고 데려온 퇴역 군인이 전부 그의 예상대로 그곳에 모여 대기하고 있었다. 부대에서 사병, 분대장, 소대장, 중대장, 대대장이었던 그들은 자례의 가장 돈 많은 광업총공사로 와서 반 군인, 반 민간인의 특수한 일과 생활을 하며 큰일이 터졌을 때 언제든 밍야오의 소환에 응할 수 있도록 대기했다. 그런데 지금 미군기가 중국 비행기를 두 동강 내고 허락도 없이 중국 땅에 착륙했으니, 곧 해야 할 일이 생길 것임을 직감했다. 그 일을 하려고 꼬박 열흘을 기다렸으며 마침내 밍야오가 자신의 모형실에서 나와 지금 막 현정부 청사에서 뛰어왔던 것이다.

현성 큰길은 여느 때처럼 사람들로 북적거리고 찬거리를 사고파는 흥정 소리로 웅성거렸다. 공장과 회사에서도 평소처럼 사람들이 출근하고 퇴근했다. 하지만 광업총공사의 빌딩 뒤, 벽돌을 높이 에둘러 쌓은 마당에는 대오를 정비한 민병대가 군장을 갖추고 모여 있었다. 그들은 중대 단위로 질서정연하게 농구장 세 곳에 빼곡하게 섰다. 대대장과 중대장으로 임명된 사람들은 군대에서 원래 중대장 혹은 소대장이었거나 나중에 밍야오에게 지휘관으로 발탁된 이들이었다. 그들은 군사훈련을 맡은 부단장에 의해 긴급 소집되었다. 부단장은 열정적으로 전시체제를 갖춰 보고했으며, 조직의 모든 사람은 새로 편집된 지난 열흘 동안의 중국과 미국의 전투기 충돌 뉴스와 영상을 보았다. 그리고 마지막으로 밍야오가 현 정부에서 총총히 돌아왔다. 부대에서 원래 대대장인 부단장이 땀을 뻘뻘 흘리며 운동장으로 오는 밍야오를 발견하고 꼿꼿한 자세로 달려가 차렷하고는 경례했다. 그런 다음 큰 소리로 대열 전원이 집합을 완료하고 명령을 기다리는 중이라고 보고했다. 밍야오는 운동장 한쪽에서 땀을 닦고 손안의 땀방울을 털어내며 안정을 취하고는 길게 숨을 내뱉었다. 그는 대열을 바라보며 조용히 호흡을 가다듬은 뒤 느릿하게 그들 앞에 놓인 나무 단상으로 향했다. 단상은 방 하나 크기에 계단이 다섯 개로 높이가 1미터가량 되었다. 평소에 쓰지 않을 때는 농구장 한쪽에 범포로 덮어두다가 필요할 때면 끌어와 붉은 카펫을 깔았다.

　나무 단상은 농구장 세 곳의 정중앙 지점에 있었다. 위에 깔린 카펫이 정오의 햇빛 속에 펄펄 끓는 화염처럼 빛났다. 밍야오가 계단을 하나씩 밟아 단상에 올랐을 때 뜨거운 핏물이 단상에서 그의 혈관으로 밀려오더니 그의 머리 위로 콸콸콸 용솟음쳤다. 그가 단상에서 몸을 반쯤 돌렸을 때 단상 아래 천여 명의 사병이 동시에 차렷하며 가슴을 내밀고 경례했다. 그들이 차렷 자세로 가슴을 내밀 때 바람이 일었고, 경례를 위해 손을 들었다 내리는 척척 소리가 번개처럼 밍야오 눈앞에서 획을 그었다. 순간 밍야오의 온몸에서 피가 소용돌이치고 머리부터 발끝까지 뜨거워졌다. 그는 단상 아래의 대열을 훑어보며 힘껏 소리쳤다.

"동지 여러분!"

단상 아래 천여 명의 대열이 한목소리로 회답했다.

"대, 장, 님!"

"동지 여러분, 수고하셨습니다!"

밍야오가 소리치자 단상 아래의 사람들이 일제히 외쳤다.

"대장님이 더 수고하셨습니다!"

밍야오가 물었다.

"여러분, 최근 무슨 일이 일어났는지 아십니까?"

단상 아래의 사람들이 팔을 휘두르며 소리쳤다.

"미 제국주의를 타도하자, 미국인을 자례에서 몰아내자!"

밍야오가 아래쪽 대열을 향해 큰 소리로, 장기간에 걸친 군사 양성은 유사시를 대비함이지만 유사시의 대비가 미국인에게 총포를 쏘며 전쟁을 벌이겠다는 의미는 아니다, 우리의 가난으로 그들의 부를 다스리고 우리의 연약함으로 그들의 강인함을 제압하며, 우리의 지혜로 그들의 우둔함을 물리치고, 우리 자례의 기세로 미국 전체의 오만과 광분을 누른다는 의미라고 말했다. 바깥은 평소와 다름없이 평온했다. 그 속에서 밍야오는 다채로운 억양으로 군사작전 수업을 하듯 30분 동안 연설한 뒤, 해산해 명령을 기다리라고 끝맺었다. 그러고는 다시 간부들을 모형 작전실로 소집해 군사작전 회의를 열고 앞으로 준수할 전략과 원칙 세 가지를 지시했다.

첫째, 기회를 노리며 기밀을 엄수한다.

둘째, 부드러움으로 대적하고 계략으로 승리한다.

셋째, 목적을 달성할 때까지 절대 포기하지 않는다.

이틀 뒤 현장이 시에서 열린 회의에 참석한 사이 미국과 미국인을 아연실색하게 하는 일이 벌어졌다. 자례의 자동차 기지에 투자한 미국 기업의 노병들은 교외 강가의 유럽식 빌라에 묵었다. 200미터 폭의 인공 강과 호수가 강기슭 공기를 시내보다 촉촉하고 깨끗하게 만들었다. 북쪽의 느릅나무에서는 남쪽의 목화나무꽃이 피고, 회화나무꽃은 남쪽 지역에만 있는 봉황나무꽃처럼 크고 붉었다. 토종의 쑥과 띠, 강아지풀은 4월 중춘(仲春)임에도 베트남의 무성한 가시나무 관목림처럼 자라났다. 빌라촌의 감나무, 사과나무에는 이미 망고와 유자가 열렸다. 바로 그 과수림의 공터, 중앙화원에도 4월 10일에는 꽃이 피고 과실 향기가 넘실거렸다. 하지만 4월 11일, 첫 번째로 들어온 양키 무리가 밤새 밤문화를 즐긴 뒤 다음 날 10시가 넘어 일어나 창문을 열었을 때, 화원 광장의 공터에는 하얀 장막으로 세운 2층 건물 같은 천막집이 생겼다. 천막 한가운데로 녹슨 연통이 삐죽 나오고, 양키들 빌라가 마주 보이는 정면 지붕에는 'CREMATORIUM(화장터)'이라는 영문이 일렬로 적혀 있었다. 그리고 커다란 글자 아래로 열두 구의 시체가 전부 하얀 천에 덮여 놓여 있었다. 하얀 천에는 미국 클린턴 대통령과 부인 힐러리, 딸 첼시, 파월 국무장관을 비롯해 상원의장, 하원의장, EP-3 정찰기 기장과 기타 미국 조종사 이름이 영어로 적혀 있었다. 시체들 뒤에는 군장을 갖춘 밍야오의 군대가 있었다. 그들은 엄숙한 얼굴로 가지런하게 사각 대열을 이루며 화원에서 당당하게 화초를 밟고 서 있었다. 미국인들은 군대가 언제 화원에 나타났는지, 어젯밤 언제 간이 화장장을 만들었는지, 화장장에 정말로 가마 시설이 있는지 전혀 알 수 없었다. 첫 번째 미국인이 창 아래에 펼쳐진 이상한 광경을 발견했을 때 한 젊은 사병이 화장장 문 앞에 걸린 성조기를 떼어냈다. 두 번째 미국인이 경악하며 창문과 문을 열었을 때 또 한 사병이 성조기를 불살랐다. 그리고 모든 양키가 문과 창문을 열고 뛰어나와 화장장 문 앞에 섰을 때, 사단장 옷에 검은 가죽 구두를 신고 선홍색 소가죽 군용 벨트를 맨 밍야오가 사병들 사이에서 걸어왔다. 그가 뛰쳐나온 미국인을 바라보며 경례한 뒤 손을 흔들자 군인 둘이 시체가 놓인 들것 하나를 들고 걸어왔다.

미국인들이 놀란 눈으로 화장장 맞은편에 섰다. 밍야오가 시체 덮은 하얀 천을 천천히 들추자 성형을 한 시체가 드러났다. 풍채가 크고 누렇고 불그레한 시체는 양복을 입고 짧은 머리에 눈썹이 짙은 데다 얼굴이 클린턴과 비슷했다. 목에서 흘러내린 빨간 넥타이도 클린턴이 즐겨 매는 거였다. 순간 모든 미국인이 얼빠진 것처럼 굳어버렸다. 맨 앞에서 제일 먼저 시체를 본 미국 노병 기업가는 그 순간 두 팔을 허공에서 움직이지 못하다가 질겁하며 한 걸음 물러났다. 쓰러질 듯 휘청거리는 그를 옆에 있던 일행 둘이 붙잡아줬다. 곧이어 그의 얼굴에 딱딱하고 기이한 웃음이 떠올랐다. 클린턴 시체를 한쪽으로 옮기자 힐러리 시체가 들려오고 이어서 첼시 시체가 옮겨 왔다. 그런 식으로 마지막 정찰기 조종사의 시체까지, 천천히 옷을 벗기듯 하얀 천을 들어 미국 노병들에게 단장을 마친 시체를 전부 보여줬다. 시체들이 분장한 모습은 실물과 매우 흡사했다. 그러고 나서 화장이 시작되었다. 화장장 인부들이 전원을 연결하고 가마 주입구에 기름 한 통을 넣은 뒤 줄곧 선두를 지켜온 클린턴 시체를 들것에서 화장용 수레로 옮겼다. 이어서 일렬로 서 있는 미국인들에게 마지막으로 클린턴을 보인 다음 천천히 시체를 화장장으로 밀고 갔다. 화장장 대문이 차고 문처럼 활짝 열렸다. 밍야오가 눈짓하자 하얀 작업복 차림의 인부 둘이 가마 스위치를 눌렀다. 불구멍에서 웅 소리가 울리더니 전기 가마에서 중유 불꽃이 뿜어져 나와 가마의 중앙과 불판을 가득 채웠다. 가마에서 솟구치는 열기가 가마 바깥과 화장장 입구에 있던 사람들을 뒤로 밀어냈다. 곧이어 다른 인부가 태연하게 시체를 가마로 밀어 넣고는 약 3센티미터 두께의 철문을 닫았다.

화장장 위로 햇살을 머금은 구름이 뭉게뭉게 맑은 하늘을 오갔다. 화장장 주변의 대열과 문 앞의 양키들은 구름 밑에 있을 때는 차가운 바람을 느끼고, 한낮의 따사로운 태양 아래 있을 때는 불가마의 열기와 기름 냄새, 뼈와 살이 타들어가는 누린내가 잠시 머물다 흩어지는 것을 느낄 수 있었다.

미국 클린턴 대통령과 부인 힐러리, 파월 국무장관, 정찰기 조종사 등 시체 열두 구를 불사른다는 소식이 자례 현성 곳곳에 우박처럼 떨어졌다. 몇 분 만에 현성의 시민과 농민들이 몰려와 빌라 단지를 에워쌌다. 의식이 흐트러지거나 의외의 사고가 발생하지 않도록 밍야오의 요원들이 손을 맞잡아 화장장 둘레에 인간 벽을 만들었다. 구경 온 사람들이 고래고래 야단법석을 떨다가 공원의 가산(假山)에 오르고 이런저런 꽃나무와 과일나무는 물론 유럽식 빌라의 지붕까지 올라갔다.

누군가 "미 제국주의를 타도하자!" "양키들을 자례에서 몰아내자!" 하며 구호를 외치기 시작했다. 처음에는 산발적이었던 고함이 빠르게 하나로 통합되어 수천의 백성이 군인들

치럼 외쳤다. 하지만 구호가 한껏 높아졌을 때 돌연 조용해
지면서 숨죽임과 두리번거림만 남았다. 30분이 지난 뒤 가마
의 스위치가 다시 눌렸다. 그러자 증유 분출구가 닫히고 맹
렬한 불꽃이 순식간에 잠잠해졌다. 클린턴의 시체가 다 타서
가마에서 나온다는 표시였다. 흰 가운을 입은 사람이 옆쪽에
서 대리석 유골함을 안고 왔다. 유골함 뚜껑에 클린턴의 이
름이 중국어와 영어로 쓰여 있고 사진도 박혀 있었다. 그 사
람은 유골함을 열어 미국인들에게 최상의 재질로 만든 정교
한 공예품임을 확인시킨 뒤 가마 뒤쪽의 분골 창구로 갔다.
화장 인부 두 사람 가운데 한 사람이 나무 상자를 들고 다른
한 사람이 철사 빗자루와 전용 삽으로 가마의 유골을 쓸고
담았다. 수거가 끝나자 가마 뒤쪽에서 화장장 문 바깥으로
나무 상자를 가져와 미국인들 앞에서 뼛가루를 유골함에 담
았다.

　그런데 클린턴의 대퇴골과 척추뼈가 제대로 타지 않고 길
쭉하게 남아 유골함에 들어가지 않았다. 화장 인부가 옆에
있는 밍야오에게 "어떻게 할까요?" 하고 물었다.

　밍야오가 고개를 돌리며 말했다.

　"부숴!"

　인부가 갖고 있던 작은 삽으로 대퇴골과 척추뼈를 쿵쿵 부
스러뜨리기 시작했다. 뼛가루가 튕겨 나가 미국인들의 얼굴

과 몸에 떨어졌고, 인부는 뼈를 으깨는 동시에 "어디 우리 대사관을 폭격해봐!" "어디 너희 비행기로 부딪쳐보시지!" 하고 욕했다. 커다란 뼛조각이 가루가 되고 바닥에서 흙과 섞인 부스러기까지 쓸어 담아 유골함에 넣을 때까지 그의 욕설은 계속되었다.

이어서 힐러리의 시체를 태우기 시작해 첼시의 시체를 태우고 마지막으로 전투기 조종사의 시체를 태울 때까지 모두 같은 순서로 진행되었다. 미국인들에게 시체를 보여주며 작별하도록 하고 가마에 넣어 불을 붙인 뒤 마지막으로 유골을 부숴 함에 넣었다. 하지만 조종사 시체에 막 불을 붙였을 때 화장장 인부가 나와 중유가 모자란다고 하자 밍야오가 전기로 태우라고 지시했다. 가마의 기름 분출구에서 기름이 나오지 않으면 시체의 살은 전기 가마로 연소시키는 수밖에 없었다. 뼈도 고온의 가마판에서 재로 만들 수밖에 없었다. 인부가 어떻게 시체를 태웠는지 몰라도 살은 재가 되었지만 뼈는 완전히 타지 않아 누르스름하면서 거뭇거뭇했다. 타다 만 장작개비 같은 머리뼈와 허리뼈, 다리뼈, 발가락뼈, 팔뼈를 가마에서 꺼내 미국인들 앞에 쏟아놓았다. 그런 다음 밍야오의 요원들이 장갑을 끼고 차례차례 뼈를 내리치기 시작했다. 한 사람이 머리뼈를 내리치며 한마디 욕하고 가면 다음 사람이 머리뼈나 허리뼈를 벽돌 위에 올려놓고 쇠망치로 냅다 내리치고 화풀이하듯 내뱉었다.

"또 우리 중국 비행기에 충돌할래?"

또 망치질이 이어졌다.

"평화와 전쟁 중에 네가 골라!"

다시 내리쳤다.

"세상은 너희 미국 것이기도 하지만 우리 중국 것이기도
해."

또 내리쳤다.

"전쟁과 평화 중에 우리는 평화를 사랑해!"

마침내 뼈를 모두 부수고 하나도 남김없이 유골함에 담았
다. 태양이 정남에서 한참을 머물며 뼈 부수는 장면을 감상
하는 동안, 나무와 지붕 위의 사람들이 "나도 미국 한번 내
리치게 해주시오!" "나도 미국 한번 내리치게 해주시오!" 하
고 외쳤다. 하지만 마지막 열두 번째 유골함을 잘 싸서 내려
놓았을 때 사방에서 울리던 자례 사람들의 고함이 또다시 사
그라졌다. 사람들은 다음에 이어질 엄숙한 조치를 기다렸다.
그 적막 가운데 갑자기 화장터 쪽에서 중국 국가가 태양이
떠오르듯 울려 퍼졌다. 그리고 소리 사이로 키가 180센티미
터의 장정 열두 명이 화장터 한쪽에서 절도 있게 걸어 나왔
다. 그들은 유골함 앞에서 걸음을 멈추고 차렷한 뒤 각자 하
나씩 유골함을 들고 다시 절도 있게 미국인들 앞까지 걸어

갔다. 그때 중국 국가가 끝나더니 이번에는 미국 국가가 울리기 시작했다. 노랫소리는 석양처럼 평범했지만 미국인들은 자신들의 국가가 들리자 딱딱하고 엄숙한 얼굴로 기다리고 있었다. 경이로운 기다림 속에 장정들이 자신이 안고 있던 유골함을 바로 앞에 있는 미국인에게 건넸다. 미국인들은 기계적으로 유골함을 받으면서 기이한 웃음을 짓거나 대체 무슨 일인지 모르겠다는 듯 창백하게 굳은 표정을 지었다. 그들은 유골함을 든 채 쿵밍야오가 바로 앞에서 낭독하는 '오만은 사망'이라는 주제의 성명서를 들었다. 우리가 평화를 갈망한다고 능욕까지 참지는 않는다, 자례 사람들이 민주와 부귀를 바란다고 오욕과 기만까지 감내하지는 않는다, 자례에서의 사업은 공평무사하고 예의 발라야 하며 만일 자례 사람에게 예의를 지키지 않는다면 이 뼛가루가 바로 너희의 결말이자 너희가 버는 황금이나 달러 혹은 인민폐일 것이다, 라는 내용이었다.

그런 다음 밍야오는 자신의 사병을 이끌고 돌아갔다.

그는 양키들이 유골을 들고 빌라로 돌아가면 제일 먼저 투자를 철회하고 귀국행 비행기표를 살 것이라고 생각했다. 연극을 본 듯 반응하는 양키들을 뒤로하고 밍야오가 손을 한 번 흔들자 사병들이 화장터 건물을 철거했다. 또 한 번 흔들자 원래의 대열로 모여 차례차례 자례의 경제개발구를 떠났다.

석양 속에서 미국인과 작별할 때 모든 군인과 시민, 농민들이 하나같이 주먹을 들며 "우리가 이겼다, 너희는 고향으로 돌아가!" "우리가 너희 대통령 일가를 불태웠다, 너희는 미국으로 돌아가!" 하고 외쳤다. 그런 다음 빌라촌에 안정이 찾아왔다. 발에 밟힌 꽃과 풀, 자례 사람들이 나무에 걸어놓고 잊어버린 목도리와 신발, 빌라 지붕에 나뒹구는 코 푼 휴지, 화장터 자리에 남겨진 다리뼈를 빼면 모두 고요하고 깨끗했다. 빌라촌 안쪽에서 흘러나온 강물과 바로 옆 인공호수의 맑고 파란 수면에 물안개가 자욱하게 피어올랐다. 북쪽으로 향하던 새 떼가 남쪽에서 올 때는 기러기였는데 자례 하늘에서 비둘기로 변하더니 더 이상 북으로 가지 않고 자례에 둥지를 틀었다. 풀밭의 메뚜기와 말벌도 눈나비와 네발나비로 변했다. 세상이 아름다워졌다. 미국인들은 유골을 안고 화원 중앙의 도로에 서서 유골을 미국으로 보낼지, 아니면 어딘가에 안장할지 고민했다. 어쨌든 유골인 건 분명하니까. 한창 이러쿵저러쿵 논의하고 있을 때 시에서 부리나케 돌아온 현장 쿵밍량이 차가 멈추기도 전에 미국 투자자들 앞에 내렸다.

　"이번 사건의 주동자를 법으로 다스리지 못하면 현장 자리에서 물러나겠습니다."

　"자례에 불한당이 있다는 것은 몰라도 자례가 돈을 벌 수 있는 최고의 투자환경과 사업할 수 있는 기회라는 것을 의심하지는 마십시오."

"그 유골을 제게 주십시오. 이번 사태를 일으킨 불한당은 물론, 시체를 불한당에게 팔아넘긴 자례 산골 사람들도 전부 색출해 처리하겠습니다."

"제 말 믿으시죠? 믿지 못하신다면 자례 사람들을 전부 데려와 여기 미국분들께 무릎 꿇고 사과하며 자아비판 하라고 하겠습니다."

화장터가 있던 중앙화원에서 미국 투자자들의 빌라까지, 빌라에서 빌라 회관의 회의실까지 쿵밍량이 한마디씩 내뱉을 때마다 한껏 피어났던 화초가 시들시들 쪼그라들었다. 미국인에게 사과한다는 말에 길가 댓잎이 시들었다. 회관 입구의 손님맞이용 소나무 분재는 쿵밍량 저주에 화분이 깨지면서 화분 속 흙과 나무가 바닥에 떨어져 순식간에 말라버렸다. 그와 미국인들이 회관 소파에 앉자 종업원이 와인과 맥주, 커피를 내왔다. 미국인들은 음료를 마신 뒤 길게 숨을 내쉬며 우리는 세계 곳곳에 투자한다, 우리가 살펴본 나라가 전 세계 국가의 4분의 1을 넘지만 어느 국가나 민족도 자례처럼 이렇게 우스꽝스러운 일을 벌이지는 않았다, 우리가 중국의 동서남북 대도시 수십 곳을 가봤지만 자례보다 민주적이고 자유로우며 이렇게 집회와 시위가 허락되고 미국 대통령 일가의 시체를 불태울 수 있는 곳은 없었다, 자례에 대한 투자는 우리의 지혜와 인연 덕분인 동시에 하늘이 내려준 선물이다, 우리는 자례에 투자하고 사업할 뿐만 아니라 유럽과 세계 곳곳의 형제 국가까지 불러올 수 있다, 라고 말했다.

그들이 말을 마치자 회의실 탁자에 잠시 내려놓은 유골함들에서 열두 개의 스피커처럼 귀청이 터질 듯이 박수 소리가 났다.

14장

지리 연혁 2

미국과 일본의 자동차 제조업체가 바러우산맥에 자리 잡기로 결정했을 때 싱가포르의 건축업과 한국의 전자제품 및 수공예품, 호주의 광산채굴업, 프랑스의 패션 및 서비스업, 독일의 도로와 철도 및 교량 교통총공사, 이탈리아의 패션 및 가방 가공공장, 스페인의 스포츠제품 제조업, 아프리카 케냐의 흑목공예조각업, 브라질의 바비큐와 커피 및 올리브유 등도 자례라는 내륙 도시로 속속 몰려들었다. 둥청(東城)구, 시청(西城)구, 라오청(老城)구, 카이파(開發)구, 이렇게 네 구역으로 구성된 산중턱 도시는 하룻밤 사이에 다른 도시와 고속도로로 연결되었다. 원래 30분마다 기차가 지나가던 철길이 3분 간격으로 덜컹덜컹 울리고, 20리 남짓 떨어진 기차역은 열차 열여덟 대가 동시에 정차하고 만여 명까지 수용할 수 있는 주요 여객터미널로 확장되었다. 또한 정남쪽으로 50킬로미터 떨어진 골짜기에 사통팔달의 대형 기차화물 운송지가 들어섰다. 반면 시내 모든 공장과 제조업체에서 나오는 오수와 유독물은 여전히 높은 사람의 계획에 따라 수백 미터 내지는 천여 미터에 이르는 우물을 통해 어디로 흘러가는지 모르는 지하수로 버려졌다.

자례 시내에는 늘 증축 공사가 벌어졌다. 무수한 지퍼가 달린 것처럼 지면이 수시로 벌어졌다 오므라들고 뜯기고 헐리고 파여, 도시가 한 번도 수술대에서 내려온 적 없이 주야장천 개복수술을 받는 것 같았다. 거리 중심 지역에는 외국 상인과 관광객만 출입하며 웃고 떠들고 협상하고 연애하고 한담할 수 있는 거리가 하나 있었다. 유럽 마을을 본뜬 그곳에는 카페와 호프집, 노점, 각종 여행 상품점, 외국인 전용 발 마사지숍, 이발소, 안마시술소가 있었다. 태국에서 들어온 트랜스젠더 쇼와 인도의 전통 빵인 난 가게, 아라비아인의 다도 골목 등도 언제부터인지 몰라도 자례에서 영업을 시작했다. 온갖 이국 음악이 매일 쿵짝거렸으며 영어와 프랑스어, 독일어는 물론 갖가지 이상한 언어가 오가고 심지어 바러우 사투리까지 들렸다.

외국인은 늘 돈이 넘쳐났다. 삶의 목적이 커피와 술, 음악

그리고 연애하는 데 있는 것 같았다. 그들은 각종 계약서에 사인하고 세계의 온갖 은행으로 송금한 뒤에는 자례 강가의 빌라로 돌아가 잠을 자고 다음 날 다시 거리로 나왔다. 자례 사람들은 자례에 무슨 일이 벌어지는지 모른 채, 갑자기 예전의 자례가 아니라는 느낌만 받았다. 몇 년밖에 되지 않은 건물이 헐리고 더 새롭고 더 높은 건물이 들어섰다. 어제 누군가 노래하고 춤추던 광장에 돌연 줄이 쳐지더니 바닥의 시멘트 블록을 전부 호주에서 수입해 온 화강암으로 바꾼다고 했다. 시내는 도박판에서 쉬지 않고 돌아가는 룰렛 휠처럼 늘 일관되게 바쁘고 혼란스러웠다. 사람들은 갈수록 터전인 자례가 사라지고 이제 다른 사람, 외국인의 자례가 되었다는 느낌을 받았다. 자례를 북방 전체의 발전 모델이라며 윗선의 거물급 인사가 수도에서 시찰 나왔을 때, 또 그가 직접 현장에게 술 석 잔을 권하고 최대한 빨리 자례현을 자례시로 승격시키고 쿵밍량 현장을 시장으로 승진시킬 것이라고 했을 때, 쿵씨 집안 사람들과 자례 사람들은 당연히 일어날 일이라 생각했는지 예전처럼 기뻐하지 않았다.

반면 '쿵제(孔街)'라고 이름 붙여진, 외국인이 커피와 맥주 그리고 음악과 연애를 즐기고 비즈니스를 논하는 거리에서는 자례가 시가 될 것이라는 소식이 퍼지자 외국 상점들이 전부 문 앞에 빨간 초롱을 걸었다. 그러자 도로 양쪽 벽과 인도, 하수도, 벽 모퉁이 벽돌 틈새에서 장미, 동백을 비롯해 국내외의 온갖 빨강, 노랑, 보라색 꽃이 피어났다. 그래서 세상이 진기한 꽃들과 웃음소리, 잔 부딪는 소리에 휩싸였다.

자례시는 그렇게 꿈처럼 만들어져 꿈처럼, 꽃처럼 피어났다. 자례에서 시 승격이 발표되던 날, 도시 전체가 자례의 번성을 축하할 때 주잉은 혼자 집에서 홧술을 마시고 홧담배를 피우고 있었다. 그녀의 남자 쿵밍량이 자신의 노력과 지혜를 빌리지 않고, 전혀 의식하지 못한 3년 만에 현을 시로 바꾸고 현장에서 시장이 되었다는 사실이 처음에는 놀라웠다. 하지만 점차 화가 치밀어 오르더니 결국 집 마당에서 밤이 깊고 인적이 드물 때를 기다려 하늘에 대고 피 맺힌 울분을 토했다.

"쿵밍량, 후회하게 될 거야!"

"쿵밍량, 내가 후회하도록 만들 거야!"

그녀는 자례현이 이렇게 빨리 시가 되리라고는 생각도 못 했다. 자동차가 비탈길을 내려가듯, 기름을 조금 더 넣었더니 날아오르듯 이렇게 순조로울 줄 몰랐다.

그날 밤 혼자 얼근히 취했을 때 그녀는 침대로 가서 곤히 자는 아들을 뚫어져라 바라보다가 아들의 뺨을 가볍게 때리며 "이놈의 새끼, 너 때문이야. 너 때문에 네 아빠가 집에 오지 않는 거고, 크건 작건 나한테 말하지도 상의하지도 않는 거야!" 하고 욕했다. 그렇게 아들을 깨운 다음 팔을 잡아당기고 발로 밀치기까지 했다. 하지만 막상 아이가 자지러지게 울음을 터뜨리자 도로 아이를 품에 안고 달이 지고 별이 듬성해질 때까지 마당에 멍하니 앉아 있었다. 얼굴과 마음에 자리 잡았던 분노가 가라앉고 조금 안정된 뒤 그녀는 또 무기력하게 "내가 후회하도록 만들어주지! 내가 후회하도록 만들 거야!"라고 중얼거리며 아이를 안고 집 안으로 들어갔다. 아이가 다시 푹 잠들자 주잉은 1년 전 자신이 만든 자례여성직업기술학교로 달려가, 특별 기술 여학생의 선발 및 교육 일정을 앞당기기 위해 긴급회의를 열었다. 그렇게 다시 한번 자신의 남자와 겨룰 준비를 시작했다.

15장

문화, 문물
그리고
역사

밍후이는 어떻게 하다 보니 진의 민정사무소 주임이 되었다. 또 어떻게 하다 보니 현 민정과 과장이 되고, 어쩌다 보니 시 도시확장국 국장이 되었다. 국장이 되던 날, 수천수백의 자례 사람들이 농민 호적을 자례시 시민 호적으로 바꾸기 위해 시 중심의 도시확장국에서 도시 바깥 교외 지역까지 길게 줄을 섰다. 그들은 기존의 농민 호적부와 감사 선물로 가져온 땅콩이나 호두, 목이버섯, 표고버섯 등의 특산품을 들고 감격의 웃음을 지으며 사무실 직원이 자신들의 농민 호적을 받은 뒤 시민 호적부와 자기 사진이 있는 신분증을 발급해주기를 기다렸다. 새 호적부를 받아 도시확장국 마당을 나가는 사람들이 고동색의 작은 증서를 보며 서로 묻고 답했다.

"이제 도시 사람이 된 건가?"

"이제부터 우린 촌뜨기 농민이 아니야."

그들은 웃으며 증서를 높이 들어 시민 호적을 받으려고 줄을 서 있는 농민들에게 보여줬다. 그러고는 길가 음식점으로 들어가 한껏 먹고 마시고 자축하며 곤드레만드레 취해버렸다.

그렇게 농민에서 시민이 된 사람 중 일부는 갑작스러운 흥분에 심장발작을 일으켜 병원으로 호송되다 죽기도 했다. 보름 동안 도시확장국은 현에서 시로 승격한 뒤 수천 명의 농민 호적을 시민 호적으로 바꾸느라 정신없이 바빴고, 구급차는 기쁨으로 생긴 심장병과 뇌출혈에 대비해 도시확장국 마당을 떠나지 못했다. 과도한 흥분으로 결국 열일곱 명이 죽었고 128명이 구조되었다. 그들은 그렇게 호적을 바꾸고 시민이 되었다. 감사의 선물이 호적 담당자 책상이나 서류 작성, 심사, 날인을 맡은 직원들 손으로 건네졌다. 농민들이 물었다.

"왜 받을 수 없다는 겁니까? 우리가 도시 사람이 된다는 것은 정말 엄청난 일이라고요."

"안 받을 거요? 받지 않겠다면 선물을 바닥에 내동댕이치겠소!"

그래서 직원들은 받을 수밖에 없었다.

책상 옆, 문 뒤, 건물 안, 마당 곳곳에 농민들이 호적을 바꾸면서 건넨 특산품이 쌓였다. 담배와 술은 일꾼 몇 명이 도시확장국 마당에서 창고로 쉬지 않고 날라야 했다. 어떤 사람들은 그 기회에 산아제한정책을 어기고 더 낳은 아이의 호적까지 올리려고 담배나 술 상자에 돈을 잔뜩 넣었다. 또 멀리 산골 친척의 호적을 자례시로 옮기려는 사람은 반지나 목걸이, 귀걸이를 호적 담당자 주머니에 찔러 넣으며 "땅콩이니 좀 드세요." "해바라기씨니까 집에서 까 드세요"라고 말하기도 했다.

　밍후이의 집무실은 도시확장국의 정중앙에 있었다. 그의 사인이 있어야만 서류의 수령과 작성, 심사, 승인이 가능하고, 마지막에 다시 그의 사인을 받아야만 자례시 호적과 신분증을 받을 수 있었기 때문에 그의 집무실에는 선물이 대들보까지 쌓였다. 결국 선물 때문에 그와 직원들의 책상이 마당으로 밀려나고 집무실이 통째로 선물실로 대체됐지만, 그래도 공간이 모자라 선물들이 도시확장국 마당에도 쌓이기 시작했다. 담배가 나뭇가지에 닿을 정도로 쌓이자 늙은 느릅나무 가지와 잎이 담배 연기에 누렇게 찌들었다. 결국 느릅나무는 담배에 중독돼 몇 년 동안 매일 한 갑씩 나무 밑에 담배를 뿌려야 했다. 담배를 뿌리지 않으면 잎사귀가 돌돌 말려 죽었다. 느릅나무와 마주한 마당 한쪽의 감나무 밑에는 술이 쌓였다. 마침 감이 빨갛게 익어가던 계절이어서 그해 감에서는 술 냄새가 풍기고 세 개만 먹어도 취해 나무 밑에 쓰러졌다. 느릅나무 밑에 더 이상 담배를 쌓을 수 없고 감나무 밑에 더 이상 와인이나 백주를 쌓을 수 없게 되었을 때, 밍후이는 공무를 멈추고 도시확장국 문 앞에서 선물을 든 사람은 호적을 변경하러 들어오지 못하도록 직접 막기 시작했다. 높은 의자에 서서 내다보자 선물을 든 행렬이 몇 킬로미터 길이로, 구불구불 광장을 에둘러 교외까지 늘어선 것이 보였다.

선물 행렬을 막기 위해 밍후이는 셋째 형 밍야오에게서 여덟 명의 젊은 퇴역 군인을 데려와 문 앞을 지키도록 했다. 손에 물건을 든 사람은 누구든 절대 도시확장국 마당에 들이지 말라고 하자 마침내 상황이 누그러지면서 물건을 들고 오는 사람이 사라졌다. 호적은 그렇게 한집 한집 처리되었고 자례시의 인구는 눈덩이처럼 불어났다. 한 달 뒤 정책에 따라 도시 호적으로 바뀌어야 할 사람들이 거의 시민이 되었을 때, 쿵밍량 시장의 막냇동생인 쿵밍후이가 정신이 나가서 선물을 주면 문밖에 내동댕이치고 돈을 주면 집어 던진다는 소문이 도시 전체에 돌았다.

사람들은 전부 경악했다. 모두 밍후이가 정신병에 걸렸다고 생각했다. 어떤 사람이 그가 정말로 병에 걸렸는지 알아보려고 출근 시간에 도시확장국 문 앞에서 그를 기다렸다가 출근하는 그에게 다가가 "쿵 국장님!" 하고 불렀다.

그러자 쿵밍후이가 불쾌해하며 걸음을 멈췄다.

"국장님이라고 부르지 말아주세요."

국장인데 국장이라 부르지 말고 쿵밍후이로 부르라니, 사람들은 그가 정말로 병에 걸렸으며 그것도 무척 심각하다고 생각했다. 그래서 웃으며 고개를 끄덕이고 얼른 물러나는 수밖에 없었다. 퇴근 시간이면 도시확장국 부국장들은 전부 쿵밍후이가 퇴근해 멀리까지 걸어간 것을 확인한 뒤에야 집무실에서 나와 자가용을 타고 돌아갔다. 길에서 그를 따라잡으면 차를 골목으로 몰아 숨었다. 밍후이가 걸어서 출퇴근하는 것을 숨어서 지켜보려는 사람이 몰리면서 시장 동생의 도보 출퇴근은 자례의 진풍경이 되었다. 매일 8시 출근 시간 직전인 오전 7시 반과 6시 퇴근 시간 직전인 오후 5시 반이면 시민들이 도시확장국 대문으로 몰려가 국장이 차도 없이 걸어서 출퇴근하는 모습을 길가에 늘어서서 구경했다.

어느 날 밍후이의 도보 출근을 구경하는 인파 때문에 사거리가 막혔을 때, 마침 시장이 차를 타고 그곳을 지나가게 되었다. "무슨 일인가?" 하고 쿵밍량 시장이 묻자, 운전사가 창밖으로 고개를 내밀어 살핀 뒤 "주민들이 차도 없이 걸어서 출근하는 밍후이 국장님을 구경하고 있습니다" 하고 대답하고는 웃으며 덧붙였다.

"시장님, 매일 여기서 쿵 국장님의 도보 출근을 구경하는 사람이 광장에서 국기 게양식을 구경하는 사람보다 많습니다."

시장은 예전에 네 형제가 꿈을 따라 밖으로 나갔던 날 밤의 일을 또 떠올렸다. 그때 자신은 도장을 주워 지금처럼 되었고 밍야오는 군용차와 대포를 만나 현재의 위용을 갖췄지만, 가장 어린 넷째는 온순한 고양이 한 마리를 만나서 저렇게 줏대가 없나 싶었다. 창밖을 바라보면서 시장 밍량은 더이상 아무 말도 하지 않았다. 차창 너머로 맞은편 사거리에서 걸어오는 동생이 보였다. 왜소하고 문약한 동생이 시 간부에게 일괄 지급된 검정 가죽 가방을 들고 사람들의 시선을 받으며 걸어오고 있었다. 온순하고 병든 고양이가 사람들 발밑을 지나오는 듯했다. 잔걸음으로 조용히 걷다가 누군가 멀리서 "쿵 국장님! 쿵 국장님!" 하고 외치자 그들에게 손을 흔들고는 멀리서 자신을 지켜보는 사람들을 벗어났다. 구경하던 사람들이 무척 안쓰러워하며 말했다.

"정말 병에 걸렸어."

"진짜로 정신이 나갔다니까."

그날 시장은 동생을 보며 길게 한숨을 내쉰 뒤 차를 움직여 군중을 떠났다.

퇴근 시간이 되자 태양이 부드럽게 자례시를 비췄다. 도시 확장국 마당의 느릅나무와 감나무 그리고 두 그루의 포도나무는 담배와 술, 사탕에 중독되었다. 나무에 담배와 술, 사탕을 주지 않으면 다음 날 잎이 동그랗게 말려 우수수 떨어졌다. 도시확장국 간부와 직원들이 퇴근해 아무도 없을 때 밍후이가 담배 한 갑을 느릅나무 밑에 뿌리고 술과 사탕을 감나무와 포도나무에 주고 있는데 정신병원 원장이 찾아왔다. 하얀 가운을 입은 그는 도시확장국 마당을 이리저리 살피고는 밍후이 앞에서 한참 동안 말없이 서 있었다. 꼭 밍후이에게 무언가를 빌리려는데 선뜻 입을 열지 못하는 사람처럼 말없이 가슴 앞에서 두 손만 비벼댔다.

"무슨 일이죠?"

밍후이가 포도나무 밑에 판 구멍에 사탕 몇 개를 묻고 발로 흙을 덮으며 물었다.

"시장님이 병원에 모셔가 철저히 검사해보라고 말씀하셨습니다."

밍후이는 멍해져서 아무 말도 못 하고 사탕 껍질만 손에 쥐었다. 그는 몇 차례 힘껏 사탕 껍질을 움켜쥐다가 결국 원장과 함께 정신병원으로 가서 진찰받았다.

문화 변천사

1

어머니가 앓아누워 밍후이는 사흘 동안 출근하지 않고 집에서 어머니를 보살폈다. 큰 병은 아니었지만 어머니는 고열에 시달리며 잘 때마다 "그곳에 갔어, 거기 갔어!" "거기는 여기보다 좋아, 거기는 여기보다 좋다고!" 하며 헛소리를 했다. 그런데 열이 내린 뒤 완쾌된 어머니가 방을 나설 때는, 갑자기 한 꺼풀을 벗은 듯 말라 있었다. 집은 옛집 그대로였다. 마당도 그대로고, 나무도 봄이면 싹이 트고 여름이면 녹음이 우거지며 가을이면 낙엽이 지는 예전의 느릅나무와 오동나무였다. 심지어 나무에 기어오르는 개미와 벌레도 예전의 것들로, 올라갈 때는 가쁜 숨을 씩씩거리고 내려올 때는 펄쩍

거리며 웃었다. 뒷담 모퉁이 거미줄의 커다란 거미도 몇 년 전 집안이 힘들었을 때의 그 역사적인 거미였다.

예전에 밍량이 차갑고 단호하게 말했다.

"이사는 절대 안 돼요. 내가 황제가 돼도 이사는 안 돼요. 전 인민이 이 집에서 내 거룩함과 고결함, 우리 쿵씨 집안의 거룩함과 고결함을 보도록 해야 해요."

그래서 이사하지 않았다.

줄곧 이 집에서 살아왔다.

자례촌이 도시가 된 뒤 집은 라오청구에 문화재처럼 남았다. 자례촌일 때부터 있던 가로수에는 수종과 번호가 적힌 푯말이 걸렸다. 마을 골목에 버려져 사람들 기억 속에서 오래전에 사라졌던 연자방아도 다시금 발굴돼 시의 문화재지에 기록되고 유리 덮개로 덮여 보호받았다. 마을 사거리와 길가에 있던 무덤은 뒤쪽 산등성이의 공터에 조성된, 도시 건설에 공헌한 열사들의 묘로 전부 옮겨졌다. 시장의 아버지인 쿵둥더가 묘역 정중앙에 안치되고 무덤 앞 비석에 '도시 건설의 선구자'라는 여덟 글자가 새겨졌다. 주잉의 아버지이자 쿵둥더와 원수지간인 주칭팡도 친척과 함께 열사 묘지에 누웠으며 비석에 당당하게 '선구자의 묘'라는 다섯 글자가 새겨졌다.

자례가 촌이었을 때 향과 현에 있던 옛 향장과 현장은 이

479

제 다른 성의 시장과 부성장이 되었지만 죽은 뒤 자례 묘역에 묻히기를 원했고, 비석에 '이 도시의 선구자'라는 비문을 새기고 싶다고 했다. 그러자 쿵밍량 시장은 예전에 자례촌에서 뉴스 가공공장을 운영했던, 지금은 시위원회 홍보부 부장인 양바오칭에게 언젠가 천수를 누리고 돌아가시면 도시 광장에 동상을 세우고 '도시의 아버지'라 새기겠노라는 답장을 옛 현장에게 보내라고 시켰다. 그리고 역시 시장이 된 예전의 향장 후다췬에게는 다음과 같이 간략하지만 뜻깊은 편지를 쓰도록 했다.

　　죽음의 도래를 환영합니다. 그것은 저와 자례에 대단히 영광스러운 일입니다. 조속히 자례의 묘지로 들어오신다면 모든 자례 인민이 자랑스러워할 것입니다!

어찌 되었든 자례는 위대한 도시였다.

원래 자례가 가졌던 모든 것이 현실과 역사, 후세의 기억이 되었다.

자례의 옛 거리와 새로운 자례시도 현실과 역사 때문에 두 세계로 나뉘었다.

강을 따라 발달한 둥청구와 시청구, 카이파구는 즐비하게 늘어선 고층 건물 때문에 네모난 나무로 이뤄진 화려한 숲

같았다. 또 건물 위쪽의 유리 때문에 시내의 기온이 늘 교외 지역보다 몇 도 더 높았다. 반면 라오청구의, 도시와 이름이 똑같은 자례 거리에는 관광객을 빼면 인적이 거의 없었다. 그 거리에서 입신양명에 성공한 쿵밍량 시장과 시에서 가장 부유해진 밍야오 역시 집으로 돌아오거나 거리를 거니는 일이 거의 없었다. 자신들이 자례 출신인 것을 잊은 듯 연말이나 어머니 생신이 아니면 옛집을 찾지 않았다. 모두 일이 많아 바쁘고 사업이 승승장구했다. 맏이 밍광은 아내와 이혼한 뒤 가정부 샤오추이를 손에 넣지 못하자 학교 안에 집을 사서 밤낮없이 학교에 머물며 집은 안중에도 두지 않았다. 오직 어머니만 영원토록 낡은 집을 지켰다. 어머니는 밍후이의 식사와 빨래를 챙기며 밍후이가 출근하러 집과 거리를 나섰다가 퇴근해 시내에서 옛 거리의 집으로 돌아오는 것에만 신경 썼다. 형이 보낸 정신병원 원장에게 검진받고 얼마 뒤 어머니가 사흘 동안 고열에 시달리자 밍후이는 침대 옆에서 극진히 간호했다. 어머니는 병이 낫자 방에서 나와 살아 있는 시체처럼 본채 탁자 앞에 섰다. 그러고는 남편의 사진을 보며 햇수를 꼽아본 다음 돌아서서 밍후이에게 물었다.

"네가 올해 몇 살이니? 내가 네 아버지한테 갈 때가 되었구나."

어머니가 밍후이를 보며 다시 말했다.

"더는 살고 싶지 않아. 지난 사흘 동안 네 아버지가 저쪽에서 손짓하는 게 보였어. 꿈결에 보았다."

사흘 뒤 새벽, 초여름 햇살이 마당에 떨어지고 산 아래 시내의 건물에서 불빛이 일렁이는 물결처럼 흔들리고 있었다. 잠에서 깨어난 어머니는 옷을 챙겨 입고 시체처럼 방에서 나왔다. 가정부는 부엌에서 어머니에게 줄 우유를 데우고 있었다. 도시확장국에 출근하려고 세수를 거의 마쳤을 때, 밍후이는 사흘간 가볍게 앓았을 뿐인데 어머니가 사흘 전의 생생했던 사람과 다르다는 것을 발견했다. 얼굴이 사색으로 뒤덮여 있었다. 그동안 앓으면서 어떤 일을 겪었는지는 몰라도 죽었다 살아난 사람처럼 갑자기 피부가 거칠고 쪼글쪼글한 얼굴이 누렇게 떠서, 회색이나 노란 종이를 오려놓은 저승 나그네처럼 남편 사진 앞에 서 있었다. 어머니는 소매로 액자의 먼지를 닦으며 "내가 갈게요! 당신한테 갈게!" 하고 중얼거렸다. 쿵둥더가 액자 저편에서 다급하게 발을 구르며 기다리기라도 하는 것처럼.

그 말에 밍후이는 어머니의 뒤에서 굳어버렸다. 인기척을 느낀 어머니가 몸을 돌려 밍후이를 바라봤다.

"내가 죽으려나 보다. 네 아버지가 저기서 발을 동동거리며 나를 부르는구나."

밍후이가 잠시 생각한 뒤 말했다.

"그럼 제가 매일 어머니와 집에서 함께 있을게요. 어쨌든 더 이상 출근하기도 싫어요."

어머니가 한참 동안 말없이 밍후이를 바라봤다. 하지만 그녀의 눈빛이 반짝거렸다. 밍후이가 또 말했다.

"제가 평생 어머니를 모실게요. 더 이상은 단 하루도 거기로 출근하고 싶지 않아요."

어머니의 얼굴에 드리웠던 죽음의 누런 기색이 살짝 붉은 빛으로 바뀌면서 도로 살아 있는 사람처럼 보였다. 이어서 햇살이 집 안으로 들어와 거울처럼 환하게 비쳤다. 백년이고 천년이고 빛이 들지 않던 문 뒤쪽 담 모퉁이도 그 순간, 사방팔방으로 휘감아드는 햇빛으로 환해졌다. 담 모퉁이의 늙은 거미가 잠시 햇빛에 적응하지 못해 빛 속에서 멍하니 어리둥절해했다. 하지만 이내 빛에 적응해서는 거미줄에서 신나게 춤을 춰 무대가 된 거미줄이 출렁출렁 반짝반짝 흔들렸다. 밖에서 들어온 늙은 암탉이 거미줄 밑에 잠시 웅크렸다 떠나자 피 묻은 공작알 다섯 개가 남았다.

밍후이는 그렇게 더 이상 출근하지 않기로, 더 이상 국장을 맡지 않기로 결정했다. 큰형을 찾아가 그만두겠다는 말을 꺼내자 큰형은 "그건 둘째 형하고 의논해야지"라고 한마디 했다. 그래서 둘째 형을 찾아갔다. 그는 둘째 형 집무실의 주임인 청징과 세 차례나 약속한 뒤에야 겨우 형을 만나서 더 이상 출근하지 않을 것이며 국장도 그만두겠다고 말했다. 둘째 형은 노발대발하며 "이런 못난 놈, 시 전체에서 네가 가장 젊은 국장이라는 거 몰라?" 하고 소리쳤다.

"어머니가 얼마나 더 사시겠니? 돈도 있고 가정부도 있지, 국모처럼 떠받드니 우리는 효도를 다하는 거라고."

밍후이는 국장 사임을 의논하려고 셋째 형을 찾아갔다. 의외로 빨리 만날 수 있었다. 셋째 형은 자례시에서 수십 리 떨어진 은밀한 산골짜기에 막사를 짓고 퇴역 군인과 민병을 아주 많이 모아 매달 급여를 주며 훈련시키고 있었다. 마침 전부 군복을 입고 거대한 시멘트 연병장에서 한 달에 한 번 있는 열병식을 거행하고 있었다. 열병대는 연병장 동쪽에 산세를 따라 만들어졌으며 열병식은 호리병 모양의 골짜기 중간에서 진행되었다. 그 중간을 기점으로 한쪽에는 병영이, 다른 쪽에는 연병장이 있었다. 8월의 작열하는 태양은 호리병 중간에 끼여 타오르는 불덩이 같았고 연병장에서 흘러나온 사병들의 땀은 개울이 되어 콸콸 골짜기로 흘렀다. 장군 복장을 한 셋째 형 밍야오가 파라솔 아래에서 일사불란하게 지나가는 사각 대열의 경례를 받고 있었다. 웅장한 군악 소리가 수증기처럼 사각 대열의 발걸음과 함께 가슴을 파고들었다. 밍후이 때문에 셋째 형은 한창 진행 중이던 열병과 훈련을 일정보다 빨리 끝냈다. 밍후이가 열병대 한쪽에서 한팀 한팀 병영으로 철수하는 대열을 지켜보는 동안 발밑의 열병대 기단이 구호 소리에 살짝살짝 흔들렸다. 가지런한 발소리가 시내에서 끊임없이 울리는 굴착기의 땅 파는 소리 같았다. 대열이 전부 셋째 형의 눈앞에서 사라진 뒤 셋째 형이 동생에게 웃음 지었다. 형제는 열병대 한쪽에서 대화를 나눴다. 밍후이가 말했다.

"국장을 그만두고 싶어요."

밍야오가 마지막으로 사라지는 중대를 바라보다가 소리쳤다.

"제3중대장, 이제부터 골짜기 입구에 초소를 여섯 곳으로 늘리고 내 명령 없이는 누구도 훈련 골짜기에 들이지 말게!"

"집에서 매일 어머니를 돌봐드리고 싶은데 둘째 형이 허락하지 않아요."

밍야오가 막냇동생을 잠시 쳐다보다가 콧방귀를 뀌었다.

"작은형은 조만간 내 말을 따르게 될 거야."

밍후이가 셋째 형의 얼굴을 보며 말했다.

"이렇게 바쁘니, 난 갈게. 여기서 식사는 안 할래요."

밍야오가 밍후이의 어깨를 툭툭 쳤다.

"셋째 형이 성공할 때까지 기다려. 그때는 네가 군단장이 되고 싶다면 군단장 시켜주고 사령관을 원하면 사령관 시켜주마."

셋째 형이 훈련하는 골짜기를 나온 밍후이는 광활한 산줄기에 서서 뒤쪽의 고개와 등성이들이 햇빛을 받아 금빛으로 빛나는 것을 바라봤다. 눈에 띄지 않는 골짜기, 셋째 형의 군영에서 우르릉하는 소리가 들려왔다. 한편 눈앞의 어렴풋하게 보이는 자례시는 허공에 넓게 퍼진 건물의 불빛 때문에 반짝이는 연무(煙霧)에 뒤덮인 것 같았다. 우르릉 소리와 건물 불빛 사이에서 밍후이는 불현듯 둘째 형과 셋째 형 사이에 곧 무슨 일이 터질 것이며 그 일은 지진이나 화산 폭발처럼 엄청날 것임을 직감했다. 얼마나 큰 사건일지 떠올리자 그는 다리가 휘청해, 코끼리 발에 놀라 주저앉은 개미처럼 산줄기에 쪼그리고 앉았다. 눈물이 눈가를 타고 흘러내렸다.

2

밍후이는 국장 사임 문제를 상의하러 형수 주잉을 찾아갔다. 신흥도시에서 국장 자리란, 아무리 큰 뇌물이라도 얼마든지 감수하는, 심지어 아내와 딸까지도 기꺼이 바치려고 줄을 서는 자리였다. 하지만 밍후이는 확고한 마음으로 그 자리를 거부했다. 엄청난 일을 형들과 논의할 수 없게 되자 그는 주잉을 떠올렸다. 아주 오랫동안 형수를 만나지 않았다는 것도 떠올랐다. 마지막으로 조카 생일에 만났을 때 그는 조카에게 집으로 변하는 나무와 곡식으로 변하는 화초, 진짜 공작이 나와 하늘로 날아가는 플라스틱 알을 사주었다. 형수가 한 상 정성껏 차려준 밥을 먹으면서 조카와 놀다가 그는 둘째 형이 현장, 시장이 된 뒤 몇 년 동안 집에 돌아오지 않았나 꼽아봤다. 시 정부에서 라오청구 자례 거리까지 걸어서 40분, 차로 10여 분이면 충분하다는 것을 떠올렸을 때 밍후이는 아연실색했다. 한 도시에 살면서 둘째 형이 몇 년 동안 한 번도 형수와 조카를 보러 오지 않았다는 데 깜짝 놀랐다. 밍후이가 형수에게 물었다.

"찾아가서 형을 불러오지 그랬어요?"

형수가 웃었다.

"돌아올 거예요. 다시 오면 내 앞에서 무릎 꿇을 뿐 아니라 내가 모른 체하면 내 앞에서 죽을걸요."

그러면서 형수는 문밖을 살펴본 다음 다시 막내 시동생의 얼굴에 시선을 맞췄다.

"그날까지 얼마 남지 않았어요. 이 형수가 그 모습을 꼭 보여줄게요."

밍후이는 형수가 무슨 말을 하는지 알 수 없었다. 하지만 형수의 말에서 이렇다 할 원망이나 증오가 아니라 오히려 대의를 중시하는 듯한 속내가 느껴져, 형수가 정말 범상치 않은 사람이구나 싶었다. 형수의 얼굴에 걸린 미소는 심오하고 신비해 가늠되지 않을뿐더러 아무런 흠도 없어 보였다. 처음에는 형수와 둘째 형이 함께 천하를 도모해 자례를 부유하게 만들었다. 둘이 함께 자례라는 떨어진 열매 같은 작은 촌마을을, 자연촌락 몇 개를 관장하는 촌위원회로 바꾸고 진으로 현으로 키웠다. 그리고 이제는 새롭게 떠오르는 자례시로 바꿔놓았다. 하지만 형수는 아이를 가졌다. 둘째 형에게 아이를 낳아준 형수는 집에 들어앉겠다고 한 뒤 거의 집 밖으로 나오지 않았다. 집에서 조카를 기르겠다고 하고 양육에 전념했다. 그러니까 형수는 풍파를 견뎌낸 사람이고 이 도시를 잉태한 여인으로, 보고 들은 세상사가 결코 시장인 둘째 형에 뒤지지 않았다. 밍후이는 국장 사임에 대해 형수의 의견을 구하는 한편 점점 커가는 조카도 만날 생각이었다. 그는 시내 백화점에서 조카에게 줄 장난감을 잔뜩 샀다. 사과나무에 열린 배와 감나무에 열린 대추를 사고, 햇볕을 쪼이면 초콜릿 열매가 가지에 열려 얼마든지 초콜릿을 따 먹을 수 있는 외국산 갈색 카카오나무를 샀다. 또 플라스틱 말과 마구간, 목초지도 샀다. 목초지에 말을 풀어주면 말의 배가 커지면서 목초지 풀이 줄어들고, 배불리 먹은 백마를 마구간에 눕히면 잠시 후 망아지를 낳고 또 얼마 뒤 망아지가 자라 풀을 먹이면 새 망아지가 나오는 식이었다. 그래서 며칠이 지나면 집이 목장, 농장으로 변하고 주인은 농장주가 되었다.

밍후이는 장난감을 들고 형수네 집으로 향했다.

촌위원회였다가 회사 빌딩으로 바뀌고 이제는 또 유치원이 된 건물 앞에 도착했을 때 학부모들이 아이를 유치원 정문으로 들여보내느라 북적거리는 모습이 보였다. 그는 정문에서 형수와 조카가 보이지 않자 형수네 집으로 향했다. 유치원은 조카가 다니기 편하도록 둘째 형이 특별히 공문을 보내 회사 빌딩을 하룻밤 사이에 철거한 뒤 덴마크 사람에게 설계를 맡겨서 지은 건물이었다. 유치원의 담장이며, 벽, 옥상까지 전부 덴마크의 작은 성처럼 경쾌한 색깔과 그림으로 가득했다. 그 작은 성을 지날 때 밍후이는 건물 위의 비둘기까지도 전부 컬러풀하게 빨간색과 노란색으로 칠해진 것을 발견했다. 진짜 비둘기도 가짜 같았다. 가짜도 진짜 같았다. 하지만 그런 진짜와 가짜들에 이미 익숙해질 대로 익숙해져 기이하다거나 이상하게 느껴지지 않았다. 그저 한번 쳐다보고는 형수네 집으로 갔다. 예전에 자례에서 가장 웅장했던 형수의 3층집이 이제는 시내의 신식 건물과 유럽식 빌라 때문에 상대적으로 고리타분하고 촌스러워 보였다. 하지만 그래 봐야 겨우 20년밖에 되지 않았는데, 대문 왼쪽 상단에 한 줄로 '시 주요 문화재'라고 적힌 황동 팻말이 걸려 있었다. 그 글귀 때문에 건물과 마당이 뭔가 고귀하고 범상치 않아 보

489

였다. 자례 옛 거리는 자례시라는 신도시의 구시가지여서 모든 담장과 벽돌, 나무가 역사이자 문화재였다. 그리고 그 문화재 가운데서도 쿵씨 집안의 옛집과 형수네 집은 진품 중에서도 진품이고 보배 중에서도 보배라 몇 년 뒤 명사의 고향 집과 박물관으로 대접받게 되었다. 그래서 형수는 어머니가 쿵가의 고택을 지키는 것처럼 줄곧 옛 거리에 살면서 자신이 설계한 주씨 집을 지키고 있었다.

초인종을 눌렀다.

다시 한번 초인종을 눌렀다.

마침내 누군가 문을 열어주러 나왔다. 문이 삐걱하더니 눈앞에 열일고여덟 살쯤 되는 아가씨가 얇고 투명한 망사 윗도리에 엉덩이 바로 아래까지 오는 짧은 치마 차림으로 나타났다. 백옥 같은 허벅지와 단정한 얼굴형, 야시시한 이목구비에 정성껏 그린 눈썹과 빨간 입술을 보고 밍후이는 깜짝 놀라 반걸음 물러났다. 집을 잘못 찾은 줄 알았다. 그런데 그 풍기 문란해 보이는 아가씨도 밍후이를 보고 반걸음 물러나더니 조금 뒤에야 웃음을 짓는 것이었다. 그녀가 물었다.

"누굴 찾으세요?"

그녀가 또 말했다.

"들어오세요."

그가 들어가자 그녀가 뒤에서 문을 닫고 주인처럼 형수네 거실로 안내했다. 그제야 거실 한가운데 서 있는 형수를 알아볼 수 있었다. 형수 앞에는 그 아가씨처럼 입고 화장한 여자들이 일렬로 앉아 있었다. 밍후이를 의외라는 듯 바라보는 그녀들의 눈빛이 하나같이 유혹적이고 불덩이처럼 뜨거웠다. 마침내 기다리던 남자가 왔다는 듯, 눈빛으로 그를 삼키고 태워버리겠다는 듯 바라봤다. 문 앞에 서 있던 밍후이는 아가씨들의 시선 때문에 이마에 땀이 송골송골 맺히고 손에 들고 있던 물건을 떨어뜨렸다. 그는 황망하게 장난감 봉투의 손잡이를 잡으며 눈빛으로 조카를 찾았다. 형수가 밍후이 손에서 물건을 받은 뒤 그와 아가씨들한테 말했다.

"유치원에 갔어요. 시동생이니까 너희는 먼저 위층에 가 있어."

아가씨들이 아쉬워하며 밍후이의 얼굴에서 시선을 거두고는 웃으며 위층으로 뛰어갔다. 발소리가 계단에서 북소리처럼 울렸다. 그러다 한 아가씨의 빨간 하이힐이 벗겨졌는데 신발 속에서 100위안짜리 지폐가 투두둑 떨어졌다. 아가씨가 돌아서서 돈과 신발을 주울 때 다른 아가씨들의 입과 얼굴, 온몸에서 쏟아지는 웃음이 폭포처럼 계단 칸칸을 따라 떨어졌다. 형수가 쏘아보자 아가씨들은 웃음을 거두고 사라졌다. 형수가 고개를 돌려 말했다.

"들어오세요. 제 여성직업기술학교 학생들이에요."

밍후이가 혼미함에서 깨어나 형수네 거실 복판으로 들어
갔다. 거실 소파에는 아직도 아가씨들의 분 향기와 살냄새
가 진하게 남아 있고 누군가 소파 틈새에 떨어뜨린 빨간 머
리핀과 진짜처럼 보이는 큐빅 장신구가 있었다. 형수가 소파
를 가리키며 "앉아요" 하고 권했지만 밍후이는 소파에 앉는
대신 의자를 소파 옆으로 가져다 앉았다. 그런 다음 시선을
소파에서 위쪽으로 옮기다가 벽에 걸린 둘째 형의 사진을 발
견했다. 사진 밑에는 형수가 빨간 펜으로 직접 적어놓은 '죽
어도 내 사람!!!'이라는 글귀가 있었다. 글귀 뒤의 '!!!'가 셋
째 형을 찾아갔을 때 보았던 포탄 더미 같았다. 다시 살펴보
니 옆쪽 벽에도 둘째 형의 사진 몇 장이 붙어 있고 아래쪽에
역시 '당신과 자례는 전부 내 것'이라는 글귀와 느낌표가 세
개 있었다. 밍후이는 계속해서 거실과 식당, 부엌, 화장실, 진
열장, 찬장을 훑어보고 집 안 벽과 모서리, 위층으로 통하는
계단 벽까지 살펴봤다. 형수가 일하고 지나는 곳곳마다, 가
구마다 전부 둘째 형의 어린 시절과 컸을 때, 결혼할 때, 일할
때, 시장이 된 뒤 각종 회의에서 연설하고 테이프를 끊고 악
수할 때의 사진이 컬러와 흑백으로 붙어 있었다. 또 사진 밑
에는 어김없이 비슷한 애증의 글귀와 느낌표 세 개가 있었
다. 옛날 사진은 전부 다시 인화하고 시장이 된 뒤의 사진은
신문과 잡지에서 오려낸 것으로, 시장의 일대기를 다룬 사진

전을 방불케 했다. 밍후이는 사진을 전부 둘러보고는 의자에서 일어났다. 형수가 왜 형 사진을 곳곳에 붙여놓았는지 잘 이해되지 않아 시선을 이쪽에서 저쪽으로, 저쪽에서 다시 이쪽으로 돌리다 마지막으로 눈앞의 형수 얼굴에 떨어뜨렸을 때 형수가 웃으며 말했다.

"사진을 붙여놓지 않으면 형이 어떻게 생겼는지 잊어버릴 것 같아서요."

형수의 눈가가 붉어지고 눈에 쓸쓸하면서 강인한 빛이 떠올랐다.

"저렇게 바쁘니 해마다 돌아오지를 않죠."

마지막으로 형수는 눈물을 닦은 뒤 자신만만하게 웃었다.

"곧 돌아올 거예요. 돌아와서 날 찾을 수밖에 없을 거예요. 자례라는 이 중형 도시를 중국의 대도시로, 성만큼 크고 성보다 더 크게 키우고 싶어 하니까. 베이징, 상하이, 톈진, 광저우처럼 성보다 큰 직할시로 만들기 위해 도성 각계각층의 수뇌들에게 동의를 구할 때, 그런 인물들에게 선물을 주지 않을 수 있을까요? 그렇다면 무엇을 줘야 할까요? 결국에는 알게 되겠지. 무엇이든 이 여성직업기술학교 학생들보다 나은 건 없다는 걸요."

형수가 고개를 들어 위층을 바라봤다가 다시 시선을 돌리며 웃었다.

"이미 형한테 보낼 학생 200명은 준비를 끝냈어요. 300명에서 500명을 선발해놓고 필요해질 때를 기다릴 작정이에요. 분명히 돌아와서 300명, 500명의 가장 아름다운 아가씨를 데려가게 해달라고 부탁할 거예요. 그때가 되면 형은 돌아와서 나한테 애원해야 한다고요. 내가 응하지 않으면 자례를 직할시로 만들 수 없죠. 그때가 되면 무릎 꿇고 벽에 머리를 박으면서 나한테 애원할 수밖에 없을 거예요."

형수가 웃으며 말했다. 그리고 물을 마시고는 밍후이에게 감나무에서 열린 배를 주었다. 밍후이는 먹지 않았다. 배를 받을 때 형수 눈가에 깊은 주름이 또 늘어난 것을 발견했다. 탱탱하던 피부가 순식간에 늙어 몇 년 사이에 열 살은 더 먹은 것 같았다. 중년 여자가 되었다. 형수가 아니라 무수한 세상사를 겪은 자례 시장이나 성장인 듯, 무슨 일이든 고된 시간을 겪은 덕분에 철저히 계획하고 대비하는 사람 같았다. 밍후이는 다시 한번 집 안 가득한 형의 사진을 둘러보고 고개를 들어 형수가 형을 위해 준비한 위층의 아가씨들을 바라봤다. 밍후이가 물었다.

"자례를 또 대도시로 만들 생각이라고요? 언제 대도시가 되는데요?"

그는 손에 들고 있던 감나무에서 열린 배를 탁자에 내려놓고 생각했다.

'둘째 형은 정말 미쳤어.'

"국장직에서 물러나려고요."

밍후이는 형수에게 말하고 돌아가기 위해 일어났다. 원래
는 형수와 국장 사임에 대해 의논할 생각이었지만, 둘째 형
이 자례시를 초대형 도시로 만들 계획이라는 말을 듣자 갑
자기 결심이 서서 더 이상 형수와 할 말이 없어졌다. 마치 둘
째 형이 자례를 초대형 도시로 만들려고 해서 도시 전체에서
가장 젊은 국장 자리에서 물러나기로 결심한 것 같았다. 문
밖에서 햇살이 들어와 형수의 얼굴과 어깨를 비췄다. 그러자
형수의 얼굴이 먼지가 살짝 앉은 거울로 변하더니 담아낼 수
없는 빛을 밍후이에게 비추고 집 안 장식품과 가구를 비췄
다. 밍후이가 가져온 장난감 가운데 플라스틱 목초지와 마구
간이 그들 앞에서 파란 풀이 가득한 목장으로 변했다. 넓은
초원이 끝없이 그들 앞에 펼쳐졌다. 산자락까지 뻗어나갔다.
끝이 보이지 않는 천지간으로 뻗어나갔다. 세상에는 그와 형
수 오직 두 사람뿐이었다. 그들은 그렇게 끝없이 넓은 초원
속에 서 있었다. 형수가 그를 친동생처럼, 아들처럼 바라보
다가 깜짝 놀라 물었다.

"정말로 국장 그만둘 거예요?"

형수가 또 물었다.

"형하고 얘기해봤어요?"

"도련님이 아직 어렸을 때의 그날 밤에, 자례촌 사람이 전부 나가 제일 먼저 무엇을 만났는지 떠올려봐요. 난 처음 만난 게 둘째 형이라서 평생 죽기 살기로 형한테 시집오려고 했어요. 둘째 형은 도장을 주운 뒤 평생 촌장, 진장, 현장, 시장, 성장을 추구하게 됐고요. 도련님은 그때 정말 고양이를 만났어요? 그렇더라도 이렇게 여리고 주관 없으면 안 되죠. 이렇게 엄청난 일을 별일 아닌 것으로 치부하지 말아요."

"정말로 제일 먼저 본 게 고양이였어요?"

"잘 생각해봐요. 어쩌면 고양이가 아니라 다른 것일 수도 있어요."

둘째 형수네 집에서 나왔을 때 위층으로 올라간 아가씨들이 창문에 들러붙어 밍후이에게 눈짓하며 손을 흔들었다. 밍후이는 위층을 슬쩍 바라보고는 다시 황망하게 고개를 돌리고 걸음을 옮겼다. 배웅하러 나온 형수가 마당 모퉁이의 멀구슬나무 쪽을 뚫어져라 쳐다봤다. 까마귀가 박씨 하나를 나무 밑에 심었더니 줄기가 가지를 타고 올라가 수세미와 오이, 여주, 호박 같은 것이 잔뜩 열려 있었다. 사람 머리만큼 큰 수박도 있었다. 나무 아래로 늘어진 호박 옆에서 형수가 마지막으로 또 그날 밤에 무엇을 봤는지 잘 생각해보라고 당부하고는, 그게 생각나면 평생 무엇을 하고 하지 말아야 할지, 국장을 사임해야 할지 말아야 할지 알게 될 것이라고 했

다. 마당이 짙은 열매 향과 산야의 나무와 풀 냄새, 그리고 자
례 거리에서 날아오는 자동차 소리와 휘발유 냄새로 가득했
다. 그 냄새와 소리 속에서 형수가 마지막으로 "시간 날 때
이 형수랑 묘지에 가서 좀 울어요. 몇 년 동안 무덤에 울러 가
지 않았잖아요" 하고 말했다.

3

밍후이가 형수 집에서 나왔을 때 태양은 아직도 옛 거리의
동쪽 입구 위에 떠 있었다. 형수 집으로 들어갈 때 담장 틈새
옆으로 그림자를 드리우던 거리 한가운데 있는 나무가 돌아
올 때도 여전히 틈새 옆으로 그림자를 드리우고 있었다. 형수
집에서 많은 이야기를 나누면서 봄여름가을겨울 사계절의
시간을 앉아 있었지만 옛 거리의 태양은 전혀 움직이지 않았
던 것이다. 시간이 멈춘 채 죽어버렸다. 멈춰버린 시간과 태
양 가운데, 산비탈에 자리한 옛 거리에서 내려다보니 자례시
의 출근 인파가 봇물 터지듯 동서남북으로 몰리고 있었다.
반면 옛 거리는 한없이 조용했다. 젊은이는 모두 시내로 출
근했다. 옛 거리에 세 든 사람들도 시간에 맞춰 출근해서 집
과 문화재, 멈춰버린 햇살과 나무 그림자만 남았다. 밍후이

가 나무 밑으로 다가가 담장 틈새와 멈춰버린 그림자를 살필 때 고양이 한 마리가 나무 밑에서 튀어나왔다.

고양이는 담장을 뛰어넘어 사라졌다.

가슴이 철렁 내려앉아 밍후이는 걸음을 멈추고 다시 한번 그날을 떠올렸다. 달빛이 물처럼 흐르던 밤, 마을의 부모 된 남자와 여자는 하나같이 아이들을 내보내 무엇을 만나는지 혹은 무엇을 줍는지 살펴보라는 꿈을 꾸었다. 그는 형들과 집을 나와 사거리에서 헤어졌다. 큰형은 동쪽, 둘째 형은 서쪽, 셋째 형은 남쪽으로 가고 밍후이는 램프를 든 채 북쪽으로 걸어갔다. 길에서 담과 나무를 보고 달빛과 고양이 한 마리를 보았다. 고양이가 야옹 울더니 버드나무 밑에서 남쪽으로 뛰다가 담을 넘어 어느 집으로 달아났다. 그때도 지금처럼 버드나무 아래에 서 있었다. 그는 고양이가 사라진 방향에서 달빛을 거둬들이며, 이제 돌아가서 형들에게 제일 먼저 도둑고양이를 만났노라 말해야겠다고 생각했다. 그런데 돌아서려던 순간, 고양이가 튀어나온 버드나무 밑에서 먼지투성이의 너덜너덜한 책 한 권을 발견했다. 등불 밑에서 책을 넘겨보니 누군가 수천수만 번 읽은 책력(冊歷)이었다. 선장본으로 만들어져 장마다 침을 묻혀 넘긴 땟자국이 까맣게 번들거렸다. 심지어 눅눅한 곰팡내까지 풍겼다. 그 시절에는 집집마다 다 있던 책이었다. 60년을 주기로 양력과 음력 대조

표가 있고 24절기 시간과 날씨가 있었다. 그리고 몇 쪽마다 나오는 여백에는 점치는 방법과 해설이 적혀 있었다.

밍후이는 쓱 넘겨본 뒤 던져버렸다. 늙은 버드나무 구멍 속으로 내던졌다. 그가 제일 먼저 만난 것은 고양이이지 그 낡은 책력이 아니었다. 그는 줄곧 자신의 온화하고 유약한 성격이 그날 밤 제일 먼저 마주친 게 고양이였기 때문이라고 생각해왔다. 만약 개를 만났더라면 둘째 형의 충신이나 장수가 되었을 것이다. 호랑이를 만났다면 셋째 형과 같은 유형이었을 테고, 소를 만났다면 자례시에서 땅을 받아 농사지었을지 몰랐다. 하지만 그가 만난 것은 유약한 고양이였다. 그래서 세 형이 바깥으로 나가 각자 세상에 도전해 사업을 벌이는 동안 집에 남아 어머니를 보살필 수밖에 없었다. 하지만 이제 밍후이는 달려가는 고양이를 보며 잠시 멍하게 있다가 갑자기 앞으로 빠르게 걸어갔다. 예전의 사거리에 지금은 신호등이 생겼고, 자례 사람 수십 명을 묻었던 곳은 둥근 녹지와 '개척자'의 돌조각이 대신하고 있었다. 그는 그곳을 무심하게 지나 북쪽으로 방향을 꺾은 뒤 쉬지 않고 길 양쪽의 신식 건물과 구식 주택을 살폈다. 그러다가 마침내 문화재 보호용 울타리가 쳐진 연자방아 옆에서 문화재 99호인 늙은 버드나무를 발견했다. 이제 그 버드나무는 측백나무로 변했지만 몸체는 옛날 그대로 두께가 두 아름 가까이 되었고, 2미터 높이 되는 곳이 툭하니 목 구부러지듯 꺾여 있었다. 구부정한 측백나무 가지는 새까맣게 무성하고 중간에 바구니 같은 까만 구멍이 있었다. 연자방아 옆에서 측백나무로 변한 버드나무를 발견했을 때 밍후이는 거의 뛰다시피 나무 구멍으로 달려갔다. 구멍까지 기어올라 팔을 안으로 집어넣은 뒤 헤치고 더듬어 몇 년 전 자신이 던져 넣었던 책력을 꺼냈다. 책은 나무 구멍 속에서 축축하게 썩어가며 식물의 잔털로 덮여 있었다. 게다가 나무 기름에 절어 반질반질한 붉은빛이 돌았다. 밍후이가 책을 가볍게 흔들자 몇 장이 툭 떨어졌다. 황급히 주워서 조심스럽게 원래 자리에 끼우다가 무심코 들췄는데 마침 그해, 그달의 그날이었다. 양력과 음력 대조표의 여백에 누군가 붓으로 적어놓은 작은 해서체 글귀가 눈에 들어왔다.

잃었다가 되찾다.

'잃었다가 되찾다'라는 글귀를 보자 한겨울에 화톳불을 만난 것처럼 가슴이 따스해졌다. 그는 신비하게 생각하며 앞뒤 좌우를 살펴봤다. 자동차가 옆으로 지나갈 뿐 아무런 움직임이 없자, 얼른 학업을 그만두고 돌아왔던 날을 찾아봤다. 작은 해서체 붓글씨로 '낙방'이라고 적혀 있었다. 진에 취직했던 날을 찾아보자 '실수'라는 글자가, 과장이 된 날은 '큰 실

500

수', 형에 의해 시에서 가장 젊은 국장이 되었던 날은 '사직'
이라고 적혀 있었다.

밍후이는 깜짝 놀랐다.

너덜거리고 기름에 전 책력이 그의 손안에서 가늘게 떨렸
다. 집을 나선 그날 밤, 가장 먼저 만났던 건 고양이가 아니라
바로 이 책력이었다. 고양이가 눈앞에서 풀쩍 달아난 것은 길
옆 나무 밑에 이 책이 있다는 것을 알려주기 위해서였다. 지
난 몇 년간 제일 먼저 마주친 게 고양이였다고 생각해서 책
을 나무 구멍 속에 내버려두었다. 가을 햇살은 따스하고 대
지는 온화했다. 원래 버드나무였던 측백나무는 그의 머리 위
에서 우산처럼 드리웠다. 이제 책이 그에게 돌아왔다. 밍후이
는 나무 그늘 아래에 서서 펼쳐놓은 곳부터 빠르게 훑어보기
시작했다. 그는 자신의 지난 삶과 사건이 하나하나 전부 책
에 기록되어 있는 것을 발견했다. 경탄과 후회가 가슴에서 밀
려오더니 주체할 수 없는 기쁨으로 변해 물처럼 그를 적셨다.
상쾌한 나무 그늘 아래 서 있다가 아이처럼 가슴 깊은 곳에
책을 쑤셔 넣은 다음 좌우를 살피며 총총히 집으로 향했다.

옛 거리를 지나는 발걸음이 옛 강을 떠가는 배 같았다.

마음의 역사

1

    밍후이는 큰형수를 친정에서 데려와 큰형과 재결합시키기로 마음먹었다. 책력에 분명하게 적혀 있었다. 책력이 생긴 뒤 그는 더 이상 허둥대거나 어물거리지 않았다. 처음부터 그의 과거와 미래를 전부 누군가 깨알 같은 해서체로 그 책력에 적어놓은 것이다. 하지만 안타깝게도 몇 년이나 나무 구멍에 던져진 상태여서 책은 습기에 눅눅해지고 기름에 절어 거의 모든 책장이 한데 붙어버렸다. 한 가족의 운명을 단단하게 붙은 새까만 덩어리로 만들어버렸다. 몇 쪽마다 몇 글자 내지는 한 단락씩 적힌 깨알 같은 해서체 글귀도 새까만 먹물이 번져 수수께끼 같았다. 그즈음 밍후이는 국장직을 완전히 내려놓고 방 안에 틀어박혀 60년 주기의 갑자(甲子) 책력을 한 쪽씩 복원할 방법을 모색했다. 그렇게 책에서 자신의 과거와 미래를 찾으려 했다. 또 책력을 이해하기 위해 천문학과 절기학, 팔괘학을 파고들기 시작했다. 책도 많이 샀다. 책에 나오는 해설로 책력에서 보이지 않는 부분과 먹물이 번져 흐릿해진 글귀를 보완하려 했다. 처음에는 햇볕에 말리고 입김을 살살 불어보기도 했지만 그런 방법으로는 한데 붙은 책장을 떼어낼 수 없었다. 그래서 한밤중에 마당에 작고 네모난 탁자를 펼치고 책력을 올려놓은 다음 밤안개가 책력에 골고루 스며들기를 기다렸다. 한 쪽이 젖으면 한 쪽을 떼어내고, 두 쪽이 촉촉해지면 두 쪽을 분리했다. 밤새 떼어낸 뒤 낮이 되면 글자를 판독했다. 그렇게 한 쪽씩 작업해 초겨울까지 엉겨 붙은 책력의 3분의 1을 분리해냈다. 그리고 책력상 4월 초봄쯤에서 '형수…… 데려……' 하는 글자를 찾아냈다.

그래서 그는 큰형수를 데려오기로 결정했다.

우선 맏형 쿵밍광을 만나러 갔다. 쿵밍광은 어떻게 하다 보니 자례시에 새로 설립된 사범대학의 부학장이 되었다. 그는 학장이 되고 싶지 않았다. 매일 학생들과 대화하는 좋은 선생이면 족했다. 하지만 그가 좋은 선생이 되고자 한다는 이유로, 최고의 경지라며 그를 학장에 임명했다. 시내가 둥청구 쪽으로 끊임없이 팽창하는 것을 감안해 신축 연구동과 도서관, 기숙사 등을 짓는 건축공사가 둥칭구 길가 공터에 펼쳐졌다. 석회나 벽돌을 운반하는 대형 트럭 때문에 공사장은 먼지가 풀풀 날리고, 곳곳이 붉은 벽돌과 녹슨 철근, 시멘트 보드로 가득했다. 학장이자 공사 책임자인 밍광은 공사장 옆에서 한 운전사를 질책하고 있었다. 차를 너무 빨리 모는 바람에 트럭에 실린 유리가 전부 박살 났을 뿐 아니라 작은 소나무마저 부러졌다고 욕했다. 큰형이 머리에서 피 흘리는 운전사에게 소리쳤다.

"유리는 통증을 못 느끼지만 나무는 느끼는 거 모르나? 나무에서 피즙 흐르는 거 못 봤어? 하얀 밑동은 뼈 부러진 거나 마찬가지 아니냐고?"

운전사가 머리에서 피를 닦으며 아이처럼 바닥에 쪼그려 앉았다. 그때 밍후이가 나타났다. 멀리서 걸어오면서 밍후이가 아득하게 "형" 하고 부르고 또 "형" 하고 불렀다. 큰형 밍광이 그 소리를 듣고 몸을 돌렸을 때, 밍후이는 큰형의 양쪽 귀밑머리가 하얗게 센 것을 발견했다. 완전한 중년이었다. 새파란 작업복에는 공사장 먼지와 교실의 하얀 분필 가루가 잔뜩 묻어 있었다. 밍후이를 볼 때, 겨울 햇살 때문에 큰형의 두 눈이 가느다래졌다. 신축 학교 공사장에서 밍후이와 큰형은 바람과 구름처럼 이런저런 이야기를 나눴다. 그가 큰형에

504

게 머리가 왜 하얗게 셌느냐고 묻자 큰형이 웃으며 말했다.

"나 이제 교수야, 못 들었어?"

밍후이가, 최근 몇 년째 학교에서 사느라 집에 안 오던데 시간 내서 좀 들르라고 말했다. 큰형이 "둘째가 나한테 사범 대학 학장을 맡으라잖아. 하지만 그냥 교수로 있고 싶어"라고 말했다. 그러면서 큰형은 부러진 작은 소나무를 어루만지고 운전사에게 한 손으로 상처를 누르고 다른 손으로 운전대를 잡아 깨진 유리가 실린 트럭을 공사장 창고 쪽으로 가져가라고 했다.

공사장 옆길에 둘만 남았을 때 공사장에서 바람이 일었다. 초겨울 스산함이 서북쪽에서 동남쪽으로 휘몰아쳐 방금까지 하늘에서 노랗게 빛나던 태양이 움츠러들었다. 그 쌀쌀함 속에서 밍후이는 책력을 주운 일에 대해 큰형에게 이야기하고, 책력에 형수 친정으로 찾아가 형수를 데려오라고 적혀 있노라고 말했다. 그가 말하는 동안 큰형은 잠자코 들으면서 허리를 굽혀 땅에서 흙을 한 줌 쥐었다. 그러고는 팔뚝만 한 소나무의 잘린 밑동에 바르고 풀밭에서 마른 쑥 한 움큼을 뽑아 거즈처럼 감쌌다. 그러자 잘려진 나무가 겨울 냉기 속에서 온기를 얻어 싹을 틔웠다. 소나무의 상처가 따뜻한 풀 속에서 연녹색을 띠더니 싹이 돋아났다. 큰형은 그제야 시선을 거두고 진지하게 동생을 바라보며 그의 말을 들었다.

505

"형, 평생 혼자 살 수는 없잖아요."

"형수님이 돌아오면 형한테 음식과 빨래를 해주고 말 상대도 되어주고 약도 달여주면서 집안일을 건사할 거예요. 아들이나 딸을 낳아줄지도 모르고요. 그러면 자례 사람들이 모두 형네 집을 부러워하겠죠."

밍후이가 계속 말했다.

"나랑 엄마 모두 형 생각 많이 해요. 꼭 시간 내서 어머니 좀 보러 와요."

"그럼 그렇게 정한 거예요. 책력에서 형수를 데려오라고 했으니까 내가 형수를 데려올게요."

큰형은 줄곧 듣기만 했다. 밍후이의 얼굴만 쳐다보며 말없이 무엇인가를 생각했다. 하지만 그 순간, 막냇동생의 얼굴에서 시선을 옮길 때, 방금까지 구름 뒤에 숨어 있던 태양이 나오는 것을 보았다. 자례시 둥청구 전체가, 고층 건물과 굴뚝, 방금 지은 고가도로가 모두 학교 공사장 주변에서 환해졌다. 잘라진 밑동에서 방금 올라온 소나무 싹이 겨울의 따스함과 상쾌함 속에서 햇빛을 받아 투명한 유리처럼 반짝반짝 빛났다. 밍광이 넷째 동생을 보며 물었다.

"형수를 데려오면 내가 학문에 전념할 수 있을까?"

그리고 웃으며 말했다.

"책을 쓰고 싶어. 책이 출판되면 나는 학교에서 제일 학식 있는 교수가 될 거야."

큰형과 헤어질 때 밍후이는 갑자기 눈가가 촉촉해졌다. 큰형이 그럴 줄은 생각지도 못했다. 그동안 큰형이 학교에서 집으로 돌아오지 않는 것은 형수와 이혼하고 샤오추이라는 아가씨가 어디로 갔는지 모르기 때문에 도리를 저버린 채 학교에서 매일 분필과 칠판, 학생, 적막과 함께 지내는 거라고 생각해왔다. 하지만 이제 큰형은 결코 교실과 칠판 옆에 있는 게 아니었다. 큰형은 학장의 신분으로 공사장을 지키면서 깨진 유리를 아까워했지만 잘린 소나무에 더 가슴 아파했다. 큰형과 헤어질 때 겨울임에도 밑동이 잘린 소나무에서 여린 싹이 젓가락 높이만큼 자라났다. 또 파란 솔잎이 야들야들한 노란색에서 건장한 초록색으로 바뀌더니 이내 단단한 검정으로 물들었다. 이제 겨울 한기를 버텨낼 수 있었다. 그 새까만 솔잎 앞에서 헤어질 때 큰형이 환하게 웃으며 말했다.

"공사장을 관리하면서 얼마든지 횡령할 수 있지만 난 한 푼도 취하지 않았어. 모범이 되는 최고의 교사이자 교수가 되고 싶거든."

큰형이 물었다.

"점심 안 먹을 거야?"

큰형이 말했다.

"어쩌면 네 형수, 벌써 재혼했을지도 몰라."

큰형이 또 당부했다.

"나 대신 네 큰형수 좀 잘 살펴봐."

그래서 밍후이는 큰형이 있는 곳을 나와 공사장과 둥청구, 자례시를 등지고 걸어갔다. 문득 고개를 돌려 바라보자 모락모락 피어오르는 연기 같았다.

2

큰형수네 집은 바러우산 깊은 곳에 있었다. 산속의 구리와 철, 주석, 백금 같은 광석을 운반하기 위해 산마루 도로는 대형 트럭 네 대가 동시에 지나갈 수 있을 정도로 확장되었으며, 자갈과 시멘트, 철근의 배합물로 포장되었다. 완공해 통행이 개시되던 날, 시장 밍량은 테이프 커팅식에 참석했다. 쟁반에서 커다란 가위를 들고 도로에 가로걸린 빨간 비단 테이프를 중간에서 자를 때 테이프에서 금괴와 금구슬, 비취, 마노 브로치와 귀걸이가 도로로 쏟아졌다. 도로에서 길가 풀밭으로 굴러간 귀걸이와 팔찌가 수십수백 개에 이르렀다. 테이프 커팅 현장에서는 공무원과 시민들의 박수 소리가 우레처럼 울렸다. 박수가 한창일 때 누군가 땅바닥과 길가에 떨어진 금괴와 비취, 목걸이를 주우려다 혼잡한 인파에 깔려 죽었다. 그날 텔레비전에서 그 광경을 본 밍후이가 시 정부의 청징 비서실장에게 전화를 걸어 동의를 구한 뒤 둘째 형과 전화 통화를 했다. 밍후이가 둘째 형에게 말했다.

"정말로 사람이 밟혀 죽었어요."

둘째 형은 조금 생각한 뒤 답했다.

"제1기 도로는 총 232킬로미터야."

밍후이가 깜짝 놀라며 소리쳤다.

"사람 목숨이라고, 작은형!"

둘째 형이 말했다.

"제2기 도로공사가 곧 시작돼. 3년 안에 자례시 관할의 모든 농촌을 도로로 연결하고 집집마다 자동차를 갖게 할 거야. 우리 인민을 미국인이나 유럽인보다 더 잘살게 만들어야지."

밍후이는 집안일에 대해서 조금 이야기한 뒤 수화기를 내려놓았다. 그리고 지금은 테이프 커팅 때 보석과 비취가 떨어진 산길을 걸어가는 중이다. 겨울의 건조한 냉기가 하늘을 가리고 땅을 덮었다. 길 양쪽의 나무들이 냉기 속에서 울부짖고 바람이 나무 위에서 돌격하듯 불어댔다. 밍후이는 큰형수네 친정까지 자동차로 갈 수도 있었다. 전화기를 들고 어디든 번호를 누른 뒤 쿵 시장의 동생 쿵밍후이라고만 하면 자동차 몇 대가 옛 거리로 올 터였다. 하지만 책력에서 그에게 만 리를 걸어야 천하를 알 수 있다고 했기 때문에 그는 걸어가기로 했다. 빈 트럭이 수없이 그의 옆을 지나 산속으로 향했다. 또 광석을 가득 실은 트럭이 산에서 나와 산 바깥으로, 자례의 야금 공장 수십 군데로 향했다. 그는 길가를 따라 걸으며 도로에서 피어오른 먼지가 무덤처럼 나무를 뒤덮는 것을 보았다. 하늘을 날던 새가 컥컥거리며 떨어지는 것을 보았다. 그리고 길가의 밀밭에서 밀 싹이 날아든 먼지 때문에 땅속으로 다시 움츠러드는 것도 보았다. 밀 싹이 자동차와 광석, 먼지를 피해 숨바꼭질하듯 사라지는 것을 보고 밍후이는 밀밭 옆에서 걸음을 멈췄다. 그는 서쪽으로 기울던 태양이 부싯돌처럼 호수로 떨어질 때에야 다시 황망하게 길을 따라 산속으로 향했다.

도로가 끝나자 피륙 한 필이 다한 것 같았다.

황톳길이 끝나자 무명 한 두루마리가 다한 것 같았다.

오솔길이 끝나자 새끼줄이 갑자기 툭 끊겨 사라진 것 같았다. 석양의 어스름 아래 들판과 마을, 계곡이 전부 조용하고 편안하게 산속에 누워 있었다. 이상하리만큼 고요한 산야의 적막 때문에 밍후이는 귓속에서 울리는 아주 가는 윙 소리까지 들을 수 있었다. 몇 사람에게 길을 묻고 두 차례나 길을 헤맨 끝에 마침내 사흘째 어둠이 내리기 직전, 형수의 친정 마을에 도착했다. 그제야 비탈진 장왕좡 마을이 보였다. 초가도 있고 기와집도 있었다. 오래된 마을은 몇 년 전의 자례촌

모습과 흡사했다. 형수네 집은 마을 어귀의 두 번째 집이었다. 밍후이가 형수네 대문 앞에 도착했을 때 형수는 마침 문 앞에서 반신불수 아버지에게 음식을 드리고 있었다. 석양이 형수의 얼굴에 담황색으로 떨어져 형수의 하얀 머리카락이 메마른 지푸라기처럼 보였다. 밍후이는 형수를 보자 갑자기 늙어버린 큰형이 떠올랐다. 느릿느릿 걸으며 늙어버린 큰형 생각을 하느라 결국 형수 바로 뒤에 이르러서야 작은 소리로 물었다.

"큰형수님이에요?"

그가 놀라서 소리쳤다.

"형수님, 어쩌다 이렇게 되셨어요?"

형수가 일어나 몸을 돌리다가 밍후이를 발견하고는 손에 들고 있던 밥그릇을 쨍하고 떨어뜨렸다. 그릇에 담겼던 달걀국수 국물이 그녀의 바지에 튀었다. 막내 밍후이의 얼굴을 보면서 큰형수가 뭔가 말하려고 입을 벌렸지만, 말은 나오지 않고 눈물만 왈칵 솟구쳤다. 눈가가 촉촉해지고 손이 허공에서 덜덜 떨렸다. 대문 앞에서 밍후이와 큰형수는 한참을 서로 바라봤다. 큰형수가 마침내 "밍후이 도련님" 하고 부르며 얼른 몇 걸음 뗐다가 갑자기 걸음을 멈췄다. 그러고는 "여길 어떻게 왔어요? 어떻게 여길 찾아왔어요?" 하고 물었다. 또 "우리 몇 년이나 못 만난 거죠? 몇 년이나 못 만났네요! 도련

님 잘 지내죠? 별일 없나요? 아직도 아이 같아요" 하고 말한
뒤에야 밍후이에게 앉으라고 할 생각이 들었다. 밍후이를 안
으로 들일 생각을 했다. 식구들에게 얼른 집을 치우라고 하고
걸상과 탁자를 닦은 다음 어서 음식을 내와야겠다는 생각이
들었다.

큰형수가 밍후이에게 물었다.

"뭘 드시고 싶어요?"

"우선 달걀물부터 좀 마실래요?"

"자례에서 장왕좡까지 오려면 해가 뜰 때 차를 타서 질 때
내리고도 한참을 걸어야 하는데, 며칠이나 걸렸어요?"

형수네 가족이 바빠졌다. 주변 이웃도 바빠졌다. 마을 전
체가 덩달아 바빠졌다. 마을 사람들은 달걀과 호두, 땅콩 등
을 형수네로 가져와 밍후이가 자신들이 집에서 먹는 맛있는
음식을 맛볼 수 있기를 바랐다. 어떤 사람은 늙은 암탉을 들
고 와서, 닭을 좋아하면 당장 잡아서 요리하겠다고 했다. 또
어떤 사람은 옷자락에 목이버섯을 안고 와서 형수에게 흰 설
탕을 넣고 목이버섯탕을 끓여주라고 했다.

그러고는 밍후이를 둘러싸고 물었다.

"정말로 시장님 동생이에요?"

"시장님 동생이 왜 우리 마을까지 걸어왔어요?"

형수는 마을에서 가장 명망 있고 부유한 사람이었다. 이혼

했지만 어쨌든 진장, 현장의 형과 결혼했었기 때문이다. 게다가 그 진장, 현장은 진즉에 벌써 시장이 되었다. 전남편 역시 대학 학장이 되었으며 시장과 학장의 두 동생 중 하나는 시내에서 가장 부자였다. 그리고 문약하지만 선량한 막냇동생이 지금 형수를 데려가 큰형과 재결합시키려고 장왕좡에 찾아온 것이다. 큰형수가 큰형과 재결합해 형을 돌볼 수 있도록 모셔가려 한다고 밍후이가 말하자 마당에 모인 마을 사람들이 일순간에 조용해졌다. 그러고는 밍후이를 쳐다보며 "정말이에요? 진짜예요?" 하고 물었다. 이어서 누군가 큰형수의 팔을 잡아당기며 "이제 고생 끝났네, 고생 끝났어!" 하고 말했다. "이제부터 시장님이 다시 형수님이라고 부르겠구먼. 처장과 국장, 청장도 자네를 보면 형수님이나 형님이라고 부를 거 아닌가. 우리 장왕좡에서 결국 시장의 형수가 나오는 거야" 하고 말했다. 모두 형수의 팔과 옷을 잡아당기고 밍후이를 둘러싸고는 "어쩐지 그제는 마을 어귀에서 까치 수백수천 마리가 빙빙 돌면서 하루 종일 지저귀고 어제는 공작 두 마리와 봉황 두 마리가 형수네 담장에 앉아 동쪽에서 떠오르는 태양처럼 형수한테 날개를 펼치더라니" 하고 말했다.

  마을 사람들의 계속되는 경탄 속에 태양이 천천히 산 아래로 떨어졌다.

  큰형수가 석양 속에 쪼그리고 앉아 엉엉 울었다. 그렇게 울다가 또 갑자기 안으로 뛰어 들어가서는 의자에 너부러진 아버지를 안고 "끝났어요, 다 끝났어. 아버지 병도 고칠 수 있어요. 치료할 수 있어요" 하고 말했다. 그제야 밍후이는 큰형수가 이혼에 동의한 게 둘째 형이 진장일 때 서명해준 백지 열 장 때문인 것을 알았다. 큰형수가 집을 짓고 싶다고 백지에 쓰면 벽돌과 기와가 오고, 농사를 짓고 싶다고 쓰면 간부가 좋은 땅의 토지하청계약서를 보내오며, 마을에서 소송 중인 집을 위해 정황과 억울함을 적어내면 소송에서 이기고 명예를 되찾을 수 있었다. 둘째 형의 사인이 있는 종이 열 장은 큰형수의 열 가지 큰 사건을 해결해줄 능력이 있었다. 하지만 큰형수가 집으로 돌아왔을 때, 이혼 소식을 들은 아버지가 다음 날 뇌혈전증으로 쓰러져 침대에서 일어나지 못했다. 그래서 진료받고 약을 구하는 데 백지를 쓰기 시작했다. 의사에게 왕진 오라고 적고, 병원에는 아버지한테 가장 좋은 약을 달라고 썼다. 다 쓴 백지는 보조 약재로 약탕기에 넣어 달였고, 다 달인 한약을 아버지에게 드리면서 반신불수라도 좋으니 살아 계시라고, 절대로 세상을 떠나지 말아달라고 빌었다.

한번은 아버지가 밖에 나갔다가 산마루에서 쓰러져 의식을 잃었다. 큰형수는 다급하게 백지를 꺼내 산골병원 의사에게 부리나케 오라는 글을 썼다. 과연 의사들은 땀을 뻘뻘 흘리며 달려와 아버지를 죽음의 문턱에서 되살려놓았다. 또 한 번은 아버지가 마당에서 하얀 거품을 토하며 쓰러졌는데 거품이 멈춘 뒤에는 코밑에서 아무런 숨결도 느껴지지 않았다. 형수는 아버지의 생명이 다했다는 것과 의사가 온다고 해도 구할 수 없다는 것을 깨달았다. 그래서 둘째 형의 사인이 있는 백지를 동그랗게 말아 아버지 입에 넣고는 울면서 "아버지, 아버지. 시동생 쿵밍량이 이제 진장이 아니라 현장이 되었어요! 현장이 되었다고요!" 하고 외쳐 죽은 아버지를 되살려냈다. 결국 형수의 손에는 둘째 형의 사인이 있는 종이가 한 장만 남았다. 그 후로 형수는 큰일이 생겨도 사인된 백지를 내놓지 않았다. 중요한 순간에 백지를 흔들어 보여주면서 "내 시동생 밍량이 시장이야. 못 믿겠으면 여기 나한테 사인해준 걸 보라고!" 하는 말만 했다. 아버지 병이 또 위급해졌을 때도 사인된 백지를 꺼내며 의사들에게 "시장이 내 시동생인 걸 믿지 못하겠어요?" 하고 말해 젊은 의사건 늙은 의사건 아버지에게 최선을 다하게 했다. 추위가 절정일 때 냉기 때문에 머리로 피가 잘 공급되지 않아 아버지가 혼수상태에 빠졌을 때에도 형수는 아버지 침대 앞에 꿇어앉아 그 사인된 종이를 들고 울면서 "시장이에요! 시장이 되었어요!" 하고 외쳤다. 그러자 방 안이 점점 따뜻해지면서 혈액순환이 원활해져 언제 병에 걸렸냐는 듯 아버지가 정신을 차렸다.

태양이 서산으로 사라질 무렵, 산속의 적막이 붉은 비단처럼 살랑살랑 땅에 내려앉았다. 장왕좡 농지의 밀 싹이란 밀 싹은 전부 파래지면서 큰형수네 집 방향으로 잎을 뻗었다. 겨울의 앙상한 나뭇가지도 고개를 돌려 형수네 집으로 손을 흔들고, 대문 앞 화초들도 줄기에 연녹색을 드리웠다. 딸이 다시 쿵씨 집안으로 시집간다는 말을 듣자 아버지는 말없이 몇 년 동안 마비되어 움직이지 못하던 손을 들어 딸의 머리와 얼굴을 쓰다듬었다. 손과 팔목, 팔뚝에 방울방울 떨어진 눈물이 전부 꽃처럼 피어나 초봄의 청아한 향기를 뿜었다.

　저녁이 되자 마을의 모든 남자와 여자가 형수네 집으로 모여들어 밍후이에게 정말로 형수를 자례시로 데려가 큰형과 재결합시킬 거냐고 물었다.

　밍후이가 고개를 끄덕였다.

　"둘째 형님인 시장님이 동의하셨어요?"

　밍후이는 진지하게 말했다.

　"둘째 형이 제게 집안일을 맡겼습니다. 말할 것도 없이 둘째 형은 동의할 겁니다."

　이어서 누군가가 큰형수네 집 앞에서 폭죽을 쏘았다. 누군가는 집으로 돌아가 생황과 퉁소를 가져와 불었다. 징과 북소리, 폭죽 소리가 마당과 대문, 대문과 마을에서 남북으로 흐르고 동서로 요동쳐 춘절처럼 떠들썩해졌다. 형수가 다시 쿵가 사람이 되는 것과 시장에게서 형수님 소리를 듣게 된 것을 축하했다. 그러고는 다시 쿵씨 집안으로 들어가고 시장님의 형수가 되니까 시장님이 진장님일 때 서명해준 백지를 쓸 일이 없을 거 아니냐며, 겨울이 춥고 건조한 데다 눈이 오지 않아 큰 가뭄이 예상되니, 종이에 '눈 내려라! 눈 내려라!'라고 적어 마을 경작지에 한바탕 눈을 내리게 해달라고 부탁했다. 그래서 형수는 방으로 들어가 침대 머리맡에 놓인 상자에서 편지봉투를 꺼내 왔다. 마지막 남은, 이미 누렇게 바랜 사인 종이를 꺼내 '눈 내려라! 눈 내려라!'라고 적었다. 이어서 마을 사람들은 밍후이와 형수를 에워싸며 달빛에 의지해 마을 어귀로 갔다. 모두 무릎을 꿇고 밍량의 사인이 있는 백지를 하늘로 치켜들고는 한목소리로 "눈 내려라, 눈 내려라! 시장님이 눈을 내리라고 했다. 시장님이 눈을 내리라고 하셨다!" 하고 외쳤다. 또 "서설(瑞雪)은 풍년의 징조, 시장님이 눈을 내리라고 하셨다! 서설은 풍년의 징조이니, 시장님이 눈을 내리라고 하셨다!" 하고 외쳤다. 그러자 하늘이 촉촉해지면서 눈송이가 날리기 시작했다. 달빛 속에서 달빛 같은 솜꽃이 마을 어귀의 밭으로 떨어졌다. 마을 어귀 땅에 눈이 한층 얇게 깔린 뒤에도 사람들은 꿇어앉은 채 일어나지 않았다. 형수가 직접 성냥을 켜서 밍량의 사인이 있는 종이에 불을 붙이고는 불빛과 재를 허공으로 높이 치켜들자 가랑눈이

517

함박눈으로 바뀌었다. 밤새 함박눈이 마을과 들판, 바러우산의 모든 산골에 한 자(尺) 높이로 쌓여 모든 밀과 나무, 마른 풀이 촉촉하고 따스한 동면에 빠졌다. 더 이상 다음 해 풍년을 걱정하지 않게 되었다.

다음 날, 밍후이와 형수는 눈을 헤치며 자례시로 돌아왔다. 그렇게 큰형과 큰형수는 재결합해 평온하고 안정적인 나날을 보내게 되었다.

자례에도 눈이 내렸다.

눈이 그치자 도시 전체가 눈빛 속에 한층 더 도드라졌다. 멀리 보이는 고층 건물과 고가도로가 눈 내리는 날 눈 벽돌을 쌓아 만든 건축물 같았다. 가까운 도로의 나무와 표지판도 하얀 눈에 덮였다. 큰형수를 친정에서 큰형의 거처로 데려가 지저분한 큰형 숙소를 함께 청소한 뒤 밍후이는 큰형 거처를 나왔다.

눈 내리는 밤의 달빛이 망사처럼 얇고 투명했다. 구시가지 사거리에 이르렀을 때 밍후이는 땅바닥에서 달빛을 주워 들었다. 사창(紗窓)처럼 가볍고 젖은 비단처럼 미끄럽고 차가웠다. 달빛을 원래 자리에 내려놓은 뒤 그는 푹푹 빠지는 눈을 헤치며 집으로 돌아왔다. 어머니는 화로 옆에 웅크린 늙은 고양이처럼 깊은 잠에 빠져 있었다. 밍후이가 대문 여는 소리를 듣고 어머니가 잠결에 "돌아왔니? 큰형이랑 형수는 화해했고?" 하고 물었다. 밍후이가 창문과 벽 너머에서 고개를 끄덕이자 어머니는 몸을 뒤집고는 더 깊은 잠에 빠져들었다. 다 잘됐다고 생각하며 밍후이는 곁채 자신의 방으로 갔다. 그대로 드러누워 잠에 빠지려는 순간, 베개 밑에 숨겨둔 책력이 떠올랐다. 딱 붙어 있던 쪽이 반쯤 벌어지고 그 속의 먹물 자국에서 '둘째 형'이라고 적힌 것이 보였다. 둘째 형에게 어떤 일이 있을지는 아직 떨어지지 않은 책장 속 오래되고 축축한 먹물 자국에 남아 있었다. 먹물은 연못의 진흙 같고, 깨알 같은 해서체의 가로세로획과 삐침은 진흙 속의 수초와 버드나무 가지 같았다. 절반이 말라 죽은 연못과 풀포기를 그는 이미 천 번도 넘게 보았지만 죽어버린 수초에서 예전의 파릇파릇함을 알아볼 수는 없었다. 둘째 형 인생에 어떤 일이 생길지도 알 수 없었다. 책력에서 둘째 형을 위해 어떤 일을 하라는 것인지 알 도리가 없었다.

침대에 누워 반쪽만 보이는 둘째 형에 관한 진창과 모호함을 생각하고 있을 때 갑자기 밍후이의 가슴이 찌릿했다. 그는 침대에서 벌떡 일어나 앉은 뒤 베개 밑에서 앞표지도 뒤표지도 없는 책력을 꺼내 절반만 드러난 둘째 형에 관한 쪽을 펼치고 등사된 날짜를 확인했다. 둘째 형의 생일인 3월 3일이었다. 손바닥 절반만 한 먹물 뭉치를 보면서 그는 조금 전 구시가지 거리에서 주웠던 얇은 망사 유리 같은 달빛을 떠올렸다. 몇 년이나 됐을지 알 수 없는 이 책력은 세월과 나무 구멍의 기름, 습기 때문에 한데 붙어 있었다. 햇볕에 말리면 종이가 더 바싹하게 엉겨 붙었다. 촉촉한 밤안개에 적시는 방법으로는 며칠 밤을 적셔야 겨우 반 쪽, 한 부분을 열 수 있었다. 큰형과 큰형수에 관한 쪽도 사흘 밤을 적셔서 겨우 열었다. 둘째 형에 관한 쪽도 보름 동안 밤안개를 쏘여 겨우 한 귀퉁이를 열었을 뿐이다. 안개를 너무 오래 쏘이면 먹물 글자가 진창처럼 번졌다. 하지만 이제 밍후이는 불현듯 둘째 형의 글자들을 어떻게 알아봐야 하는지 깨달았다. 햇볕에는 바싹하게 달라붙고 밤안개로는 먹물이 번지지만, 눈 내리는 밤의 촉촉함은 한데 붙은 종이를 떨어뜨릴 수 있을 것이다. 그리고 차가운 겨울 달은 태양처럼 습기를 빨아들일 수 있는 빛을 가졌으므로 종이의 습기를 흡수해 흐릿하게 번져가는 글자들 속에서 수초가 무성했던 과거의 모습을 드러내줄 게 분명했다.

그걸 깨닫자마자 밍후이는 단숨에 침대에서 내려와 방문을 뛰쳐나왔다. 그리고 여전히 빛나고 있는 눈 내리는 밤의 달을 바라봤다. 그는 얼른 방에서 마당 한가운데로 탁자를 내왔다. 그러고는 책력을 두 손으로 받들어 탁자 중앙에 내려놓은 뒤 담장 사이로 떨어지는 달빛 아래로 갔다. 조심스럽게 가장 밝은 달빛 조각을 땅에서 떼어내 마당 한가운데에 있는 탁자로 가져가 책력 한쪽에 세웠다. 두 번째 달빛을 가지러 담장 밑으로 돌아갔을 때, 그는 달빛을 떼어낸 곳이 칠흑같이 까만 것을 발견했다. 네모나게 떼어진 어둠은 담장 밑의 모든 빛을 컴컴하게 만들었다. 밍후이는 담 모퉁이에 잠시 서 있다가 대문을 열고 옛 거리의 공터로 나가 두 번째 달빛을 가져왔다. 그리고 구시가지 사거리에서 세 번째 달빛을 가져오고 구시가지 교외로 나가 네 번째, 다섯 번째 달빛을 가져왔다.

집으로 돌아온 그는 달빛을 탁자 다리에 기대놓은 뒤 대문을 잠갔다. 그러고는 크기와 모양이 각기 다른 달빛을 한 덩이씩 옮겨다 탁자 위에 세워 작고 네모난 정원을 만들었다. 그런 다음 마지막으로 가장 크고 가장 네모난 달빛을 지붕으로 덮었다. 그렇게 눈 내린 달밤, 책력을 위해 네모난 달빛 집이 만들어졌다. 밍후이는 조용히 그 옆을 지켰다. 눈 내리는 밤의 습기가 둘째 형에 관한 쪽과 다음 쪽인 3월 4일의 오래된 종이로 촉촉하게 스며들었다. 건조하고 차가우며 환한 달빛 정원과 지붕은 한데 엉겨 붙은 종이의 축축함을 모두 빨아들였다. 달이 자례의 하늘에서 서쪽으로 옮아갔다. 초저녁에는 상현달이었지만 자정을 지난 뒤에는 하현달로 바뀌었다. 바퀴처럼 굴러 하현달이 되었을 때 밍후이는 둘째 형의 쪽과 다음 쪽의 결집이 느슨해지면서 한 귀퉁이에 틈이 생긴 것을 발견했다. 그는 조심스럽게 달빛 한 조각을 옮긴 뒤 두 손을 달빛 정원에 넣고 3월 3일 쪽을 아주 조금씩 떼어냈다. 그리고 완전히 떼어져 3월 4일과 분리되었다.

흐릿한 먹물 자국에서 설핏설핏 선명함이 생겨났다. 그리고 마침내 달빛에 의지해 먹물 자국 속에서 '주잉'이라는 두 글자를 읽어낼 수 있었다. '주(朱)' 자는 푸른 산, 맑은 물처럼 분명했다. '잉(穎)' 자는 왼쪽이 불분명했지만 오른쪽 글자는 가을바람에 떨어지는 잎사귀처럼 뚜렷했다. 먹물 자국에서 '주잉'이라는 두 글자를 알아보았을 때 달빛 정원 속의 손이 그대로 굳었다. 둘째 형과 둘째 형수 사이에서 무엇인가를 하라고 책력이 말하고 있었다. 그 순간 밍후이는 수수께끼를 풀어낸 듯 가슴이 뛰고 손이 떨려 하마터면 달빛으로 만든 집을 무너뜨릴 뻔했다.

16장

인물의 변화

주잉

눈이 내린 다음 날, 밍후이는 둘째 형 밍량을 만나러 가기에 앞서 형수 주잉의 집을 찾아갔다. 마당 수북이 쓸어놓은 눈 더미에 형수가 손가락으로 둘째 형을 그리고 배에다 '죽어!'라고 적어놓은 것이 눈에 들어왔다. 집 안팎과 위층, 아래층, 담 모퉁이와 바닥 곳곳에는 여전히 둘째 형의 사진과 스크랩한 기사가 붙어 있고 사진 밑에는 '죽어도 내 사람!'이라는 글귀가 적혀 있었다. 하지만 그 위에 또 두꺼운 빨간 펜으로 사형수 벽보처럼 'X' 자를 힘껏 처놓았다. 방 안의 크고 작은 벽에 빈 곳이 하나도 없었다. 이전에 붙였던 둘째 형의 오래된 사진 외에도 매일 관보에 실리는 연설하거나 악수하는 새로운 사진이 늘어나 있었다. '내 사람!'과 빨간 'X' 자가

527

춘절날 거리에서 명절을 알리는 폭죽 종이 같았다. 밍후이는 빨간 '×' 자를 보면서 형수가 미치도록 형을 미워하며 원수로 여긴다는 것을 알았다. 그래서 더더욱 형을 만나러 가야겠다고 생각했다.

밍후이는 둘째 형수네 거실을 이리저리 둘러봤지만 형수가 둘째 형을 도와 자례를 초대형 도시나 성도로 만들기 위해 준비시키던 아가씨들을 볼 수가 없었다. 그는 거실 반대편에 서 있는 형수에게 가볍고 담담한 어조로 말했다.

"둘째 형을 찾아가려고요."

"형이 몇 년째 집에 오지 않았죠?"

형수가 잠시 생각한 뒤 입술을 깨물며 태연하게 말했다.

"찾아갈 필요 없어요. 그 사람 사업은 이제 곧 무너질 거예요. 힘들어지면 다시 무릎 꿇고 빌면서 이 집으로, 내 앞으로 돌아오겠죠. 하지만 이번에는 정말 내 앞에서 죽어야 할 거예요. 나도 그때처럼 쉽게 용서하거나 쉽게 도와주지 않을 거고요."

그렇게 말하면서 형수는 차갑게 웃었다. 하지만 웃음 뒤의 쓸쓸한 절망 때문에 눈가에 눈물이 맺혔다. 그녀는 눈물이 흐르기 전에 얼른 손으로 닦아낸 뒤 밍후이에게 소파에 앉으라 권하고는 어디선가 정교하게 만든 작은 나무 상자를 들고 왔다. 그 안에는 커다란 크라프트지로 만든 편지봉투가 들어 있었다. 형수는 이를 악물며 봉투에서 종이로 싼 아들 성리의 출생, 만 한 달, 백일, 돌 때와 유치원에 등원하고 장난치는 모습의 온갖 사진을 꺼냈다. 그런데 사진을 싸고 있는 종이는 둘째 형이 시장이 된 뒤 서명한 것으로 자례시의 발전과 건설을 위해, 둘째 형의 앞날과 사업을 위해 그의 허락 없이 형수 주잉은 절대 멋대로 시 정부로 형을 만나러 올 수 없다는 공문과 통지서였다. 최초의 공문은 형이 시장이 된 지 사흘 후에 작성되고 마지막 공문은 지난달에 작성되었다. 밍후이는 조카의 사진을 본 뒤 한장 한장 공문서를 보면서 각각의 공문서 어휘가 모두 매섭고 차갑다는 것을 발견했다. 심지어 마지막 공문 말미에는 '또다시 시 정부 청사에 찾아와 시장과 정부의 업무를 방해한다면 이혼서류나 정신병원에 영원히 감금한다는 통지서를 받게 될 것'이라고 적혀 있었다.

공문을 한 글자씩, 한 구절씩 읽는 동안 밍후이의 얼굴이 경악과 아연함으로 뒤덮였다. 문으로 들어온 겨울 햇살이 차가운 얼음처럼 달라붙어 온몸이 시렸다. 형수를 안고 몸을 녹이거나 난로를 찾아 온몸을 통째로 불 위에 던지고 싶었다.

"형수님, 지난달에도 형을 찾아갔어요?"

"몇 번을 찾아갔는데도 만나주지 않았어요?"

"대체 사람이래요, 냉혈동물이래요?"

형수가 입술을 깨물며 밍후이의 손에서 공문을 한장 한장 건네받아 원래대로 접고는 가장 큰 사진을 건네며 쓴웃음을 지었다.

"도련님은 만날 수 있을지도 모르겠네요. 어쨌든 형제간이 니까."

"그 사람을 보면 나 대신 좀 물어봐줘요. 이 사진을 보여주고 아들이 그와 닮았는지 아닌지 물어봐줘요."

"닮았는지, 안 닮았는지요. 그 한마디면 충분해요."

밍후이가 둘째 형수네 집에서 나오자 자례시 하늘에 마침내 투명한 햇살과 따뜻한 빛이 나타났다. 하늘을 빽빽하게 덮었던 회색 안개와 검은 구름이 함박눈 때문에 지면과 구석으로 밀려났다. 견디기 어려울 정도로 하늘이 깨끗하게 씻겼다. 밍후이를 배웅하러 나온 형수가 그 깨끗함에 사레들어 몇 번이나 콜록거렸다. 앞뒤로 나란히 걸어가던 두 사람은 몇 년 전에 배나무로 변한 대문 옆의 사과나무 아래에서 걸음을 멈추고 말없이 배나무를 바라봤다. 그런데 배나무가 된 사과나무는 더 이상 배나무 같지 않았다. 배나무 껍질은 자홍색에 갈래갈래 주름이 있지만 그 나무껍질은 반질반질 윤이 나고 청록색이었다. 봄이 되면 완전히 호두나무로 변할 것 같았다. 나뭇가지도 더 이상 배나무처럼 닭발 모양으로 구부정하지 않고 쭉쭉 파랗게 곧았다. 밍후이가 고개를 돌려 형수에게 말했다.

"배나무 리(梨)는 헤어질 리(離)와 음이 같지만 동그란 호두는 결합을 뜻하잖아요. 이번에 제가 작은형을 만나면 형수님도 분명 형과 좋아질 거예요."

형수가 흐릿하게 웃자 얼굴의 붉은빛이 얼음처럼 창백해졌다.

"그는 돌아오지 않을 거예요. 이 형수는 이미 둘째 형을 철저히 무너뜨리기로 결심했어요. 이번에는 절대로 도와주지 않을 거예요."

형수가 밍후이의 머리를 쓰다듬은 뒤 잠시 머뭇거리다 말했다.

"쿵씨 집안에서 선하고 정직한 사람은 도련님뿐이에요. 내가 가장 믿는 사람이고. 둘째 형이 어떻게 실패할지 알고 싶어요?"

밍후이는 멍하니 형수를 바라봤다. 형수가 무슨 말을 하는지 알 수 없었다. 잠시 뒤 형수가 밍후이의 손을 잡아끌고 다시 집 안으로 향했다. 잰걸음으로 마당과 거실을 지나 2층으로 가서는 허리춤에서 열쇠를 꺼내 더할 수 없이 신비스러운 방문을 열었다. 커튼을 사르륵 젖혀 빛이 비스듬히 방 안으로 들어오게 한 다음 형수는 문 앞에 멍하니 서 있는 밍후이를 안으로 끌어당겼다. 방에 들어간 밍후이는 너무 놀라 움직일 수가 없었다.

정남향에 스무 평 남짓한 그 방에는 가구나 다른 장식 없이, 새하얀 네 벽에 수많은 아가씨들의 나체 사진이 빼곡히 걸려 있었다. 머리카락을 어깨까지 늘어뜨린 아가씨도 있고 머리 위로 말아 올린 아가씨도 있었다. 어쨌든 전부 40센티미터 크기로 확대한 컬러 사진이었으며 오른쪽 아래에 이름과 번호가 적혀 있었다. 몇몇 아가씨는 브래지어와 투명한 망사 팬티를 걸쳤지만 대부분 실오라기 하나 없이 다리 사이의 음부만 모란이나 장미, 월계화로 가리고 있었다. 사진의 가로세로 배열이 아주 정연하여 아가씨들의 얼굴과 미소, 젖가슴, 다리의 꽃도 상하좌우가 가지런히 잘 맞았다. 온 벽이 사람을 홀리는 얼굴과 눈빛이었다. 환한 웃음이 눈 위에 피어난 꽃 같았다. 봉긋하게 솟은 가슴과 음부를 가린 모란, 장미, 월계화 때문에 밍후이는 온몸과 얼굴에서 땀을 줄줄 흘렸다.

형수가 기묘하게 웃으며 물었다.

"이 형수를 욕하고 미워할 거예요?"

"여성직업기술학교 특등생들이에요. 이 아이들이 둘째 형을 무너뜨려 내 앞에 무릎 꿇게 해줄 거예요. 세상 남자들을 짐승, 돼지, 개로 만들고 세상을 우리 것, 여자들의 것으로 만들어줄 거예요."

"처음에는 자례를 초대형 도시로 만들기 위해 시작했지요."

형수가 잠시 쉬었다가 다시 빠른 속도로 말했다.

"오래지 않아 자례는 베이징, 상하이 같은 도시가 될 거예요. 그런 도시로 승인받을 때 형이 찾아와서 이 아가씨들을 베이징으로 데려가게 해달라고 요구할 줄 알았어요. 하지만 이제 형은 부탁하러 오지 않을 거예요. 셋째 형이 도와주거든요. 아가씨들이 필요 없으니 내게 부탁하지는 않겠지만 결국에는 그녀들 손에 망할 거예요."

"도련님은 내가 가장 믿는 사람이에요. 이런 얘기 형한테는 하지 말아요."

형수가 잠시 말을 끊고 이를 악물었다. 그런 다음 살짝 음란한 웃음을 지었다.

"그런데 막내 도련님, 도련님은 나한테 잘해주는데 이 형수는 보답할 게 없네요. 아가씨들 가운데 마음에 드는 사람을 골라봐요. 누구든 도련님한테 줄게요."

그녀는 1938번의 예쁜 아가씨를 가리키며 물었다.

"이 아가씨 어때요? 성장한테 보내려고 준비시켰는데."

또 1938번 위쪽의 영리해 보이는 아가씨를 가리키며 말했다.

"이 아가씨는요? 모 부장한테 보낼 생각이에요."

그러다 밍후이가 1938번이든 다른 아가씨든 거들떠보지 않는 것을 알아차리고는 웃음을 거두고 진지하게 말했다.

"싫으면 됐어요. 그래도 도련님이 거절해서 이 세상에 아직 좋은 사람이 있고 아직 살 만하다는 걸 알게 되었어요."

몸부림치듯 방을 빠져나온 밍후이는 싸늘하게 다가오는 겨울의 냉기 덕분에 정신을 차릴 수 있었다. 형수가 미친 것 같았다. 책력이 인도하고 암시하는 대로 당장 둘째 형을 형수 곁으로 데려와야겠다는 생각이 들었다. 둘째 형이 형수 옆으로 돌아와야만 형수의 병을 치료할 수 있을 듯했다. 형이 돌아오지 않으면 쿵씨 집안과 둘째 형네 모두 태양빛에 눈이 녹듯 무너질 것 같았다.

쿵밍량

자례가 막 시가 되었을 때만 해도 정부 청사 입구에는 보초가 둘이었지만, 이제는 제복 차림의 보초 여섯 명이 핏빛이 도는 홍갈색 경찰봉을 들고 서 있었다. 원래 서너 장(丈) 너비에 양쪽으로 사각형 돌기둥이 있던 청사 정문도 이제는 서른 장으로 넓어지고 중간에 자동문까지 생겼다. 자동문은 닫혀 있다가 차량이 지나갈 때만 미끄러지듯 열렸다. 청사에 드나드는 사람들은 한쪽에 있는 별도의 입구를 이용했다. 공무원들은 모두 시 정부 통행증을 가지고 드나들었고, 통행증이 없으면 예외 없이 경비실에 등록해야 했다.

밍후이가 둘째 형을 만나러 들어가려다 신기해서 정문을 몇 차례 바라봤더니 보초 여섯 명이 그를 예의 주시하며 훑어봤다. 정문으로 한 걸음 옮겼을 때는 넷이 에워싸며 동시에 냉엄한 목소리로 물었다.

"뭐 하는 거야?"

"둘째 형이라니, 누가 당신 둘째 형인데?"

"시장님이 형이었으면 싫겠지만 자례 시민들도 모두 시장님이 아버지였으면 한다고!"

보초들이 밍후이의 팔을 붙들며 경비실로 끌고 갔다. 경비실에는 삼십대의 건장한 경관이 있었다. 그는 눈빛으로 밍후이를 걸상에 앉힌 다음 정문 보초들이 했던 말을 다시 한번 되풀이했다. 그때 밍후이가 둘째 형과 찍은 사진을 꺼냈다. 또네 형제가 함께 찍은 사진도 꺼내 보여줬다. 마지막으로 몇년 전에 찍은 가족사진을 보여줬다. 세 번째 사진까지 보여주고 나자 건장하고 덩치가 컸던 경관이 부들부들 나긋해지고시들시들 작아졌다. 커져버린 경찰복이 나무 시렁에 씌운 포대 자루 같았다.

경비실의 작은 방을 나올 때 경관은 밍후이에게 직접 문을 열어주고, 계단 내려가는 것을 부축하며 시 정부 본관까지 배웅해줬다. 밍후이는 둘째 형과 찍은 사진을 들고 문을 통과하고 또 문을 지나 마침내 본관 가장 안쪽의 홀 입구에 도착했다. 보초 두 명이 붙들기는커녕 척 하고 뒤꿈치를 붙이며 경례했다. 갑작스러운 소리에 밍후이는 깜짝 놀라 문 앞에 멈춰 섰다. 멍하니 어쩔 줄 모르고 있을 때 시 정부 비서 팀장인 청칭이 웃으며 다가왔다. 한겨울에 탄불이 쏟아지는 것 같았다.

살이 붙어 달걀형이던 얼굴이 동그래졌다. 웃음을 짓자 탄불이 허공을 둥둥 떠다니는 거대한 노른자 같아졌다.

"우리 몇 년 만에 만나는 거죠? 시장님이 둘째 형이라는 건 아직 기억해요?"

그리고 그녀는 차갑게 질문을 던졌다.

"벌써 여러 해 동안 가족 중 누구도 시장님을 만나러 오지 않았어요."

그녀를 따라 엘리베이터를 타고 복도를 걸어 홀에 도착한 뒤 또 엘리베이터를 탔다. 가는 동안 그녀는 시장이 자례 인민을 위해 매일 밤낮으로 얼마나 바쁜지, 자례 시민을 위해 얼마나 수고하고 고심하는지에 대해 이야기했다. 한번은 윗분들이 초대형 도시가 되기 위한 인프라를 갖췄는지 심사하러 왔는데, 당시 쿵 시장은 석 달 내내 잠도 못 자고 준비하느라 볏짚처럼 지쳤고, 마침내 윗분들을 배웅한 뒤에는 휘청거리며 바람에 날아갔다고 했다. 그리고 밍후이에게 "그때 밍후이 씨나 가족 중 누구든 시장님을 뵈러 왔으면 좋았을 거예요. 시장님은 가족에게 그렇게 냉정하신 분이 아니에요" 하고 말했다. 그런 다음 시 정부 비서 팀장실에 도착하자 청징은 문을 열고 몸을 한쪽으로 틀며 들어갔다.

청징의 사무실이 그렇게 넓고 화려할 줄은 전혀 생각하지 못했다. 방 다섯 칸 정도로 널찍하고 책상 역시 방 반 칸 크기였다. 반듯한 책상 위에는 빨강, 노랑, 초록 세 가지 색의 서류철이 등급별로 쌓여 있고 빨강, 검정, 파랑 세 가지 색의 전화기가 반대편에 놓여 있었다. 그 외에는 여느 사무실마다 있는 소파, 텔레비전, 신문걸이, 정수기가 있고 담녹색부터 검푸른 빛깔까지 온갖 분재와 화초가 있었다. 문 앞에서 사무실을 둘러보는 동안 밍후이의 놀란 얼굴이 유리 빛으로 굳어졌다. 청징이 웃으며 말했다.

"도시확장국 국장을 그만두지 않았다면 밍후이 씨도 이렇게 큰 집무실이 있을 텐데요. 후회해요? 다시 일하고 싶어요?"

찻상에 놓인 차가 다 식었다. 밍후이는 한 모금도 마시지 않았다. 뜨거운 물을 처음 부었을 때 뾰족한 찻잎이 잔 속에서 물을 따라 빙빙 돌았다. 그런데 더 이상 김이 나지 않게 식어버린 뒤에도 물과 찻잎은 전혀 느려지지 않고 같은 속도로 빙빙 돌았다. "무슨 일이 있어서가 아니라 그냥 작은형을 만나러 왔어요" 하고 밍후이가 말했을 때 햇살은 창문에서 희미하게 빛나고 있었다. 두 번째로 말했을 때는 불처럼 빨간색으로 빛났다. 그리고 세 번째로 말했을 때는 빨강과 노랑이 교차하는 듯한 노을빛으로 변했다. 어찌 된 일인지 땅거미가 내리더니, 방 안의 따스함 속에 보이지 않는 냉기가 자리 잡았다. 청징 얼굴에서 탄불 같던 광채가 사라지고 달걀 노른자 같던 웃음도 해거름의 푸른색을 띠었다. 그녀는 밍후이의 맞은편에 앉아 해가 뜨든 지든 늘 하는 말을 했다.

"무슨 일이든 저한테 말하면 돼요. 시장님은 시민 전체를 위한 분이지, 쿵씨 집안의 누구를 위한 사람이 아니거든요. 숨 쉴 시간도 없을 만큼 바쁘세요."

밍후이가 봄여름가을겨울 모두 상관없다는 듯 말했다.

"아무 일도 없어요. 그냥 작은형을 만나서 얘기나 하고 싶을 뿐이에요."

결국 땅거미가 내릴 즈음 청징이 사무실 별실로 들어가 전화 통화를 하고 나왔다. 그녀가 다소 시원하다는 듯 말했다.

"시장님은 둥청구의 고위층 조정회의에 가셔서 날이 저문 후에나 돌아오신답니다. 원한다면 집무실에서 기다리고 있으라고 하셨어요."

밍후이는 둘째 형이자 시장인 밍량의 집무실로 들어갔다. 청징의 사무실과 같은 층으로 거리가 멀지 않았다. 회의실 세 개 정도 떨어진 밍량의 집무실 앞에는 사복 차림의 건장한 보안요원이 두 명 있었다. 또 벽 하나 사이로 언제든 부름에 응할 수 있도록 비서실이 있었다. 보안요원과 비서는 모두 청징 소관이었다. 청징을 본 그들이 은은하게 웃으며 청송하듯 "팀장님 안녕하세요?" 하고 인사했지만 청징은 귀찮다는 듯 고개를 끄덕이고는 밍후이를 데리고 시장의 집무실로 들어갔다. 그곳에서 청징은 세 마디를 남긴 뒤 나병환자를 피하는 것처럼 그를 피해 휙 나가버렸다.

"인내심을 갖고 기다려요."

"물은 직접 따라 마시고."

"형님 물건은 건드리지 마세요. 집무실에 다른 사람을 혼자 두신 적은 여태껏 한 번도 없었어요."

청징이 문을 닫고 나갔다. 석양이 붉은 망사처럼 넓은 집무실 유리창을 수놓았다. 둘째 형의 시장 집무실에 들어간 건 그때가 처음이었다. 집무실에는 엄청나게 놀랄 만한 장식도 물건도 없었다. 널찍하고 빨간 책상―그건 셋째 형 밍야오한테도 있었다―과 사계절 꽃이 피는 나무 화분 두 개―셋째 형 집무실에는 같은 화분이 네 개였다―, 그 밖에 소파와 신문, 전화, 서류, 정수기, 책장과 거기 꽂힌 학식 있어 보이는 두꺼운 책이 있었다. 또 무엇이 있었더라? 마호가니 책장 맞은편에는 외국 손님이 선물한 정교한 공예품들을 놓은 진열대와 뭔가 특별해 보이는 커튼이 있었다. 커튼은 무척 두꺼웠다. 아주 두꺼웠다. 최상의 원단을 사용한 것 같았다. 그리고 선물 진열대 옆으로 열쇠가 꽂혀 있는 방이 하나 있었다.

밍후이는 잠시 집무실을 서성이다가 그 방으로 들어갔다.

그곳은 시장의 휴게실이었다. 청징이 집무실 물건을 함부로 건드리지 말라고 한 게 그 방에 들어가지 말라는 뜻이구나 싶었다. 하지만 밍후이는 조금 주저하다가 결국 방으로 들어갔다. 시장의 친동생이니까, 잠시 머뭇거리다 친구 방에 들어가듯 들어갔다. 침대와 벽지, 스탠드, 하얀 천장, 신문과 서류가 쌓인 책상 그리고 짙은 색 카펫. 밍후이는 그 카펫이 열여섯 살 소녀의 머리카락으로 직조되었다는 것을 알지 못했다. 불을 켜자 카펫에서 부드럽고 환한 빛이 반짝거렸다. 바닥이 미끄러우면 차라리 욕실의 목욕 타월을 까는 게 더 나을 텐데, 하고 생각했다. 욕실 문을 열자 새하얗고 매끈한 욕조와 금테 두른 변기, 도금한 수도꼭지, 순금의 비눗갑이 눈에 들어왔을 뿐 다른 놀랄 만한 것은 없었다. 화장실은 등불이 순백색이었으며, 잡다한 세면용품 모두 순금 재질이라 하나같이 들기 힘들 정도로 무거웠다. 그는 눈앞이 어질어질하면서 잘못 들어왔다고 생각했다. 시장의 물건을 함부로 만지지 말라던 청징의 말이 다시 한번 떠올랐다. 순백과 황금 속에서 눈을 돌리다가 밍후이는 변기 옆의 도금한 쓰레기통에서 정사 후 던져 넣은 더러운 물건을 보았다. 위에서 욱 하며 음식물이 올라올 것 같았다. 황급히 돌아 나오려던 순간, 그는 목욕 타월이 걸린 곳에 문이 또 하나 있는 것을 발견했다. '누구든 출입 금지'라고 적힌 네모난 나무 팻말이 걸

541

려 있었다. 그리고 글귀 뒤에 형수가 둘째 형 사진 밑에 '죽어
도 내 사람!!!'이라고 적은 것처럼 느낌표 세 개가 덧붙여져
있었다. 그제야 함부로 건드리지 말라던 청징의 말이 무슨
뜻인지 알았다. 그 문을 바라보며 이대로 돌아 나가야겠다는
생각이 들었지만, 밍후이는 자기도 모르게 앞으로 걸어갔다.
자기도 모르게 도금인지 순금인지 알 수 없는 문고리에 손을
올려놓았다. 둘째 형이 '누구든 출입 금지!!!'라는 팻말까지
걸어놓고도 비밀의 문을 잠그지 않았을 거라고는 생각하지
못했다. 드나드는 사람이 전혀 없자 문단속에 게을러진 은행
의 밀실 같았다.

밍후이는 망설이다가 비밀의 문을 열었다.

벽을 더듬어 전등 스위치를 켰다.

환하게 밝혀진 불빛 아래에서 밍후이는 눈길이 닿는 대로
여기저기를 둘러봤다. 그러다 어느 순간 깜짝 놀랐다. 그곳
은 창문이 봉쇄된 몇 칸짜리 커다란 창고 같은 방으로, 하얀
네 벽에는 희귀한 황화리(黃華梨) 나무로 만든 진열대가 놓
여 있었다. 하나에 수십, 수백만 위안에 육박하는 고가의 진
열대였다. 하지만 막상 선반에 놓인 것은 세상에서 가장 보
잘것없는 물건들이었다. 창고 한가운데에 서서 밍후이는 궁
궐의 보석 상자 같은 수납장과 칸칸이 나뉜 선반, 수납장과
선반에 입혀진 온갖 기하학적인 패턴을 보았다. 선반마다

각종 호텔의 흔하디흔한 치약과 칫솔, 슬리퍼, 수건, 목욕가운, 일회용 면도기, 드라이어가 놓여 있고 각각의 물건 밑에 날짜와 호텔 이름이 적혀 있었다. 또 다른 구역에는 등급별, 지역별 회의실에서 가져온 연필꽂이와 붓걸이, 스테이플러, 연필깎이 및 각종 만년필과 볼펜이 전시되어 있었다. 이곳저곳의 회의실에서 가져온 물건들 밑에도 날짜와 기관명이 적혀 있었다. 다음 구역에는 서양 파티에서 가져온 나이프와 포크, 한국의 쇠젓가락, 일본의 고동색 젓가락이 놓여 있었고 간혹 평범한 쟁반과 접시도 보였다. 네 번째 구역에는 그래도 조금 값이 나가는 물건, 예를 들어 어디선가 가져온 이상한 모양의 전화기와 권총 형태의 놋쇠 라이터 몇 개, '인민대회당'과 '중난하이(中南海)'라고 적힌 컵이 있었다. 그리고 마지막 선반에서 아래에서 위로 시선을 옮기다가 밍후이는 돌연 둘째 형을 발견했다. 둘째 형의 따뜻한 가족애를 찾았다. 안쪽 가장 어두운 선반에 시커먼 석탄, 코크스, 조악한 담배와 술, 시골 농민들만 입던 양복과 치마, 신발과 모자가 놓여 있었다.

물이 스며드는 것처럼, 둘째 형이 옛날 자례촌에서 사람들을 이끌며 도둑질하던 바로 그 쿵밍량이라는 것을 점점 분명하게 알 수 있었다. 진장이 되었을 때 손버릇을 고치지 못한 자례 사람들을 흠씬 두들겨 팼으나 사실은 그 역시도 고치지 못했던 것이다. 현장, 시장이 되어 환한 곳에서야 절대 도둑질하지 않았지만 슬쩍 물건에 손대는 버릇을 끊지 못했다. 호텔명이 적힌 슬리퍼, 비행기에서 들고 내린 담요, 상사 집이나 응접실에서 가져온 10센티미터짜리 성냥갑 모두 둘째 형이 촌장일 때도 진장일 때도 훔쳤으며 현장, 시장이 되어서도 어디에 가든 옛날처럼 하나씩 집어 온다는 것을 증명하고 있었다. 다만 더 이상 값비싼 물건을 훔칠 필요가 없어서 손 닿는 대로, 식사를 마친 사람들이 탁자에서 이쑤시개나 냅킨을 아무렇게나 가져가듯 작은 장식품을 집어 올 뿐이었다. 형은 물건을 가져올 뿐만 아니라 잘 분류해 밀실에 전시했다. 그 밀실에서 밍후이는 예전의 둘째 형을 찾았다. 가슴이 따뜻해지면서 그만 나가야겠다고 생각할 때, 둘째 형이 돌아오는 발소리가 들렸다.

형의 발소리에 맞춰 밍후이는 불을 끄고 밀실을 나온 다음 화장실을 지나 집무실 동쪽에 놓인 선물 진열대로 돌아왔다. 멀리 집무실 입구에 둘째 형보다 키가 큰 젊은이가 서 있는 게 보였다. 양복을 멋지게 빼입고 새까만 상고머리를 한 그는 얼굴이 핏기 하나 없이 새하얬다. 팔에 끼고 있는 서류 가방은 너무 까매서 가짜처럼 보였지만 얼굴의 부드럽고 찬란한 미소만큼은 진짜 같았다.

"저는 쿵 시장님의 류 비서입니다. 시장님은 자례시의 대

544

도시 승격에 관한 보고 때문에 오늘 밤에 베이징으로 가셔야 합니다. 비행기에 오르시기 전에 저한테 집에 무슨 다급한 일이 생긴 건지 여쭤보라고 하셨습니다."

문 앞에 멍하니 서서 아무 말도 하지 않던 밍후이가 대답했다.

"집에는 아무 일도 없습니다. 그냥 둘째 형을 만나고 싶었을 뿐이에요."

부드럽고 가벼운 웃음이 노란 잎사귀처럼 그의 네모난 얼굴에 걸렸다 사라졌다. 세상이 다시 싸늘하고 휑해졌다. 온기란 온기는 전부 사라져버렸다. 밍후이는 둘째 형이 다시 그의 눈앞에서, 문틈으로 불어온 미풍처럼 금세 어디론가 사라지듯 멀어지는 것을 보았다.

쿵밍야오

가슴속이 차가워져 거리의 땅이 전부 얼어 터졌다. 시내 중앙광장 대리석 벽돌도 전부 얼어서 가루로 부서지고, 거리를 달리던 수많은 자동차도 연료 탱크가 얼음덩이로 변해 길위에 멈췄다. 운전자들이 연료 탱크 옆에서 손에 입김을 불며 발을 동동거리고 계속 "젠장, 젠장!" 하고 욕했지만 자동차는 끝내 시동이 걸리지 않았다.

견디기 힘든 추위를 무릅쓰고 밍후이는 셋째 형 쿵밍야오를 찾아갔다.

셋째 형 밍야오를 만나는 것은 둘째 형을 만나는 것과 달리 문을 여닫는 것처럼 간단했다. 광업총공사 빌딩에 도착해 경비원에게 쿵밍야오의 막냇동생 쿵밍후이라고 말하자 경비가 황급히 본관으로 전화를 걸었다. 곧이어 밍후이가 본관에 들어서자 셋째 형이 1층 로비에서 기다리고 있었다. 라오청구와 둥청구, 시청구, 카이파구 할 것 없이 자례 전체가 차가운 겨울에 꽁꽁 얼어붙었다. 바깥에서 발을 동동거리다 안으로 들어간 밍후이는 장교용 허리띠를 차고 나한죽(羅漢竹) 화분 옆에 서 있는 셋째 형 밍야오를 발견했다. 분명 추위 때문에 잎이 다 떨어졌는데, 그 순간 셋째 형이 눈길을 주고 허리띠를 화분 옆에 풀어놓자 대나무가 스륵스륵 소리를 내며 가닥가닥 초록빛을 내기 시작했다. 내친김에 형이 대나무를 쓰다듬었더니 이번에는 줄기에서 죽순이 우수수 올라왔다.

밍후이가 형에게 다가가 뭔가 말하려 할 때 셋째 형이 물었다.

"밖이 춥지?"

"위로 올라가서 몸 좀 녹이자."

셋째 형이 밍후이를 8층 모형실로 데려갔다. 벽에 세계지도와 미국, 영국, 프랑스, 독일 지도가 각각 걸려 있고 방 반 칸 크기의 대형 미국 지도 옆으로 그만큼 큰 아프가니스탄과 이라크 지도가 걸려 있었다. 또 사무실 오른쪽 중앙에는 미국과 일본의 모형판 외에 아직 완성되지 않은 아프가니스탄과 이라크의 국가 지형 모형판이 있었다. 마침 에보나이트와 점토로 이라크의 모형판을 만들고 있던 기술자가 밍후이와 밍야오를 보고는 손을 흔들었다. 밍야오도 손을 흔들어 계속 만들라고 지시하고는 동생과 의자에 앉았다. 물을 내오도록 시킨 다음 밍후이의 몸이 더 이상 떨리지 않을 정도로 풀렸을 때 무슨 일로 찾아왔는지 물었다.

밍후이는 전날 둘째 형을 만날 수 없었노라고 이야기한 뒤 길게 한숨을 내쉬었다.

"더 이상 형제 같지 않아요."

밍야오가 밍후이의 얼굴을 보며 잠시 진지하게 생각한 뒤 말했다.

"미국이 이라크를 손봐줄 것 같아."

"어머니가 몸이 안 좋으신데 매일 형 얘기를 하세요."

"세계가 이렇게 혼란스러워질 줄 전혀 몰랐어. 미국이 화근이야."

"어쨌든 큰형과 형수는 이제 사이가 좋아졌어요."

밍야오가 또 잠시 말을 멈췄다가 물었다.

"나한테 작은형을 시장 자리에서 끌어내리라고 하고 싶니? 집으로 돌려보내 형수랑 화해시키면 좋겠어?"

밍후이는 어떻게 말해야 할지 몰라 셋째 형의 얼굴을 바라보기만 했다.

밍야오는 말없이 밍후이를 보다가 마침내 작지만 단호하게 "아우야, 돌아가라. 지금 작은형을 끌어내리기에는 너무 일러. 아직 형을 공격할 때가 되지 않았어. 집안일은 일단 네가 좀 참아. 동유럽 쪽의 혼란이 가시화되면 이 형이 세상을 평화롭게 만들 거야. 그때 작은형이 집에 가지 않겠다면 내가 끌고 갈게. 그러면 형제들이 둘러앉아 식사하면서 집안일을 의논할 수 있을 거야"라고 말했다. 그런 다음 셋째 형은 밍후이를 배웅하기 위해 걸상에서 일어났다. 밍후이도 어쩔 수 없이 아직 다 마시지 못한 찻잔을 탁자에 내려놓고 자리에서 일어났다. 그는 불안한 눈빛으로 셋째 형이 모형판을 제작 중인 기술자에게 다가가는 것을 보았다. 형은 바그다드 크기를 두 배로 키워 모든 거리를 또렷하게 표시해달라고 당부한 뒤 아래층으로 내려가는 밍후이를 배웅했다.

어머니

어머니가 돌아가셨다.

따스한 웃음을 지으며 차가운 세상을 떠났다.

하늘 스스로도 이번 겨울이 이렇게 추울 줄 몰랐다. 셋째 형의 빌딩에서 나온 밍후이는 집까지 뛰어와 들어오자마자 얼른 대문을 닫았다. 처음 눈에 들어온 것은 마당의 늙은 느릅나무였다. 물통만큼 두꺼운 나무 몸통에 추위로 굵직한 균열이 몇 개나 생겨 새하얀 그루터기까지 드러났다. 깜빡하고 마당 창턱에 놓아둔 밥그릇은 동파돼 산산조각 난 파편이 창턱과 마당에 흩어졌다. 방 안으로 들어가자 침대에 걸어둔 사발만 한 동그란 시계가 추위 때문에 시침과 분침이 멈추고, 빨간 초침은 떨어져 나가 주삿바늘처럼 이불에 꽂혀 있었다.

밍후이는 그 자리에 멈춰 섰다.

문 앞에 잠시 멍하니 서 있다가 본채로 뛰어갔다. "어머니…… 어머니……" 하고 부르는 목소리가 도끼에 쪼개지는 대나무처럼 울렸다. 그 소리가 본채 문을 열었다. 본채 입구에 도착해 "별일 없죠? 어머니, 별일 없는 거죠? 엄마!" 하는 연속적이고 다급한 외침은 어머니가 잠든 안방의 문발을 젖혔다. 단숨에 문지방을 넘어 어머니가 잠든 안방으로 들어갔을 때, 어머니는 늘 그렇듯 침대에 반듯하게 누워 있었다. 하지만 그가 떠나기 전까지 발그레하게 빛나던 안색은 푸르죽죽하고 희끗희끗했다. 몸을 안쪽으로 돌린 어머니가 벽에 뭔가 보이는 듯 눈을 가늘게 떴다 감았다 했다. 바깥세상의 혹한이 벽을 뚫고 어머니의 얼굴을 덮친 것 같았다.

"엄마는 오늘 밤에 가야겠다. 엄마한테 솔직히 얘기해다오. 큰형이랑 큰형수는 화해했니? 둘째 형이랑 형수는 만나서 풀었고?"

"셋째 형은 결혼했다니? 며느리가 자레 구시가지 출신이야?"

"옛 거리에서 네 나이가 제일 많아. 결혼하지 않으면 엄마는 마음이 놓이질 않는단다."

마지막으로 어머니가 가냘픈 목소리로 그를 불렀다.

"밍후이, 엄마한테 얘기해다오. 네가 다 얘기해주면 엄마는 가련다. 네 아버지를 찾아가야겠어."

밍후이는 그 짧은 시간에, 자신이 마치 어머니의 죽음을 미리 알았던 것처럼 그렇게 차분하고 담담해질 수 있을 거라고 생각하지 못했다. 어머니의 말을 들은 그는 천천히 몇 걸음 나아가 어머니의 침대 앞에 향불처럼 섰다.

"큰형수가 임신했어요. 아들딸 쌍둥이래요."

"작은형은 시 정부에 있는 형 집으로 형수를 불러들였고요. 작은형이 출근하면 형수는 살림하면서 조카 등하교를 챙긴대요."

"셋째 형도 결혼했어요. 형수는 우리 자례 사람이고 학교 교사예요. 조카 성리를 가르치고 있지요."

"저도 정혼했어요. 겨울 직전에 어머니가 문 앞에서 봤던 그 아가씨예요. 예쁘고 현명해요. 병원에서 일하고 올해 결혼할 계획이에요."

말을 마치자 어머니가 몸을 돌려 밍후이를 보았다. 얼굴에 살며시 환한 미소가 떠오른 뒤 몇 초 되지 않아 영원히 눈을 감았다.

어머니의 장례 때 둘째 형이 마침 공문을 내려 자례시의 날씨더러 맑아지라고 했기 때문에 날이 포근했다. 태양이 머리 꼭대기에서, 사람들이 솜옷을 벗어버릴까 고민할 정도로

552

따뜻하게 내리쬐었다. 마침내 둘째 형과 전화가 연결돼 어머니의 부음을 전했다. 하지만 둘째 형은 수화기 저편에서 곧 자례가 초대형 도시로 승격될 거라고 말했다. "장례 치르러 올 거예요?" 하고 묻자 둘째 형은 "일단 끊자. 제일 중요한 보고가 곧 시작되거든" 하고 답했다. 셋째 형에게 어머니의 부음을 알리러 갔더니 형은 광업총공사에 없고 바러우산 깊은 계곡의 군영에 있었다. 그날, 셋째 형은 군복을 입고 자신의 부대원들과 춘계훈련동원회를 진행하면서, 일본 우익이 또 댜오위다오(釣魚島)에 상륙했다, 타이완의 누가 독립을 위한 입법을 제안했다, 미국이 최첨단의 잔인한 장비로 아프가니스탄과 이라크의 정권을 뒤집더니 이제는 우리한테 돈을 잔뜩 빌려놓고 또 인민폐를 평가절상해 우리 인민을 베이징 빌딩에서 뛰어내리고 싶게 만들고 있다, 독일은 무기를 우리에게 팔기로 약속해놓고 이제 와서 못 팔겠다며 얼굴을 바꾸었다, 풀포기처럼 작은 베트남까지 우리 섬에서 석유를 채굴한다, 또 어느 나라의 인쇄소에서 우리 섬을 그들의 영토로 표시한 지도를 새로 찍어내고 있다, 라고 말했다. 셋째 형 밍야오에게 장례 치르러 오라고 알리자 '지고로 영웅은 충과 효를 모두 돌볼 수 없다'는 회신이 돌아왔다.

큰형, 큰형수와 함께 웃고 있는 어머니를 염하고 입관한 다음 구시가 사람들 모르게 선산에 묻었다. 양지바른 언덕에는 함박눈이 이미 깨끗하게 녹았지만 해를 등진 언덕에서는 여전히 새하얗게 빛나고 있었다.

어머니를 아버지 무덤 옆에 나란히 묻었다. 기운이 빠진 밍후이와 밍광 두 형제는 무덤 앞에 앉아 잠시 쉬었다. 시내의 빌딩 꼭대기와 광산의 채굴하는 연기, 맞은편 산비탈에 쌓인 눈을 보고, 산 저쪽을 지나는 기차 소리와 비행장의 윙윙거리는 이착륙 소리를 들으면서 큰형 밍광이 막내 밍후이에게 말했다.

"돌아가자. 점심 먹어야지. 점심으로 만두 먹자."

자리에서 일어나 삽을 들고 떠나려 할 때 큰형이 막내 밍후이 곁으로 한 걸음 다가오더니 웃으며 조용히 말했다.

"큰형수 임신했어. 아들이야."

17장

지리
대변혁 1

초대형 도시 1

그날 아침 시장 쿵밍량은 가뿐하게 일어나는 대신 기이한 정적 때문에 시끄러워서 깼다. 눈을 뜨기 싫어 그대로 감은 채, 황화리 나무로 만든 침대를 손가락으로 두드렸다. 밖에서 대기하던 사람들이 시장의 손가락이 침대머리에 닿는 세 번의 울림을 듣자마자 밖으로 나가 대나무 장대로 침실 창문에서 아침을 노래하는 참새를 쫓아냈다. 또 젊은이 몇 명을 배치해 참새나 까마귀가 그쪽 창문이나 나무로 향하면 빨간 비단 주머니가 달린 장대로 쫓아내라고 시켰다. 그런데 조용해진 뒤에도 시장의 귓구멍에서는 여전히 윙윙대는 날갯짓 소리가 울렸다. 그는 손가락으로 침대머리를 더 세게 대여섯 번 두드렸다.

다급해진 직원들이 시 정부 청사에서 다른 근무 팀을 불러왔다. 그런 다음 단 한 마리의 새도 건물 상공으로 날아가지 못하도록 10여 미터마다 한 사람씩 기다란 대나무 장대를 들고 건물을 에워쌌다. 정원의 화초가 동면에서 깨어나 돌길 옆의 꽃이든, 시장 침실 앞뒤의 잔디든, 꽃나무든, 과일나무든 모두 건드리면 초록색 액즙이 묻어 나올 듯 푸르러졌다. 유리온실 속 모란은 제일 먼저 계절을 알고 성숙한 소녀나 젊은 부인의 얼굴같이 아름다운 꽃을 피워냈다. 그래서 태양이 뜨자마자 시장이 출근할 때 반드시 지나는 정원 길가에 모란을 내놓기로 했다. 그날 새벽 인부들이 길가에 꽃을 내려놓고 있을 때 장대를 든 젊은이가 조용히 그들의 발을 가리켰다. 꽃을 심던 인부들은 새를 쫓는 사람들이 전부 맨발인 것을 보고 황급히 신발을 벗었다. 땅에 꽃을 놓을 때도 혹시라도 소리가 날까 봐 화분을 손으로 받친 채 땅에 내려놓은 다음 천천히 손을 빼냈다.

그 광활한 시 정부 정원이, 정부 청사에서 몇 리 거리에 있는 그 넓은 지역이 고대 화원처럼 적막해졌다. 오가는 사람 없이 오직 웅장하고 고풍스러운 담장과 휑뎅그렁한 빌라, 복합 건물, 요리사, 정원사, 전기공, 당직자만 남았다. 사람들은 황야에 떨어진 풀씨처럼 정원 곳곳에 흩어져 살금살금 걷고 조용조용 말하면서 어쩌다 마주치면 얼른 고개만 끄덕여 인사했다. 특히 시장 밍량이 잠들었을 때는 신발을 벗은 채 건물 앞을 지나야 했다. 수행원들은 건물에 들어갈 때 소리 나지 않는 두꺼운 밑창이 달린 슬리퍼로 갈아 신었다. 사실 정적은 소란 때문이 아니라 시장이 만든 습관 때문이었다. 정원 뒤쪽으로 나란히 지은 파란 기와집들은 수많은 방들이 복도로 연결되었고, 그 안에는 대형 회의실, 소형 회의실, 대형 식당, 소형 식당, 다과실, 커피실은 물론 밍량이 가본 적 없는 직원 기숙사까지 있었다. 밍량은 침실에 있을 때 일이 생겨도 전화나 벨을 사용하지 않았다. 무슨 일이든 손가락으로 탁자나 침대를 두드리기만 하면 직원들이 바로 알아들었다. 아가씨와 하룻밤을 보내고 싶을 때도 손가락으로 침대머리를 평소와 다르게 욕정을 섞어 두드리면 끝이었다. 직원들도 곧장 이해했다. 업무 때문에 하루 종일 정신없이 지내면서 밍량은 고요함을 더 좋아하게 되었다. 새벽에는 태양빛이 퍼지는 소리를 제외한 그 어떤 소음이나 기척도 있을 수 없었다. 심지어 일꾼들은 대나무 장대를 들고 신발을 벗은 채 새를 쫓을 때조차 숨을 참아야 했다. 하지만 그런 적막 속에서도 밍량은 소리가 느껴졌다. 결국 짜증이 폭발해 침대머리를 세게 두드리려던 그는 불현듯 그 시끄러운 소리가 정원이 아니라 머릿속의 기이한 정막과 시 정부 정원에 혼자 사는 적막함에서 온다는 것을 깨달았다. 그래서 침대를 세게 두드리려던 손을 멈췄다.

지난밤, 자례의 초대형 도시 승격을 위해 베이징에서 내려온 아홉 번째 조사연구팀 사람이 식사를 마친 뒤 한 가지 사실을 알려줬다. 이달 안에 베이징에서 자례시를 베이징, 상하이, 광저우, 톈진과 같은 초대형 직할시로 승격시킬지를 두고 마지막 토론을 벌일 것이며, 현재 자례의 승격에 영향을 미치는 것은 인구나 경제, 발전 속도, 규모가 아니라 당신 쿵 시장이 승격을 결정하는 전문가와 지도층을 이 사안에 흥미를 갖도록 만들 수 있는가, 라고 했다. 도시 승격에 관한 토론이 국가의 인사권을 논의한 뒤 시작되기 때문이며, 그때는 점심이나 저녁식사 시간이라서 토론자들이 문제에 흥미를 잃기 마련이라고 했다. 그러므로 식탁에 요리사의 천하일품 요리뿐만 아니라 진귀한 술까지 올라와야만 식사를 하러 온 토론자들을 기꺼이 회의실에 앉힐 수 있다고 했다. 그 말을 할 때는 시 정부 식당에서 거하게 식사를 마친 뒤 조사연구팀 사람들과 시 정부 주요 인사만 식당 옆 응접실에 남아 있었다. 그들 앞에는 마오타이주(茅台酒) 일고여덟 병을 부은 대야가 하나씩 놓였다. 발을 술에 담가 실내에 마오타이주 특유의 진하고 깊은 향기가 진동하고, 엄선해 뽑은 아가씨들이 안마를 했다. 조사연구팀 팀장이 은밀한 곳을 안마받다가 옆에 있는 시장에게 미묘한 웃음을 지으며 그 말을 했다. 그런 다음 두

발을 마오타이주 안에서 비비면서 술에 발을 담그기는 처음이라며 발가락이 저릿저릿하다고 말했다.

시장은 예순의 나이에도 여전히 빛나는 그의 백발과 얼굴의 주름을 바라보며 잠시 생각에 잠겼다가 논의하듯 세 가지를 물었다.

"여자와 돈을 마다할 사람은 없겠죠?"

그가 또 물었다.

"도시의 고속 성장을 싫어할 사람은 없겠죠?"

그가 또 한 번 물었다.

"일주일 안에 자례에 지하철 100킬로미터를 개통하고 아시아 최대 규모의 공항을 건설한다면 그걸 무시할 사람은 없겠죠?"

세 번째 물었을 때 조사연구팀의 모든 사람이 눈을 동그랗게 떴다. 밍량 앞에 초롱이 나란히 걸려 반짝이는 것 같았다.

"정말로 일주일 안에 지하철 100킬로미터를 완공할 수 있나? 정말 이레 만에 아시아 최대 공항을 건설할 수 있나?"

팀장이 마오타이주, 그 장향형(醬香型)* 백주 속에서 비벼대던 두 발을 더 이상 움직이지 않았다. 팀장은 술통을 떠나 비행기에 오를 때까지 그 두 문장을 되풀이해 물으면서 밍량

* 백주를 구분하는 다섯 가지 향형(香型)의 하나. 장향형 백주로 가장 대표적인 게 마오타이주이며 발효 향이 장맛처럼 깊고 섬세하다.

이 눈 하나 깜짝하지 않고 확언하는 것을 보았다. 그들을 비행기까지 배웅한 뒤 쿵밍량은 돌아와 잠에 빠졌다. 장장 열여드레 동안 그들의 시중을 들면서 밥 먹는 젓가락까지 직접 한 사람 한 사람 챙겨주었다. 아홉 번째 연구조사팀을 돌본 열여드레 동안 그는 예전에 직접 자례촌 사람들을 이끌고 기차에서 물건을 내리던 촌장 때로 돌아간 듯했다. 하지만 지금은 그때가 아니었다. 이미 중년이었다. 몸을 관리하고 쉬고 안정을 취하는 일은 그에게 살기 위해 꼭 필요한 물과 공기 같았다. 무슨 말을 했는지, 어떤 일을 했는지 잊어버릴 정도로 푹 잠들었는데, 한창 자고 있을 때 머릿속이 또 윙윙거렸다. 사람들이 끊임없이 "정말로 일주일 안에 자례에 사방으로 통하는 지하철을 개통할 수 있나?" 하고 물었다. 그가 분명하게 고개를 끄덕였음에도 또 "정말 일주일 안에 자례에 아시아 최대 공항을 건설할 수 있나?" 하고 물었다. 마치 자례의 운명이 거기에 달려 있는 듯했다. 쿵밍량이 일주일 안에 100킬로미터에 달하는 지하철을 개통시키고 아시아 최대 공항을 완공하면 자례시가 초대형 도시인 직할시로 승격되는 건 따놓은 당상이고, 반드시 그렇게 해야 할 것 같았다. 널찍한 침대에서 잠들어 있다가 눈을 떴을 때 쿵밍량은 베개에서 어젯밤 그와 함께한 여자가 떨어뜨린 루비 머리핀을 발견했다. 머리핀을 침대 협탁에 올려놓고 어젯밤 함께한 아가씨의 모습을 더듬어보았다. 머릿속의 윙윙 소리가 조금 작아진 느낌이었다. 그는 다시 고개를 돌려 그림이 걸린 우윳빛 벽과 천장을 바라보고는 침대에 일어나 앉았다. 그러고는 침대머리에 있는 옷을 끌어당겨 입고 침대에서 내려왔다.

그는 갑자기 머릿속에서 윙윙거리는 게 무엇인지 알아챘다. 오늘 셋째 밍야오를 만나야 했다. 일주일 안에 지하철과 공항을 건설하려면 셋째 밍야오가 도와줘야 했다. 밍야오가 그의 군대를 동원해야 했다. 침대에서 내려오면서 밍량이 가볍게 기침하자 누군가 일본 수공업자에게 주문 제작한 실내화를 침실 문 앞에 가져다 놓았다. 문 앞에서 가볍게 문틀을 두드렸더니 치약을 세면대 앞에 짜놓고 미래 자례의 대도시 형상이 인쇄된 수건을 수도꼭지 옆에 놓았다. 욕실 수도꼭지에서 콸콸 물 흐르는 소리가 울리자 식당에서는 각종 음료와 음식을 식탁에 차리기 시작했다.

우유 몇 모금을 마시고 제일 좋아하는 장아찌와 달걀프라이를 먹는 동안 밍량은 탁자를 두드리지도 않았고 어느 누구와 말하지도 않았다. 직원들은 시장이 식사 후에 혼자 정원을 걸으려 한다는 것을 알아챘다. 그래서 시장 혼자 고요함 속에 마음껏 건도록 조용히 물러갔다. 미처 물러가지 못한 사람은 길가나 복도 옆에서 허리를 굽히고 조용히 "시장님" 하고 인사하고는 시장이 지나갈 때까지 가만히 서 있었다. 태양이 이미 높이 떠올라 정원 동쪽 하늘에, 금물이 방금 응고돼 가장자리가 다듬어지지 않은 공처럼 걸려 있었다. 시 정부 정원의 포도나무 시렁으로 만든 회랑을 따라 북쪽에서 남쪽으로 걷는 동안 밍량은 겨울을 난 수많은 포도나무가 아직도 하얀 것을 발견했다. 5월의 초록이 이제 막 나무의 껍질을 뚫었지만 아직 터뜨리지 못한 맹아의 연녹색으로만 있었다. 그는 포도나무 회랑에서 밖을 바라보다 직원이 옆이나 뒤에서 대기하고 있는 것을 알았다. 그가 가볍게 기침하거나 걸음을 멈추고 몸을 돌려 그쪽을 쳐다보기만 하면 직원이 즉시 달려와 "쿵 시장님, 무슨 분부가 있으십니까?" 할 것이었다. 그 질문 하나를 위해 옆에서 천 년을 기다리다가 마침내 소원을 이루었다는 흥분이 그들의 웃는 얼굴에서 금빛 찬란하게 빛날 것이었다. 이 모든 것은 자례촌에서 어렸을 때부터 그와 함께 분투해온 청징이 배치해놓았다. 청징은 시 정부의 비서 팀장으로 그의 모든 생활과 일을 보필했으며 또한 그가 흥이 올라 어떤 여자를 만나든 그녀와의 옛정을 떠올리게 했다. 그는 청징이 시 정부 정원의 어느 빌라에 살고 있어서 말만 하면 3분 안에 당도할 것임을 잘 알았다. 하지만 그는 청징을 보고 싶지 않았다. 어떤 사람도 만나고 싶지 않았다. 그냥 혼자 걸으면서 동생 밍야오를 만나 어떻게 일주일 안에 자례에 지하철과 공항을 건설할 수 있을지 의논할 일만 생각하고 싶었다.

그래서 혼자 걸었다.

햇살이 연초록의 포도나무 시렁을 지나면서, 둥글고 큰 빛무리가 올림픽 오륜 마크처럼 회랑에서 서로 맞물렸다. 그때 옆쪽 잔디밭의 소나무에서 다람쥐 한 마리가 달려와 포도나무 중간에 서서는 방실거리는 눈빛으로 시장을 바라봤다. 다람쥐는 작년에 직원들이 밍량을 위해 산에서 수백 마리를 잡아 왔기 때문에 길가나 나무에서 자주 볼 수 있었다. 1년 전 산책할 때 그가 무심코 "정원에 다람쥐가 있으면 얼마나 좋을까" 하고 내뱉자 얼마 뒤 다람쥐가 생겼다. 작년 여름 어느 달밤에는 마당을 거닐다 귀뚜라미 소리가 들리지 않기에 "왜 귀뚜라미가 없지?" 하고 물었더니 시 정부에서 시민을 전부 동원해 산과 들에서 10만 마리의 귀뚜라미를 잡아 왔다. 그런데 지금 그 다람쥐가 무슨 일이 있는 것처럼 시장 앞으로 달려와 맑고 순수하며 뭔가 부탁하는 눈빛으로 바라봤다. 그가 다가가도 다람쥐는 달아나지 않고 오히려 밍량 쪽으로 다가와 회랑 옆 의자에 섰다. 송판으로 된 의자는 빨간 페인트를 칠해 베이징의 이허위안(頤和園) 같은 궁중정원의 느낌이 났다. 하지만 베이징의 그 정원에는 개미가 이사하는 것처럼 사람이 들끓었지만, 이곳은 이허위안과 크기가 별 차이 없는데도 그 순간 밍량과 다람쥐, 회랑밖에 없었다. 다람쥐 앞에 밍량이 멈춰 섰다. 다람쥐가 그를 보고 가볍게 찍찍 울어 그 앞에 쪼그리고 앉았다. 그러자 다람쥐가 또 그를 향해 고개를 흔들며 찍찍 울었다.

밍량은 다람쥐가 왜 찾아왔는지 알았다. 그는 몸을 일으켜 바깥쪽 풀밭과 숲으로 시선을 던졌다. 그쪽으로 손을 흔들어 햇살과 바람이 조금 많아졌을 뿐 별다른 움직임이 없는 것을 확인한 뒤 회랑 바깥의 수풀에 대고 속으로 '다람쥐가 또 있니? 모두 나와서 얘와 놀아줘, 쓸쓸하다는구나' 하고 외쳤다. 그러자 다람쥐 몇 마리가 저쪽 숲에서 머리를 내밀었다. 불안한 눈빛이 겨울밤의 별 같았다. 그는 머리를 내민 다람쥐를 향해 이번에는 기탄없이 "나는 쿵 시장이다, 모두 나와! 들었느냐?" 하고 소리쳤다. 그의 고함에 수십 마리의 회색 다람쥐가 뛰어나왔다. 회랑 의자에 있던 다람쥐가 무리를 보고는 밍량에게 꼬리를 흔든 뒤 숲을 향해 뛰어갔다.

다람쥐 떼를 보면서 밍량은 기분이 좋아졌다. 정원의 고요함이 아무런 기척이나 소리를 내지 않는 물그림자 같았다. 다람쥐 떼가 풀밭과 숲으로 뛰어가며 장난치는 발소리와 시내에서 들리는 자동차 소리, 머리 위로 구름이 흘러가는 소리만 들렸다. 그 정적 속에서 밍량은 갑자기 아이처럼 아무 곳에나 오줌을 누고 싶어졌다. 그는 자조하듯 웃으며 좌우를 살펴본 다음 허공에 뜬 것처럼 의자에 서서 자유롭게 자기 물건을 꺼내 오줌을 갈겼다.

시장이 오줌을 누었다.

오줌 줄기가 짧았다. 아침에 시중받으며 화장실 갔던 게 조금 후회되었다. 촌장, 진장일 때처럼 오줌 색이 황금색이면 좋겠다고 생각했다. 시장이 된 뒤로는 의사가 이상이 없도록 철저히 관리해 오줌 색이 맑고 옅어졌다. 그는 자신의 맑은 오줌 줄기가 허공에서 호를 그리며 풀밭에 떨어지는 것을 보았다. 귀뚜라미 한 마리가 오줌에 맞아 풀잎으로 나와 몸을 흔들며 날개의 물을 털어냈다.

밍량이 귀뚜라미를 보고는 돌연 정색하며 아이처럼 "전부 나오라고 해" 하고 말했다. 귀뚜라미가 그를 보다가 풀잎에서 뛰어내렸다. 밍량이 소리쳤다.

"모든 곤충과 새들은 나와! 봄이 왔으니 모두 내 앞으로 나와, 모두 나와!"

"나는 쿵 시장이다, 모두 내 앞으로 모여!"

"나는 쿵 시장이다, 모두 내 앞으로 나와!"

매우 빠르게, 회랑 모퉁이와 5중 사합원의 단층집에서 수십 명의 비서, 정원사, 전기공, 수도공, 경비, 직원들이 우르르 나왔다. 모두 놀란 눈으로 허공에 서 있는 쿵 시장을 보았다. 아무도 무슨 일인지 몰랐다. 시장한테 뛰어가야 할지, 아니면 시장이 왜 그러는지 알아본 뒤 가야 할지 알 수 없어서 불안과 당혹이 가득한 얼굴로 제자리에 가만히 서 있었다. 이미 꼭대기에 가까워진 태양이 금빛의 투명한 빛을 발산하고 있었다. 5월이지만 초여름처럼 따스했다. 그들은 담장의 양지바른 곳에서 햇볕을 쬐는 게으름뱅이처럼 녹작지근하게 있다가 분노에 찬 시장의 고함 소리에 깜짝 놀랐다. 까치가 멀리서 날아와 나무에 내려앉아서는 누군가를 부르듯 깍깍 울자 얼마 뒤 정원의 참새들도 어디선가 날아와 풀밭과 나뭇가지에 앉아 쩻쩻 울었다. 다람쥐들도 숲속 깊은 곳에서 다시 시장 앞으로 달려와 오르락내리락 나무를 탔다. 텁수룩한 꼬리가 제 몸통보다도 두꺼웠다. 귀뚜라미도 시장의 불호령과 봄날의 따스한 부름에 수천수만 마리가 몰려왔다. 풀에 올라서거나 누워 있다가 몇 마리가 날개를 펼치며 귀뚤귀뚤 울기 시작하자 수백수천 마리의 귀뚜라미가 따라서 울었다. 시 정부 정원의 큰 마당이 귀뚜라미와 새들의 울음소리로 가득 찼다. 여치는 어디 있는지 보이지 않았지만 합창에서 높고 낮은 음을 선창하듯 귀뚜라미의 울음소리 사이로 제 목소리를 냈다.

나비도 봄날의 외침 속에 춤을 추듯 나풀거렸다.

비서와 직원들이 모두 물러갔다. 시장 밍량은 정원의 조경석에 올라가 눈앞의 상황을 보고 자못 감격했다. 웃음을 띠었지만 눈물이 사방으로 끊임없이 흘러내렸다. 자례가 그의 것이었다. 세상이 그의 것이었다. 곤충과 새조차 시장의 말을 들었다. 웃고 울면서 그는 주변을 향해 몇 차례 손을 흔들어 달려 나온 비서와 경비, 직원들에게 보이지 않는 곳으로 물러나라고 지시했다. 그가 뭐라고 소리치든 나오지 말라고 했다. 그런 다음 조경석에서 뛰어내려 자기 주위를 에워싼 새와 곤충들을 보았다. 또 아이처럼 풀밭에 앉아 그의 발과 다리로 기어올라 귀뚤귀뚤 노래하는 까맣고 커다란 귀뚜라미를 보고, 풍차국화에서 서로 응답하듯 찌르르 우는 커다란 여치 한 쌍과 계속 그의 주위를 날며 노래하는 꾀꼬리를 보았다. 풀 냄새와 꽃향기가 따뜻한 물처럼 그의 숨결과 몸을 적셔 그는 한 번도 느껴보지 못한 편안함에 빠져들었다. 2천 무규모의 정원이 자신의 것이며 시 정부와 자례 전체 역시 자신의 것임을 알았다. "내가 시장인 거 아니?" 밍량이 구두코에서 날개를 반짝이며 우는 귀뚜라미에게 조용히 물었다. "자례가 곧 초대형 도시, 직할시가 될 거라는 소식 들었어?" 풀잎에 있던 귀뚜라미와 여치 그리고 나뭇가지와 회랑에 있던 까치가 갑자기 소리를 멈추고 기쁨에 찬 눈빛으로 그를 보았다. 그는 아주 천천히 그리고 아주 부드럽게 발을 흔들어 신발과 다리에 있던 귀뚜라미와 여치를 내려놓은 뒤 풀밭에서 일어나 옷을 털었다. 그러고는 목청을 가다듬고 눈앞의 곤충들에게 말했다.

"모두 물러가라. 조용히 있고 싶어."

참새와 까치, 회백색 비둘기에게 소리쳤다.

"모두 날아가. 좀 조용히 있고 싶구나."

눈앞의 다람쥐와 어디선가 달려온 고슴도치, 오소리, 여우에게 소리쳤다.

"어디로든 피해라. 이 정원에 지하철과 공항 건설을 위한 공사지휘부를 설치하고 일주일 안에 공항과 지하철을 건설하도록 직접 지휘할 거니까. 열흘 뒤면 세계 최대 규모의 비행기가 자례공항에서 이착륙하게 될 거다. 높은 분들을 첫번째 대형 여객기로 자례까지 모셔와 지하철로 전용 호텔까지 모실 거야."

시장이 하늘과 땅에 또 소리쳤다.

"곤충과 새, 들짐승은 모두 떠나라. 이제 이곳은 소란스러워질 게야!"

그의 고함 소리에 시 정부 정원이 순식간에 다시 조용해졌다. 원래의 적막한 상태로 되돌아갔다. 참새와 까치가 무리지어 날아가고 둔한 몇 마리만 남았다. 다람쥐, 귀뚜라미, 여치도 어디론가 사라지고 청량한 기분만 밍량의 머릿속에 남았다. 고요함이 세상을 뒤덮었다. 공허도 세상을 뒤덮었다. 정원에는 그를 빼면 아무도 없었다. 머리 꼭대기의 태양이 금빛에서 숯불처럼 빨간색으로 변해 이마와 등에서 땀이 흘

렀다. 피곤하고 차가운 몸을 천천히 따뜻한 물에 담그는 것
처럼 그의 가슴이 편안하고 따뜻해졌다.

　넓고 인적 없는 풀밭에서 시장은 기이할 정도로 조용한 사
방의 건물을 둘러보다 멀리 연못으로 향했다. 붉은 회랑에
서 300미터 떨어진, 인공잔디도 없는 그곳은 자연 그대로의
나지막한 연못으로 황량하고 거칠었다. 빗물이 고여 형성된
1미터 깊이의 연못이었다. 새로 난 갈대가 사람 허리 높이까
지 자라고 물새와 물고기, 꽃뱀이 살고 있었다. 시 정부 정원
에 살면서 딱 한 번 이곳에 와보았다. 당시 인부들이 연못을
메워 풀을 심으려다가, 그가 놓아두라고 해 야생의 연못이
살아남았다. 그렇게 해서 야생의 풍경이 생겨났다. 지금 시
장은 이곳에 공항과 지하철 건설지휘부를 만들 생각이었다.
곤충과 새들이 몰려왔듯 연못에서 당장 건물이 솟아나도록
할 생각이었다. 건물 외관은 경성(京城)에서 보았던 청백색에
둥근, 거대한 거위알 같은 형태를 본뜨고 실내도 예전에 경
성에서 본 어느 부처 위원회 빌딩처럼 사파이어빛이 도는 유
백색 벽지를 바를 작정이었다. 머릿속으로 모습을 상상하면
서 밍량은 연못가의 평평하고 단단한 곳에 자리를 잡고 섰
다. 태양을 마주한 채 황량한 갈대 연못을 살펴보고 최종적
으로 부지를 결정한 뒤 천천히 눈을 감았다. 그가 깊게 숨을
들이마시며 중얼거렸다.

"나는 자례시의 쿵 시장이다. 여기에 건물을 세우겠다!"

"지금 당장 들어서라. 나, 시장이 명령한다!"

그가 또 물었다.

"내가 공문을 내려야 한단 말이냐? 내가 직접 왔는데 안된다는 거냐? 너희가 시장을 못 알아보는 게냐?"

그렇게 물으면서 그는 눈을 질끈 감았다. 발밑이 천천히 흔들리다가 강한 바람이 불거나 화산이 폭발하듯 쾅쾅 격렬하게 울리고 수초와 진흙이 사방으로 날린 뒤 눈을 뜨면 바로 앞에 달걀 모양의 고층 건물이 우뚝 솟아 있기를 기대했다.

시장은 그 순간을 기다렸다.

그는 천지가 진동하고 회오리바람이 몰아친 뒤 자신이 어디론가 날아가 뭔가에 부딪히고 머리가 깨져 피를 흘릴 것을 각오하고 있었다. 얼굴과 온몸이 흙과 진흙 범벅이 되어도 상관없었다. 그 순간, 텅 빈 연못에서 건물이 솟아오르면 동생 밍야오를 찾아가 공항과 지하철 건설을 의논할 필요가 없어질 터였다. 스스로 자례의 공항과 지하철을 건설할 수 있다는 뜻이었다. '자례는 내 것이다. 나는 자례를 키워낸 쿵 시장이다. 내가 일주일 안에 공항과 지하철을 건설할 수 없다면 누가 그런 능력이 있겠는가?' 마음속으로 그렇게 물으면서 지축이 흔들리기를 기다렸다. 밍량의 감은 눈 앞으로 금빛 별이 나풀나풀 뭉쳐졌다 흩어지고 발밑도 살짝 흔들렸다.

그는 천지가 갈라지고 해일이 밀려오며 회오리바람이 휘몰아칠 것이라고 여겼다. 그래서 본능적으로 이를 악물고 발가락으로 땅바닥을 꽉 움켜쥐며 허리를 앞으로 숙여 회오리바람에 대비했다. 하지만 기다리고 또 기다려도 발밑은 더 이상 흔들리지 않았다. 눈앞의 금빛 별도 다 사라졌다.

불길한 예감이 밍량의 가슴을 어지럽혔다.

걱정스러운 마음으로 천천히 눈을 떴다. 예상했던 대로 세상에는 아무 일도 일어나지 않았다. 시 정부 정원은 원래의 것 그대로였다. 눈앞의 갈대 연못도 원래 모습 그대로 사람 허리까지 오는 갈대와 수면 위를 날아다니는 잠자리와 검불그스름한 물속에서 화살처럼 오가는 하루살이 유충들이 있었다. 발밑에 있던 풀들도 원래 모습 그대로 노란 꽃을 피우고 있었다. 밍량은 누군가에게 가슴을 세게 얻어맞은 것처럼 살짝 어지럽고 기분이 푹 가라앉았다. 오장육부가 텅 빈 채 흔들리는 듯했다. 그가 연못의 갈대들을 노려보며 조용히 말했다.

"나는 쿵 시장이다. 여기에 당장 건물을 짓겠다고 한 말을 못 들었느냐?"

그가 목소리를 높였다.

"나는 자례시의 쿵 시장이다. 내 말을 못 들었느냐?"

마지막으로 그는 시 정부 정원의 모든 담 모퉁이에까지 들릴 정도로 목소리를 높였다.

"나는 쿵 시장이다. 대체 내 말을 들었느냐, 못 들었느냐?"

밍량은 수면을 뒤흔드는 자신의 고함 소리에 물새 몇 마리가 놀라 날아가는 것을 본 뒤 침묵에 빠졌다. 아랫입술을 꽉 깨문 그의 얼굴이 창백해지고 눈물이 흘러내렸다. 노인처럼, 아이처럼 울음을 삼키며 "너희는 자례를 베이징이나 상하이 같은 도시로 만들고 싶지 않은 거냐?" 하고 물었다.

"너희는 자례를 중국의 직할시로 만들고 싶지 않느냐?"

나무 뒤, 담 구석, 회랑 모퉁이에 숨어 있던 비서와 경비들이 전부 나와서 멀찍이 시장의 모습을 바라봤다. 시장에게 가야 할지, 말아야 할지 몰라서 모두의 얼굴이 망연함과 불안함으로 뒤덮였다.

웅대한 계획

밍량은 동생 쿵밍야오를 찾아갔다.

시 정부 정원과 자례를 떠날 때 처량함 비슷한 감정이 가슴을 적셨다. 그는 비서 없이 비서 팀장인 청징만 데리고 고급 지프차에 올랐다. 청징이 시장 쿵밍량의 얼굴을 살핀 뒤 "시장님, 어젯밤에 잠을 설치셨나 보네요"라고 하자 밍량은 "나랑 어디 좀 가지"라고 말했다. 그런 다음 그는 문을 열어 뒷좌석에 앉고 청징에게는 조수석에 타라고 했다. 시내를 벗어나기 직전 긴급전화로 시장이 런민(人民)로를 지나니 길을 통제하라고 알렸다. 또 궁더(公德)로를 지날 테니 차량과 행인이 없도록 전부 우회시키라고도 했다. 반쯤 눈을 감은 채 뒷좌석에 기댄 시장 밍량의 차가 바다 위를 떠가는 배처럼 흔들거리며 빠르게 시내를 빠져나갔다. 어느새 인구가 2천만 명으로 늘어난 자례를 벗어날 때까지 밍량과 청징은 차 안에서 서너 마디만 주고받았다. 청징이 물었다.

"어디 가는데요?"

"자례가 직할시로 승격하느냐가 걸린 중요한 시점이야."

청징이 웃으며 말했다.

"안색이 종이처럼 누래요. 이제는 그럴 나이가 아니죠. 그렇게 밤을 탐하면 안 돼요."

어느덧 청징 목에 둥글게 주름이 잡힌 것을 보고 밍량이 그녀의 목과 어깨를 주무르자 청징의 얼굴이 빨개졌다. 그녀가 고개를 돌리려고 할 때 밍량이 먼저 물었다.

"쿵밍야오 없이 내가 일주일 안에 아시아 최대 공항과 최소 100킬로미터 지하철을 건설할 수 있을까?"

어두운 실망감이 청징의 얼굴에 떠오른 뒤 그녀가 차갑게 말했다.

"네. 그건 자례가 초대형 도시가 되었을 때 저한테 어떤 일을 맡기고, 저를 부시장에 앉힐 것인가에 달려 있죠."

그런 다음 차는 자례시를 떠나 서쪽 산간으로 들어갔다. 공항 건설 부지로 점찍어둔 산마루에 다다르자 세상이 탁 트였다. 반면 점점 멀어지는 자례시는 산맥 바깥에 물감으로 그려놓은 듯 회색과 흰색으로 어지러이 흐트러져 있었다. 기차에서 물건을 내리던 철도가 어디론가 사라지고 없었다. 재작년까지만 해도 남아 있던 옛 자례성도 이제는 자취를 감추고 여기저기에 빨간 고층 건물만 빽빽했다. 한참을 달리다가 기사에게 산마루에 차를 세우라고 한 뒤 차에서 내렸다. 차와 청징을 피해 소변을 보는 척하며 길가의 황량한 풀밭으로 갔다. 막상 산비탈에 이르자 그는 뒤쪽을 살펴보고는 좀 더 멀리 완만한 경사지까지 걸어갔다. 쑥과 백초, 멧대추가 우거진 벌판에 서서 앞뒤 좌우의 광활함을 살펴봤다. 그런 다음 똑바로 뻗은 산등성이 벌판을 향해 붉은 인장이 찍힌 각종 공문을 꺼내 보여주며 눈을 감고 말했다.

"우선 활주로 하나만 지어줄 수 있을까? 나는 쿵 시장이고 공항 건설과 관련된 공문을 전부 가져왔어."

그가 애원하며 말했다.

"활주로 하나만 나타나주라. 나는 쿵 시장이고 정말 쿵밍야오한테 부탁하러 가기 싫다고."

눈을 감고 잠시 기다리자 바람이 손안의 문서들을 훑는 듯 사각거리는 소리가 들렸다. 하지만 가느다란 소리만 들릴 뿐, 발밑에선 아무 기척도 들리지 않았다. 무덤 같은 적막이 켜켜이 쌓였다. 마침내 다시 눈을 뜨고 눈앞의 잡초와 돌, 멀리까지 뻗은 산등성이를 보았다. 자신의 무능함에 한바탕 울고 싶었지만, 아직 울 정도는 아닌 것 같아 불만스럽게 문서를 검은 서류 가방에 집어넣었다. 그만 차로 돌아가려는데 청징이 바로 뒤에 서 있는 것을 발견했다. 방금 자신이 했던 행동과 말을 모두 보고 들은 것 같아 화가 솟구쳤다. 하나도 이루어지지 않은 이유가 청징이 뒤에 있었기 때문인 것 같았 다. 하지만 분통을 터뜨리려 할 때 그녀가 이마의 머리카락 을 쓸어 올리고는 조용하지만 당당하게 말했다.

"석 달이나 저를 건드리지 않았죠."

"저를 건드리지 않는 건 제게 빚지는 거예요."

"제게 몸을 빚졌으니 다른 것으로 갚으셔야죠."

"다른 요구 사항은 없어요. 자례가 직할시가 되면 부시장 에 앉혀주세요. 아니면 최소한 다른 성의 부성장 자리에라도 발령 내주세요."

지프차로 돌아가서도 두 사람은 말다툼한 부부처럼 냉랭 하게 아무 말도 하지 않았다. 서쪽으로 기우는 태양 속으로 들어가기라도 할 듯 차가 서쪽 산맥의 국도를 쏜살같이 달 렸다. 길 양쪽의 나무와 경작지, 마을과 작은 도시 그리고 시 장인 밍량조차 왜 산속에 지었는지 알 수 없는 회사와 공단 이 전부 차 뒤로 사라졌을 때 거대한 황량함이 앞쪽에 펼쳐 졌다. 자례에서 100여 킬로미터 떨어진 그곳은 길 양쪽의 빽 빽한 잡목림 때문에 도로가 뒤덮일 지경이었다. 길이 산과 들, 숲을 에두른 시작도 끝도 없는 벨트 같았다. 5월의 따뜻한 태양이 산속에서 금빛의 서늘함으로 바뀌었다. 청징이 차창을 내리고 바깥을 바라보며 "여기가 어디에요?" 하고 물었다. 밍량은 기사에게 "길을 따라 계속 직진해서 앞쪽의 저 산을 넘게" 하고 지시했다. 놀라움과 신비감이 차 안에 쌓여 지프차가 굽이돌아 산을 올라갈 때, 헉헉대며 걸어가는 노인처럼 속도가 느려졌다. 하지만 결국 산꼭대기에 올랐다. 마침내 수풀을 뚫고 지프차를 정상의 풀밭 주차장에 세울 수 있었다.

또 다른 세상이 나타났다.

누구도 산 너머 기슭에 거대한 초원이 있을 것이라고는 상상하지 못했다. 석양빛이 온통 남청색과 암홍색으로 넘실대 초원이 꼭 해수면 같았다. 그리고 바로 그 해수면 같은 초원에서 밍야오의 해군이 훈련하고 있었다. 그들은 산꼭대기에서 초원의 해수면을 내려다봤다. 각종 선대와 함대로 편성된 해군이 초원의 해수면에서 공격하고 방어했다. 저 멀리 크고 작은 배들이 바다 수면에서 헤엄치는 크고 작은 물고기처럼 보였다. 해병들이 배 위에서 내지르는 함성이 파도처럼 밀려왔다. 수천수만의 사람이, 두 개 혹은 세 개 사단이 모두 해군복을 입고 평평한 해군 모자에 하얀 리본을 달아 초원의 바다 위를 날아다니는 하얀 새 같았다.

차에서 내린 청징이 깜짝 놀랐다.

"밍야오가 일을 내겠군."

밍량이 시선을 떼지 못한 채 혼잣말처럼, 청징의 놀람에 대한 응답처럼 말했다. 석양 아래 산기슭의 초원 바다를 응시하는 동안 의아함으로 얼굴이 핏기 없는 누런빛을 띠었지만 그 속에는 흥분과 미소 또한 있었다. 기사는 차에 둔 채 밍량은 청징과 함께 산 아래로 내려가면서 길가 양쪽에 늘어선 환영 대열을 바라봤다. 1개 대대 혹은 2개 대대가 산야의 도로 양쪽에 정렬해 있었다. 사병들의 빳빳하고 새하얀 해군복이 해수면의 빛을 반사했다. 처음에는 산발적이던 박수 소리가 이내 리듬을 타더니 칼로 자른 듯 가지런해졌다. 밍량이 앞서고 청징이 뒤를 따랐다. '시장님의 사열과 시찰을 환영합니다!'라고 적힌 커다랗고 빨간 현수막이 텅 빈 허공에서 요란하게 펄럭였다. 밍량이 현수막의 커다란 글자를 보고 있을 때 오십대의 해군 군관—밍야오가 군복무 때 중대장이었던 가오치이—이 현수막 아래에서 인사한 뒤 밍량의 몇 미터 앞까지 달려와 갑자기 "차렷, 경례"를 하고 갈라진 목소리로 보고를 시작했다.

"쿵 시장님께 보고합니다. 자례 해군기지의 관군 전원이 상륙작전을 수행 중입니다. 참가 인원은 2개 해군 사단과 1개 수상 미사일 연대입니다. 제2해군 사단장 가오치이, 이상입니다!"

밍량은 갑작스러운 보고에 어리둥절해져 가만히 서서 가오 사단장이 한 글자씩 끊듯이 말하는 보고를 들었다. 원래는 사단장처럼 경례한 뒤 그럴싸한 말을 몇 마디 하려고 했지만, 오른손을 어정쩡하게 허리까지 들다가 맥진한 말만 내뱉었다.

"밍야오한테 데려다주게."

사단장은 여전히 강단 있는 목소리로 쩌렁쩌렁하게 대답했다.

"사령관님이 군함에서 기다리고 계십니다!"

사단장의 '사령관님'이라는 호칭을 들었을 때 밍량은 갑자기 가슴이 시렸다. 그는 말없이 산기슭 해수면의 수많은 함선과 군대를 향해, 마중 나온 해군 환영 대열 쪽으로 다시 걸음을 옮겼다. 사병들 앞에 이르자 박수 속에서 "수장님!" "수장님!" 하는 구호가 축포처럼 터져 나왔다. 태양이 어느새 서쪽으로 기울어 붉은빛을 뿜어내고 있었다. 광활함 속의 뜨거운 열정이 겨울날 산야에 만개한 동백꽃 같았다. 밍량은 사병들이 연이어 "수장님!" 하고 외칠 때 큰 소리로 "동지들, 수고가 많습니다!"라고 응대해야 하는 것을, 그러면 환영 대열도 똑같이 "수장님, 수고하십니다!"라고 소리칠 것임을 잘 알았다. 그렇게 서로 목청껏 인사하면 환영식은 최고조에 이를 터였다. 하지만 그 순간에는, 밍야오를 사령관이라고 부르는 것을 듣고 나자 "동지들, 수고가 많습니다!" 하고 한껏 흥분된 반응을 할 수가 없었다. 그는 청징과 함께 황급히 고개를 끄덕이며 환영 대열을 빠져나갔다.

환영 대열을 벗어난 뒤 고개를 돌렸을 때 밍량은 청징의 땀투성이 얼굴이 만지면 색깔이 묻어날 정도로 새빨간 것을 보았다. 가오치이는 청징과 나란히 서서 산기슭 해수면의 해군과 함선을 가리키며 입에 거품까지 물며 무언가를 설명하고 있었다. 그의 입에서 쉬지 않고 미국, 영국, 오바마, 일본 수상 같은 단어가 튀어나왔다. 누런 비탈길에는 자동차로 무슨 화물을 끌고 간 바퀴 자국이 줄줄이 있었다. 비탈길 모퉁이에서 길가 쪽으로 살짝 방향을 바꾸자 저 아래쪽, 초원 바다의 해안에 거대한 함선 하나가 떠 있는 게 보였다. 밍야오가 자신의 참모들과 갑판에 있는 테이블을 둘러싸고 뭔가를 의논하며 끊임없이 고개를 들어 크고 작은 무수한 배와 멀리 모호하게 보이는 V 자 형태의 함대를 손으로 가리켰다. 해변이 내려다보이는 산허리에서 보니, 서쪽에서 동쪽으로 되비치는 햇살과 초원 위로 가없이 출렁이는 바람 때문에 넓은 초원이 정말 넘실대는 바다 같았다. 초원의 파도와 물보라가 높이 치솟았다. 버드나무잎처럼 생긴, 앞쪽은 파랗고 뒤쪽은 하얀 풀들이 바람 속에서 쉬지 않고 팔랑거릴 때마다 물보라가 수면 위로 솟구쳤다 떨어지고 떨어졌다 솟아오르는 것 같왔다.

밍량은 그 망망한 바다와 훈련 모습에 깜짝 놀랐다. 밍야 오가 자례에서 뭔가 큰일을 벌일 것이라는 불안감이 몽글몽 글 올라오고 안개 같은 망연함이 얼굴을 스쳤다. 길모퉁이에 서 그는 철통같은 경계를 펼치는 장병들을 보며 가오치이와 청징이 가까이 올 때까지 기다렸다. 그런 다음 사단장에게 이 초원이 자례의 외곽 현에 속하는지 묻고, 예전에 시찰 온 적 이 있지만 산속에서 이런 초원을 본 적도 들은 적도 없다고 말했다. 그러자 가오치이가 웃으며 사령관님이 3년 전에 이 산에서 100여 킬로미터 너비의 평원을 발견했다고 답했다. 또 3년 동안 풀을 심고 길러 초원을 바다처럼 만들었으며 매 년 해상훈련을 진행한다고도 했다. 밍량이 물었다.

"그게 가능하단 말인가?"

가오치이가 말하면서 주먹을 꽉 쥐었다.

"태평양에서 일본 해군을 이길 자신이 있습니다. 저희 목 표는 미국 항공모함을 쳐부순 뒤 즉각 미국 서안에 상륙하는 것입니다."

그런 다음 멀리 수십 척의 커다란 함선을 가리키며 말했다.

"쿵 시장님, 저기를 보십시오. 아주 멀리, 제일 끝에서 보일 듯 말 듯 수면 위에 떠 있는 거대한 막대기와 볼링공 같은 배 가 바로 최근 개발한 핵잠수함입니다. 잠수함은 심해에서 여

583

덟 달 동안 잠수할 수 있습니다. 저들이 돌진하면 미국 항공모함은 수면에서 연기처럼 사라질 것입니다."

그렇게 말하면서 앞으로 나아가자 길가의 초병들이 사단장과 시장, 청징에게 경례했다. 초병이 경례할 때 밍량은 고개만 끄덕였지만 사단장은 초병들에게 일일이 답례했다. 그렇게 산을 내려가 해안 가까이 다가가던 어느 순간, 바다에서 날아오는 강렬하고 맑은 초원의 공기와 하루 종일 햇볕을 쫴 풀들의 나른하고 달큰한 향기가 느껴졌다. 가오치이가 웃으며 청징에게 물었다.

"바다 냄새가 느껴지세요?"

청징이 고개를 끄덕이고는 뜬금없이 물었다.

"여군은 없나요?"

그가 웃으며 말했다.

"모집할 계획입니다."

산 아래 해안가에 도착하자 5월 한창때의 무성한 초원과 초원 곳곳에 활짝 핀 빨갛고 하얗고 노란 꽃들이 보였다. 해군 훈련 때문에 돌아갈 곳을 잃은 새들이 바다제비처럼 하늘 위를 맴돌았다. 밍야오가 지휘부로 삼은 함선의 강철 본체에 새로 칠한 하이양(海洋)표 페인트 냄새가 3천 미터 멀리까지 초원 바다를 떠다녔다. 3천 미터의 초원을 누구도 걸어다닐 수는 없었다. 걸어가는 사람은 물에 빠진 것으로 간주되어 목숨을 잃었다. 해안에 도착하자 사단장이 지휘선의 밍야오에게 무선통신기로 연락했다. 잠시 뒤 함선 옆에서 배 모양의 오토바이가 쾌속정처럼 달려와 그들을 지휘선으로 태워 갔다.

다른 사람의 부축을 받아 건물 5층 높이의 함선에 올랐을 때에야 밍량은 그 엄청난 크기를 실감할 수 있었다. 그는 머릿속이 하얘진 채로 한참을 멍하니 서 있었다. 농구장 두 개만 한 커다란 선수 갑판과 하얀 장막으로 덮인 10여 칸 넓이의 응달, 장막 밑 탁자에 놓인 동반구와 서반구 실측 모형판, 그 모형판에 가득 꽂힌 7센티미터 크기의 빨간 깃발과 하얀 깃발 그리고 초록 바탕에 빨강, 하양 화살표와 배가 잔뜩 표시된 해양 지도를 바라봤다. 밍량과 청징이 도착하자 모형판 옆으로 연령대가 다른 사기충천한 해군 군관들이 시장에게 경례한 뒤 모형판 중간에 서 있는 사령관 쿵밍야오를 바라봤다. 밍야오가 고개를 끄덕이자 그들은 제도용 자와 망원경을 들고 지휘선의 선실로 물러갔다.

선상에 밍량과 밍야오 형제, 청징 비서 팀장만 남았다. 그제야 밍야오는 새하얗고 몸에 꼭 맞는 해군 장교복을 벗어 모형판의 미국 해안 위치에 걸쳐놓았다. 그런 다음 형과 청징을 위해 직접 물을 따라 모형판 옆의 하얀 플라스틱 원탁에 놓았다. 그가 무척 유감스럽다는 듯 형 밍량에게 말했다.

"오전에 왔으면 우리가 어떻게 일본 함대를 물리치고 항복받는지 봤을 텐데."

그러고는 고개를 돌려 청징을 보다가 정색하며 아주 걱정스럽게 말했다.

"모레, 잠수함 부대가 미국 항공모함들을 에워쌀 거야. 거기 승패가 달렸어."

그런 다음 멀리 석양 아래의 크고 작은 배들로 시선을 돌렸다. 향후 전쟁에 대해 확신할 수 없어서인지 밍야오의 얼굴에 걱정과 근심이 어렸다. 특히 석양 속에서 병색과 사색마저 더해져 큰 병을 앓고 난 뒤 완쾌되지 않은 상태에서 병상을 내려온 사람 같았다. 얼굴에서 예전의 강인함과 충만했던 자신감은 거의 찾아볼 수 없었다. 피곤에 찌들었고 눈에도 핏줄이 잔뜩 서 있었다. 청징이 밍야오를 보며 말했다.

"살 빠지셨네요."

"큰 전투를 앞두다 보니 잠을 제대로 못 자서."

밍야오가 웃고는 물잔을 청징과 형 앞으로 내밀며 물었다.

"곧 초대형 도시로 승격될 거라며?"

밍량이 고개를 끄덕였다.

"승격되면 형도 부장급 간부가 되겠네. 성장, 성위원회 서기보다 높아지는 거잖아."

밍량은 얼굴에 기쁨의 빛을 반짝이며 동생 밍야오를 보고,

또 해상훈련하는 모습을 말없이 바라봤다. 교전 소리와 쿵쿵거리는 포성이 멀리 바다에서 들려오더니 10여 킬로미터 바깥의 어느 섬에서 연기와 화염이 무수히 치솟았다.

그때 밍야오가 시선을 돌렸다.

"자례를 나라로 만들고 싶은 거야?"

밍량이 깜짝 놀라며 동생 밍야오를 말없이 바라봤다.

"언젠가는 경성에 가서 이 나라를 완전히 장악하고 싶은 거지?"

밍야오가 그렇게 물으며 노려보듯 형을 바라봤다.

깜짝 놀란 밍량은 입을 벌린 채 동생을 바라보기만 할 뿐, 여전히 한마디도 하지 못했다.

밍야오가 웃으며 둘째 형의 얼굴에서 해수면으로 시선을 돌려 자신의 함선들을 바라봤다.

"정말 생각 안 해봤어?"

그의 목소리가 꿈결처럼 아득한 곳에서 날아오는 듯했다.

밍량이 꾹 다문 입술을 깨물었다. 형제가 서로를 뚫어져라 쳐다보다가 동시에 웃음을 터뜨렸다. 팽팽히 긴장됐던 공기가 부드러워졌을 때 밍야오가 시선을 다시 청징의 얼굴로 옮겼다. 그녀의 하얗게 질린 얼굴과 이마에 송골송골 맺힌 식은땀을 보며 그녀에게도 웃음을 지었다.

"너도 승진해야지. 부시장이 되고 싶어, 부성장이 되고 싶어?"

"형한테 물어보세요."

청징이 시선을 밍야오에게서 밍량의 얼굴로 옮기며 덧붙였다.

"공로 없이 노고만 많은 사람을 기억한다면 말이죠."

그때 갑자기 모든 것이 조용해졌다. 황혼 직전의 적막이 초원의 바다 위에, 바다로 떨어지는 석양처럼 퍼졌다. 일렁이는 석양 속에서 불규칙한 파도의 푸름과 황혼의 붉음이 넘실거렸다. 거대한 근심이 수면에서 피어나 두려움처럼 함선으로 기어오르고, 갑판으로 기어오르고, 세 사람의 얼굴로 기어올랐다. 그들은 그렇게 해수면의 고요한 선수 갑판에서 서로를 바라보다가 또 시선을 멀리 바다로 돌려, 하늘을 나는 새들 같은 크고 작은 함선과 훈련 계획에 따라 배에서 교전하는 해군들을 바라봤다. 정적과 고요 속으로 포성과 화염이 멀리서 밀려들었다. 최후의 석양이 서쪽 바다로 가라앉으면서 초원의 해수면을 활활 타오르는 불더미로 만들 때에야 밍량은 시선을 거두었다. 그가 기침한 뒤 시선을 다시 동생의 얼굴로 돌렸다.

"밍야오, 네게 부탁할 게 있어서 찾아왔다."

"네가 아니면 세상 누구도 도와줄 수 없어."

"일주일 안에 아시아 제일, 세계 1, 2위를 다투는 초대형 공항을 자례에 건설해야 해. 일주일 안에 100킬로미터에 달하는 지하철을 자례 지하에 건설해야 하고. 그렇게 하지 못하면 자례는 중국에서 대도시가 될 수 없어. 베이징, 상하이, 뉴욕, 도쿄 같은 대형 직할시가 될 수 없다고."

그렇게 말하는 동안 밍량의 시선은 동생의 얼굴에서 조금도 움직이지 않았다. 그는 밍야오가 거절하거나 핑계를 대며 빠져나갈 거라고 생각했다. 그래서 일주일 안에 그것들을 건설해야 하는 이유를 어떻게 설명할지 다 생각해뒀다. 밍야오가 물어보기만 하면 낱낱이 조리 있게 설명해 거절할 이유나 회피할 가능성을 없앨 작정이었다.

그러나 밍량의 생각이 틀렸다. 동생 밍야오는 피할 생각이 전혀 없었다. 밍량이 말을 마칠 때까지 형의 간청하는 얼굴을 진지하게 바라봤다. 그는 훈련이 끝나 군대가 철수하고 함선이 해안에 정박하는 것을 멀리서 확인한 뒤 비로소 의혹에 찬 어조로 밍량에게 물었다.

"우린 친형제니까 솔직히 말해봐. 정말 자례를 직할시로 만든 뒤에 나라로 만들 생각은 없어?"

밍야오가 다시 한번 살짝 웃으며 말했다.

"나는 세계 최대 공항과 100킬로미터에 달하는 지하철을 일주일 안에 건설할 수 있을 뿐만 아니라 50층에서 80층의 고층 건물 200개 내지 500개를 지어줄 수도 있어."

석양 속에서 밍야오가 해안가에 질서정연하게 정박한 함선과 배 위의 군대를 한참 동안 바라보다가 마침내 자신의 조건을 제시했다.

"그런 것들을 건설하고 싶다면 나한테 피가 뚝뚝 떨어지는 다리 5천 개와 손가락 만 개를 줘."

"다리를 그 정도로 잘라내지 않고 손가락을 그렇게 꺾지 않는다면, 대가도 없이 그런 작업을 단시간에 끝낼 수 있을 것 같아?"

"그것들을 다 지으면 내 군대는 기진맥진해질 거야. 전투력을 상실할 거라고. 쿵 시장님, 나는 다른 요구 사항은 없어. 그냥 자례가 직할시로 승격되면 축하하는 의미로 사흘만 쉬게 해줘. 물론 모든 시민을 쉬게 해야지. 그 사흘 동안 나한테 시민을 빌려줘. 내가 형의 시민을 사흘 동안 쓰겠다고. 사흘이 지나면 한 명도 빠짐없이 전부 돌려줄게."

긴 침묵 속에 하늘이 어두워졌다. 마지막 석양빛이 초원의 바다에서 사라진 뒤 밍량과 밍야오는 갑판에서 술잔 대신 물잔을 들어 맞부딪쳤다. 태양이 서쪽 바다로 완전히 가라앉았다. 그들이 그렇게 잔을 부딪쳐서 태양이 떨어지고 밤이 찾아온 것 같았다.

초대형 도시 2

　자례 교외에 거대한 공항이 이삼 일 만에 완공되었다. 부지불식간에 자례의 수십 킬로미터 외곽 산간에 세계 최대 활주로가 생겨났다. 사람들은 넓고 완만한 자례 산맥에 삿자리와 죽석, 범포로 만든 가림막이 산비탈 몇 개를 전부 에둘러 세워지는 것과 수많은 부대가 트럭을 타고 둘러싸인 산지로 들어가는 것을 보았을 때 광석을 캐거나 훈련을 한다고 생각했지, 밍야오가 군대를 데려가 공항을 세울 줄은 몰랐다.

　그런데 공항이 며칠 만에 완공되었다.

　산야의 잡초와 가시나무는 혈흔이 선명한 손가락 몇 개 내지 수십 개를 사병들이 던지고 지나가면 끝이었다. 대열이 피 묻은 손가락을 던지고 지나가면 발밑에서 가시나무와 잡

초가 평평해져 완전히 사라졌다. 설계도에 따라 첫 번째 활
주로를 하얀 석회로 산비탈에 먼저 그려놓고, 그 자리에 언
덕이 있으면 사병들이 언덕을 에워싼 뒤 총알을 장전하고 조
준했다. 발사 준비를 마친 다음에는 100개, 200개의 피 흐르
는 손가락과 발가락, 다리를 언덕에 묻었다. 그러면 커다란
공기 주머니에서 공기가 빠져나가는 것처럼 언덕이 흐물흐
물 내려앉아 활주로 노면과 똑같이 평평해졌다. 비탈이나 절
벽에서 자란 나무는 군인으로서의 자질이 뛰어난 장병을 보
내 뿌리 쪽에 나무 크기대로 많고 적은 손가락을 묻은 뒤 "죽
어라!" "죽어라!" 하는 구령에 맞춰 총에 달린 칼로 찌르게
했다. 그러면 나무가 우수수 나뭇잎을 떨어뜨리며 쓰러졌다.
그렇게 산의 모래와 자갈, 황토가 활주로 모양을 갖췄을 때
대대, 연대 단위로 거대한 사각 대열을 만든 다음 소가죽 군
화를 신고 우렁찬 군가를 부르며 피 묻은 다리뼈와 갈비뼈가
잔뜩 깔린 바닥을 걸어갔다. 가장 절도 있는 걸음으로 산과
하늘에 척, 척, 척 발걸음 소리가 울리게 지나가자 50센티미
터 두께의 철근 콘크리트 활주로가 생기고 사병들의 신발과
다리, 몸이 혈흔으로 뒤범벅되었다.

1개 사단 병력이 그렇게 피 묻은 발가락뼈가 잔뜩 뿌려진
산야에서 완전무장한 상태로 총을 들고 전진하며 2천 개의
피 묻은 손가락과 발가락을 떨어뜨리자 설계한 대로 산비탈

에 활주로 몇 개가 생겨났다. 이어서 그들은 가장 큰 산봉우리를 둘러싸고 그 주위에 고사포와 기관총, 중형 화포를 배치한 다음 2500개의 피 묻은 다리를 또 던졌다. 그렇게 피 묻은 뼈를 한 층 깔고 발포 준비를 하자 산봉우리가 계곡으로 옮겨 가고 거대한 평지가 생겼다. 그다음에는 부대를 전부 불러들여 손을 맞잡고 수백 무의 평지를 둘러싼 채 압박을 가했다. 하지만 아무런 움직임도 없자 다시 3천에서 5천 개의 피 묻은 뼈를, 그곳이 석양 아래의 호수인 양 던졌다. 그런 다음 장병들이 전부 총을 들고 조준하면서 총알을 장전하자 땅이 갈라지는 듯한 흔들림 속에 천천히 공항 청사의 토대가 평지 위로 나타났다. 장병들이 대형을 바꿔 토대 주위에 엎드린 뒤 아직 세상에 알려지지 않은 최신식 무기를 가져왔다. 그러고는 토대 앞에서 덮개를 하나씩 걷어 첨단무기의 일부를 드러내자 청사가 1층 높이로 지어졌다. 무기를 완전히 드러내 시커먼 포구를 청사 공사장과 부대시설 기반에 조준했더니 한 시간도 되지 않아 공항이 기본적인 모습을 갖췄다.

공항에는 높은 건물이 적합하지 않기 때문에 아무리 높아야 오륙 층 정도였다. 빙 둘러서 총을 겨눈 지 한 시간 반도 되지 않아 완공된 관제탑 역시 8층에 불과했다. 공항의 외관은 정오에 시작해 다음 날 해 질 무렵이 되자 이미 제 모습을 갖쳤다. 반면 공항 시설의 전반적인 인테리어와 계측설비 장착 및 테스트는 느리고 세밀하게 진행되었다. 거기에는 대열의 가장 조용한 위협과 집중이 필요했다. 공항을 건설하는 내내 밍야오는 현장에 나타나지 않고 참모들과 산 정상의 범포 장막에서 설계도를 보며 1연대는 무엇을 하고, 2연대는 무엇을 할지, 3연대는 어떻게 첨단무기를 하나씩 드러낼지, 피 묻은 뼈를 어디에 얼마나 묻을지 지휘했다. 무뢰한이 튀어나오듯 뜬금없이 공사장으로 무기를 가져가는 일이 없었다.

하지만 기초공사가 끝난 뒤에는 공사 현장을 한 바퀴 돌았다. 그런 다음 밍야오는, 어느 부대는 비행기의 이착륙 지휘소 앞에서 무기를 닦도록 하고 어느 부대는 활주로 한가운데에 앉아 당일 발간된 『국가일보』와 『국가현대과학기술보』를 읽고 낭송하도록 했다. 또 일부 기술병들에게는 공항 기계설비실에서 미국과 일본, 독일, 영국의 기술자료와 정보에 대해 논의하라고 했다. 부대원들이 완전무장한 전투태세에서 해제된 뒤 무기를 분해해 깨끗하게 닦고 새로 기름칠해 조립했을 때 공항의 모든 기기 또한 덩달아 조립됐다. 무기를 수거해 덮개로 잘 덮고 나자 5천 개의 피 묻은 손가락과 만 개의 혈흔이 낭자한 다리와 발가락이 동났다. 공항의 인테리어 역시 끝나 언제든 사용이 가능해졌다. 신문을 읽고 암송하고 노래하는 소리가 청사 앞에서 활주로까지, 온 산야에 울려 퍼진 뒤에는 공항의 모든 전신 설비가 장착되었다.

공항 곳곳에 색색으로 페인트를 칠해야 할 때 밍야오가 대원들에게 표창 때 사용하는 빨간색 위주의 오색 깃발을 허공에서 흔들라고 했다. 그러자 공항에 필요한 모든 색깔이 생겨났다.

고속도로를 공항에서 시내까지 잇고 도시 주변의 도로와 연결할 때는 탱크 몇 대를 공항에서 시내 쪽으로 나아가게 했다. 탱크가 지나가면서 핏물을 뿌리자 고속도로가 리본처럼 탱크 뒤로 휘날렸다.

닷새 만에 공항과 지하철이 전부 완공되었다. 자례에 세계 최대 공항이 생기고 사방으로 통하는 지하철이 생겼으며 공터에 수십 층 높이의 고층 건물 100여 개가 들어섰다. 그렇게 해서 자례는 초대형 도시로 승격되지 못할 이유가 없어졌다. 초대형 도시가 되는 것은 이제 시간문제였다.

18장

지리
대변혁 2

변혁의 전주

주잉은 평생 요즘처럼 바쁜 적이 없었다. 일생의 모든 노력이 마치 이 며칠 때문인 것 같았다. 벌써 사흘째 집에 돌아가지 못하고 자신의 여성직업기술학교에만 머물고 있었다. 기술학교는 시청구의 도농 접경지대에 있어 농촌은 물론 도시의 번잡함이나 떠들썩함에서 자유로웠고, 버드나무와 백양나무에 철저히 둘러싸여 있었다. 게다가 마당의 모든 건물 앞에 마미송(馬尾松)과 뾰족한 향나무가 1년 내내 새빨간 장미와 봉황꽃을 피워 교정이 사시사철 꽃구름에 휘감긴 듯했다. 멀리 도로나 들판에서 보면 버드나무 가지와 백양나무 잎, 어렴풋한 담장, 셋째 시동생 밍야오가 보내준 경비원, 큰 글씨로 '자례기술학교'라 적힌 현판만 보였다. 또 학생들이 항상 승합차나 소형 버스로 출입했기 때문에 그 학교에서 무엇을 배우는지, 무슨 수업을 하는지 아무도 알지 못했다. 그런데 들어갈 때 열여섯에서 스무 살로 몸과 머리가 백지장처럼 하얗고 텅 비었던 소녀들은 그곳에서 3개월 내지 5개월, 아무리 길어도 6개월이나 1년이 지나면 텅 빈 상태에서 벗어났다. 주머니에 만족스러운 통장과 은행의 골드카드나 실버카드가 생기고 머리로도 세상 만물을 이해할 수 있게 되었다. 그렇게 대도시에서 가장 환영받는 가정부가 되었다.

이미 13기가 졸업해 총 1568명에 이르는 여학생이 샤오친과 아샤라는 큰언니에 의해 경성과 상하이, 광저우 및 해안의 수많은 아름다운 도시로 씨앗을 뿌리듯, 온갖 가정으로 배치되었다. 샤오친과 아샤는 자신들이 지배인, 총지배인을 맡고 있는 회사에서 매일 전화를 걸어 명부를 작성했다. 그리고 제대로 된 집이나 쓸모 있는 남자를 찾지 못한 아가씨들을 욕했다. 그들은 고용주의 직업과 등급, 수입 및 인맥을 기록하고 고용주와 그들의 인맥을 거미줄처럼 엮어 책자로 만든 다음 자례의 주잉에게 보냈다.

다음 달이 되자 경제전문가, 도시건설전문가, 국가미래발전위원회 등 주요 인사 천여 명이 자례의 초대형 도시 승격 여부를 놓고 평가 및 투표하기 위해 경성에 모였다. 쿵밍량과 그의 간부들은 시 정부를 경성으로 옮겨온 것처럼 진즉부터

경성 호텔에 머물면서 밤낮으로 자례가 초대형 도시로 나아
갈 수 있는 도로와 교량을 만들고 세웠다.

주잉은 사흘 밤낮 동안 한 숟가락도 먹지 않고 한시도 자
지 않았다. 기술학교에 틀어박혀 가정부들과 관계 맺은 남자
들의 신상을 정리하고 이해득실을 따졌다. 그들 중 누가 경
성에 살고 경성 밖에 사는지, 어느 집안의 남자가 국가기관
이나 회사 요직에 있고 부유한지, 누가 고위층의 비서나 운전
기사인지 파악했다. 젊은 가정부들의 시중을 받는 남자와 노
인, 아이들은 나름의 신분과 배경, 지위, 경력을 가지고 있어
당장 쓸모 있거나 앞으로 활용할 가능성이 있었다. 주잉은
그들의 이름과 전화번호, 사진을 분류해 등급을 매겼다. 그
리고 당장 활용 가치가 있으면 탁자 위에 두고, 없으면 대충
바닥으로 던졌다. 책상 위의 사람들은 다시 분류해 등급을
나누고 가정부들이 시중드는 남자의 직업과 지위에 따라 각
각의 이름 밑에 꽃을 한 송이나 두 송이씩 그렸다. 시중드는
사람이 청장, 사장이거나 그들의 부모나 장인, 장모라면 가
정부 이름 아래에 꽃 네 송이나 다섯 송이를 그렸다. 그런 다
음 마지막으로 꽃송이 개수에 따라 가정부 이름을 분류한 뒤
별도의 표에 순서대로 기입했다.

펀샹이라는 아가씨가 비서처럼, 주잉이 명단에 그려놓은
꽃송이 수에 따라 다섯 송이 아가씨는 다섯 송이끼리, 네 송

이 아가씨는 네 송이끼리 함께 모아 기록했다. 한창 베끼고 있을 때 펀샹은 문득 손목이 시큰시큰 팽팽해지는 것을 느꼈다. 사무실 안쪽 장부책에서 매화와 계화 향기도 흐릿하게 풍겨왔다. 그러다 손목의 시큰거림이 빨간 부종으로 바뀌었을 때 매화와 계화 향기가 강렬하고 자극적으로 변하더니 바닥 곳곳에서 붉은 꽃잎이 나뒹굴기 시작했다. 기록을 멈추고 바닥에 널린 꽃잎을 바라보던 그녀는 며칠 내내 눈을 붙이지 못한 주잉이 장부와 사진으로 가득한 탁자에서 잠든 것을 발견했다. 탁자에서 날아오는 숨소리가 물 흐르는 소리 같았다. 숨소리를 따라 시선을 옮기다 주잉의 이마와 얼굴에 흘러내린 검은 머리카락이 천천히 하얘지는 것을 보았다. 처음에는 몇 가닥만 하얗다가 나중에는 한 움큼이 전부 은백색으로 변하고, 은백색에서 또 물기마저 사라져 이마에 하얀 삼베가 걸린 듯했다. 순식간에 중년에서 노년이 된 것 같았다.

펀샹이 책상에서 벌떡 일어나는 바람에 손에 들고 있던 펜이 바닥에 널린 꽃잎 위로 떨어져 깨졌다. 그녀가 황급히 소리쳤다.

"언니, 얼른 일어나요!"

"언니가 늙고 못생겨졌는데도 쿵 시장님이 언니 곁으로 돌아올까요? 돌아오지 않으면 우리한테 약속했던 것들을 지킬 수 있어요?"

처음에는 대수롭지 않게 여겼던 편샹이 조급해지더니 급기야 깊이 잠든 주잉을 흔들어 깨웠다. 잠에서 깬 주잉이 천천히 눈을 뜨고 고개를 들어 편샹과 방 안 가득, 탁자 가득한 장부를 보았다. 주잉은 눈을 비비며 이마에 내려온 흰 머리카락을 귀 뒤로 넘기면서 등불 아래의 편샹에게 물었다.

"우리 며칠이나 못 잤지?"

"꽃이 다섯 송이인 가정부가 경성에만 몇 명인지 알아?"

"편샹, 쿵밍량은 곧 실패할 거야. 곧 내게 찾아와 무릎 꿇고 애원하게 될 거야."

탁자에서 일어난 주잉은 물을 마시면서 눈앞의 편샹과 몇 마디 더 이야기를 나눌 생각이었다. 하지만 시선을 편샹의 얼굴과 몸으로 향하자 입가가 굳어지고 얼굴 가득하던 미소가 사라졌다. 당혹스러움과 놀라움을 느꼈다. 주잉은 최근 몇 년 동안 자신을 도와 학교 입학생과 재무, 장부와 지출, 교육을 관리해온 편샹을 바라봤다. 분명 서른 살일 텐데 얼굴에 주름이 하나도 없었다. 기미나 주근깨도 없었다. 여전히 소녀처럼 뽀얗고 풍만한 데다 허리는 가늘고 가슴과 엉덩이는 탱탱했다. 옷 밑의 봉긋한 가슴이 조금도 처지지 않은 게 한눈에 보였다. 심지어 브래지어를 하지 않아도 될 정도였다. 주잉이 물었다.

"세상에, 어떻게 가꾸는 거야?"

"펀샹, 어떻게 하면 너처럼 늙지 않는지 이 언니한테 좀 가르쳐줄래? 그러면 내 재산의 절반을 기꺼이 줄게."

"내 재산의 3분의 2를 줄게."

"이번 달이나 다음 달이면 일이 이루어질 거야. 쿵밍량이 내 눈앞에서 죽어야 할 거라고. 앞으로 자례는 겉보기에는 쿵씨 집안 거라도 뒤로는 우리 주씨, 나 주잉의 것이 돼. 그렇게 되었을 때, 펀샹 너는 무엇을 원하니?"

"무엇이든 내가 줄게. 네가 어떻게 얼굴에 주름 하나 없고 가슴이 봉긋한지 알려주면 무엇이든 들어줄게. 하지만 지금 알려줘야 해. 여자가 어떻게 하면 늙지 않는지, 쉰, 예순, 일흔, 여든이 되어도 가슴이 탱탱하고 봉긋할 수 있는지, 얼굴에 주름 하나 없고 머리에 새치 하나 없을 수 있는지 말이야."

그런 다음 주잉은 펀샹에게 주려고 물을 따랐다. 잔을 들고 가면서 발밑의 쓸모없는 가정부 기록과 방 안에 가득한 온갖 꽃잎과 향기를 발로 찼다. 찻잔을 펀샹 앞까지 가져가 다시한번 묻고는 대답을 기다렸다. 펀샹이 경악과 의혹의 눈초리로 주잉의 얼굴을 바라봤다.

"자례의 초대형 도시 승격을 정말 막을 수 있어요?"

"쿵 시장님이 언니에게 돌아와 언니한테 시장님 남편이 생기면 제게 샤오친과 아샤보다 더 좋은 조건으로 보상할 건가요?"

"제가 아무것도 필요 없고 시장님 동생인 밍야오를 다시 만나게 해달라면 해줄 수 있어요? 밍야오와 결혼해서 백년해로하게 만들어줄 수 있나요?"

그때 고요 속에서, 창문 앞의 빛이 불덩이처럼 타올랐다. 5층 건물의 붉은 커튼에 봄꽃이 활짝 피고 무르익은 봄날의 맑은 향기가 퍼졌다. 창문 틈으로 비집고 들어온 한없이 가벼운 버들개지가 허공에서 나풀거리다 그녀들이 분류해놓은 꽃 네 송이, 다섯 송이 가정부와 가정부에게 유혹된 남자들의 명단 위로 빗방울처럼 토도독 소리를 내며 떨어졌다. 버들개지가 어느 고위층 이름 위로 떨어져 잉크와 섞이자 순식간에 글자가 지워지고 전화번호가 사라졌다. 그 순간, 축축하게 지워진 이름과 전화번호를 보고 있던 주잉의 머리카락이 일순간 하얘졌다. 더 이상 검은 가닥을 찾아볼 수 없게 되었다.

"무슨 일이죠? 무슨 일이에요?"

펀샹이 주잉의 머리카락을 보며 연이어 물었다. 그녀는 또 주잉의 얼굴에서 주름이 수십 개로 늘어나 순식간에 늙어버리는 것도 보았다. 허리까지 구부정해진 것 같았다.

주잉이 "자례가 직할시가 될지 말지, 쿵밍량은 이미 누가 투표하는지까지 아는구나. 절반 이상의 찬성표를 받을 자신이 있군" 하고 중얼거릴 때 얼굴빛이 창백해지고 땀이 주르

륵 흘러내렸다. 방 안이 온통 그녀의 황망함과 땀으로 가득
찼다. 주잉은 황망함 속에서 멍하니 발밑과 탁자의 아직 젖
지 않은 가정부와 남자들의 명단을 바라봤다. 잠시 뒤, 얼굴
에서 땀방울이 조금 줄어들자 그녀는 쪼글쪼글해진 입술을
혀로 핥고 창밖의 빛이 실내의 황망함과 물기를 비추도록 며
칠 동안 열지 않았던 모직 커튼을 젖혔다.

"오늘이 며칠이야?"

"오전이니, 오후니?"

"베이징으로 가는 기차가 저녁 8시 10분이니, 9시 반이니?"

고개를 돌려 몇 가지를 질문한 다음 주잉은 다시 시선을
창밖으로 향했다. 창밖 기술학교의 잔디밭에 봄날의 햇살이
여울여울 타고 머리 위의 햇빛이 물욕을 자극하는 금박처럼
잔디밭과 그 주변 건물의 지붕을 비췄다. 축구장만 한 잔디
밭에는 유럽에서 수입해 온 파란 잔디가 두껍고 파란 융단처
럼 무성하게 자랐고 수많은 비둘기와 공작이 풀 위를 한가롭
게 거닐고 있었다. 아직 파견되지 않은 아가씨들이 밖으로 나
와 잔디에 돗자리를 깔고 일광욕을 즐기거나, 침대 시트를 깔
고 뒹굴거나 눈썹을 그리며 화장했다. 아이브로펜슬과 파우
치, 거울이 풀밭에서 반짝거렸다. 그리고 아가씨들의 가슴과
등, 팔목, 아랫배, 은밀한 곳에 문신해주는 하얀 마고자를 입
은 사십대 미용사 두 명도 보였다. 햇살이 좋자 미용사는 시

술 침대를 잔디밭 한가운데로 내온 다음 눈처럼 하얀 시트를 깔고 문신을 원하는 아가씨들에게 벌거벗은 채 침대에 눕거나 엎드리라고 했다. 그러고는 침대 옆에 문신 도구가 든 상자를 걸고는 문신의 고통을 삭이기 위한, 사실 그렇게까지 아프지도 않지만, 전용 수건을 아가씨 팔뚝에 감아주며 그걸 물고 눈앞에 걸린 갖가지 문신 사진을 올려다보라고 했다.

문신하려는 아가씨는 하나둘이 아니라 열 명, 스무 명가량 되었다. 모두 옷을 벗고 해변에 있는 것처럼 한가롭게 일광욕을 즐기며 기다렸다. 주잉이 창문을 열어 잔디밭에 있는 젊고 아름다운 아가씨들을, 반쯤 혹은 완전히 벌거벗은 채 문신을 기다리는 가정부들을 둘러봤다. 그러다 윗도리 없이 운동복 반바지만 입고 테니스화를 신은 채 창문 밑을 회오리바람처럼 지나가는 한 아가씨를 발견했다. 특이하게도 브래지어를 찬 등판에 나비나 꽃이 아니라 책을 문신해놓았다. 주잉은 자기 손톱에 그려놓은 봉선화를 보듯 분명하게 책 이름을 볼 수 있었다.

생뚱맞게도 『신화대자전(新华大字典)』이었다.

왜 자전을 등에 문신했는지 알 수 없었다. 그녀가 창 밑으로 지나갈 때 주잉은 문신한 자전에서 글자가 하나씩, 검은 콩알처럼 떨어지는 것을 보았다. 소녀들의 향기와 함께 신선한 검은콩 냄새가 풍겨왔다. 그 아가씨가 창 밑으로 지나간 뒤 잔디밭의 비둘기와 공작, 꾀꼬리, 백조, 기러기, 제비가 전부 그녀 뒤를 따라가며 콩과 문신한 자전에서 떨어진 한자를 쪼아 먹었다. 주잉은 공작과 백조들이 나는 듯 걷는 듯 저쪽 길가로 뛰어들 때까지 지켜본 뒤에야 돌아서서 입술을 깨문 채 생각에 잠겼다. 한참 뒤 그녀가 낮고 무거운 목소리로 말했다.

"편샹, 선택의 여지가 없구나. 저 아가씨들 800명을 데리고 경성으로 가거라. 오늘 밤 8시 반 기차를 전부 예매해."

"800명의 아가씨를 다른 곳 말고 전부 두 번째 명부에 있는 학술원 원사와 교수, 전문가에게 보내. 아가씨들한테는 누구든 전문가나 교수를 유혹하면 50만에서 80만 위안을 주고 높은 인물을 침대까지 데려가면 최소 100만에서 120만 위안을 준다고 해. 만약 그 높은 인물이 투표권자라면 최소 200만 위안을 주겠다고 하고."

주잉이 설명했다.

"나는 자례를 떠날 수 없어. 내가 자례를 떠나 경성으로 가는 걸 누가 보면 쿵밍량은 우리가 무엇을 하려는지 바로 알아챌 거야."

"내가 부탁할게. 정말로 부탁할게. 저 800명을 데리고 오늘 출발해. 사람이 부족하면 밥하고 청소하는 아가씨들도 전부 데려가. 서른 살 이하에 반반하고 요염하기만 하면 누구든 경성의 골목골목에 다 풀어."

"언니 말을 믿어줘. 세상 남자 가운데 제일 웅대하기 힘든 게 관리들이야. 제일 쉬운 건 교수와 전문가고. 마흔의 중년 여자라도 그들은 금이야 옥이야 떠받들기도 해. 내 말을 믿어야 해. 나는 네가 경성에 도착하면 며칠 지나지 않아 그 명단에 적힌 남자 절반을 손에 넣을 거라고 믿어."

"부탁할게. 필요하면 너도 몸을 내놓고. 명단 속 남자 절반만 유혹하면 쿵밍량은 내 거야. 자례는 내 거, 우리 여자들 것이 된다고. 그렇게 되면 내 재산을 전부 너한테 주고 쿵밍야오와 만날 수 있게 해줄게. 도련님이 너를 좋아하고 사랑하도록 중재해서 두 사람이 결혼해 함께 늙어가도록 해줄게."

"펀샹, 제발 언니를 한 번만 믿어줘. 다른 건 관두고 도련님과 만나게 해주고 도련님이 너를 좋아하고 사랑하도록 만들어서 백년해로하게 해준다는 말만이라도 믿어줘."

변혁의 노래

1

유혹할 명단을 들고 편상이 아가씨들과 경성으로 떠난 지 보름 뒤, 경성 서쪽 외곽에 있는 호텔에서 1230명으로 구성된 전문가팀이 1차 심의 및 투표를 진행했다. 또 하나의 직할시로 승격할 도시가 북방의 자례가 될지, 아니면 남방 연해의 도시가 될지, 최종 판결이 그들의 손에 달려 있었다. 이미 경성에 와 있던 자례 업무팀 사람들은 전문가의 80퍼센트가 자례시에 투표할 것이라고 예상했다. 하지만 자례의 득표율은 30퍼센트에 불과했다. 남방 연해 도시가 40퍼센트의 표를 확보하고, 나머지 30퍼센트는 남방 도시와 북방 도시 어느 곳도 얻지 못했다.

그들은 다 쓴 휴지 버리듯 권리를 포기해버렸다.

투표 하루 전날, 밍량은 경성에서 자례시로 돌아왔다. 고위층 인사든 전문가든 만나야 할 사람은 모두 만났고, 보내야 할 비밀스럽고 사치스러운 선물도 모두 보냈다. 전문가들은 공공심과 민족적 정의감에서, 국가 발전의 전망을 고려해 자례를 초대형 도시로 키워야 한다는 데 압도적으로 의견이 기울었다. 분명 나라 전체적으로도 향후 수십 년 안에 남방과 북방의 빈부격차를 해소해야 했다. 그리고 만일 북방을 부유하게 하려면 자례를 중심으로 삼아야 하므로 자례를 초대형 도시로 승격시키는 게 자연스러웠다. 밍량은 자례의 승격이 확정된 것이나 진배없으며 전문가 투표는 합법적인 과정에 따라 문제없이 끝날 것이라고 생각했다.

마지막으로 한 지도층 인사에게 감사 인사를 하려고 찾아갔을 때, 초대형 도시의 승격을 좌지우지할 수 있는 그 노인이 고요한 사합원에서 말했다.

"자네는 자례에 있지 않고 경성에서 뭐 하는 건가?"

"한 시의 수장으로서 이럴 때 경성에 있는 게 엄청난 금기라는 것을 모르나?"

"자네 쿵밍량이 지금 있어야 할 곳은 자례야. 자례의 가장 말단, 농촌이나 산간이라고. 어디든 재난이 발생하면 제일 좋고. 그러니까 자례에 전국을 뒤흔들 만한 홍수나 지진이

611

발생했을 때 자네가 재난 지역 제일선에서 지휘하는 거지."

그래서 모든 준비가 끝나고 마지막 절차만 남았을 때 밍량은 부시장과 몇몇 인원만 남겨놓은 채 비서들을 이끌고 베이징을 떠났다. 하지만 그는 자신이 재난 지역에 있는 것을 보여주기 위해 공문으로 홍수나 지진 같은 재해를 일으키지는 않았다. 전문가들이 투표를 앞둔 중요한 시점에 지진이나 홍수, 태풍 같은 돌발적 자연재해가 발생하면 자례의 지리와 자연환경이 직할시가 되는 데 적합하지 않다고 판단할까 우려한 때문이었다. 그는 아무 데도 가지 않고 시 정부 정원에서 투표 결과만 기다리면 충분하다고 생각했다. 그래서 6월 1일 어린이날, 직원들에게 다도실의 찻상을 시 정부 정원에서 가장 큰 포도나무 시렁 밑으로 옮기라고 한 뒤 그 옆에 제일 좋아하는 등나무 의자를 놓았다. 또 경성의 심장과 직통으로 연결된 빨간 전화기를 찻상까지 끌어오고, 소수의 사람만 번호를 알고 있는 휴대전화 두 대를 찻통 위에 두었다. 그런 다음 모든 비서와 직원들을 물리고 처음 개봉한 용정차를 우리면서 반쯤 눈을 감은 채 빨간 전화와 찻통 위의 휴대전화가 울리기를 기다렸다.

마침내 울렸다.

밍량은 오전 10시부터 혼자 기다리고 있었다. 첫 번째 휴대전화가 울린 건 예상보다 30분 빠른 오전 11시였다. 첫 번째 휴대전화를 받을 때 그는 일어나는 대신 엉덩이로 등나무 의자를 끌고 갔다. 하지만 수화기를 들어 통화하는 동안 그의 낯빛은 흥분의 빨강에서 아득한 곳을 바라보는 냉정의 검푸름으로 빠르게 바뀌었다. 베이징의 샹그리라호텔에서 부시장이 걸어온 전화였다. 첫마디가 "시장님, 절대 노여워하지 마십시오……"였고 끊기 전 마지막 말은 "잘 나가던 배가 어디에서 멈춘 건지 당장 파악할 테니 안심하십시오. 반드시 길이 어디에서 잘못 꺾였는지 알아내겠습니다"였다. 전화를 끊은 뒤 밍량은 휴대전화를 바닥에 내던지고 싶었지만 천천히 찻상에 내려놓았다. 이어서 두 번째 휴대전화가 울리겠구나, 생각하고 있을 때 정말로 두 번째 휴대전화가 울렸다. 짐작한 대로 비서 팀장 청징이었다. 그녀의 목소리는 작고 조심스러웠다. 옆에서 누가 들을까 봐 걱정스러워 휴대전화를 귀에 딱 붙이고 다른 손으로 입을 가린 듯 소리가 신비스럽고 사각사각 조용히 울렸다.

"아세요? 자례의 승격에 찬성한 전문가는 410명뿐이에요. 젠장, 반대는 820명이고요."

"찬성표와 반대표 비율이 예전에 주잉과 촌장 자리를 다툴 때랑 똑같아요. 이제 운명이 돌고 돈다는 것을 믿으시겠죠? 문제가 뭔지 아시겠죠? 결단을 내려야 할 때 머뭇거렸기 때문이라고요. 지금 모든 게 그 망할 여편네, 시장님 마누라 때문에 엉망이 됐다고요!"

"믿을 수 있어요? 오늘 투표한 남자 전문가들 가운데 절반이 창녀를 가정부로 됐는데 전부 자례 사람이래요. 당신이나 내가 들어본 적 없는 자례의 특수기술학교 출신 창녀들이래요."

"쿵 시장님, 우리 자례 2천만 시민의 쿵 시장님, 그 특수기술학교의 교장이 누군지 아세요? 당신 집의 늙은 창녀예요. 당신 마누라! 자례에서 온 창녀 가정부들이 요직의 고위 간부에게 접촉할 수 없을 때는 운전기사나 비서, 요리사와 관계를 맺었대요. 전문가와 교수, 원사들을 손에 넣었고요!"

청징이 수화기에 대고 마지막에는 울음 섞인 목소리로 애원했다.

"시장님, 제 말 좀 들어주세요. 오늘 내일 안에 아내랑 이혼하세요. 저와 결혼할 필요는 없어요. 그런 건 이미 바라지도 않아요. 하지만 자례를 위해, 자례 시민을 위해 당장 사람을 시켜 이혼증서를 마누라 손에 쥐여주세요. 그래서 다시는 당신과 자례의 미래를 꿈꿀 수 없게 철저히 단념시켜주세요."

이번에도 냉정하고 싶었지만 쿵밍량은 휴대전화를 힘껏 내던지고 말았다. 바로 앞에 놓인 월계화 화분으로 던져버렸다. 그 화분에는 불처럼 검붉은 월계화가, 생리 중인 여자가 전혀 아랑곳하지 않고 사랑을 나누면서 피를 흘리는 것처럼 활짝 피어 있었다. 그가 화분을 노려보고 있을 때, 갑자기 가슴속에서 그 붉은 꽃을 발밑에 짓이겨버리고 싶다는 사악한 생각이 떠올랐다. 그러자 원래는 꽃 한 송이에 초록색 잎만 무성했던 화분에, 어느새 초록 잎이 사라지고 눈 깜짝할 사이에 만개한 꽃 수십 송이가 불덩이처럼 다닥다닥 피어났다.

다른 곳을 살펴보자 길가와 포도나무 시렁 아래 몇 미터 간격으로 놓인 월계화 화분에도 초록 잎이 없었다. 전부 눈 깜짝할 사이에 활활 타오르는 불꽃을 피워놓았다. 심지어 방금 내던진 두 번째 휴대전화도 화분 속에서 꽃으로 변해 있었다.

시장은 자신의 사악한 생각이 어떻게 모든 월계화를 만개시켰는지, 왜 화분마다 꽃만 있고 잎은 없는지 알 수 없었다. 그가 그렇게 월계화를 쳐다보고 있을 때, 찻상 위의 경성 심장부와 직통으로 연결된 빨간 전화기가 울렸다. 전화 벨소리가 경련을 일으키며 쓰러진 간질병 환자가 입으로 토해내는 게거품 같았다. 그는 황급하게 달려가 요란하게 떨리는 수화기에 손을 올려놓고 초조함을 가라앉힌 뒤 에의 바르고 열정적으로 "여보세요!" 하고 전화를 받았다. 베이징의 어떤 관계자나 관료의 목소리가 나올 것이라고 예상했지만 수화기에서 나온 것은 셋째 동생 쿵밍야오의 강철같이 단단한 목소리었다.

"작은형, 무슨 일인지 다 알고 있어. 단순한 집안일이면 작은형수에게 꺼지라고 하면 그만이겠지. 하지만 자례를 위해 작은형수를 말려야 할 뿐만 아니라 형이 집으로 돌아가 형수 좀 챙겨야겠어."

"우리 작은형 쿵 시장님, 형의 평생이 여자 손에 박살 나게 생겼다고."

밍야오가 또 말했다.

"다음 투표에서 자례가 과반수 표를 얻을 수만 있다면 형이 돌아가서 작은형수에게 무릎 좀 꿇으면 어때. 작은형수가 원하면 누구를 죽인들 어떠냐고."

"시 간부를 전부 데리고 가서 형수한테 무릎 꿇어. 작은형수가 누구든 죽이라고 하면 형은 그 사람을 감옥에 가둬서 죽여. 형수가 더 이상 자례의 승격을 방해하지 않게 하라고."

"모든 시민에게 작은형수 앞에 무릎 꿇으라는 공문을 내려. 자례를 위해서, 2천만 자례 시민을 위해서!"

밍야오와 통화를 끝낸 뒤 밍량은 눈앞의 찻상을 엎어버렸다. 경성 심장부와 통하는 빨간 전화선을 끊어버리고 쓰러진 탁자 다리에 전화기를 내동댕이쳤다. 다급히 달려온 비서의 얼굴에 따귀를 날리고 발밑에서 놀란 눈으로 그를 바라보는 다람쥐를 발등으로 찬 다음 풀밭에서 짓이겨 죽였다. 다람쥐

입에서 터져 나온 피가 바닥으로 떨어지고 그의 발등으로 떨어졌다. 날카로운 비명과 함께 다람쥐의 숨이 끊어졌는데도 그는 발로 계속 짓이겼다. 그런 다음 불량배처럼 목청을 높여 시 정부 정원의 허공에 대고 소리쳤다.

"주잉, 나쁜 년, 창녀, 평생 도움 안 되는 거지 같은 마누라. 나 쿵밍량이 너를 감옥에 처넣지 않는다면 나는 시장도 아니고 쿵밍량도 아니다!"

"정원의 모든 사람과 나무, 꽃과 풀은 들어라. 자례가 직할시가 되었을 때 내가 주잉을 죽이지 않으면 너희가 나를 이 정원에서 죽이고 시 정부 정원을 내 묘지, 무덤으로 만들어라!"

그가 또 소리쳤다.

"잘 들었나? 주잉이 죽거나 내가 죽는 순간이 왔을 때, 너희는 눈을 크게 뜨고 내가 너희를 위해, 자례를 위해 그 창녀를 어떻게 대하고 처리하는지 지켜봐라. 그녀가 죽어가면서도 내게 머리 조아리고 정부에 감사하게 만들어놓을 테다!"

그렇게 외친 다음 쿵밍량은 가만히 서 있었다. 피가 흐를 정도로 입술을 꽉 깨물었지만 그의 눈에는 사랑인지 미움인지 모를 혼탁한 눈물도 두 방울 맺혀 있었다.

2

오후가 되었을 때 쿵 시장은 아내에게 애원하러 가기로 결정했다.

만약 정말로 800명의 가정부를 경성 골목골목에 보내 투표권을 가진 전문가들 집으로 알음알음 들여보냈다면 주잉이 자례의 승격을 막을 수 있다는 것을 밍량은 잘 알았다. 그는 시 정부 정원의 포도나무 시렁 밑에서 냉정을 완전히 되찾은 다음, 베이징으로 수십 통의 전화를 걸고 각종 로비 활동을 지시하는 동시에 아내 주잉을 만나러 가기로 결심했다. 비서 세 명에게 차를 딸려 보내며 주잉을 시 정부 정원으로 데려오라고 했지만 비서가 빈손으로 돌아와 대문도 열어주지 않더라고 보고했기 때문이다. 결국 시장 밍량은 30년 전 촌장이 되려고 했을 때 직접 주잉의 집에 찾아갔던 것처럼 이번에도 직접 찾아가야 한다는 것을 알았다. 당시 촌위원회는 주잉 집에서 가까워 몇십 발자국 만에 도착할 수 있었지만 지금 시 정부 정원에서 자례의 구시가지까지는 수십 킬로미터 거리였다. 그는 차로 40분 정도를 가서야 구시가지 입구에 도착할 수 있었다. 그런데 생각지도 못하게, 베이징에서 방해 공작으로 자례가 대도시로 승격되지 못했음에도 수많은 사람이 작은 깃발과 무궁화를 들고 떠들썩하게 거리

를 오가고 있었다. 또 젊은이들이 광장과 길모퉁이, 도시 중
앙화원의 공터에 잔뜩 모여 돌아가며 돌이나 탁자에 올라가
연설하고 구호를 외쳤다. 모두 국가의 위대한 발전과 진보를
축원하고 자례가 곧 또 하나의 직할시가 되는 것을 축하했
다. 구호 소리가 우레처럼 시내를 휘감고 오색 깃발과 현수
막이 곳곳에 걸려 자례가 끓는 물처럼 부글부글 떠들썩했다.
몇몇 자동차는 도로 옆에 정차한 뒤 국경일을 기리듯 경적을
울리기도 했다.

　축하 인파와 떠들썩한 성원 열기를 피하기 위해 구시가지
쪽으로 난 골목길을 걸어가기로 결정한 밍량은 차에서 내린
뒤 인도를 따라 인파를 거슬러 나아가기 시작했다. 6월 1일
의 햇살이 투명한 금박처럼 거리의 빌딩과 다리, 멀리 밍야
오가 그를 위해 지어준 초고층 쌍둥이 빌딩을 덮고 있었다.
현장이 된 이후 10여 년 동안 한 번도 자신의 도시를 혼자서
걸어본 적이 없었다. 이 도시가 그의 것이었다. 인민이 그의
것이었다. 고층 건물과 고가도로, 사거리의 중앙화단과 길
가 화분에 있는 꽃과 풀포기까지 전부 그의 소유였고 관할
이었다. 공문을 내려 지시하면 모든 버드나무가 회화나무 꽃
을 피우고, 어디든 그가 갈 곳을 통지하면 모든 자동차와 자
전거가 길을 내주었다. 그런 밍량이 누가 알아보지 못하도록
어디선가 가져온 작은 깃발을 손에 들고 축하하러 나온 일반

시민처럼 걸어갔다. 얼굴에 흐르는 땀은 손에 든 깃발로 닦았다. 대로에서 더런(德仁)이라는 골목길로 접어들었을 때 그는 깃발을 길가에 내던졌다. 더런로는 자례 중심가에서 구시가지까지 이어진 길로, 개통 당시 그가 직접 이름을 붙였다. 구시가지로 연결된 그 길에 접어들자 시끌벅적한 번화함이 신시가지에 남아 더 이상 따라오지 않았다. 그 골목에서 밍량은 비로소 숨을 돌리고 길가 수돗가에서 목을 축일 수 있었다. 그런 다음 구시가지를 향해 황망한 걸음을 옮겼다.

마침내 구시가지 입구에 도착했다. 서쪽으로 기울던 태양이 다시 거리 입구의 꼭대기로 되돌아와 붉은빛을 구시가지에 쏟아부으면서 그곳의 건물과 담장, 땅바닥을 붉게 물들였다. 거리가 온통 빨갛고 노랗고 파란 색색의 표어와 현수막으로 가득했다. 표어와 현수막에는 하나같이 '쿵 시장님의 귀환을 환영합니다!' 같은 글귀가 적혀 있었다. 그는 표어가 나무와 담장, 허공에서 늦가을 과일처럼 자연적으로 생긴 것인지, 아니면 누군가 미리 준비해 걸어둔 것인지 알 수가 없었다. 처음 얼마간은 길이 들판처럼 조용했다. 집집마다 시민들이 전부 런민로와 광장, 시 정부 청사로 축하하러 나갔는지 거리에 인적이 전혀 없었다. 하지만 좁은 더런로를 지나 탁 트인 구시가지로 들어서자 천지가 온통 새빨간 데다 떠들썩하기까지 했다. 붉은 양탄자가 입구부터 주잉의 집까지 깔려 있었다. 멀리서 붉은빛 일색의 그 세상을 바라보며 밍량은 그곳에서는 나뭇잎도 빨갛고 옛집의 파란 벽돌도 빨갛고 하늘을 나는 참새와 비둘기, 까마귀도 빨갛다는 것을 발견했다. 구시가지에서는 이미 오래전부터 예전 자례촌과 자례진 태생 사람을 찾아보기 어려워졌다. 대부분 외지에서 들어온 사람들이 살고 있었다. 그들은 쿵 시장이 청소년기를 구시가지에서 보냈기 때문에 높은 가격으로 구시가지에 집을 사두었다. 양탄자 옆에 늘어서 있던 사람들이 시장을 보고 자발적으로 박수를 치며 "쿵 시장님의 구시가지 귀환을 축하합니다!" 하는 구호를 리듬감 있게 외쳤다. 이어서 빨간 스카프를 두른 남자아이들과 여자아이들이 양쪽에서 화환을 높이 들며 환영 노래를 두 곡 불렀고, 미리 준비하고 있던 초등학생 두 명이 뛰어와 쿵 시장에게 꽃을 선사하고 붉은 스카프를 매주었다. 하지만 시장의 얼굴에 감격한 기색이 없자 수행원들이 달려와 그의 귀에 대고, 그만하라고 전달하겠으며 앞쪽이 바로 주잉의 집이라고 말했다. 그러자 밍량이 흠, 하며 고개를 끄덕였다. 수행원이 허공에 대고 조용히 하라는 의미로 왼쪽 손바닥을 오른손 검지로 받치자 환영 인파가 쥐 죽은 듯 조용해졌다. 모두 뭔가 잘못한 사람처럼 길 양쪽으로 가만히 늘어섰다. 손에 들고 있던 꽃다발과 화환에서 잎이 떨어지고 꽃이 시들었다. 어떤 사람은 허공에서 아래로 축 늘어뜨리고 어떤 사람은 시든 풀 한 움큼을 든 것처럼 어쩔 줄 몰라 하며 허공에 그대로 들고 있었다. 쿵밍량은 입을 떼기 무섭게 찾아온 침묵 속에서 양탄자를 밟으며 주잉의 대문으로 향했다. 순식간에 대문의 원래 모습이 생각났다. 주씨네 담장이 어떻게 생겼는지, 오래전 담장의 벽돌 틈에서 어떤 풀이 자랐는지까지 전부 기억났다. 예전의 커다랗고 반질반질하던 두 짝짜리 빨간 철문이 이제는 붉은 페인트가 다 벗겨지고 얼룩덜룩 검회색과 암홍색을 띠고 있었다. 녹이 얼마나 많이 슬었는지 두 짝짜리 철문은 30년이 아니라 300년 전 어느 왕조 때의 문 같았다.

문 앞에 도착한 시장이 걸음을 멈췄다. 문과 담장, 앞뒤 좌우로 멀찍이 물러선 사람들을 살펴본 뒤 문 안쪽에서 빗장이 걸린 것을 확인했다. 주잉이 실내에 있는 게 아니라 문 뒤의 마당에서 문밖의 동정과 기척에 이목을 집중시키고 있다는 것도 알 수 있었다. 그는 문 앞 오른편에 있는 돌사자 머리에 손을 얹었다.

서늘한 기운이 돌사자 머리에서 손으로 전해졌다. 그 서늘함으로 가슴을 진정시키며 그는 마른기침을 뱉어 목을 가다듬은 뒤 대문에 조용히 "주잉, 문 좀 열어봐. 자례시의 쿵 시장이야" 하고 말했다. 하지만 아무리 귀를 쫑긋 세워도 아무런 기척이 들리지 않았다. 그는 계단을 올라가 가볍게 대문을 두드렸다.

멀리서 구경하는 구시가지 주민들은 행여 소리를 잘못 냈다가 시장님과 대문 안쪽 주잉의 심기를 불편하게 만들까봐 숨소리마저 꾹 참았다. 그때 하늘을 날아가던 제비가 깃털 하나를 떨어뜨렸다. 깃털이 나무 막대처럼 쿵 소리를 내며 바닥에 떨어지자 구경꾼 전부 손으로 입을 막았다. 소리를 낸 깃털을 노려보았다. 깃털이 바닥에서 두 번 튕기고 조용해진 뒤에야 사람들은 문을 두드리는 시장의 손으로 시선을 옮겼다.

시장이 다시 문을 두드리면서 소리에 맞춰 목청을 높였다.

"자례시의 쿵 시장이라고!"

소리를 조금 더 높였다.

"당신 남편 쿵 시장이야!"

목청을 최대로 높였다.

"당신 남편이자 시장인 내 목소리마저 못 알아듣는 거야?"

누군가 쿵 시장에게 걸상을 가져다주었다. 시장이 걸상에 올라서서 목을 길게 늘이며 목청껏 소리쳤다.

"주잉, 주잉아, 문을 열어주지 않아도 괜찮아. 하지만 난 시장의 신분으로 분명히 할 게 있어. 오늘 오전에 자례의 초대형 도시 승격을 두고 실시한 투표에서 찬성 410표, 반대와 기권 820표가 나왔어. 왜 찬성 820표에 반대 410표가 아니었을까? 왜 표가 오래전 당신과 촌장 자리를 다툴 때 나왔던 찬반 비율과 똑같을까? 지금에서야 분명히 알겠어. 당신이 말했었지. 우리 부부가 역사를 창조하고 도시를 창조하는 공신이라고. 당신은 이 도시의 어머니로 양육을 맡고 나는 아버지로 창조를 맡는 거라고. 이 도시의 빌딩과 도로, 공항, 정류장, 상가 대로, 개발구, 외국인 거주지, 아직은 몇 개뿐인 영사관과 사무처, 자례의 모든 꽃과 나무, 인민과 동물원 그 모든 게 당신의 자녀고 우리 후대이자 계승자야. 그런데 자례가 초대형 도시가 되려는 순간에 당신은 아가씨와 가정부, 기술학교의 특별 학생 800명을 경성의 특별한 가정으로, 특별한 자리로 보냈지. 가정부의 신분으로 투표권을 가진 전문가와 교수, 원사들을 유혹했잖아. 그런데 주잉, 생각해봤어? 전문가들의 결정을 바꾼 건 결국 자례의 고속 발전과 번영을 방해하는 거라고. 당신이 막은 건 자례 2천만 인민의 이상과 소망, 미래라고. 자례의 죄인이 되는 행동인 거 몰라?"

"주잉, 내가 시장의 명예를 걸고 부탁할게. 빨리 당신 아가씨들한테 연락해. 유혹한 남자들, 전문가들이 내일 오전 9시 2차 투표에서 우리 자례에 찬성표를 던지도록 해달라고. 어서 알리지 않으면 늦어. 늦으면 당신은 정말로 자례와 인민의 죄인이 되는 거야. 그러면 자례와 인민들이 당신을 갈가리 찢어버릴 거라는 생각은 안 해봤어?"

"주잉, 문 좀 열어봐. 문 좀 열고 둘이서 얘기하자. 자례를 위해, 인민을 위해, 역사와 미래를 위해, 당신이 원하는 대로 다 들어줄게."

"문 좀 열어봐. 시장이 부탁하잖아."

"문 좀 열어봐. 내가 당신 남편이기도 하지만 어쨌든 이 시의 수장이라고!"

"문 좀 열어봐. 자례를 위해, 인민을 위해, 역사를 위해, 당신이 문만 열어주면 내가 무릎 꿇을게!"

"당신 앞에 무릎 꿇을 테니 마음대로 때리고 욕해. 내 얼굴에 침도 뱉고 따귀도 날려!"

"역사를 위해서라면, 인민을 위해서라면 나는 그 무엇도 아깝지 않아."

"주잉, 대체 내가 어떻게 하길 바라는 거야? 나만이 아니라 수천수만의 자례시 사람들에게도 무릎 꿇으라고 할게. 당신이 자례의 승격을 밀어주기만 한다면 당신이 싫어하는 사람은 누구든 아무리 중요한 위치에 있더라도 끌어내릴게. 감옥에도 보낼게……."

어둠발이 내릴 무렵 걸상에 서서 소리치던 시장이 피를 토했다. 시장의 목구멍에서 흘러나온 피비린내가 자례 구시가지를 가득 메웠다. 오랫동안 줄기차게 소리치면서 점점 쉬다가 결국 목에서 아무런 소리도 나지 않게 되었을 때 시장은 부축을 받으며 걸상에서 내려왔다. 그는 정말로 주잉 집 대문 앞에 무릎을 꿇더니 나지막한 소리로 말했다.

"주잉, 난 당신 남자잖아. 당신 남자가 당신에게 돌아왔다고."

"문 좀 열어봐. 문 좀 열고 봐봐. 문밖에 나 밍량 혼자만이 아니라 자례 구시가지 사람들도 전부 꿇어앉아 있어. 자례 주민도 많고."

그때, 문밖의 모든 노인과 아이, 남자, 여자가 전부 시장을 따라 주잉의 대문 앞에 꿇어앉았을 때, 안쪽의 주잉을 향해 목이 쉬어라 소리칠 때, "자례를 위해, 인민을 위해 문을 열고 시장님과 대화해주세요"라는 외침이 바람에 떨어지는 낙엽처럼 구시가지에 가득 쌓이고 주잉 집의 담장을 물밀듯 넘어 잠식해갈 때도 주잉의 대문은 열리지 않았다. 기묘한 움직임만 들릴 뿐이었다. 그 소리에 사람들은 문이 열리고 주잉이 문 앞에 나타날 줄 알았다. 하지만 결국 침묵으로 돌아갔다. 문을 향해 다가오던 발소리가 다시 안쪽으로 멀어졌다. 그렇게 두세 번 반복되자 사람들은 주잉이 두 쪽짜리 대문을 결코 열지 않을 것이라고 생각하게 되었다. 그녀가 시장과 인민들에게 맞서려 했다. 자례의 죄인이 될지언정 자례를 대도시로 만들지도, 쿵밍량을 대도시의 시장으로 만들지도 않겠다는 뜻이었다. 그때, 태양이 결국 짜증스럽게 서쪽으로 기울며 거리와 그곳에 꿇어앉은 수천수만 사람들의 머리에 던진 마지막 붉은빛이 반짝이는 검정으로 변하려 할 때, 사람들 속에서 강렬한 원망과 분노가 일기 시작했다. 낮은 웅성거림과 종이쪽지가 군중 속에서 시장의 손과 귀로 전해졌다. "문을 부수자, 여자를 끌어내자!" 하는 말들이 지하수처럼 인파 속에서 출렁거렸다. 꿇어앉은 사람들 가운데 조용히 일어나 문을 부술 방망이나 돌을 찾는 사람들도 생겼다. 그런데 그 순간, 열 살도 되지 않은 아이 하나가 무릎 꿇은 군중 속에 나타났다. 마른 몸에 네모난 얼굴, 상고머리를 손가락 마디만큼 기른 아이가 초콜릿나무와 올리브나무가 그려진 책가방을 메고 걸어왔다. 아이가 걸어갈 때마다 책가방에서 초콜릿과 올리브가 떨어졌다. 아이는 무슨 일인지 몰라 이쪽 저쪽을 두리번거리며 나아가다가 결국 시장 앞에 이르렀다. 처음에는 모르는 사람처럼 시장을 바라봤지만 이내 잘 아는 사람인 듯한 눈빛으로 쳐다봤다. 마침내 아이가 시장 앞으로 몇 걸음 다가가 아주 조용히 웅얼웅얼 물었다.

"우리 아빠예요?"

깜짝 놀라 아이를 보던 시장의 얼굴이 기쁨으로 칭백해졌다가 아이의 "아빠!" 하는 부름에 피처럼 새빨개졌다. 그는 아이에게 다가가 손을 잡고 아이를 품에 안았다. 이어서 목말을 태운 다음 최후의 석양 속에서 꽉 닫힌 철문으로 걸어갔다.

철문 앞에 서서 시장이 기쁨에 떨리는 목소리로 외쳤다.

"주잉, 아이와 함께 돌아왔어."

"아이가 이렇게 나를 닮았을 줄 몰랐어. 마른 몸에 네모난 얼굴, 말할 때 보조개가 생기더라."

그 외침이 끝나자마자 두 쪽짜리 대문이 덜컹 열렸다.

석양이 문 안쪽에서 바깥쪽으로 쏟아지면서 단정한 옷차림에 곱게 화장한 주잉의 등을 비췄다. 그녀는 아들을 어깨에 얹고 있는 쿵밍량 앞에 서서 길 양쪽으로 꿇어앉아 문을 열어달라고 애원하던 자례 사람들을 보았다. 두 손을 덜덜 떨면서 문틀을 잡고 있던 그녀는 아들이 구시가지의 다른 아이들처럼 책가방을 메고 아버지 쿵밍량의 목말을 탄 것을 보자 왈칵 눈물을 쏟아냈다. 그녀의 눈에서 흘러나온 눈물이 투두둑 대문 밑으로 떨어졌다.

문 앞에 꿇어앉아 있던 사람들이 전부 일어나 눈앞의 광경에 박수를 치며 "자례가 초대형 도시가 되겠구나! 자례가 초대형 도시가 되겠어!" 하고 소리쳤다.

그때, 아들이 아버지의 어깨에서 어머니의 품으로 손을 뻗을 때, 태양이 완전히 떨어지기도 전에 달이 떴다. 자례 전체, 세상 전체에 또다시 해와 달이 동시에 빛났다.

초대형 도시 3

1

그날 땅거미 진 뒤부터 날이 밝을 때까지 주잉은 외지에서 작업했던 모든 아가씨에게 전화를 걸어, 어떻게든 유혹했던 전문가와 교수가 다음 날 자례의 승격에 찬성표를 던지게 하라고 지시했다. 그 바람에 일반 전화기 두 대와 휴대전화 세 대가 망가지고 전화선 몇 개가 끊어졌다.

다음 날 오후 1시, 2차 투표 결과가 나왔다. 예전 쿵밍량과 주잉의 촌장 선거 때처럼 자례가 820표를 받아 베이징, 상하이와 같은 새로운 직할시가 되고, 자례만큼 유명한 남부의 연해 도시는 자례의 절반인 410표를 얻었다. 소식이 전해지자 온 도시가 펄펄 들끓기 시작했다. 대단한 영광이라며 시민들이 한껏 흥분해 쉬지 않고 떠들며 거리를 오갔다. 자례가 중국의 새로운 직할시에 선정된 것을 축하하는 행진 대열과 구호 소리가 크고 작은 거리를 메웠다. 학교는 휴교하고 공장은 가동을 멈추고 회사는 휴가에 들어갔다. 시내의 외국인까지 전부 거리로 나와 중국 국기를 흔들며 술을 마시고, 중국의 발전은 세계의 기적이며 자례는 중국의 기적 중에서도 기적이라고 평했다. 자례의 승격을 원치 않았거나 믿지 않았던 시민과 젊은이는 믿고 지지하던 절대다수의 침 세례를 받았다. 승격되면 안 되는 이유를 하나, 둘, 셋 하고 제시하며 논쟁이나 토론을 벌이던 사람은 논쟁 중에 상대에게 두들겨 맞았다. 그런 식으로 앞니가 부러지거나 팔이 골절되는 사건은 며칠 동안 신선하거나 대단한 일로 취급되지 않았다.

둥청구에서는 젊은 교사가 맞아 죽기도 했다.

도시 남쪽의 한 중년 학자는 "직할시가 돼봤자 우리 일반 백성들 사는 게 뭐 달라지나?"라고 빈정거렸다가 토론 중에 뒤통수를 맞아 영원히 입을 다물고 평생 의문을 풀 수 없게 되었다.

거리의 나무들, 플라타너스와 버드나무들이 초록이 돋아 파래지기 시작할 6월 초에 한여름처럼 무성하게 검푸르고 감파래졌다. 예년 같으면 회화나무는 4월에 일주일 동안 꽃을 피웠다가 시들었을 터였다. 하지만 이번 6월에는 회화나

무는 물론 느릅나무, 살구나무, 복숭아나무 모두 두 번째 꽃
을 피웠다. 도시의 대로와 골목들이 말 그대로 꽃물결을 이
뤘다. 더구나 이번 해의 하얀 회화나무꽃은 유난히 큰 데다
붉었고, 붉은 복숭아꽃의 꽃잎은 황금색을 띠었다. 큰 꽃송
이는 대접이나 바구니만큼 컸으며, 길거리든 교외 들판이든
한 달 내내 지지 않고 단단하게 피어 있었다. 느릅나무에는
가지가 휘어지고 끊어질 정도로 동전 혹은 금화 모양의 열매
가 층층이 길게 늘어지고 7월, 9월에나 익을 살구와 복숭아
는 5월 말부터 이미 시장에 나왔다. 모든 꽃이 예년보다 일찍
피었을 뿐만 아니라 꽃송이가 크고 오래갔다. 자례가 3분의
2에 달하는 찬성표로 곧 직할시가 된다는 소식을 듣자마자
과일이 계절에 상관없이 무르익고 커졌다. 사과나무는 꽃을
피울 시간이 없어 곧장 열매를 열었다. 거리에서 사과만 한
살구가 팔리기 시작한 지 며칠 지나지 않아 앵두, 망고, 배도
시장에 나왔다.

　포도알이 호두만 하고 용과(龍果)처럼 투명하게 빛났다.

　자례의 대로에는 매일 봄날의 상큼함과 여름, 가을의 과일
향이 흘러넘쳤다. 까치와 비둘기도 예년보다 훨씬 많았다.
그 많은 비둘기가 다 어디에서 왔는지 알 수 없을 정도였다.
전 세계 비둘기가 전부 몰려온 듯해, 가끔 비둘기 떼가 자례
상공으로 날아올라 하늘을 뒤덮으면 캄캄한 서늘함이 땅 위

에 한 층 깔리곤 했다.

전화를 건 뒤 혼곤한 잠에 빠졌던 주잉이 깨어나 경성의 투표 결과를 들었다. 그때 밍량은 이미 그녀를 떠나 시 정부로 돌아가고 없었다. 자례가 직할시가 되면서 훨씬 많아질 업무를 처리하고 영광을 누리기 위해서였다. 그녀가 일어났을 때 문 앞뒤에서, 대로와 골목에서 폭죽과 환호 소리가 들려왔다. 흥분이 지나간 뒤 한층 깊어진 고독감이 밀려왔다. 외로움에서 벗어나 축하 열기에 동참하기 위해 그녀는 일어나 세수를 했다. 그런 다음 집을 나서 거리마다 골목마다 가득한 인파 속을 무작정 걸었다. 어느 학교 앞을 지날 때 그녀는 교문 앞에서 연필과 공책을 팔던 노점상이 작은 국기와 선물용 꽃을 파는 것을 발견했다. 그것도 여름, 가을에나 나오는 장미꽃이었다. 물방울이 송골송골 맺힌 채 매대에 놓인 꽃과 국기는 한 학기 학비만큼이나 비쌌다. 몸을 돌려 학교 안 화단으로 갔더니 가지치기를 하지 않은 붓순나무가 건물 높이만큼 자랐고, 가지마다 가느다란 라일락이 만개해 강렬한 계화나무 꽃향기를 발산하고 있었다. 나무 밑을 지나가던 사람들이 꽃향기에 재채기를 했다. 마침내 그녀도 자례가 대도시가 되었다는 사실을 실감할 수 있었다. 그녀의 남자 밍량이 대사를 이룬 것이다. 그녀는 총총히 학교를 나와 걷는 둥 뛰는 둥 앞으로 나아갔다. 스스로도 어디를 그렇게 바쁘게 가는지 알 수 없었다. 그냥 그렇게 잰걸음으로 골목을 지나고 자례기념관을 지났다. 사거리에서 모퉁이를 돌다가 길을 잘못 들어 1급 문화재로 지정된 쿵씨네 고택을 보았을 때에야 그녀는 비로소 왜 그렇게 정신없이 걸었는지 깨달았다. 쿵씨 집안의 누군가와 이야기하고 싶었던 것이다.

고택 입구에 도착했을 때 태양은 이미 자례 동쪽 지구의 건물 꼭대기에 걸려 있었다. 비스듬히 쏟아지는 빛 속에서 나무와 사람, 건물 그림자가 실제보다 두 배 정도 길었다. 길 저쪽에서 개를 데리고 산책하는 노인이 걸어왔다. 주잉은 그가 예전에 아버지한테 침을 제일 많이 뱉었던 쿵얼거우라는 것을 알아보았다. 그렇게 늙었는 줄은 생각도 못 해서 조금 놀란 모습으로 그녀가 노인을 가로막고 물었다.

"나 모르겠어요?"

노인이 걸음을 늦추며 그녀를 보았다.

"나 주잉인데."

노인이 멈춰 서서 잠시 생각하다가 말없이 다른 골목으로 방향을 틀었다. 이름을 알 수 없는 누렁이만 그녀를 보고 왕왕 짖으며 열정과 호기심을 드러냈다. 주잉은 개와 노인이 멀어질 때까지 하릴없이 지켜보다가 몇 년 동안 들어가지 않았던 쿵씨 저택의 문을 벌컥 열어젖혔다. 그곳에는 넷째 밍후이가 마당의 햇살을 받으며 작은 탁자 위에 엎드려 있었다. 탁자에는 알코올램프가 있고 그 위에 작은 알루미늄 냄비, 또 그 위에 커다란 유리판, 유리판 위에 아직 완전히 열리지 않은 오래된 책력, 책 위에 또 다른 유리판이 층층이 놓여 있었다. 그렇게 해서 아래쪽 알코올램프가 만들어내는 뜨거운 증기가 위쪽의 강렬한 태양빛에 눌려 유리를 뚫고 나가지 못했다. 그런 열과 습기가 딱 붙어 있는 흐릿한 책력의 마지막 몇 장을 촉촉하게 만들어 열어줄 것이다. 밍후이는 램프의 불과 유리판 사이에 스미는 김에 모든 정신을 집중시키고 있었다. 그는 형수가 대문 여는 소리를 들었지만 고개를 들어 힐끗 보고는, 마치 문소리를 듣지 못하고 주잉도 보지 못한 것처럼 이제 곧 전부 열리려는 마지막 장으로 시선을 다시 고정했다. 주잉이 작은 탁자 앞에서 말했다.

"둘째 형이 성공했어요. 내가 자례의 직할시 승격을 도왔지요. 지금 온 도시에서 자례가 중국의 새로운 대도시로 승격한 것을 축하하고 있어요. 나가서 같이 보지 않을래요?"

주잉의 기쁜 목소리가 마치 폭죽 같았다. 밍후이가 다시 시선을 들었다.

"거리의 모든 나무가 온갖 꽃을 피웠어요. 안 나가봐요?"

밍후이가 다시 고개를 숙이고는 알코올램프의 단추를 돌려 불꽃의 크기를 조금 줄였다.

"며칠 안에 자례의 직할시 승격을 알리는 공문이 내려올 거래요. 쿵씨 집안 사람 모두 둘째 형을 축하해줘야 해요."

밍후이가 책력 위에서 유리판을 내리고 책장에 떨어진 유리 땀을 종이 냅킨으로 빨아들인 다음, 축축해진 종이를 천천히 떼어내기 시작했다. 그는 형수에게 "잠깐만요"라는 딱 한마디만 웅얼거렸다. 이후에는 더 이상 고개 들어 형수를 보지 않았다. 왼손으로 책력을 잡고 오른손 검지와 엄지로 그 장의 모서리를 잡아 검은 밤을 한 계절이나 1년으로 늘리려는 것처럼 천천히 젖히기 시작했다. 그러다 형수를 까맣게 잊어버렸다. 자기 앞에 누군가 서 있다는 사실을 잊고 말았다.

주잉은 밍후이 앞에 오래 서 있지 않았다. 그가 그렇게 필사적으로 책력에 매달리는 것을 보며 마지막으로 말하고 나왔다.

"도련님, 쿵씨 집안에서 도련님이 좋았던 건 바보 같아서였어요, 그거 알아요?"

쿵씨 집안의 고택을 나왔을 때, 그녀는 옛 거리가 죽은 물처럼 고요하다는 것을 발견했다. 반면 신시가지의 카이파구와 둥청구, 시청구는 유성 같은 폭죽이 하늘을 메우고 있었다. 그 떠들썩한 하늘과 빌딩을 보다가 주잉은 갑자기 무엇을 해야 할지 깨달았다. 경성으로 남자를 유혹하러 갔던 아가씨들 일부가 오늘 돌아올 참이었다. 따라서 당장 시 정부에서 남편 쿵밍량을 만나 함께 기차역으로 아가씨들을 마중 나가고 교외의 기술학교를 찾아가야 했다. 그녀는 다급하게 택시를 잡아 시내의, 이제 출입할 수 있게 된 시 정부 정원으로 향했다.

2

7월의 어느 날, 자례는 공식적으로 중국의 대형 도시, 직할시가 되었고 쿵밍량은 신임 시장에 임명되었다. 직할시에서는 자례의 승격과 변화를 축하하도록 시민은 물론 관할 현과 구의 모든 인민에게 일주일 휴가를 주었다. 그래서 며칠 동안 한순간도 끊이지 않고 도시에서 농촌, 고층 건물 벽돌부터 바러우의 풀까지 폭죽 소리로 들썩거렸다. 세상의 모든 나무와 담장에 직할시 승격을 축하하는 빨간 현수막과 표어가 걸리고, 모든 영화관과 극장에서 밤낮 할 것 없이 탕후루처럼 줄지어 영화와 연극을 상연했다. 거리 곳곳에서도 풍물놀이가 밤낮없이 벌어져 수천수만의 자례 사람이 잠을 잊고 배고픔도 잊은 채 축하에 동참했다. 직할시의 시장이 된 쿵밍량이 공문을 내려보내자 직할시의 거리와 초목, 과일나무가 전부 성스러운 빨강과 노랑으로 칠해지고 모든 나무와 식물이 진홍, 담홍, 자홍, 분홍 꽃을 피웠다. 밍량은 또 쪽

지에 서명해 흐릴 것이라고 예보된 날을 맑아지게 하고 7월
의 뇌우도 8월, 9월로 옮겼다. 신문사들은 호외와 특집호를
하루에 두 번, 한나절마다 발간해 수십 년 동안 자례가 어떻
게 발전하고 변했는지 집중 조명했다. 주간으로 바뀐 월간지
와 격월간지도 모두 인민을 이끌어 자례를 수백 명 인구의
작은 마을에서 2천만 인구의 도시로 발전시킨 쿵밍량 시장
의 사적과 전기를 게재했다. 텔레비전 역시 전 채널에서 밤
낮없이 시장과 부시장의 연설을 내보내고, 전국 각지에서 보
내온 축하 편지와 100여 개국에서 날아든 축전 및 특사를 통
해 전해진 각종 기념품을 선보였다. 축하 분위기가 최고조에
달했을 때, 거리 화장실과 쓰레기통에서 꽃이 만개하고 거리
가 노래하고 춤추는 사람들로 북적거릴 때, 며칠 동안 보이
지 않던 밍야오가 밤낮 꺼지지 않는 집집의 텔레비전 스크린
에 등장했다. 장교복을 입고 땀을 뻴뻴 흘리며 감정을 억누
른 듯한 검누른 낯빛으로 마이크 앞에 서서 한 달 전에 혼자
배를 몰아 바다에 나갔었노라고 자례 사람들에게 말했다. 서
해를 지나 태평양으로 나아가고 여러 섬을 거쳐 대서양에 갔
다면서 대만과 일본, 한국, 북한, 인도, 베트남, 필리핀, 캄보
디아를 지났다고 했다. 그렇게 해서 미국 서해안에 상륙해
뉴욕과 워싱턴, 샌프란시스코, 솔트레이크시티를 거친 뒤 이
어 마이애미에서 영국 런던의 동쪽 항구로 들어가 며칠을 영

국에 머문 뒤 유럽의 크고 작은 나라를 둘러봤다고 했다. 오바마 미국 대통령과 캐머룬 영국 총리, 메르켈 독일 총리, 올랑드 프랑스 대통령 등 유럽과 아메리카 대륙 서른일곱 국가의 원수를 만나 왜 대만이 독립하려 하는지, 일본이 왜 그렇게 기고만장한지, 베트남과 필리핀 같은 작은 인접국들이 왜 우리 머리에 오줌을 싸대는지, 그 이유는 바로 미국과 유럽이 우리에게 불손하고 우리에게 편견을 가지고 있기 때문이라고 설파했노라고 말했다. 미국놈들이 그들을 지원하고 부추기기 때문이며 유럽이 암암리에 응원하고 성원하기 때문이라고 했다. 밍야오는 텔레비전에서 단정하고 엄숙한 자세로 원고도 없이 술술 말을 이어갔다. 몇 분 만에 그의 얼굴에서 감정을 억누르던 검누름이 사라지고 격동과 격분, 격정이 그 자리를 대신했다. 그는 그렇게 격정을 불사르며 원고 없이 술술, 단숨에 두 시간 20분의 연설을 끝낸 뒤 마지막에 조금 잠긴 목소리로 호소했다.

"이제 미국과 유럽의 오만방자함을 고쳐놓아야 할 때입니다. 새로운 직할시 인민 여러분, 여러분의 사흘만 제게 빌려주십시오. 딱 사흘만 제 지시를 따라 저와 함께한다면 중국은 더 이상 이 모양 이 꼴은 아닐 겁니다. 세계가 더 이상 이렇지 않을 것입니다. 우리 자례의 모든 사람이 오늘과 같지 않을 것입니다!"

밍야오가 마이크 앞에서 잠시 말을 멈추고 군복의 목단추를 풀자 장년의 얼굴에서 청년의 빛이 반짝였다. 이어서 거의 피를 토하는 목소리로 그가 소리쳤다.

"동포 여러분, 형제자매 여러분, 친애하는 인민 여러분, 세상은 우리에게 시간과 기회를 그리 많이 주지 않습니다. 지금 미국이 또다시 돌이킬 수 없는 경제 위기에 빠졌을 때, 통일된 유럽이 다시 해체와 분열의 조짐을 보일 때 저와 함께 갑시다. 여러분이 사흘만 힘을 보태준다면 저들은 더 이상 세상에서 오만하지 않을 것이며 편견을 가지지도, 무지막지하지도 않을 것입니다!"

"사흘이면 미국을 끝장내고 유럽을 끝장낼 수 있습니다. 구미(歐美)를 끝장내면 세상의 모든 문제가 해결됩니다. 이것은 하늘이 우리에게 준 기회이며 세계 역사가 우리에게 맡긴 책임입니다. 저를 비롯해 우리 자례 사람들은 이 세상을 책임져야 합니다. 직할시가 된 새로운 자례에서 가슴을 펴고 당당하게 나아갑시다!"

그다음 텔레비전 화면에 밍야오와 그의 군대가 훈련하고 승리하는 장면이 나왔다. 모든 자례시가 그 순간 조용해졌다. 그날 황혼이 내릴 때까지 공항과 기차역, 교외로 집합하러 달려가는 발소리가 온 도시를 메웠다. 도시 전체가 그 순간 이 도시에 무슨 일이 벌어졌는지 알지 못했다. 그때 쿵밍량 시장이 자신의 시 정부 정원 집무실에서 어떻게 죽었는지도 알지 못했다. 시장의 아내 주잉이 시 정부 정원의 대문 앞에 택시를 세웠을 때, 석양이 개선문을 모방해 신축한 문루 위로 쏟아지며 피처럼 새빨간 정적을 드리웠다. 그때 1개 혹은 2개 대대가 뜸직뜸직 지면을 때리는 발소리를 내며 시 정부 정원에서 뛰어나왔다. 그 순간 주잉은 무슨 일이 벌어졌음을 예감했다. 매일 남편이 지나갔을 포도나무 시렁 아래의 회랑과 통로를 따라 쿵밍량의 집무실에 들어갔을 때 남편은 이미 커다란 마호가니 책상에 죽어 있었다. 죽기 전 강제로 사인한 '쿵밍야오 장군에게 인민을 사흘간 빌려준다'라는 공문은 쿵밍야오의 군대가 가져갔다. 그들은 쿵밍량이 공문을 내린 뒤 중간에 되돌아오라는 공문을 또 내릴까 봐, 세상의 정세를 수습한 뒤 자례시를 새롭게 정리하기 위해, 그다지 특별하지 않은 비수를 그의 등에서 앞가슴으로, 칼끝이 손톱만큼 나오게 찔렀다. 비수 끝에는 핏방울이 맺혀 있었다. 그렇게 조는 것처럼 책상 가장자리에 엎드린 그의 가슴에서 흘러내리는 피는 시커먼 먹빛이었다. 피는 한 방울도 책상에 떨어지지 않고 전부 바짓가랑이를 타고 신발 속으로 떨어진 뒤 책상 밑과 바닥으로 흘러넘쳤다.

죽기 직전 시장은 오른손 검지로 자신의 피를 묻혀 책상에 비뚤비뚤 한마디를 남겼다.

"나의 인민들 죄송합니다!"

시장의 집무실에 들어간 주잉은 남편 옆에서 잠시 멍하니 서 있다가 이마에서 식은땀을 비 오듯 흘렸다. 책상 위의 글귀를 보고 남편의 고통으로 일그러진 얼굴을 본 뒤 그녀는 죽음의 정적 속에 잠시 서 있다가 집무실을 나왔다. 풀밭과 숲에서 달려온 수천수만 마리의 다람쥐와 새들이 시 정부 정원의 잔디와 과일나무, 꽃나무 가지에 서서 비명과 숨소리조차 내지 않는 주잉을 지켜보고 있었다. 무슨 재난이 일어날지 아는 것처럼 불안과 공포로 가득한 눈빛이었다.

주잉은 다람쥐와 새들의 시선 속에서 적막을 걸어 밖으로 나갔다.

그녀는 자기 집으로 가는 대신 다시 쿵씨네 고택으로 달려갔다. 그때 밍후이는 집을 나와 옛 거리에 서 있었다. 마침내 흐릿함에서 분명함으로 완전히 펼쳐진 책력을 들고 대문 앞에서 자례 시가지를, 무슨 일이 일어났는지 다 아는 것처럼 어쩔 줄 모르는 황망함과 혼란의 얼굴로 바라보고 있었다. 그는 둘째 형수가 골목 저쪽에서 허둥지둥 잰걸음으로 걸어오는 것을 보았다. 형수가 그의 앞으로 다가와 말을 쏟아내기 시작했다.

"둘째 형이 죽었어요. 셋째 형이 보낸 사람들 손에요."

"셋째 형은 지금 자기 군대와 시민들을 전부 공항, 역, 항

641

구로 집결시키고 있어요. 나는 아가씨 천여 명을 데리고 함께 갈 거예요."

"그의 군대는 이 아가씨들이 필요할 테니까. 둘째 형을 위해, 나는 셋째 형을 내 손이 아니라 그 아가씨들 손에 죽게 만들 거예요."

"조카 성리를 부탁해요. 나랑 둘째 형의 유일한 핏줄이고 쿵씨 집안의 핏줄이니까."

그런 다음 주잉은 다급하게 돌아섰다. 하지만 몇 걸음 안 가 돌아와서는 멍하니 서 있는 넷째 쿵밍후이를 안고 차가운 입술로 그의 얼굴에 입을 맞추며 말했다.

"이 형수가 평생 수많은 남자를 거쳤지만 먼저 입맞춤한 적은 한 번도 없어요. 둘째 형을 포함해서요."

"도련님이 평생 처음으로 내가 입맞춤한 사람이에요. 부탁이니 조카를 잘 키워주세요. 그리고 아빠엄마가 살면서 무슨 일을 했는지 알려주지 말고, 그냥 갑작스러운 교통사고로 죽었다고, 시체조차 제대로 남지 않았다고 말해줘요."

둘째 형수가 떠났다.

그날 밤, 그녀는 정확히 아가씨 천 명을 모아 여군의 명목으로 밍야오의 군대에 들어갔다. 그날 밤, 밍야오가 자신의 요원들과 자례의 동원 가능한 모든 인민을 데리고 떠나느라 발소리와 자동차 소리가 어지럽게 울릴 때, 사방에서 밍후이의 쉬어버린 외침과 애원이 흐릿하게 메아리쳤다.

"셋째 형, 어디 있어요? 노인과 아이들은 두고 가요!"

"셋째 형, 어디 있어요? 노인과 아이, 여자는 남겨두세요!"

"셋째 형, 어디 있어요? 동생이 부탁하니 노인과 아이, 여자와 장애인은 두고 가요!"

그 외침으로 기차역과 공항, 도로를 향하던 대열과 시민들이 걸음을 멈추지는 않았지만, 노인과 아이, 여자가 인파에서 밀려 나왔다. 그리고 모든 대열이 시 정부 정원 앞 도로를 지날 때 밍야오의 명령에 따라 시 정부 정원에서 죽은 '도시의 아버지' 둘째 형을 위해 엄숙하게 3분 동안 묵념을 올렸다.

그날 밤 주잉은 데려갈 수 있는 아가씨를 전부 데리고 대열을 따라갔다. 그리고 수백 명의 아가씨가 경성에서 돌아오자마자 역을 나오지도 않고 바로 이 기차에서 저 기차로 옮겨 탔다. 그 이후 자례의 모든 거리, 골목에서는 문을 연 상점도 회사도 찾아볼 수 없었다. 도시가 통째로 죽어버린 듯했다. 어쩌다 길가는 사람이 있어도 노인이나 아이, 병자, 장애인이었고, 하나같이 두려움과 당혹감, 의아함이 눈빛에 가득했다.

한 도시의 번영이 그렇게 끝이 났다.

휘황찬란한 역사가 일단락을 고했다.

한 달 뒤 새벽, 시 중앙광장과 거리에 처음 나타난 것은 자례 사람이 아니라 어느 집에서인가 내던진 죽은 시계였다.

이어서 거리의 쓰레기통과 길게 자란 화단 옆, 아무 땅바닥이나 계단 곳곳에 갑자기 망가지고 부서진 온갖 벽시계와 싸구려 손목시계가 굴러다니기 시작했다. 자례시 전체의 모든 벽시계와 손목시계의 시침과 초침이 하룻밤 사이 죽어버렸다. 시침과 분침, 초침이 대부분 시계에서, 추에서 떨어졌다. 도시가 고장 난 시계의 쓰레기장처럼 되었다. 노인과 아이들은 대로에 쌓인 망가진 시계들 때문에 걸어다닐 수가 없었다. 도시가 그렇게 망가진 시계에 함몰되었다.

자례에 남은 사람들이 모두 모여 거리 곳곳에 널린 망가진 시계를 몇 날 며칠에 걸쳐 치웠다. 그런 다음 밍후이는 열 번째 생일을 지낸 조카 성리를 데리고 신시가지의 큰형 집으로 갔다. 맏형 쿵밍광은 아내의 두 번째 출산을 돕고 있었다. 처음에는 아들을 얻었고 이번에는 남녀 쌍둥이였다. 마침 형수가 쌍둥이를 순산해 큰형이 탯줄과 양수를 땅에 묻으려고 대야에 담아 밖으로 나오고 있었다. 두 형제는 적막한 아래층에서 서로를 바라보며 이야기했다. 밍광이 큰 소리로 말했다.

"이제 아들딸이 다 생겼어. 우리 쿵씨 집안 자손이지."

밍후이가 말했다.

"둘째 형이랑 형수, 셋째 형이 같이 차를 타고 나갔다가 교통사고로 목숨을 잃었어요. 이제 쿵씨 집안에는 우리밖에 없어요."

밍광이 물었다.

"오늘이 며칠이지? 아이 생일은 기억해둬야 하니까."

"무덤에 울러 가야겠어요. 자례촌이 진이 되고 현, 시가 되고 또 직할시가 되면서 자례 사람들은 무덤에서 우는 풍습을 잊어버렸어요."

그날 해 질 무렵, 자례에 남은 노인들은 지난 수십 년 동안 무덤에서 기쁨과 슬픔을 털어놓지 않았다는 것을 기억해냈다. 해가 지고 달이 뜨자 누군가 울면서 집안 묘지로 걸어갔다. 달이 완전히 솟았을 때는 어느 무덤에서인가 끊어질 듯 이어질 듯 시작된 곡소리가 더 이상 끊김없이 멀리로 퍼져 나갔다. 죽은 듯 고요했던 자례의 구시가지와 신시가지, 동구와 서구에서 흐느낌이 하늘과 땅을 덮을 정도로 요동치고 세상이 고통의 눈물로 가득 찼다. 남은 자례 사람들도 집을 나와 무릎을 꿇은 채 조상의 무덤으로 향했다. 꿇어앉아 울면서 슬픔과 운명을 호소하고 죽은 가족의 이름과 애칭을 불렀다. 끊임없이 이어지는 오열의 인파 속에서 누군가 달빛 덕분에 구시가지 거리의 고택에서 울며 나오는 쿵씨 집안 사람들을 볼 수 있었다. 맏형 쿵밍광과 막내 쿵밍후이, 방금 아이를 낳은 맏며느리, 제법 자란 주잉의 아들 쿵성리가 서로를 의지하며 무릎 꿇고 울면서 자례 옛 거리의 박물관 쪽에서 교외 무덤으로 나아가고 있었다. 그들이 지나간 거리와 흙길에는 무릎이 깨져 흘러나온 피가 남았다.

　다음 날, 동쪽에서 태양이 떠올라야 할 시간인데도 해가 나오지 않고 그동안 자례에서 한 번도 보지 못했던 검은 연무가 하늘을 뒤덮었다. 대낮인데도 스모그로 삼사 미터 앞이 보이지 않았다. 그 독기에 봉황, 공작, 비둘기, 꾀꼬리 같은 새들이 죽었고 사람들은 전부 폐병이나 천식에 걸렸다. 30년 뒤 겨우 스모그가 걷혔을 때, 자례에서는 더 이상 새나 곤충을 찾아볼 수 없었다. 하지만 살아남은 사람들은 30년 전 그들이 무릎 꿇고 지나갔던 길에서, 그때 흘렸던 무릎의 피와 눈물이 촉촉한 진흙이 되고 햇빛이 그 핏자국과 진흙을 비추자 아름다운 모란과 작약, 장미가 피어나는 것을 보았다. 쿵씨 집안 사람들이 피 흘렸던 길에서는 온갖 꽃과 나무가 솟아났다.

19장

편집장 후기
(에필로그)

친애하는 독자 여러분, 『작렬지』를 마침내 완성했을 때 저는 기어이 기차를 산꼭대기까지 끌고 간 늙은 황소 같은 기분이 들었습니다.

다음 날, 원고를 인쇄해 책처럼 제본한 뒤 몇 권을 챙겨 잔뜩 흥분한 상태로 일등석(자례시 정부에서 마련해줬습니다)을 타고 자례공항까지 날아갔습니다. 비행기 문을 나서자 자례시 정부 사람들이 기다리고 있더군요. 모두 제게 악수를 청하면서 인사하고 꽃까지 안겨줬습니다. 그러고는 전용차에 태워 경찰차 세 대의 호위 속에 자례시 정부 맞은편에 위치한 자례 영빈관으로 데려갔습니다. 주요 인사와 유명인, 거상들이 묵었던 프레지던트호텔 스위트룸을 내줬고요. 저녁에는 자례시의 쿵 시장이 직접 연회를 열어 초대해줬습니다. 당연하게도 그는 제가 『작렬지』에서 묘사한 것과 똑같이 오십대에 보통 몸매, 네모난 얼굴을 하고 있었습니다. 말을 많이 하지는 않았지만 한 마디 한 마디가 쩌렁쩌렁 울리더군요. 저녁 만찬은 한마디로 희귀했습니다. 좀 더 보탠다면 제 평생 처음이었고 앞으로도 절대 맛볼 수 없는 음식이었습니다. 식사 중간에 인쇄해 온 『작렬지』를 상석에 앉은 쿵 시장에게 건네자 그가 환한 얼굴로 몇 장을 휙휙 넘겨보며 비서에게 말했습니다.

"옌 작가님께 무슨 문제가 있으면 다 해결해드리게. 비용이 필요하다면 얼마든 드리고."

그런 다음 제게 술잔을 들어 건배하고는 저보다 하루 일찍 도착한 다른 중요한 손님을 응대하러 떠났습니다.

식사 뒤에는 아무 일도 없었습니다.

밤새 아무 말도 없었습니다.

다음 날 오전 11시, 쿵 시장의 비서가 호텔로 찾아와 시장 집무실로 데려갔습니다. 시장 집무실도 제가 쓴 것과 마찬가지로 시 정부 청사 뒤쪽의 '시 정부 정원'에 있었습니다. 시 정부 정원은 포도나무 회랑을 연결해 최근 신축한 사합원이었지요. 사합원은 큰 것, 작은 것, 2중, 5중으로 다양한 형태였지만 어느 곳이든 처마 밑에 검정, 빨강, 노랑, 초록 색색으로 옛 그림이나 중국 불교 속 전설과 고사가 그려져 있었습니다. 저는 비서를 따라 회랑과 불교 고사 속을 몇 번이나 돌고 꺾어 5중 사합원에 도착했습니다. 시장 집무실은 세 번째 마당에 있었습니다. 사합원의 건물과 마당이 용도가 각기 달라서 외관과 인테리어도 전부 달랐습니다. 세 번째 마당의 본채는 시장 집무실이 있어서인지 밖에서 볼 때는 창문이 별로 크지 않았는데 막상 안에 들어가자 빛이 넘쳐날 정도로 환했습니다. 비서는 저를 시장 집무실로 데려간 뒤 기이할 정도로 큰 책상 옆에서 금세 사라지더군요. 저는 6제곱미터쯤 되는 빨간 책상 옆에서 집무실의 책장과 소파, 분재를 훑어보며 쿵 시장에게 집무실이 크고 멋지다고 아부할 생각이었습니다. 그러나 제가 문으로 들어와 앞에 설 때까지 시장이 시종일관 차갑게 쳐다보며 한마디도 하지 않았다는 것을 깨달았습니다. 낯빛이 검푸르고 검자줏빛이 돌 만큼 입술을 꽉 다물고 있었습니다. 한 치 두께의 『작렬지』가 반듯하게 책상에 놓여 있었고요. 제가 우물우물 말했습니다.

"다 읽으셨습니까? 초고니까 고칠 수 있습니다."

"고칠 필요 없소."

그렇게 한마디 한 뒤 쿵 시장은 몸을 움직여 책상 가장자리에서 라이터를 가져와 켰습니다. 그러고는 『작렬지』의 한끝을 들고 흔들면서 아래쪽부터 불을 붙였습니다. 불꽃이 점점 커져 그의 손까지 닿으려 할 때, 그는 불붙은 원고를 발밑에 내던지고 종이가 완전히 타 책등과 재만 남을 때까지 발로 굴린 뒤에야 고개를 들어 말했습니다.

"나와 자례가 있는 한 이 책을 출판할 생각은 하지도 마시오."

"중국 이외의 다른 곳에서 이 책을 출판한다면 당신은 평생 고향인 바러우산맥으로 돌아올 생각을 버려야 할 거요."

"오늘 당장 자례시를 떠나시오. 떠나지 않으면 나도 내가 당신에게 무슨 짓을 할지 모르겠소!"

그때가 오후 12시였습니다. 햇살이 붉은 격자창 유리로 들어왔습니다. 그 밝은 햇살 속에서 시장의 푸르죽죽한 얼굴을 보며 제가 웃으며 대꾸했습니다.

"감사합니다, 쿵 시장님. 시장님이 첫 번째 독자이신데 시장님 말씀으로 제 책이 괜찮은 책이라는 것을 알게 되었습니다."

그런 다음 시장의 집무실에서 나왔습니다. 시 정부 정원에서 나왔습니다.

그날 오후 자례공항에서 베이징으로 돌아와 비행기에서 막 내렸을 때 황혼의 폭우가 억수같이 쏟아졌습니다. 네 시간 동안 한시도 쉬지 않고 쏟아져 도시가 물바다로 변하고 교통이 마비되는 바람에 저와 수많은 여행객이 공항에 열 시간 넘게 발이 묶였습니다. 나중에 집으로 돌아와 텔레비전을

켠 뒤에야 그 비가 600년 베이징 역사상 최대 폭우라는 것을
알았습니다. 서른일곱 명이 익사하고 침수된 가옥과 이재민
이 부지기수라고 하더군요. 한 도성의 날카로운 번영도 그렇
게 무뎌지고 시들었습니다.

2012년 3월 15일부터 5월 28일까지 홍콩에서

2012년 6월부터 8월까지 북경에서 초고

2013년 1월부터 6월까지 수정

신실주의의 중국과 문학

1

독자에게는 문학이 늘 삶을 인도하지만 작가에게는 삶이
항상 문학을 강요한다.

오늘날 중국은 달리는 말에 채찍을 가하는 방식으로, 가장
짧은 시간 내에 유럽과 미국의 역사 단계를 추월하려 하고
있다. 그러다 보니 규칙과 과정이 목적으로 대체되곤 한다.
어떤 수단이든 빨리만 갈 수 있다면 그 길은 발전과 부귀, 영
웅과 승리자로 나아가는 지혜나 계단으로 받아들여지고, 권
력과 재력은 암암리에 영혼을 탈바꿈시키려 한다. 이로 인해
14억 인구의 오래된 땅에서 매일 매 순간 발생하는 일들은
놀랍고도 의미심장하다. 그것은 황당하고 복잡하며 무질서

하고, 그 모든 미추와 선악, 시비, 실재와 허무, 가치와 무의미가 어떻게 연계되어 발생하고 존재하는지 판단할 수도 분석할 수도 없다. 사물에 대한 인류의 모든 해석이 그곳에서는 황토 고원의 침묵 앞에 선 자석처럼, 강력한 자성과 자장을 가졌음에도 운석이 바다에 가라앉듯 사라진다.

구치소 세면대에서 멀쩡한 목숨이 익사했다.

춘절 때 상하이 황푸(黃浦)강에서는 죽은 돼지 만여 마리가 끝없이 떠밀려왔다.

중국의 어느 지역에서는 토장을 금지하고 화장을 의무화할 때, 화장터가 가동되기 바로 전날 토장되고자 하는 노인들이 잇달아 자살을 선택했다.

모두 진실 같지 않고 인류의 상식적 논리에 부합하지도 않는다. 하지만 그것은 또 일상적이며 매일 매 순간, 알지 못하는 사이에 변해버린 물과 공기처럼 보편적이고 자욱하게 발생한다. 이곳은 새로운 나라면서 오래된 나라다. 극도로 봉건적이고 전제적이지만 무척 현대적이고 풍족하다. 지극히 서구적이면서도 본질은 동양적이다. 세계가 그를 변화시키고 그 역시 세계를 변화시킨다. 이런 과정 속에서 그의 모든 새로움은 설명할 수 없는 진실을 통해 인류 생성과 상상의 하한선을 뛰어넘거나 거기에 도전한다. 따라서 그는 진실하지 않은 진실과 존재하지 않는 존재, 가능하지 않은 가능을 내포한다. 눈으로 볼 수 없고 만질 수 없고 심지어 느낄 수 없는 생성 규칙과 법칙을 가진다.

그는 새로운 논리와 새로운 의식을 지닌다.

이른바 '신실(神實)'이라는 보편의 존재를 가진다.

이러한 신실의 현실과 역사, 진실과 생성에 대해 중국인도 처음에는 경악하고 의심했지만 점점 일상처럼 받아들여 익숙해지다가, 결국에는 무감각해지고 세계 어디에서도 찾아보기 어려운 역사를 인정하게 되었다. 전 세계가 오늘날 중국에서 날마다 발생하는 기이한 일들에 아연실색할 때, 모든 중국 작가는 그러한 인류 역사와 경험을 초월하는 실재 앞에서 현실에 대한 글쓰기가 얼마나 무능하고 무기력한지를 느꼈다. 세계문학의 모든 유파와 주의, 기교가 중국의 기이한 이야기 앞에서는 거센 탄식을 내뱉을 것이다.

중국의 현실은 새로운 글쓰기를 강요하고 있다.

정말 이해하기 힘든 역사와 실재가 이른바 신실주의라는 문학의 탄생을 촉발하고 있다. 신실주의는 독특한 문학 기법을 통해 보이지 않는 진실을 드러내고 가려진 진실을 들추며 '존재하지 않는' 진실을 그려낸다. 또한 문학이 영혼과 정신(생활이 아니라)의 길을 걷도록 함으로써 깊은 곳에서 현실과 삶을 폭발시키는 핵에너지를 찾도록 한다.

2

   고유의 소설에서는 스토리와 플롯, 사건, 더 나아가 인간의 심리와 언행에 인과관계가 없는 것을 이해하지 못한다. 그런 것은 존재할 수도 없다. 이러한 인과관계는 과학과 논리의 명의로 인류와 우주의 모든 것을 점령한다. 그 합리적 연결이란, 오늘의 도래는 어제의 소멸 때문이라는 식으로 밀접하게 결부되고 원인과 결과로 설명된다. 햇빛이 있어서 만물이 생기고, 교배가 있어서 출산이 있으며, 엔진이 발명된 뒤에야 새로운 운동이 펼쳐진다는 식이다. 여기에서는 인과의 논리가 귀족의 모자처럼 선명하게 드러난다.

   전형적인 리얼리즘 작가는 모든 인물과 사건의 전개 및 진행을 원인에 근거해 전면적으로 완성하기 때문에 필연적으로 원인과 결과를 동등하게 취급한다. 원인의 무게가 100근이면 결과의 무게도 100근이고, 100미터 높이의 '그래서'가 나오려면 100미터 높이의 '왜냐하면'이 전제돼야 한다. '왜냐하면'과 '그래서'는 숨겨지거나 함축되거나 혹은 쓰이지 않을 수는 있지만 절대 없을 수는 없다. 이러한 원인과 결과의 양적 완전성과 일치성이 이른바 말하는 리얼리즘의 '전인과(全因果)'이다. 전인과에서는 원인과 결과의 대등성으로 스토리가 최상의 논리를 가진다. 리얼리즘은 이렇게 대등한 논리 관계에 준거해 서술 및 전개되므로, 이를 넘어서거나 벗어날 경우 더 이상 리얼리즘 혹은 순수한 리얼리즘이라 할 수 없다.

어느 날 아침 불안한 기분으로 잠에서 깨어난 그레고르 잠자는 자신이 흉측스러운 벌레로 변한 것을 발견했다.*

소설이 끝날 때까지 카프카는 잠자가 '왜' '어떻게' 현실적인 사물과 인간의 생리에서 벌레로 변하게 되었는지 언급하지 않는다.

결과는 있지만 원인이 사라진 것이다.

이것은 리얼리즘에 대한 카프카의 강력한 배반이다. 그는 문학 속에서 리얼리즘 이외의 '영인과(零因果)', 즉 원인이 없는 결과, 조건이 없는 결과 혹은 결과가 없는 원인(『심판』, 『성』)을 발견(창조)했다. 그렇게 해서 황당함이 탄생했다. 새로운 글쓰기가 문학에 위대하고 현대적인 씨앗을 뿌렸다.

그(멜키아데스)는 금속봉 두 개를 끌면서 이 집 저 집으로 돌아다녔는데, 냄비와 프라이팬과 부젓가락과 스토브들이 놓

---

* 카프카의 『변신』(문예출판사) 첫 문장.

여 있던 자리에서 굴러 떨어지고, 못과 나사들이 빠져나오려고 몸부림을 하는 바람에 나무들이 삐걱거리고, 심지어 오래전에 잃어버렸던 물건들까지도 예전에 제일 많이 찾아보았던 바로 그 장소로부터 나타났다.*

자석이 다가와 소환했기 때문에 못과 나사가 빠져나오려고 몸부림치고 나무들이 삐걱거렸다는 데에서, 카프카가 버린 원인이 장난과 웃음으로 되돌아왔다고 할 수 있다. 그렇지만 되돌아온 이 원인 또한 결과에 있어 리얼리즘과 같은 대등성을 갖지는 않는다. 7대 3 혹은 4대 6 정도의 '반인과(半因果)'라고 할 수 있다. 그래서 반인과가 『백년의 고독』을 지배하고, 많게 혹은 적게 각종 플롯의 관계와 전환을 삶의 상식적 실제 논리에 연결시켰을 때 세상은 이러한 반인과적 이야기에 환호하며 비명을 지르는 동시에, 또한 굶주림 속에서 찐빵을 얻은 것처럼 라틴아메리카와 그곳의 작가들에게 영예를 선사했다.

* 마르케스의 『백년의 고독』(민음사) 시작 부분.

3

중국의 현실에 밀려 탄생한 신실주의는 이후 어떤 인과관계를 가지게 되었을까?

오늘날에 와서야 중국인은 1960년대 발생했던 중국의 '대약진운동'에 대해 알게 되었다. 장작과 모래가 어떻게 강철이 될 수 있었는지, 1무(畝)의 땅 혹은 2편(分)의 땅에서 어떻게 1만, 2만 근의 밀이 생산되었는지 이해하게 되었다. 그 황당무계한 중국의 현실과 역사에는 언제나 보이지 않는 '내적 진실'이 있었다.

내적 진실에는 늘 하나 혹은 여러 개의 '내적 인과'가 있다.

내적 인과는 황당한 현실과 역사, 인간을 결정짓는다. 마치 『성경』에서 신이 빛이 있으라 하니 빛이 생기고, 물이 있으라 하니 물이 생기며, 빛과 어둠을 나누니 낮과 밤이 생긴 것과 같다. 중국의 현실과 역사, 현실 속의 모든 황당함과 무질서, 혼란, 몰이해, 마음과 영혼의 고통, 갈등은 모두 내적 진실 속 인과에 숨겨져 있다. 글쓰기가 이러한 내적 인과—현실과 삶을 폭발시키는 핵—를 포착할 때 신실주의의 '신'은 현실에서는 보이지 않아도 문학에서는 보이고 존재하는 진실이 된다. 신실주의의 진실이란 생활 속 1+1은 확실히 2라는 것을 증명하기 위한 것이 아니라 1+1이 왜 2와 같지 않은지, B의 발생이 왜 A와 무관한지를 느끼고 인식하도록 만들기 위한 것이다. 사람들이 어떻게 1무의 땅에서 밀이나 쌀을 1만에서 2만 근씩 생산할 수 있다고 믿었는지를 설명하는 동시에 무당 생산량이 1만, 2만 근이 된 이유와 과정 그리고 '진실'을 드러내려 한다.

『사서』에서 노동 교화를 받는 작가라는 인물은 무당 1만 근의 밀을 생산하기 위해 특별한 땅을 선택한다. 절대적 최고 권력자였던 봉건 황제가 묻힌 그 땅은 다름 아닌 황제의 능이다. 작가는 위세 높던 황제의 무덤에 밀을 파종하고 싹이 올라와 물을 주어야 할 때, 자기 검지를 베어 신선한 피를 물에 섞어 뿌린다. 밀에 물알이 들 때는 아예 동맥을 잘라 허공에서 비처럼 피를 뿌린다. 그렇게 해서 수확한 밀 이삭은 옥수수 이삭만큼 크고 무당 생산량도 과연 1만 근이 된다. 사람의 깊숙한 곳에서 드러나지 않는 고통과 재난이 인류의 일체와 가능성을 창조한다는 것, 이것이 바로 무당 1만 근의 내적 인과다.

리얼리즘은 논리 관계에서 인과의 대등성을 엄격히 준수한다.

황당함은 종종 이러한 인과관계를 버린다.

환상은 또 현실의 인과관계를 되살리지만 그렇다고 현실 생활 속의 대등한 인과는 아니다.

모든 소설이 대체적으로 이러한 인과관계 속에서 사람과 사건을 그려낼 때, 신실주의는 중국의 현실 속에서 숨어 있는 내적 인과를 찾고 핵분열 속에서 보이지 않는 핵을 포착하여 분열 과정 중의 황당함과 혼란, 무질서, 거짓, 비논리를 설명한다. 『작렬지』에서 드러내려 했던 것이 바로 이러한 혼란과 분열을 촉발하는 핵이었다. 혼란스러운 오늘날의 중국에서 소설이 삶에서도 보이지 않고 대지에서도 존재하지 않을 것 같은 거친 뿌리를 포착했다면, 토지와 삶의 표면적 진실이 어떤가가 과연 그렇게 중요할까? 『작렬지』는 어둠 속에서 '가장 중국적' 원인을 찾으려 했다. 화가가 강물 깊은 곳 보이지 않는 강바닥의 형태와 굴곡을 그리려고 하는 것처럼. 이런 상황에서 강의 수면이 잠잠하다거나 물살이 세다거나 하는 합리성을 따지는 게 무슨 의미가 있을까?

신실주의는 깊은 강물 속 고요한 물줄기로 가려진 강바닥과 제방을 직시하며, 해수면 아래 3분의 2 지점에 놓인 보이지 않는 빙산의 내적 진실을 드러내려 한다. 그렇게 해서 해수면 위로 보이는 빙산의 3분의 1이 왜 다른 모습이 아닌 그모습인지를 증명하려 한다.

신실주의는 주의를 위해 만들어진 게 아니며 필자의 머리와 펜 끝에서 만들어진 것도 아니다. 그것은 완전히 오늘날의 중국, 세상 사람들은 이해할 수 없는 보편적 황당함 속의 인물과 사건에서 비롯된다. 신실주의는 '소설을 발견'*하려는 일종의 세계관과 방법론일 뿐만 아니라 더 나아가 오늘날 '중국 역사'와 '중국 이야기' 자체의 가장 근본적인 존재이자 정신이다. 심지어는 일종의 문학관이 아니라 중국의 현실 자체, 본질, 근원이라고까지 할 수 있다.

---

* 필자는 19세기와 20세기 세계문학 이론을 수필 형태로 다룬 『소설의 발견』을 출판했다. 여기에서 지극히 개인적인 방법으로 리얼리즘과 20세기 문학의 은밀한 차이점을 파헤치고, 세계문학과 중국 고전문학에 존재하지 않으며 현재 중국 현실이라는 토양에서 보편적으로 발생 및 발전하고 있는 '신실주의'를 상세하게 서술했다.

옮긴이 **문현선**
이화여대 중어중문학과와 같은 대학 통역번역대학원 한중과를 졸업했다. 현재 이화여대 통역번역대학원에서 강의하며 프리랜서 번역가로 중국어권 도서를 기획 및 번역하고 있다. 옮긴 책으로 『사서』 『물처럼 단단하게』 『문학의 선율, 음악의 서술』 『제7일』 『아버지의 뒷모습』 『아Q정전』 『봄바람을 기다리며』 『평원』 『경화연』 등이 있다.

작렬지

ⓒ 옌롄커, 2020

초판 1쇄 발행일 2020년 2월 28일
초판 2쇄 발행일 2024년 11월 1일

지은이   옌롄커
옮긴이   문현선
펴낸이   정은영

펴낸곳   (주)자음과모음
출판등록   2001년 11월 28일 제2001-000259호
주소   10881 경기도 파주시 회동길 325-20
전화   편집부 (02)324-2347 경영지원부 (02)325-6047
팩스   편집부 (02)324-2348 경영지원부 (02)2648-1311
이메일   munhak@jamobook.com

ISBN 978-89-544-4221-3 (03820)